暗战西林

宁志凡　宁波　著

群众出版社·北京

图书在版编目（CIP）数据

暗战西林／宁志凡，宁波著．—北京：群众出版社，2024.1

ISBN 978-7-5014-6286-5

Ⅰ.①暗… Ⅱ.①宁…②宁… Ⅲ.①长篇小说—中国—当代
Ⅳ.①I247.5

中国国家版本馆CIP数据核字（2023）第195703号

暗战西林

宁志凡　宁　波　著

出版发行：群众出版社
地　　址：北京市丰台区方庄芳星园三区15号楼
邮政编码：100078
经　　销：新华书店
印　　刷：天津嘉恒印务有限公司

版　　次：2024年1月第1版
印　　次：2024年11月第2次
印　　张：13.75
开　　本：880毫米×1230毫米　1/32
字　　数：370千字

书　　号：ISBN 978-7-5014-6286-5
定　　价：58.00元

网　　址：www.qzcbs.com
电子邮箱：qzcbs@sohu.com

营销中心电话：010-83903991
读者服务部电话（门市）：010-83903257
警官读者俱乐部电话（网购、邮购）：010-83901775
文艺分社电话：010-83901350

目　录

第一章　保密局急发截杀令

1946年10月，风云突变，刚刚从日伪手中接管过来的热北解放区，又面临国民党反动派的大举进攻。热北大地国共两军对垒，刀光剑影，炮火连天，更有敌我暗中较量，暗战复杂激烈迷雾重重……

激烈的枪炮声，距离赤岭城仅五十里的元宝地，八路军冀燕赤军区热北军分区一团和热北骑兵师一团正在奋力抵抗国民党A军团N师先头部队的进攻。

丘陵间烟尘滚滚，全是美式装备的国民党A军团N师的大部队仍在急速向前推进着。一辆美式吉普车停在路边，车上坐着号称“小巴顿”的N师师长苏文卿少将和参谋长许登谋上校。

苏文卿师长扶了扶额上的太阳镜问了一句：“联络参谋派出去了吗？”

许登谋把瘦削的身子偏过来，金丝眼镜后面的金鱼眼眨了眨，说道：“派出去了，刘参谋，还有那个新来的由参谋，我的司机开车去的。”

苏文卿点了点头：“你们保密局搞的那个‘热北反共救国军’怎么不见什么动静?”许登谋连忙说：“这回和联络参谋接头的就有他们的人。”

苏文卿师长说：“部队到达元宝地后火力全开，尽快消灭这里的共军，然后连夜向赤岭进军!”许登谋挺了挺身子，正色道：“是，师座，立即下达您的作战命令。”

炮火连天，枪声激烈，元宝地战场上传出阵阵喊杀声。

这时，一支身着国民党军装的骑兵小队在山丘间穿行着，越过国共两军的火线，穿插到国民党军阵地的后方去了，领头的是热北军分区骑兵侦察连的连长马云龙。

马云龙中等偏高的身材，匀称的个子，骑在一匹白骟马的背上。他英俊潇洒，长得浓眉大眼的，一双炯炯有神的鹞眼扫视着眼前的沟沟壑壑。这个年轻人虽只有二十几岁，但在参军前就已经是热北出了名的码踪猎人，如今又成为名扬八路军冀燕赤军区的侦察英雄。据说，马云龙在打猎时有一种特异功能，每当追到猎物附近时，他的两只大耳朵会不由自主地跳动几下，同时剑眉斜立，鹞眼圆睁，耳、眉、眼构成了一个神奇的预警系统。

当这支骑兵小队奔驰到一个土丘的阴坡下时，马云龙一骗腿从马上跳下来，留下两个战士看马，让其他战士下马跟他爬到土丘顶上，趴在那里向前方望去。

土丘的阳坡下，有一条官道蜿蜒于山地之中。

突然，马云龙的双耳不由自主地跳动两下，同时剑眉斜立，鹞眼圆睁。他看见从远处的一座土丘后面钻出了一辆吉普车，距离他们埋伏的这个土丘也就四五里地远。马云龙强压住心中的兴奋，低声命令道：“准备战斗！注意留活口。”

当天早晨，马云龙被热北军分区黄勇司令员叫到司令部。司令员告诉他：“知己知彼方能百战百胜，我们现在对这个 N 师还缺乏细致的了解。你带一个侦察小队去火线那边捉个‘舌头’回来，尽量捉个当官的。”马云龙立正敬礼：“司令员放心，我保证完成任务！”

正当马云龙和战士们绷紧了神经准备冲下山去截车活捉“舌头”时，头顶上的空气突然发出“嗞——嗞——”的刺耳声响。随即，就见那辆疾驰着的吉普车腾起烟火，传来剧烈的爆炸声。

马云龙见状，急得眼睛直冒火，攥着拳头砸地，低声骂起了炮营的周营长：“完了，完了，他娘的，周大炮你真是把我害苦了！眼瞅着到手的‘舌头’，让你一炮给我炸飞了。”然后，他跳起身来对战士们说了声，“走，看看去，看看还有没有活着的。”

马云龙带着战士们跑下土丘，上马跑了过去。远远地，他们看见那辆美式吉普车冒着浓浓的黑烟和火光，偶尔发出爆炸的声响。呼呼的西北风使燃烧变得更加猛烈，霎时那辆炸翻在路边的吉普车被烧得只剩下一副框架了。

到了跟前，空气中弥漫着浓烈的汽油和橡胶燃烧发出的气味，只见一个司机模样的士兵被甩在路边的土坑中，不知死活。在扭曲了的吉普车框架中，后座上还卡着两具尸体，如同两只被烧煳了的麻雀，惨不忍睹。在其中一具尸体的臂弯中，有一个正在冒着烟和火苗的牛皮文件包。

马云龙从战士的手中接过一支上了刺刀的步枪，轻轻一拨，就将那个已经烧焦了的牛皮文件包从尸体上挑了出来，甩在地上。他伸出穿着马靴的一只脚，踩灭了文件包上的烟和火苗，用刺刀尖儿挑开文件包，然后又蹲下身子，拔出腰间的匕首，仔细地扒拉着查看着。文件包里，大部分文件都跟烧焦的皮包化为灰烬了。还好，在最底层贴身处还残留着两三片比巴掌大些的有字迹的纸片。

马云龙小心翼翼地将那两三片带字的纸片挑拣出来，装在随身的挎包里。然后，站起身来，抬腿将那烧焦的牛皮文件包踢到还在燃烧的轮胎旁边。只听到“当啷”一声，从文件包中又掉出一件东西。马云龙上前垫着袄袖抓起来一看，竟是一支小佩剑。可能放在皮包另外的夹层中粘住了，刚才没有碰到。这支小佩剑很精致，剑柄金黄色，剑鞘银白色，剑鞘上还雕刻着弯弯勾勾的花纹图案。

马云龙用力地将佩剑从烧得滚烫的剑鞘里拔出来，见是精钢制作，铮明瓦亮寒光闪闪。只见这支小佩剑要比一般的佩剑短，却又比一般的佩剑宽。更加别致的是这把小佩剑的剑尖分岔呈两刃状，剑刃上还带着牙，形似古代的玉璋。马云龙自言自语道：“这要是割个绳索什么的，可比匕首好用。”他爱不释手地将小佩剑小心翼翼地放进挎包中。

这时，一位战士过来报告，说那个司机还活着，只是被摔晕过去了，让炮弹炸断了一条腿。马云龙瞅了瞅眼前吉普车的残骸，两道剑眉皱了皱说道：“给他包扎处理一下，搭在马上送到军分区医院治疗，车上的尸体留给他们自己人处理，我们回去吧。”

马云龙围着吉普车的残骸又仔细地看了一遍，见再无可取之物，这才攀鞍上马，抖了一下马缰绳，带着他的骑兵小分队朝赤岭的方向奔去。

当马云龙带着战士们离开这辆已被烧毁的吉普车时，从他们西北方向的一座土丘后又转过来一拨人马。跑在这拨人马前头的是国民党保密局赤岭站的吴东朔站长，还有“热北反共救国军”的司令谭楚山，身后跟着的是他俩的几个随从。

夜间，吴东朔接到国民党保密局热北特派员春水先生的密电：“吴、谭：明日下午四时，N师将派上尉参谋刘某、由某与尔等商议协助国军作战及进驻赤岭城事宜，并转交两份文件及一把密钥与汝。此两份文件及密钥极为重要，关乎国军之胜负，你我存亡之大计。望尔等接收文件后，速将其转我，不得有误。联络地点，元宝地南，赤岭至承德官道，一辆吉普车。”

吴、谭二人见到密电后，皆不敢怠慢，赶紧准备一应用品。日上三竿，二人骑上马带上随从，便出发了。下午三点，吴东朔和谭楚山以及随从们到达元宝地南的一个小山洼处，下马等候。

吴东朔矮墩墩的个子，一双细眯眯的眼睛，总像没睡醒似的。他的这双眼睛，热北人称为“眯眯眼儿”或“满天撒”，因视野受限，看啥都得仰着脸去撒眸。可这并不影响吴东朔眼观六路耳听八方的能耐，以至于他的所有上司都说他没有傲气，为人谦恭。此时，吴东朔与大个子的谭楚山站在一起，脸上露出焦急等待的神色。

附近有激烈的枪炮声，还有轰隆轰隆的爆炸声。

随从们捡来些木柴烧上火，又从马背上的褡裢里取出牛肉干和酒瓶，伺候着两位长官嚼着肉干，喝着烧酒，顺便让马也喘口气，吃口草。

过了一会儿，吴东朔抬起手腕，举到眼前看看手表，站起身说：“走吧，去路上看看吧，刘参谋他们也该到了。”

吴东朔、谭楚山一干人骑上马，又翻过一道土岭，前面就是赤岭去承德的那条官道。吴东朔举起望远镜撒眸着，刚好看见不远处有一小队身着国民党军服的人打马跑过。于是，他立马欠起屁股抬手朝着那一小队人马比画着并高声喊道：“国军兄弟，刘参谋，由参谋，我们是赤岭站的人哪！”谭楚山也直着腰扯开嗓子跟着喊道：“我们是‘热北反共救国军’的人！”但呼呼的山风与隆隆的炮声掩盖了他们的喊声，眼瞅着那一小队国军扬鞭跃马，很快消失在丘陵之中。

吴东朔等人转出土丘，上了官道，发现不远处有一辆正在冒烟燃烧的吉普车。

“不好，出事了！”吴东朔惊叫一声，策马朝着冒烟的吉普车跑了过去，谭楚山和随从紧跟其后。当他们赶到吉普车跟前时，方知为时已晚，只见车框内只有两具烧煳了的躯体，这应该就是来和他们接头的刘参谋和由参谋。

吴东朔手扶马鞍脚踩马镫下马，吩咐随从赶快对吉普车的残骸及尸体进行仔细搜查。那几个随从就地捡来几根木棍，用一只手捂着鼻子和嘴巴，另一只手拿着棍子到处扒拉，但什么有用的东西也没找到。

谭楚山眼尖，在一只冒着烟的轮胎旁发现了那只已烧成焦炭的公文包。吴东朔弯下腰，眯眯着眼打量着那公文包，立刻如获至宝，吩咐随从把它装进布褡裢里，然后说道："嗯，总算没白来，人和文件虽然没接到，可有了这玩意儿，日后跟春水先生也就能有个交代啦。"

吴东朔一只手从口袋里掏出手帕捂住鼻子和嘴，一只手指了指眼前的那两具尸体，对谭楚山道："刚才的那支国军可真够意思，准是把有气儿的带走了，死了的就扔在这荒郊野外喂鹰了啊。"谭楚山摇了摇头，说道："哼，那可太不仗义了！"

吴东朔晃了晃大脑袋，冷笑道："老弟呀，别说仗义不仗义的，咱们先得活着吧！有道是大树底下好乘凉，他们才是你我的衣食父母。捎带说啦，这热北如果没有国军，怎么有咱们的立足之地啊！走吧，咱们回去说话吧，别哪会儿再飞来几个炮弹落咱们头上。"说完，吴东朔带着这一拨人也打马顺原路奔向赤岭。

元宝地方向，爆豆子般密集的枪声和轰隆轰隆的炮弹爆炸声，响得愈加激烈了。

当天夜里，元宝地的这场战斗以八路军热北军分区一团和热北骑兵师一团的主动撤离而结束。但更激烈的战斗又在赤岭郊区打响，八路军热北军分区奋力阻击着国民党 A 军团 N 师的进攻，以掩护冀燕赤分局、军区和辽西省委、省政府，由赤岭向大兴安岭南麓的县城西林转移。

位于大兴安岭脚下的西林县，多丘陵、沙漠、森林、草滩，还有一条西辽河从境内斜穿过去。这里自古便多兵戎匪患，唐宋之时，更是大辽腹地。国民党 A 军团 N 师虽然还没有攻入赤岭城，但关于国军大举进攻、八路军节节败退的消息像长了翅膀似的在西林传开。一时间，土匪、还乡团像是一窝窝出了蜇的马蜂趁机反攻倒算，多地农会主席被杀，多个区政府遭到土匪袭击。

这天，西林县委书记、县长朱彤带着两名警卫员小刘、小杜到靠近小腾格里沙漠的四区检查工作。正遇上区小队叛变，区长和两名区干部当场壮烈牺牲。朱彤县长带着小刘、小杜边打边撤，撤到一个山包上，小刘、小杜也中弹牺牲了。朱彤县长咬着牙，把最后一只弹匣插到匣枪里，把最后一颗手榴弹拧开盖放在身下，向冲过来的敌人射击着。

小山下传来那个带头叛变的姓曲的区小队长嘶哑的喊声："冲上去，就剩朱彤一个人了，国军那边保密局的人说了，抓住他送到赤岭，就是五百大洋!"立刻传出几声"噢噢"的怪叫声。朱彤已经看得见几个叛徒狰狞龌龊的嘴脸了，便把打光子弹的匣枪摔在旁边的石头上，抓起手榴弹，骂了一句："他奶奶的，大风大浪都过了，没想到在小河沟里翻船了。"随后他闪到一块大石头的后边。

正在危急时刻，突然响起了一阵密集的枪声。过了一会儿，枪声停了，传来喊声："朱县长，快出来吧，我是张文儒!"朱彤闪出半边脸一看，真是副县长张文儒带着十几名县公安队的战士正向小山上跑来。朱彤眼前一阵晕眩，也擦擦眼睛朝山下的战友们奔去。

张文儒是带人去一个叫马家地铺的村子检查工作的，顺便把一位要求参加公安队的毛三檩带回来，正好赶上朱彤县长遭袭，便果断下令尾随追来。

朱彤眼含热泪与张副县长紧紧抱在一起，然后双手拍打着他的后背动情地说："文儒同志，你来得太及时了，晚一会儿就见不到我了。"

张文儒嗫嚅着："都是我不好，把公安队十几个人都带走了。"他又一转身，指着身后的一个小伙子说："他就是新参加咱们公安队的毛三檩，刚才那个姓曲的区小队长正要向你开枪，就是毛三檩一枪把他结果了。”

朱彤立刻上前一步，使劲拉住毛三檩的手用力摇了两下，激动地说：“好样的，刚参加公安队就立了一功。这小伙子一看就很不错，还当过民兵队长，好好干吧！走，咱们回西林。”

中共冀燕赤分局、军区和辽西省委、省政府都挤在西林中学的院里。在八路军冀燕赤军区司令部，身材魁伟的吕副司令员正在接电话：“怎么，你们的三区也遭袭击啦？又是白辉匪帮？我立刻让骑兵师三团赶过去。朱彤，你们县各区的区小队没起作用吗？怎么？四区的区小队姓曲的队长叛变了？你差一点儿去见了马克思？真够危险的。多亏张副县长带人及时赶到，你这是凭的运气。朱彤同志，这里是新解放区，比不得晋绥和冀东，对于我们一些新从部队转入地方的同志来说，你们得加强敌我斗争的观念。前几天你们的于民副省长跟我说，全省十来个县都不同程度地出现了土匪还乡团袭击农会、区政府的现象，赤西县有两个区政府让老二嫂匪帮袭击了，两个区的区长都牺牲了。现在我又听说西林县城有不少人往外边逃难，影响很坏。行了，我知道了，这都是眼下热北带有共性的问题。嗯，还有你们成立县大队的事，我抓紧和李司令员商量一下。”

吕副司令员撂下电话，站在办公桌边低头思考了一会儿，回头对瘦高个子的朱力参谋长说：“形势不妙啊！前方国民党军疯狂进攻，重兵压境，后边敌对势力到处整事儿狼烟四起，背后都有国民党特务的黑手，他们是想联起手来置我们于死地啊。这样吧，朱参谋长，你安排一下，我要和辽西省于民副省长就社会治安问题做个通盘考量。”

朱力参谋长说：“社会治安上的事儿，主要是得加强辽西省公安厅和各县治安科的力量。”

吕副司令员笑着说：“你又要挖咱们身上的肉喽，这可遂了于副省长的意，他可和我要了几次马云龙了。”

朱力笑了笑说：“马云龙是把利剑，谁不想用？关键是抽调马云龙去公安厅，第一个提反对意见的就是咱们黄勇司令员，他敢和你急。”

吕副司令员将右手攥成的拳头往左手心中一砸，用十分坚定的语气说道：“那好吧，马云龙这小子咱们替辽西省公安厅要定了，我亲自给热北军分区黄勇司令员打电话吧。”

与此同时，马云龙带着骑兵侦察连小分队已回到赤岭。他走进热北军分区司令部的院子时，心里一直忐忑着，黄勇司令员交代给自己的这次侦察任务没完成好，让抓个当官的“舌头”却只抓了个开车的司机，这些年头一回这么丢人现眼。

“唉，本来挺好的一件事儿，那个带着牛皮文件包的人至少是个参谋，肯定是上前线传达什么作战任务的，让这该死的周大炮一炮给炸没了。”他一想到这里，就懊恼不已，真想马上给周大炮也来上一炮。

正在这时，司令部的警卫员跑来了：“马连长，黄勇司令员让你马上到他那里去一趟。”马云龙的剑眉挑了挑，心里也随着“咯噔”一下，完喽完喽，怕啥来啥呀，任务没完成好，非得挨剋不可。想到这里，他小声地问警卫员道：“没听说司令员找我什么事？”警卫员顽皮地朝他做了一个鬼脸，然后语气一转：“这我哪里知道啊，反正司令员这些天挺不高兴的。”说完，转身跑了。

这一下，马云龙更加心神不定了，可又不能不去啊！于是，他皱着眉头，提着心，吊着胆，腿上好像绑了铅块似的来到了司令部门口。

“报告！”

“进来吧！”

马云龙走进司令部里一看，只有黄勇司令员和钟羽参谋长。他立正敬礼，眼睛都不敢直视两位首长，蔫头耷脑地等着挨训。黄勇司令员笑着瞅了瞅马云龙，开口却说：“马云龙啊，你这次的任务完成得不错呀。”马云龙知道黄勇司令员有时爱正话反说，没敢抬头，小声嘟囔了一句："报告两位首长，这次任务完成得不好，只抓回来个开车的。"

此言一出，站在一旁的钟羽参谋长"哈哈"笑了："马云龙啊，马云龙！黄司令员这次可没跟你开玩笑，你立功了。你不知道吧，你们这回抓来的可是N师参谋长的司机啊！他对N师的兵力部署和武器配备都能说个大概，比个小参谋知道的还要多，我们得到了我们需要的情报!"

"真的?"马云龙抬起头，眼睛里闪现着兴奋的神色，但马上又将头低下，还是有些将信将疑。

"是真的，嗯，现在说说你的事儿吧。"黄勇司令员点了点头，用十分肯定的语气说。

"我的事儿？我的什么事儿?"马云龙瞪大了眼睛，急得直挠脑袋。

黄勇见马云龙的这副猴急样儿，与钟羽相视一笑，这才郑重其事地说道："冀燕赤军区吕副司令员亲自来电话，抽调你去辽西省公安厅公安总队，而且要你立即去报到。"

"啊？这怎么行呀，我对这样的决定有意见!"马云龙一听这话，真的急眼了，把头摇得像拨浪鼓似的，着急地说，"司令员、参谋长，现在正是和国民党反动派打得激烈的时候，我不想离开部队去公安厅，我想留在前线和反动派真枪真刀地干。"

"这是命令，不是儿戏，你说不去就不去呀，你还反了天了!"黄勇见马云龙的反应如此强烈，不来点儿硬的不行了，便厉声说道，"什么态度，必须得去，这是军区下的命令！你以为那里就不是真枪真刀？枪也是真枪，只不过是变成国民党特务打你黑枪！刀也是真刀，不过是变成敌人在背后捅你刀子!"

黄勇司令员的这番话让马云龙没有一点儿脾气，低头嗫嚅道："这么多人咋就非让我去……"这句话又把钟羽给惹笑了："哈哈，马云龙啊，不让你去让谁去？谁不知道你从小就是清泉寺智真长老的高徒，武艺高强！谁不知道你十几岁时就是远近闻名的码踪高手！谁不知道你骑马打枪在全分区独占鳌头！你还是全军区出了名的侦察英雄！我佩服吕副司令员慧眼识人哪，你真是公安总队不二的人选哟。”

黄勇司令员站起身走过来，拍了拍马云龙的肩膀，仍是一脸严肃地说：“行啦，执行命令吧！”然后，他顿了一下，语音柔和了许多，“你以为钟参谋长我俩愿意你去？你以为我俩就没跟吕副司令员说不愿意让你去？可军令如山，你我都是革命队伍中的一名战士，今天就是调我去，我也得去！去吧去吧，往后工作时注意点儿，别愣目怵眼（热北方言：冒失，鲁莽，不细心）的，你今后的敌人躲在暗处打黑枪的时候多！”

马云龙没有再说什么，向两位首长立正敬礼，扭身离开了司令部。摆在他面前的只有服从，他双手捂了捂脸，快步向骑兵侦察连走去。

国民党保密局赤岭站隐藏在赤岭城二道街的一处隐蔽的小四合院里，那个还处于地下的“热北反共救国军”司令部也凑合在这里。

这天夜里，赤岭站的电讯室又接到了保密局热北特派员春水先生的密电：“吴站长：接报，联络者刘参谋等人车毁人亡，然仍有一活口落入共军手中，文件亦有残页为共军所获。尔等怎出如此大错？共党拟调其侦察连连长马云龙携文件赴西林任职，此文件关乎你我存亡，马云龙亦对你我极其不利，万万不可让其到达西林。故命汝即派干员务必于大漠截杀之，夺回文件。切记，不得有误。又及，鉴于共党共军大力加强公安力量，今后热北赤岭站人员及青龙、黑龙与诸位太保均切断与我直接联系，我只下达命令与汝。”

吴东朔读完这封密电后，不禁倒吸了一口凉气，吓出了一身冷汗。他仿佛看到那对隐藏在眼镜片后面的鹰眼正朝他射出诡谲而凶狠的目光，电报中最后那句话看似给了他更多更大的权力，连青龙、黑龙、十三太保都划在了他的门下，可后面跟着事呢，责任也都是他的。谁知他暗地里还有什么安排，这位金龙特派员控制人的手段多着呢！

“咚咚咚！”

吴东朔有些神经错乱地敲着谭楚山的屋门，沙哑着嗓子失声叫道：“谭司令，老谭，谭楚山！不好了，出大事儿了，快起来！”此时的谭楚山正在卧室的炕上沉溺于温柔乡里，对门外的突然打扰十分不悦，低声骂了一句：“这又是号啥丧呀。”然后，他十分不情愿地低头对身边的女人说，“宝贝儿，你等我一会儿，我去去就回。”

谭楚山从暖和的被窝儿里爬起来，披上大衣，走出卧室，拉开房门的门闩。随着一股寒气扑来，吴东朔像一个大眼贼（热北方言：土拨鼠）似的从门缝里挤了进来，满脸的紧张。“谭司令，不好了，出事儿啦。”说着话，他那两只眯眯着的眼睛还往卧室里瞅了瞅，朝着谭楚山眨了眨眼，低声说，“走，你这里不方便，去我那儿说吧。”

这二人踩着夜色，脚前脚后地走进了国民党保密局赤岭站的站长办公室。吴东朔请谭楚山落座后，转身关上门，这才从口袋里掏出了特派员春水先生发来的密电。谭楚山看完密电后，两条吊眼梢子的眉毛拧成了一个大疙瘩，使劲儿地闭了一下眼睛才张口：“照这么说，我们看见的那一小帮国军其实是共军，他们先我们一步到的？”

吴东朔一边踱着步，一边伸手摸着嘴巴上的胡茬子，立刻摇了摇头：“莫要这么说，是刘参谋他们到得早，让共军给炸了！反正咱们是按春水先生的吩咐，正点去的。”谭楚山翻愣一下眼珠，赶紧说：“那没错，那没错，去的兄弟们都可以证明的嘛！”

吴东朔仰着脸眯眯着眼瞅着谭楚山的脸，坐在旁边的一把太师椅上，似笑非笑地说：“接头儿这事儿就这样吧，往后春水先生追究起来咱们就那么说！现在，最紧要的是截杀马云龙的事儿怎么安排啊！”吴东朔心里想，面对特派员春水先生的追责诘问，现在是把谭楚山捆住了，而截杀马云龙夺回文件也还得靠着谭楚山的人。

谭楚山一听这话，立马坐直了身子，语气变得轻松了许多："吴站长，这事儿不难吧？"

吴东朔在椅子上欠了欠屁股，往谭楚山的身边靠了靠，满脸是笑地问："楚山兄有何高见？"谭楚山将手一摆划，哈哈一笑，满不在乎地说："这有何难，不就是派几个弟兄的事儿嘛！特派员春水先生之所以把这活儿交给咱俩，无非是知道我手下有几个高手，快枪快马地去办这事儿还不是小菜一碟啊。"

吴东朔立时满脸堆笑，又往谭楚山的身边靠了靠，摸了摸下巴，恭维道："有楚山兄这句话，我心中的顾虑算是全消了。楚山兄，这一切就由您分派吧。"此时的吴东朔虽然还不完全知晓谭楚山到底有几斤几两，但如今他的手下有一干人马是真的。

谭楚山将一双吊梢子眼眨了眨，又斜眼瞅了瞅吴东朔，却打了个唉声。吴东朔忙问："楚山兄还有何为难之处吗？"谭楚山摇了摇头，将身子往后一仰，双手合在一起搓了搓，叹了一口气说："难以启齿，难以启齿呀。"吴东朔说："楚山兄不妨说出来听听。"

谭楚山坐直了身子，双手一摊，愁眉苦脸道："唉，说出来让站长见笑了，干这档子活儿，手脚不利索的不中，就得我那胡彪兄弟和他的四个铁哥们儿才行！可用他们干，我已经四个月没给他们发饷钱了，真是难以启齿呀。"

吴东朔斜了他一眼，微微一笑，也把身子向后一仰，像是不认识胡彪的样子，随口问了一句："胡彪真有那么大的本事？"

谭楚山说："站长不知，我那胡彪兄弟和他的四位磕头弟兄乃我之五虎上将，皆是力拔山兮气盖世的人物，热北无有能敌之者也！"

吴东朔又微微一笑，也不接话茬儿了，只用右手轻轻地拍着太师椅的扶手，眯眯着眼问：“我的老兄哟，你的‘反共救国军’成立时，不是给了一万大洋吗？”

谭楚山叹息道：“唉，一千多人的队伍，一万大洋不够塞个牙缝儿的。想当初，没入国军前，放开弟兄们抢点儿要点儿就够了，现在咱们好歹算是国军的人了，谁能再那么抢去呀。”

吴东朔微微地皱了一下眉头，一双眯眯眼又好像睡不醒的样子。他迟疑了一下，慢慢地站起身，走到办公桌前又停了一下才打开一只抽屉，摸出十块大洋来。

谭楚山站起身来，走到吴东朔身后说：“站长啊，还有件难事儿，这几个弟兄谁也不认识马云龙呀。”

吴东朔“嘿嘿”一声冷笑，伸手又从抽屉里摸出五块大洋来，不阴不阳地说：“谭司令，要是我去把马云龙抓过来，还用得着你那几位弟兄吗？”

谭楚山见状，马上伸手把五块大洋也抓在手里，哈哈一笑说：“要兄弟我说呀，十五块大洋给他们吧。胡彪他们五个谁鼻子下还没张嘴，不认识还不能打听嘛。”

“那就让他们出发吧！”

“出发！让他们回来时，提着马云龙的人头去向站长大人领赏呗！”

“有赏有赏！呵呵……”

两个人又眼对着眼地相视一笑。

难受归难受，但军令如山。马云龙虽然极不愿意离开骑兵侦察连，可还是用半天的时间交接办理了所有的手续。黄勇司令员又特意把他叫了过去，像一位敦厚的兄长，温和地说：“有什么要求，你尽管提，我都会答应你。”马云龙不假思索地说：“我想带走两名战友，还有我们的战马、武器。”

黄勇问：“都是谁呀？”

马云龙说：“张树林和马大山。”

黄勇一听，哈哈笑着说：“这俩人不错，为人忠诚，枪法和马术也都是一流的，人还都机灵。行，带去吧。说书的说三剑客，你们这三兄弟也不错。”

正在这时，随着敲门声，政治部李主任走进了屋。他见到马云龙，笑着说：“你原来在这儿，我到处找你。你还得给分区办两件事儿啊，第一件事儿是三团二营三连一排的李三林开小差了，这在国民党大举进攻的情况下影响很不好。原因也了解得差不离了，一是他刚结婚不到一年，挺恋家的。二是他父亲是红枪会的，前些日子来过一次，见了他，兴许说了消极的话。他倒是啥也没带，只身一人光杆儿跑的。他家就在你去西林的路上，西辽河的边上。政治部李干事带两名战士去，小李年轻，又是西部区人，我怕他说话人家听不懂，所以想让你帮他们把李三林的事儿解决了，交给李干事押回来，你再去西林。第二件事儿就是你们从炸毁的吉普车那儿带回的三张残页。你可别小看这三张巴掌大的纸片，这不亚于你们抓个国军的‘舌头’。我们研究后认为是敌特最机密文件的一部分，有可能涉及国民党保密局在热北一次大的行动，你以后的工作备不住就跟它有关，需要把它立即上报军区，你就都一起带去吧。”李主任说完把一个封好的牛皮纸信袋递给马云龙。

“嗯，还有，这个战利品是奖给你个人的。”李主任从怀里掏出那支锃亮的小佩剑。经过擦拭，小佩剑闪着金色银色的亮光，越发玲珑可爱。“政治部的意见，又请示了司令员，这样的小玩意儿，你往后备不住能用得上。”马云龙见到小佩剑，双眉舒展，喜笑颜开。他非常喜欢这支小佩剑，当他从那辆烧毁的吉普车旁边拾到它时就爱不释手了。但作为共产党八路军的一员，马云龙还是按照纪律要求把这支小佩剑上交政治部了。

如今，马云龙听说政治部要将这把小佩剑奖给自己，欣喜异常，马上立正敬礼：“请首长们放心，我保证完成任务，我走到哪儿也不会给热北军分区丢脸。谢谢首长对我的奖励！我会把它永远带在身边。”说完，双手接过小佩剑转身离去。李主任望着马云龙的背影，又瞅了一眼黄勇司令员没有一丝乐模样的脸，自言自语道：“真是一把利剑哪！”

天刚蒙蒙亮，赤岭城正处在一天中最宁静的时候。昨晚，国共两军在东郊战斗得异常激烈，现在总算有了一个间歇，双方都需要休息和补充军需物资了。

在这样的时候，马云龙一行出发了，六个人，七匹马，有一匹是给李三林预备的。

黄勇司令员批准了马云龙的请求，让他带上张树林、马大山和他们各自的战马、马刀以及枪支。黄勇司令员知道，在马云龙的带领下，骑兵侦察连的人、马、枪、刀早就浑然一体了。今天他这个决定，算是他对自己最喜爱的部下一种奖励和工作支持。

马云龙将腰一哈，两腿一夹，手一抖缰绳，胯下的大白马便像离弦的箭，领头冲出了军分区的大门。但即使他们走得再早，也少不了有人送行，更有一些人涌出屋门向他们招手示意。当然，关注他们出发的不仅仅是战友，黑暗中还有一双贼一样的眼睛直盯着他们出了院门。

马云龙等六人刚刚离开司令部大院，国民党保密局赤岭站吴东朔的电话就响了。

“什么？马云龙他们出发啦？噢，噢！几个人？六个人啊！怎么那么多人？噢，还有三个是去抓逃兵的，也就是说马云龙他们只有三个人，那就好，那就好！谭司令已经派人去大漠等他们了。嗯，都已经走好半天了。身手怎么样？五个都是一等一的高手，对付他们三个不在话下。燕山太保你又立了一功，哎，我想起个事儿，你自己的事儿也得照顾照顾了。什么？你们忙着要撤退？人家可说好几天没见到你啦。呵呵，这就对了嘛。”

马云龙三人告别了前线，耳边仍然是隐隐远去的炮声。他一直不明白，仗打得这么激烈，为啥偏偏让他在这个时候离开战场。他离开时，黄勇司令员告诉他，国民党N师已进攻到赤岭城郊火神庙一线了。N 师企图两侧迂回进击我二团、三团阵地，但被热北骑兵师一团打退了。现在热北军分区已圆满完成了掩护冀燕赤分局、军区、辽西省委和省政府战略转移的任务，也将北撤四道梁前的桦树沟村。

也许马云龙更不明白，今后等待他和战友的将是何等复杂而激烈的战斗。

第二章 大漠危机险象环生

六个人骑着马奔跑着，只在半路上歇了一次，吃点儿干粮，喝点儿水。他们给马也松开肚带，让它们啃吃些路旁枯黄的野草。热北地区的无霜期有一百三十天左右，田地里种植些玉米、高粱、谷子、荞麦等农作物。如今，已是地了场光的季节，田野中只剩下一片白花花的玉米茬子、高粱茬子和谷子茬子了。玉米茬子和高粱茬子在警觉地竖立着，如同一支支锋利的匕首，有一些山坡地还裸露着紫红色的荞麦茬子。

走得早，到得也早，日头刚偏西一点儿时，马云龙和战友们已策马跑进了偏坡营子村。这个村子依山傍水，有二三十户人家。偏坡营子村的农会主席叫郭荣久，头上戴顶棕色毡帽头，身穿青棉袄蓝棉裤，青腿带子扎着裤脚，腰里扎着根黑腰带，看上去是个憨厚耿直的老头儿。

郭荣久见到马云龙等人就说：“你们是为李三林的事儿来的吧，那家子人也别说老的，也别说少的，一个明白的都没有！刚吃上两天饱饭就连姓啥都忘了。唉，这人哪，都是属耗子的，撂下爪就忘。走，我领你们上他家去吧。”

李三林的家在村东头倒数第三家，两间趴趴搭搭的干打垒房子，旁边又新接了一间。进了院，郭荣久就喊了声：“老李头儿，部队上的人来啦！”老李头儿没有出屋，只有李三林的小媳妇儿“哎”了一声，推门迎了出来。

小媳妇儿的个子不高，头发向后拢成个纂儿，红润润的圆脸蛋，浅绿色带大襟棉袄，青色棉裤扎着腿。她走到郭荣久跟前，小声说：“郭二叔，他们红枪会的人在屋里，头晌儿就来了，快蹲一天了，就想让俺男人入他们的红枪会呀。”

郭荣久对小媳妇儿说：“去跟你公公说，甭犯浑了，共产党八路军可没慢待了咱们。”说完，转身对马云龙说，“马连长，我就不进屋了，都在这里住着，低头不见抬头见的，说话说岔劈（热北方言：理解有歧义，行动有差别）了就不好了。”然后扭头朝院外走去。马云龙明白郭荣久说这话的意思，也理解他眼前的处境，所以没再说什么，只是扭头对小媳妇儿说：“那咱们进屋说去吧。”

屋门口靠墙戳着两杆红缨枪，屋里的光线很暗，像是走进了地窖一般。屋子里锅台连着炕，中间用半截土坯墙隔开。在炕沿儿边上，靠着土台子有个泥火盆，盆里是闪着火星的灰烬。热北农村的冬天，家家户户都是这样，烧完火，做完饭，再把灶膛里燃烧后的灰烬扒在火盆中，用来给屋子取暖。

小屋不大，马云龙和五个战友再一进来，几乎把整个屋子都给站满了。在炕里，有一胖一瘦两个中年人正头挨头地枕在窗台上，空气里弥漫着一股浓烈的旱烟味。沉默了一会儿，马云龙突然问道：“请问两位大哥是这家里的什么人？”

胖男人斜楞了一眼站在地上的六个人，翘了翘腿，满不在乎地说：“我们不是他们家人，我们是红枪会的。”那个瘦男人仰着脸，朝着已经熏成油黑色的房笆恶狠狠地吐了一口烟，阴阳怪气地说："我们就是找他们少当家的办点事儿。"

马云龙双眼盯着这两个不知天高地厚的家伙冷笑道："有你们这样办事儿的吗？你们这是欺男霸女来了吧！"一听这话，躺在炕里的那两个家伙呼地坐了起来，胖的那个吼道："啥？你说啥？我们不是他们家的人，可在这一带住着，你们算老几啊？"马云龙立刻剑眉斜立鹞眼圆睁，"嗖"地从腰间抽出手枪来，指着对面炕上的两个男人厉声道："我们是老八，李三林是我们的战士。你在我们军属家横行霸道，我现在就可以枪毙了你们！"

说着，马云龙就把手枪的狗头叫开了，站在旁边的五个战友也"哗啦"一声将子弹推上了枪膛。那两个自称是红枪会的人原是色厉内荏之徒，软的欺负硬的怕，眼见这阵势，立马就尿了。他俩跪在炕上，连连作揖磕头道："别，别，八爷，我们也就是个办事儿的。"

见此，马云龙一脸的愤怒，冷冰冰地用手枪点着炕上的这两个尿人道："哼，回去告诉你们首领三句话，第一，热北还是共产党八路军的天下，现在变不了，将来也变不了；第二，是共产党八路军分给了李三林家土地，让他们过上好日子；第三，历朝历代都不允许当兵的开小差，共产党八路军也不允许。谁要是打李三林的歪主意，就是跟共产党八路军为敌。你们记住没有！"

那两个红枪会的一听这话，觉得总算是把小命保住了，跪在炕上如小鸡啄米似的作揖磕头连声说："记住了，记住了……"马云龙喝道："我再告诉你们，今后有谁敢欺负我们八路军的军人家属，我亲自带队灭了他！"

"是，是，往后再也没人敢来了。"跪在炕上的那两个男人早已吓得鼻涕老长了。

马云龙吼了一句："还不快滚！"

红枪会的这两个人赶紧爬下炕来，屁滚尿流地跑出了屋门，转眼就没了影儿。直到这时，李三林的小媳妇儿才算醒了腔儿（热北方言：明白过来），连忙抄起炕梢的一把小扫帚，往炕席上划拉了两下，请马云龙等人坐炕里。她是个明白人，刚才这阵势让她清楚了，李三林的活路还是在八路军。

小媳妇儿把马云龙他们安顿坐下，说是去烧水，走出了屋门。热北的风俗是来了客人，无论穷富都要以茶相待，最起码也要把水烧开了待客。但是小媳妇儿这回耍了个心眼儿，借着烧水的由子来到屋外，又转到了房后。

在这三间小土房的后面，有一个柴火垛，柳条子一捆一捆的，是庄户人家的烧柴。小媳妇儿从这个柴火垛上搬掉了几捆柳条子，露出个洞来，原是准备给女人躲土匪用的。她朝着洞里面小声劝道："大（热北方言：爹）呀，三林子，部队来人了，俺寻思躲了初一躲不了十五。捎带说了，你就算在家，红枪会能让你消停了吗？莫若还跟着回部队，回去了要打要罚咱接着吧。"

不大一会儿，老李头儿和李三林猫着腰从柴火垛里钻了出来，头上和脸上全是干柳树叶子的碎屑。小媳妇儿一边嘴里嘟囔着"这是咋整的"，一边帮着自己的男人划拉着满脑袋的细柴火棍。她一转头，却发现马云龙和他的战友们已在身后了，便立时红着脸站到李三林的身后去了。

马云龙见状，拽了一下李干事的衣袖，两人走上前来。马云龙先开了口："李三林，你是怕国民党还是想家了？"李三林低下了头，红头涨脸地低声说："国民党我倒不怕，打起仗来都是五尺五的汉子谁怕谁呀！我就是想家了，一想起来心里火烧火燎的受不了，请假又怕不给，就偷着跑回来了。"

那小媳妇儿一听李三林说了这话，脸蛋儿一下子就全红了，朝旁边"呸"了一口："要是知道你是为这三更半夜跑回来，我门都不给你开。"李干事大声说："哎呀，李三林你这就不对啦，这可是无组织无纪律的散漫行为！"

李三林的小媳妇儿又把脸转向马云龙和李干事，有些羞涩地说道："咱部队的干部首长，是俺的错，俺不该捎信儿递信儿地给俺爷们儿说家里这个事儿那个事儿的，部队上是打是罚有俺一份。”

李干事一听这话，笑了：“什么打呀罚呀的，咱八路军可不兴那一套啊。”

老李头儿往前凑了凑，满脸是笑地朝着马云龙和李干事作了一个揖，小心翼翼地问：“两位长官，啊不，首长同志！你们说的当真，回去不挨枪崩？”

马云龙笑了，十分肯定地说：“不会的，大叔，这位李同志在部队上就是管思想教育的，李三林私自跑回家违反了组织纪律，总得批评教育做个自我检查什么的，根本涉及不着打和罚的。”

老李头儿一拍脑袋，还跺了两下脚，这才说：“我去他妈的吧，是这么回事儿呀！要是让红枪会的黑三一说那可完了，说最低得给个枪子儿，整不好就是千刀万剐点天灯啊！”

小媳妇儿说：“爹呀，听他们那些话还有头儿？要让红枪会说头半拉月国民党军就来了，现在也没见个国民党军的影儿。”

马云龙见时机成熟了，便对这三口人说道：“李大叔，要我说李三林现在就跟李干事他们三个出发吧！俗话说夜长梦多，这一到晚上红枪会说不上整出啥事儿来。我看农会郭主席也不想跟他们整僵了，我们三个还得去西林。”

李三林瞅了媳妇儿一眼，又瞅了他爹一眼，说道：“爹，媳妇儿，我看马连长说得对，我不能一错再错！你们放心，我回去一定好好干，打国民党反动派，争个功劳回来。”老李头儿瞅了儿子一眼，又瞅了一眼马云龙和李干事，说：“走吧，走吧，家里头你也不用惦记着，要吃的有吃的，要穿的有穿的，共产党八路军好啊，这天可别再变了。”

小媳妇儿拉了一把李三林，说：“走，你跟俺上屋去，俺还有点儿事儿。”

抽一袋烟的工夫，李三林和他的小媳妇儿就对对双双地从屋里出来了，李三林的背上多了一个包袱。他把包袱又往背上提了提，美滋滋地说：“这是我媳妇儿给我收拾的衣裳和咸菜疙瘩。”

这时，有一位随行的战士牵过一匹黄骟马来，把马缰绳递给李三林："这是给你预备的。"老李头儿摸着嘴巴上的胡茬子笑着说："还是共产党八路军仁义呀，啥事儿都提前想到了。"

突然，村子里传来一阵嘈嘈杂杂的吵嚷声："是谁他妈的吃了熊心豹子胆啦，敢坏红枪会的事儿?""我看他就是活得不耐烦啦，让他尝尝黑爷的钢鞭就知道马王爷几只眼了。"这吵嚷声越来越大，显然是奔着老李家这边来的。

马云龙见老李头儿的脸都吓白了，就对李干事说："你们先走吧。"李干事问："那这里咋办?"马云龙"呵呵"一笑说："这里不是还有我们三个嘛！我倒要见识见识这红枪会的什么黑爷还是白爷的。"马云龙的沉着冷静就像是一颗定心丸，连老李头儿也像缓过来一口气了。

李干事见马云龙朝着自己使了个眼色，便朝着两名战士和李三林说了声："咱们走吧！"然后他们向留下的几个人摆了摆手，攀鞍上马。李干事在前，李三林在两个战士的中间，一溜烟儿地跑出了院子，向着与吵嚷声相反的方向奔去。

那小媳妇儿还追了几步，扭回头时，眼圈儿红了。老李头儿站在马云龙的旁边，眼巴眼望地注视着远去的儿子，口中叨念着："可别出啥事儿，可千万别出啥事儿，这家里咋都好说啊。"

"他奶奶的，哪个姓马，哪个姓马，三头六臂咋的！黑爷我还真就不忿这种人！"随着话音，有六七个手里举着红缨枪的人簇拥着一个脸涂成黑红色的矮胖子走了过来。老李头儿吓得立刻从马云龙身边走开，站到远处去了。

马云龙倒背着双手，脸上风平浪静，旁若无人地站在院子当中，身后站着端着冲锋枪的张树林和马大山。小媳妇儿低着头站在这三个人的身后，老李头儿赶忙哆哆嗦嗦地走上前去，朝着矮胖子点头哈腰道："首领过来了，要不进屋去说话吧。"

那矮胖子见马云龙根本就没把他当根葱，有点儿恼羞成怒，跨前一步，不知天高地厚地解下腰间的七节钢鞭，抖得哗啷哗啷乱响，十分不屑地问道：“你就是马云龙？我是红枪会偏坡营子分坛首领黑三！”

马云龙立刻想到农会主席郭荣久先前避讳红枪会的神态，便知道眼前的这个黑三是个什么样的人了。他心想，跟这种人没什么道理好讲的，就看功夫如何了。于是，马云龙暗自把气运在脚底和两只拳头上。

黑三见马云龙没有吭声，以为他尿了，手中掂着钢鞭又上前一步，横眉瞪眼地吼道：“你黑爷问你哪，你就是马云龙？我怎么没听说过江湖上有你这号人物呀？”

“不错，我就是马云龙，你有什么事儿吗？”马云龙直视着黑三那张龌龊的脸，上前一步大声回答道。

“是就好，是马云龙就好，我还知道你是去西林的。我黑三明人不说暗话，我接到我们总坛的飞鸽传书，总坛那边要你哪。你乖乖地跟我走，我把你送西林总坛那儿，你们不受皮肉之苦，我还能领两个赏钱。”黑三得意扬扬地说。

马云龙冷笑道：“我要说不呢？”

黑三仰头“嘿嘿”笑道：“那就得让我的钢鞭说话了。”

马云龙说：“要是我打不过你们，我束手就擒，任凭你发落。要是你们打不过我呢？”

黑三“哈哈”大笑道：“我们这帮人打不过你，说梦话吧！我们打不过你，我跪地喊你师父。”

这天早晨，西林的红枪会大首领黑龙邱处虎飞鸽传书：“各分坛注意，八路军马云龙三人欲往西林，金龙有令，如有发现其踪迹者，立即上报。”黑三听说马云龙来到偏坡营子的消息后，立马飞鸽传书给黑龙。然后，他不等黑龙回信儿，便连忙带着人赶到李三林家。他想，如若生擒马云龙献去总坛，岂不更是奇功一件吗？

想到这里，黑三一抖七节钢鞭，大喊一声：“兄弟们，我们如何？”那六个红枪会的会众齐声喊道：“他不仁我不义，红枪会里上大锯!”

“好呀，那还等什么？请他们到红枪会里去吧!”黑三一脸的狰狞。

立时，那六个红枪会的会众便也咋咋呼呼地舞动着红缨枪围了上来。其中，有一个傻大个儿仗着自己人高马大，冲到了最前头。当他的红缨枪尖眼瞅着快戳在马云龙的胸脯上时，马云龙连眼都不眨一眨，顺手攥住扎枪头往里一带，抬腿一脚，那傻大个儿就飞出去有五六尺远，重重地摔在地上，打了一个滚儿，弹了弹腿，像死狗一样了。另外五个红枪会的会众吓得倒退一丈多远，只把黑三晾在了马云龙的眼前。张树林、马大山胸中有数，冷笑着，连动都没动。

黑三心中一惊，但到了这骑虎难下的份儿上，只好“哗啦”一声抡圆了手中那根七节钢鞭，打肿脸充胖子地叫道：“好你个马云龙，黑爷给你点儿面子你还来劲了!”他手中的钢鞭被抡得呜呜作响，划在冻地上，刮起一阵烟尘。如果一般人见到这阵仗，早就尿了，赶紧跪地求饶。

可马云龙是谁啊，哪里是吓大的！他安如泰山，依然一副不理不睬的表情。俗话说“内行看门道，外行看热闹”，马云龙见黑三抡过这几圈钢鞭后，便知对手不过是有点儿三脚猫的功夫，心里也就有了盘算。他见招拆招，晃动几下身子，直到黑三的钢鞭向他的中路横扫过来时，这才突然剑眉斜立鹞眼圆睁，一个旱地拔葱腾空而起，紧跟着又一个鹞子翻身，只把右腿一划，弓起左腿用左脚尖轻轻地点在了黑三的天灵盖上。

黑三大叫一声“不好”，摔了一个大马趴，浑身便觉疼痛难忍，抡起来的七节钢鞭脱手而出，恰好抡到傻大个儿的胳膊上。傻大个儿立马不再装死狗了，用手捂住那条受到重击的胳膊，“哎哟妈哟”地叫喊着，疼得在地上打起滚儿来。

马云龙轻轻地落在地上，面不改色，只把双手斜拍了两下，吐了一口长气，怒视着黑三。

那黑三见马云龙从腾起到翻身到脚尖点穴再到双脚落在地上，整个过程也不过是眨眨眼的工夫，顿时大惊失色。他趴在地上，疼得龇牙咧嘴，心里想，都说江湖上有高人，自己却只在说书先生口中听过，就是红枪会的总坛主黑龙邱处虎也不见得能有这样的好功夫，这位马云龙可真是个高人啊。

黑三知道马云龙刚才用脚尖那么一点，已经是脚下留情了，便忍着疼痛起身又跪倒在地上，直呼“师父”，那五个红枪会的会众也都忙不迭地跪倒在地，喊起“师爷”来。

马云龙弯腰拽起黑三，只把手腕轻轻一抖，黑三顿觉疼痛全消。然后，马云龙把黑三往傻大个儿那边一推说：“我们共产党八路军不兴这个，只要你答应我往后不横行乡里为难村民，我可以教你几招。”

黑三立刻抱拳说道：“谢师父，我黑三在村里也不想欺男霸女，就想活出个有人怕有人敬的样子来。村里人贱种多，你越霸气，就越有人怕你敬你不敢惹你。男子汉大丈夫，一言既出驷马难追，你这师父我认定了，往后我只听师父您的，再也不这么胡闹了。”

话音未落，农会的郭荣久主席笑呵呵地从院门外走了过来。原来他并没走远，只在远处瞭着这边的情形。郭荣久进院就说：“这要不咋说不打不相识哪，这不也是有说有笑的啦。走吧，马连长跟黑三兄弟都上农会去吧。”马云龙瞅了瞅西去的太阳，露出要走的意思。

黑三忙拦挡说：“师父，听徒弟我句话，今儿个不能再往前走了。从这儿往北不远就是西辽河，过了西辽河就是几十里见不到人烟的大漠。我在这里说一句不该说的话，你此番路途可是十分凶险啊，要千倍万倍地小心。”郭主席也说道：“马连长，这话你可得往心里去啊。”

马云龙思忖了一下，点点头，答应留宿在偏坡营子村农会。

黑三把马云龙送到农会后，拱手告别。在路上，他跟自己的手下说："这共产党八路军底下有腿儿啊。"其中有两个不明白这话的意思，便问："首领，怎么个'有腿儿'?"黑三不无忧虑地说："这农会不就是共产党八路军安下的腿儿嘛。"又有一个问："那咱们红枪会是谁的腿儿?"黑三一听这话，满脸惆怅："这我也不知道。"顿了一下，他才说了一句，"你们看吧，共产党八路军赢就赢在用土地把老百姓组织起来了，把土地和牲畜啥的分给了老百姓，让老百姓得到了好处，现在共产党在老百姓这里说个啥就是个啥，让干个啥就干个啥。"

马云龙和张树林、马大山住进偏坡营子村农会后，李三林的小媳妇儿把家里的荞面、面板子和拨面刀也都端到农会来了，她说她要亲自给大恩人马连长做顿拨荞面条子吃。郭荣久主席一听李三林媳妇儿要拨拨面，就说他家离得近，他让他老婆子做好拨面卤子端来，他家今年的酸菜渍得最好。

这热北地区，女人在闺女时就要具备几项基本功，否则不好找婆家。在这几项基本功中，烧火、做饭、熬菜不用说，纳鞋底鞋帮、做鞋和做衣裳也不用讲，这些好像是每个女人都必须会的活计。在偏坡营子这一带的女人还必须有两项特殊的本事，那就是得会扎花描云子，这是汉族女人跟蒙古族女人学做靴子时学到的功夫。再就是拨拨面这项基本功，因为在偏坡营子这一带，山坡地多，荞麦种得多且质量好，做出来的拨面条子又滑溜又筋道。

李三林的小媳妇儿用小腹部将面板子顶在锅沿儿上，把和好的荞面团压成长条状，双手握住拨面刀两头的木把，便"啪啪啪"地拨起面来。随着这有节奏的声响，粗细合适且匀称的荞面条子被拨入锅里的沸水中，待荞面条煮熟浮上水面时再用筷子一箸子一箸子地挑进大碗中。而郭荣久端来的酸菜肉丝卤与这种荞面条是绝配，味道十分可口。

当浇着酸菜肉丝卤的大碗荞面条子被端上炕桌时，这种色泽灰白粗细匀称，进到嘴里有一种特有的香甜还略带一点儿苦滋味的地方吃食，令马云龙三人食欲大开，马大山更是吃得顺脸淌汗。看到客人们吃得香甜，郭荣久和李三林的小媳妇儿满脸都是笑容，这可是对会做饭女人的最高评价了。

这头一天出发，事儿办得痛快，饭吃得也香甜，觉自然就睡得香了。在偏坡营子村农会的大热炕上，张树林已响起了轻微的鼾声，马大山还不时地吧嗒着嘴，大概在梦里还回味着荞面条子的味道吧。而马云龙却在寻思着黑三的那句“此番路途凶险”的话，辗转反侧，久久不能入睡。

在大漠中会是怎么个凶险法呢？是国民党小股部队渗透进来进行围堵？不可能！是国民党派了狙击手打黑枪？嗯，这种可能性比较大。还会有别的什么人拦截呢？是红枪会的人吗？这也有可能，红枪会的人如果是刀枪剑戟的倒也没什么可怕。还有国民党保密局赤岭站的特务们……他的耳边似乎又响起了黄勇司令员说的话：“吕副司令员亲自点你的将，让你去辽西省公安厅公安总队……怎么就不是和敌人真刀真枪地干啦？只不过是这明枪变成黑枪了，明刀变成敌人在你的背后捅刀子了。”

“喔喔喔……”

鸡叫三遍了。

马云龙翻身坐了起来，张树林和马大山也呼地爬起来，多年的艰苦战斗让他们变得敏捷而机警。马云龙小声吩咐道：“天快亮了，把武器都准备好，时刻做好战斗准备。和敌人打起来时，张树林在我右后侧，马大山在我左后侧。”

当这三个人蹑手蹑脚地出了屋子时，只见郭荣久穿着大皮袄坐在马槽子边上抽着旱烟袋，看样子是打了一宿的更。马云龙的心头一热，忙走上前，亲亲热热地叫了一声：“大叔，辛苦你了。”

郭荣久没有马上说啥，只把烟袋锅往毡鞋底上磕了磕，站起身，这才说了一句：“行，马都吃饱了，部队上的人头一回住我们这儿，要是出点儿啥事儿，我这脸往哪儿搁。头四五天前，我们村往东三十里的双窝铺村就出过事儿，住在那里的三个区干部让土匪桑杰半夜打进村给杀了。这些日子风声挺紧的，我也是提溜着心哪。”

马云龙笑着说：“大叔，甭担心，国民党打不到这儿来，也不会让它打到这里来。”

郭荣久没有顺着马云龙的话茬子往下说，而是小声地嘱咐道：“可不能大意了啊，黑三那人霸道点儿是霸道点儿，可还是挺仗义的。他说的那话你们别不往心里去，那可是话中有话啊，我估摸着肯定是红枪会有对你不利的事。”马云龙点了点头说：“大叔，你放心，我们路上会注意的。”

马云龙三人告别了郭荣久，骑上马，顺路向大漠跑去。

天大亮了，太阳从东山后冒出头儿来。

黑三一边招呼着红枪会的人在村子前头的那片空地上练棍舞枪，一边独自朝着村农会走了过来。昨天下午，他又接到红枪会总坛首领黑龙的飞鸽传书：“找到马云龙行踪，尔等大功一件，然你分坛不要出头露面，此事金龙已有安排。”

黑三看完这封信，吓得一吐舌头：“得亏没把事儿整大发了。”

黑三来到村农会时，看见郭荣久正往外走，于是上前问：“我师父他们呢？”郭荣久瞅了他一眼说：“走半天了。”黑三叹了一口气说：“共产党八路军里有能人哪，就我师父那轻功，先前我还真没见过。夜儿来过晌（热北方言：昨天下午）我俩交手，就觉得眼前‘嗖’的一道白光，然后头顶‘嗡’地一下，身子便趴地上了。就他那功力，要想取我性命，当时就可以踢碎我半拉脑袋，高人都是点到为止。”

郭荣久“呵呵”笑着说：“黑三兄弟，这世道真就说不上咋着，干啥还是留点儿后手好。”

这两个人正说着话，有一个红枪会的会众气喘吁吁地跑来了，结结巴巴地说：“首领，又，又来了五个。”黑三黑着脸问道：“你他妈的慢慢说，啥来了五个？”这个红枪会的站着喘了一口气，才慢慢地说道：“来了五个人也是长枪短炮的，还说是什么军的，说着首领的大名，要见你。”

黑三瞅了一眼郭荣久，郭荣久仍旧“呵呵”一笑说：“要见你就见呗，不见也不行，你瞅我啥意思啊。”

黑三回到了村前的那块练武场，果然有五匹马和五个头戴狗皮帽子的彪形大汉。这五个人都身穿羊皮大氅，斜挎着三八大盖，腰间还别着一把驳壳枪。其中一位身材丰满面色黝黑豹子眼蒜头鼻还有点儿连鬓胡子的人走上前，双手一抱拳，问道：“这位就是黑三首领吧，我姓胡单字一个彪，‘热北反共救国军’警卫营少校营长，我们谭司令让我找你。”

黑三向后退了一步，晃了晃脑袋说：“不敢当，不敢当，胡营长！我只听说有共产党的八路军、国民党的中央军，没听说有‘反共救国军’啊！”胡彪愣了一下神，吃惊道：“属下不该直呼长官名字，谭司令就是谭楚山，你不知道吗？”黑三恍然大悟道：“谭楚山呀，就是那个在‘满洲国’时给日本人当警察署长的谭楚山？”胡彪又一抱拳，说道：“没错，就是他，现在可是我们国军的少将司令啊。”

黑三摇了摇头，不阴不阳地说道：“那我可不敢恭维您啦，谭楚山给日本人当署长时，下来收出荷粮时打过我爹，往后我见着他，非得跟他算算这笔账不可。”

胡彪见与黑三话不投机，又往前凑了凑，小声说：“我们是给银龙办事儿，咱们是一家人。银龙问过黑龙，黑龙让我们到这边有事儿找你。”黑三一听这话，拍着巴掌哈哈大笑道：“你早这么说不就得了嘛，你说吧，啥事儿？”胡彪又往黑三的身边靠了靠，压低了嗓音说：“八路军的马云龙来过没有？”黑三一听这几个人是朝着自己刚认的师父马云龙来的，心中更加反感，便说：“来过，听说是来抓逃兵李三林。”

胡彪的眼睛一亮，连忙追问道：“那他们几个人？都带着什么家伙？往哪边去啦？”黑三的眼珠子一转，说：“六七个人吧，反正我不太清楚，只听说每个人都骑着马，长枪和短炮都有，至于往哪边去就不知道了。”

胡彪听黑三这么一说，知道再问也问不出个什么道道来了，便把一张笑脸递了过来：“嗯，黑三兄弟，我们想在你这里喂喂马打打尖（热北方言：途中休息吃东西），你看行吗?”黑三将脸一沉道：“你们来得不是时候啊，现在早饭过了，晌午饭还没做，人吃马喂的，安排你们上谁家？就是金龙爷来了，我也没辙呀。”

胡彪见黑三有点儿油盐不进，再说就是自讨没趣了，便抹搭一下眼皮一抱拳，冷冷地说了声“后会有期”，然后翻身上马，五个大汉径直奔了大漠。

黑三望着胡彪等人的身影，啐了口唾沫，骂道：“想蹭老子的饭，没门儿！后会有期咋地，难道我还怕你不成？看你们那个损种样儿，怎能跟我师父较量，哈哈哈……”如今，黑三结识了马云龙，觉得心里有了股浩然之气。

这工夫，马云龙、张树林、马大山已打马越过西辽河，奔进了小腾格里沙漠。

小腾格里沙漠紧傍着大兴安岭的西南侧，蜿蜒飘逸在热北大地，如同是大兴安岭这条巨龙的尾巴，扫起了一道浑浊的涟漪。因为有大兴安岭阻挡了来自西伯利亚的寒流，小腾格里沙漠一年中除了偶有一两场大风暴，平常日子里只是黄沙漫漫，却无“一川碎石大如斗，随风满地石乱走”的恶劣景象。

但大漠就是大漠，初冬的小腾格里已是一幅苍莽而凄凉的景象了。那一座座大大小小的沙坨子纵横交错，海海漫漫，空旷而奔放。沙坨子上的黄柳和红柳与沙坑间的灰柳在冷风中瑟瑟发抖。沙坑中，那一墩挨着一墩的茂密柳条子里暗藏着杀机，狼、狐狸、豹子们就隐藏其中。一旦有兔子、狍子、野猪这些小动物出现，它们便立刻露出弱肉强食的本性，冲出柳丛扑向猎物。尤其是大漠中的狼，常常用凶残掩盖着狡猾的另一面。它们的毛色会随着季节变化而变化，冬天是灰白的颜色，与枯草和裸露的沙漠同一色调。

马云龙和两位战友策马扬鞭在这空旷但充满杀机的大漠之

中。一路上，马云龙都是策马前行。他因为心中有事儿，十分警惕地留心着路边的风吹草动。大漠中的路隐隐约约，多半是绕着沙梁走沙坑。偶尔跃上一个沙坨，马云龙总要勒住马，略停一下，向前方机警地张望一番。

张树林和马大山的心情则十分舒畅，打马爬上一座沙坨，极目远望浩瀚的大漠，放开了喉咙，竟唱起了热北新流行的民歌《好儿郎》：

好呀么好儿郎好儿郎，
好儿郎就该端起枪，
好儿郎就该打豺狼。
为了咱们的土地为了咱们的牛羊，
好儿郎背起钢枪上战场。

好呀么好儿郎好儿郎，
好儿郎爱把那钢枪扛，
好儿郎爱穿八路的装。
为了咱们的土地为了咱们的牛羊，
好儿郎手握钢枪上战场。

好呀么好儿郎好儿郎，
好儿郎就该参加八路军，
好儿郎就要跟着共产党。
为了咱们的土地为了咱们的牛羊，
好儿郎端起钢枪上战场，上呀么上战场！
……

这二人一个是粗喉咙大嗓门儿，另一个则尖细得有点儿女人腔，搭配起来倒也回味悠长，给空旷的大漠带来些生机与乐趣。

人们说，热北汉子们的歌声就诞生在这浩瀚的大漠和广阔的草原上。这里人烟稀少，似乎只有这样豪放地扯开嗓门儿的歌声才可以战胜空旷，才能够稀释牧马人和牛倌、羊倌们的豪情与忧伤。

马云龙带着张树林和马大山打马驰骋在大漠间，胡彪五人在后面紧追不舍，一场你死我活的厮杀似乎是无法避免了。但马云龙三人面临的凶险远不是这么简单，国民党保密局热北特派员王春水（行号“金龙”）可是个狡猾的狠角色，绝不会轻易让马云龙等人进入西林县城。

大漠中的追杀、截杀刚刚开了头儿，而此时的赤岭城东门却响起了“噼噼啪啪”的鞭炮声。鞭炮声中，由一些乡绅和谭楚山的人马组成的欢迎人群，分列在马路两边，正在热烈欢迎国民党 A 军团 N 师官兵入城。这场欢迎仪式的组织者是国民党赤岭市党部书记长、保密局赤岭站站长吴东朔。

A 军团 N 师师长苏文卿少将与参谋长许登谋上校在城门外跳下各自乘坐的美式吉普车，骑上高头大马。N 师的将校们军装亮眼，士兵们队伍整齐钢盔闪亮，以一种胜利者的姿态出现在赤岭老百姓的面前，苏文卿师长“小巴顿”的名号也立刻在赤岭传播开来。

当天晚上，吴东朔在赤岭最大的饭店福兴楼宴会厅举行了一场盛大的酒会，庆贺 N 师在热北初战告捷。赤岭城的名伶、名媛尽数出席。

吴东朔完全是一副乡绅的打扮，长袍马褂貂皮帽，右手的大拇指上戴着雕有一条小龙的银质扳指，满脸的笑容掩饰着那双永远睡不醒的眼睛，不停地上前招呼着客人和贵宾们。

在热烈的掌声中，苏文卿师长致辞：“女士们、先生们，各位党国的志士仁人们，余奉蒋总裁之令率 A 军团 N 师万余官兵，以摧枯拉朽之势击溃共军之冀燕赤军区之热北军分区。时也势也，今之热北很快便会收入我党国囊中了。国军拿下热北，就等于锁住了东北的大门，党国就可以轻松占领东北，我等功不可没……”

许登谋、吴东朔带头起身热烈鼓掌，乡绅及女眷们也赶紧用力地拍起巴掌来。立时，舞台下掌声与音乐声响成一片……霓虹灯闪耀着缤纷又略带暧昧的颜色。酒桌上，水果沙拉、威士忌，端起酒杯的人们满脸的笑容。舞池中，军官们、士绅们与名媛、名伶们舞步蹁跹。福兴楼酒店的歌女白玫瑰和黑玫瑰轮番演唱着《夜上海》：“……华灯起车声响歌舞升平……酒不醉人人自醉，胡天胡地蹉跎了青春。晓色朦胧转眼醒大家归去，心灵儿随着转动的车轮。换一换新天地别有一个新环境……”

这个不眠之夜，狂欢之夜，不言“曲终人散”，国民党A军团N师的青年军官们紧紧地搂着舞伴，跳了一曲又一曲，快三、慢四、探戈，要将郁积在心中的火气全都发泄出来。更何况苏文卿师长在退席时也撂下话：“打了胜仗就该有个打了胜仗的样儿，都尽情一些，文武之道，一张一弛嘛。”

此时，在另一个小房间里，许登谋、吴东朔、谭楚山三人正端坐在沙发上。许登谋这次来到赤岭还有一个特殊身份和任务：国民党保密局毛人凤局长特派专员，督导热北保密局的工作，尤其是要督导毛人凤亲自批准的一项行动计划。

从各自的表情上看，这三个人的谈话并不十分融洽，尤其是吴东朔同许登谋，简直是唇枪舌剑了。吴东朔窝在沙发里，一双眯眯眼说不上是睁着还是闭着，面色阴阳不定，右手的食指在时紧时慢地转动着戴在大拇指上的那枚银质扳指，左手还时不时地摸摸下巴。许登谋半眯着双眼，瘦削的脸上没有丝毫笑意，手指轻轻地敲着沙发的扶手。

“我说的都是实情，是燕山太保跟我说的，他们抓去的人自称是参座的司机。”

“我说过了，这件事儿不要提了，一个刚开车没几天的司机能知道什么机密？”

“那半张图纸和‘秋山计划’可是落到了共军手中，虽然没什么内容，可也是暴露了。”

“暴露不暴露无所谓，我这次来有一个重要职责，就是毛局长要求你们配合国军正面进攻，一定要加快实施‘秋山计划’！”

“‘秋山计划’的一切行动都由春水先生掌控，我等只是听从春水先生的指示去办事儿罢了。”

“这春水先生真是神龙见首不见尾啊。”

“恐怕贵特派专员首尾皆不能相见也，他本身就是毛局长委派的保密局热北特派员，保密局热北这一块，我们都得听春水先生的。”

许登谋冷笑了一下：“知道，我都知道，我还知道他是你们红枪会的金龙大哥，不见就不见吧，我来时毛局长倒也有过交代。可有句话叫‘普天之下莫非王土，率土之滨莫非王臣’，保密局也是有保密局规矩的，请你向他转告毛局长指令，东北战事吃紧，热北战事宜早结束，‘秋山计划’当立即实施！”

吴东朔的大脑袋抬了抬，动了一下眼皮，眯眯眼瞄了一下眼前这个既是保密局局长毛人凤的特派专员又是N师参谋长的许登谋，放下了左手，也停止了右手扳指的转动，很不情愿地说了一句：“特派专员，咱们虽是一家人，可各地场也有各地场的规程，我今夜就向春水先生汇报。”

这两人的一番对话把谭楚山晒在了一边，他憋不住插了一句：“你们说这‘秋山计划’咋有股子日本人的味道。”许登谋咧嘴笑了笑，将脸转向谭楚山：“那谭司令，你们的‘反共救国军’又有何举动？苏文卿师长可一直都向我过问你们的情况呢。”

谭楚山的脸上立刻淌下汗来，耷拉着眼皮，结结巴巴地说：“反共，救国，我，我们也在行动着嘛。”他的心里跟明镜似的，那一千多人莫说现在七零八落地驻着，即使集合在一堆儿，也不过是一盘散沙而已。其中一半是“满洲国”时的警察，三分之一是土匪，剩下的就是一些“满洲国”国兵。老百姓管他的兵叫“降队”，他的这帮人现在过的实际是半兵半匪的日子。

吴东朔见状，连忙打起了圆场：“唉，咱们的‘热北反共救国军’可真没少做事情，共军撤出赤岭，赤岭社会治安就全由他们接过来了。就在昨天清晨我们遵照春水先生的指令，谭司令还派出一支精锐小分队赶往大漠截杀共军一个非常神秘的人物马云龙，燕山太保说这个马云龙携带着咱们的半张图纸和一份‘秋山计划’的残页。”

“啪啪啪！”

许登谋听了吴东朔这番话，连拍了几声巴掌，镜片后的金鱼眼添了些悦色：“好，这件事儿安排得实在是好！小分队的人员把握吗？”

气氛立刻缓和多了。

谭楚山将腰杆儿一拔，神采奕奕地说道：“把握，把握，去的人都是一等一的高手，带队的人叫胡彪。要说我那胡彪兄弟可是非同凡响，身高八尺膀大腰圆，十八般武艺样样精通，进百万军中犹入无人之境，取上将首级亦如探囊取物耳。”这个主儿可能在平时听评书听得太多了。

吴东朔忙垂下头咳嗽两声，止住谭楚山的大嘴，慢条斯理地说道：“‘热北反共救国军’这块儿人不是问题，最大的问题是武器弹药等军中一应装备；其次就是军饷，这在地方上东征西要的，说是取之于民用之于民，可好说不好听，太影响党国的名声了。”

许登谋将左右两个拳头互换着砸了砸胳膊说：“今晚我跟毛局长通话，请他亲自与军政部说，这点儿事儿不难办，其实A军团也能解决。我倒还想着你们那个小分队的事儿，我现在觉得这共产党的人越来越不好对付了。”

谭楚山马上站起身一拍胸脯道：“参座请放心，明天我就提着那个马云龙的人头去见你！”

当晚，吴东朔发报：“先生，特派专员传毛局长口谕，‘秋山计划’当立即实行。”特派员“金龙”王春水当即回电：“我亦收到毛局长有关电令，告诉许登谋，‘秋山计划’即将实施，但他得按照我们的意见办。截杀马云龙的人派出没有？此乃尔等之紧急要务，切莫疏忽，务必成功。”吴东朔回电：“先生，我将您的意见转达许登谋。先生也请放心，派出截杀马云龙的五人皆谭楚山司令挑选的热北江湖武林中一等一的高手。”

马云龙和张树林、马大山骑马奔跑着，穿过一个又一个沙坑，越过一道又一道沙梁，心情好久没有这么敞亮了。他们打马又上了一道沙梁，马云龙突然剑眉一挑说：“有情况，准备战斗！”张树林和马大山立刻摘下冲锋枪，策马抢占了左右两个沙山的制高点，马云龙则抽出驳壳枪打马冲下沙梁。

在前面一座小沙坨旁边的沙坑里，有几个人正蹲在地上拢着一堆火。马云龙心想，若是敌人和土匪就打他们个冷不防，若是往来商客正好问问前面路途的情况。当马云龙策马接近那堆火时，火堆旁的几个人也立刻站起了身子。

马云龙发现，围在火堆旁的是三男两女五个成年人，还有两个半大的孩子。他们正在烤火取暖，烧干粮吃。在旁边的一棵老榆树的树干上还拴着两头毛驴，毛驴旁边堆放着一些米袋子和包袱等物。

马云龙明白了，这些人肯定不是土匪和敌人。于是，他把枪插回到枪套子里，骗腿从马背跳在地上，走上前，笑着问道：“老乡，这是串门儿走亲戚呀？”那三个男人中岁数最大的老头儿瞪着一双惊恐的眼睛，拄着根棍子抢先朝马云龙走来：“有什么事儿跟我说，他们一家是我儿子，一家是我外甥，逃难是我让他们逃的，有啥罪过我担着。”

马云龙见这老头儿误解了自己，笑着说：“大叔，我从南边来，只是路过。”这老头儿把拄着的棍子顿了两下，说道：“我还以为你是西林来抓我们的呢，我还寻思呀，那么多逃难的人家为啥偏抓我们家。”说起话来，两人都放松了警惕。老头儿说他姓王，在西林城石猴胡同住。前两天，胡同里去了一位仙家，左算右算说西林城要有大灾大难。那仙家还当着众人的面向天上要下一道符咒来。

“马八路，你看就是这道符，有不少人家都没请到，我抢到了一张，拿着这道符再往南走一百多里就能避难了。”王老头儿毕恭毕敬地从怀里掏出巴掌大的一张黄表纸，递给马云龙看，纸上是深红色的字迹。马云龙双手接过来，只见上面写着：

> 太上老君敕令：
> 赤党来了赤千里，共党共产又共妻。
> 人祸不断加天灾，暴风暴雪加瘟疫。
> 若想平安无灾难，赶紧南去二百里。

马云龙打小在庙里学功夫时，师父智真和尚就教他识字读书。他读过这张符后，马上意识到这不是普通骗钱的勾当，往南二百里不就是赤岭吗？果然，老王头儿接着对马云龙说：“我们孩子他二姨家在赤岭城住，正好二百多里地。这兵荒马乱的，能保个命就不错了，光我们胡同跑出去的就有四五家了。各家都是把门窗一关，孩大老小的就都走了。”

听完王老头儿的这番话，马云龙双眉紧皱，感觉自己说也不是，不说也不是，眼下这老百姓信神信佛却不完全相信共产党，而阻止王老头儿一家的这种愚蠢举动会招惹他们更加反感共产党。因此，他只好说：“大叔，一路小心，我听说土匪这些天在大漠活动得挺厉害，路上可不太平。”

王老头儿连连点头说：“嗯，是得小心着点儿！你们要是往西林那边去，往前再走个三四里地，我们刚才过来时看见八成是红枪会的人吧，仨一攒俩一伙地守着道儿，还在道上挖坑子，不知道干啥。”马云龙一听这话，说到红枪会，心中不禁“咯噔”一下，觉得脊背有些发凉。这让他立刻联想到偏坡营子红枪会的举动和首领黑三的那番话，看来大漠中真的会有凶险。他便说：“谢谢大叔，我知道了。”

这时，张树林、马大山二人见警报解除了，也骑马跑了过来。马云龙骑在马上，仍对王老头儿再三叮嘱道：“大叔，要是到亲戚家日子不好过，还是回来吧。”说完，三人又拨马向西林的方向奔去。

王老头儿望着三人远去的背影，长长地叹了一口气说：“唉，共产党八路军仁义是仁义，就怕打不过人家国民党中央军哪。”王老头儿在跟马云龙说话时，隐瞒了一件事儿，就是那仙家在求上天赐符咒时还说：“国民党的中央军就快打过来了，中央军有飞机大炮，那炮弹得有套缸粗，一颗炮弹就能炸平半拉西林城，你们在这儿等死啊！”

马云龙对张树林和马大山说：“根据刚才王老头儿说的情况，还有昨天下午黑三的警示，前面红枪会的人是朝着咱们来的。红枪会用的是冷兵器，我们没必要和他们恋战，只要冲过去就行了。”说完，这三人把枪插好，拔出了马刀。

马云龙一马当先，过了一道沙梁一个沙坑，又是一道沙梁和沙坑。当他再上一道沙梁时，远远望见有十来个人正端着红缨枪堵在道中。马云龙回头说了句：“拉开距离，你俩看着我点儿。”很快就来到近前了，那十几个人挺着红缨枪迎了上来，高声喊着：“过来的八路下马，接受我们红枪会的检查！”

马云龙三人也不搭话，疾驰过来，一手提缰，一手举起马刀，“啪啪啪”，马刀的刀锋砍在红缨枪的枪杆和枪头上，将那几个红枪会的人震得直打趔趄，乖乖地闪向一边。马云龙的脸上露出一丝冷笑，眼睛早就瞄见了前面新翻动的沙土与微微隆起的路面，于是左手一提马缰绳，大白马腾空而起，跃过那几步是非之地。紧随其后的张树林、马大山也都如马云龙一般，一提马缰绳，张树林的青骟马和马大山的黄骟马腾空跃起，顺利通过了红枪会设下的陷阱。这让那帮红枪会的人目瞪口呆，半天才有人冒了一句："他们是神人咋的?"呆愣了半天，这才纷纷上马，尾随着马云龙三人追了过去。

马云龙哪里是什么神人，只是刚才老王头儿的话让他吃惊不小。在这大漠中，有些猎人会用陷阱猎取老虎、豹子、野猪这些个头儿大些的野兽，当然也可以用陷阱置人于死地。没有王老头儿的提醒，后果不堪设想啊！马云龙心中想。

这时，在旁边的一座高沙岗上，正站着一个头上戴着顶黑色混元巾帽，身上却穿着狐皮大衣的人。他阴沉着脸，右手的大拇指上套着一枚雕着一条小龙的墨玉扳指，食指与拇指在不停地捻动着，他身旁还站着两个手持红缨枪的人。这两个人见马云龙三人骑马腾空跃过陷阱，吃惊地喊起来："黑龙首领，他们跳过去了!"原来此人就是西林红枪会的大首领"黑龙"邱处虎。

邱处虎不耐烦地呵斥道："喊什么喊，我眼瞎呀？无量天尊，我倒要看看他们第二关怎么过，给我预备钢鞭，看样子还得让我亲自动手。你们记住，等我把那三个八路拿下，你们务必把那匹白马给我牵回去，那可是匹百里挑一的宝马良驹。"说完，他便迈着大步向沙梁下走去。

马云龙三人继续打马前行，又跑了大约一里地的路程，眼前出现了一片东西方向的椭圆形大漫甸子，四周是高高隆起的沙梁。这三个人都紧张地注视着前方，深信敌人不会只设下一个陷阱。当他们又冲出一里多地后，前面出现了两座馒头状的沙包，唯一一条可行的路就从这两座沙包的中间穿过。马云龙见状，喊了一声："注意啦!"用双脚磕了一下马镫，大白马猛地冲了出去。果然，这时在他们的前面出现了一道用柳条捆子垒起来的路障，有一人多高，封住了去路。当马云龙三人冲到这条柳条捆成的路障跟前时，两边的沙包上突然涌出了几十个挺着红缨枪的人。

马云龙用力一带缰绳，大白马腾空飞过前面的路障，青骗马也驮着张树林紧随其后，一跃而过。马云龙见张树林过来了，刚要长长地喘一口粗气，身后却传来了喊杀声。他回头一瞅，糟了！马大山没有跃过路障，被冲下沙包的人围上了。发现战友有危险，马云龙可不是一个只顾自己逃命的人。只见他剑眉斜立，鹞眼圆睁，一勒马缰绳，胯下的白战马便扭过身来。他喊道："张树林，咱们冲回去救人！"

马大山的黄骟马是匹小马，入伍还不到两年，缺少战斗经验。当它冲到柳条子捆垒成的路障前时，只那么稍稍一犹豫就没有跃起来。马大山勒马回来，连续两次向前冲也没成功，立刻就被一群从沙包上冲下来的人围住了，那些人都端着一杆红缨枪，枪尖闪着雪亮的寒光。

正当马大山不知所措的时候，只听马云龙在身后大喝一声："有敢向我八路军攻击者杀无赦！"他一边喊着一边抽出手枪，朝着天空"叭叭叭"地连开三枪。然后，马云龙和张树林举起马刀，左右劈砍，硬是把围困马大山的那些人逼退得闪向两边，那位黑龙首领连钢鞭都没抖出来，就被甩在了后边。

可当马云龙带着张树林把马大山救出包围圈后却又犯了难，如果再冲回去的话，马大山的马仍会因胆怯而跃不过那道路障。于是，他果断地喊了一声："走，另找出路！"直到这时，他才明白黑三所言的"大漠十分凶险"的真实含义，眼下这处境可比他原来想象的要凶险得多。

马云龙和两名战友冲出红缨枪的包围圈后，立刻意识到必须马上摆脱红枪会的纠缠，回到陷阱之前的那段路上去，再寻找低矮的沙梁以突破堵截。然而就在这时，迎面又"喤喤喤"地响了三枪。马云龙的耳朵不由自主地跳动几下，拿眼朝前一扫，只见有五个人从后面的沙丘中冲了出来。这可让马云龙吃惊不小，敌人这不是将他们前后夹击了吗？

原来，胡彪五人一直在他们的后边紧紧追赶着，现在总算追上了。

头些年，这胡彪是赤岭城一大户人家的炮手，也就是护家看院的江湖中人。每逢有土匪来大户家“砸响窑”（抢劫富家大户），他总会连打三枪再大吼一声：“我胡彪在此，你们休要无礼!”那些知道深浅的土匪就会退避三舍，也有些不识好歹的还要硬往上冲，胡彪便顺过枪来“咣咣咣”三枪，不是掀掉那些人的帽子，就是在裤裆上给烫个眼儿。所以，黑白两道上的人都管他叫“胡三炮”或“胡三爷”。

日本投降后，胡彪的东家因投靠过日本人被定了汉奸的罪，以伪产的名义没收了全部家产。胡彪没有了吃香喝辣的饭碗，便投奔了谭楚山，还和吴东朔拉上了关系。但也有人说，他是先和吴东朔相识，吴东朔正替保密局网络人才，然后把他推荐给了谭楚山。不管哪种说法，他现在是在谭楚山手下做事。

胡彪知道谭楚山好色，投其所好，把一个据他说是吉林来赤岭逃难的妹子说合着给谭楚山做了小。有这妹子在谭楚山耳边给胡彪吹着枕边风，胡彪越发为谭楚山所器重，被视为心腹，封了个校警卫营营长，至于这妹子是他妹子还是别人的妹子那就两说了。

这次，谭楚山把这么重要的差事托付于胡彪，胡彪自然卖力去做。

“我胡三爷明人不说暗话，谭司令有话在先，生擒马云龙者赏大洋十块，毙其命者赏大洋五块，谁打头阵?”胡彪圆瞪豹子眼，朝四位弟兄大声说道。他的话音刚落，身后的金三和王老五抢先打马冲上前去。后面，胡彪居中，黄二和贾三分左右跟进，迎着马云龙三人压了过来。

马云龙一见这阵势，感到形势凶险，他和两位战友已处于被前后夹击的困境。于是，他勒了勒马缰绳，放慢了马的奔跑速度，掏出枪向前面的敌人还击着。

金三早先在一个土匪绺子里过活，马上功夫也算了得。他一面在马上射击着，一面从马鞍下掏出飞镖。金三心想马云龙也就是凡人一个，等靠得近了，打出飞镖去，无论谁抓住了马云龙都得有他的一份现大洋。因此，当金三能够清楚地分辨出白马、青马、黄马以及马背上的那三个人时，暗中将持镖的右手运上劲儿。可人算不如天算，他正准备发镖时，只觉得忽悠一下，他和他的马竟然掉进了陷阱。

而紧跟在金三后边的王老五立时就蒙了，吓得急忙勒转马头往回跑。

胡彪见状，也打了个愣怔，使劲儿眨了一下眼睛，难道金三会土遁不成？眼盯着他快马快枪地往前冲，咋随着一股烟尘腾起，人和马就没踪影了呢？只有远处的黑龙看得明白，他虽不知后面冲过来的是何人，但有一点是明确的，这些人的目标也是马云龙，他们和自己应该是一边的人。

黑龙后悔不迭，气得直跺脚，唉，这个陷阱挖的，没陷住马云龙，反倒给自己人用上了，这怎么跟金龙、银龙交代呢？但他和他的会众又只能干瞪眼，谁都知道这枪子儿不长眼，马云龙刚才没把枪口对准他们扣动扳机就算是客气了。所以黑龙只好招呼着他的喽啰们堵在后边，离着枪子儿远点儿。

金三连人带马坠入陷阱，正是马云龙放慢马的奔跑速度想要达到的效果。但眼前的形势一点儿也不容乐观，马大山的黄骟马的后腿在刚才突围时被红枪会的人扎了一枪，跑起来有点儿发瘸，而对方还有四个人，枪都打得挺好。马云龙剑眉一皱，计上心来，回头喊了一声："咱们先在这个漫甸上跟他们转几圈，扯开他们再找空子钻出去。"

然而，胡彪识破了马云龙的调虎离山之计，吩咐身后的三个人守住路口，只开枪射击。最苦的是金三，没人去救他，也没法儿去救他，人和马只能窝在陷阱坑子里。

马云龙见胡彪等人骑在马上没动地方，干脆打马去了那个椭圆形漫甸子的最东边，索性下马，让马卧倒在地，靠着马的掩护，与两个战友开了个小会。

马云龙说："现在只有我们三个人，孤立无援，黄骟马又受了伤。我们面对敌人的前后夹击，红枪会那边的人威胁不大，但道路堵死了。红枪会的人又都是受蒙蔽的群众，能不伤尽量不伤。但从后面追上来的这几个人的行动来看，应该是国民党保密局赤岭站派下来的，我们一会儿还得从他们那儿冲出去。”

张树林说：“我同意连长的意见，把咱骑兵侦察连看家的本事都使一使。”马大山带着哭音说：“都是我连累了你们。”马云龙眉头一皱：“胡说什么，看看马，给它上点儿药，包扎包扎吧。”

歇了一会儿，三匹马显得精神多了，特别是马云龙的大白马，更是一边“嘚嘚”地打着响鼻，一边用前蹄刨着已上了冻的沙地。马云龙和两个战友起身紧了紧马肚带，手扶马鞍飞身上马，向胡彪等人发起了冲锋。胡彪等人也不敢怠慢，四个人四支枪不停地射击。

进入胡彪等人的有效射程后，马云龙由伏在马鞍上射击突然扭身一仄歪就贴在了马鞍子的下方，大白马却依旧向前狂奔。张树林和马大山也如马云龙一样使用马背藏身术，紧随其后。这三个人的共同心思是，快了，就要冲到敌人的跟前了，老子要用马刀劈了你们几个！

正在这时，红枪会那边突然传来一片喊叫声：“打倒一个！打倒一个！”马云龙把上身向下一弯，心中“咯噔”一下，担心的事儿还是发生了。毕竟，马大山的黄骟马受了伤，奔跑时有些迟钝，对射来的子弹躲闪不及，中枪了。

马云龙这回真的急眼了，拼死也不会丢下自己的一个弟兄。他在马背上来了一个“鲤鱼挺身”，同时把冲锋枪抽出来，瞄也不瞄地朝着胡彪那边就是一梭子子弹打了过去，整个过程也就是一两秒的时间。那胡彪也是个有两下子的人，看见马云龙在马背上露出头来，他立马一仄歪身子。那一梭子冲锋枪子弹如一串流星似的从他的马鞍子上头飞过去。假使胡彪稍一走神，脑袋和身子就被打成蜂子窝了。

马云龙趁着这个机会勒转马头，朝着马大山奔去。张树林也勒转马头，跟在马云龙的后边折了回来。这时，马大山早已急得眼睛都红了，正以卧马为掩护朝着胡彪等人不断射击。马云龙喊了一声："快上我的马！"马大山一跃身，马云龙抬手一提，马大山就骑在了马云龙的马屁股上。张树林和马大山二人扭身朝着胡彪等人又打了一梭子子弹，三个人骑着两匹马朝着刚才开会的地方奔去。

胡彪猖狂地喊道："这回他们跑不了啦！"金三也从陷阱里爬了出来，趴在陷阱边的一个沙土坎子上朝着马云龙三人打起枪来。胡彪在马上仰着大黑脸颠着屁股喊："三个人两匹马，这回看你们咋跟老子玩，咱们追上去。"四个人撒马就追。

正在这危急时刻，突然从西北角的沙包上响起了"嗒嗒嗒……"的轻机枪声，落在后面的王老五中弹了，摔在马下。随即，从沙包上冲出来一群持枪射击的八路军战士。

这一群身着八路军装的战士正是刚刚组建的辽西省公安厅公安总队的战士们。由于当时条件有限，公安战士们没有换装，只是戴了一个"辽西省公安厅"的臂章，有的甚至连臂章都没来得及戴上。

这支队伍的领队叫王东山，是个人高马大的汉子，也是刚从热察纵队里新调上来的老兵。他正因被从火线上撤下来而心中不爽，肚子里憋着一股气，这回总算是可以发泄一下了。他气呼呼地喊道："从哪儿跑来这么几个龟儿子，竟敢打我们的人，你们几个去抄他们后路，剩下的都跟我来，冲上去狠狠打！"说完挥着手枪，骑着马，带头冲下了沙梁。

早晨，辽西省公安厅厅长乌兰向冀燕赤军区吕副司令员和辽西省副省长于民汇报完各县治安科组建情况，吕副司令员也向她通报了前方作战情况。国民党N师已占领赤岭，现在敌我两军正对峙于一个叫桦树沟的地方。吕副司令员告诉乌兰厅长说："咱们向热北军分区要的那个马云龙今天到，黄勇这家伙先是磨叽懒得给人，看扛不住了又说再给他们办点儿事儿，顺路抓个逃兵。"

于民副省长问乌兰："你怎么样，顺过点儿架了不？现在急需你们加大工作力度把社会安定下来啊。"

乌兰甩了一下头发，将耷拉在脸上的头发甩向耳后，苦笑了一下："还行吧，算是摸着点儿头绪了，最大的问题就是缺人，最大的难处是看不见敌人。"

乌兰的身材既不高也不大，表面看是一个瘦弱的女子。她短发齐耳，面容白净，淡淡弯眉下一双蛇眼炯炯有神。乌兰本是绥远一乌姓台吉家的大小姐，正在读大学却逢抗战烽火燃起。她加入了共产党的抗日队伍并很快成长为叱咤风云的女中豪杰。乌兰先在晋察冀边区那边当游击队长、军分区的副司令员，后来又到抗大学习了一年。去年，中共中央决定向东北派遣干部，她被留在了冀燕赤军区，后又被派到辽西省政府当了公安厅厅长。

乌兰跟于民副省长说的是实话，她刚接手公安厅时总感觉架手架脚放不开，甚至不知从何做起，在有些事上也不知道该做还是不该做。好在有吕副司令员、于民副省长的大力支持，并不时给出一些点子和建议，她才把公安厅这一摊子事儿撑了起来。

乌兰从军区出来回到自己的办公室，刚坐下，电话突然响了。她抄起电话，电话中传出一个陌生又瓮声瓮气的声音："乌兰厅长吗？今天大漠好热闹呀，就缺你们了。"乌兰马上问了一句："你是谁？"对方却"咔"地一下把电话挂断了。放下电话筒，乌兰猛然想起吕副司令员刚才说的话，有了一种不祥的预感，莫非……她不再犹豫，大声喊道："快叫王东山来！"

王东山跑步赶到，乌兰厅长甩动一下齐耳短发，急促地说："王东山同志，你马上带一支队的公安战士沿着去赤岭方向的路去接一位叫马云龙的同志。如果在路上接不到，就往大漠深处走一走，要做好各种可能的准备，甚至是最坏的可能。"王东山敬礼道："乌兰厅长，我坚决完成任务！"

王东山带着一支队的公安战士向着大漠飞奔而去，在大漠边上遇见了头戴狐狸皮帽子、身着蒙古蓝布袍外罩青缎子面裘皮里坎肩的西林人小孟和，大伙儿都叫他“大漠小牵驼人”。这时，他正牵着一链子骆驼，驮着干柴从沙漠里出来。王东山跳下马，问道：“小老乡，你在大漠里看见八路军没有?”

小孟和是个蒙古人，虽说不好汉话却能听懂。他一边摇着头说着蒙古话，一边做着抱东西的手势。王东山从小孟和的话中只听出了“红枪会”三个字，以为马云龙已被红枪会的人抓住了。直到后来他才明白，小孟和说的意思是红枪会的人正在抱柳条捆子封堵道路。

王东山搞懂了小孟和的话后，立时就急眼了，跳上马带着战士们向着大漠深处奔去。在路上，他已经能够听到冲锋枪和驳壳枪的响声了。凭着这么多年的战斗经验，他判断出有七八支枪在同时开火。此时的王东山心急如焚，一边骑马飞奔，一边将手枪从腰中抽出来，准备随时向敌人开火。

跑着跑着，王东山首先看到在两个馒头形的沙包中间有一道用柳条捆子垒起来的障碍物，立马意识到情况紧急，朝着后面的公安战士大喊一声：“快，都下马绕过右边这个大沙坨子，顺沙梁爬上去!”他不由分说，抢先拽着马笼头向着沙梁爬去。

王东山站在沙梁顶上，正好看到胡彪等四人在撒马追杀马云龙，大喊一声：“机枪手快给我突突那几个向我们人开枪的龟儿子!”机枪、步枪子弹如飞蝗般地朝着胡彪等人飞了过去。好险啊，如果王东山和一支队的公安战士们再晚到五分钟，马云龙等三人的后果就不堪设想了。

黑龙邱处虎最先发现王东山带队赶了过来，立刻想到昨天特派员信使飞行太保传达金龙给他的命令时说：“你此番去堵截马云龙时，若遇到八路军部队，宁可不做此事，也切莫与之交锋，切莫暴露红枪会反共产党八路军的真实面目，红枪会的大用场不在这里。”

黑龙邱处虎知道不管后来的这几位是何方人士，现在大势已去。于是，他摆摆手，压低嗓门儿对还在跃跃欲试要往前冲的喽啰们喊道："没看到八路军大部队来了吗？咱们可不能以卵击石，这儿没咱们的事儿啦，趁着八路还没发现咱们，都麻利儿地往回溜吧。"红枪会的会众们立刻作鸟兽散。那两个跟班的也给黑龙邱处虎牵来了马，他便赶忙纫镫上马，然后一溜烟地朝西林方向跑去了。

这时，胡彪身后的黄二和贾三眼见着狐狸没打着还惹了一身臊，当过土匪的他们决不干因为一块银大洋就搭上自己性命的事儿，于是互递个眼色，喊了一声："风紧，扯呼！（土匪黑话：情况不好，撤退）"便拨马朝着来时的路逃去。胡彪见自己成了光杆儿司令，顾不得正朝他叫喊的金三，也拨马跟在两位手下的后头狂奔而去。

王东山让一支队的公安战士们清理小漫甸上的战场，自己纵马赶到马云龙三人面前，跳下马的第一句话就是："乌兰厅长让我们来接应你们，我们来晚了。"然后敬礼，上前和马云龙握手。

此时的马云龙激动得连一句话也说不出来了，上前一步，紧紧地和王东山拥抱在一起，真是百感交集啊。刚刚经历的那场拼杀也就是一个小时的时间，而这一个小时的分分秒秒都与生和死纠缠在一起，红枪会要求下马检查、陷阱、路障、背后追敌、生死冲杀，其中任何一次哪怕有一个最微小的闪失，对于马云龙三人都是灭顶之灾，连个回旋余地都没有啊。

马云龙心想，这大漠里的战斗是够凶险的了，难道这就是黄勇司令员说的"打黑枪、背后捅刀子"？难道他未来的战斗就是这样？难道这就是他的新工作吗？马云龙的心中好像打开了一个新的却仍然还是模糊的世界。

马云龙、张树林、马大山要跟着王东山和一支队的公安战士们去西林了。马大山在临走之前还抱着奄奄一息的小黄马的脖子大哭了一场。马云龙和张树林也走过去，脱帽，默哀，与小黄马做最后的告别。

天空有几只大漠鹰啸叫着盘旋着。

第三章　西林 1 号迷雾重重

到了西林县城后，王东山陪着马云龙三人先到军区政治部办了手续。同时，马云龙还上交了热北军分区政治部李主任托他捎来的那份敌特文件。那时，办事儿的窗口少，简单，快捷，办事儿的人热情、认真，不要手续费啥的，喝碗水的工夫就把事儿办完了。然后，王东山又带着他们到辽西省政府办理了调入手续。

这时，只听有一个人在马云龙的身后问道："外面的那匹大白马是你的?"马云龙回头一看，问话的这个人黄白面皮，中等身材，长相平常，长方脸上却有一双鹰隼般的眼睛，给人一种世故又精明能干的感觉。

平时，马云龙挺讨厌这种认识不认识就爱搭讪的人。所以，他这次只当作没有听见，继续办自己的手续。身后的这个人好像也没想要得到什么确切的说法，只是自言自语了一句："真是匹好马啊!"

办完手续后，马云龙和王东山一前一后走出了办事处，身后还远远地跟着马大山和张树林。走着走着，王东山突然“扑哧”一笑，回头问马云龙：“马连长，你知道刚才问你话的那个人是谁不?”马云龙笑了笑，摇了摇头说：“我刚到这里，我能认识谁？我就是不愿意和别人有事儿没事儿地搭话。”

王东山又笑了一下，小声说道：“他叫吴文玉，是辽西省政府警卫连的连长，也是新调过来的。前两天我去西林县治安科办事，他是治安科科长。听说他挺得西林县长重用的，这不就来了省政府当警卫连连长了嘛。他挺好搭讪个人的，到你这儿算碰到茬子上了。”

马云龙和王东山正说着话，听到有人在招呼马大山。马大山一回头，大声地喊了一句：“哈哈，是你小子呀，毛三檩!”毛三檩也笑骂着，跑了过来。

原来，毛三檩、马大山与马云龙都是马家地铺村的。毛三檩告诉马大山，他现在在县公安队，是来给吴文玉送行李的。毛三檩拍着马大山的肩膀，满脸讨好的表情，有点儿低三下四地说：“过去的事儿就过去了啊，咱们现在可都是一个战壕里的革命战友啊。”马大山连连点头说：“对对对，省公安总队和县公安队都是公安嘛。”这话虽是这么说，但心里是怎么想的就又是一回事儿了，显然马大山的话中有些得意的成分。

毛三檩在村里当民兵队队长时，曾经欺负过马大山，还硬是把马大山快要说成的媳妇儿夺了过去。现在两人见面，一个觉得后背有点儿发凉，另一个却觉得面露红光。本来嘛，三十年河东，三十年河西，日头爷哪会只在一家门口转悠哪!

王东山和马云龙到辽西省公安厅后便分手了，马云龙独自一人来到公安厅的厅长办公室，见到了乌兰厅长，立正，敬礼。乌兰厅长抬起头来，瞅了瞅眼前这位中等偏上身材，大耳朵、剑眉，眼睛炯炯有神的小伙子，心中很是满意。她站起身隔着桌子和马云龙握了握手：“我听说了，很危险是吧？这回你知道了吧，干咱们这行，真是不知道危险什么时候从哪个方向过来啊。”

马云龙先表达了接受工作任务的决心，然后说：“首长，我真的不明白，我的工作连我自己都不太清楚，上西林来也是头一天接到命令，第二天起早就出来了，可敌人是怎么知道的？还有这个红枪会怎么掺和进来了？红枪会跟后边追来的人是什么关系？”

乌兰厅长听完马云龙的这番问话，满意地点点头说：“看来你这个人我们真是选对了，你问的问题就是你今后的工作。”

乌兰厅长告诉马云龙，为适应当前的斗争形势，省委、省政府决定由公安厅建立公安总队，由乌兰厅长亲自兼任总队长。这个总队下辖四个支队，第一支队分管剿匪和肃清敌特的任务，省政府任命马云龙为支队长，王东山为副支队长。

乌兰又抬眼瞅了瞅马云龙，表情和蔼地问：“怎么样？有什么困难吗？”马云龙局促不安地挠挠脑袋，想了想才说：“就是不知道该从哪里干起。”

“嗯，你说的也是我这阵子琢磨的。打个比方吧，要想拆件毛衣，总得先找个线头儿吧。”

“对呀！我听老人们说万事开头难，只要把这个头儿扯开就好办了。”马云龙听了乌兰厅长的这句话，脸上的表情立即由阴转晴了，充满信心地说，“通过今天这事儿，红枪会就是厅长你说的那个线头儿吧！先从红枪会查起，这帮人太可恨了。”接着，他又把在偏坡营子遇到的事儿以及沿途发生的战斗一五一十地给乌兰厅长说了个仔细。

乌兰厅长静静地听着，还不时地在笔记本上记录着一些重要的细节。当马云龙把红枪会的事儿说得差不多时，乌兰厅长说：“红枪会这些人对你们的袭击估计是有人在背后捣鬼，但红枪会是以一种社会组织出现的，现在动它还不是时机。另外，从对金三的审问看，他们五人是国民党保密局赤岭站站长吴东朔和‘热北反共救国军’司令谭楚山派来专门截杀你们的。但他说，他们，就连胡彪也不知道还有红枪会在这里截杀你们。在这件事儿上，他们倒是有点儿殊途同归的味道。”

这时，马云龙忽然想起在大漠中遇到王老头儿一家逃难的事儿，就说：“西林县城现在不怎么安定，出现人心惶惶外出逃难的现象了。”他就把王老头儿的事儿跟乌兰厅长说了一遍。

乌兰厅长的脸色沉了一下，语气也变得沉重了：“看来我们的敌人对我们是全面出击啊！今天早晨吕副司令员对我说国民党A军团N师已与我热北军分区对峙于桦树沟了，而国民党特务也在我后方搞哗变搞反攻倒算，这次又把老百姓煽动起来去逃难。怪不得这些天民政厅的人说有一些老百姓拖家带口地出了街，原来是这么回事儿啊。我看我们就从这事儿入手查查后面的黑手吧，这件事儿看似简单，实际上却是扰乱社会安定的大事！”

谈话结束时，乌兰厅长还托付给了马云龙一件事。她语气平和地说：“公安厅机要室的乌云丽同志坚决要求上一线工作，她蒙古语和汉语说得都行，我看就让她上你们支队吧。”马云龙犹豫了一下，说：“厅长，你刚才不是介绍说，一支队全是一帮愣头青的小伙子嘛，乌云丽这个……”乌兰厅长笑了笑说：“乌云丽上来彪劲儿，和你们这些小伙子的愣劲儿差不了多少。”

到了公安总队一支队，马云龙新的生活和新的战斗便开始了。

马云龙和王东山合计了一下，惑乱人心煽动老百姓逃难这件事得找西林县政府治安科配合一下。于是，他俩在第二天早晨就带着张树林和乌云丽去了西林县政府。

西林县政府在西林县城最繁华的二道街，这里有百货商店、日用杂品批发店、粮店、饭馆……显得非常热闹。在二道街面向十字街口的地方还有一个“西林绸缎庄”，有一个年轻的伙计，高挑的个子，身着青色棉袍，细长的两条腿，穿着蓝色的棉裤，扎着裤腿，一看就知道是个干净利落的人。老板娘姓黄，风姿绰约，殷勤地招呼着来往的顾客“多多关照”，满口的京腔京韵。她还有一个小女儿，叫和美，六七岁的样子，店里店外跑着玩要，十分可爱。

县政府在二道街十字街口北边的东侧，原是伪满洲国的县政府所在地，是一座二层小楼，单独一处砖砌墙的小院子。马云龙等人走进这座小院子里一看，缕缕行行的人还真不少，有来办事的，有县政府人员准备去下乡的，还有两个男女青年美滋滋的，手中捧着人民政府发给他俩的结婚证。

马云龙、王东山、张树林和乌云丽按照县政府传达室工作人员的指点，来到西林县政府一楼一间挂着“治安科”牌子的门前，伸手敲了敲门，门里面传出了闷声闷气的声音：“谁呀？没啥正经事儿别乱敲门，要是有正经事儿就进来吧。”

马云龙推门进屋，见屋里有一张黑色的办公桌，办公桌的后面坐着一个身材瘦削、头发乌黑、方脸盘浓眉重目，还有点儿络腮胡子的男人，看上去三四十岁的样子。这个男人抬头瞅了瞅马云龙等人，打了一个长长的哈欠，十分不耐烦地说道：“我是乌力吉科长，我还以为是政府里那些家伙哪！你们几位有什么事情？”

王东山见乌力吉竟然是这样一副萎靡不振的样子，心里老大不痛快，也没好气地说：“我们是省公安厅公安总队的，这位马云龙同志是我们支队长，来谈工作算不算正经事儿？”

乌力吉慢腾腾地从办公桌后面站起身来，阴阳怪气地说：“嚯，来了一帮上级大首长，自然是正经事儿，都有何吩咐呀？我这屋就给了一把椅子，咱们就都站着说话吧。”

马云龙主动向乌力吉伸出右手，笑呵呵地说：“我叫马云龙，没有坐的地方，咱们拉一下手总还是可以的吧。”乌力吉极不情愿地也伸出右手，和马云龙握了握手，眼神中闪过一丝不易察觉的惊讶。

马云龙说：“乌科长，是这样，省公安厅接到报告，说西林县城里有不少人家跑出去逃难了，闹得人心惶惶，社会很不稳定。现在，西林不同过去，冀热辽分局、军区，还有辽西省委、省政府都在这里，社会安定是大事，所以来和你们商量一下，把老百姓逃难的事儿解决了。”

乌力吉先是支棱着耳朵听着，然后皱皱眉，眨了眨眼，把脑袋摇得跟拨浪鼓似的：“这件事儿我可管不了，吴文玉走时跟我交代说，县长给治安科定下的主要工作任务是管管小偷儿和小摸儿，抓抓偷牛盗马啥的。老百姓上哪儿住的事儿，咱们管他干啥。”

王东山听不下去了，问了一句：“你是说，这件工作咱们没法儿商量？”乌力吉把肩膀一耸，头一歪，抹搭一下眼皮：“就是啊，没法儿商量，我得听我们县长的。”

马云龙见乌力吉的情绪十分抵触，便说：“乌科长，今天咱们就先说到这儿吧。我希望你把我们来要办的事儿跟你们县长报告一声。”乌力吉点了点头，漫不经心地回答道：“那倒是中，不过你们不能让我办隔着锅台上炕的事儿嘛。”

马云龙和王东山带着乌云丽和张树林走出西林县政府，来到街上，感觉十分窝囊，这么一件小事儿竟然无功而返。王东山更是忿忿不平道：“咱们这个公安总队支队，有人当回事儿吗？西林县整这么个废物当科长，别的县也好不到哪儿去。”乌云丽跟在身后天真地问：“工作的事儿他不说，怎么说起锅台和上炕了？这个人一看就不务正业。”

马云龙“扑哧”一声，被乌云丽的话逗笑了，回头解释道：“他说的是热北方言，就是办事情不能越级去做。你有时间去乡下马架子房看一看，进了屋门就是锅台，锅台和炕连在一起，中间只隔着一道矮矮的土墙。你上炕得先绕过锅台，不能直接从锅台这边到炕上去。我们从部队来时，半路处理了一个开小差的战士，他家现在还是这样的房子。”乌云丽不好意思地笑了。

这时，随着“咣啷——咣啷——”的驼铃声，从街的尽头走过来几峰骆驼，驼峰上搭着几件箱箱柜柜的家具，前面是一个身穿蓝色蒙古袍外罩青色缎面貂绒坎肩的蒙古汉子，手里牵着缰绳。

“哎呀，这不是‘大漠小牵驼人’小孟和嘛，昨天我们去大漠接你们时在大漠边上碰见的人就是他。”王东山说着，朝着驼队跑了过去，一边跑一边喊：“嗨，小孟和!”小孟和停住了脚步，也认出了朝自己跑过来的人正是昨天上午在大漠边碰见的那位八路军的官儿。

走到跟前，王东山连比画带问：“怎么啦，小孟和你也要去逃难吗?”热北的蒙古人大多能听得懂汉语但就是不会说或说不好汉话，小孟和就是这样的。他一听王东山的话，也连比画带用蒙古话说着，马云龙只断断续续地听明白了一句：“不是，新给人的妹子，小媳妇儿……”

马云龙瞅了瞅乌云丽，让乌云丽去问问小孟和是怎么回事儿。乌云丽上前和小孟和用蒙古话交谈起来，小孟和也就不那么紧张了，甚至露出了点儿笑模样。说完话，他又牵着骆驼“咣啷——咣啷——”地向城外走去。

乌云丽回过身来对马云龙和王东山说：“小孟和的骆驼上驮的东西是他叔伯妹子图娅家的，他叔伯妹子图娅家姓王，去年结的婚，在西林城东北角二道街口住，院门口有棵大榆树，说是明天就上漠南的表姐家避灾去。”

经过一番合计，马云龙和王东山决定由马云龙和乌云丽两人穿便衣去王家看看情况。因为去的人多了，有可能产生抵触情绪，会适得其反。

路上，马云龙郑重其事地说：“云丽同志，侦查中要发挥你蒙古族和女同志的优势，灵活机动地处理好事情，可千万别像在办公室那种干法哟。”乌云丽马上回话说：“支队长说的意思是，我可以根据情况自主处理一些工作上的事情?”马云龙点点头说：“是，就是这个意思，不过事后一定要向我汇报。”

小孟和的这个亲戚住在二道街的路北，有一个小院子，三间正房，两间西厢房，还有一些杂七杂八的东西堆在院里。马云龙和乌云丽走进老王家的院子，直接进了老头儿和老太太住的正房。当问到往乡下搬家的原因时，王老头儿先是死活不说，问急了就说："我们在哪住你们还管呀？你们政府也管得忒宽了吧？"

此时，马云龙只好亮出了证件，亮明了身份，并说这件事和反对共产党八路军的一宗案子有关。王老头儿胆小，立时吓哆嗦了。他的老婆子在一边说："他大（爸），咋回事儿你就跟公安直接说了得了，公安这俩孩子说的也都是实情话。"

王老头儿颤抖着手，拿起烟袋捻上一锅子烟末子，又划着火柴点着了，抽了两口，定了定神才说："要说呀，也没啥大不了的原因。我就一个小子，娶的媳妇叫图娅，办事儿（结婚）都两年了，可儿媳妇还没怀上。人们都说娘娘庙灵验，拜了观音菩萨可以拴回来个孩子，他们小两口儿就去了。谁知道咋回事儿，这一回来就说得上乡下躲躲，躲过百日的灾星，才能要上孩子。你说我们当老的又不能不信，不孝有三无后为大，这传宗接代可是大事儿，你们说我能说不搬吗？就得依着孩子呗。"

乌云丽给马云龙使了个眼色，马云龙点点头。乌云丽说："王大伯，那我去跟你们家嫂子说会儿话去。"王老头儿点点头说："去吧，只是，只是我那儿媳妇是蒙古人，汉话听懂了，说不忒好。"马云龙笑着说："那就更好了，我们这位小乌同志就是蒙古人。"

过了一会儿，也就是王老头儿抽一袋烟的工夫，乌云丽和王老头儿的儿媳妇图娅就手拉着手，说说笑笑地进了正房，后边还跟着王老头儿的儿子。图娅进屋就说："阿爸阿妈，咱们不搬了！乌云丽妹子说得对，咱们找观音菩萨求孩子，是菩萨大慈大悲的事儿，咋还掺进国军和八路军的事儿来，这里边一定有人使坏，咱们不听！"王老头儿和老婆子一下子就乐了，王老头儿把烟袋从嘴上拿下来，朝着马云龙和乌云丽说："你们可帮我们家大忙啦！"

临走时，乌云丽和图娅就像久别重逢的亲姐热妹一样又拉着手说了一会儿话，自然全都是蒙古话对蒙古话。马云龙心想，乌兰厅长把乌云丽放在一支队真是走了一步好棋。乌云丽不但把王老头儿家搬家的事儿解决了，而且在她和图娅的交谈中还透露出要一探狼窝的意图。乌云丽和图娅约定，明天早晨再来，让图娅帮她打扮化装。对此，马云龙的脸上露出了一丝满意的微笑。

在回公安厅的路上，乌云丽说："支队长，我得向你汇报。"马云龙说："你就把你和图娅在他们屋里说的事情和你有什么打算说一说就行了。"

听完乌云丽的汇报，马云龙感觉乌云丽的想法可行，就说："你这个想法很大胆也很实际，俗话说'不入虎穴焉得虎子'，我们回去立刻向乌兰厅长汇报，形成一个完整的侦察作战方案。"

初冬的太阳懒洋洋地从小腾格里起起伏伏的沙丘顶上升起来，街头上的人渐渐多了起来。干冷的大陆性气候让行人们或把手紧紧地插在棉衣袖筒里，或把脑袋缩进羊皮袄的衣领中。街道上偶尔有几个骑马、骑驴的人跑过，骑马的人多是穿灰布军装的军人。

在西林城西头的娘娘庙前，有一个二三亩地的小广场，聚集了一些贩卖锅碗瓢盆和针头线脑日用杂品以及线麻、五谷杂粮的小商小贩。从庙门进进出出着一些善男信女，多是些年轻的夫妇，也有老婆子领着年轻女儿或儿媳妇的，都是一个目的，乞求大慈大悲的观世音菩萨赐给儿女。

这时，有一个牵驴的年轻小伙子头戴一顶宽沿儿的棕色薄呢子帽，两道剑眉，一双鹞眼，蒙古袍子下摆的一侧掖在腰带上，走得满脸淌汗。在毛驴的背上，稳稳当当地坐着一个年轻貌美的小媳妇。她是瓜子脸，柳叶眉，头上梳着蒙古族出嫁女人的盘头，穿一件灰色镶浅粉色花边的蒙古袍子，一双水灵灵的大眼睛在左顾右盼。

到了娘娘庙前，那个年轻小伙子把驴缰绳拴在一根青石柱子上，再将驴背上的小媳妇接下来，然后二人向庙里走去。这一对年轻夫妻打扮的人，正是马云龙和乌云丽。在庙前的小广场上，也多了几个小商贩打扮的人，是王东山带领一支队的几个侦查员，其中当然有张树林和马大山，他们要配合马云龙和乌云丽的行动。

按照图娅介绍的过程，马云龙和乌云丽进到庙里先给观音菩萨敬香。乌云丽用蒙古语说着大慈大悲的观世音菩萨保佑赐给儿子女儿之类的话，还毕恭毕敬地从怀里取出一个黄绸子包，又从包中取出一条红丝线拴在佛龛下小纸人的身上。

取了小纸人后，乌云丽又虔诚地叩拜起来，然后仔细地端详着小纸人。突然，她着急地叫喊了起来："哎呀，这纸人的后面有字啊。"马云龙假装凑过来看那小纸人上的字，也着急地说："这些字我也不认识呀，看着像一群蚂蚁似的。"

"这可怎么办呢?"

"不中找人给看看吧。"

于是，站在不远处的一个胖乎乎的尼姑走上前来，双手合十，面容慈祥地对马云龙和乌云丽道："南无阿弥陀佛，小纸人上的字乃蝌蚪之文，贫尼道行尚浅，实不能辨也。然庙外有一高人，有'小神仙'之称，或可认识。"这尼姑连比画带说着，伸手将二人引出了庙门。

在娘娘庙门西侧的墙根儿处，摆放着一张方桌，桌面上有摇签筒子和卦书。在这张方桌的后面，端坐着一位鹤发童颜的老者，穿着一件浅灰色长棉袍，戴着顶道士帽，两只耳朵上还套着一条用兔子尾巴做成的圈圈。在他的身后，竖着一面写有"神机妙算小神仙"的旗幡。

在那个尼姑的指引之下，马云龙和乌云丽来到"小神仙"的卦摊儿前。乌云丽装作很害臊的样子，将那小纸人双手放到卦桌上。在她身后的马云龙则绷着脸，也不吱声，只把一块银大洋丢在卦桌上，活脱脱的一个不谙世事的憨厚形象。

那"小神仙"笑眯眯地打量着眼前的这对年轻人，见他们虔诚的样子，便点了点头，问了一句：“我说汉话，你们可听得懂?”其实，马云龙、乌云丽一进庙前广场，就落入这位“神仙”的“法眼”之中了。他见二人点点头，一手拿起小纸人，一手轻捋胸前的三绺长髯，细眯着双眼，端详了半天才一字一板地说道：“早来两天就好了，这吉时好像有点儿过了啊。”

接着，“小神仙”又掐指算了算才说道：“也还行，这纸人就是你们跟观音菩萨要来的孩子，这后面的字是‘赤日炎炎似火烧，夫妻不育命难逃；观音也须青天在，五日之内乐逍遥；尚有解困赎罪路，举家逾众子更保’。”念完后，他向四处瞅了瞅，将头向前一探，压低声音道，“本来天机不可泄露，说了我会折寿的。可你们掏了一块大洋，我也就说了吧。这‘赤日’就是‘红日’，‘红’就是共产党八路军，下一句说你们与红和火犯克；接下来的这一句说的是若想让观音送子，必须得去有青天白日的地方，就是有中央军的地方，这得在五天之内就行动。当然喽，如果你们一大家子人或者几家人和你们一同去，观音送子就更有保证啦。”

“小神仙”见眼前这对青年夫妇欣喜的样子，又用右手捋了几下胸前的长髯说道：“自然啦，你们要多做善事，跟人们说凡事都有因果，没孩子的都是这个原因。要是有更多的人跟你们上中央军那边去，没准儿菩萨一高兴会送你们金童玉女呢。”

在这个卦摊儿的不远处，假扮成小商贩的王东山等人一边吆喝着叫卖着，一边留心着马云龙和乌云丽的一举一动。按照事先的约定，只要马云龙把头上的帽子一摘，他们就会立刻冲过去抓人。可始终不见马云龙发出指令，大家只好耐着性子继续等待。

乌云丽听完“小神仙”的话后，满脸笑成了一朵花似的，点着头，用生硬的汉话说：“仙家，我跟我姐妹们说，让她们也找你看，中不?”那“小神仙”连忙说了好几个“中”。马云龙明白，这是乌云丽要稳住“小神仙”的意思。于是，他也一边喜滋滋地朝着“小神仙”点头哈腰，一边说了一句：“我们走吧。”这是收队的暗号。

乌云丽和马云龙牵上毛驴离开了娘娘庙，王东山等人留下来继续监视“小神仙”的一举一动。

乌兰厅长听了马云龙的汇报后，表示非常重视对“小神仙”的调查工作。她认为这极有可能是国民党特务在捣鬼，要求马云龙的一支队对“小神仙”和娘娘庙实行二十四小时不间断的监控，一定要做好保密工作。

乌兰厅长还告诉马云龙，下午不要离开公安厅，她的抗大同学西林县委书记、县长朱彤要带人来厅里联系工作。

下午三点钟，朱彤县长三人鱼贯而行进入乌兰厅长的办公室。走在前面的朱彤县长，中等偏下的身材，面色黧黑泛红，双目炯炯有神，一看就是位久经征伐的八路军指挥员。第二位是张文儒副县长，中等偏上的身材稍稍有些发胖，黄白色的面庞上架着副黑框眼镜，越发显得目光深邃，很像是位大学教授。最后一位是接替吴文玉的乌力吉科长，三人中他显得有些瘦小，黧黑色的皮肤，眸子发亮，嘴巴上黑黑的胡茬子，一看就是个地道的热北汉子。

马云龙已事先安排人在这间办公室里放了些小凳子。落座后，乌云丽给每人端来了一瓷碗白开水。然后，乌兰将马云龙介绍给了朱彤：“马云龙，侦察英雄，公安厅公安总队一支队队长。”

马云龙向朱彤敬礼，补充道：“报告首长，马云龙，原来在热北军分区骑兵侦察连。”

朱彤在参加八路军之前给一地主当长工，参军后作战勇敢，很快当上了团长。后来，他被部队送到抗大学习，为人正直热情，特别喜欢战斗英雄。听了乌兰的介绍，朱彤立刻伸手握住马云龙的手高兴地说：“好啊，我刚来到西林时就听说了你的名字，大名鼎鼎的骑兵侦察连连长，黄勇司令员的爱将。”

说完，朱彤也转回身来，将随行的两个人介绍给乌兰厅长和马云龙：“这位是张文儒副县长，文化人，原来就在西林做地下工作，县里现在的财粮、公安工作主要是他来抓。这位是乌力吉同志，接替吴文玉任治安科科长，我们治安科成立有半年了。”

张文儒站起身来，抬手扶了扶眼镜，先是给乌兰厅长敬了个军礼，然后拉着马云龙的手说：“马支队长，久闻大名，没想到你这么年轻，真是自古英雄出少年呀。”

接下来，这几个人就坐在一起讨论起了工作上的事情。乌兰厅长首先介绍了全省的治安情况，从各县治安科到省公安厅，面面俱到。“这虽然是一项新工作，但社会治安有人抓有人管，社会安定了，老百姓就高兴了。冀燕赤分局和军区以及辽西省的首长们对公安厅工作寄予很大的希望，吕副司令员说我们同国民党反动派的斗争分明和暗两条战线，在暗战这条战线上作战就要靠公安厅公安总队和各县治安科公安队的同志们了。”

朱彤却开口就是一通抱怨：“自打冀燕赤分局、军区，辽西省委、省政府一来，县政府好像没啥事干了似的。乌兰厅长老同学，你说的治安工作多交给我们县里一点儿，我们张副县长保证能给你干好。”

张文儒忙接过话茬儿：“厅长、马支队长，我们县长的意思，是说我们县公安工作依靠着省公安厅，这个大树底下好乘凉。要是往后你们忙不过来，也可以让我们分担些。现在我们县公安队也有二十几个人，到时候只要你们一声令下，我们保证完成任务。”

乌兰瞅了一眼剑眉微皱的马云龙，知道他心中还有个坎儿，但朱彤三人毕竟是来主动联系工作的，就说：“朱县长，往后我们真得勤联系着你们，才好开展工作。”朱彤说：“这往后我们常来联系就是了。”

在整个座谈过程中，乌力吉沉着脸。他坐在旁边，绷着脸始终一言不发，有时只是龇牙笑一笑，让人看不透他在想什么，一看就是个不被首长待见的人。

朱彤见工作已经谈完了，突然问了一句：“乌兰，小丽呢？

个子该比你高了吧?”乌兰向后甩了一下耷拉到脑门前的短发，笑着说：“刚才给你们端水的不就是乌云丽嘛。”朱彤吃惊道：“是吗?云丽都长成大姑娘了!”此时，站在一边的马云龙也吃了一惊，原来乌云丽是乌兰厅长的女儿!

朱彤又问：“乌兰啊，还是一个人过吗?张文宏旅长牺牲也十来年了吧。”乌兰苦笑了一下，说道：“一个人不也挺好的嘛，文宏牺牲时小丽十二岁，现在小丽都二十二岁了。”

听完朱彤县长和乌兰厅长的这番对话，张文儒副县长突然激动得热泪盈眶：“怎么，你们说牺牲的张文宏是乌兰厅长的爱人，是乌云丽的父亲?他可是比我只大一岁的亲叔伯哥呀，都是保定府张家庄的人。这些年只听说有位嫂子和侄女在世，就是打听不到，真是蓦然回首啊。”张副县长悲喜交集，为亲人的偶遇而唏嘘，眼巴巴地瞅着乌兰。

朱彤在临走时意味深长地对乌兰和张文儒说：“呵呵，同志加嫂子，你们以后联系工作就不用我牵线搭桥了吧!只是我们的张副县长奉行的是革命独身主义，至今一人，这也好，也好啊，哈哈哈。”张文儒还沉浸在激动之中，摘下眼镜，掏出手帕擦着眼睛，有点儿哽咽地说：“让小丽多去我那儿玩。”

乌兰厅长送走了朱彤三人后，又把马云龙叫回到自己的办公室。马云龙有些忿忿不平地说：“西林县这是什么意思，不干工作，出了事情还想着不担责任把事推到别人身上呀，好像咱们抢了他们工作似的。尤其是那个乌力吉，跟他没关系呀?”乌兰厅长心平气和地笑着说：“我这位老同学是个好人，也有工作能力，就是耳根子软点儿。你说那位张副县长怎么样?”

马云龙不置可否，随口说道：“挺好的，就是戴着眼镜，没看清他的眼睛，今后你们是亲戚了。”乌兰厅长微微一笑，并没有把这个话题再进行下去。

乌云丽过来收拾屋子，乌兰高兴地对她说：“丽丽，今天遇到你的亲叔叔，还是西林县的副县长。”乌云丽说：“那好呀，我从小到大，只见到姥姥、舅舅、姨这些亲戚，阿爸家的人只见过阿爸。怎么样，叔叔长得一定像阿爸那样威武英俊吧？”乌兰依然笑眯眯地说：“不，你这位叔叔文质彬彬的，长得像位大学教授。”

这天傍晚掌灯时候，王东山回到总队。他告诉马云龙，没日头前，“小神仙”收了卦摊儿，扛着他的那面“神机妙算小神仙”的旗幡沿着娘娘庙转了一圈从西侧门进到庙里了。马云龙问：“现在都谁在那儿呢？”王东山答道：“张树林和马大山，下半夜我带人去替他俩。”

马云龙却说：“今儿晚上是头一夜，我看我俩现在就得去看看。”王东山领会了马云龙的意思，点了点头说：“嗯，你是要……”马云龙也点了点头，二人背上行囊，便离开了总队。

二人来到大门口时，见警卫连连长吴文玉正在查岗，吴连长看来是位勤于工作忠于职守的人，经常在院内看见他走动的身影。吴文玉乐呵呵地对王东山说：“悦来酒馆的菜味道还不错吧，端盘子的小丫头也挺机灵的。”王东山大咧咧地回道：“不错，不错，让吴连长破费啦。”

走到院外，王东山见方才马云龙没吱声就说：“昨天晚上我出来，正碰上吴连长和他们的王副连长去吃饭，就硬把我拉去了，这人好交好为的，这满院的人他快认全了。”马云龙说：“吃顿饭要说也没啥，我就是硌硬（热北方言：讨厌）有事没事乱搭讪的人。”

月亮从沙山掩映中探出头来，给大地涂上一层清冷而又灰暗的亮色，但也更增加了些静谧的感觉。此时的人们都早早地熄灯入睡了，街上空落落的。夜色中，马云龙和王东山来到了张树林和马大山的潜伏地点。王东山小声问：“有什么情况没有？”张树林小声回答：“就在刚才，有一个人从前门敲门进去的，时间不长就出来了。”

马云龙对王东山说：“你和马大山在外边，我和张树林翻墙进去。”

马云龙和张树林来到娘娘庙西墙根儿，从行囊中掏出九龙爪向庙墙里甩去，然后和张树林拽着绳索“嗖嗖”地跃上庙墙，收起九龙爪，轻轻地跳进院内。二人踮起脚，在庙墙的阴影中快步向前摸索。

娘娘庙的后院有三间用作斋堂的平房，现在只有西间亮着灯。马云龙和张树林轻移脚步，蹲在窗下，听到屋里有一男一女在说话。

女人说：“刚才听他那意思，青龙刘达顺长官还是不满意咱们的工作呗。”

男人说：“就他妈的站着说话不腰疼，眼下十三太保都谁干哪！咱们不到一个月就给他整出去四五十户人家，还不满足。”

女人说：“也许是嫌咱们给他交的钱少呀。”

男人说：“不是，你不知道，青龙刘达顺长官这不是正跟黑龙较劲儿嘛，想争那个副司令当当嘛。前段时间，他一心要把人心搞乱，让共产党八路军不得安宁。听他口风儿，金龙倒没怎么表态，银龙，就是赤岭的吴站长还挺欣赏他这招釜底抽薪的，说把共产党八路军后院整乱套了，前方的仗也就好打了。”

马云龙用手指蘸了点儿唾沫，贴着窗棂把窗户纸洇湿，再小心翼翼地将窗户纸掀开一条小缝儿，向屋里望去。此时，马云龙的双耳不由自主地抖动了两下，只见屋中烧着一个火炉子，靠北面是一铺火炕。西侧靠山墙是两把太师椅，中间夹着一个圆形的茶几。那个男人穿着灰色的丝绸睡衣，手里捏着一页纸，在地上踱着步子，正是那位“小神仙”，只是脸和嘴巴上不见了三绺长须。那个女人身着一身浅粉色丝绸睡衣，长发披肩，正是那位白天给他和乌云丽指路的胖尼姑。

只听那女人又说：“咱们就盼着青龙刘达顺长官当这个副司令吧，那他管的这三个太保里还不得有一个往龙位上上一上的？”

男人说：“难说啊，谁知道金龙先生是啥心思，咱们猜不透啊。”

女人说：“你成天说金龙先生，是金龙先生还是先生金龙啊？”

男人说：“难说，我也是听青龙刘达顺长官说，我压根儿就没见过金龙先生。听说啊，他的军阶是个少将，银龙吴站长才是个上校。我还听说金龙先生在热北要搞个大动作。”

女人“唉”了声：“你们这一级见不到，我们这一级就更看不着啦。”

男人说：“这金龙先生特厉害，咱们这位青龙刘达顺长官佩服得五体投地，但刘长官说他也就知道个大概。”

女人说：“小女子位卑人轻啊，别说见到龙，就是十三太保里也只见到过飞行太保和你。唉，可说哪，往后这些长官冷不丁地来庙里，咱们哪儿认识谁是谁呀？”

男人说：“我说你就知足吧，现如今干咱们这行整天半阴半阳的，能有条命就不错了。至于各位长官若是驾到，金龙、银龙、黑龙、青龙的右手拇指上分别套着金、银、墨玉、青金石扳指，扳指上都雕着一条小龙；十三太保一律都是蓝水晶扳指，扳指上刻着太保名号。飞行太保上次来时右手拇指上不就戴着吗？我那只扳指你见过了，太保扳指都那个样儿，这组织上的事儿，严密着呢。”

女人说：“这我就知道了，别到时候闹扯一遭还不知道是谁。唉，可说哪，不知道你们十三个太保里头有没有女人。”

男人说：“有，有，我听说有三个呢。太保不也就是个级别嘛，龙下来就是太保了。”

女人说：“唉，我多久能熬个太保当当也就知足了，你给咱说说呗。”

男人说：“好说，好说，只要你跟着我好好干，我找青龙说去，保你能闹上个太保。”

男人说着话，伸手拉了一下女人的衣袖说：“别说这些了，我们还是干我们的吧。”女人扭捏道：“你就是这方面行，都是神仙太保了，天天还这样。”

男人说：“呵呵，神仙不也是下凡了嘛。”

灯灭了，屋里漆黑一片，只有粗重的喘息和低低的娇嗔声：“嘻嘻，轻着点儿……”

马云龙轻轻地摆了一下手，和张树林顺着原路回到了庙墙外。王东山小声问：“那个‘小神仙’在吗？”马云龙说：“在，回去再说。”他觉得问题非常严重，心中有一种即将发起战场冲锋的冲动，便嘱咐了张树林、马大山几句，拉起王东山就回总队了。

乌兰厅长听完马云龙、王东山的汇报后，脸上的表情变得凝重起来，目光游移着，但很快便坚定了神色。她把铅笔往笔记本上一丢说：“看来我们侦破的方向完全正确。敌人现在的策略是要把西林搞得人心惶惶，乱咱们的根基，真是天狗吃月亮，痴心妄想。我看咱们就顺着这条线追下去，不管他是金龙、银龙，还是黑龙、青龙，也还是什么十三太保，咱们一定要把他们一网打尽！但这件事情太重要了，我现在就去省里汇报。”

乌兰厅长的这次汇报得到了冀热辽军区和辽西省政府的高度重视，进而开成了一个由军区吕副司令员、政治部孙主任、省政府于民副省长参加的高层次工作会议。

第二天早晨，乌兰厅长召集马云龙、王东山等人开会。

乌兰厅长把手中的铅笔放在笔记本上，一脸严肃：“同志们，冀热辽军区和辽西省政府的领导同志们都非常重视我们的工作进展情况，认为我们当前所做的工作不仅仅是个社会安定问题，实际是我们同国民党反动派争夺热北地区激烈斗争的一部分。根据对各方面情报分析，现在国民党反动派除了正面的军事进攻，还有另外一手，就是派他们保密局的特务通过招降纳叛、策动反叛、反攻倒算、瓦解民心这些方式，搞乱我们的后方，从而达到他们推翻我新生红色政权的目的。”

说着话，乌兰厅长从文件夹中取出一份文件，在参会人员面前晃了晃，继续说道："这是马云龙支队长他们在前线缴获的敌特文件的残页，军区政治部孙主任他们经过研究认为，这份文件虽然只残留三分之一，却告诉我们一个非常重要的信息，国民党保密局的赤岭站要在热北搞一个名叫'秋山计划'的大行动。这是保密局的毛人凤局长亲自签批的，足见此项行动之重要，但具体内容被炮火烧掉了，我们不得而知。"

乌兰厅长又拿起一份文件，另外两张残页是地图和一些文字。她介绍说："和残件同时缴获的还有这张残缺的地图。孙主任他们分析，这一份应该是半张图纸，上面有用日文写的'火库示意图'几个字。他们分析后认为，另外半张图上肯定还有'大日本某某部队军'的字样。在图的下面还有一份详细的军火清单，其中有山炮十八门，迫击炮二十四门，重机枪十二挺，轻机枪三十六挺，步枪和子弹就更多了。在这份清单的最后是一堆骷髅头，不知什么意思。那么，这座军火库在哪里呢？它和'秋山计划'又是什么关系呢？军区把这项侦查任务交给了我们。"

乌兰把两份文件小心翼翼地放回到文件夹中，然后扫了一眼坐在跟前的这几个人。他们表情各异，有的兴奋，有的惊讶，有的惊奇，还有的露出一脸的不解。是啊，这可是这个刚刚组建的公安厅、公安总队，头一次接受这样的战斗任务啊！大家的心中都像有一盆火似的燃烧起来了，马云龙甚至有了一种跃上战马只待冲锋的冲动。

"在昨天的会议上，首长们非常关注马支队长、王副支队长他们在娘娘庙对'小神仙'侦查的情况，认为我们的敌人有着严密的组织体系和人员构成，已经渗透到解放区的社会中了。至于那个红枪会，虽然也有不当行为，但因为是社会群众组织，处理要慎重，咱们暂时先放一放。因此，首长们研究决定，要把对敌特的'秋山计划'、日本侵略军遗留的军火库和对敌四龙十三太保的侦破并案一处，定为辽西省公安'西林 1 号'大案，作为我们的核心任务抓紧侦破。同志们，这可是咱们公安厅公安总队成立后接手的第一件大案啊！”

她稍稍停顿一下，用一种严肃的目光扫视着眼前的这些同志：“为尽快侦破此案，军区和省政府要求我们成立‘西林1号’专案组，由我兼任组长，马云龙、王东山二位同志任副组长，成员在一支队中临时抽调。方案细节内容由我和马云龙、王东山具体制订。我再强调一个问题，‘西林1号’为一级机密，今天参会人员不得向任何人泄露有关案情的任何信息。”

乌兰厅长结束上述讲话后，马云龙问：“‘西林1号’的有些侦破工作，可以让西林县治安科的人参与吗？”乌兰厅长马上回答道：“现在不行，西林县是解放区新区，人员状况比较复杂，随着案件侦破进展情况再说吧！更何况‘西林1号’大案我们也只摸到个影，整个案子还是迷雾重重，我们必须慎之又慎，百倍警惕，不能有任何疏漏，这也是军区和省政府首长的意见。”

说着话，她又拿起一份文件递给马云龙说：“西林县的行动倒是蛮积极的，朱县长他们回去后，马上搞了一份治安工作行动计划，要对学校、寺庙、戏院、商店等场所做安全检查。”

马云龙接过文件，一边翻看着一边说：“那好啊，积极点儿总比消极点儿强。”

从省公安厅回来后，张文儒副县长主动来到朱彤县长的办公室，认真地检讨了自己的工作：“这次县长带我们去，听乌兰厅长一说，我才知道，这公安工作是何等重要，社会安全、打击敌特，真是一个大方面的工作啊。但这么重要的工作却被我忽视了，不积极不主动，险些误了大事。我接受乌兰厅长的批评。”

朱彤说：“文儒同志，你这个人最优秀的品质之一就是推功揽过，责任不在你，主要是我工作安排部署不到位。乌兰只顾批评别人，我们是抗大同学，我还不了解她？霸权霸得厉害。这回有她的话，该咱们县里管的你就放手大胆地去做。哎，我问你，你和乌兰厅长一个孤男一个寡女，你有点儿意思没有？要是有点儿意思，我给你俩撮合撮合。”

“这个?”张副县长像个年轻人似的挠了挠头，脸上浮现出难为情的样子。

“什么这个那个的，你们知识分子做事儿就是不爽快，要是我干脆嘁哩喀喳就拿下。”朱彤说着，还伸出手掌做了一个用力向下一劈的动作。

张文儒抬手扶了扶眼镜，嗫嚅道：“县长啊，此事你得容我再考虑考虑。”

张文儒副县长说干就干，雷厉风行，除了搞行动计划，还真打实凿地和乌力吉带领着县公安队的人开始满街地查匪患、查火情，尤其是对寺庙、戏院、学校、商店等地查得格外仔细。娘娘庙里没有专用的防火水桶、铁锹，张文儒副县长见状脸子拉得很长，满是愤怒，用手指着那个胖尼姑批评道：“你以为你这只是一两件防火工具的事儿吗?纯粹是乱弹琴，你这是拿人民财产和性命开玩笑，限你今天必须备齐!”

胖尼姑吓得哆哆嗦嗦，嘴唇打战：“是是，我马上就去办置。”张副县长的大声呵斥，尼姑手足无措的狼狈样儿，惹来了庙前那些小商贩们的围观，其中就有扮成线麻贩子的马大山。

这两天，马大山对自己能进入专案组感觉非常惬意，走在路上或端起饭碗时都面带着笑容。他总想找人显摆一下，但开会时马云龙宣布要保守秘密，他也只好把这股子高兴劲儿憋在肚子里。当他看到那尼姑挨张副县长的训斥时，很有几分快感，心想你个狗特务、反动派，张副县长把她摁在地上踢一通屁股才更解气!

正想着，他忽然觉得有人拍了一下自己的肩膀，回头一看是毛三檩。毛三檩吃惊地问：“你不是上公安总队了吗?怎么这样一副穿着打扮?”马大山忙用一只手去捂他的嘴，伸出另一只手的二拇指压在自己的嘴上，小声说了一句：“化装侦查，工作需要。”

西林县治安科长乌力吉走过来，用力推搡了一把毛三檩：

“毛三檩你松松垮垮地不遵守纪律，你以为还是在民兵队的时候啊？”打人别打脸，说话别揭短！乌力吉这么一说，毛三檩觉得很没面子，就说：“我就跟总队的亲戚说句话，还犯死罪呀？”张文儒副县长立刻把乌力吉拽到一边，小声说：“老乌，你得注意点儿工作方法啊。”

在连续几天的侦查中，马云龙和战友们发现，娘娘庙的敌特似乎有一个固定的程序。每天都是“小神仙”在庙门西侧出卦摊儿，傍晚收摊儿时要沿着庙转一圈再顺着西侧小门进庙，稍晚些时候还会有一个人进庙，很快这个人又会匆匆离开。

经过马云龙和王东山研究后确定，这个人就是青龙刘达顺和太保“小神仙”之间的一个联络员，每天晚上到娘娘庙里来下达新的指令并取走骗来的银钱。对此，王东山有些心急了：“不行，咱们把‘小神仙’和尼姑抓起来得了，还用跟他们费这个劲儿，一审问就都出来了，咱们再给他来个一锅端！”

乌兰厅长抬眼瞅了瞅两位部下，仍是一副沉着镇定的样子：“王东山同志，我毕竟比你们多参加一段时间的公安工作。就残酷性而言，公安工作并不比部队作战差；就复杂性而言，则有过之而无不及。我每天甚至觉得眼观六路耳听八方都不够。‘小神仙’现在是我们的囊中之物，随时抓都可以。但他现在连金龙先生是谁都不知道，你怎么一抓就审出来？我们现在还不如把他做个鱼饵，等一条更大的鱼上钩。”王东山憨憨地将头低下了。

乌兰厅长说：“今天夜间你们谁去监视？”

马云龙说：“前半夜是王副支队长和石头，后半夜是我和鲁汉。”

乌兰厅长说：“有没有紧急状况的应对措施？”

马云龙说：“有，人员和信号都做了安排。”

乌兰厅长说：“很好，夜间我和乌云丽也过去看一看。”

马云龙和王东山走出办公室后，乌兰厅长从办公桌的抽屉里取出了一个信封，抽出信纸，抖开来看。写信的人很讲究，信纸是专用的美浓纸，微微地散发出一股清淡的香味。

乌兰厅长先看了看这封信的落款，是张文儒副县长写来的，心中顿时有一种亲近的感觉。她对信纸上隽秀中带有点儿欧体的小楷字非常欣赏，接着便带着一种新奇和欢喜的心情扫视着信上的内容。

乌兰嫂子：

请允许我这样称呼您。

从您那里回来，我一夜无眠，辗转反侧。文宏哥哥与我儿时的情景一幕一幕地浮现在眼前，我们一起玩耍，一块儿上学，甚至因为一块儿淘气而一起挨骂。

文宏哥哥只比我大一岁，张家庄同辈诸兄弟姐妹中，我兄弟俩情同手足。嫂子您知道吗？得知文宏哥哥牺牲的消息后，虽说男儿有泪不轻弹，可我捶胸顿足，号啕大哭，并发誓要向日本鬼子讨还血债！

我在大学读书时曾热恋过一位女孩子。我们因共同景仰鲁迅先生而产生了爱情，我们爱得一日不见如隔三秋，然而她却因肺病离我而去。于是我发誓，此生不娶也不谈情说爱。我坦诚地跟您说，这就是朱县长说我独身主义的由来。

见到了您，又知道还有云丽侄女，我怦然心动。心中那潭爱的死水，突然间泛起了浪花。一时难耐，就给您写了上面这些话。

请恕我冒昧，谅解一位曾经爱过又失去过几十年爱的男人。

又及，西林县的治安工作您放心，我会竭尽全力去做的。这几天治安检查，令我大吃一惊。一些地方一些人连起码的安全常识都没有，对这些情况我都做了必要的安排。您今后工作中遇到什么难事一定要告诉我。我发誓，我会全力以赴帮您做好工作。

十分景仰您崇拜您的张文儒

民国三十五年十一月十日

乌兰将这封信从头到尾看了一遍，微微一笑，把信又放在鼻子下闻了闻，她很喜欢这种淡淡的香味，张副县长的表白给她一种温馨感，让她感受到一种亲情的呼唤。无情未必真豪杰，是啊，她的文宏旅长牺牲十年了，这封信勾起她无尽的思念。

连年的征战，让她有些倦意。她把身子靠在椅背上，从张文儒信里的话又想到与张文宏在一起的时刻，她甚至就想这么一直躺下去。她闭上双眼，心想，文宏你在那边还好吗？我今天见到你弟弟了，他也很优秀。

太阳落山的时候，人们都早早地进了屋，关了门。那个年代，普通的老百姓根本没有任何夜生活可谈，天一抹黑的时候，街头便是死寂一片了。

王东山和石头的腰里掖着短枪，穿着山羊皮袄，戴着狗皮帽子，一前一后地来到了张树林和马大山的潜伏地点。这是一个院墙外的临街猪圈，废弃很久了，正好对着娘娘庙院墙的西南角。在这个猪圈里潜伏，可以非常清楚地观察到娘娘庙的正门和西小侧门以及附近的情况。

王东山小声问："有什么情况没有？"

张树林说："没有，和往日一样。"

马大山说："白天的时候县政府来检查，因为防火工具不全，让张副县长把女特务好一通训。"

王东山说："那个联络的人来过没有？"

张树林说："来过啦，还是那个人，还是那个钟点。"

王东山说："那你们快回去吧，回去好好睡一觉。"

张树林、马大山走了以后，王东山小声对石头说："你也眯一会儿吧，我自己盯着就行了。”石头小声地回答道：“眯也眯不着，副支队长，你说我这几天怪呢，一闭眼我爹我娘我媳妇儿和我不到一岁的儿子就在我眼前，真真亮亮的。”

王东山小声说：“那可能是你爹娘想你了呗。”石头的声音有点儿变调，凄凉地说：“我爹娘头年闹瘟疫殁了。”王东山拍了拍石头的肩膀，安慰道：“噢，那是你想家了，等咱们把国民党中央军打跑了，放你几天假回家跟老婆孩子待几天。”

石头一听这话，高兴地说：“真的？副支队长，可不兴糊弄我。”王东山笑了：“不信我说话咋的，那咱俩就拉钩儿。”王东山把右手向石头伸了过去，两人的小拇指紧紧地勾在了一起。

上弦月早早地悬在小腾格里起伏的沙山上空，也将清冷的银辉洒向大地。娘娘庙前的小广场涂染着一层铅灰色。突然，王东山压低嗓音说了一声：“注意，有人来了。”

在娘娘庙门前那点微弱的灯光下，有一个头戴筒形貂皮帽、身穿狐皮大衣、脚蹬皮靴的人，先是鬼鬼祟祟地向四处张望了一番，然后才轻轻地叩动起庙门的门环来。“咣咣咣，咣咣咣……”尽管他很小心，但夜深人静，门环声还是显得很大。庙门“吱呀”一声闪开了一道缝儿，那来人一闪身就进到庙里了，随手又轻轻地合上了身后的那道门缝儿。

石头说：“咱们冲进去吧，抓他个正着。”

王东山说：“沉住气，鱼刚上钩，看来这条鱼还不小，备不住就是个龙，终于等到了。”

过了大约十五分钟的时间，庙的西小侧门“吱嘎”一声打开了一扇门，先是“小神仙”探出头来朝四处看了看，见没动静，把头缩了回去，刚才进庙的那个来人紧跟着便大步走了出来。身后的那扇门又“吱嘎”一声关上了，那来人在庙墙的阴影中快步向庙墙后走去。

当那个人贴墙转过弯儿去后，王东山低声命令道：“走，跟上去，看他老巢在哪儿！”二人拔出手枪，跳出猪圈墙，迅速冲到庙墙的阴影里，也贴着庙墙快步追了过去。拐过庙墙角，只见那个人正贴墙快步向东走着，即使夜深人静，路上没有其他行人，他也小心翼翼地走在墙边的阴影里。

在清冷的月光下，西林城死一般的寂静，星星点点的路灯和偶尔亮起的几盏门灯鬼火似的眨着眼睛。那个人在前面大约走一里地远，突然用最快的速度穿过马路，在路北的一家院门前敲了敲门，猛地推门走了进去。

王东山和石头来不及多想，也迅速地穿过马路来到那座院子的门前。过了一会儿，他俩见院里没有任何动静，王东山把手枪一伸说了声："冲进去!"石头抢在前面猛地将门推开，小老虎似的冲了进去，王东山也随后进到院里。这座院子里只有三间正房，门和窗如同三个黑窟窿一般大张着嘴。

王东山见状，心知不妙，失声喊道："石头快撤!"他一边喊着，一边朝着大敞四开的屋门打了两枪，然后一个高儿跳出了院门。但石头哪里还来得及撤退呀，没等他转过身来，从两个窗口和门口便各吐出一条火蛇，"嗒嗒、嗒嗒、嗒嗒"，三支冲锋枪的火力把石头打得飞起来又重重地摔在地上。

王东山跳出院门后，向着院门里打出一梭子子弹，又举枪朝天空"咣咣咣"开了三枪。这枪声在西林沉寂的夜空中分外刺耳；这枪声惊醒了西林刚刚进入梦乡的人们；这枪声也震亮了西林城一些人家窗子里的灯光。

此时，马云龙已和衣躺在床铺上了。因为冀燕赤分局、军区和辽西省委、省政府的突然到来，使这个边塞小城格外拥挤。马云龙和战士们住在一个上下两层的大通铺上，不分官不分兵，四五十人挤在了一起。

听到枪响，马云龙呼地坐起来。哨兵跑进来报告："报告支队长，5 号区响起了枪声。"马云龙连忙问："是连开三枪吗?"

哨兵回答道："是的，发信号前还有冲锋枪声。"

马云龙从铺上跳到地上，急忙说："紧急集合，王副支队长在5号区出现了紧急情况，马上支援！”

此前，马云龙和王东山已将西林城区分为十块网格，并让战士们熟记于心，并约定遇到紧急情况时朝天鸣枪三声。所以，哨兵听到报警枪声后，能够及时准确地判断出遇险的地区，迅速汇报情况。在短短的五分钟时间，一支队的公安战士们已全副武装地列成两排待命了。

乌兰厅长和乌云丽也跑过来问：“发生了什么情况？”马云龙报告道：“报告厅长，情况不明，是王副支队长发出了紧急信号。”

乌兰厅长说：“抓紧出发吧。”

深夜里，在微弱的月光与灯光之下，马云龙带着公安总队一支队的战士们像一支支射出去的利箭，飞速地穿行在街道上。有人说，一头狮子带领着一群绵羊可以打败一只绵羊带领的一群狮子。这话绝对没错，现在的马云龙就是这支队伍里的领头狮子。

很快，马云龙便带队赶到了5号区的那座小院子，并迅速将院子包围起来。马云龙听完王东山的简要说明后，朝着身边的战士一挥手：“冲进去！”说完便一马当先地冲进院里。但院子里死一般地寂静，只有石头蜷卧在院中，立刻被支队的卫生员用担架抬走了。

马云龙自言自语地说了句：“特务逃走了。”有几个战士听支队长这么一说，端枪就向屋里冲去。马云龙大喊一声：“慢，小心拉火雷！”那几个战士连忙止住脚步，点燃了火把，端着枪仔细地搜索着前进。果然，在外屋和里屋的门槛上方一拳头高的地方都拉着一根细细的铜丝，两头各连着一颗美国造的甜瓜手雷。有战士小心翼翼地走过去，将那两根细细的拉线轻轻解下来，排除了危险。

马云龙瞅了瞅身旁的王东山说：“看来我们的敌人精心策划了这次行动，你们跟踪的人没来到时，这里就把一切都准备好了。”

乌兰厅长和乌云丽提着枪也赶到了。

马云龙又把整个情况简要汇报一下，乌兰厅长微微皱了皱眉，叹息着说："这里就这样了，留几个战士进一步清理清理。我们去娘娘庙吧，马上逮捕'小神仙'和胖尼姑，他们已经没有钓饵的意义了。"

当战士们迅速包围娘娘庙时，王东山走上前去敲打庙门，可敲了半天也不见动静。马云龙说了声："我来吧！"他抛起九龙爪搭在墙头，手一拉纵身跃上庙墙，跳进院里，打开了庙门。

娘娘庙的院里死一般寂静，没有一点儿声息，马云龙有了一种不祥的预感。他命令战士们原地不动，只和王东山二人来到后房前，敲了几下屋门，仍然没有任何动静，这才举着火把推门走进屋，拉开了电灯。屋内的景象让他俩大吃一惊，只见"小神仙"和胖尼姑二人已双双倒在血泊之中。

王东山出门安排战士警戒，并将屋里的情况报告给了乌兰厅长。乌兰厅长连忙走进屋中，屋内的电灯很亮，马云龙正趴在地上辨认足迹。这个房间是用灰砖铺成的地面，两个死者都是被割颈而亡，血水浸湿了半面屋地。但死者的面容却很奇怪，并没有给人一种狰狞和恐惧的感觉，倒好像有一种罪有应得的平静，还有一张用黑墨汁写着"奸夫淫妇不守佛门规矩罪该万死"的纸条扔在尼姑的身上。

乌兰厅长弯腰将那张纸拾起来，苦笑了一下说道："我们只是看见前面捕蝉的螳螂了，没想到后面还有只黄雀啊。我们被敌人暗算了，对手不简单。"

这时，马云龙已结束了室内的勘查工作，又码着脚印来到屋外。在西侧小门跟前，他就着战士们举着火把的光亮伸出手来，比量着地上的脚印。他又看了看庙墙，打开门走到庙院外察看一遭，才转身回到屋中。

"凶手是两个人。"马云龙剑眉斜挑，目光炯炯，如同当猎人时码到了猎物的踪迹，就像在骑兵侦察连时侦察到敌人的炮阵一样兴奋。马云龙准备向乌兰厅长汇报时，王东山走进屋说："厅长，西林县张副县长和乌力吉科长带着他们的公安队来了。"乌兰仰起头想了想说："马支队长，我们回去再说，你先让他们俩进来吧。"

张文儒进到屋里，见到乌兰厅长时好像有点儿不太自然，似是有几分羞涩。他抬手扶了扶眼镜说："报告乌兰厅长，我们接到巡逻队的报告，说娘娘庙这里出了事儿，我和乌力吉科长就组织队伍赶紧往这里赶。"乌力吉也擦着脸上的汗说："这一路上，张副县长总催我们快跑。"

乌兰说："你们来得正好，我们也是得到报案，说娘娘庙这里出了凶杀案，就马上赶来了。大概是接到报案的时间比你们早一点儿，所以也就早到一会儿。"

张文儒说："乌兰厅长，有什么任务你就吩咐吧。"

乌兰把手中的那张纸条递给他说："我看这个案子就是因奸情发生的凶杀案，也不是什么大案，就由你们县里把它处理了吧。处理的时候尽量低调点儿，这毕竟是有损佛门清净的事情。"

张文儒马上点头："是是，乌兰厅长说得对，道士和尼姑搞在一起有碍观瞻。"

乌力吉气咻咻地说："一对狗男女，要我说就把他们这么抬到街上示众三天。"

乌兰厅长不高兴地瞅了乌力吉一眼，有些不满意地说："乌科长这样说偏激了吧！行啦，张副县长，接下来的事情你们商量着办吧，我们撤了。"张文儒又抬手扶了扶眼镜，满脸严肃认真，一副服从与尊重的表情，直了直腰，说道："乌兰厅长请放心，我们一定按照您的指示把这件事情处理好。"

当乌兰厅长带着大队人马撤离娘娘庙后，张副县长仰着头，好像在思考着什么。乌力吉站在旁边，不满地说："他们公安厅这些人就这么个办案法？杀人的案子，就这么一推六二五地扔给了咱们？"

张文儒副县长瞅了瞅他，温和地说："这桩案子，不正是该咱们县里做的工作吗?"

当启明星高悬在小腾格里沙漠的上空时，东方的天际渐渐泛出淡青的颜色。辽西省公安厅办公室的窗前还晃动着乌兰厅长的身影。这一夜，她和马云龙支队长、王东山副支队长都无眠了。他们都在苦苦地思考着一个问题，对"小神仙"的监控到底是哪里出了问题，让敌特反倒给我们轻而易举地布了一个局?

夜里，乌兰厅长回到公安厅后，没有按惯例组织召开"西林1号"专案组会议。她只是独自用手指夹着一支铅笔，坐在办公桌的后面愁眉不展。现在看来，暗藏的敌特已经清楚公安厅公安总队"西林1号"的侦查方向。杀"小神仙"和胖尼姑，在5号区空院设伏，都是敌特针对公安厅公安总队侦查行动的破坏行动。这是一场战斗，但在这场战斗中，她和她的团队打了败仗，是公安厅公安总队成立以来最大的一场败仗!

她的对手显然是一个既狡猾又残忍的家伙。当他发现"小神仙"和胖尼姑二人已被监控后，便果断地下狠手将他们除掉，灭了鱼饵，断了我方侦破此案的线索，还诱使我方人员进入他的设伏地，干得真是干净利索啊!

乌兰站起身来到窗前，望着窗外的夜空。屋外还是一片铅灰色，朦朦胧胧的，深邃而诡异。这个对手是谁?肯定是比"小神仙"要高一个层次的龙级人物，是黑龙、青龙、银龙，或者就是金龙?这些龙都是谁?他们在西林还是在赤岭?

早晨，乌兰和马云龙、王东山带着一支队的公安战士们来到西林城北郊的一片松林里，安葬了石头烈士，再回到公安厅召开了"西林1号"专案组会议。乌兰厅长在昨晚想到的是，无论是建立不久的公安厅公安总队还是新成立的专案组都需要士气，是全体成员与敌斗争的智慧与勇气，而不是自责与悲伤。她尤其反对那种把成绩揽给自己，有了问题就追究下边同志的做法，这次教训就由她一人承担吧。

这次会议刚一开始，乌兰厅长没有让王东山讲述跟踪敌特的经过。她担心那样做会让会议的主题跑偏了，容易陷入自我检讨的思路上。所以，她首先让马云龙讲了勘查现场的情况。在军区时，乌兰就听说这小伙子有个码踪的绝活儿，十几岁的时候看到野猪、梅花鹿、狼、豹子的蹄印，就能判定这些野兽的高度和重量。今天，她想亲耳听一听马云龙对这两条腿的“猎物”留下的痕迹有些什么样的判断。

马云龙刚开始站起来讲话时还有些局促不安，甚至有点儿结巴，以至于前言不搭后语。但他胸中有数，说到具体勘查内容时，便如掀起口袋底往外倒豆子般顺畅了。

“经过我对屋中和院内、院外脚印的查看分析，我认为凶手是两个人。他们二人蹲伏的位置就在我们潜伏的猪圈北五十多步远的另一家被遗弃的猪圈里。从蹲伏的痕迹看，他们在王副支队长和石头换岗前就到了。他们一直在等待换岗后情况的变化，见张树林、马大山换岗后返回总队，王副支队长和石头又跟踪离开，他们才开始行动。”说到这里，马云龙瞅了一眼乌兰厅长，乌兰厅长用赞许的目光鼓励他继续说下去。

“他们并不是从庙的正门敲门进入的，而是一人先从庙院西墙翻墙而入，打开西侧小门，把另一人放进院中，又把门关上，然后二人进屋。从脚印看，先进院这个人会轻功。根据屋地上血浸湿地砖的情况看，他们杀害‘小神仙’和胖尼姑的时间应与石头牺牲的时间大致相同。也就是说，他们进屋后并没有立即动手，而是过了一会儿才动手。打亮电灯后，我立即对屋内和死者身上进行了搜查，任何证明‘小神仙’与胖尼姑特务身份的物证都没有，‘小神仙’的那只引以为豪的蓝水晶扳指也没有了，看来凶手杀他们的目的就是把这二人的痕迹干净彻底地抹掉。

“我根据他俩的脚印发现，有站着的也有蹲着的，二人应是一矮一高，一胖一瘦。个子矮一些胖一点儿的那个身高是五尺二寸五，中等偏上的个子，体重在一百四十五斤上下，而那个瘦一点儿高一点儿的身高是五尺五寸，体重一百三十斤，我说会轻功的就是这个人。另外，两名凶手穿的鞋都很特殊，是日本军官穿的那种牛皮靴。”

马云龙一口气介绍完这些情况后，脑门上还是紧张得沁出一层细汗。这本来是很自信的事情，但他是第一次在这样的场合说自己码踪的事儿呀！过去说的都是码狐狸、狼、狍子和野猪的踪，说给叔叔大爷们听，但现在要面对的是公安厅长和公安总队的战友们啊。乌云丽心细，递过来一碗水，马云龙咕咚咕咚几口就喝干了。

乌兰厅长一直聚精会神地听着，有时还会点一点头。当马云龙说到凶手的身高和体重时，乌兰突然一怔，目光中满是疑惑的神色，她的眼前掠过一个人的身影。“五尺二寸五，中等偏上的个子，体重在一百四十五斤上下”，乌兰脑子里反复闪现着这个人的身影，警觉是她被选为公安厅长的优秀条件之一。

待马云龙说完勘查的全部情况后，她放下记录的铅笔，环视了一下参会人员，她没有将人们的注意力引向对凶手的估摸猜测中，而是表情严肃地对大家说：“大家都说说吧，敌特杀死了‘小神仙’和胖尼姑，我们下一步的方向是什么？我们应该怎么做？”

马云龙喝完水，又伸手擦了一把脑门上的汗水，说道：“厅长，我提个问题。我就纳闷儿，我们对‘小神仙’的监控是很保密的，敌特是怎么知道的？感觉娘娘庙那儿除了上香许愿求签问卦的，还有几个摆摊儿的，应该都没什么事儿呀，怎么就跑风漏气了呢？”

王东山说：“要说去的人还有一拨，马大山你不是说西林县政府治安科去了吗？他们那个乌力吉科长不是也去了吗？”马大山站起身，迟疑了一下说道：“报告，前儿个头晌张副县长、乌科长，还有他们公安队的去了。”

马云龙心里一紧，随口问道：“毛三檩去了没有？”

“毛三檩也去了。”

马大山是马云龙的一个远房兄弟，因为在村里总受人欺负才投奔当了八路军连长的马云龙。所以，马云龙对他的为人和脾气秉性还是比较清楚的，便又平和地问：“你们见面说话了没有?”

马大山说：“见了，说了，我在人堆儿里看张副县长训女特务，毛三檩在后面扒拉我一下，问我咋这身打扮。”

马云龙连忙压着嗓音追问道：“你咋回答的?”

直到这时，马大山才觉得有不妙，一下子吓得脸色煞白，但他还是说了实话：“我说，我说我这是化装侦查。”马云龙一听这话，立时气得脸色煞白，呼地站起身说：“厅长，我建议取消马大山专案组成员的资格，立即关禁闭，把问题交代清楚再处理。”

此时乌兰厅长也满面怒容：“王东山，立即下了马大山的枪，将他关禁闭交代问题!”

王东山走过去下了马大山的短枪，又命令两个战士将马大山押去禁闭室。马大山泪眼扑簌，哭丧着脸，露出了在老家时的㞞样子，连看也不敢看马云龙一眼。他觉得他给他哥丢人现眼了，低着头，乖乖地被押走了。

王东山回到座位上，清了清嗓子：“我说两句，马大山的错误对我们大家都是个教训。但我要替马大山说句话，这一段时间他干啥都认真负责，除了有点儿小心眼儿好显摆点儿，挑不出别的毛病，更不会是内奸特务。要我看什么金龙、银龙、黑龙、青龙的，乌力吉的疑点最大，他对咱们有抵触情绪，毛三檩和马大山说话时又是他批评的毛三檩。我看马支队长码踪说的那个瘦的没准儿就是他。”

乌兰厅长很严肃地问：“你说乌力吉是什么龙，证据呢?”

王东山说：“我刚才说的那些不就是证据吗？把他抓起来一审，要啥证据有啥证据。”

马云龙说：“说到这个乌力吉，我也有怀疑。上次去西林县政府治安科，我和他握手时试了试他的手劲儿，这个人应该有很高的武功。但是我码踪的两个人中没有他，凶手比乌力吉的个子还要高。”

乌兰厅长的态度马上严肃起来：“那可不行，你们说的这些都不是证据，只能算线索。我们既不是日本的特高课，也不是国民党的军统局，吊打非刑的做法不是共产党八路军干的。我们共产党八路军用证据说话，没有切实的证据我们也不能侦破这个十分严密的敌特组织。”

马云龙说：“‘小神仙’这条线索断了，但他和胖尼姑说的话中却也告诉我们另外一条线索，就是四龙十三太保的扳指。金龙、银龙的扳指用金、银雕刻而成，黑龙、青龙和十三太保的扳指用玉石雕刻而成。我知道这可不是一般人做得了的，只要找到制作或雕刻这种扳指的匠人，就能查到需要这种扳指的人了。”

乌兰厅长说：“好吧，下一步就把侦查方向定在扳指上。但我首先还是要强调保密纪律，对违反保密纪律者一定严惩不贷！我们要加强对线索的跟踪调查，不放过敌特的任何蛛丝马迹。我想着重跟你们说的是‘西林1号’的重点在‘秋山计划’和日军军火库。可是到现在我们没有任何这方面的线索，我们必须加强对这方面侦查的工作意识和工作力度。

“我再向大家通报一件事情，为了彻底粉碎国民党反动派对我热北解放区的大举进攻，更为了贯彻落实中共中央同国民党反动派在东北地区军事斗争方针，冀燕赤分局和军区正在召开军事会议，我们公安总队的二支队、三支队、四支队已全部投入到会议保卫工作中了。现在会议即将结束，我希望我们每一个公安战士都要睁大眼睛，提高警惕，时刻不忘自己是公安战士，不忘自己的治安保卫职责。”

夜深人静，西林城在沉睡，只偶尔听到更夫的吆喝声：“半夜子时，注意防火防盗！”

更夫声音刚落，西林县政府大院的南墙小侧门被一个黑衣人从里面打开了，一闪身走了出去。过了不到一分钟，又有一个黑衣人也从墙上一闪身飞了出去。前面的黑衣人出了胡同，贴着墙根儿向街口的方向快步走去，后面的黑衣人走走停停，紧跟其后。

不久，这两人都消失在西林绸缎庄附近。

“西林 1 号”专案组开完会的第二天上午，乌云丽拉着图娅的手神秘兮兮地来找马云龙，说图娅的大爷，也就是“大漠老牵驼人”老孟和知道做扳指的事儿，而且图娅有一次曾亲眼看到她大爷右手的大拇指上戴着一只蓝色水晶扳指，还转来转去的。但在头年，她的这个大爷就消失了，活不见人，死不见尸。

“不过，但凡我大爷知道的事儿，我小孟和哥哥都知道。”图娅这样肯定地跟乌云丽说。

对此，马云龙却一脸冷淡，瞅着眼前这对满脸急切神情的姐妹，只是说了一句：“那就备马，咱们去一趟小孟和家。”两姐妹几乎雀跃起来。

在骑马去大漠的路上，乌云丽用脚跟磕了一下马身子，让自己的黄膘马与马云龙的大白马并辔而行。她小声说：“我别的没说，只是说你特喜欢扳指，图娅姐就急着要给你去找头儿，我们蒙古人待人忒心实。”看得出，她已经觉察到马云龙的不快，同时又很感谢马云龙，没让她在图娅面前丢面子。

进入大漠三四里地远，有一片由沙山环绕的大约有方圆几十亩的小漫甸般的沙坑。在这个沙坑里，长着红柳、灰柳、骆驼蒿和莠子草，全是枯黄的颜色了。那时候的大漠植被没有遭到人为破坏，有许多这样大大小小的沙坑，也有许多放牛或放羊的人家。

在沙坑的北侧，有一大一小两个用绵羊毛毡搭成的蒙古包。

在这两座蒙古包的四周有几十峰骆驼，深棕色、棕色、黄色、白色的。它们有站着的，有卧着的，嘴巴在不停地蠕动着“倒嚼”（反刍），还有几峰母骆驼正站着给自己的羔子喂奶。有两条大牧羊犬大老远地就汪汪叫着迎了过来，被图娅儿声就呵斥住了叫声。

小孟和和他的媳妇儿其其格以及他们的两个孩子听到狗叫声，从毡包中迎了出来，用蒙古话与图娅说笑起来。乌云丽给马云龙翻译说："小孟和说，今天早晨有喜鹊落在毡包顶上叫，就知道要有贵客到，刚听到狗叫了几声就不叫了，原来是自家的闺女跟着来的。"小孟和知道就是对面走过来的这两个人去妹子家做了工作，才让妹子改变了背井离乡的想法。因此，他很热情地拉着马云龙的手，走进了那座大的蒙古包。

在马云龙看来，这座毡包的内外都是极尽豪华了。在毡包外面，围着圈儿压着些五颜六色的石头，既有固定毡包的作用，又给人一种美感。这座毡包有窗子，有门，还有天窗，所用的木料都是上好的油松，虽然颜色有些陈旧，但仍散发着淡淡的松香味。在宽大的蒙古包内，地上铺着深蓝色的地毯，月牙状的大木床占去了一半的空间。在大木床的里侧则是漆着花草图案的矮柜，有点儿像日本人的榻榻米。在大木床的中间，摆着一张小小的茶桌，桌上摆着奶酪、黄油和一些烹炸的食品，还有一小盆冒着热气的羊五叉。看得出，小孟和一家正准备吃饭。

小孟和伸手请马云龙和乌云丽坐在小茶桌的右侧，他和图娅坐在左侧。小孟和的媳妇儿其其格则带着两个孩子给客人们敬上奶茶。图娅是个爽快人，刚坐下，就把她干妹子乌云丽跟她说他们支队长马云龙喜欢扳指的事儿跟小孟和又说了一遍，意思是让小孟和帮忙找一个做扳指的好师傅。

小孟和说，这不是啥难事儿吧，老爷子在世时他虽然不主事，可常跟老爷子四处溜达，也是见多识广。然后，他打量了一下马云龙，问了一句："你想要什么样的扳指？"小孟和说的是蒙古话，乌云丽就用汉话翻译，好像成了乌云丽和马云龙的对话了。

马云龙说："玉石的，金银的，都行。"

小孟和说："这扳指需要雕刻吗？"

马云龙说："雕刻的最好。"

小孟和说："我看这扳指不是你自己用吧？"

马云龙说："和我自己用差不多，我一位最要好的朋友用。"

说到这里，小孟和翻了一下眼珠子，突然脸色一绷，伸手抄起桌子上一把割肉的尖刀。乌云丽吓了一跳，一个后翻身，拔出了手枪。马云龙却依旧端坐在茶桌旁，脸上带着笑，那两道剑眉和一双鹞眼也好像定格在微笑中了，纹丝不动，眼睛眨也不眨。小孟和的刀子落在盆里的羊五叉上，割下一块肉递给马云龙："刚烀好的，放了山花椒的，你尝一尝。"马云龙向前俯身双手接过肉块，放在嘴里嚼着："嗯，味道很鲜美，大概只有在你们家才能吃到这么好的羊肉。"

小孟和"哈哈"大笑，又割了两块肉给了乌云丽和图娅，然后才割了一块放在自己口中。此时，他的眼中充满了对马云龙的佩服和信任，伸出带着油渍的右手大拇指："好哥们儿，真爷们儿，我能看出来的。"乌云丽这才放下心来，一边翻译着一边把手枪插回腰中。

马云龙依旧微笑着，用手拍了拍自己的胸脯："在心中对大哥没有鬼，有什么好怕的？"

小孟和这才告诉马云龙，红枪会的大哥曾带人来找过他，但这些人的心眼儿不太好，全都跟他翻了脸，动了刀子。他想起他阿爸最后一次从家中离开时说的话："我如果不回来，往后不管谁来家里找麻烦，你把这只蓝水晶扳指给他看一看就行了。"于是，小孟和拿出了蓝水晶扳指，红枪会的大哥这才赔上笑脸，然后离开了。

马云龙听完小孟和的这番话，心中一阵紧张。如此看来，小孟和是敌是友暂时还真不好说啊。他双手一抱拳，说道："如果孟和大哥不介意，能否把蓝水晶扳指让我赏赏眼？可我不是来找麻烦的。"

小孟和又是“哈哈”一笑：“妹子说你喜欢扳指，你不说我也会拿给你看的。”他扭转身从背后的床柜中取出一只蓝色的锦盒，打开盒盖，取出了那枚蓝色水晶扳指。这枚扳指晶莹剔透，泛着蓝色的宝石光泽。小孟和双手捧着，毕恭毕敬地送到马云龙面前。

马云龙也毕恭毕敬地双手接过蓝水晶扳指，认认真真地端详起来。只见这枚扳指上赫然雕刻着四个篆字“东瀛太保”。马云龙心中一震，两只耳朵不由自主地跳动了几下，两道剑眉紧皱，鹞眼中闪现着惊诧和疑惑。这至少说明老孟和是十三太保中的一员，曾是敌特中的骨干分子，只是小孟和对这背后的一切一无所知罢了。否则，小孟和也不会这么大大方方地把扳指拿出来给别人看。

于是，马云龙一边将这扳指举到从蒙古包天窗中透进来的阳光下细细赏看着，一边啧啧称赞着扳指的精美与稀奇。蒙古人都是性情中人，只要别人一夸他的东西好，他就高兴得不得了。小孟和见马云龙十分喜欢这扳指，立刻大声喊媳妇儿：“其其格拿酒来!”

热北的汉子们不分蒙古人、汉人，都是喜欢豪饮的。当两只酒碗碰在一起时，两颗心也就连在一起了。马云龙见时机成熟了，又将手中的酒碗和小孟和的酒碗碰了一下说：“孟和大哥，这扳指雕刻得这么好，你知道是哪位师傅的手艺不?”小孟和也将手中的酒碗碰了一下马云龙的酒碗：“那怎么不知道啊，是巴林王府造办处的塔拉叔叔雕刻的。”

这可真是“踏破铁鞋无觅处，得来全不费工夫”啊。这也正如热北人说的，世上的事，如云海中寻一只鹰，找不见不是空中没有，是你的眼光没有达到鹰所在的天空。

马云龙压抑着心中的喜悦，又问：“这位塔拉叔叔还在不在?他家也在巴林吗?”

小孟和说：“在呀，上个月我还杀只绵羊给他送去了。塔拉叔叔是个喇嘛，从小是个孤儿，在庙里就是工匠，后来还去清宫造办处干了几年。清朝垮台了，巴林王爷便在他的王府边上建了个王府造办处，并且亲自把塔拉叔叔请了回来。我阿爸从小就跟塔拉叔叔好，长大后两个人又磕了头拜了把子。”乌云丽一句一句地把话翻译给了马云龙。

马云龙觉得话到此为止，再说就是多余的了。他的酒碗又碰了一下小孟和的酒碗：“大哥，我回去跟我朋友商量一下，看看他要做什么样的，到时候再来找孟和大哥。”小孟和正喝在兴头上，也拿起酒碗和马云龙的酒碗碰了一下，一仰脖，酒碗便见了底：“痛快，痛快，今天见到马兄弟真叫痛快！”

这天下午，马云龙便将在小孟和家遇到的和了解到的情况向乌兰厅长做了汇报。两人达成了一致意见，认为塔拉喇嘛现在是侦破“西林 1 号”案件的重要线索。事不宜迟，乌兰厅长决定，马云龙带上张树林、乌云丽在第二天早晨就动身去巴林。他们三人将以了解巴林县政府治安科公安队的组建情况为由，暗访塔拉喇嘛，必要时可以把塔拉喇嘛带到西林来进行询问。

天刚蒙蒙亮，马云龙等三人已快马加鞭地向着巴林出发了。在大门口他又遇到了来查岗的警卫连连长吴文玉，吴文玉满脸微笑地搭讪道：“马支队长，怎么走得这么早?”这次马云龙不得不点点头道：“有紧急任务。”心中却想，怎么又碰上他了。

出了大门，张树林在马上回头瞅了一眼道：“这位吴连长真是个怪人，前天晚上耗子把他马鞍子嗑了，他让全警卫连的人抓了一天的耗子。”

这边，吴文玉愣怔了半天，注视着三人远去的背影，摇了摇头转身回去了。

这一天，冀燕赤分局、军区召开的军事会议紧锣密鼓地开完了。刚一散会，热北军分区司令员黄勇和参谋长钟羽便跳上马背，带着警卫排一溜烟儿地赶回去。黄勇心急如焚，国民党 N 师一日之内就向桦树沟前线发动了四次大规模进攻，军情紧急啊。

在这次会议中有一个重要内容，即冀燕赤军区要对国民党进犯解放区的A军团N师形成围攻之势。因此，军区的李司令员还没等会议结束，便亲率热西军分区从西边的柴岗子川赶赴围场县，要把那里的国民党B军尽快拿下，然后挥师东进。

冀燕赤军区的战略决策是用热西军分区吃掉国民党进攻部队中的弱者，然后热西军分区与即将成立的热南纵队合兵一处，再与热北军分区、热北骑兵师集中优势兵力合围国民党的A军团N师。这其中有一枚非常关键的棋子，就是马上成立的八路军热南纵队。

因此，最后离开西林城的是冀东军分区的代表和热南纵队筹备组的成员。他们这次回去时还要为即将成立的热南纵队携带所需电讯器材以及大量经费，整整装了十五驮子。

在这次会议期间，安全保卫工作没出什么问题，这让乌兰厅长长长地出了一口气。她刚坐到椅子上，警卫便送来了一个叠成“又”字形的纸条。警卫告诉乌兰厅长，这是一个老头儿送来的，要求必须交到乌兰厅长的手里。乌兰厅长对警卫说：“你做得非常对，我表扬你。”她打开那纸条，刚扫了一眼，立刻弯眉紧皱，目光中显露出了吃惊与不安。

她感到一种从未有过的沉重，纸条上用铅笔生硬地写着一行字：“敌特近日活动频繁似有大事发生兴安3号。”这时，她的耳边又响起了吕副司令员说的话：“乌兰同志，为了尽早侦破‘西林1号’大案，分局社会部决定启动‘兴安3号’协助你们破案，他会主动联系你的。‘兴安3号’是我党隐蔽战线上非常杰出的同志，内部号称‘热北雄鹰’。唉，我们还有一位同志是‘兴安2号’，内部号称‘孤狼’。他已成功地打入了日伪内部，为我党我军提供了大量极有价值的情报，只是在‘8·15’之前突然与组织失去了联系，组织也在想方设法寻找他，希望你们在工作中能发现一些‘兴安2号’的踪迹。”

乌兰抬起头，想了想，双手将齐耳短发向后一拢，戴上帽子去了军区。

从西林县到巴林县有一百多里的路程，马云龙三人只用一上午的时间就赶到了。他们找到巴林县的吴县长，给他看了公安厅的介绍信。吴县长看完介绍信后，抬眼瞅了瞅面前的这三个人，笑着对乌云丽说："这小妮子啥时候也当公安兵了。"吴县长也是从抗大过来的，和乌兰、朱彤都是同学。公安系统刚组建时，公安队在服装和武器配备方面与作战部队并无大的差别，所以吴县长管他们叫"公安兵"也是情有可原的。

吴县长带着马云龙三人去了治安科，见到了郑科长，说了一下治安科的情况。巴林的治安情况还不错，公安队已经发展到三十多人，有三十多条枪，并主动出击消灭了两小股土匪和一个地主还乡团。

傍晚的时候，马云龙向郑科长问起了塔拉喇嘛的情况，郑科长却叹息着说："你们来得很不巧，塔拉喇嘛去世了。"马云龙吃惊地问："什么时间去世的？"

郑科长说："就在今天早晨，塔拉喇嘛突发急症，没一个时辰就归天了。"

马云龙说："这两天西林那边有人来过吗？"

郑科长说："这两天没有，前两天西林县的乌力吉科长带着一个叫毛三檩的公安队员因为一桩偷牛的案子来过巴林，在这儿住了一宿，第二天就走了。"马云龙问："郑科长一直陪着他俩吗？"郑科长说："没有，人家办案子，需要咱帮忙时，咱再靠前，大部分时间他们自己活动。"

"又有乌力吉！"听完郑科长的介绍，马云龙在心中对乌力吉的疑云又多了一层。他对郑科长说："我来的时候，有一位朋友托我去看望塔拉喇嘛。现在塔拉喇嘛不在了，我去给他烧烧香吧。"郑科长说："也对，我陪你们去吧。"

此时的巴林王府已没有了昔日的辉煌，两扇大门紧闭，王爷和他的家人去了北平。只有王府西院的巴林王府造办处，因为有塔拉喇嘛的手艺，还能勉强维持。

还是前些年，巴林王爷贴着自己的王府建了个造办处。这个造办处因塔拉喇嘛的手艺而红火起来。

这个造办处是单独的一座小院子，二进二出，全是庙宇式的建筑，还拉上了电灯。其中，前栋是造办处的作坊，现在临时改造成为塔拉喇嘛诵经的道场，院子里堆放着一些杂七杂八的工具、石料，还有一些箱子、盒子。随着悠长的带有神秘色彩的佛乐声，喇嘛们正忙着为塔拉喇嘛超度。

马云龙和郑科长走进道场，捻香，上香，向着塔拉喇嘛的遗体鞠躬拜祭，然后来到后院。后院是生活区，住的都是塔拉喇嘛的徒弟。他们说师父这些天心情不好，常常呆坐着，眼里流泪。今儿个早晨起来说是心口疼，然后就说不行了，接着就真的不行了。

看来，马云龙此番探询，也只能是这个结果了。

马云龙离开造办处时，又望了一眼那些石头，形状、大小、颜色几乎和在小孟和家看到的一模一样。毫无疑问，“大漠老牵驼人”老孟和参与那些扳指的制作。但这位“东瀛太保”在敌特中究竟是什么角色？他到底去了何处？如果这些扳指都经过“东瀛太保”之手，那他和金龙又是什么关系？塔拉喇嘛猝死的原因是生病还是人为？他怎么偏偏在这个时候死了呢？乌力吉、毛三檩来巴林和塔拉喇嘛的死有没有关系？毛三檩虽然是个头顶长疮脚跟流脓从头坏到脚的家伙，可跟国民党特务还有点儿靠不上。就是这个乌力吉身上的疑云太重了，那他是龙还是太保，或者什么也不是？马云龙觉得眼前像是有一片迷雾，而且越来越浓，越来越重。

就在马云龙恨不得掘地三尺也要揪出金龙，扯开蒙在“秋山计划”上的面纱之际，热北的敌特又在酝酿着一场恶毒的大阴谋，“兴安 3 号”因此向乌兰厅长发出了警报。

在赤岭城福兴楼大酒店那间秘密套间的客厅里，许登谋参谋长、吴东朔站长和谭楚山司令正谈笑风生，真是“物以类聚，人以群分”！最近一段时间，吴东朔三天两头地跑去许登谋那里密谋，许登谋已正式参与到国民党保密局赤岭站的工作中。

而自打胡彪等人截杀马云龙失败后，谭楚山在许、吴二人的面前就抬不起头来。如果不是小夫人在他身上撒娇耍赖，他差点儿就把胡彪给崩了。他现在只能把整个身段戳在沙发里，支棱着耳朵听人家说话。

许登谋咳了一声：“现在我宣布，毛局长电令！”吴东朔眯着眼，抬起脸，表情郑重，大拇指上那枚银龙扳指也停止了捻动。谭楚山则马上挺了挺腰板，神情为之一振。

许登谋说：“‘秋山计划’乃党国光复热北之大计划，尔等必须调动各方力量，全力以赴，协助保密局赤岭站勠力完成。不论何人，有不努力者，当以军法惩戒。毛人凤　民国三十五年十一月十三日。”

许登谋宣读完毛人凤的命令后，将电报轻轻地放在茶几上，直了直腰板，扶了扶眼镜，眼镜后那双鼓鼓的金鱼眼斜了斜，又得意地说道：“毛局长电文要求极其严厉，登谋当着二位的面表示，本人肯定竭尽全力，让‘秋山计划’得以圆满完成。”

吴东朔轻轻地“啧”了两声，从贴身衣兜里也取出一份电报举在眼前：“我这里也有一份电报，春水先生电：‘秋山计划’开始实施，经保密局毛人凤局长批准，兹委任赤岭站吴东朔站长为总指挥，‘热北反共救国军’谭楚山司令，N 师谍报队胡国维队长，热北义士白辉司令、老二嫂司令为副总指挥，全权指挥本次行动。”

吴东朔又轻轻地咳了一声，仰着脸，瞥了一眼谭楚山：“先生还给敝人一道密令，本次行动赏金为三十根黄鱼、一万块大洋，具体奖赏由我和参座商量确定。但先生还说了，对临阵逃跑者、畏缩不前者格杀勿论。”许登谋的一对金鱼眼在眼镜片后面眨了眨，又与吴东朔的眯眯眼对视了一下：“奖赏的事儿，毛局长要我与师座说，让 N 师也拿一万块大洋，这事儿好商量。”

谭楚山突然像打了鸡血似的亢奋起来，呼地站起身子走到屋的中央，两手向身后一背，目光炯炯道：“有多少共军啊，还值当去这么多路兵马。”

吴东朔说：“共军人倒不多，满打满算一个连，还有些警卫，不过战斗力倒挺强的。”

谭楚山说：“吴总指挥莫要长他人志气灭自己威风，咱反共救国军今非昔比，现在也有了迫击炮和轻重机关枪了，那火力也是蛮强的嘛。”

许登谋说：“一个连的共军对谭司令现在的‘热北反共救国军’来说，也就是小菜一碟啦。”

谭楚山一拍胸脯，越加雄姿勃发，信心满满地表示：“两位上峰放心，十拿十稳的事儿嘛。甭说他一个连的兵力，他就是一个营一个团，我拿下来也如探囊取物。”

许登谋与吴东朔相视一笑，这正是二人想要的效果。

吴东朔只是微微一笑说：“谭司令之神勇可嘉，然春水先生命令在先，毛局长已朱批执行，我等怎敢造次，只有执行的份儿了。”然后他满脸堆笑眯眯着眼面向其他两位，一只手高高地举起了酒杯。

与此同时，在热北的两支最大的匪帮也相继接到了金龙的信使“飞行太保”送来的亲笔命令。

在大兴安岭边缘的一座山神庙的庙院中，匪首白辉正在给手下的“五虎上将”开会：“哈哈，金龙又派飞行太保给咱们送活儿来了！这‘秋山计划’真是一块肥肉，奖赏的金条和大洋不用说，光物资就是十五驮子，边币也有好几万啊，真够干一票的了。咱们整完这一把也该猫猫冬啦。”

在西辽河北岸的老柳树筒林子深处，有一个巨大的地窨子，匪首“老二嫂”也正在那里召集手下的“四大金刚”议事：“金龙让飞行太保给咱们送的这单活儿，可够干一票的了！”话还没撂地，“四大金刚”中的老大、老二和老三就嚷嚷开了：“八路军不是好惹的，就怕打不着狐狸反惹一身臊……”

这“四大金刚”，老大、老二、老三都是膀大腰圆，唯独老四单细力薄的（热北方言：极其瘦弱）。但老四智谋多，老二嫂便问他如何看待眼前的这事儿。

“干他一票，反正那地方离咱们林子也不算忒远，打完了拿上东西就往林子里撤。捎带说，这是金龙的命令，整的是什么‘秋山计划’，拒绝了怕往后没咱好果子吃。”老四回答说。

敌特们、土匪们都在蠢蠢欲动。

马云龙等三人回到省公安总队时已是第二天中午，乌兰厅长正在办公室里焦急地等待着他们。马云龙刚要开口汇报，乌兰厅长一挥手，轻轻地说了一句：“到军区一块儿说去吧，吕副司令员和于民副省长还等在那里呢。”乌云丽瞅着马云龙跟乌兰厅长离开的背影，偷偷地对张树林嘟囔了一句：“这还让人喘口气不?”

吕副司令员倒背着双手，健硕魁伟的身材，正在办公室里一边踱着步一边与于民副省长说着什么，听到乌兰的报告声，扬扬手说：“快进来吧。”乌兰厅长和马云龙进屋敬礼，吕副司令员回到自己的座位上，说了声，“都快坐下吧。”

吕副司令员说：“最近两天，据赤西县、漠北县报告，消停了一段时间的白辉匪帮和老二嫂匪帮又开始烧杀抢掠了，而据我们内线同志报告，敌特近日活动频繁，像是在预谋一场大的行动。”

他又站起身，走到那张热北作战地形图跟前，伸出手掌拍了一下：“会有什么大的行动呢？骑兵二团已部署在热北军分区的后面了，就是防止土匪打冷枪。骑兵三团保卫西林也足够了，另外，西林还有省公安厅公安总队的四个支队。分局、军区召开的军事会议结束后，参会代表除冀东军分区代表团和热南纵队筹备组人员还在路上外，其余均已回到自己的战区了。可冀东军分区代表团和热南纵队筹备组的人员有省警卫连护送，也应该是安全的呀。”

吕副司令员一边用手在地图上指画着，一边说着：“军区最担心的还是冀东军分区代表团和热南纵队筹备组人员。那可是块肥肉，光为纵队成立筹措的经费就有几万边币，所以还是小心为上。

“按出发前的计划，他们今晚住柴岗子村，明天还有一天的路程进入柴岗子川，与热西军分区接应部队接上头就进入安全地带了。马云龙同志，军区和省里的意见，为确保冀东军分区代表团和热南纵队筹备组的同志们平安回到冀东，派你和你的一支队从后面用最快的速度赶上他们，然后与警卫连一起将代表团和筹备组平安交给热西军分区的接应部队。为便于行动，给你们带上一部电台，随时和省公安厅乌兰厅长保持联系。”

于民副省长说：“至于‘西林 1 号’案子咱们就先放一放，事从紧处来嘛！去巴林的情况一会儿吃饭时说，中午吕副司令员要请咱们吃饭。乌兰厅长，你的宝贝女儿也得舍出去几天喽，她可是使用那部电台的最佳人选呀。”

乌兰厅长微微一笑：“没问题，一切听从上级组织安排！唉，老喽，要不我都想去。”

马云龙起身敬礼：“各位首长请放心，我们今天下午就出发，争取以最快的速度赶上代表团和筹备组的队伍。”

第四章　敌特阴谋柴岗喋血

清冷的阳光洒向热北丘陵的沟沟坎坎。丘陵间的羊肠小路上正蜿蜒着一条长蛇似的队伍。这便是冀东军分区代表团和热南纵队筹备组的人员以及护送他们的警卫连。大家都急着赶回去落实会议内容，行军速度很快，只用了一天的时间，便穿过小腾格里沙漠，在掌灯时分越过冰封的西辽河，宿营在马云龙等人曾经住了一宿的偏坡营子村。

当然，这次又是郭荣久出面安排冀东军分区代表团和热南纵队筹备组吃饭、住宿的事情，黑三也打发两个人前来探听消息。当他听说这群人中没有马云龙时，也就敬而远之了。这些天，红枪会总坛那边出奇地安静，飞鸽传书也没什么要紧的事儿，只是问了两次分坛的人数。

第二天早晨天刚放亮，这支队伍就又出发了。那时候的共产党八路军哪有什么作息时间观念，一切为了革命，一切服从战争。在队伍的前面，相隔一二里地远，是一个班的警卫连战士，副连长王升亲自带队，负责打前站和侦察敌情。

冀东军分区的领队是副司令员李言，热南纵队筹备组的领队是李运通组长，这二人并辔而行，热烈讨论，不时发出阵阵爽朗的笑声。

“中央的决策英明啊，最近就要解决热北问题了。”

“嗯，拿下热北，再打起来就容易些了。”

“这其中你们热南纵队的成立可是关键，就等于在国民党 A 军团 N 师的屁股上又扎上一把尖刀啊。”

“抓紧时间往回赶吧，时不我待哟。今天可是十一月十四日了，距离十一月二十五日热南纵队成立还有十一天，我真希望插上翅膀飞过去。哎，我说李言，你还一个人呢?”

“嗯，孩子送延安保育院了，现在战事吃紧，哪还有工夫寻思别的事情。家怎么得有一个，等全国解放了再说吧。”

“毛人凤那个保密局局长应该你来干，你可是最能保密的人，不过最近我听到点儿传言。”

这时，副连长王升骑马回来报告：“报告首长，过去这道山梁，前面就是柴岗子村，按预定计划今晚要在这个村子住宿。”

李言问：“路上有没有发现异常情况?”

王升说：“没有，一路上就见着几条狼和几只狐狸，一眼能瞅出去十几里地远，八十里地不见户人家。”

李言说：“行，你们安排去吧。”王升副连长又打马来到队伍的后边，把情况向连长吴文玉、指导员王义做了汇报。

从西林出发到现在，吴文玉连长一直就没个乐模样，原本白皙的面容竟有些病态的颜色。往日爱说爱笑逢人爱搭讪的他，如今竟也寡言少语了。一路上平安无事，行军扎营都是副连长王升去安排，又有指导员王义负责关注着行军途中全连人员的思想和纪律，但吴文玉连长就是高兴不起来。指导员王义见吴文玉活跃不起来，打不起精神，有些着急了。他勒了一下马嚼子，待吴文玉骑马赶上来问道：“老吴，你不舒服?”

吴文玉摇了摇头说："没啥事儿，就是心里有点儿堵。"当他听了副连长王升的汇报后，只说了一句，"到了村子除了把首长们和代表团的人安排好，也要把我们自己的住宿好好安排一下。"他又瞅了一眼指导员王义说，"我们也不能骑驴不知赶脚的苦，我们的战士们这两天行军够累的了。"王义点了点头，对王升说："就按连长说的去办吧。"

傍晚时分，太阳渐渐向柴岗子山的后边隐去，山的前坡现出浅浅的阴影。随着牛倌羊倌们"圈牛啦""圈羊啦"的吆喝声响起，王升副连长引导着部队走进了山下的柴岗子村。

柴岗子村有二十三户人家。在村子的前面，是一大片玉米地。玉米秆已经被割倒了，只留下一片像匕首似的白花花的玉米茬子。过了这片玉米地，便是一大片榆树林子。

由于王升副连长提前派人来联系过，柴岗子村的村农会主席周老栓早已乐颠颠地出面安排首长和战士们的食宿。他挨家挨户地跑着："乡亲们，这八路军的队伍可有一阵子没来咱们村了，炕要烧热乎，饭菜啥的也别省着，啥好吃就做啥吧。"

李运通和李言两位首长，还有几位参谋人员、电信人员、四位警卫员以及那十五匹骡马驮子被安排在村东头的吴家大院。其实，那些赶骡马的也都是从部队抽调来背长枪的战士。

这座吴家大院，石头根基的院墙有两丈多高，院墙的顶上还垛着用高粱秸苫成的墙头帽子，四个墙角修有炮楼。两扇大门是八寸厚的松木板子，扎着两道铁腰子，砸着鸡蛋大的泡钉。这座院子有前后两栋房子，左侧还有三间马棚。吴家当家的在日伪时期给日本人做事，日本人一投降，他们一家人也跟着败退的日伪人员跑了，这个院也就归了村农会。

在村子的北头，还有一户富农李家，院墙也垛着高粱秸秆的墙头帽子，有三间正房和两间厢房，还有两间马棚。冀东军分区参谋长纪庭震和准备任热南纵队参谋长的胡光及几位政工干部住在这家。剩下的五十几个参谋、干事也都一家俩一家仨地安排在村里的小门小户去食宿了。纪庭震参谋长通知大家，遇到情况，立即向两个大院就近集中。

吴文玉见安排完了代表团的住处，只把警卫连撂空地儿了，皱了皱眉头，苦笑了一下，向副连长王升说了句玩笑话：“你这不是跟姜子牙封神一样嘛，别人都封个神位，自己却忘了留个位。姜子牙好歹还有大年除夕的灯笼杆子顶上蹲，这警卫连百十号人连个暖身子的地方都没有啊。”吴文玉见副连长王升红着脸不好意思，又对指导员王义说，“还是你和你的老首长去商量吧，战士们行军一天了，这大冷的天总不能露天住吧。”

王义去找老首长商量警卫连住宿问题时，李运通正站在院子西南角的炮楼上跟李言一边比画着一边说：“这前面是片开阔地，要是有百八十个土匪根本不敢靠前。这高墙和炮楼没有重武器也根本打不开。”他还从警卫员手中接过一支三八式马枪向远处瞄了瞄说，“国民党A军团的N师正在四十里外的桦树沟和黄勇的热北军分区打得难分难解，不会想到我们从这里路过。嘿嘿，要是一些小绺子，都不用你们，我一杆枪就把他们收拾了。”

王义把住宿的问题汇报完，李言问：“这附近还有没有村子？”王义回答：“在这个村子的东南方向五里地远有个烧锅地村，西南角方向七八里地远还有个榆树林子村。”

李运通瞅着李言说：“那个烧锅地村只五里地远，要是骑兵有十分钟就到了，步兵有半个多小时也能到。要是小打小闹的土匪，我们就收拾了，要是遇到大股敌人，我们这七八十人集合起来打一个小时也没问题。”

李言说：“那就这么定吧，让战士们也好好休息一下，随时准备打仗。明天下午就到了热西军分区的防地，你们的任务也就算完成了。”

王义立正敬礼：“是，我们去安排，首长休息好。”说完便转身离去。

李运通对李言说：“哎，今天夜里好好睡一觉，明天还有一天的紧张行军，后天就轻松喽!”连续两天在大漠丘陵中行军，让这两位身经百战的将军感觉到了疲劳，说完话就回房间休息去了。

此时此刻，他们怎么也想不到，一个天大的阴谋，一场血腥的杀戮正在逼近!

赤岭城那边，十一月十三日深夜，有一个高挑个子细长腿的年轻人，头戴着大狐狸皮帽子，帽子的防风几乎遮住了他的半张脸，身上穿着羊皮大衣，脚踏日本高腰军靴，敲开了国民党保密局赤岭站吴东朔站长的房门。对上暗号后，吴东朔见眼前的这个年轻人转动着大拇指上的蓝色水晶扳指，便知道这是春水先生在另一道密令上说的密使“飞行太保”到了。那道密令上还说，飞行太保此行承担着面授机宜和领路的任务。

密谈后，吴东朔安排飞行太保去休息后，便忙着给许登谋和谭楚山打电话，通知了明天出发的时间与集合地点。

第二天早上八点多钟，赤岭城的老百姓发现那支已经窝了好长时间的“热北反共救国军”又有了动静，拖拖拉拉地排着长长的队伍，没精打采地向着城西出发了。在这支队伍中，除了少数人穿着国民党军服，其他人就杂七杂八了，有的穿着伪满警察服，有的穿着伪满国兵装，甚至有的穿着老百姓的家常棉衣外罩羊皮坎肩。人们还发现，如今的“热北反共救国军”虽然在穿着和精神面貌上没有任何改进，但在武器上终于鸟枪换炮了，在骡马的背上和大兵的肩膀上竟也出现了六〇迫击炮和重机枪、轻机枪、掷弹筒等高级玩意儿。

为“热北反共救国军”带队的，正是那位头戴大狐皮帽子、身穿羊皮大衣、骑着一匹紫红色高头大马的飞行太保。出了赤岭城，他们一直向西，穿过二十几里的平原又沿着崎岖的山间小路越过三道山梁就进入了柴岗子川，再向右拐了一个九十度的弯儿顺着大川向北走去。傍晚时分，这支杂七杂八的队伍几乎在八路军代表团进柴岗子村的同一时间开进了榆树林子村。

此时的榆树林子村已经是鸡飞狗跳了，白辉匪帮和老二嫂匪帮已先行到达了这里。土匪到了哪里，哪里还有太平？让遛马的，喊杀鸡宰鹅的……一锅粥似的乱了起来。对于这种情形，村里的人早就见怪不怪了，大闺女和小媳妇儿们抓两把锅底灰往脸蛋上抹了抹，脏兮兮的，蹲在锅灶前烧火做饭，不入人眼就算躲过了灾星。

吴东朔带着大队人马来到榆树林子村后，让谭楚山派人把村子围起来："从现在起，这村子的一只鸟也不让它飞出去。"那个飞行太保拉了拉他的衣襟，两个人又走到一边嘀咕了几句，飞行太保这才纫镫上马出了村子，一路向北奔去。这又是一个神龙见首不见尾的人物，没人知道他的名字，甚至没有人看清楚那张大狐皮帽子迎风下的脸。

送走了飞行太保，吴东朔带着谭楚山、N 师谍报队队长胡国维径直奔村中心的一个大户人家。匪首白辉披着熊皮大衣，胸前挂着一支二十响的匣子枪，老二嫂黑色棉袄棉裤外罩红缎面银鼠皮披风左右斜挎两支盒子炮，见吴东朔等人到了，连忙拱手抱拳迎出大门来："失敬，失敬，有失远迎！"

进到这个大户人家的正房后，白辉、老二嫂请吴东朔和谭楚山坐在一条长条板凳上，其他人都坐在炕沿儿上。这户人家的主人杜大脑袋一脸的苦瓜相，穿的也是破衣烂衫，哆哆嗦嗦地给屋里的人端来碗白开水，见光线暗又点亮了一盏麻油灯。

吴东朔抬着脖仰着脸，眯眯眼撒眸撒眸屋里："我说老杜你别这个屄样子，我们这回来，好好给你出口气。谭司令，你马上派人把他们村农会的人都抓来，我亲自过问。"白辉冷笑道："这里的村农会主席你就别抓了，我来到这个村子后就先奔了村农会。那个姓郑的主席还想拿根扎枪跟我撕撕巴巴，我扯起枪就把他崩了。"吴东朔把大脑袋转向白辉连声称赞："崩了好，崩了好。"

吴东朔见众人都已坐下，往杜大脑袋的那盏麻油灯前凑了凑，将保密局毛人凤局长和特派员春水先生的电报内容都读了一遍，还把飞行太保昨天夜晚带来的新消息重复了一遍：“八路军那边光高级干部就是十来个，六七十个人中不能打仗的占多数，出一个警卫连保卫还不住在一堆儿，物资钱财一共十五驮子啊。”在麻油灯暗淡的灯光下，如狼似虎的谭楚山、白辉、老二嫂兴奋得眼中闪着幽幽的光。

吴东朔又从皮包里抽出两页纸举到眼前，宣布了国民党华北“剿总”的任命书，任命白辉为“热北反共救国军”第二旅上校旅长，老二嫂为第三旅上校旅长。白辉和老二嫂对这样的任命虽然心里不爽，却也只能拱手作揖，接过委任状。老二嫂嘻嘻地笑着，抖了一下任命状，拨动了一下大拇指上的蓝色水晶扳指：“我看这张纸还不如这个扳指值钱哟。”白辉也把任命书叠了叠，放进贴身的皮坎肩里：“放起来吧，说不上啥时候还真就管用了呢。”

吴东朔见这二人这么不知轻重，在心里骂道，你们这两个死土匪，将来有一天……想到这里，他把眯眯眼瞅向谭楚山：“这办什么事情都是到哪座山唱哪座山的歌，你们打响窑不是得提前拆八门问个吉凶嘛，这事儿谭司令有安排。”

谭楚山很享受“谭司令”的称呼，在公开场合公布他的官衔还是头一回。于是，他拔了拔腰板儿，以显示出司令的不同凡响。

他用力地咳了两声：“这屋现在觉着有点儿热哟。”说着，起身脱掉了军大衣，露出呢质将军服和肩章上的将星，吸引白辉和老二嫂的眼球，然后，才拍了拍手，“勤务兵，有请胡大师胡老先生。”话音未落，门帘一挑，一个头戴瓜皮帽、身穿灰布棉袍、脖子上缠了一条驼绒围巾的老头儿一猫腰走进屋来。他先是伸手指推了推滑在鼻尖上的金丝框眼镜，接着抱拳，扇子面地施礼道：“老朽不才，老朽不才，今儿个这八门可是不好拆，只是听从各位司令吩咐罢了。”

吴东朔仰着脸眯眯着眼：“胡老先生，听说你可是东北有名的易卜大师，你给看看明日的时辰与吉凶，走哪一门吧。”

胡老先生斜眼瞅了瞅谭楚山，见谭楚山点点头，这才从怀中取出一只紫檀色的小木匣。他拿在手中前后左右各晃动三下，然后掀开木匣倾出三枚铜钱。屋里的人都将目光直勾勾地射向那三枚铜钱，尤其是白辉和老二嫂，脖子猛然长出了许多，如同两只贪吃的大肥鸭子。

“老朽今日带这三枚铜钱，乃乾隆通宝，最是灵验，一般我不用。今儿个几位司令吩咐，我不能不用。”胡先生说着话爬上了炕，盘腿坐在杜大脑袋放下的一张饭桌旁边，将那三枚铜钱摊开，一板一眼地介绍道，“这铜钱有字的一面谓之交，无字的一面谓之背。三个铜钱有一个背者为单为阳，两个背者为拆为阴。三个背者为重为阳，三个字者为交为阴。我算的是明日卦，明日乃庚子之日，卦相为阳阳阴阴阴阳，此乃‘小畜卦’是也，为必得之象，由西向东之门，是必得之象哪。”

杜大脑袋递过来一碗水，胡先生接过来，抿了两口，皱了皱眉头。吴东朔忙说道：“条件有限，还望老先生多多担待，润口费我会另加的。”胡先生咧咧嘴，苦笑了一下，这才接着拆下去，“明日丑土临财，实为财旺，辰为土库为收藏，辰时可得。明日大吉大利，然再吉利之日亦必有背点之时，故而行动务必于辰时前结束，如过辰时则财运尽失，强行取之恐伤其主，此切不可为之也。”胡先生摇头晃脑地吟诵了一番云里雾里的卦辞，把在座的人听得大眼瞪小眼，他还特意把“辰时财运尽失”六字说得又慢又重。

吴东朔眯眯着眼向胡老先生仰着脸问道：“先生，何以必在辰时结束，能否细述一二？”胡老先生微微仰首道：“万万不可，一切皆为天意，老朽在各位司令面前已是多言了。”

白辉一拍巴掌：“这八门拆得透彻，这八门拆得透彻！”老二嫂也往前挪了挪身子：“我还真是头一回听到拆八门拆得这么明白的，赶明儿个老先生有工夫得请到我们老柳树筒林子里待两天。”吴东朔则笑眯眯地从兜里掏出五块大洋递给谭楚山道：

“早先我从不信这拆卦的事儿，今天先生一番话胜读十年书啊！送先生歇息去吧，事后站里还会奖赏先生。”

只是，他们哪里知道，这拆八门的胡先生是谭楚山小夫人的爹。前两天，小夫人听说要打仗了，对谭楚山说：“这打仗不得拆八门啥的呀，我爹早先就摆过卦摊儿，肥水不流外人田，请谁不是请呢？有权不用，过期白瞎，你还想当一辈子司令呀！”

在现在的这几房夫人中，谭楚山最怵的就是小夫人了。凡事只要小夫人一开口，谭楚山便都言听计从，这拆八门叨咕鬼话的肥差就落到胡先生头上了。

胡先生离开后，吴东朔这才跟屋里的人们商量起作战的事儿来。胡国维说，他的谍报队可以化装进入柴岗子村，挨家挨户地清除八路军。这个意见立刻遭到白辉和老二嫂的一致反对。老二嫂向白辉挤了挤眼，对胡国维说道：“你们谍报队人生地不熟的，现在村里的人都让共产党赤化了。你们一进村一搭话就得露馅儿，你们先进村不行。我那帮猴崽子上树爬墙是强项，我们从那俩大院后墙往里面攻。”白辉连忙迎合着说：“这都是些在理儿的话，我们不像谭司令又是机枪又是小炮的，我们就是一人一杆枪，我和老二当家的都在后面攻。”

吴东朔低着头，半天没吱声，只是用手指拨动着大拇指上的银扳指。过了一会儿，他才抬起大脑袋，用眯眯眼扫了扫眼前的这几个人，眼缝儿中射出冰冷的光，慢条斯理地说道：“我宣布作战命令：一、N 师谍报队和救国军警卫营归我指挥，执行特殊作战任务；二、部队明早寅时出发，由谭司令指挥向柴岗子村之共军发起进攻，其中‘反共救国军’第一旅负责对两座大院的正面进攻，新编第二旅、第三旅负责从大院后面进攻，整个战斗卯时完成，辰时前撤出柴岗子村；三、打下的八路军钱物按攻入院内的先后顺序分取，不许相互争抢。”白辉和老二嫂一听这话，都是满脸的笑模样，伸出巴掌拍得脆响，竖了竖戴着蓝色水晶扳指的大拇指。

谭楚山抹搭一下眼皮，觉着不是个味儿："我那警卫营可是最有战斗力的。"

吴东朔说："我用不了多长时间的，用完马上回到你那儿，一会儿你让胡彪找我，有一个最紧要的事情必须他来办。"

此时的窗外，传来鞭打和喊叫的声音。有人朝屋里说了声："司令，村农会的人除了个死的，剩下的都抓来了。"吴东朔冷笑着说："呵呵，好呀，走，我们看看去。"

在西林城西林中学院内的辽西省公安厅办公室里，乌兰厅长正倒背着双手，独自踱着步。她仍是一副心事重重的样子，"敌似有重大行动""敌似有重大行动"……她在反反复复地念叨着这句话。

"究竟是什么行动，'兴安3号'为什么没有具体点儿的情报？马云龙的一支队出发有半天多的时间了，按说也该有情报发回来了。"这时，一声"报告"打断了乌兰厅长的思考，是译电员的声音。

乌兰厅长赶忙喊了声"进来"，迫不及待地打开递过来的电报，是马云龙让乌云丽发来的："一路未见异常，据传白辉、老二嫂已下山出林，力争明日上午到达柴岗子村。"这封电报让乌兰厅长紧张的心情稍稍放松了一下。

又有门卫传达室的值班员喊"报告"，送来了一封信。打开信封，清香的味道扑鼻而来。

亲爱的厅长嫂子：

请允许我这样冒昧地称呼，因为我再也找不到更合适的称呼了。

今天上午朱县长又批评我说"无情未必真豪杰"，我接受了这个批评。其实朱县长是冤枉我了，我是个有情有义的人。这突然让我想到唐朝白居易的那首《夜雨》诗的诗句："我有所念人，隔在远远乡。我有所感事，结在深深肠。乡远去不得，无日不瞻望。肠深解不得，无夕不思量。”这首诗我越读越牵动肝肠。我们近在咫尺却如在远远之乡，我对你可谓一见钟情，但只能结在深深肝肠，落个无夕不思量。尤其是夜晚我一人守在宿舍的时候，内心却在为个“情”字煎熬着。我真想当面和你一诉衷肠……

乌兰嫂子，我盼望你给我写封回信，哪怕信中就写一句话，不，一个字都行。

此致革命的敬礼！

弟　文儒

民国三十五年十一月十四日

信的内容，较之第一封信，张文儒副县长对乌兰厅长的追求更加迫切，可乌兰的心思哪在这里。她拿眼扫过信上的内容，反感地说了句：“朱彤也是闲扯淡！”

想到冀东军分区代表团，她的脑海中突然出现了她和军区及省政府的一些人给冀东军分区代表团送行时的情景，李言带着爽朗的笑声，挨个和他们握手告别。到了乌兰的跟前，他稍稍地迟疑了一下：“乌兰同志，欢迎你去冀东，往后见面别总是皱着眉头，我可不欠你什么哟，哈哈……”这位冀东军分区的副司令员是冀燕赤军区的一位智勇双全的悍将。据传，热南纵队组建后，他将出任纵队司令员。

乌兰的双手从额头上滑落下来。她又用力地攥了攥，感觉李言那双宽大的手掌还在握着她，他那爽朗的笑声也好像在耳边回响着。她的心中重复着一句话：“但愿他无事，平安回到冀东。”想到这里，她的心又好像悬空起来。

天刚蒙蒙亮，热北军分区设在桦树沟司令部里的参谋们正忙着接电话和打电话，黄勇司令员和钟羽参谋长在地图前指画着，谈论着。有一个参谋手里拿着电话，扭着头，略带惊慌地报告：“参谋长，三团长报告，5号阵地失守。”黄勇司令员骂道：“他奶奶的，国民党今天疯啦！不但进攻时间提前半个小时，这进攻的波次也密集了。来，我跟三团长说。”他接过了电话。

“我是黄勇，苏团长吗？把5号阵地丢啦？”

“报告司令员，敌人的攻势太猛了，我以为他们主攻3号阵地，没想到开始就主攻5号了。”

“你就说你能把5号阵地给夺回来不，给你一个小时，夺不回来，我马上派别人上去！”

“报告司令员，我正在组织部队进攻，一个小时夺不回5号阵地，我脱军装甘愿受处分。”

正当国共两军在桦树沟打得难分难解之际，吴东朔也在指挥着那帮临时拼凑起来的人马开始了对柴岗子村的攻击。

“叭叭叭！”

三声刺耳的枪声，惊醒了还在睡梦中的村民，也惊醒了住宿在柴岗子村的冀东军分区代表团和热南纵队筹备组的指战员们。李运通和李言几乎同时从炕上跳到地上，抓起了挂在墙上的手枪。

李运通说：“不好，这是隐蔽岗哨发出的信号，说明明岗被敌人摸了。李言，你让警卫员骑马去烧锅地村通知警卫连马上过来，我到炮楼上看看。”李运通出门上了炮楼，警卫员小李骑马冲出院门，奔向烧锅地村的方向。

天阴沉沉的，已经有零星的雪花飘落了下来，视野不是很好。李运通拿起望远镜从枪眼向村外望去，只见村子边上有黑压压的人群。那些人的服装不一，正端着枪，如蛆虫一般向村子里蠕动。这时，又响起了一阵密集的枪声，大概是散住在各户的指战员们也发现了敌人，开火了。

李言也登上了炮楼，问道：“敌人有多少？什么来头？”李运通把望远镜递给他：“从衣着上看，不像是国民党的正规军啊。”

李言说：“咱们的人，集中在这两个院子打一个小时没问题吧。”李运通看看手表：“现在是六点，坚持到七点应该没什么问题，只是武器没顶硬的，要是有几挺机枪就好喽。”李言又把望远镜向东边望了望，还不见警卫连的踪影，说道：“按说半个小时，警卫连该到了呀。”

李运通说：“走吧，我们也得下去安排一下，敌人如果有备而来，我们可能得坚守一阵子了。”李言和李运通刚从炮楼上走下来，迎面有十来个代表团的成员相继跑进了院子，说敌人的火力很猛，有机枪，好几位同志牺牲了，还说他们看见土匪已经从村子的北面攻进来了，和住在李家院子的同志接上了火。李运通一面招呼着这些人做好战斗准备，一面告诉赶骡马的战士们马上装好驮架子，准备突围。

在李家的院子里，除了纪庭震和胡光两位参谋长，还有十来个参谋和政工人员及刚刚跑进院来的七八位指战员。纪庭震和胡光商量了一下，打算带着大家冲出去，到吴家大院与李运通、李言会合。但他们刚冲到大门口，敌人的机枪就扫过来了，冲在前面的一位战士中弹倒地。纪庭震说了句：“这火力可不是一般土匪绺子的。”遂命令大家关上大门撤进院里先坚守再说。

吴家大院这边，李运通和李言见敌人已经包围上来，遂命令战士们马上紧闭大门。随着大门“吱吱”的合拢声，李运通心中像坠下铅块般沉重起来。

“进攻的敌人不是小股土匪，也不是偶然相遇。敌人的目标显而易见，就是奔着我们来的，奔着我们的代表团，奔着筹备组，奔着那十五驮子的钱物来的。这是敌特预谋的一次行动，难道这就是省公安厅乌兰厅长提到的那个‘秋山计划’？我们太粗心了！”

李运通把自己的想法和李言一说，李言诧异地问了一句：“怎么敌人还有‘秋山计划’这件事儿？”

李运通说：“国民党保密局在热北地区有个四龙十三太保的

特务组织，为首的是一个叫金龙的家伙，‘秋山计划’是敌特在热北要实施的一次大的行动的名称。高层会议上通报的，一级机密。”

李言说：“这么说，那我非常同意你的说法，我们应该做好最坏的打算。”

李运通说：“嗯，现在还不到鱼死网破的时候，我们的警卫连还没有赶到，小李出发可一个多小时了。”

李言说：“我觉得警卫连应该快到了，先安排几位战士上炮楼打阻击吧。”

该来的终于来了！

敌人机枪的子弹密集地打在大门上，发出了如同敲破锅盖般的“啪啪”声。

“炮楼，打他机枪手！”李言朝着炮楼上的战士吼了一声。随着炮楼上传出来的几声枪响，敌人的机枪声停止了。突然，从村子的东面传来密集的枪声和“嗵嗵”的掷弹筒的声音。李运通一拍大腿，兴奋地大叫一声：“太好了，我们的警卫连打过来啦！”

警卫员小李从吴家大院冲出来，正跑向烧锅地村时，猛然发现路旁的山沟里趴着一群身穿国民党军服的大兵。他连忙双腿夹紧马肚子，一手扯动缰绳，一手举枪磕了一下马屁股，坐下的枣红马便疯了似的跑了起来。

“嚯，他娘的，跑得够快的，看你快还是我的枪子儿快。”胡彪说着，把一支狙击步枪顺了过来，瞄向了小李的后背。就在这时，他的胳膊被一只手摁住了：“这是个报信的，你不能打，咱们这台戏还得靠他呢。”吴东朔的另一只手端着望远镜，仰着脸，眯眯眼眨了眨，阴阳怪气地说着。胡彪抬起头，瞅了瞅前方，叹了口气，满脸的不甘心。

“听我的，没错，把子弹留给一会儿来的那位。”

胡彪听吴东朔这样说，只好爬起身，把狙击步枪又抱在怀里。在他的身旁，是黄二和贾三，如今这两个人都混成了连长。

警卫员小李躲过这一劫后，骑马只用了十五分钟就跑到了烧锅地村。他找到了王义指导员和吴文玉连长，报告了敌人正在围攻柴岗子村的情况，尤其是在来的路上还发现了身穿国民党军装的大兵。

“马上集合部队跑步出发，那里就是刀山火海我们也得上，保卫代表团和筹备组是我们的任务，豁出我们的命，也不能让代表团和筹备组受一丝一毫的损失！”吴文玉连长一听到情况汇报，立刻紧张了起来。他一边下着命令，一边跑到屋外跨上自己的那匹白骟马。此时，副连长王升已把队伍集中好了，吴文玉连长喊了声：“马上出发！”便一马当先带着警卫连朝柴岗子村跑去。

今天，吴文玉连长的精神好了许多，头上戴一顶黑狗皮帽子，穿着一件敞怀的灰色棉军大衣，脖子上还扎着一条黑色的围巾。已经看见柴岗子村了，也看到了路边国民党兵的身影，吴文玉手举驳壳枪，高喊着：“开火，冲上去，消灭前面的敌人！”便纵马向敌人冲去。

“嗒嗒嗒……”

“嗒嗒嗒……”

N师谍报队的二十来个人用的都是一水的冲锋枪，迅速组成了一道火网。有两个冲在前面的战士中弹了，从马背上摔了下去，倒在地上。

“嗒嗒嗒……”

警卫连的三挺轻机枪也响起来了，战士们一边开枪射击，一边向前冲锋。

“按我昨天晚上跟你说的开枪吧。”吴东朔趴在胡彪旁边，贴着耳朵下了命令。胡彪嘟囔道：“这要死的好办，要活的，这枪真没法打。”吴东朔手端望远镜，一边朝前方看着，一边恶狠狠地回了一句："必须要活的，地虎太保！你要是把人打死了，别说赏金捞不到，你的命也别想要了！"这话刚刚落地，就听"叭""叭""叭"响了三枪，然后胡彪把狙击步枪往旁边一撂，十分得意地说："头皮一枪，左耳朵和左肩膀各一枪。"

不远处，随着这三声枪响，吴文玉连长从马背上重重地栽到了地上。

"连长挂花啦!"

"吴连长挂彩受伤啦!"

警卫连的战士们大声喊叫起来，紧跟在吴文玉连长后面的王升副连长一边叫机枪压制敌人火力，一边叫人把吴文玉连长背到隐蔽一点儿的地方去抢救。当指导员王义跑过来时，只见吴文玉满脸是血，紧闭双眼，已昏迷过去了。见状，他急得直搓手，连连说道："这可怎么办，这可怎么办！这边连长负了重伤，那边代表团和筹备组等着救援，这可怎么办啊!"

这时，吴文玉连长强睁双眼，用微弱的声音说："不要管我，保卫首长们要紧，让王副连长代替我指挥战斗，让这两个战士陪我就行了。"指导员王义点点头，然后对王升说："副连长，指挥战斗的事儿就交给你了。"

王升说："现在敌人抢占了有利地形，火力又很猛，我们强攻很困难。我看我们不如跑步绕到柴岗子山后，然后上山居高临下地向敌人发起攻击吧。"

王义说："也只能这样了。"

警卫连在王升的指挥下，留下一排做掩护，其余两个排以最快的速度向柴岗子山后奔去。

吴东朔双手举着望远镜，把警卫连的情况看得真真切切，连连感叹道："春水先生真乃神机妙算，连这条路都算到了，'秋山计划'大功告成喽。"他又转过身去把N师谍报队的胡国维队长叫到跟前，"胡副指挥，这里就交给你啦！我和胡营长去村里，你再派五个弟兄去把守村西的路口。你让弟兄们放心，奖赏的事儿，回到赤岭就按我昨晚和你说的兑现。”

胡国维立正敬礼道：“谢站座抬爱，军人以服从命令为天职。有卑职在，决不会让共军从这里进村！”此时的吴东朔显得非常兴奋，眯眯眼好像也睁开了许多，连连说道：“好，好，许参座真是识人用人的高手啊。这里不会再有战斗了，我们的春水先生早就把这里的一切都算计好了。”

实际上，吴东朔之所以不让谍报队进村还有一个原因，那就是他深知参加今天行动的这些人是土匪和比土匪强不了多少的所谓的“反共救国军”。如果消灭八路军代表团和筹备组后，那十五驮子钱物的分赃就成了最大的事儿。而且，这些人不会有好吃相，起内讧火拼都是可能的事情，他可不想让这样的丑事传到许登谋的耳朵里。另外，吴东朔从一开始就认为，让谍报队参加这次行动，就是许登谋硬插进来的一条腿。

在柴岗子村里，谭楚山正被亲信们簇拥着从几户人家间隔的空地上走过。在这块空地的土墙边上，横卧着几具八路军的尸体。除了那两个大院子，谭楚山还下令把各家各户搜了个遍。但在他的心中，这些都是次要的，他最惦记的还是那十五驮子的钱物。

这时，谭楚山的手下跑来报告，说是白辉和老二嫂的人已经在进攻村后头的李家大院了。谭楚山一听，把眼一瞪，大吼道：“那他妈的还等什么，还不赶紧从前门往里冲啊！看着白旅长和老二嫂旅长了没有？”

“白旅长和老二……嫂旅长一开始就去了前边的大院。”

“他妈了个巴子的，这两个贼种，算计到我头上来了。那个谁，你过来，留一个连在这儿打前门，其余的人跟我上前院，把重机枪、迫击炮、掷弹筒都给我带过去！孙连长，你的三连留在这儿，共军要是跑了，我拿你是问！”孙连长打了个立正：“司令放心，我保证让兔子大的人也跑不出这院子！”一群人跟着谭楚山呼呼啦啦地奔了前院。

纪庭震感觉到进攻前门的枪声有些稀了，打发两个战士到门口去顺门缝儿往外看了看，说是敌人的大队人马往前院去了。纪庭震对胡光说：“咱们抓住这个机会冲出去，冲到后山上。现在已经七点半了，警卫连一定是出了问题，我们不能再等了。”

纪庭震把手枪一挥，嘴里喊着：“冲啊！杀啊！”如同一头发怒的狮子带头冲向大门，胡光参谋长紧随其后。当大门敞开后，二十几个战士除了先前牺牲的一个，都争先恐后地向院外蜂拥而出。

纪庭震双手持枪，左右开弓向前方的敌人射击着，仇恨与愤怒已使他的面部有些扭曲了。他感觉到，在自己的身边不断地有战士倒下。

纪庭震冒着枪林弹雨冲上北山时，却见只有他的警卫员小赵和三位作战参谋跟了上来。敌人并没有跟着上山，那位孙连长带着人跑进了院子里，如饿狗寻食一样去寻找钱物了。

天阴沉沉的，铅灰色的云似乎厚重了许多，雪片似乎更密了。纪庭震和战士们坐在一棵老榆树下，心里想着胡光等没有突围出来的同志，想着吴家大院的首长和同志，心情越发沉重。

突然，从吴家大院传来几声“轰轰”的爆炸声。纪庭震忧心忡忡地说：“敌人还有重武器，李副司令员他们危险了。”

在吴家大院前面有一处打谷场和一座场院屋，成了吴东朔的临时指挥所。他正手指着手表呵斥着几位副指挥：“你们看看，已经到卯时了，再有半个点儿拿不下这个院子，咱们就算白来一趟，胡老先生说什么来着，辰时之前务必退出。”

“他们那几个炮楼忒厉害了，连重机枪都架不起来。”

“那你们的小炮和掷弹筒呢？”

“我怕他们打不准，要是落到钱物驮子上，不就白瞎了嘛。”

吴东朔有些哭笑不得：“你们真是让那十几驮子的钱物给整昏头了呀！打不下院子，你们在这儿干等着，等四十里地远的八路军来包你们饺子呀！我告诉你们，刚才燕山太保来电，八路军的一个骑兵团已经出发了。”

老二嫂听吴东朔这么一说，害怕到嘴的肥肉被别人抢去，便一甩披风走了：“一会儿谁要不豁出老命打，谁就是丫头下的乌龟王八蛋!”白辉也气咻咻地说：“操他个祖宗，闹了半天这里头还藏着心眼儿哪!”也骂骂咧咧地走了。

吴东朔的眯眯眼紧盯着谭楚山：“哎，咱们在福兴楼酒店开会时，你咋跟许专员我俩说的？豁出去吧，这次‘秋山计划’要是打不成，不要说毛局长、许专员、春水先生不容你，就是那两个土匪也不容你!”谭楚山咬着牙说：“打，火力全开，豁出去了!”

当村东边那一阵激烈的枪声响过后又没了动静而这边的敌人攻势却有增无减时，李运通和李言都明白了，警卫连出事了，指望不上了！李家院子的枪声停了，纪庭震、胡光两位参谋长和那院的同志也肯定凶多吉少。

李运通说：“敌人的‘秋山计划’原来是计划在我们身上。”

终于，更激烈的战斗开始了！打谷场上敌人的四门迫击炮分别瞄准了吴家大院的那四座炮楼，顿时四座炮楼都被炸飞了。敌人的重机枪也“咕咕……”地叫起来，将八寸厚的松木板门打成了筛子，訇然倒地。

在吴家大院里，李运通和李言带着战士们端起了武器，等待着最后拼杀的时刻。房门前，有五个负了重伤的战士坐在一起，他们怀着与敌人同归于尽的必死决心，每人手中都紧握着一颗已经拧开盖子的手榴弹。

李运通看了看手表：“已经八点半了。”这句话的潜台词就是“警卫连没希望了”。李言点了点头。

院外，传来匪徒们“冲啊！杀啊!”的怪叫声。在院子的后面也响起了枪声，炮楼被迫击炮打掉后，土匪们找来了几架梯子，已经爬上了院墙。

李运通和李言眼含热泪向战友们敬礼，战友们向那五名重伤战士敬礼。然后，李运通一挥手枪，低声喊道：“放出骡马，冲出去！”这是他和李言商量好的，把骡马赶在前面往外冲，冲过玉米地再进入榆树林子。

李言刚冲出大门口就被从侧面扫过来的机枪子弹击中腰部，倒在了大门右侧的一块青石板上。紧跟在他后面的警卫员小高，架起自己的首长，背在背上，又一梭子机枪子弹扫过来，两个人都重重地栽倒在青石板上。

李运通和剩下的战士们跟在骡马的后面冲出几十米远，敌人的一颗步枪子弹击中了他的左肩膀。跑在前面的警卫员小武一扭头见首长负伤了，便一边向敌人还击一边急忙架起李运通的右胳膊继续向前跑去。所幸的是，李运通骑的那匹枣红马和另一匹大白马总是不紧不慢地在他们的前面跑着，敌人的子弹也没有击中它们。李运通和小武终于越过了玉米地，跑进了榆树林子。

枪声停止了，吴家大院前面的空地上躺着十几位冀东军分区代表团成员和热南纵队筹备组的指战员，还有六七匹一起冲锋陷阵的骡马。

寒风呜咽，苍天落泪，战火无情，将星陨落，洁白的雪花飘落在牺牲的烈士们身上，也给柴岗子川蒙上了无尽的哀痛与悲伤！

吴东朔见战斗结束了，下令进入吴家大院去搜索八路军和那十五驮子的钱物。谭楚山一挥手，早就做好准备的胡彪喊了一声：“上！”黄二和贾三提着枪带人撒腿就往院里跑，他们想最先占有那十五驮子的钱物。当他们带人冲进院子时，迎面撞到的是那五名站在一起的八路军重伤战士。随着“轰隆”一声巨响，黄二登时就连胳膊带腿地飞上了天，贾三的一只胳膊和一条腿也被炸断了。白辉幸灾乐祸地说：“伸出手去抓了个刺猬不是?”老二嫂把嘴一撇说：“我就没听说过，抢啥还有抢炸弹的。”谭楚山哭丧着脸，连声说道：“这下损失可大了，我这损失可大了，各位当家的就别再往我的伤口上撒盐了。"

吴东朔倒不怎么难过，眼看着大功告成，让两个土匪头子挤兑一下谭楚山并不是坏事。于是，他大声说道："赶快清理院子，抓紧时间撤退，现在已经是辰时啦。你们要不怕八路军骑兵团抄后路，你们就在这儿扯淡吧。"

这时，有两个土匪分别跟白辉和老二嫂嘀咕几句，二人匆匆忙忙地奔向马棚。马棚里，白辉的"五虎上将"和老二嫂的"四大金刚"已站成了个圈儿，正瞅着那一堆碎铜烂铁和一堆堆的灰烬发呆。白辉和老二嫂都心疼得直拍大腿："瞎了，瞎了，可惜了！""他妈的，都烧啦，都砸啦。"

吴东朔跟在谭楚山的身后走了过来，弯腰拾起一沓还没有烧透的边币举到眼前看了看，然后指着灰烬堆说："情报不错吧，五万边币哟！辰时前不到，你们怪谁呀？先前答应给你们的金条和大洋我这就如数给你们，可这天上掉下来的金蛋你们就无福享受啦。走吧，走吧，这里可不是咱们该待的地方。"说完扭头便走，叫人通知胡国维和谍报队马上撤岗，保护他返回赤岭。

吴东朔十分惬意，他对钱和物都不在乎，他在乎的是消灭了八路军，完成了"秋山计划"。听说八路军骑兵团快要到了，谭楚山、白辉、老二嫂也连忙各家招呼各家的人，失望地逃离了柴岗子村。

那么，作为唯一一支专程保卫代表团和筹备组的部队——警卫连去了哪里呢？

在特派员金龙王春水让飞行太保带给吴东朔的信中已说得非常明白："警卫连在失去军事主官及在我猛烈阻击下，必不敢强攻，而采取从柴岗子山后上山居高临下救援之策。若如此，君则大功告成矣！柴岗子山东经 116 度，北纬 41 度，海拔 1150 米，山背后长满灌木和榛柴棵子，绝无攀缘之可能，将逼迫其绕山而行，其辰时之前不可能到达柴岗子村。"

这就是吴东朔指挥这场战斗的锦囊妙计！也是胡老先生所言

辰时的由来！只是他纠集的这群乌合之众成事不足罢了，否则八路军那十五驮子的钱物也会落入其手，李运通、纪庭震等人突围的概率会更小，将给八路军造成更大的损失！

在桦树沟战场，国民党N师从清晨5点30分的第一波进攻开始，到上午8点已经有了三次大规模的进攻。这时，黄勇司令员接到骑兵侦察连的报告，西北方向有隐约的枪炮声。

黄勇抬头看着钟羽："参谋长，马上问一下军区，西北方向哪支部队有军事行动。"钟羽转身去联系，不一会儿就走过来说："军区说桦树沟西北方向现在没有我军的部队，只有李运通组长的热南纵队筹备组和李言副司令员的冀东军分区代表团昨晚要住宿在咱们西北方向的柴岗子村。"黄勇司令员皱了皱眉头问道："李副司令员他们可别遇上土匪啊，难道N师正面的疯狂进攻就是为了掩护土匪对李副司令员他们的袭击？"

钟羽说："不好说，最近有两股土匪活动得挺厉害。"

黄勇说："我看这样吧，钟参谋长你通知骑兵侦察连往那边跑一趟，看看有没有什么情况，那里也是咱们的防区。"

钟羽答应一声走出了司令部，骑兵侦察连便风驰电掣般冲向西北方向的山区。

马云龙和他的公安总队一支队，晓行夜宿地追赶着冀东军分区代表团和热南纵队筹备组。一路上，他都在想着那个既陌生又让他感到兴奋的"西林1号"大案，就好像刚刚码到一只狐狸的踪迹，又突然停下的感觉。远远地，已经望得见柴岗子山了，马云龙的心中有些激动。

与此同时，他还远远地望见有一大群马队相向而来，但很快又拐向大漠的方向，消失在视野里。顿时，马云龙的剑眉紧皱，心中涌起了一种不祥的预感。这一大群马队是什么人？为什么远远地就避开了？想到这里，他大声命令道："组成战斗队形，向柴岗子村快速前进！"

当马云龙和他的一支队急驰进柴岗子村时，村里的人们都躲藏在屋里和院子里，还没有从惊恐中缓过神来。吴家大院的前面尸横遍地，鲜红的血已经冻成了冰。谁说“男儿有泪不轻弹”，面对如此悲惨的场景，马云龙的眼泪不由自主地顺着脸颊流淌下来。他抹了一把泪水，看了一眼地上那些杂沓的马蹄印和人的脚印，咬着牙喊了一句：“东山，你带二分队清理现场，剩下的人跟我追击！”

当王义和王升带领着警卫连从柴岗子山的西山脚转到柴岗子村时，战士们都已满头大汗，有的棉军装被榛柴棵子刺破了，露出了棉絮。王义看到眼前的惨状，咧开嘴大声号哭起来。他用颤抖的双手去抚摸那一具具已经冰冷得如石头似的烈士遗体：“我罪过呀，这我回去可怎么向组织交代呀！我没法儿跟首长交代呀！”王升则如同木头人似的呆立着，呆滞的目光停留在李言的遗体上，失神良久。

王东山气坏了，一把把王义拽起来，又用力地推了王升一把，大声地吼道：“你们他妈的还知道没法儿向组织交代啊！让你们带着一连人马出来就是为给组织一个交代吗？猪脑子，枪毙你们一百回也换不回来这些烈士！先别说没用的了，赶紧安排人把牺牲的烈士都抬过来，另外清查村里还有没有匪徒！”

马云龙带人出柴岗子村穿过榆树林子村进入柴岗子川，追出去十多里地时，发现有一头黑犍牛拉着一辆花轱辘车正颠颠簸簸地走着。赶车的人是柴岗子村的钱木匠，他正用手中的鞭杆不时地敲打牛屁股，嘴里不断地喊着“驾驾”。那黑犍牛是一头懒牛，打两鞭子只扭扭屁股，依然慢腾腾地迈着蹄子，优哉游哉地走着稳稳当当的步子。在车上躺着一个人，盖着一件破皮袄，戴着一顶黄狗皮帽子，脸色煞白。听到马蹄声，他睁开眼瞅了瞅又赶紧闭上双眼。

马云龙的双耳不由自主地抖动了两下，打马来到了牛车旁。当躺在车上的那个人睁开眼的一刹那，刚好与马云龙的目光相碰，立时便知道了对方的身份。因为一个曾经是猎人，后来成为侦察员，而另一个则是土匪起家，眼睛都够毒的。

马云龙叫住了老牛车，强压心中怒火，朝着躺在车上的那个人淡淡地说道："你手里握着把手枪，可那没有用，你一动就会有几支枪朝你开火。我虽然叫不出你的名字，但在大漠截击我时，你就是胡彪身后靠左边的那个！"

贾三死死地闭上了眼睛，那只在皮袄里握枪的手只能无力地松开了。

马云龙说："我看当务之急，是把你的伤口再好好处理一下。你失血过多，整不好会要你命的。处理伤口前你把枪先交出来，你们这些人不讲信义，我信不过。"这样的话好像一把把刀子，句句都扎在了贾三的心头上，尤其是"不讲信义"那几个字更是戳到了他的痛处。

打下吴家大院后，胡彪问谭楚山受伤的贾三怎么办时，谭楚山板着脸说："你说还咋办，抬着走？这八路军的骑兵就要来了，你就不怕拖累大家？我看先找个好人家养养伤，然后咱们再打发人把他接回去。"

这话乍听着还有点儿道理，可再一琢磨其实就是把贾三扔下不管了。这一走，这村子马上就又是共产党的地盘了，哪里还会有让一个土匪养伤的地方啊，只能是死路一条了！

贾三从这事儿上又联系到这段时间和这些人的接触，深知这些王八蛋嘴上说得冠冕堂皇，实际做的又是男盗女娼之事，连土匪都不如，有什么信义可讲？贾三的心凉透了。待谭楚山的大队人马走后，他从怀里掏出积攒的两块银大洋，央求着钱木匠送他去赤岭。

贾三这回算是铁了心，再也不想跟谭楚山干了。

面对马云龙，贾三没说话，只是用那只没有受伤的手攥住枪管，把枪从破皮袄下递了出来。

马云龙接过贾三的手枪，让卫生员掀开贾三身上的破皮袄，重新给他包扎了伤口。不知怎么的，从那次大漠截杀时看到马云龙的所作所为，再到眼下的情形，在贾三的心中竟对这个敌人有了些好感。这时，他突然说话了：“你别追了，追也追不上，你就是追上又能怎么着他们呀。”

马云龙转头瞅了一眼贾三，又抬头望了一下柴岗子川，山谷间空荡荡的。他想，敌人过去有一个多小时了，即使追得上，因靠近赤岭也会犯孤军深入的大忌。于是，马云龙说了声：“走，都回柴岗子村。”他又转身对张树林说，“你带一分队直接把车和人护送到钱师傅家，村里人备不住有过激行动，你务必安排人看护好，没有我允许，任何人不得接近贾三。”

张树林说：“支队长放心，我保证完成任务。”

这又让贾三的心里一热，土匪出身的他虽不讲什么信仰，但讲“信义”二字，只佩服为人和身手。当你在这两方面胜得过他时，他就会服你，是五体投地的那种心服口服。

马云龙带着三分队又一溜烟儿回到了柴岗子村。

此时村中一片哭号，牺牲的烈士已全都被抬到了吴家大院前面的空地上。热北军分区骑兵侦察连赶来了，赤西县县长带着治安队也闻讯赶到了，战士们围在这片空地的四周，肃立着，肃立着。

王东山将一张单子递给了马云龙，王义、王升也走过来敬礼。马云龙一脸悲戚的神色，沉痛地说：“乌云丽，立即向厅长发报！

“厅长：十一月十五日晨，在柴岗子村，敌袭击我冀东军分区代表团和热南纵队筹备组，警卫连救援受阻，李言副司令员、胡光参谋长等53位同志及该村农会主席、民兵队长不幸牺牲遇难，李运通副司令员、纪庭震参谋长等人下落不明，详情后报。”

雪花还在落着，大地一片洁白。

乌兰厅长这两天尽管在电话中听到于民副省长关于代表团和筹备组会平安无事的分析，但仍是忧心忡忡，晚上总睡不着，早晨又很早就醒了。今天早晨，窗子刚有些亮色，她就睁开双眼。

起床后，乌兰厅长感觉自己的右眼皮总在间歇性地跳，用手指按摩，也没有丝毫缓解。她来到办公室翻看着一大摞文件，也只是翻一翻，心中还在惦记着冀东军分区代表团和热南纵队筹备组以及马云龙的一支队。

这眼皮怎么这么跳啊，不会真的出事了吧？她拿起电话打给于民副省长："我心里有种不好的预感，冀东军分区代表团那边不会出事吧？"于民副省长说："没事的，我们共产党八路军是唯物主义者，还能信预感？派马云龙他们去也是以防万一。"

乌兰厅长还是有些心烦意乱，吕副司令员打来电话，询问马云龙支队的消息，并告诉她桦树沟前线N师进攻有些反常。乌兰厅长告诉吕副司令员，马云龙来电，到昨天夜间，一路上都很平静，只有两大股土匪出山的消息。她最后说了句："听副司令员说N师进攻异常，我心中有一种说不出的感觉，加上先前就有的预感，我真是很担心啊。"

终于，上午十点半，译电员哭着送来了电报。乌兰立刻明白大事不好，急忙拿过电报来看，尽管有些预感，但还是像突然遭了电击一般愣在了那里，然后一大滴眼泪掉了下来。但坚强刚毅的神色又马上出现在了她的脸上，她双手将头发向后一拢，戴上帽子，拿起电报匆匆去了军区。

在军区吕副司令员的办公室里，沉闷得点火就能爆炸了。吕副司令员、于民副省长、乌兰厅长、朱力参谋长悲戚的眼神显示着他们的震惊、悲伤和愤怒。过了良久，吕副司令员才缓慢而又沉重地站起身，声音有些沙哑地下着命令："以军区、省政府名义给马云龙发报，马云龙并转赤西县政府：第一，由赤西县政府负责，在现有条件下隆重安葬牺牲的烈士；第二，尽全力搜寻李运通、纪庭震等失踪的同志；第三，撤销王义的指导员、王升的副连长职务，二人接受审查；第四，由马云龙同志代管警卫连，将部队带至热北军分区整顿。"

吕副司令员口述完电报内容后长叹一声："敌人这招够狠毒

的，是朝着军区这次军事会议来的啊，产生的直接后果是干扰了我们对国民党 A 军团 N 师的围攻计划，推迟了我们占领热北地区乃至向东北进军的步伐，这是不是就是你们正在侦查的那个‘秋山计划’啊?”

乌兰抬起头低声说：“这还不好说，马云龙说详细情况再报告。”

吕副司令员又说：“你们想过没有，敌人对代表团和筹备组的行踪为什么会这么清楚? 我的想法是，柴岗子发生的这场惨案说明，敌人不但打进了我们的内部，而且占有了一定的位置。于副省长，你和乌兰厅长商量一下，假定这个打入我们内部的敌人就是那个金龙，我们在西林这里做点儿什么文章给他看! 咱们也给他布个局，把暗战的主动权拿过来，摆条道让金龙去走。”

此时，马云龙正与王东山在钱木匠家审问贾三。卫生员给贾三重新做了包扎后，又给他服了药还打了一针，贾三感觉好多了。在随后的审问中，马云龙还打消了他的一些顾虑，比如对他和他的家人能否宽大处理等问题给予了合情合理的答复。将心比心，贾三也很快就向马云龙和王东山交代了他知道的一些情况。

“你们要问啥就问吧，我知道的一定都说出来。”

“你们这次袭击八路军都是什么人，谁指挥的?”

“参加的部队有我们‘热北反共救国军’、N 师谍报队，白辉、老二嫂的队伍，指挥的是保密局赤岭站的吴站长，行内都叫他‘银龙’。”

“你们从赤岭来时走的哪条路?”

“从赤岭往西走，翻了两道山进了柴岗子川。嗯，我们从赤岭过来时是一个细高个子的人骑马把我们领过来的，领到榆树林子村，他就走了。”

“嗯，你是说一个细高个子两条腿挺长的人带你们过来的吗?”

“是，就是个细高个子两条腿挺长的人在前头带路，要不我们咋知道怎么走呀。”

“那你看清他脸盘没有?”

“没有，他戴个大狐狸皮帽子，让帽耳朵和防风上下一遮掩，看不清他脸盘。”

“我再问你，你知道是谁阻击来救援的警卫连不?”

“那我咋不知道，就是吴站长领着我们警卫营和N师谍报队打的。打那个连长，就是胡彪打的，可不好打了，又得打中，还不许打死，也就是胡彪那枪法吧。”

马云龙和王东山对视了一下又问道：“怎么打狙击还不让打死人? 你把这块细致点儿说说。”贾三就把吴东朔怎么向胡彪交代，以及胡彪怎么发牢骚的情形都细细地说了一遍，除了不知道那两帮土匪是怎么来的，其他情况都说了个一清二楚。

马云龙又问了一句：“你们这次行动有什么代号没有?”

贾三说：“代号倒没有，只是听胡彪说在执行上边的‘秋山计划’。”

贾三的这番话，让马云龙觉得胸腔里的血直往上涌，真是“众里寻他千百度”，难寻难解的“秋山计划”却在这里露出了端倪。

这时，乌云丽敲门进屋，送来了一封电报。马云龙接过来仔细地看完又递给了王东山：“执行吧。”王东山看完说：“支队长，不是又让你回部队吧? 你上哪儿我就跟你去哪儿。”

这些天，马云龙正直善良敦厚又敢于担当处处为别人着想的人品，指挥战斗勇猛果断处变不惊的军事才能，尤其是一身高超的武功与码踪的猎人本领，都让王东山佩服不已。这次他又凭着自己的人格魅力感化了一个土匪，更让王东山敬佩。

这人心都是肉长的，而肉长的人心是由人的灵魂支配的，这就是人的心灵。人的心灵可以化解在个人形成的情与理的信念中，再去支配人的行动。有高尚灵魂的人，他的行为才会让人信服，才会感动人征服人。

当天下午，马云龙在给乌兰厅长发出的第二封电报中除了将敌方指挥人员、参加的部队、使用的武器等详细情况进行了汇报，还有最重要的一句是：“据敌‘反共救国军’连长贾三交代，敌此次行动是在执行敌‘秋山计划’。另从细节看，警卫连连长吴文玉敌特嫌疑较大。”

没过一个小时，马云龙即收到省公安厅电报：“‘11·15’柴岗子血案事关重大，经冀燕赤军区和省政府批准，决定成立以辽西省公安厅厅长、公安总队总队长乌兰为组长，公安总队一支队长马云龙为副组长的专案小组。此专案小组工作应纳入‘西林1号’大案侦查工作中，当前要加强相关线索人物的监视控制工作，西林这边已做必要安排。具体工作中要密切注意下一步敌人可能的行动，切勿打草惊蛇。乌兰厅长将于十六日到达热北军分区开展工作。此件一并发至热北军分区黄勇司令员。”

在柴岗子村，“柴岗子村惨案”的后事处理得比较顺利，战士们从村南榆树林里找到了李运通副司令员和他的警卫员小武，然后在柴岗子山上的一块大石头后面又找到了纪庭震参谋长和他的警卫员以及两名作战参谋，还有七名代表团的成员藏在村中老百姓的菜窖里，见八路军来了，老百姓才让他们出来。

纪庭震，这位驰骋战场十几年，抗日战争时威震冀东的铁汉，在李言和胡光的遗体前长跪不起，泪水洗面。马云龙上前劝他，他却站起身来凶巴巴吼道：“你就是马云龙？你们公安厅公安总队都是干啥吃的？剿匪越剿越多，光天化日下，反倒让土匪把开军事会议的代表团给剿了，行啦！你们干脆解散了，上前线打国民党反动派去！”幸好，小武扶着李运通副司令员走了过来，李运通说：“老纪啊，不要这么说，这场惨案明里暗里比你我想象的要复杂激烈，小马他们最近一段时间的工作已经很尽力了。”

马云龙低垂着头，剑眉横卧，眼含着泪水，挺直了身子，立定在原地一动不动，心中有说不出的难过。他也是刚从火线上过来的战士啊，面对牺牲的战友们，面对部队首长的指责，他悲痛，他愤恨，他自责，他恨不得立刻单枪匹马冲进敌特的魔窟，将金龙、银龙、青龙、黑龙和十三太保劈杀殆尽，但敌特在哪里？吴文玉就是金龙吗？

马云龙带部队去桦树沟前，还到烧锅地村见了吴文玉。

吴文玉住在村里的一户宋姓富农家中，左半个脑袋和左肩膀都缠着纱布。他见马云龙来了，挣扎着从炕上爬起来，嘴里轻轻地哼着说道："我这呀，嗯嗯，不是啥要命的伤，嗯嗯，就是脑震荡，中了枪，嗯嗯，忽悠一下子就啥也不知道了。吃村里赵先生的药，嗯嗯，好多了。药是汤药，还得两天吃完。我就跟首长再请两天的假，嗯嗯，出这么大的事情，不用首长说，我知道我是罪人哪！嗯嗯，我是罪人哪。"说着话，吴文玉的鼻涕眼泪就下来了。

马云龙强压住心中的怒火，温和地安慰道："吴连长，我们了解这次主要责任不在你，你能不顾个人安危带领战士们冲锋没错。首长主要是让我过来看看你的伤情，再征求一下你的处理意见。"

吴文玉说："嗯嗯，王指导员和王副连长都是因为我才犯了错，嗯嗯，我求首长们让我上军事法庭，嗯嗯，责任都在我身上。"

马云龙说："那吴连长你就在这儿再养两天吧，等吃完中药再归队。"说完，他从衣兜里掏出五十元边币，"于副省长说，咱们的卫生员不在这儿，让我给你留下点儿药费钱。"吴文玉的鼻涕眼泪又下来了："嗯嗯，让我咋说好啊，嗯嗯。"

马云龙和王东山跨上马，带着部队奔向桦树沟。经过一户人家的大门口时，看到已经换上老百姓服装的张树林。见此，马云龙又回头轻蔑地望了宋家院子一眼，心里说了一句："我可是从十四岁就开始打猎了，再狡猾的狐狸再凶残的狼也没有从我的手中溜掉过！"

第五章　特情扑朔局中设局

皑皑白雪铺在了热北的大地上，山川、大漠、河流、村落都沉浸在一派肃穆的气氛中。有道是雪打青松松更青，血染战旗旗更红。在雪地里青松旁，八路军战士们用震耳欲聋的枪声追悼烈士的亡灵，呼喊着报仇雪恨的最强音！

柴岗子血案震惊了热北大地！

西林城的大街小巷、各个机关的百姓、干部们在愤怒声讨国民党反动派的暴行！四道梁前线的指战员们在愤怒声讨国民党反动派的暴行！赤岭城的一些民主人士也集会声讨国民党反动派的这场最卑鄙无耻的屠杀！在军区和省政府下发的关于柴岗子惨案的通报中，还出现了警卫连连长吴文玉“临危不惧，果敢顽强，身先士卒，英勇负伤”的字样。

此时此刻，赤岭城福兴楼内又是花天酒地。霓虹灯闪耀着诡谲的色彩和缤纷的光芒，音响中发散着柔情蜜意撩人心脾的歌唱。舞厅中，群魔乱舞，弹冠相庆。随着黑、白牡丹动人心弦的

“夜上海……”的歌声，人们在纵情地甩动着舞步。

在这场盛大的祝捷酒会上，国民党赤岭市党部书记长、保密局赤岭站站长吴东朔仰着脸，眯眯着眼，矮墩墩的身躯，笔挺的西装，扬扬得意地站上了领奖台。N 师师长苏文卿少将一身深绿色呢质将军装，戴着太阳镜，大驾光临会场。

这场祝捷酒会的高潮到了，瘦削的许登谋参谋长宣读了国民党保密局的祝捷电报：“保密局赤岭站，欣闻你站组织指挥‘热北反共救国军’、N 师谍报队及热北义士白辉部、老二嫂部于柴岗子村全歼八路军代表团取得辉煌战绩。此战对国军占领热北具有重大意义，故通电祝贺并嘉奖本次作战之有功人员，名单附后。”

许登谋宣读完祝捷电报后，又抖开了一张纸。许登谋深知其中的奥妙，稍作卖弄，微笑着环顾了一下四周，然后才提高了嗓门儿继续读道：“华北‘剿总’任命令，柴岗子村大捷实党国之幸，鉴于胡彪同志功勋卓著，特擢升为‘热北反共救国军’副司令。”此时，胡彪早已穿着一身国民党的上校军装，咧着嘴，满脸堆笑，活像一头披着绿毛的狗熊走上前台，向着苏文卿、许登谋敬礼并领奖接受晋升命令。

谭楚山却是一脸不高兴，那双吊梢眼抹搭着，手中端着一只高脚杯，走到吴东朔跟前碰了一下：“吴站长，你这事儿整得有点儿过分了吧?”吴东朔则仰着脸，眯眯着眼，吃惊地张大了嘴巴：“什，什么过分，我没听错吧，我做什么过分的事儿啦?”

谭楚山一仰脖喝了杯中的酒：“提拔我手下的人当副司令，你敢说这事儿你提前不知道?”

吴东朔依然仰着脸，眯眯着眼，满脸茫然：“我知道，可这事儿你不也知道吗?”

谭楚山用力地把空酒杯往桌上一放：“我知道个屁，我听完宣布才知道。”

吴东朔依然傻愣愣的样子：“那不能吧，许参座征求我的意见时，说已经跟你商量过了。这是军内系统的事儿，不归保密局管。不信，你就问许参座去。”

谭楚山有点儿将信将疑了，往酒杯里倒点儿酒，朝着许登谋走去。吴东朔瞅着他的背影，抛去鄙视的目光。胡彪穿着一身国民党的上校军装，满面春风地端着酒杯走来，也用目光甩了一下谭楚山，用一种蔑视的口气说：“啥人哟，打铁烤煳了卵子看不出个火色。”然后弯腰转向吴东朔，恭恭敬敬地举起酒杯，“站座，我实心实意地敬你，往后我是你的人，你指哪儿我打哪儿。”他的右手大拇指上也套着一只蓝水晶扳指。

吴东朔眯眯着眼笑了笑，手里端着酒杯向前伸了伸：“你早就是我的人，我能不关照嘛。往后跟着我干没你亏吃，提拔你的时候还在后边哪。”

谭楚山只是在赤岭地面上当过两年日本人的伪警察署长，终是个没见过大世面的人，和两个保密局的老牌军统特务玩心眼儿，犹如鲁班门前弄斧凿，关公面前耍大刀，太自不量力了。他真是千不该万不该去找这两个人论什么理，他和这两个人之间还有什么理可讲的？

前些天，吴东朔和许登谋曾坐在一起说话。

“这个谭楚山兵强了马壮了，有点儿不听咱们使唤了哈。”

“那就给他使一个能让他听咱们使唤的法子。”

“有啥好法子说出来听一听。”

“找个他手下的，有没有头脑没关系，能听咱们话就行，跟他分庭抗礼就行了呗。”

“……”

谭楚山这条地头蛇根本就不知道，他如今在许登谋、吴东朔的心目中无非就是争权夺利的一条枪一条狗罢了。更何况，吴东朔早就在温柔乡中把他拿下马，牢牢地套住了。

谭楚山凑到许登谋跟前举着酒杯涎着脸说：“参座，我敬你酒。”许登谋瘦削的脸上鼓着两只笑眯眯的金鱼眼，透过眼镜片，正在全神贯注于舞池里的美女们。但当他发觉谭楚山走过来时，还是伸出一只手，打着哈哈，端起酒杯："立功受奖了哈。"

"那还不是参座抬举栽培，多谢参座！参座把胡彪提副司令啦?"

"是啊，你的手下立了这么大的功，要没有他那三枪就没有今天的庆功会啊，这是对他的奖赏也是对你谭司令的奖励嘛。还有些狗屁不如的人跟我说不该这么重奖，真他妈的不懂得治军之道，不知好歹。"许登谋这几句不咸不淡的话把谭楚山噎得直翻白眼，只好讪讪地退一边去了。

这时，吴东朔走了过来，与许登谋相视一笑。

许登谋说："此次行动对共党打击甚大，毛局长大为赞赏，要我们再接再厉啊，还望春水先生再谋良策。"

吴东朔胸有成竹地一举酒杯："参座放心，第二步计划已经开始了，一个惊天动地的计划。"许登谋端着酒杯若有所思："嗯，再说吧，共产党总不会让春水先生再来个柴岗子吧。哎，我刚才看那位很不高兴地走了。"吴东朔"嘿嘿"一笑道："没关系，回家会有人让他高兴的。"

谭楚山一脸不高兴地回到家中，小夫人帮他宽衣解带，温柔体贴得像一缕荡漾的春风："哟，是谁惹着我们大英雄大功臣大司令啦，这咋没点儿乐模样了呢?"

谭楚山往床上一坐："他娘的，提个副司令连个招呼都不跟我打。"

"哟，提谁啦? 咋能不跟你打招呼呢?"

"胡彪，你哥胡彪，我说他这阵子没少往师部和赤岭站跑呢。"

"哎哟喂，那你可狗咬吕洞宾了，人家提拔你的亲信还不是为你好啊！再说了，肥水不流外人田，现在谁当官当权不把好处往自己身边搂啊。这事儿你可挑不得，人家是为你好。"

说着，小夫人温热的小手已伸进谭楚山的怀里。这一夜，小夫人又竭尽了女人的床上之能事，把谭楚山折腾得呼天喊地。潭楚山做梦都不会去想，他的这位小夫人不说是从东北流离失所逃难过来的吗，怎么会有这样专业的床上功夫哟！

马云龙带部队到了桦树沟村，李主任宣布了军区政治部的命令：辽西省政府警卫连就地解散，原连队指导员王义、副连长王升交由专案组政治审查，其余指战员分配到热北军分区的其他各连队。

此前乌兰厅长已率队抵达桦树沟村，并向黄勇司令员传达了军区吕副司令员和于副省长的工作意见，简单介绍了"西林1号"大案的相关情况和把吴文玉当钓饵而彻底粉碎敌特第二步行动计划的工作方案。黄勇司令员马上安排李主任协助乌兰厅长工作。

夜晚，银龙吴东朔接到了金龙王春水的电报："大功告成，潜邸太保功不可没，共党亦对他评价甚高。通知他，实行第二步计划。"读完这份电报，吴东朔不免替吴文玉有些担心了，他可是他的亲侄子。但又想起了许登谋那句模棱两可的话，嗯，或许可以这样。他现在不能得罪特派员金龙春水先生，违反保密局的纪律，但许登谋可以，可以这么去办。

第二天早晨，有两个八路军的工作人员骑马来到了烧锅地村，牵马进了老宋家的院子，停留了大约一个小时的时间，又骑马走了，服侍吴文玉的两名战士把他们送到了大门外。第三天上午，吴文玉便带着这两名战士到桦树沟热北军分区政治部报到了。

热北军分区政治部李主任对他非常热情，告诉他分区医院因伤员爆满，所以在医院附近给他安排了一个独门独院的小房子。吃饭打针换药，都有护士负责。"也不是对你有多大的优待，桦树沟村日伪时是集家并村的中心村，外村来的人家盖了不少这样的小房子，你是连长又受了伤，就把你安排这里了。服侍你的这两名战士就让他们下连队吧。另外，你也知道，这次事情闹得忒大了，专案组的乌兰组长还要找你谈话。但你放心，大家对你的反映还不错。”李主任对吴文玉安慰道。

吴文玉又自责了一遍，眼泪鼻涕又下来了，把责任都揽在了自己身上。但他心里却轻松了不少，这和西林那边传过来的消息一样，看来是真的了。他来到安排给他的小院子和小房子，进院就把马拴在一个树桩上，树桩下有马槽，马槽里有草有料，他把马鞍子揭下来抱进了屋里。

这间屋子也是个马架子房，锅台连着炕。他伸手摸了一下炕是热热的，看来军分区也没有慢待他。人在处境凶险的时候还总往好处去想，那离死亡就越来越近了。

吴文玉安排完了屋里的一切，慢步来到院子里。已到了太阳压山的时候了，院子外来来往往的男人和女人很多，其中多是八路军，还有些穿着白大褂的医护人员。在临近人家的院墙上，新张贴了很多标语，内容主要是：“为柴岗子血案中牺牲的李言、胡光等五十三位烈士报仇!”“李言、胡光同志遇难是我党我军的重大损失!”“向国民党反动派讨还血债，血债要用血来偿!”

有几个从门前路过的军人正说着：“各连队都在开大会声讨国民党反动派制造的这场血案呀。”“战士们的情绪可高了，都写请战书要去和国民党反动派拼刺刀。”“不行啊，现在作战不是逞匹夫之勇的时候啦……”

吴文玉瞅了瞅落日，扭身回了自己的小屋。他躺在炕上，脸上浮现出一丝苦笑。他不知道在这个屋子里要待多久，甚至希望就一直这么待下去。当人身处危险境地的时候，更多的是留恋自己平安度过的时光。

张树林和几个战友骑着毛驴，打扮成跑买卖的小商贩，紧跟在吴文玉三人的后边进了桦树沟村。在烧锅地村时，马云龙给他下达的命令是，一旦发现吴文玉有逃走的迹象便立即逮捕，甚至将他击毙。好在吴文玉三人顺顺当当地来桦树沟了，张树林也可以汇报交差了。

听完张树林的汇报后，乌兰厅长立刻对那两个去烧锅地村的八路军工作人员产生了怀疑，便问军分区政治部的李主任：“我们这边派人去了吗?”

李主任说：“没有，我们要是派去人还不得向你请示。”

乌兰说：“马支队长，找过护送吴文玉的那两个战士吗?”

马云龙说：“找过了，吴文玉给那两个战士一人 30 元边币，要他们什么也别说。他们说他们对去的那两个人也纳闷，吴连长和那两个人说话时说是组织来人找谈话，让他们俩去了院子。说话的声音太小，好像说到了西林，另外就是跟吴连长把马鞍子换了。”

乌兰沉思了一下，把手中的铅笔向笔记本上一丢，果断地说：“这个马鞍子有点儿名堂，好吧，明天我和李主任见吴文玉，马支队长你和王东山、乌云丽去查一下他的小屋，看看他这个马鞍子是什么货色。别着急，给你们一个小时的时间，注意别留下痕迹。”

第二天上午，在热北军分区所在小学校的一间办公室里，一张长条课桌后面的凳子上坐着态度温和的专案组组长乌兰厅长、热北军分区政治部李主任，桌子对面的凳子上坐着有些局促不安的吴文玉。从大家的表情看，没有审问的严厉与冷峻，更多像是上下级在谈工作。乌兰厅长告诉吴文玉说：“我们已经找过几十名警卫连的干部和战士了，情况基本清楚，现在想请你从你个人角度出发，把事情的前前后后再说一遍。”

这时，忽听一声：“报告!”走进一个政治部的干事，见有吴文玉在欲言又止。李主任摆摆手说：“什么事儿？你说吧，自己同志。”

“往梁上的车就要开了，李主任你看还有要带的东西没有?”

“我那个文件箱装上了没有？咱们政治部给安排几点撤?”

“文件箱是我装上车的，咱们政治部夜间十二点撤，刘副主任打前站去了。”

“行，你去吧，这我知道。”

政治部的干事敬个礼转身走了。

李主任笑着对乌兰厅长和吴文玉说："刚才进来的这位同志哪方面都好，就是磨叽嘴子，我一个主任还能不知道自己的副主任干啥去啦？厅长，吴连长，咱们继续吧。"

乌兰厅长说："那就让吴连长说说吧。"

吴文玉的脸色略显苍白，眼睛里透着不安的神色。他又细致且具体地讲了一遍经过，说到他骑马领头冲锋时，他说："我心里非常着急，行军打仗常常一两分钟就能决定胜负或者就是转折的节点。我判断上也有些失误，我想来袭击的无非就是老二嫂他们那些土匪，没有正经武器。唉，没想到敌人一开火，竟然是自动武器，火力那么强……"

乌兰厅长的脸色愈加柔和："任何时候任何人做事儿都不可能滴水不漏，也不可能在短时间内把方方面面的因素都考虑周到。虽然我们提倡这样，但这只是工作战斗的努力方向。吴文玉同志，你也不要过分自责，如果不能从自责的阴影中解脱出来，会影响今后的工作。现在由李主任代表专案组宣布对你处分的决定吧。"

李主任端起一份盖着红色印章的文件，准备宣读。吴文玉刚刚有些放松的心弦又一下子绷紧了。他虽然受过严格的军统训练，但他知道共产党肃反人员的心是摸不透的。他从凳子上站起来，心中保留的那点儿侥幸心理此时已显得非常脆弱了，因此身子有些微微颤抖。

李主任宣读道："关于处分辽西省人民政府警卫连连长吴文玉同志的决定，经专案组对原警卫连 45 名干部战士调查，一致认为吴文玉同志听到李言同志警卫员报告敌情后，所作出的及时组织部队救援的决定是正确的。警卫连后来出现的绕道救援贻误战机的责任应由他人负责。但专案组认为，在'11·15'柴岗子血案中，作为负责保卫工作的主要责任人连长吴文玉同志缺乏冷静，特别是在作战中表现出急躁情绪，所以对警卫连救援失利应负一定的责任。专案组鉴于以上调查分析，经研究并报冀燕赤军区批准，特给予辽西省政府警卫连原连长吴文玉同志党内记过处分，免去连长职务，调任热北军分区参谋工作。”

李主任宣读完毕，将手中的决定书轻轻地放在桌子上，认真严肃地瞅了一眼吴文玉，这才又说道：“这次的柴岗子血案，王义、王升负主要责任已送军事法庭。但你是军事主官，也得负点儿责任吧！所以党内给你记过处分，行政上就别当连长了，来分区当个作战参谋吧。”

吴文玉的鼻涕和眼泪又下来了，前几次全是假象，这次却真有些激动的成分了，就算是半假半真吧。他在心中暗忖道：“这个处理决定非常符合共产党的行文逻辑，好事儿坏事儿只要沾边就得摊点儿，处分有党内有军内也算合情合理。银龙吴东朔站长派来的人说有高人在西林护他周全，看来这是真的。可这个高人是谁呢？是金龙吗？这人也太厉害了。”

他对金龙特派员虽然一无所知，但从叔父吴东朔的话语中，从这次和以往行动的感觉中，他觉得金龙特派员好像是个无所不能的人物。

此时的吴文玉，有一件事是清楚的，那就是他的第二步行动计划还是继续潜伏，等待时机为特派员金龙更大的行动去服务，他又回到了原先潜伏的位置。可这样下去，这种担惊受怕的日子何时是个尽头啊！吴文玉的心里十分矛盾。

李主任和乌兰厅长对视了一下，然后面向吴文玉说：“那好吧，咱们去作战室，大家都互相认识一下。”

作战室里，有几个参谋正在沙盘前推演。他们向首长敬礼，并热情地与吴文玉拉手，表示欢迎。

在作战沙盘上，八路军热北军分区连级以上的单位都已用一面面小红旗标示出来，而对面的国民党N师营以上作战部队则用小蓝旗作为标志。吴文玉不禁惊叹，八路军在这么短的时间内就已经把情报搞到N师营级部队了。让他更为吃惊的是，八路军热北军分区二团、三团和骑兵师一个团已经完成了后撤四道梁的军事部署，桦树沟村这里只有一团在虚张声势。桦树沟村集中了八路军这一防线所有的小红旗，而桦树沟村两侧现在都是空的了。

当吴文玉到军分区办公室去见乌兰厅长和李主任时，埋伏在附近的马云龙、王东山、乌云丽便闪身潜入吴文玉的小院子，而张树林埋伏在路旁放哨。为谨慎起见，最先进院进屋的都是马云龙，查看完后才让王东山、乌云丽再进入。果然，在院门和屋门处都发现了用马尾做的记号，马云龙小心翼翼地进行了处理。

马云龙进了屋，发现吴文玉把这个小小的房间收拾得非常干净，炕上只有被褥。他站在屋的中央，两道剑眉下的那双鹞眼像X光探测仪般到处扫视着，可除了脚边的那副马鞍子，什么都没有发现。乍一看，这马鞍子没什么特殊的，是用上好的老山榆木做的，极结实耐用，应该是比较讲究有身份的人用的马具。鞍鞯用的是熟牛皮，马镫是白铜的。

马云龙又把这马鞍子仔细检查了一番，然后翻过来，从兜里掏出一把螺丝刀将鞍子两侧的螺丝拧开，内里竟然有两本书，左侧的是一本厚厚的精装本《三国演义》，打开看，里面已掏空了，装着一部微型收发报机；右侧的是一部线装本《七侠五义》。乌云丽一见就惊叫道："啊呀，怪不得破不了截获的那封电报，原来他们的密码本是《七侠五义》啊！"说着，她掏出那封电报，再对照这本《七侠五义》的内容，很快就破译了密码的内容："潜邸太保，春水先生电令实施第二步潜伏计划，银龙。"

王东山站在旁边气愤地骂道："这些狗特务，真他妈能伪装，他是咱们遇到的第二个太保了。"

马云龙见再没有什么可查的了，就说了句："咱们撤吧。"待王东山、乌云丽走出屋门后，他又仔仔细细地检查了一遍，一切都是原来的样子，连屋门和院门上那两根马尾也是照原样放好，这才走出了吴文玉住的小院子。

这里，好像什么都没有发生过！

晚上，护士小黄给吴文玉带来了一大包消炎药，并说：“我们今晚十二点要撤梁上了，厅长说吴连长得过两天跟作战室的人走，给你多留下点儿药。”吴文玉接过药，连声称谢，脑海中却闪现出一个个场景，政治部的那个干事说夜间十二点向四道梁撤退，作战沙盘上那些梁上和梁下的小红旗和小蓝旗。如今小护士又提前送来了消炎药，再一次印证了要撤退的消息。而把这些信息拧在一起就渐渐形成了一条清晰而又重要的情报，今晚十二点八路军热北军分区北撤四道梁，只留一个步兵团在桦树沟村打掩护，其两翼已经空虚。

此时，吴文玉的心里升腾起一个令他振奋的愿景。就在刚刚，他的小屋门还轻轻地响动了一下，飞进来一个纸团，打开只见上面写道：“特派专员命你，为下一步行动继续提供一个共军具有战略动作的情报。待任务完成后，你就可以撤退到赤岭，然后和你的老婆孩子去南京或广州休养了。燕山太保。”这是他来到桦树沟村后再次接到的新的并且是代表保密局特派专员下达的指令。而在烧锅地村时，吴东朔派去的联络人也告诉吴文玉说：“你的第二步计划就是继续潜伏，为一个更大的行动目标服务。”看来，他的上头对他的第二步行动计划的解释并不一致。

吴文玉似乎嗅到了吴东朔的一点儿苦衷，还有些智慧的味道。这一次，吴东朔夹在两个特派员之间，利用了许登谋，想为吴文玉找条活路。而他之所以把命令发给燕山太保，不仅是因为燕山太保在桦树沟村，还是为了将来春水先生一旦追究的时候能有个证人。

吴文玉当然喜欢后面的这个指令，他想快些结束潜伏的日子。而这恰恰是乌兰厅长和于民副省长为金龙设下的一个局，摆出的一条道。但是最终上了这条道的，不仅是保密局热北特派员金龙王春水和吴文玉，更主要的是保密局特派专员 N 师参谋长许登谋。

有一位研究心理学的人曾说过，谎言重复三遍会让人信服为真实。吴文玉待护士小黄走后，又跑到院子里，在房前屋后撒眸了半天。四处静悄悄的，桦树沟村正沉浸在阴冷诡异的夜色里。吴文玉除了有一种被抛弃的感觉，心中还升腾起一缕生的灵光，他转身回到小房子里。

进屋后，他还是迟疑了一下，但立即又坚定了先前的想法："没错，消息不是多次重复给我的，而是我将三四个渠道反映的同一个情报信息综合在一起的，共产党不会有这么大的耐心跟我兜这个圈子的。"于是，他迅速把马鞍子搬到炕上，打开，取出那本精装本《三国演义》和线装本《七侠五义》。

与此同时，在距离吴文玉小屋不到一里的一处农家院里，驻扎着马云龙的公安总队一支队。突然，乌云丽惊喜地喊了一声："呀，马支队长，你的狐狸上套啦!"

马云龙带着王东山、乌云丽把侦查到的情况向乌兰厅长一一做了汇报，乌兰厅长也将吴文玉的情况做了通报。当确定了吴文玉就是"潜邸太保"后，乌兰厅长说："嗯，又找到了一个太保，我们的任务艰巨啊。在这金、银、黑、青四龙中，我们现在只知道吴东朔是'银龙'，十三太保中只发现了两个，'神仙太保'和这个刚刚发现的'潜邸太保'。四龙中，尤其是那位金龙先生，似乎空气一般，只闻其名，不见其踪啊。"

她停顿了一下，将目光又聚拢到自己的两位部下身上："因为敌特的'秋山计划'，我们这个专案组会议也是'西林 1 号'案的侦破工作会议，闹了一遭我们并没有离开'西林 1 号'。这两天我琢磨一个问题，柴岗子血案是不是敌人的'秋山计划'?既然国民党保密局把'秋山计划'和日军军火库图纸放在一起，那二者必定有着密切关系。你们两个也想一想，这里边是否隐藏着敌人一个更大的阴谋，我们可千万别中了敌人的调虎离山计。"

王东山说："我们不能忘了西林那边，西林县政府那个乌力吉看着挺老实的，可放在四龙十三太保背景下，表面装得越老实的人，背后就越有事儿。就是他接了吴文玉治安科长的班，说不好他俩就是一伙的，不过就是一个台前一个幕后罢了，也许吴文玉就是奉他的指令行动的。没准儿乌力吉就是‘金龙’。”

马云龙说：“乌力吉老实什么，巴林王府造办处给他们做扳指的塔拉喇嘛猝死前几天，就是西林这边的乌力吉和毛三檩去过巴林，这个人的疑点很多。”

乌兰厅长轻轻地摇了一下头：“公安工作中的疑点就是疑点，疑点可以作为线索启发你的工作思维，却做不了证据。我们还是回到吴文玉这个人身上来吧。乌云丽，现在知道他使用的密码本是线装本《七侠五义》，你们那里有这本书吗？你总不能截份电报就去一趟吴文玉那里吧。”

乌云丽红了脸：“还没有找到，光是这个书名的书还不行，必须得是同一版本的。刚才又截获了吴文玉一份电报，还是译不出。”

乌兰厅长立刻沉下脸：“没有就想法儿找去呀，等能等来吗？什么工作态度！”那个时代，共产党人的工作作风是越是自己最亲近的人，要求越严格，批评越严厉。而乌兰厅长在这方面还得再加个“更”字，做什么事只恐自己的亲人沾了自己手中权力的光。

马云龙说：“厅长，这种线装本的《七侠五义》，以前我师父那儿有，不知现在还有没有。另外，我还有个事情想去找我师父问一问。”

乌兰厅长抬头看了看马云龙，她非常欣赏自己的这个部下，这个年轻人遇到为难的事情时总有个解决的办法。但她的脑子里又闪过一个念头：还有另外一种可能，这小子没准儿是在替乌云丽解围。

于是，她问道：“去哪儿？有多远？”

马云龙说：“清泉山的清泉寺，从这儿到那儿大概得有五十里地吧，骑马当天打来回。”

乌兰厅长点点头："那就去一趟吧，抓紧时间。吴文玉收发电报可是随时的，乌云丽你要安排好对吴文玉收发报的监控。我们要用好这个钓饵，看看他们第二步计划是什么货色！"乌云丽偷偷地乐了一下，这话的意思已经不排除她和马云龙一起行动了。

第二天一早，马云龙和张树林、乌云丽三人骑马奔向热北方向的丘陵地带。热北地区夹在大兴安岭和燕山山脉中间，常常是平地与草原、山岭与沙漠、河流与湖泊相互夹杂，地理学家称之为"综合地貌"，清泉山就突兀在一大片山丘的边缘处。

在清乾隆年间，有一个游方和尚来到清泉山，修了清泉寺，这里成为佛门净土，香火逐渐兴旺起来。在这座寺中，有一个特殊的规定，那就是可以接收俗家弟子前来读佛经、习武艺，若干年后还可还俗。临近一些庄户人家为不使自家男孩儿在小时候就夭折，便每年给寺里拿上二斗米，把小孩子舍到寺里来。马云龙家在马家地铺村，离清泉寺也就七八里路。六岁时，失去父母双亲的他被叔婶舍到了寺里，八年后才还俗。

在清泉寺门前，马云龙一勒缰绳骗腿从马背上跳下来，抬眼望了一下庙门，不禁一阵唏嘘。如今的清泉寺何止是"门前冷落车马稀"，而是已经有些破败了。连年战火频仍，穷乡僻壤，民不聊生，还有多少百姓顾得上供奉佛祖？山门上原有的彩绘已经斑驳了，寺院中的杂草掩盖着铺在地上的青砖，黄乎乎一片。

有一个小和尚正迎在院中："你是马云龙大师兄吧？我是你的慧明师弟。"

马云龙一惊，立即上前一步："我是，慧明师弟你怎么知道我要来？"

小和尚说："今天上完晨课，师父跟我说他心灵感应，自西南方向过来三位施主，二男一女，其中领头的就是师兄马云龙啊。"小和尚的话着实也让张树林和乌云丽吃惊不小。

马云龙问道："慧明小师弟，师父还好吧？"

小和尚的声音有点儿哽咽，小声道：“师父不好，已经下不了地了。”

马云龙的心中一阵酸楚，紧走两步，直奔师父居住的厢房。他望见炕上的智真和尚，马上跪下叩头，喊了声：“师父，马云龙来了。”然后奉上带来的水果和素点心。智真和尚欠了欠身子，微弱地说：“来啦，快起来吧，出家人不兴这个。”马云龙依然跪着不起：“弟子已经还俗，不再是出家人。但师父八年养育教育之恩，徒儿没齿难忘，不能来看望师父，还望师父见谅。”

智真和尚说：“心心相印者不见亦是见，心心相隔者见亦是不见。起来吧，坐我身边叙话。”

马云龙这才起身，规规矩矩地坐在智真和尚身边。

“师父，我这次来，一是惦念您，早就想见您一面。二是真有点儿事儿找您，我们那时在您身边的时候，您教我们的那本《七侠五义》还在吗？”智真和尚说：“人在江湖行侠仗义乃是根本。那本书你师弟赫彪走时我给他带去了，为的是让他牢记‘侠义’二字。”

马云龙心中一凉：“师父，那师弟是什么时候离开的，现在何处，你可知道？”

智真和尚说：“你走的第三年他就走了。有一位姓王的先生要办什么热北春秋学院，想请一位武术教习，就把他请走了。那位王先生乍看也算是慈眉善目的，可细细打量，眉宇间不但多有奸诈之态，鹰眼里还透有杀伐之气。本不想让你师弟前往，可他执意要去，也算人各有志吧，那就去吧，去了哪里不得而知。”

马云龙说：“师父，徒儿本不想跟你说，徒儿现在当了八路军。”

智真和尚说：“光明之人必走光明之路。”

马云龙说：“师父，徒儿不能久留，您看还有指教徒儿的话没有？”

智真和尚说：“人之命天注定，又岂在老和尚的只言片语？

只是你师弟赫彪，我与他师徒一场，到时候还望你拉他一把。望你慈悲为上，切记于心。”

马云龙悟到了师父所言的含义，双手合十：“师父的话，徒儿决不敢忘却，定会谨记在心。我师弟赫彪之事，就请师父放心。”

智真和尚说：“南无阿弥陀佛，慧明，慧明！”

小和尚闻声从外面跑进来：“师父有何吩咐？”

智真和尚说：“你去大殿上，左面佛龛下有一黄绫包给我取来。”慧明小和尚答应一声跑出去，不一会儿就取来了一个黄绫子包袱。那上面已被香灰浸成了土黄色，足见放置的时间之久。

智真和尚说：“拿去吧，为师当年就化来两册线装本《七侠五义》，一册劝人侠义，一册备有他用。唉，事事因果，一切皆是缘分皆有定数。”马云龙忽觉眼前一亮，忙双手从慧明小和尚手中接过黄绫子包袱，小心翼翼地抖开，果然是一本与在吴文玉那里见到的一模一样的线装本《七侠五义》！马云龙心中有说不出的激动，心想，真的是有佛祖保佑吗？

马云龙立刻双手合十：“谢师父，你不但帮了徒弟，也帮了共产党，帮了革命。”

智真和尚说：“阿弥陀佛，一切皆是个缘字，我们的缘分还没尽哪。我佛慈悲，我们还有再见之日，阿弥陀佛。”

这工夫，张树林和乌云丽一直站在外间屋，大气儿都不敢出。自打他俩听完慧明小和尚出迎时说的那番话和马云龙与师父相见说的话后，方知这世上真有高人，便毕恭毕敬地垂手而立，直到马云龙和师父告别后出来。

军情紧急，容不得马云龙多与师父留连，只能洒泪相别。

当天，马云龙等三人就返回了桦树沟村。马云龙跳下马背就直接去见了乌兰厅长，将去清泉寺见师父的情况做了汇报，乌兰厅长听后也是一阵唏嘘。

这时，乌云丽手中拿着译电稿匆匆走来：“回来就用上了，截了两封电报，发过去的一封，发回来的一封。”乌兰厅长打开译电稿看了看，脸上露出欣喜的笑容。她把译电稿递给了马云龙：“‘潜邸太保’开始行动了。”

马云龙接过两份译电稿一看，只见吴文玉发出去的电文是“共军北撤四道梁，桦树沟两翼空虚”，“银龙”的回电文是“情报深得 N 师重视，即将行动，继续监视，准备撤离，届时有人接你”。

马云龙说：“这大概就是‘银龙’给吴文玉下达的第二步行动计划了。”

乌兰说：“我们马上去见黄勇司令员。”

乌云丽却小声嘟囔了一句：“支队长，什么时间再去清泉寺，我还想去，我也有事儿想问问师父。”乌兰厅长白了她一眼，和马云龙匆匆地走了。

在赤岭市国民党 A 军团 N 师的指挥部里正在召开军事会议。

苏文卿师长挺了挺身子，威严地宣布：“以‘热北反共救国军’两翼进攻为策应，以 N 师正面重拳出击为突破的桦树沟战役即将开始，现在由许参谋长部署作战任务。”许登谋扶了扶眼镜，鼓鼓的金鱼眼洋溢着自信而兴奋的目光。他起身来到热北军事地形图前。

许登谋一副志得意满的样子。他心中早就埋藏着一句话：“保密局热北这块肥肉，金龙王春水你莫要独吞，好事均沾嘛。”现在他终于能指挥保密局赤岭站了。他手中的小木棍潇洒地在空中画了两个圈才指着地形图中的一个圆点说道：“总攻从明晨五点三十分开始，以我军 125 毫米榴弹炮开炮为信号。二十分钟后，共军仍躲藏在掩蔽体之中，我军发起进攻。谭楚山司令！”

谭楚山立即起立，使劲儿地拔了拔腰板：“卑职在！”

许登谋瞅了谭楚山一眼，说道：“谭司令，由你率领已运动到桦树沟村右侧的‘反共救国军’第一大队迅速插入共军后方之热北军分区司令部，以活捉他们的军事指挥官、打乱共军指挥系统为首要任务。胡彪副司令、胡国维队长！”

胡彪、胡国维立刻应声从座位上起身，立正站好。

“你二位率领已运动到桦树沟村左侧的‘反共救国军’二大队和N师谍报队迅速插入共军背后发起进攻。你们的任务是造成共军混乱，使其觉得受到前后夹击、腹背受敌即可。”

“N师一团、二团、三团！”

三位团长起立。

“你们各自阵地及进攻目标不变，待‘反共救国军’得手，共军混乱之际，我们统一发起进攻。我想，师座的钳形战术将又一次在热北大显神威。”许登谋说着，瞟了一眼满脸笑容的苏文卿师长，将两只戴着白手套的手攥成拳头，在眼前潇洒地一撞。

散会时，将校们的脸上一改往日冷漠呆板的表情，个个都面带笑容。柴岗子村的胜利使他们深信，那位打入共军内部的特工送出来的情报就等于是他们的勋章和赏金。同时，在他们的眼里，那些“反共救国军”的土鳖们也总算是有点儿人模狗样了，与他们为伍也并不怎么掉价。

散会后，许登谋还特意把谭楚山、胡彪和胡国维叫在一起，如此这般地又比画了一番。这其中，最喜笑颜开的当然是胡彪了，大黑脸上的那双豹子眼放着光，蒜头鼻子闪着亮。如今，他从一个为财主家看家护院的炮手一步登天，与国军将军坐在一起，和校官们平起平坐，美得心都有点儿难受了。

谭楚山只是不断地翻着眼珠子，从右翼进攻直取八路军热北军分区司令部，这个作战任务是他挑选的。他决心经过这一仗让苏文卿等人看一看，谁才是“反共救国军”的军魂，也顺便打击一下胡彪的嚣张气焰。

在热北地区，人们把世间之人按智商分为三类四种，即精人、傻人和不精不傻的人。不精不傻的人又分成精中傻和傻中精两种。又说，办事儿的时候，宁逗一个精人别逗一个傻子，是说傻子的思维容易短路，跟傻子办事儿最容易整砸了。

谭楚山属精中傻，凡事不分大小粗细都要算计透彻，而到了正经做事儿时却又净干些顶风尿尿顺风拉屎的事儿。胡彪则是傻中精，平时为人做事时是大爷让我干啥我干啥，只要该给我的银两别少给我就中。

这次苏文卿之所以用上“反共救国军”，是因为去桦树沟村的东西两侧要翻山越岭，而N师的官兵们离开了炮火支援就不会打仗，所以只好出此下策。只是苏文卿和许登谋心里也没底，所以就想让吴东朔和胡国维去督军。结果，吴东朔推说站里离不开，只好让胡国维跟胡彪去了。对于国民党N师在桦树沟村的这一次主动进攻，苏文卿师长和许登谋参谋长把希望都押在了这两股“钳子”上。

夜幕又将桦树沟村笼罩在一片黑暗之中，由于区政府在保卫战打响之前就做工作动员，村民们都搬到梁上去住，所以村子几乎成了一个大兵营。现在连热北军分区的大部分部队也撤走了，村里更难得见一丝星火。吴文玉走到院子里，向四处张望了一下，只有细小的咀嚼声，是他的马在吃料。

村中的老榆树上有猫头鹰在“咕咕”地叫，村外林中的孤狼也嗥了两声。它们在这几天都这么叫着，大概是为了证明彼此的存在，并没有什么实在意义。但叫声挺瘆人的，让吴文玉想到了孤独的自己，不由得打了个冷战，于是赶紧转身回到屋中。

与吴文玉住的这个小院子相隔不到一里路的一座大院子里，进驻了辽西省公安总队一支队的指战员们。乌兰厅长、马云龙支队长、王东山副支队长奔拉着腿坐在炕沿儿上。他们的双眼都紧张地盯着乌云丽和她身前桌子上的收发报机。时间在一秒一分地走过。

突然，乌云丽的一只手紧扶着耳机，另一只手快速地写起来。然后，她打开那本《七侠五义》开始翻译电码。这一串连续的动作完成后，乌云丽站起身，将一份译好的电报用双手送到乌兰面前。乌兰看了一眼电报上的内容，立即拿起了电话：“给我接黄司令员。黄司令员，‘银龙’来电了。”

“什么情况？”

“敌人明晨五点三十分，以榴弹炮群开炮为令，二十分钟后从桦树沟村左右两翼发起攻击。”

“是哪支部队？”

“这个没说，只是说‘燕山太保’要在三点钟去接‘潜邸太保’，二人直接去国军阵地。”

“我知道了，咱们的分析判断是正确的，敌人还是把主攻放在正面进攻上。”

“那还不是你把苏文卿的打法都分析透了。”

“现在咱们的口袋和尖刀都准备好了，我们给他个来而不拒，统统收下。”

“我这边现在得准备接那两位朋友去了。”

说着，乌兰厅长放下电话听筒，低头看了看手表，抬头瞅了瞅马云龙和王东山：“你们出发吧。”马云龙、王东山叫上身边的公安战士出发了，都是些经过挑选身手非常了得的小伙子。

在黑暗中，有一个人牵着马从热北军分区司令部走了出来，是分区后勤部负责粮秣的梁科长。白天，当司令部的人员撤走时，他推说还有些事情没整完，要跟随最后一拨人撤退。走到大门口时，卫兵敬礼问：“梁科长这么晚了还出去呀？”梁科长还礼道：“临时有点儿事儿，出去一趟。”说完，骑上马走了。哨兵马上打电话：“刚才出去的人是后勤部的梁科长。”

当这个梁科长骑马来到吴文玉的院门口时，见院门敞开，便放心地走了进去。突然，他的脚被绊了一下，摔倒在地上，刚抬起脑袋说了半句话：“老吴你……”脖子、胳膊和腿就像同时被几把铁钳子给掐住了。“你个龟儿子，放好好的路你不走，非得走这条路！”是王东山的声音。

这时，屋里的灯也点亮了，吴文玉被五花大绑地推了出来。

大约在十五分钟之前，吴文玉见时间差不多了，收起收发报机，搬上马鞍子，打算提前备好马匹，只待“燕山太保”到来。不承想，他出门就摔了个狗吃屎，然后就被摁住捆了起来，又推回到屋里。

在昏暗的麻油灯下，吴文玉见是马云龙，便苦笑着问：“是你呀，怎么到现在才抓我？”马云龙也笑了笑：“抓忒早了，怎么知道你的第二步行动计划？抓忒早了，怎么让你发出我军北撤两翼空虚的电报？抓忒早了，怎么知道国民党五点三十分进攻？怎么知道你和‘燕山太保’三点走人？”

吴文玉垂下了头：“原来先前的一切……”便一声不吭了，他输得心服口服。

桦树沟村西边四里远有个葫芦峪，东边三里远有个老牛槽沟。葫芦峪就是两条连在一起的山谷，从空中往下看，恰似八仙过海时铁拐李背的那只酒葫芦被剖开了瓢儿。底儿朝西，方圆七八里；尖儿朝东，方圆二三里；中间一个夹槽相连。老牛槽沟则是一条直筒山谷，像喂牛的槽子，因而得名。

按照许登谋的战术部署，谭楚山带领着“热北反共救国军”一大队作为N师右侧的钳子头，在四点半前后到达“大葫芦”进行集结，稍事休息，然后迅速穿过“小葫芦”，直接向桦树沟村的热北军分区司令部发起进攻。

当谭楚山带着部队紧赶慢赶地到达“大葫芦”时，已是四点钟了。他骑着马，带着一群亲信来到葫芦峪中间的夹槽地带，却见只有一条窄窄的通道，两侧是石头山。此时，谭楚山正火急火燎地要去攻打八路军热北军分区司令部，心想让大队人马挤在这里怎么行，将在外军令有所不受，干脆都到“小葫芦”里集结，这样出“葫芦尖儿”也快点儿。

谭楚山思忖着，竟哑然失笑了，精中傻的劲儿也就又上来了。“许登谋啊许登谋，你把胡国维派给了胡彪，定是想方设法把头功让给他们，不会给我出好道儿的。这回我偏不上你的道儿，这头功我他妈的抢定了！”于是，他的吊眼梢子一挑，“部队在‘大葫芦’里不要停留，集结地点改在‘小葫芦’！”

后来的结果证明，许登谋的战术部署没有错，在“大葫芦”里集结可以留进退的余地，因为像许登谋这样的老牌军统太清楚国民党特工的情报究竟有多大的可信度。但谭楚山这个精中傻压根儿就想不到这一层，干啥总是“砂锅捣蒜——一锤子买卖”。

谭楚山让部队到“小葫芦”里集结，可乐坏了山顶上的一个人，就是八路军热北军分区三团的苏团长。他就是发生柴岗子血案那天因国民党N师的猛攻而丢失了5号阵地的那个团长。后来，虽然阵地夺回来了，但黄勇司令员还是把三团给撤了下来。这让苏团长和他的营连长们都在心中憋了一口气，觉得很没面子。这次让三团打“热北反共救国军”时，苏团长虽然嘴上说“打个烂柿子真没劲”，可心里却琢磨着“不管他妈的谁来，我都让你有来无回，也算是出他娘的一口恶气”。

苏团长见谭楚山没有让部队在“大葫芦”停留，心里马上就明白了谭楚山打的是什么算盘。他一边乐呵呵地观察着山下敌人的动向，一边拿起了电话：“接分区黄司令员。黄司令员，敌人先头部队已进入‘大葫芦’。对，正像你在会上分析的那样，敌人来的是‘热北反共救国军’。但是，司令员，他们在‘大葫芦’没停，直接奔‘小葫芦’来了，哈哈哈……”

“你就直接说你的作战方案吧，咱们先商量的那个在‘大葫芦’里围歼的方案用不上了。”

“我们的意见是，敌人五点三十分开炮后，我们的迫击炮就向集结在‘小葫芦’里的敌人开炮，让谭楚山听不出是谁开的炮。同时，我的一营、二营分别堵住‘葫芦腰儿’和‘葫芦尖儿’，三营直接从山上压下去，让‘小葫芦’成为咱们的口袋，形成关门打狗的阵势。”

“我同意，这工夫你是乐着给我打电话啊，你的牢骚话咋没完了呢？”

“司令员，我寻思谭楚山跟咱们配合挺好的，这回不把他收拾光了，就有点儿对不住人家了。”

“别扯淡，要是跑了一个敌人就别跟我提请功的事儿。”

苏团长放下电话，马上抄起了另一部电话：“给我接一营、二营、三营和炮排。”

这时候，胡彪和胡国维带着“热北反共救国军”二大队和N师谍报队的人马作为N师左侧钳子头，也已经到达了老牛槽沟。胡彪对胡国维说：“兄弟，我实话跟你说，我早些年就是给人家看看家护个院子啥的，要说这坐镇指挥的事我不如你，可要说是冲个锋陷个阵打个机枪手啥的你不如我。咱俩换换，我带着一帮子人上前面去，备不住还能顺手抓几个八路军逃兵。”

胡国维心想，人们都说这胡彪半精不傻的，今天一看果然如此。他放着指挥不当却去干先锋的事儿，还真是头一回碰上。于是，他敷衍道：“既然司令大哥这么安排了，小弟我遵命就是了。那就让我的谍报队跟着大哥去，也好有个照应。”

胡彪带着一大群人，呼呼啦啦地往前去了。

夜色朦朦胧胧，渐渐地有了点儿亮色。

在老牛槽沟发生的一切都被热北骑兵师一团长巴图收在望远镜里。骑兵师一团的连队已分散隐藏在老牛槽沟两侧的山沟里，整个老牛槽沟就像插满尖刀的陷阱，只等敌人到来。黄勇司令员跟他们说过：“老牛槽沟相对地势开阔，便于展开骑兵部队。敌人的榴弹炮一打响，不要等敌人进攻你们就出击。你们骑兵团主动进攻把敌人先打乱了打蒙了，然后再细嚼慢咽。”

在葫芦峪的山下山上，敌我双方的指挥官都开始倒计时了。山上的苏团长赶到了炮排，站在排长的旁边，举起的巴掌都冻僵了，只等五点三十分的到来。山下的谭楚山有点儿等不及了，翻身上马，那对吊梢眼里充满对成功的渴望，大声喊道：“弟兄们，再有五分钟，咱们的大炮就要开口说话了。以炮声为令，咱们就冲出葫芦口，直接往他娘的村子里冲，抓住八路军司令的赏一根金条，抓住当官的赏五块大洋，抓住他们当兵的赏三块大洋！”

立时引起一片骚动。

终于，五点三十分到了，N 师榴弹炮营的炮火如约而至。

瞬间，桦树沟村前线如电闪雷鸣，天崩地裂般炸响着。谭楚山刚举起手枪喊了声：“冲啊!”就有数颗迫击炮弹突然在他的身前和身后炸响了。谭楚山的马也被炮火惊得前蹄腾空，把他冷不防地甩在了地上。谭楚山滚在地上破口大骂：“他妈了个巴子，这打的什么炮，打过了劲儿，打到了自己人身上了都不知道!”手下的人却大喊：“司，司令，不，不是，不好啦，是八路军冲过来啦!”

谭楚山这才大梦初醒般睁开双眼，气急败坏地喊道：“那还等啥，还不赶快回头，往回冲！什么他妈的‘潜邸太保’，什么他妈的钳式进攻战术，老子回去一块块把你们剁了喂狗!”

在老牛槽沟那边，敌人的炮声一响，巴图团长便扬起马刀，高喊一声：“冲啊!”骑兵战士们如同一支支离弦的箭，向着“热北反共救国军”冲了过去。胡国维眼睁睁地瞅着冲过来的骑兵队伍，才反应过来：“这不是八路军的骑兵吗?”直到这时候，他才明白过来，那个傻中精的胡彪为什么把这个指挥官给了他。这他妈的还指挥啥呀？胡国维想到这里，二话不说慌忙跳上了一匹马。可还没等他拨转马头，寒光一闪，半条胳膊就不是他的了。又是寒光一闪，胡国维本能地将脑袋往下一缩，“当啷”一声，马刀落地。正在这要命的关头，冲过来一人一马，用单手把胡国维抱到了自己的马背上，双脚一磕马肚子，那马便驮着两人飞似的奔跑起来。

来人正是胡彪!

他听到炮声一响，回头看到山坳中冲出来八路军的骑兵时就知道一切都完了。但他知道他不能就这么一个人跑回去，他得找一个能替自己说好话的人。

这时，胡彪猛然看到有一个八路军骑兵正挥刀砍向胡国维，便抬手一枪打掉了八路军骑兵的马刀。紧跟着，他就骑马赶到，探过身子，伸出左手把胡国维抱到自己的马背上，再双脚一磕马肚子，用枪把子砸了一下马屁股，胯下这匹紫骝马发了疯地朝来时的路奔跑起来。

“热北反共救国军”二大队多是由招降的土匪组成，哪有什么战略战术和军事素养，遇到这种阵势没有成班成排的组织抵抗，都是炸了山似的各逃各的命，拼命地往两边山上跑。这使骑兵团集团冲锋的战术也失效了，整个战场乱成了一锅粥。巴图团长命令身边的一营立即封锁两侧的山脚，将往山上逃的敌人都打了回去，但还是有少数敌人钻空子跑掉了。

胡彪骑的这匹紫骝马曾是大土匪头子“平东洋”的坐骑，个儿高体壮前裆宽，有日行千里之说。他打马拼命跑了一阵子，听不到枪声才勒了勒马嚼子，紫骝马已跑得通身是汗了。胡彪勒住了马头，跳下马，再把胡国维从马背上放在地上，将他的伤胳膊绑扎了一下。这工夫，也就有百十来人跟了上来，胡彪唉叹一声，领着残兵败将回了赤岭。

谭楚山就没胡彪这样的好运气喽，炮弹一炸响，马一惊，摔下马，还以为自家那威力无比的榴弹炮打过劲儿了。听到手下人惊慌的喊声，他那双吊梢眼一下子睁得大大的。可不是咋的，八路军战士从山坡上端着枪冲了下来，他身边已经有好几个人中弹倒在地上了。

这时的谭楚山好像从来没有这么清醒过，这个“精中傻”在眨眼间就把账算清了。日伪时期作的那些恶不算，只柴岗子血案一桩事就够枪崩他十回百回的了，人作孽不可活啊！想到这里，他绝望地闭上双眼，把手枪顶在自己的太阳穴上扣动了扳机。

国民党N师正面发起进攻的机会算是没了，在他们的指挥部里，从桦树沟村传回的噩耗等于给苏文卿师长的头上泼了一盆冷水。他仰头叹道：“大将出征胆气豪，可惜无有雁翎刀。”然后戴上黑色的皮手套，对正在弯腰打电话的参谋长许登谋没好气地说，“别的电话不用打了，那个什么‘潜邸太保’后来的情报都是假的，我们上当了。”他停了一下，“你通知炮营，再轰八路阵地半个小时，算是对他们的警告！我们回赤岭。”

这天夜里，国民党保密局赤岭站的火药味儿特浓。作为这场战斗主要策划者的许登谋屈尊来找吴东朔，坐在一把椅子上一言不发。他先前就知道，“金龙”春水先生听到钳形作战兵败的消息已是勃然大怒，正在向毛人凤讨要说法。谭楚山的小夫人怀抱着不足两个月的孩子在他面前哭天喊地，吴东朔也活像一只火烧屁股的狗熊，眯眯着眼，满地绕圈，嘴里不停地说着一句话：“非得整什么钳形战术，不按金龙的二步计划走，赔了夫人又折兵啊！这上上下下可怎么交代，可怎么交代！”胡彪蹲在地上，直用拳头砸自己的脑袋。

方才一阵口舌之争，这个赤岭站里已是一地鸡毛了。

这时，电话铃声急促地响起，吴东朔拿起电话听筒刚放在耳边，马上就是一个毕恭毕敬的立正：“是，局座，我是吴东朔，是是是。”他用一只手捂住话筒，扭过头小声喊，“许参谋长，局座要你接电话。”许登谋急忙站起身，那双金鱼眼里多了几分惊恐，忙接过电话：“我是许登谋，是是，是我的错，我该死。”

“登谋呀，嗯，别的我就不多说了。我先在电话里就已经骂过你了，现在也懒得骂你们了，嗯，从现在开始免去你特派专员的职务，在热北的一切都听从春水先生的安排吧。你如果配合不好，我再找你算账。嗯，还有，这次的善后一定要安排好。”

许登谋忙哈腰道：“是是，局座放心，我一定照局座安排的去办。”

许登谋轻轻地放下电话筒，长叹了一声：“唉，怎么是这样，怎么能这样。”他伸手拽了拽吴东朔的衣袖，两人向里间走去。

头天清晨，当桦树沟的“反共救国军”被消灭后，黄勇司令员一声令下，司令部、司令部直属单位和骑兵团、一团、二团、三团、四团已趁着夜色的掩护全部撤到四道梁，乌兰的专案组和公安总队一支队也随同政治部一块儿撤到梁上。

“解放区的天是明朗的天，解放区的人民好喜欢……”

乌云丽穿着一身灰布军装，腰中束条棕色的皮带，灰军帽下扎着两条羊角辫，秀丽的瓜子脸，弯眉下一双漂亮的大眼，一看就知源自其母。此时的她正嘟着小嘴，哼着欢快的歌，手上端着脸盆，脸盆里有一件衬衣，路过一间屋子时停住了脚步喊了声：“谁有该洗的衣服，我要洗衣服啦，别说没告诉你……”话音刚落，屋里就传出了张树林的声音：“支队长这儿有件衬衣该洗了。”

“那支队长咋不吱声，还用你来说。”

“支队长和副支队长让厅长叫去了。”

乌云丽推开门缝儿朝屋里瞅了瞅，见只有张树林一个人，便缩回身子：“那你把支队长的衬衣给我拿出来吧。你再看看，还有没有别的该洗的，现在懒成啥样了，连衬衣都不洗了。”

门开了，张树林拿着两件衬衣走出来，笑嘻嘻地塞进了乌云丽端着的脸盆里。乌云丽俊脸微红，明知故问道：“你不说就一件吗?”张树林做了一个鬼脸，吐了一下舌头：“好妹子，我算沾支队长个光，把我这件也捎带着洗了呗。”

乌云丽笑着说：“啥光你都想沾，那我也有件事儿，张大哥你跟支队长说说，我还想去清泉寺一趟，我想求师父问问我的事儿。”张树林忙说：“行，行，我跟支队长说，到时候我不去，就你俩去。”乌云丽抿嘴笑着走了。

马云龙和王东山被乌兰厅长叫去是商量提审吴文玉的事儿。

在一间小屋里，吴文玉坐在椅子上，闭着双眼，一动不动。也就是十几个小时的工夫，他好像变了一个人似的，面色苍白，没有了先前的血色与光鲜，眼窝黯淡，目光呆滞。与他对面的都是熟人，也没有必要再掩饰过去了。

就在刚才，吴文玉已经交代了自己的身世。他在赤岭国高毕业后，被他的亲叔叔吴东朔送去了国民党军统息烽特训班。结业后，吴东朔把他安排在西林县一所小学校里教书，曾经参加过当地的一些反满抗日活动。吴文玉虽然被日伪警察局抓进去两回，结果都是前门进，后门出，既得了热血好青年的名声，又没有遭过什么罪。

但在吴文玉的心里，却总感觉自己就像那驴皮影戏里的影人儿，被人操纵着，连什么时间到什么地方去说什么样的话都受亲叔叔吴东朔的控制。去年，日本人无条件投降了，吴东朔又打电话告诉吴文玉，说是新上任的西林县委书记、县长朱彤会亲自去小学校找他出来工作。果然，吴文玉先是参加了西林县政府的工作，后来去了省警卫连，还当上了连长。至于这次，骑什么马穿什么衣服扎什么围巾，也都是吴东朔事先定好了通知他的。

王东山有点儿憋不住火了："吴文玉，你老实交代，你去西林县政府的时候，乌力吉就去了吗？你上警卫连时，为啥要推荐乌力吉接任你的职务？"

吴文玉睁开闭着的双眼，淡淡地回答道："我都到这个时候了，还啥老实不老实的？乌力吉比我先去的，他这个人整天跟谁都没个好言语，听说早先和巴林王爷还有点儿关系，县里的领导也不太满意他，只有副县长对他还不错。我去警卫连时，也是吴东朔在电报中说让我推荐他。"

马云龙问道："吴连长，你说说你的看法，'金龙'是谁？春水先生又是谁？柴岗子血案就是'秋山计划'吗？"

吴文玉苦笑了一下，目光中露出些许感激的神色："别叫我连长了，我现在是你们的阶下囚。要我看，'金龙'和春水先生应该是同一个人，是谁，我也曾琢磨过，但没有结果。我叔叔吴东朔给我的电文中曾说到柴岗子之举也是先生无奈之举，先生的计划不在于此。但对外对上就是对 N 师都要说这就是'秋山计划'。你们知道的，我们内部也不许多问。"

乌兰一直在旁边观察着吴文玉说话时的神情，有时还会轻轻地点点头。这时，她放下手中的铅笔，问了一句："吴文玉，你知不知道日本人在西林地区有个军火库？"

吴文玉说："这个我还真不知道。但西林地区是战略要地，有军火库也是不足为怪的。不过我听说我们十三太保里有个'东瀛太保'是专做日军情报的，只是日本投降后，就再也听不到他的消息了。"

王东山问道："那个'东瀛太保'有可能就是'金龙'吗？"

吴文玉说："这可不好说，我认为可能性不大。但要是狡兔三窟，这种可能也不是没有。"

乌兰和马云龙对视了一下，马云龙说："吴文玉，今天我们就谈到这里吧！你再回去想一想，有些事情你觉得像是头发般的小事儿，在我们这里可能就是个牵动全身的大线索。至于你的夫人和孩子，我们已经派出专门小组前往赤岭进行保护转移了，我想如果不出意外的话，你和你的家人很快就会见面。"吴文玉低下头，轻声说道："谢谢。"

在接下来对"燕山太保"梁科长的审问过程中，梁科长称自己先归金龙直线领导，后来又归银龙。至于金龙、银龙、黑龙、青龙的具体情况就不清楚了。联系方式都是电话和一位称作黑寡妇的女人。

他的任务就是刺探热北军分区的情报。为此，梁科长说他还在军分区政治部和参谋部里培养了两个酒肉朋友，这俩人有啥事儿都不背着他。梁科长还告诉乌兰厅长，他觉得他的上头非常了解马云龙，千方百计地想阻止马云龙去西林。上次派胡彪去大漠截杀，要的是马云龙的人头。

审讯室里，只剩下乌兰、马云龙和王东山三人了。乌兰右手握着一支铅笔，敲了敲笔记本："审过了他们，你们都有些什么想法，说说看。"

王东山是炮筒子脾气，有话装不住："我先说两句，我觉得这两个人既凶残又狡猾，他们没有交代出实质性的问题。乌力吉的事儿在那儿明摆着的，我看吴文玉还在给他打掩护吧。另外，吴文玉说柴岗子血案不是'秋山计划'，这么大的血案要不是

‘秋山计划’，那他们还想整多大的血案，难不成还想去把军区炸了？这不纯粹是逗咱们玩嘛。”

马云龙说：“我不这么看，我觉得吴文玉这次交代的问题和开始相比，隐瞒的少了，如实交代的多了。至于还有没有没交代的不好说，但他思想已经发生了变化，不再一味地想和我们对抗到底了。至于那个梁科长，他就是个草包，经不住女特务‘黑寡妇’的诱惑叛变了革命，他在敌人那边的分量也不如吴文玉那么重要。”

乌兰说：“我基本同意马支队长的意见，说吴文玉百分之百都交代了可能为时过早，但他思想上确实起了变化。他说金龙和春水先生应该是一个人，这是对的。尤其是他交代银龙吴东朔讲到的，春水先生搞柴岗子血案是被逼无奈。那谁能逼春水先生？我考虑一个是毛人凤，另一个就是N师，他们要急功近利。如果这样分析，吴文玉这个棋子，春水先生的初衷可能就不是用在柴岗子血案上。刚才王副支队长一句话提醒了我，吴文玉放在警卫连这个位置正是对着军区来的。另外，我还有一个想法，既然‘秋山计划’和日本军火库两个文件放在一起，那么不涉及军火库的行动肯定就不是‘秋山计划’。”

王东山气愤地说：“这他妈的敌人也太狡猾了，这些个龟儿子，柴岗子就是个柴岗子，还整个‘秋山计划’干啥。我原来还寻思把‘秋山计划’的案子破了，吴文玉就是敌人最大的头子金龙。厅长这么一说，我才明白，吴文玉也就是个小角色，柴岗子血案根本就不是‘秋山计划’。”

马云龙说：“按我们现在的分析看，敌人把柴岗子血案说成‘秋山计划’也是别有用心的。敌人通过燕山太保知道‘秋山计划’和军火库图纸已落入我们手中，现在又在无奈的情况下策划了柴岗子血案。但敌人的狡猾处在于顺水推舟又金蝉脱壳，把我们对‘秋山计划’的注意力引向柴岗子血案。他想一箭双雕，既减轻了内部对他的压力，又使我们放松了对‘秋山计划’的注意，这样他可以放心大胆地去搞‘秋山计划’了。”

王东山说：“这么一分析，我明白多了。我倒有个想法，既然银龙、金龙和春水先生联系最紧密，那是不是银龙在哪儿，金龙就在哪儿。银龙找金龙汇报完工作，商量出意见再由银龙下达。另外，我还想到一件事，‘秋山计划’的残页和半张日军军火库地图放在一起，是准备转交保密局赤岭站，这也证明金龙肯定离赤岭站不远。现在银龙吴东朔在赤岭站，那金龙也必定就在赤岭，或许那位失踪的东瀛太保也在他们附近，什么身份就不好说了，反正一个太保级的特务总得有个重要的事儿干吧。我在热察纵队时听说抓了国民党的一个特务，那特务的上司竟是他的管家，特务太狡猾了。那么，两大帮土匪这么听金龙的，说不好金龙也就在哪帮土匪里呢。”

马云龙说：“王副支队长分析得很有道理，金龙是个大人物，指挥热北地区敌特的行动，‘秋山计划’大概不是一两个战斗那么简单，咱们的敌人也不是几个人的事儿。这个东瀛太保肯定在替金龙做着什么重要的事情。两大帮土匪成了金龙的武装行动队，有大的行动，他们就下山出林子参加呗。”

王东山说：“另外，我还想，‘秋山计划’里的秋山是什么山？金龙能起出这么个名字也是老有文化了。”

马云龙说：“秋山在哪儿？我虽是本地人，却从没听说过有座叫秋山的山。”

乌兰点点头：“你们说得有道理，就是说，‘秋山计划’是我们的敌人在跟我们下一盘大棋。现在敌人在暗处我们在明处，世事难料。但我倒觉得，金龙在不在赤岭不重要，重要的是‘秋山计划’究竟要干什么。还有这个东瀛太保就这么在人间蒸发了也是个谜，至于他和金龙是否是一个人，这不好说。现在金龙牢牢地控制着土匪，搞特匪联合行动，这就是他们的一个特点。下一步我们侦查破案的重点依然是破解‘秋山计划’之谜。我看敌特的‘秋山计划’在哪里实施，金龙也就会在哪里。至于秋山的字面之谜，不一定是地名，我回去翻一翻史料，看看能得到解释不。”

乌兰满意地瞅着自己的两位部下说道：“我们下一步要密切注意敌人的一举一动，不放过敌特活动的任何蛛丝马迹。公安工作凡事往深处去想，我现在越发觉得军区和省政府的领导的确是智高一筹。柴岗子血案后，吕副司令员立刻做出敌特潜入我方内部的判定，提出借吴文玉给敌人设局的工作意见，才有了吴文玉后来的表现，诱使‘反共救国军’的覆灭。”

马云龙和王东山听得不住点头。

“报告！”一声清脆的报告声，是乌云丽。她送来了于民副省长的电报。

第六章　魔巢探秘细解敌情

乌云丽送来的电报由副省长于民签发，内容是近日西林城较乱，西林县委、县政府工作不力，致使一些老百姓闹到军区和省政府。西林现在是分局、军区、省委、省政府的所在地，安定是大事。希望乌兰厅长尽快结束专案组的工作，返回西林。

乌兰的目光凝视着电报，沉思了一下："回电，于副省长，专案工作结束，我们立刻返回西林，行程暂对其他领导保密。"乌云丽瞅了一眼马云龙转身走了。

乌兰厅长说："看来事情很紧急，否则于民副省长是不会发这个电报的。我们必须马上带吴文玉、梁科长返回西林。为防止路上和到家里出事儿，有几个事儿咱们得提前商量一下。"

三个人商量的中心内容是，回西林时要带着吴文玉和梁科长，这会有很大的风险，必须有一个万全之策。最终，乌兰厅长和王东山都同意了马云龙的"引蛇吞象"之策。

乌兰厅长把公安总队这边的事儿安排完又立即去了热北军分

区司令部。在司令部，黄勇司令员非常重视乌兰一行的行动，从骑兵侦察连调一个排的兵力参加护送任务。他还笑着调侃道："我这些人可都是精挑细选的，吴文玉那样的人一个也没有，打起仗来都能拼死往前冲，没一个装枪伤的。"乌兰厅长回敬道："得了吧，黄司令员，你这里出个梁科长就够我麻烦的了，还有他那两个泄密的酒肉哥们儿，可别让我过个三天五日的再来你这里带走个米科长。"

黄勇司令员笑着摆手道："不会的，不会的，梁科长刚参加八路时也是清清白白的，只是后来立场不坚定，让国民党特务给拉下水了。国民党那个女特务叫什么名字？"

乌兰说："只知道叫'黑寡妇'，保密局赤岭站的榴莲太保。怎么，黄司令员还想见识见识？梁科长交代，这个女特务现在还在赤岭，你们撤出赤岭前他们还一直来往。"

黄勇说："也就是问问，这个'黑寡妇'是什么人啊，能在我眼皮子底下把我的人给俘虏了，她也真算是个厉害的角色。"

乌兰"哈哈"一笑："等我抓住这个'黑寡妇'一定押到黄司令员面前，让你看一看。我还要告诉她，你把黄司令员的粮秣科长俘虏了，黄司令员耿耿于怀，你看你能不能给黄司令员道个歉赔个不是呀。"

黄勇也"哈哈"大笑道："我等着这一天，到时候我带着 N 师的苏文卿师长和你交换俘虏。行啦，你快上马吧，我们怎么像小孩子似的耍起贫嘴来啦。"

该出发了！

乌兰厅长朝着送行的黄勇司令员摆了摆手，甩了一下齐耳短发，手扶马鞍，左脚纫镫，右腿旋起翻身上马，几年前的那位飒爽英姿的女游击队长、军分区的女副司令员好像又回来了。在她的前面是王东山带的一个分队，后面是绑在马上的吴文玉和梁科长。他们的周围是一支队一个分队的战士，再后面是黄勇司令员派出的骑兵侦察排。

黄勇司令员摇着手大声喊道：“祝你们一路平安！”身边的政治部李主任问：“怎么没见到马云龙呢？”黄勇答道：“马云龙提前走了，到前边安排去了。这家伙办事儿细着呢，我看比过去又成熟了不少。”

渐渐地，乌兰厅长率领的马队消失在腾起的烟尘里。

此时，马云龙已带着张树林小分队到达西辽河边上的偏坡营子村。他先找到村农会主席郭荣久，了解一下这一带近期有无土匪出没，也顺便问了一下黑三的近况。郭荣久说最近偏坡营子这一带倒是挺消停的，但他没说黑三的事儿，却问马云龙：“李三林的事儿你知道了不？”

马云龙忙问：“我不知道哇，这些天虽然在热北军分区，但让案子搞得什么都顾不过来了，应该去看看他，李三林怎么啦？”

郭荣久说：“李三林回到部队后，部队也没咋着他，教育教育就得了。他作战非常勇敢，但在一次战斗中被炮弹炸断了一条腿。伤口愈合后，部队就把他送回来了。李三林现在一听说部队有人来，非得过来看看说两句话不可。”

这时，从窗外传来“吧嗒吧嗒”有节奏的声响，郭荣久告诉马云龙：“嗯，说曹操，曹操就到了。”马云龙忙从炕上跳到地上快步迎了出去，喊了声：“李三林同志！”上前就把他抱住了。李三林也激动地说：“原来是马连长啊！”两个人抱得更紧了。

李三林的媳妇儿在一旁说：“他成天犯愁，俺说你愁啥，你是俺爷们儿，俺侍候你一辈子，地里的大活儿村农会都找人干了，你还有啥愁的？他说我就愁回不了部队。”

马云龙这才仔细地打量起李三林来，见他还是一身灰布军装，只是左腿的裤筒从膝盖处上折，扎在腰间。马云龙用力地握了一下李三林的手说：“三林同志，只要你心中有部队，那你就永远是部队上的人。”立时，李三林的眼泪就下来了，挺直了腰板：“连长，战士李三林记住了！”

后来，李三林不怕苦不怕累地磨炼自己，还在村里当上了民兵队长。在肃清残余土匪的斗争中，他立下战功，被称为“独腿英雄”，这都是后话。

马云龙送走了李三林，问郭荣久：“黑三呢？黑三是什么情况？”

郭荣久说：“打从你上次说了他，黑三没再做什么横行霸道的事情，就是总吵吵着哪天能郑重其事地拜你个师父。他昨儿个在道上碰见我还说了，要是你过来，务必告诉他一声。”

马云龙警觉地问了句：“他说有什么事儿吗？”

郭荣久沉吟着：“那倒没说，人家红枪会的事儿咱也不便多问。这阵子我觉得他还中。”

马云龙沉思了一下说：“郭主席，那你打发个人去一趟，就说我来了，想见见他。”

郭荣久乐呵呵地朝外间屋喊了一声：“周老四你去红枪会告诉黑首领一声，就说他师父马连长来了要见他。”周老四“哎”一声跑了出去。没抽一袋烟的工夫，黑三就跑过来，到了屋中单腿一跪，双手抱拳喊道：“师父，你老人家驾到，恕徒儿有失远迎！”

马云龙伸手将他拉起：“快起来，我们共产党八路军不兴这一套。”

郭荣久见马云龙有事儿要与黑三说，摆了摆手，出了屋，屋中只剩下马云龙和黑三两个人了。马云龙告诉黑三：“你叫我声师父，我也不瞒你……”接下来，他就把柴岗子血案的事儿和侦破吴文玉的情况大致说了一遍。黑三说：“柴岗子血案的事儿也传到我们这里来了，他妈的国民党下黑手太阴了，这不是爷们儿该干的事情。从这一点上说，他国民党就成不了啥气候。”

马云龙跟他说了“良禽择木而栖，良臣择主而事”的道理，又将《七侠五义》里的故事说两个给他听，说得黑三不住地点头称是。黑三见马云龙说得实在，也往前凑了凑，小声说道：“这几天不知道为什么，总坛那边天天飞鸽传书，要过往八路军的人数。我看这事儿大概和你有关，就想和你言语一声。”

马云龙一拍黑三的肩膀：“你这事儿做得太对了，那你打算怎么往你们总坛报人数?”

黑三说：“不瞒师父说，我就不想给他们报这个数。”

马云龙说：“眼下你和他们撕破脸皮并不合适，我知道你的情况，将来也会和有关方面打这个招呼。我看这事儿你莫若这么去办……”马云龙小声地说出了自己的想法，黑三脸上露出了狡黠的微笑。

马云龙不敢在偏坡营子村久留，见了该见的人，办了该办的事，便带着张树林的小分队风驰电掣般冲向大漠。这一路上，他留心着过往的每一个行人和每一座沙梁、每一个沙坑，并没有发现任何可疑的迹象。于是，马云龙直接带着小分队的人马来到了大漠牵驼人小孟和的家。

这时，小孟和正站在蒙古包的外面用一把扫帚给最心爱的棕色公驼清理身上的草屑。这峰大公驼有七岁口，体格健壮，脖子上长长的微黑色的鬃毛给人一种摇摇欲坠的感觉。

小孟和见马云龙带人来了，十分热情地请他们进蒙古包里喝奶茶。马云龙摇摇头，把小孟和拉在一边，小声说道：“我说的汉话你都能听懂只是说不好对吧?”小孟和点点头，马云龙就把托付给他的事说了一遍。听完马云龙的话，小孟和一本正经地点着头说：“知道啦，知道啦。”马云龙又把急着回去的话说给他，小孟和摆着手说，“知道，我知道。”马云龙这才跳上马背，又带着小分队一溜烟儿地奔向西林城。

进城后，马云龙让张树林把小分队带回公安总队待命，他则直接跑去于民副省长的办公室，将情况和安排意见做了汇报。

眼下，一切都在顺利地进行中，只等乌兰厅长的马队凯旋了。

由于押着吴文玉和梁科长，乌兰厅长的马队走不快，第一天也是住到了西辽河边上的偏坡营子村。当天夜晚，乌兰厅长收到马云龙的电报："一切安排就绪。"乌兰厅长知道这"一切"的含义，自言自语道："看来一场小规模的战斗是不可避免了。"

第二天早晨天刚亮，乌兰厅长的马队就出发了。快到腊月门子了，天气也越发冷了起来。在生产力低下的时代，严寒无疑是大自然和整个社会的冷凝剂。在大漠里，路上碰不见行人，天上连只鸟都看不到，沙梁和沙坑里更见不到野猪和狐狸这些动物，整个大漠似乎与天地冻在了一起。

进了大漠后，乌兰厅长让人把吴文玉和梁科长身上的绑绳松开，以免把他们的手脚冻坏了。他们今天必须穿过大漠到达西林，否则容易被土匪袭击，同时在大漠中过夜也能冻死人。

早上，小孟和吃完手把肉，喝过奶茶，起身去给那七峰骆驼安上褟子，还是那峰深棕色的公驼做头驼。这峰公驼走起路来极有把握，几百斤重的身躯，驼蹄却从未踩塌过河里的薄冰或陷进沙漠的鼠洞。那峰浅黄色的母驼仍然走在驼队的最后，脖子上挂着驼铃，走路时会发出有节奏的响声，"咣啷咣啷……"牵驼人就是不回头，也能知道后边的骆驼掉没掉链子。

小孟和穿着厚厚的绵羊皮大衣，戴着大狐狸皮帽子，脚上还穿一双套着毡袜的牛皮靴子，坐在有着厚厚绒毛的驼峰间，再冷的天气也奈何他不得。

小孟和优哉游哉地上路了，把头驼直接拨到从西林去偏坡营子的路上，然后在驼铃"咣啷咣啷"的响声中不紧不慢地向前走去。

昨天，马云龙跟他说的话是担心乌兰厅长的马队在大漠中受到敌特的袭击。为防止敌人再一次在路上刨出陷阱来，他想让小孟和的驼队蹚蹚路。小孟和点头应承道："别人用我的，偏坡营子去，驮荞面的。兄弟的事儿，我的事儿。"两个人的对话虽然听起来都很费劲，但都能明白对方的意思。别看小孟和的话不多，却是个哑巴吃饺子胸中有数的人。他知道自己的妹子跟八路军的乌云丽好上了，心里这杆秤也就偏向了马云龙。

在小孟和驼队的前面还真有两帮人马，一帮是两个骑马的，一男一女，也是迎着乌兰厅长的马队不紧不慢地跑着，还有一帮是三个男人，每人抱着一支狙击步枪，躺在背风的荒草窝子里，旁边的荒草窠里拴着他们的马。他们是在夜里就出发了，接到的命令是不让吴文玉和梁科长活着进西林城。

昨天下午，云岭客栈的经理刘达顺接到银龙吴东朔电报："明日有八名八路军押解两名身穿八路军服的人过大漠，你务必将此二人除掉，不使其活着进西林，切切。"刘达顺接到电报后立即召集手下的瀚海太保刘宝财和玉蓉太保白玉翠商量，定下了除掉吴文玉和梁科长的连环计策。

吴东朔不是吴文玉的亲叔叔和引路人吗？缘何下此毒手！

这事儿还得从那天"热北反共救国军"去搞什么钳形袭击，被八路军分别歼灭说起。当胡彪抱着血葫芦似的胡国维跑回赤岭城时，吴东朔便觉得大事不妙。这么大的事不是藏着掖着就能蒙混过去的，只好一五一十地向金龙春水先生做了汇报。吴东朔在这件事上除了他不可告人的目的，也想靠新来的专员摆脱一下春水先生的控制，不承想一败涂地。

吴东朔为了减轻自己的责任，在汇报中自然把许登谋推到了前面，一切都是"许登谋特派专员让如何如何，我怎么怎么执行，我若不执行，又是N师参谋长的特派专员就要对我不客气"，以及"命令由专员直接下达燕山太保"等。吴东朔这些人对于推脱责任这种事，那都是极其内行且有办法的。

春水先生本来就很讨厌保密局特派专员许登谋督察赤岭站的做法，认为老军统这帮人自打戴老板死后就派系林立，其中有一伙人还很嫉妒他，这次许登谋参谋长挂个什么特派专员的衔就是朝着他来的。于是，春水先生便趁着这个机会，添油加醋地向毛人凤告了一状，这才有了许登谋亲自去赤岭站善后并被免去特派专员的事。

其实，春水先生也没放过吴东朔。当吴东朔刚电告"反共救国军”被八路军消灭时，春水先生即知道潜邸、燕山两太保出事了。当吴东朔将没有吴文玉、梁科长的任何消息报告春水先生时，春水先生电令他立即将吴文玉、梁科长的家眷控制起来。

当吴东朔将梁科长在赤岭无家眷、吴文玉妻子和儿女不知所踪的情况报告给春水先生时，春水先生马上回电：“共党之策反能力你我都知，吴、梁不可留，立即除掉，不可活着进西林，否则其透露的蛛丝马迹亦令我等灭顶，务必。又及，你本次之错误已经毛局长同意不予追究。”

毫无疑问，政治这东西是最讲讨价还价的。本次不予追究不等于永远不追究，那柄达摩克利斯之剑已悬在吴东朔的头上了，落下来是随时的事。那么，特派员春水先生的第二步计划是什么？吴东朔应该是知道的。但吴文玉是他的亲侄子，他当然希望吴文玉早点儿从潜伏的刀尖上下来。于是，他装聋作哑般站在了春水先生和许登谋之间，谁对他有利他听谁的。

他的这点儿小心思，春水先生岂会不知，只是暂时不捅破。这就等于春水先生将剑柄握在手里，而把利剑悬在吴东朔的脖子上。用有错误的人为自己做事，随时可以处理他，使之加着百倍的小心，又会拼力地服务自己为自己做事，据说这是古今最好的驭人之术。

话说春水先生见西林县对吴文玉是一片赞扬之声，就让他进入了第二次潜伏，准备再次实行“秋山计划”。万万没想到的是鞭长莫及，让近水楼台的许登谋利用了一把。其实，即使没有许登谋，吴文玉也在柴岗子血案中暴露了。

吕副司令员虽然不能确定特派员金龙是谁，但与于民副省长和乌兰厅长商量的结果是国民党保密局的这位特派员已经打入了我们内部，以合法的身份暗地里操控着热北的国民党保密局的特务们。于是，他们就拿吴文玉做了一个局，在一定范围内对吴文玉“临危不惧、英勇无畏”的英雄事迹进行宣传，给这个隐蔽极深的特派员端出了一碗迷药。

现在，金龙春水先生已经知道吴文玉、梁科长双双落网，那么当务之急就是立刻灭口！正好有红枪会邱处虎将黑三的飞鸽传书“八名八路军押解两名穿八路军服装的人路过去西林”的消息发给吴东朔。吴东朔立刻想到，这消息金龙也一定知晓。处处加着小心的他现在已无路可退，只能执行金龙春水先生的又一次截杀命令。

吴东朔沉着脸，皱着眉，眯眯着眼，咬咬牙将除掉吴文玉和梁科长的电报发给了刘达顺。跑在小孟和驼队之前的那两个骑马的一男一女，一个是玉蓉太保白玉翠，另一个是云岭客栈的伙计。他们带着枪，如果能得手击毙吴文玉和梁科长就打两颗绿色信号弹，如果无法得手就打两颗红色信号弹，然后回马与瀚海太保刘宝财三人共同向押送的八人队伍发起攻击。而瀚海太保刘宝财带人发起攻击的时机，则是押送队伍中有人马掉入陷阱，形成混乱之时。但这个连环之策的前提必须是八个八路军押送着两个穿八路军军装的人。

刘宝财、白玉翠带人来到大漠里，走了很长一段路，觉得还是红枪会截杀马云龙时选择的地理位置最好。况且，红枪会挖的陷阱坑子还能用得上，于是他俩叫人将坑子里坍进去的沙子扒拉出来，又拿镐头将坑子刨了刨，砍来些柳条放上，垫上土，撒层沙子，陷阱就做成了，只等来的人马掉进去。

小孟和骑在头驼上随着驼铃“咣啷咣啷”的响声晃悠着身子，正在悠然自得地走着。突然，头驼停住了，并扬起头“嗷——嗷——”地叫着。小孟和只好踩着骆驼脖子跳到地上，用脚踢了踢陷阱上的柳条，便露出了一个窟窿。小孟和诡异地一笑，牵着头驼绕开陷阱又“咣啷咣啷”地走了。

听见驼铃声自北而南地响过来，还有骆驼的叫声，躺在沙窝坑的三个人立刻跳起来跑到了沙梁顶。其中一人说：“我操，可别让骆驼掉进陷阱里去!”直到看见小孟和从骆驼背上下来牵着骆驼绕开陷阱走了。瀚海太保刘宝财放心地说了一句：“是大漠牵驼人小孟和啊，他倒是经常走这条道。”三个人又放心地走下沙梁。

跑了一个时辰，玉蓉太保白玉翠带着那个伙计终于见到乌兰的马队了。他们走到跟前一看那阵势，白玉翠不禁倒吸了一口凉气，这哪里是八个八路军押解两个人哪，说八十个人押解两个人还差不多。另外，再看四处的护卫一个个虎视眈眈的样子，她要是掏出枪来不等开枪就得被打成筛子眼儿了。白玉翠叹了口气回过头没好气地对伙计说：“瞅什么瞅，还不快点儿走，走慢了没日头前能到地方吗?”说罢，自己打马向前跑去。

其实，这正是马云龙的“引蛇吞象”之策。

在乌兰厅长召集马云龙、王东山商量回西林时，马云龙提出了这种形势下硬封锁回西林的消息并不是个好办法，但可以让黑三放出消息引蛇出洞。而当蛇游出洞来时，却发现要面对的是一头大象，使敌人袭击的计划因实力悬殊而破产。只不过这引蛇出洞的诱饵不要放大而是缩小，轻松地就让蛇跑出洞来。这样做还可以起到一个效果，那就是使吴文玉内心残存的那一点儿效忠党国的想法进一步破灭。对此，乌兰厅长当即拍板，确定了这个方案。

小孟和骑在头驼背上的两峰间，向后一仰，用手拍了下头驼的屁股，那头驼便加快了行进的步子。不久，他也看到了乌兰的马队。乌云丽见是小孟和骑着骆驼跑过来，心知一定有事，就和厅长打了个招呼，拍马上前迎了过来。

小孟和连骆驼也没下，只趴下身子跟乌云丽把马云龙找他蹚路和前面有陷阱的事儿用蒙古话说了。然后，他又拍了一下头驼，优哉游哉地往前走去。他与乌兰厅长和王东山相遇时，连眼睛斜都没斜一下，如同不相识的路人。

此时，乌云丽已把小孟和对她说的情况告诉给了乌兰厅长和王东山。听完女儿的汇报，游击队长出身的乌兰厅长立刻拔出手枪，低声对王东山说：“做好战斗准备吧。”

王东山接到命令后，从马队的前面跑到队尾，做了一番布置，尤其是对吴文玉和梁科长身边的公安战士格外嘱咐了一番。吴文玉心里明白，国民党那边是要自己死了，而共产党这边却是要他活着回西林，以便继续从他的口中掏东西。他活与不活都无所谓了，听天由命吧。

梁科长见王东山的这番安排也知道有情况了，肯定是国民党保密局那边要救吴文玉他俩。他甚至幻想着救他的人中有那个和他爱得要死要活的女人，她会一马当先地冲过来。于是，他心中也便暗暗地做好了准备。唉，这个原本朴实厚道只是缺少文化爱占点儿小便宜的庄稼汉掉进了诱惑的泥潭中便不能自拔了。

乌兰厅长率领着马队刚进入大沙坑地带，后面便“嗵嗵”地升起了两颗红色信号弹。这是跟在后面的玉蓉太保白玉翠给瀚海太保刘宝财发出的狙击信号。

王东山知道敌人开始行动了，一边催促马队加快行进的速度，一边通知跟在马队后面负责护卫的骑兵排发现敌人后立即分出一个骑兵班冲过去，打乱敌人的部署。

早年，瀚海太保刘宝财曾在伪满国兵里干过。他见红色信号弹升起，带着另外那两个人端着狙击步枪跑上沙梁，卧倒后瞄了瞄就开枪了，立刻就见马队中有人中弹从马上掉了下来。

梁科长觉得时机到了，把马嚼子往左边一带，用右脚磕了一下马肚子，向着大沙梁的方向跑去，却被端着狙击步枪正瞄着他的刘宝财打了个正着，后边的公安战士也朝他开了枪。梁科长临死也没整明白，究竟是谁要了他的命。马队中的吴文玉则相对安全，见梁科长中枪跌下马去，只是缩了缩脑袋，露出轻蔑的一笑。他笑梁科长不识时务，他笑他的上司们又干了一件蠢事。

瀚海太保刘宝财朝着梁科长打了一枪，又见骑兵班冲了过来，就说了声“咱们撤吧”，抽回枪，跑下山，跳上马向着大漠深处跑去。玉蓉太保白玉翠和那个伙计见他们已无济于事，也从后面悄悄地溜走了。

这一场由金龙、银龙共同预谋的“不让吴文玉、梁科长活着到西林”的袭击，以最不应该活着到西林的吴文玉活着到了西林，以对国共双方都失去情报价值的梁科长之死而告终。

乌兰厅长的马队顺利地回到了西林城。

乌兰厅长回到西林后，马上向军区吕副司令员和于民副省长做了工作汇报。吕副司令员露出这些天来少有的微笑：“好嘛，老将出马一个顶俩，这些天乌兰你又找回当游击队长时候的心态了吧？”

乌兰点点头：“取得胜利，还不是吕副司令员技高一筹，让金龙也上了套。这公安的事儿做起来还真是挺惊心的，不过我可真的是老喽！全凭马云龙他们这帮年轻人去干。”乌兰接下来把要继续提审吴文玉的事情说了。

吕副司令员说：“嗯，这说明我们后来的判断是正确的，敌特就在我们身边。一会儿我跟分局社会部的厉主任说一下，让他参加你们的审讯，厉主任掌握这方面的情况挺多的，尽量从吴文玉嘴里多挖出些东西来。”

于民副省长说：“现在看，我们先前还是把敌特的破坏看浅了，好在把娘娘庙‘小神仙’的案子与‘秋山计划’并案在一起，我们搞了个‘西林1号’侦破方案，确定了重点工作、工作性质和专门组织人员以及工作规则和方式，否则会更加被动。现在，大方向正确，顺着这个思路往深追，把‘秋山计划’的真相暴露出来，把什么金龙也好春水先生也罢的画皮彻底剥下来，为公安厅公安总队成立一周年献礼。”

乌兰回到公安厅后，打电话找来了朱彤县长，了解了西林东城闹鬼的事情。朱彤进屋就说：“哎呀，乌兰你这些天怎么搞的，人都瘦了一圈。这我得和吕副司令员跟于副省长说说，使人照量着点儿，别鞭打快牛，大事儿小事儿都往你这里推。”

乌兰“唉”了一声：“没办法呀，工作就这个性质，不干就没法儿交代。我没法儿和你老朱比，天天手往腰里一插，转个圈儿就把工作干了。”

朱彤“哈哈”一笑：“怎么，眼热了不是？要不我和于副省长说说，我忍痛割爱，把张文儒副县长给你调过来，既方便了工作又可以成人之美，一举两得。这组织上该安排的事也得安排安排，你看我们张副县长神魂颠倒的，都快得相思病了。”

乌兰立刻把脸绷了起来：“老朱，咱们说工作的事儿，别乱七八糟地胡扯。”

朱彤说：“这怎么是胡扯呢？唉，你不是说东城闹鬼那点儿事儿嘛。我让张副县长去处理了，把那几个传谣的和信谣的抓起来教育教育就得了。我就反对那种把针鼻儿大的事儿非整成碗大的窟窿的做法，有意思吗？”

乌兰欲言又止，停顿了一会儿：“那好吧，既然朱大县长这么说了，那东城的治安我可就不多说了。我想问你另外一件事儿，吴文玉是怎么当上省政府警卫连连长的？”

朱彤说：“怎么，连我也怀疑？为这事儿分局社会部的厉主任找过我了，我说人是我推荐的，工作上有能力，肯干积极又有文化，在县政府有点儿屈才，让他上大部门干干，省里、军区、分局的首长发现了，兴许就能提拔起来，我这说的都是实话。”

乌兰问道：“他当时在县政府的群众基础怎么样？”

朱彤说：“他的群众基础好啊，咱们不能今天说他是特务就一点儿好都没了，好人到啥时候也是好人，不像乌力吉整天哭丧似的没个好脸色。他对谁都是笑脸相迎笑脸相送的，要不这回听说他出事儿了，人们都挺惋惜的，还有要写联名信保他的呢。”

乌兰说：“你说的也是个理儿，好人坏人要看他的为人，从人品上区分；敌我之间要从政治立场去划分。这二者之间是有区别的，不能一概而论。但现在我们是武装夺取政权的时候，自然要把敌我先搞清楚。那我得问你，你们那里都谁要保吴文玉？”

朱彤说：“最积极的就是乌力吉，别的事儿不闻不问的，这事儿你看他可上心了。三番两次地找我们，口口声声说，吴文玉可是个好人哪，这样的人才不保下来，可是个大大的损失！这个人正经事儿不吱声，可有些事儿说起来又过于偏激。”

乌兰说：“嗯，娘娘庙‘小神仙’、胖尼姑被杀时，我发现他说话就有些偏激。现在社会上，咱们组织内的确存在这种偏激的人。但是老朱你没想想，这些人偏激的背后，往往都有某种不可告人的目的。有的人本身就是机会主义者，偏激为的是投机钻营，为官为利；有的人把偏激当伪装，目的是掩盖自己的真实身份或真实想法。我不知道这个乌力吉是哪一种。”

朱彤说：“喔哈，听你这么说，乌兰你真是进步了哈，越来越像个思想家啦。乌力吉嘛，要说他别有什么用心还真看不出，只算是有点儿思想消极落后吧。”

乌兰问道：“马大山现在表现咋样？”

朱彤说：“马大山嘛，表现一般，看人家毛三檩积极进步，他还看不惯，爱说个风凉话，思想比较消极，有时候倒是和乌力吉走得挺近的。哎，吴文玉咋样，都交代了没有？”

乌兰迟疑了一下，又皱了皱眉头：“还思想家，我这成天净想事儿想的。唉，马大山在我这里犯了保密错误，但人的品质和阶级立场还都不错，你多帮助他点儿。这个吴文玉嘛，嗯，怎么说呢，嗯，不咋样，仍然挺顽固的。”

朱彤说：“赶明儿个我说说他，都到这份儿上了，争取个宽大处理得了呗。”

乌兰的脸色闪过一丝沉重，但很快又恢复了平静，淡淡地说了一句：“道路还是由他自己去选吧。”

朱彤临走时，又以老大哥的身份关切地说：“我看张副县长人不错，你们都这个岁数了，就别挑三拣四的了，都是革命干部，再成为革命伴侣有多好。”乌兰微笑着说：“我到热北学了一句当地俗语，‘胸脯子挂笊篱多捞那份心’，你就别多劳这份心啦。”

送走了朱彤，乌兰知道了马大山的情况，脸上露出了一丝笑容。马云龙进屋报告说，吴文玉的妻子和儿女到了，并且一切按原来商量的做了安排。

乌兰说："很好，我去见见她们娘儿几个，然后就安排吴文玉和他们团聚。"

吴文玉被单独关在一个小屋中，这屋子像是先前学校的单人宿舍，后墙上有一个一尺见方透气用的小窗子，榆木的房门还挂着一扇窗耳朵。屋里有一张桌子和一张木床，还有一把小凳子。

吴文玉躺在床上，想着回到西林一天多了还没有提审他，心中越来越没个着落。下一步是死还是活？乌兰和马云龙下一步对他还会有些什么招数？他叔叔又是他顶头上司的吴东朔在干什么呢？大漠中的那几个狙击手真是叔叔派来的吗？他在床上翻来覆去的，活像热锅上的蚂蚁，这些带着问号的画面就像拉洋片似的在脑子里拉来拉去。

突然，房门"吱呀"一声被推开了，接着是"爹爹、爹爹"两声稚嫩的叫声。吴文玉猛地一翻身坐了起来，果然是他的儿子箫箫和女儿丫丫，正伸着小手向他扑了过来。

吴文玉此时的脑子里一片空白，只有眼前的一双儿女和孩子们的名字。"箫箫，丫丫，我的孩子啊。"他伸手把两个孩子搂在怀中。这时，吴文玉的妻子刘婷婷也来到跟前，挨着他慢慢地坐下。

乌兰和马云龙跟在后边，乌兰微笑着说："吴文玉，我们就不打扰了！你们一家好好近便近便吧，我听说你们好长时间没在一起了。"说完，她瞅了马云龙一眼，马云龙会意，两人一前一后地转身离开了这间小屋子，把门轻轻关上。

这天夜间，马云龙又叫人给吴文玉一家换了一间带火炕的大屋子，晚饭也是战士们给端到屋子里的，只在门外设了好几道岗。马云龙直接对吴文玉说："吴连长，你是明白人，安排这些岗哨不是对你的，我们是怕你老家再派第二拨第三拨人来刺杀你，先前那个房间也不保险，我们发现房外后窗下有停留的脚印。”吴文玉苦笑了一下，没说什么。

这一夜，吴文玉、刘婷婷夫妻二人躺在炕上窃窃私语，直到天明。刘婷婷本是大家闺秀，知书达理。她把乌兰跟她说的那些道理，还有自打国民党N师进驻赤岭这段时间发生的一切事情，以及她婶婆婆就是吴东朔夫人跟她讲的赤岭站的烂事都尽数说给了丈夫。吴文玉最后打了个“唉”声道：“国民党的江山算完了，根基腐烂，人性尽失，上下无道，大厦必倾，谁也无能为力了。唉，今后不管共产党怎么处置我，我都服了。”

有一些社会学者认为，古往今来，面对暴力，屈打成招者有之，威武不屈者更有之。但历朝历代还证明，若从人性出发，以情感动人则是征服人最有效的途径。任何人只要不是铁石心肠，都会为真情实意所感动。

马云龙实心实意做事，诚心诚意待人，他对吴文玉所有的做法并非奸诈使然，而是从骨子里遗传的待人做事的民族文化所驱使。这个民族文化的根，正是“仁义礼智信”。

当吴文玉再一次坐在乌兰厅长、厉主任、马云龙对面时，也没有那么多的恐惧与抵触情绪了，而是从从容容地讲起了一些他后来回想到的情况。他说，吴东朔让他去警卫连给他交代的任务就是摸清冀燕赤分局、军区和辽西省委、省政府的布局、人员组织等情况，还要联络人、发展人，时刻准备对共产党热北地区最高领导层发起攻击。他在烧锅地村接到的第二步行动计划之所以和桦树沟村接到的第二步行动任务有所不同，是因为上头有了变化。但他认为，烧锅地村接到的第一个指令，应该是金龙下达的。

对于金龙春水先生，他说他的确不知道这个人是谁，更不知道这个人在哪里。但吴东朔有一次在家里和吴文玉说，金龙非常有才干，在日伪时期就是日本西林驻屯军司令荒木大佐最赏识的中国人，是荒木大佐仅有的一位中国高参。

吴文玉说，还是在他当西林县治安科长时，吴东朔有一次在电报中指示他，要离西林东城远一点儿，不要管东城的事情。

吴文玉被押走后，历主任说："我估计吴文玉该说的基本都说了，接下来把他交给我们吧，我想在他交代的问题中再研究出点儿问题来。谁是金龙春水先生，吴文玉又缩小了范围，那就是荒木大佐唯一的中国高参。但荒木大佐撤离西林时直接去了长春，有价值的档案也让他带走了。从国民党保密局移交赤岭站的'秋山计划'和日军军火库地图看，荒木的档案有可能落在国民党手里。这样吧，我向中央社会部报告这件事儿，看中央社会部能否帮我们查找一下。"

乌兰厅长见历主任要走，连忙说："历主任慢走，我还有点儿个人想法想和你说。"她又对马云龙说，"你到支队等我一会儿，我们还有事儿要商量。"

乌兰厅长这一段时间总在思考一个问题，从娘娘庙"小神仙"、胖尼姑被杀到巴林塔拉喇嘛猝死，再到柴岗子血案，再到桦树沟村敌人偷袭，大漠中敌人对吴文玉、梁科长的截杀……最重要的是吕副司令员对敌特打入我方内部的判断，她与于民副省长设局的应验，还有马云龙在"小神仙"被杀时码踪的分析判断，那么谁会与这些事有关，谁又能够参与到这些事情中来？她在脑子里一遍又一遍地排查着，她现在要把最后的疑点提供给历主任。

她甚至认为这一段时间，热北地区发生的一些重大事件都与这个人联系得上。

过了一会儿，乌兰厅长回到办公室，叫来马云龙和王东山。

乌兰说："根据吴文玉的最新交代，我们得对敌特的'秋山计划'做一个新的认识，调整'西林 1 号'案件的侦破方案。对金龙身份鉴别的事儿交给社会部了，但吴文玉提到的他最初到警卫连的任务和东城的问题得需要我们认真研究和仔细对待。"

马云龙说："根据现在审问的情况，吴文玉这次对护送冀东军分区代表团和热南纵队筹备组的态度是消极的，是很不情愿的，这与王义、王升所交代的他第一天的状态相吻合，也就是说他交代的问题是属实的。敌特的目标一开始就不是一两个区政府、县政府，而是定在了冀燕赤分局、军区，辽西省委、省政府，所以‘秋山计划’也一定和这个目标有关。我觉得我们下一步得加强对分局、军区和省委、省政府的安全保卫工作。东城的事儿，咱们就从闹鬼的事儿抓起，把是人是鬼的事儿先整明白。”

王东山说：“东城的事儿好办，夜里蹲到道边上，一天不行两天，两天不行三天，谁闹鬼抓谁，我就不信真是鬼魂出来了，一定是敌特装的，吓唬老百姓的。至于说敌特的目标是分局、军区，省委、省政府，我可不敢去想，那得多少部队。就现在的警卫力量，没有一个团的兵力，敌特想靠前都不容易。”

乌兰说：“分局、军区，省委、省政府治安保卫的事儿我已交给二支队去办，一支队核心任务还是‘西林1号’案件的侦破工作。东城闹鬼的事儿，朱县长说他们去解决，我看他们要干就让他们干。但咱们得从‘西林1号’破案的角度采取暗地里侦查的方式进入东城。我看东城没准儿就是金龙的狼窝匪窟。”

马云龙和王东山对视了一下，然后说道：“厅长，那我们今晚就行动。”

西林县有东南西北四门，也便有了东门外、西门外、南门外、北门外四个地名，住的都是靠着供应城内居民粮油蛋菜为生的人。这四个门外虽然富庶，却有四个因吝啬而出名的财主。老百姓给他们都取了当当响的绰号，以东、南、西、北为序，分别叫“铁公鸡”“瓷仙鹤（发 hao 音）”“玻璃耗子”和“琉璃猫”，都是一毛不拔的主儿。其中尤以东门外的“铁公鸡”王二秃子为甚，人家说他放屁崩出个豆儿来都得回身捡起来再放在嘴里嘣拉嘣拉。因他对人刻薄，大家也就对他狠，不但分了他家的地和牛马等牲畜，还把他扫地出了门。王二秃子哪里受得了这种气，揣了根麻绳去村外的一棵歪脖柳树上吊死了。

没多久，东门外和城东一带便传出夜里有要命鬼在叫：“拿命来呀——拿命来呀——”据说在一个月明星稀的夜晚，有一家的男人起夜到屋外撒尿，刚尿到半道儿就听到鬼叫声，然后便看见从半截夯土院墙外过来一群鬼，吓得他“妈呀”一声把魂儿都丢了。他提着裤子就往屋里跑，一头栽在炕上，从此大病一场至今未愈。也有那女人夜里见孩子哭得厉害，就对孩子吓唬道：“别哭啦，再哭鬼就来了。”孩子真就闭上了嘴巴。总之，闹鬼闹得人人谈鬼色变，人人见面张张嘴都想说鬼又不敢说鬼，处于一种恐怖的气氛之中。大白天的道上连个人影儿都没有，村农会想在晚上开个会，也因没有人敢来而开不成了。

原本热热闹闹的西林东城，如今一派死寂。

当东城闹鬼的事反映到西林县政府后，张文儒副县长马上派治安科乌力吉科长带公安队去了东城和东门外，找人询问追查，最后将二十多个人带到县政府问话。这下子闹的，相继有一二百人找到县里甚至拥到辽西省政府门前要人讨公道。因此，于民副省长不得不亲自打电报召乌兰厅长回西林城。

夜里，繁星闪烁，正是十冬腊月滴水成冰的时节。从西伯利亚吹过来的寒流越过大兴安岭漫过西林城，刮在人们的脸上，刀割一样刺痛。马云龙和张树林身穿大绵羊皮袄，头上戴着大狗皮帽子，脚穿乌拉皮靴，趴在传说鬼经常出没的道路下边，这已经是第三天的夜晚了。

在头两天夜晚，马云龙、王东山分别带人来这里潜伏，并没有出现闹鬼的事。村里鸦默雀静儿（热北方言：形容没有任何声音）的，人们天黑就熄灯，死一般寂静。今天不知如何，马云龙将冻僵的手用力地向皮袄袖筒里伸了伸，仰起脖子朝天上瞅了瞅，又到了三星当空照的时辰，难道又要白挨一夜冻吗?

突然，冷不防地传来一声尖叫：“拿命来呀——拿命来呀——”还伴着“吱吱”的怪叫声。马云龙等人都本能地弹了下身子，差一点儿就跳起来了。他们睁大眼睛看见不远的路上出现了几个跳跃着的东西，发出幽幽的光。再走近点儿，只见最前面的是个长着“牛头”的怪物，接着是“马面”，再后面是个耷拉着一尺多长红舌头的“吊死鬼”，白森森的脸色，还有两个“骷髅鬼”也过来了。这群“魔鬼”就这么怪叫着、跳跃着，在夜色里显得十分恐怖。

马云龙、张树林见这几个“鬼”后面确实没有人跟着，也就猫着腰顺着路边跟跑过去。这几个“鬼”围着村子转了一圈，时不时地叫唤两声，最后来到了东城的城隍庙跟前，然后便“嗖嗖”地从庙墙上一跃而过进了庙院子。马云龙心想，原来这些“鬼”是从庙里出来的，这庙就是“鬼窝”啊。

但他又想，他们这身衣服在外蹲坑行，跃墙不中。另外，进庙后又怎么避免和敌特遭遇？一旦被敌特发现，个人牺牲是小，“西林 1 号”侦查的线索就又断了。于是，马云龙拽了一下张树林的袄袖，小声说了句：“我们撤吧。”

第二天，马云龙叫上王东山一起去了乌兰厅长的办公室，把夜里见到“鬼”且“鬼”在东城城隍庙的情况一一做了汇报。王东山听后，瞪大眼睛吃惊地问：“难道金龙是个和尚？像，我看像，这回掏着他老窝了！他妈的，这世上还真就有白天是人夜里是鬼、当面是人背后是鬼、明里是人暗里是鬼的人。我看金龙这龟孙子就是那个大鬼！”

乌兰厅长神态严肃地说：“先别忙着下这个结论，推断可以有若干种，但正确的结论只能有一个。城隍庙可以是他们的窝儿，也可以不是，还可能是他们的中转站，什么情况都有可能。”

马云龙说：“俗话说，不入虎穴焉得虎子，我觉得还是应该先进庙侦查看看什么情况再说。”三个人又商议了一阵子。

马云龙说：“王支队长是老侦察员了，你去庙里看看，我带人在外面接应。”王东山立刻摇着头摆着手说：“那我可不行，我这个人别看在侦察连干过，可细作活儿我干不了，还是我在外面接应吧。”乌兰厅长笑了笑：“你们俩也别推了，那就还是马支队长和乌云丽化装成香客进庙上香进行侦查，重点看好庙里的人；王副支队长你带一支队的人都化装成老百姓负责在外面接应，还是那句话，千万别打草惊蛇。”

马云龙说：“好的，那我们这就去准备，然后就出发。”

这天深夜，吴东朔站长接到金龙春水先生的电报：“装神弄鬼的事儿适可而止，共党已有觉察，一切行动均以‘秋山计划’为重。”吴东朔在给青龙刘达顺转发这份电报时自言自语道：“真是左右为难哪，快过年了，下边弟兄们还指望着整点儿这些事儿领赏钱呀。”

进了腊月门子，西林街上的人渐渐多起来。虽说是滴水成冰的季节，可人们还是愿意在这个时候上街凑凑热闹。跑买卖做生意的，赶集下店的，走亲戚串门子的，烧香还愿的，一个个紧缩着脖，紧抄着手，在大街小巷里穿梭。

马云龙和乌云丽一副热北青年男女的穿着打扮，家做的大甩裆棉裤，用腿带子扎着裤脚。马云龙穿着对襟的蓝棉袄，戴着黑狗皮帽子，腰上扎着一条青腰带子；乌云丽穿着浅粉色小碎花带大襟的棉袄，头上戴着顶黄狗皮帽子。两人一前一后，脚跟脚地进了城隍庙的庙院。快过年了，来上香的人还真不少，缕缕行行的。

城隍庙在西林城不算是大庙，但这两年适逢乱世，亏心亏理的事多，香客还真不少。

进了庙门，第一进大殿是马殿。马云龙简单地扫了一眼，觉得这里简单明了，便和乌云丽直接奔正殿。城隍殿门正上方挂着一把大算盘，上面书有“不由人算”四个大字。大殿内正中的高台上供奉着两尊真人般大小的城隍爷彩色木雕像。在城隍爷的左侧是手持“勾魂索命幡”的文判官，面色雪白；右侧是手握“正要拿你”木牌的武判官，面色乌黑。东西两边还有日巡、夜查和八皂隶，或怒目圆睁暴突着双眼，或细眼狰狞……马云龙点点头，心想，闹鬼的原形原来在这里。他左右瞅了瞅，趁人不注意，走上前伸手在那皂隶披挂的衣服上抹了两把，到背光的黑暗处看了看，果然手掌上散发着荧光。

马云龙领着乌云丽烧过香，又前后看了看，见没有什么可疑的地方，又绕过正殿，来到偏殿前。马云龙和乌云丽见庙里的住持正往外送客人，有两位和尚在后面跟随，均是慈眉善目举止庄重，便否定了和尚是“鬼”的念头。

马云龙走着看完这一圈，心中已有了新的打算。他低声告诉乌云丽：“我们回去吧。”

回到公安总队，马云龙和王东山、乌云丽去见乌兰厅长。马云龙否定了上一次侦查后的说法：“城隍庙不是鬼窝，不过是敌特分子借了城隍庙的鬼形和鬼服装罢了。”他把在城隍庙见到的情况说了一遍，然后说出了下一步的打算。乌兰认真地听着，最后说：“我同意马支队长的意见，只提一点要求，不要让敌人发现我们的行动，不能打草惊蛇，这是你们这次行动的原则!”

当夜幕徐徐拉开时，西林城又笼罩在了冰冷的黑暗中，有几个人影敏捷地闪现在西林东城的大街小巷。他们来到城隍庙大门前，面对紧闭的庙门，没有敲门，而是从庙门的一侧越墙而过。落地后，其中一个人还清点了人数，共五个人。然后，他们直奔正殿城隍爷旁边的皂隶处。

这五个人按照事先早已安排好的扮相，从塑像上解下衣帽，穿戴打扮起来。其中假扮“吊死鬼”的还小声命令道：“把荧光粉多抹点儿，青龙说银龙来电了，共产党有觉察，金龙对咱们闹鬼的事儿也不感兴趣，就这一次了，咱们就让看着的人看得更真亮点儿。”说完，这五个装扮完毕的“鬼”离开正殿，来到庙门前又跃身飞过庙墙，继续“闹鬼”去了。

这一切都被躲在城隍爷身后的马云龙和张树林看个清楚，听个明白。在庙外潜伏的王东山和一支队的几个战士见马云龙未发信号，便知马云龙二人已按计划得手，在原地潜伏不动。

这五个“鬼”又如法炮制地闹腾了一阵子，然后按原路返回。进了庙后，他们还是各找各的塑像，准备换服装，只听假扮

“吊死鬼”的说了一句：“都细心点儿，万一整错了，让人家看出来，就真他妈闹鬼了。”五个人把穿戴“还给”塑像后，感觉没露什么马脚，这才扬长而去。

马云龙让张树林学着猫头鹰发出两声“咕咕咕”的叫声，然后急忙各展轻功跟在了五个“鬼”的后边。马云龙的轻功不用说，那些年智真长老教的武艺，轻功算是个重点。张树林入伍后一直得马云龙的真传，也有了不错的功夫。二人很快就跟上那五个“鬼”了。

这五个“鬼”又一次顺利地完成了任务，只等着回去领赏钱了，因此心情好。其中一个说：“咱们晚一会儿卸妆，去趟春满楼，先把老鸨子吓个半死，让咱兄弟上楼尽情快活一阵子，再回来天也不亮。”又听另外一人压低声音厉声道：“你快闭嘴吧，青龙说让咱们消停点儿，那几个庙的活动也停了，共产党的这个乌兰是个母老虎，她手下的马云龙厉害着呢。”

马云龙在后边听着这些“鬼”话，感到有些好笑，又有些震惊。青龙怎么对乌兰厅长这么清楚？敌人对我方的高级领导还知道些什么？突然，前面的“鬼”们一闪身进了一家院子的侧门。马云龙、张树林贴着门缝儿一瞧，好大的一座院子啊。只见“五鬼”像到家似的打开正房门走了进去，不见出来。马云龙和张树林贴着墙绕到院子的正门前，正门上方悬着一个半圆形的铁架子，上面隐约可见“云岭贸易货栈”几个大字。

马云龙、张树林又在暗中听了一会儿，向四处张望张望，见没有什么动静，这才轻移脚步，返回了公安总队。马云龙见王东山等人已先行回到队里，乌兰厅长也是一夜没睡，还在办公室里等他们。

乌兰厅长抬头瞅了瞅满脸喜色的马云龙，便知道是什么结果了。她抬抬手，示意马云龙、王东山坐下说。马云龙的屁股还没在凳子上坐实，就迫不及待地说了句：“这回八成把鬼窝找到了。”坐下后，他便把“五鬼”的行动与说话的内容叙述了一遍。乌兰厅长一边听着马云龙的讲述，一边思考着。等马云龙说完，她问了王东山一句：“你们在外围没发现什么情况吗？”王东山说：“外面挺消停的，没什么情况。”

“那你们下一步打算怎么办？”

王东山说：“那就把云岭贸易货栈围起来，进去一搜不就得了嘛。金龙肯定也在里头。”

马云龙说：“我看还是先化装进去侦查，把情况摸清再行动。”

乌兰厅长说：“这样吧，此事非同小可，我早晨找吕副司令员和于副省长汇报一下，咱们再定方案，你们也抓紧休息一下吧。”其实，乌兰厅长的心中此时已有了一个方案，只是未当场驳回两个部下。

果然，当乌兰厅长把马云龙和王东山再叫到办公室时，向两位部下宣布，经吕副司令员、于副省长和乌兰厅长商量，决定进入云岭贸易货栈化装侦查，但为了保密和安全，决定向八路军热察纵队借人完成侦查任务。现在吕副司令员已和热察纵队联系上了，具体侦查方案要由马云龙、王东山亲自去与参加侦查行动的人员研究制订。

事不宜迟，马上出发前往热察纵队。有关注意事项，乌兰厅长又提出些要求。这时，马云龙张张嘴又闭上了。乌兰厅长瞅了一眼，微笑着问：“马支队长有什么要说的吗？”

马云龙说：“厅长，上次小分队去柴岗子带的电台交上去了吗？”

乌兰说：“没有，吕副司令员说奖励给公安总队了，作为总队的机动电台，这次你们带去吧，随时将情况报告给我。”

马云龙说：“这样我们心里更有底了。”

吃完中午饭，马云龙、王东山便带着张树林和乌云丽急驰而去。

热北有一句民谚，“腊七腊八，冻死俩仨”，极言这时节的严寒已到了顶点。那时候，在热北御寒的唯一办法就是往身上添加衣服，把身子透风的地方尽量都捂住。

这一天，西林城外的官道上走来一个骑马的人和一个骑骡子的人。这两个人头戴皮帽子，身穿皮大氅，毡靴子，把自己捂得溜严。但他们还是让西林人马上注意到了，无论衣着还是口音都说明他们不是本地人。他们把"我"不像热北人说是"我"或者"俺"，而是说成"额"，引起西林人的惊异和讥笑。

但这两个人说话的大致意思还能整明白，他们是倒腾粮食的商人，西林人叫粮食贩子。于是，人们就把东城的云岭贸易货栈指给他们。这两个人便点头哈腰地说着"谢谢"，然后朝着云岭贸易货栈的方向奔去。

云岭贸易货栈的老板对这两个新来的粮食贩子非常热情，又是端水又是递烟的，"免贵姓刘，名宝财，张王李赵遍地刘的刘，招财进宝的宝财。本货栈招揽八方贸易人士，非常欢迎二位大驾光临。"但这两个外地人的口音让刘老板紧竖着耳朵去听，费了好半天的劲儿才弄明白。

这两个外地人说他们是西部丰镇马记粮行的经纪人，一位叫李二毛，一位叫张森。今年丰镇那边雨水好，小麦大丰收，老板就让他们出来看市场。另外，丰镇那边酒厂多，缺高粱，老板还让他们顺便再采购些高粱。李二毛和张森一路打听着，听说热北年景一般，赤岭又在打仗，肯定粮食缺口大，就奔这边来了。

刘宝财又问了问价格，觉得也还便宜。另外，他们需要高粱，云岭贸易货栈在前两天刚接待了一位贩运高粱的朝阳老客，这样他就可以两头儿赚了。于是，刘宝财紧盯着李二毛和张森："请问二位老板可有下榻之处？"

李二毛说还没有，来到西林先找货栈，再去找旅店也不迟。刘宝财便笑眯眯地说："隔壁那院就是云岭客栈，干净舒适又便宜，来我这儿还方便。"

李二毛一听也挺高兴的，瞅着张森像是征求意见："要不咱俩就住这儿?”张森说:“先瞧一瞧再说吧。”李二毛有些抱歉地对刘宝财说:“我这位兄弟说得先看看房间再说。”刘宝财说:“没啥,你们就过去看看吧,我也是为你们办事儿方便考虑。”

说话间,这两个外地人出了这院门,又进了那院门。

云岭客栈也是一个宽绰的大院子,里面还停着两辆马车。在院子的后边是一溜青砖瓦房,那就是客房了。在院子靠西墙边上还有一溜敞房,敞房里摆着喂马和喂牛的木槽,拴着十几匹马,正低着头吃草。这是热北常见的一种客栈模式,将客栈和车马店混搭在一起。

云岭客栈的掌柜刘达顺接到刘宝财的电话后,出屋门站在了院门口,见李二毛和张森到了,也是面带笑容。他一抱拳说:“两位贵客光临,我荣幸之至呀!两位掌柜若是想住宿,请跟我瞅瞅客房呗。”

这刘达顺胖胖的身材,圆盘大脸,八字眉三角眼,在伪满洲国时与吴东朔是搭档,都给日本人做事。他在日本人的侦缉队当队长,为人凶狠歹毒,吴东朔跟他很合得来。日本人投降后,吴东朔掌起国民党赤岭市党部和保密局赤岭站,就想让刘达顺做他的左膀右臂。

怎奈保密局在他头顶上又压了一座山,那就是热北特派员春水先生。自然热北保密局的人事布局,全是春水先生说了算。特派员春水先生亦知刘达顺是个人才,于是与吴东朔一合计,就让他来热北重镇西林独当一面。刘达顺到了西林,蓄起了八字胡,穿上了长袍马褂,坐镇云岭客栈,俨然是一位商界的大经理。

客栈现在还有三个房间,瓦房两头各有一间,中间还有一间,紧挨着“经理室”。李二毛打定了主意住中间这一间,却还是说:“额们(我们)都瞧瞧吧。”便和张森两人挨间看了一遍。

这三间房都是进门有条小走廊,顺着走廊走到里面,靠右手边还有一扇门,推门进屋就是卧室了。房间倒也宽敞明亮,南侧靠窗子的是一铺炕,地上有地炉,火烧得正旺,其他如办公桌、椅子、脸盆、衣柜一应俱全。看完了，李二毛回身对正在盯着他俩的刘达顺说："就中间那间吧，瞧着顺眼。"

刘达顺立刻面露笑容，连连说道："好眼力，两位掌柜好眼力，不愧是走南闯北的买卖人。那两位就歇息吧，一天三顿饭，我都会让伙计给你们送到房间来，有什么需求，两位掌柜尽管言语，小店虽然不大，可都能满足。"

刘达顺转身回到他的经理室，八字眉头皱在一起，心中暗想，多事之秋啊，这两个老西儿侉子究竟是什么人，我得提防着点儿，多加小心才是。银龙在电报里说，公安厅乌、马等人已回西林，一切行动均多加小心。现在冷不丁地冒出了两个老西儿侉子，不得不防着点儿啊。

李二毛见刘达顺从窗下走过，便把嘴巴贴在张森的耳边小声说："这第一关算过去了，咱们马上检查他屋中有没有窃听装置。"张森点点头，李二毛抬手指了指上边，"我查上边，你查下边。"张森点点头，两人便蹑手蹑脚地行动起来。

电灯上、橱柜顶上、脸盆架……凡是可能安窃听器的地方都看了个遍，一件一件地看过，一件一件地排除，两个人把犄角旮旯全搜了个遍，没有发现任何疑似窃听器的物件。这可真是怪了，怎么会没有呢？李二毛和张森有些累了，坐在炕沿儿上，手把着炕沿儿，耷拉着腿，想着还有什么地方没搜到。

"如果这里真是敌特的老窝，而窃听又是他们惯用的手法，不可能不安窃听器呀。"

李二毛急得用手直拍木质的炕沿儿，拍得手好疼。突然，他灵机一动，伸手顺着炕沿儿下沿儿摸了过去。当他摸到张森屁股底下的那段炕沿儿下边时，手指头摸到了一个纽扣似的东西。

李二毛抬手拍了一下张森的大腿，用手指了指他屁股下的炕沿儿，张森立刻会意，马上嚷道："这是甚破地方，要甚没甚，额（我）不想在这儿住！"

"耶，将就住两天吧，额们又不是来享福的，再怎说这里办事儿也是方便点儿。等办完事儿你要女子，额们往街里边去。”

“哼，要是时间长了，额是不在这里住的。”

两个人正假装说闲话，院子里突然传来“叭叭叭”三声清脆的抡大鞭子的声音。从窗户眼儿向外一看，是两辆拉着麻袋的四套大马车驶进院中。有一个小伙计连忙跑过去热情地打招呼。

“掌包的（热北当时对马车夫、牛车夫叫车老板子，掌包的是其尊称），住宿呀还是打尖（热北方言：中午停留休息）呀？”

“打尖，有啥好嚼口（热北方言：吃的）没？”

“荞面条子是猪肉酸菜卤，有刚焖出来的稻子米干饭，还有猪肉炖粉条子、干炖肥牛肉和羊肉、小鸡炖蘑菇，你就说吧，你想吃啥就给你揍（做）啥。”

“你们刘掌柜的真能整，这吃喝还一套一套的。”

“老板子进店，赛过知县，大鞭一指，令旗令箭嘛。”小伙计的嘴像抹了蜜，一边和刚到的车老板子搭着话，一边手脚麻利地帮忙御车。

这时，李二毛和张森也从客房里走出来，站在屋门口看热闹，随口说了一句：“伊耶，拉车的马好俊哟，往回拉高粱时买两匹带回去。”刚到的老板子扭头一看乐了，“你们店真牛啊，咋还来了两个老西儿侉子呢？”

这车老板子不是别人，正是粘了胡子化了装的张树林。他刚才说的话都是先前定好的接头暗号，即知道热察纵队侦察员李二毛、张森已平安到达并且入住云岭客栈，这样马云龙就可以在客栈周围安排保卫人员了。

此前，张树林曾经去过热察纵队，与李二毛、张森见过面。另一辆马车的车老板子也是公安总队一支队的一个公安战士。这二人在入伍前都赶过马车，自然对这个行当都非常熟悉。他俩到客栈的通铺间睡了一觉，吃了稻子米饭和小鸡炖蘑菇，这才套车离开。

回到屋里，李二毛对拉车的马赞不绝口：“啧，啧，这边用的蒙古马，水滑水滑的，那毛色绸缎一样的。”张森则哼起了小调：“郎是年轻汉，妹如花，花初开。收到这，这荷包，包袋，郎，郎你要早，早回来……”唱得给人一种下流淫荡的感觉。这让隔壁经理室里正在窃听的刘达顺都禁不住摇着二郎腿，咧开嘴乐了。

李二毛从怀中取出一个医生用的听诊器扣在与经理室相隔的墙壁上，仔细地听着。隔壁的刘达顺在给什么人打电话：“你马上过来一趟，有件事要做。”

云岭客栈又陆陆续续地进来了几辆牛车、马车，都是来住店的。但这些车老板们住不起客房，都睡大通铺的挑山炕。他们更愿意吃点儿好饭好菜，再灌上两盅“烧刀子”白酒。吃饱了喝足了，把自己带的铺盖往炕上一摊，美美地打着呼噜睡起来。

李二毛和张森的晚饭是荞面条。这荞面和他们在家里吃的莜面很相近，酸菜猪肉卤也合胃口。那时候，旅店里没有听的看的玩的，吃完晚饭，人们顶多是抽着蛤蟆烟，唠一会儿闲嗑就睡觉。李二毛、张森躺在炕上，正经话不能说，只能由着张森荤的素的或荤素搭配着唱小曲找乐子。

这时，云岭客栈经理室里，刘达顺正向接到电话就跑来的白玉翠面授机宜。

“你那边最近怎么样，有什么进展没有啊？银龙电报中可一直问你情况哪。”

“唉，难哪。老营盘那些骑兵天天拉出去有任务，就是那个司务长好像是只闻着鱼腥的猫，挺愿意往我跟前凑的，我还吊着他呢。”

“嗯，我这次找你来是为了别的事儿。今儿个货栈、客栈冷不丁地来了两个老西儿侉子，说找咱们倒腾小麦、高粱的。我不放心，就让你来试试他们。”

“哟，我以为是你又想事儿了呢。那咋试呀，又想让我去以身相许舍身取义咋地？”

“该许也得许，该舍也得舍，你可是玉蓉太保，热北十三太保中就你们三位女的。说正经的吧，我这回想让你考验考验这两个老西儿侉子。他们如果是共产党的人，那就不上钩。要不是，就没有不动心思的。”刘达顺接着就把白玉翠如何去做，小声地说了一遍。

白玉翠听完，“哏哏”一声浪笑，说道：“干这个行，我这人生下来是穷命，让我装富家小姐太太，我还真装不忒好。让我装逃荒要饭的，我还真能装一阵子。青龙爷，往后要是有给八路军共产党干部当媳妇儿的活儿让咱去干干，就是农会主席也行。”

刘达顺绷着脸：“说正经工作哪，少扯没用的。”

李二毛和张森躺在铺着毡子和褥子的热乎炕上，盖着棉被，说笑之间可就发出了鼾声。到了三星打横梁的时辰，他俩被一阵急促的敲窗户声给惊醒了。李二毛拿手扒拉一下张森，随即用慵懒的声音问了一句：“谁呀，半夜闹扯甚咧?”只听窗外有一个女人在嘤嘤地哭泣：“大哥，我是个要饭的，走到这里实在没地方去了，想进你屋暖和暖和。”

李二毛说：“额们是外地来的客人，不懂你们这里的事儿，你还是上别的屋暖和吧。”

女人说：“大哥，别人的屋我去过了，他们说你们是好人，又是有钱的老板，能可怜我。”

张森说：“是个小女子呀，放进来额瞧瞧俊不俊，要是俊额收了。”

李二毛说：“别胡闹，这边有‘仙人跳’呀，额们辛苦在外挣点儿钱都给了她，回家怎向婆姨交代！别在这儿，等办完事儿哥带你去好地方。”

女人说：“大哥，我虽然是穷要饭的，可我是正经人家的黄花闺女，你们就可怜我一次吧。”

李二毛说：“你再不走，额们就吼人啦!”

刘达顺在隔壁听得一清二楚，他教给白玉翠的几句话都已用上了，觉得再让她磨下去也不会有什么好结果。于是，他轻轻推开屋门向屋外走了几步，大声呵斥道："窗户下是什么人！噢，是那个要饭的。这大半夜的，你要的什么饭，去去去，再不走，送你到县政府去。"

女人嘤嘤地哭着走了："这冻天冻地的，要饭也没处要，我没法儿活了呀……"

李二毛用手拨开窗帘的一角，从窗户眼儿里看去，外面漆黑漆黑的，一切又都归于平静。

第二天刚吃过早饭，刘宝财领着一个头戴貂绒帽、身穿棉袍皮坎肩的黑胖子，来到了李二毛和张森住的房间。刘宝财介绍道："这两位是丰镇马记粮行的李老板、张老板。这位是跑朝阳做高粱生意的王老板，你们聊一聊，看能谈得拢不，买卖不成仁义在，咱们再找下家。你们先谈着，我回货栈等你们的信儿。"刘宝财说完便转身出去了。

黑胖子王老板倒是自来熟，迈腿上了炕，盘腿坐在了炕里边。

"李老板、张老板，咱们都是买卖人，也没啥客气的。我想知道你们丰镇那边小麦是什么行情。"这三个人就聊起粮食的行情来：今年小麦市面上什么价格，去年是什么价格，前年是什么价格；高粱收购，丰镇那边今年什么价，去年什么价，前年什么价；如果私下里讲价，小麦和高粱又是什么价……不管黑胖子王老板问什么，李二毛、张森两人都对答如流。

黑胖子王老板见问不倒李二毛和张森，想结束这场"考验"，动了动腿刚想张嘴，没想到李二毛问起他来了，这高粱在丰镇什么价，运到西林什么价，如果订下五十万斤能有多少好处费？黑胖子王老板的汗珠子立刻从头顶上滚到腮帮子上，支支吾吾了半天，才吭哧出一句："这你们放心，你们个人的好处我们会考虑的。"

李二毛见黑胖子王老板很尴尬的样子，就说："额们整天出门在外抛家舍业图个甚，不就是为了多挣两个钱嘛。五十万斤高粱不是个小数目，你要是能做这桩买卖，给额们哥儿俩点一的利就行。”

黑胖子王老板终于坐不住了，忙起身道：“这好处费的事情容我再想想，涉及不少的事儿啊，咱们先说到这儿。”说完便下了炕，抱抱拳，“失礼，失礼，我先去了。”

李二毛见黑胖子的狼狈样儿，憋住笑，也忙抱拳道：“不送，不送。”张森明白黑胖子这是要找主子回话去了，便说了声：“额送送王老板。”便跟在黑胖子的身后出了房门。黑胖子原来想出了这个屋就拐进刘达顺的屋，贼目溜眼地回下头，见张森跟在后边，忙又把身子扭回来，说道：“别送，别送。”直朝客栈院门奔去。

张森坏笑着进屋贴着李二毛耳边小声说：“额又给他烧烧火。”

李二毛给张森使了个眼色，张森大声说：“这个王老板连好处费的家都当不了，他不是大老板。”李二毛说：“是不是大老板关系不大，额们只和云岭贸易货栈说话。”

正在隔壁低着头窃听的刘达顺抬起头来，眯着眼说：“唉，真他妈的让人难琢磨，生意说得不错，可没要女人，这越天衣无缝，越让人放心不下。”

下午，李二毛和张森去了贸易货栈，伙计说刘宝财不在，头晌就和王老板一块儿出去了，两人只好又返回客栈中。刚到大门口，就见刘达顺头戴貂皮帽子，身穿狐皮坎肩、蓝绸子面棉袍，手里提着马鞭子正朝马棚走去，后面还跟着一个五大三粗的伙计。见李二毛两人回来，赶紧笑着打个招呼：“两位掌柜回来啦？没事儿的时候可以上街里春满楼、怡春院逛逛，都是好去处。”

李二毛说：“刘老板这是出去呀，额们刚去货栈。他们刘经理不在，额们就回来了。”

刘达顺说：“货栈的刘经理出去办事儿了，一时半会儿回不来，要不我叫伙计领你们上街逛逛？”

李二毛说："不用麻烦刘老板，额俩去就行。"

刘达顺皱了皱八字眉："那好，那好，你们随便逛吧。"进了马棚，他附在伙计的耳边说了几句什么。那伙计点点头，从马棚直接翻墙进了贸易货栈的院子。刘达顺牵着一匹备好鞍子的黄骟马，到马棚外纫镫上马出了院门，向西林街里跑去。

李二毛和张森回到屋中相视一笑，李二毛把嘴贴在张森耳边小声说："别辜负了刘老板一番好意，咱们将计就计吧。"二人准备一番，出了屋门，出了院门，也向西林街里走去。他俩刚离开不久，那个五大三粗的伙计便带着六个人尾随着追了过去。

当那个客栈伙计带着六个人跟在李二毛、张森的身后时，他们做梦也没想到在他们的后边又有几个人在紧紧跟随。有一个赶着毛驴的人，搭在驴背驮架子两侧的柳条花篓里装着满满的劈柴；另一个则是走街串巷的货郎，挑着装满货郎担子的针头线脑、小镜子、洋胰子的小百货；还有两个进街打零工的壮汉，肩上扛着扁担和麻绳。这些人都是公安总队一支队的公安战士，按照马云龙支队长的部署，在李二毛、张森进了客栈后，他们就潜伏在客栈四周，做监视保卫工作。其实还有两人，当他们看见李二毛、张森出来后，立刻骑上毛驴赶回总队报信，以便队里做好安排。

在一座古色古香的四合院里，有青砖灰瓦的房屋，紫红色的廊柱、门窗。这里是刘达顺的别院，有一位穿着妖艳的女人端着茶盘走进来。刘达顺隔三岔五就要过来一趟，他女人住这里，他有些事也在这里商量。

现在，他一只手托着下巴在屋里踱着步子，嘴里念叨着："我这回再看看你俩要不要女人。"那个五大三粗的伙计带着四个人过来了，刘达顺撩起眼皮问了一句，"老四他俩跟下去啦？"伙计说："紧跟着呢，老四外号叫粘糕狗皮膏药，那给谁粘上都没跑。"

刘达顺又瞅了瞅跟来的那四个人："你们四个也是俩人一组，

一组去春满楼，一组去怡春院，就是看那两个老西儿侉子去不去，去了都干啥了，找没找女人。听明白了吗?”四个人异口同声地说：“听明白啦!”刘达顺说：“那你们快去吧，要是给我漏了事儿，小心我剥了你们的皮，抽了你们的筋。”

这时，李二毛和张森正在街上闲逛，在娘娘庙前的小广场上看了一气耍猴的，又一人买了一块油炸糕吃；在银匠铺子前，看了一气银首饰，又一人买了一只银碟子揣在怀中。然后这才去了头道街，先是到了春满楼。张森见从春满楼走出来接客的是一个半老徐娘，怪叫一声：“伊耶，比额婆姨还老相。”扭头就走，李二毛在后面紧紧跟随。他从怀中掏出银碟子对着后面一看，碟子光滑的金属面上立时映出两个鬼鬼祟祟的人正跟在他们的后边。

这二人到了怡春院时，只见从楼梯上立刻涌下十来个花枝招展的姑娘，将他俩围在中间。张森随便拉住一位姑娘的手高声地说：“莫急莫急，额就要你啦。”在嘈杂的声音中，李二毛也看准了这群姑娘的头儿，和她装作亲昵的样子，塞到她手里一张票子说：“额去楼上等你，你让姑娘们把后面两位先生侍候好。”这位姑娘头儿眉开眼笑，挤上前道：“姐姐、妹子们，后边这两位富得腚沟里都是油，还不快点儿抢回去!”

立时，姑娘们把两个盯梢儿的特务围住，动手撕抢起来。不一会儿，那两个家伙的脸就变成了五花脸，身不由己地被姑娘们拽上楼去了。刘达顺派的第二拨人虽然也到了，眼巴巴地瞅着，硬是没了办法，只好蹲在怡春院的门口等人。

李二毛顺着楼梯“噔噔噔”跑上二楼，正好有一个姑娘端着茶盘，看上去好像要往前面的屋里去。她见李二毛跑了过来，轻轻地说了句：“别碰额。”李二毛却没收住脚，直接撞了那姑娘一下。随即，一个小小的纸团便掉在了姑娘的茶盘里。这姑娘迅速收起纸团，蛇眼圆睁地骂道：“你没长眼呀，往我身上撞!”

这个端茶盘的姑娘正是乌云丽。

这时，被李二毛塞钱的那个姑娘上来了，忙说："妹子别跟他急，他是我的客人。"说着，从衣襟里摸出张毛票放在茶盘里，"好妹子，姐姐替他给你赔不是了。"乌云丽虎着脸："也就是姐姐的客人，姐姐说情，要是别人的话，我一定不饶他。"说完，乌云丽端着茶盘走进写着"云香阁"的小房间，李二毛也被那姑娘顺势拉进了写着"翠薇亭"的屋里。

乌云丽走进"云香阁"，里面正坐着两个男人，马云龙和张树林。

在李二毛、张森来到西林城的头一天，马云龙便以某帮派老大的名义将一沓钱塞给怡春院的一个王八，把这间屋子包下来。乌云丽进屋后把那小纸团掏出来，递给了马云龙。马云龙把小纸团摊开，只见上面写道："云岭客栈、货栈均为敌特据点，头目为客栈老板刘达顺。敌监视甚严，接头地点应改在我们返程路上。"

马云龙抬起头瞅了瞅张树林和乌云丽："我们撤。"张树林立刻打开后窗，四处瞅了瞅，放下绳索，先放下马云龙，接着放下乌云丽。他最后关好窗子，收起绳索，纵身一跃落到地上。"云香阁"就像什么都没发生过一样，只等那位王八来收拾房间了。

马云龙又朝四处瞅了瞅，见无异常，三人才闪身进入巷子之中。

李二毛和张森等两个姑娘的迷药过了劲儿，给了点儿小费也就撤了。

从怡春院出来时，张森是一副醉醺醺的样子，李二毛走路也是磕磕绊绊。这两个人迎着刺骨的冷风，在身后四双眼睛的监视下，晃晃悠悠地又逛了一会儿街。

天色已晚，恰好有两辆人力三轮车跑过来。李二毛一把抓住那拉车的，眯着眼，继续摆出一副站不稳的样子："拉额们去，去云，云岭客，客栈。"那两个车夫用力将二人推到座位上，拉起车就跑。

到了云岭客栈，李二毛掏出两张票子给了车夫："不，不用找，找啦。"车夫举起票子放在眼前看了看，笑着拉起车，又一溜烟地跑了。李二毛二人趔趔趄趄地回到屋里，隔壁的监控器里立刻传出这哥儿俩的声音。

"额说不喝，不喝，你非要喝，额就觉，觉着那俩小，小女子没，安好心，钱白，白花了吧？甚，甚也莫干。"

"别，别跟，跟额说这，莫，莫喝酒前，你，你干甚啦？日狗啦，别以为额，额不知道。"

"额那屋，屋的小女子问额，你，你们老西人说一日一天，和一天一日是不，是一回事儿？背着抱着一边沉，咋，咋就不，不是一回事儿啦？额说，干，干一天，和干一会儿不是一回事儿。"

"哈哈……"

刘达顺将自己的那张圆盘大脸从录音机旁移开，伸手把录音机关掉，回头瞅了瞅身边那个五大三粗的伙计说："老三呀，看来这两个人真不是共产党的人。嗯，或许是我多疑了。"那个叫老三的伙计淫邪地笑了笑："我刚才不是跟你报告过了嘛，老四他们几个说，扒他们两个的门缝儿瞅了，都搂着姑娘睡呢，足足有三个时辰，老四说后来在门外可把他们冻死了。"

刘达顺说："这次多给他们开两个赏钱，这件事儿就先到这儿吧。你去把刘宝财给我叫过来，我得问问他那头的事儿了，自打把活儿交给他有两个多月了，就是挨个把沙包一个一个地抠，他也该把大漠石窟中日本人的军火库给我抠出来了。"

隔墙有耳，李二毛把听诊器扣在墙上，隔壁那头儿的对话听得一清二楚。

不一会儿的工夫，刘宝财就气喘吁吁地跑了过来。他见刘达顺一脸的凶气，心里明白，便双腿一弯，跪在了地上。刘达顺转动着大拇指上的那枚青金石扳指，抬起头，三角眼一立问道：

“那个有日本人军火库的大漠石窟还没找到吗？”

刘宝财连磕三个头，哝哝唧唧地说：“属，属下无，无能，这，这两年刮，刮大风，沙坨子变，变了形，就又，又白跑了一趟。”刘达顺抬腿一脚就把刘宝财踹了个翻个儿：“他妈的，要你们这些玩意儿有啥用！你说你这个太保当的，办成过哪件事儿？你们他妈的办不成事儿，让我在金龙、银龙面前都抬不起头来。”

此时的刘宝财倒是有点儿豁出去的架势了，从地上爬起来，把脖子一梗道：“副司令青龙爷，我是找了两个多月的时间了，我没找到是我无能。可是你一直说有半张图标志着去石窟的路，至今我也没看到，你只给我说了个大致的方向。说我办事不力我也承认，可那整了半张图纸的人有能耐把另外半张图纸也整来，两个半张对在一起，就是傻子也能找到。”

刘达顺用手一拍桌子，气得呼地一下站起身子，三角眼一立，凶狠狠地喊道：“反了，反了，刘宝财你这是要造反！你竟敢顶撞你的上司，竟敢说金龙办事儿无能。三儿过来，给我动家法，抽他三十鞭子，让他再敢跟我犟嘴！”被叫作“三儿”的就是那个五大三粗的伙计张老三，只见他伸手拖过一条板凳来，把刘宝财摁在板凳上就抡起了鞭子。前十几鞭子，刘宝财咬牙挺着，一声不吭，只是听见他“吭吭”的顿气声，后来便“哎呀妈呀”地叫出声来了。

“停，行了，今天就到这儿，还缺几鞭子，权且记在那儿。明儿个他还得跟两个老西儿侉子说粮食的事儿，整个破头烂额的也不好见人。”说罢，刘达顺拉开桌子上的抽屉，拿出一只锦盒，扔给张老三，“这是上好的刀伤药，抹上就不疼了。三儿你一会儿给瀚海太保抹抹，你们这就去吧。”刘宝财又跪在地上说：“谢副司令青龙爷。”这才起身让张老三搀扶着出了屋。

隔壁屋中，李二毛收起了听诊器，摇了摇脑袋。

第二天上午，李二毛、张森无事一般照旧嘻嘻哈哈地哼着小曲从屋子里出来，看见院子里站着的刘达顺便打了声招呼。刘达顺呵呵地笑了笑：“你们唱的是什么调子，怪好听的。”李二毛打趣地回了句：“刘老板若是听着好听，让额们张掌柜给你唱上一天，都不带重调的。”张森拍了他一巴掌：“你格泡的，若唱一天，额还回家不?”刘达顺哈哈一笑，忙抱拳：“这我可是不敢当。”

李二毛两人来到贸易货栈，瞧见刘宝财鼻青脸肿的样子，心里暗自好笑。刘宝财则强打精神强装笑脸，像个没事儿人似的，说起倒腾小麦和高粱的事儿来。但不管他怎么装，有时还是疼得龇牙咧嘴。

李二毛的眼睛眨了眨：“今天额们小麦、高粱的事儿说完了，跟额们一起出去找个澡堂泡泡澡，然后再找个好地方耍耍如何?”刘宝财忙摆着手说道：“不了，不了，我明天大漠……”突然顿住改口道，“你们自己去，你们自己去吧，我这两天大漠中有朋友要来，约好要见面的。”

李二毛说：“既然刘老板事务繁忙，额们就不打扰了。等你去丰镇，额们请你好好耍耍。这几天多亏你关照，你可是个好人，好人会有好报的。”刘宝财苦笑了一下：“借二位的吉言，但愿如此吧。你二位不在这边多待两天啦?”

李二毛摆摆手：“不啦，不啦，快过年啦，额们也得回家过年。再说这兵荒马乱的年月，谁知道路上还遇到甚事哪。额听说你们这边要开战呢，日子要是不好过可以上额们那边去。额们粮行的马老板思贤若渴，非常喜欢你这样会经营又讲究信义的人。”

刘宝财的眼神中流露出一种不易觉察的向往神色：“多谢多谢，我有为难着窄的时候一定请二位多多帮忙。”

李二毛、张森很快就和刘宝财签订了一份从丰镇发往西林的五十万斤小麦的意向合同和西林发往丰镇的三十万斤高粱的意向合同。

夜里，李二毛从窗帘的缝隙中看见刘宝财来到客栈，进了刘达顺的屋，便赶忙下地将听诊器又扣在墙上。听声音，隔壁经理室里只有刘达顺和刘宝财两个人，李二毛紧摁住听诊器。

“身上还疼不？你说这张老三，我说打，他就真的打上了，啥事儿看不出个眉眼高低来（热北方言：人的眼神脸色表露出事物分量轻重）。”

“唉，我知道副司令青龙爷是疼我的，昨晚也是没办法的事儿。头晌我跟那两个老西儿侉子把意向合同签了，请副司令过目。”

“行，我看看，然后就放我这吧。咱俩谁过目也没用，这事儿非得金龙定砣。”

“副司令，你啥事儿都说得金龙爷定砣，可我到现在也不知道金龙爷的模样，只是听你说。”

“哼，甭说你，就是我也没见过金龙的真面目。在赤岭他老人家接见过我一次，可他戴着顶大狐狸皮帽子，又围个大围脖，实际等于他见着我了，我却没见着他。”

“那你不说这意向合同得他定砣才行吗？”

“这你就不明白了，我大事小情的得先报告给银龙吴站长，吴站长跟他联系后再告诉我。正好我要告诉你，头晌银龙又来电催问找大漠石窟中的日本人军火库的事儿，说金龙已经急了，催了几次了。”

“副司令青龙爷，不是有半张图吗？给我拿着去找，肯定能找得到。”

“这半张图也没在我手上，吴站长说金龙正想法儿整那另外半张，另外那半张落到共军手中了。我跟吴站长说说，让他给大致画个路线图。还有，咱们不熟悉大漠，找个熟悉的领领道儿啥的。唉，要是东瀛太保老孟和活着就好啦，据说大漠哪有个狐狸洞他都知道，更别说是石窟了。”

“那我找找看，明天那两个老西儿侉子要走，还有啥安排没有？”

“我明儿个安排张老三带两个人再跟跟他们，要是发现他们不地道，就在路上解决了他们，宁可错杀，也不能漏掉。别看这回在怡春院他们找了姑娘，可他们不给玉蓉太保开门的事儿，我心里老不踏实。他们要不是共产党，这单子买卖咱做了也不吃亏，能赚一笔大钱。你回去吧，一会儿我让张老三再给你上上药。”

开门和关门的声音。

李二毛收起听诊器，给张森摆手做个手势。张森从窗帘缝儿向外看了看，又回过头朝李二毛点了点头，李二毛知道刘宝财回贸易货栈了。

第二天清早，李二毛从窗帘缝儿看见张老三带着两个人，各牵着一匹备好鞍子的马，从马棚里出来，去了贸易货栈。李二毛“嘿嘿”一笑，小声叨念着：“想跟老子玩，老子就陪你们玩玩。”

吃过早饭后，刘宝财过来了，脸上挂着笑说：“今天还真的要走哇。”李二毛坐在炕沿儿上笑着说道：“得走啦，出来好些天了，就算额不想婆姨，婆姨也想额。”张森说：“你那婆姨长得俊，你不回去也闲不着，还想你？自作多情。”刘宝财呵呵地乐着：“你们那里离陕北近，都说米脂的娘儿们最好看，你俩的媳妇儿也一定都是大美人。”

说着笑话，刘宝财从棉袍的衣兜里摸出四块大洋，放在李二毛的身旁：“小意思，给你们路上喝酒添点儿酒资。天不早了，你们也该动身了，我送送你们。”李二毛说：“刘掌柜客气了。”说着便把那大洋放进自己兜里两块，递给张森两块。

可李二毛好像并不急着要走，整整这儿，摸摸那儿，磨磨蹭蹭的，把刘宝财急得在屋里踱来踱去。他知道张老三三人在贸易货栈牵着马候着，一定等得不耐烦了。而他自己也有一堆的事，尤其是到大漠里去寻找石窟的任务，容不得他再耽搁下去了。但他刚才说要送人家，又不好离开。

日上三竿了，李二毛这才把褡裢往肩上一搭说了声“走着”，和张森出了屋门上马棚去牵他们的马和骡子。刘宝财这才长长地喘了一口粗气。

刘达顺也出来了，和刘宝财把李二毛、张森送出大门外。看见这二人入了官道，就转身回到院子里。直到这时，张老三才领着俩人，牵着马过来了，抱屈道：“这一早晨在外边站的，脚冻得跟猫咬似的。”

刘达顺说：“三儿，夜来后晌（热北方言：昨天夜晚）我都跟你说了，就按我说的去办吧。”张老三答应一声，三人上马追了出去。

李二毛、张森从客栈里出来后，在客栈附近负责监视的一名侦查员立刻骑上毛驴赶回去报信。见到张老三三人尾随李二毛两人而去，又一名侦查员也骑着毛驴赶回去报告情况。

李二毛和张森来到西林城大街上，张森在骡子的背上将身体一趴，便把后面的情况扫了个遍。他用手拍了一下骡子，紧跑了两步对李二毛说：“后边有人跟踪额们。”李二毛说：“知道了，别管他们，也不要再瞧了，额们直接出城。”

张老三见李二毛和张森在街里未作停留，也便打马跟着出了城门。张老三说：“他妈的，这两个老西儿侉子真的没事儿？副司令青龙爷第一道命令可说了，只要他俩在街里和什么人接触，出城就把他俩干掉，那就按青龙爷第二道命令跟上他们再看看吧。”

在张老三等人身后一里之遥的官道上，不紧不慢地跑着三个骑马的人。这三个人是两男一女，全都是蒙古族打扮。他们有说有笑，在马上前仰后合。那两个男人有时还把马拨到路旁枯黄的草地上，撒欢一阵子又回到官道上，活脱脱就是三个蒙古族青年边走路边嬉闹的样子。

这路上，又在上演螳螂捕蝉黄雀在后的戏了，只是看谁有能耐能笑到最后吧。

刘达顺、刘宝财送走了李二毛、张森，打发走张老三三人，正要转身回屋，突然远处传来一阵阵的喊声和喝彩声。原来，在云岭客栈南面半里多地远的地方便是红枪会的总坛。只见坛主邱处虎把钢鞭舞成一道道白光，有那好事的徒子徒孙伸过去一根木棒立刻被拦腰打断，或拿盆水泼过去，邱处虎身上滴水不沾。邱处虎自称是丘处机传人，因此在热北小有名气，徒子徒孙颇多。

“好！好！刀枪不入水泼不进！”

“黑龙武功盖世！黑龙武功盖世！”

“黑龙，黑龙，红枪会，红枪会，黑龙万岁万万岁！”

“孩儿们，不要这样去喊，整这么大的阵势不好。要是让八路军听到更不好，传到共产党耳朵里得要我的命。捎带说啦，你们这一喊，让银龙、青龙听见怎么想？”

刘达顺站在院子里，阴沉着脸，三角眼立着说：“刘宝财你听听，哪有这么干的？我一听见红枪会这吵吵巴火的声音，心里就拘涟拘涟的（热北方言：抽搐）。黑龙邱处虎这是要踩着我的肩膀往上爬呀，他仗着有金龙当靠山就想把我踩在脚下。这不行，小鸡挨刀还扑棱扑棱呀，更何况我青龙跟银龙还是把兄弟。唉，话又说回来了，你说你，我原本想找到大漠石窟里日本的军火库咱们也立一功，你们就不给我争这口气。唉，我早晚做出件事儿来，让金龙刮目相看。”

还没等他说完，又是一阵霹雳般的喊声炸响：

“冲锋陷阵，有我骑兵！”

“挥刀跃马，杀敌立功！”

这整齐而又铿锵有力的声音从远处传来，立刻盖住了红枪会嘈杂的喊声。热北骑兵师三团出发剿匪去，正好路过这里。在骑兵团前头，猎猎军旗上有几个遒劲的大字“八路军热北骑兵师三团”，军旗后面就是魁伟的蒙古汉子乌兰巴特尔，骑兵三团的团长，胯下是一匹大紫儿马子。

大漠草原上的风吹日晒和战火狼烟不但打造了一支钢刀般的骑兵部队，也铸就了战马上那一个个有着黝黑面孔的战士。骑兵战士手中的马刀闪着寒光，随着“嗒嗒嗒……”的马蹄声和路上扬起的烟尘，雄赳赳气昂昂地奔向远方。

刘达顺先是被骑兵团的阵势惊呆了，接着从那张圆盘大脸上泛起诡异的一笑，双手一拍喊了声：“哎，有了！”然后转身快步朝屋里走去。

刘达顺进屋就给白玉翠打了电话：“白玉翠，你那边忙着吗？”

“哟，我就是忙着，龙爷的电话我得接，事儿也得办呀。”

“那你过来一趟。”

“咋地啦，又到我献身体献青春的时候啦？”

“少扯没用的，让你过来就过来，有好事儿给你。”

“可别说好事儿了，头两天因为那两个老西儿侉子差点儿没把人家冻死。行啦，我这就过去。”

太阳压山的时候，李二毛和张森来到一个叫下伙房的村子。这里已经出了西林县，进入景棚县三区的地界了，但都归辽西省管辖。从路人的衣着上看，这里仍然是一个蒙汉杂居的村落。村子的西头有家大车店，大车店有一处一亩地大小的院子，院子里面有五间正房和五间厢房，还有六间马棚。五间正房有伙房和挑山炕大通铺的客房；厢房是一间一个门，是给讲究的过路客商准备的。李二毛和张森要了厢房紧靠南头的那间客房。

过了一会儿，他俩就看见跟在后面的张老三三人也贴着他们要了客房。

“这算给额们俩粘上了。”李二毛、张森两人躺在炕上，小声盘算着。这么下去也不是个法子呀，有他们在后面跟着，怎么跟马云龙接头呢？敌特一次又一次地试探和考验，说明青龙刘达顺是一个疑心很重的人，至今还没有相信他们。稍有不慎，暴露了，凶残的敌特会随时对他们大开杀戒，真要那样，这次侦查任务就失败了。

怎么甩掉他们呢？最后还是李二毛胸有成竹地说：“额觉着马支队长他们一定有办法。”

怎么办才能解除敌特对李二毛他俩的跟踪呢？此时，马云龙也在紧锁剑眉，鹞眼微闭，想着这件事。终于，他有了新的思路："咱们先不去大车店，在外面想想法子。"他让张树林、乌云丽去找个合适的人家，"咱们先住下再说，办法总会有的。"

乌云丽打小就在蒙汉杂居的外婆家长大，非常熟悉乡间的情况。她指着村东头院外有拴马桩的一户人家说："咱们就住那家。"看得出，这户人家有新盖的三间正房和一个小院子，房东还有一间倒座房偏厦，房西靠院墙是马棚，一看就知道是个过日子的人家。

乌云丽找人一打听，这家男主人叫巴雅尔，女主人叫陶娅。当马云龙等人来到巴雅尔的院门口时，两个孩子躲在大人身后，正用惊慌的眼神瞅着三个不速之客。

"巴雅尔大哥，我们是省公安厅的，正在秘密调查进入解放区的国民党特务，想找你们村农会的人帮帮忙。"马云龙说着话，从怀中掏出盖着大红印章的证件。乌云丽见巴雅尔一副不解的神情，便又用蒙古话和他说了一遍。这下巴雅尔乐了，说他就是村农会的民兵队队长，村农会的主席杜国忠住村西头，这事儿得找他说。

马云龙说："事不宜迟，咱们这就去找他。"

下伙房村的村农会主席杜国忠，五大三粗的个子，灰棉袄，蓝棉裤，身披一件羔子皮的皮袄，头上戴顶旧毡帽。看样子也就三十出头，团圆大脸，浓眉大眼。他捏着蒜头鼻子擤了两把鼻涕，把马云龙三人的证件翻过来调过去地看了好几遍才说："像，这证件像是真的，跟苏区长那个证件挺像的，这证件在我们这儿都能顶乾隆圣旨了。夜来个儿（热北方言：昨天）苏区长来还说了呀，眼下两个大事儿，一个是让老百姓过个好年，一个是甭让国民党特务啥的进来杀人放火。我们下边这些人，别看东山个兔子西山个野鸡像盘散沙似的，可要是你们上头的人吱一声，我们下边的人就敢拿着鸡毛当令箭，你说咋整就咋整。再说啦，辽西省公安厅要搁早先就是道台衙门，大着哪！那就更甭说了，能找我们办事儿是我们的福气。”

马云龙瞅瞅眼前这两个人，心想和他们说多了也没用，办正事儿要紧，于是收回证件说道：“杜主席、巴队长，咱们做两件事儿，第一件事儿是各家各户查一查看有没有外来人员，如果有，都集中到大车店，接受咱们检查；第二件事儿是大车店住店的客人也要挨屋挨个检查，从哪儿来到哪儿去，做什么事儿怎么证明，都要查清楚。”

杜国忠说：“倒是上级的大干部，这事儿整得四水相合的，那咱们还等啥。巴队长，赶快集合民兵，都带上家什，立马就照着马公安说的整呗。”

很快，下伙房村的民兵们就集合了，除了巴雅尔队长提着支老套筒，还有两个扛着鸟铳，其余的便是扎枪和棍棒了。这一听说是搜查国民党特务，民兵们都跃跃欲试，既紧张又兴奋。还别说，这在下伙房村一搜查，还真查出十来个走亲戚串门子的。杜国忠让村农会的财粮员做好登记，找到证明人问明白了，也就马上放了回去。

外面吵吵嚷嚷的声音早惊动了住店的客人们，都扒着窗眼儿往外看。马云龙偷偷告诉杜国忠和巴雅尔：“外地客人是送钱来了，别吓着人家，去他们的屋子一个个地查。”民兵们也都挺听指挥，先查了睡大通铺的客人，都是些赶牛车马车驴车的车老板子，问问再跟店簿对一对也就拉倒了。

该查厢房的客人了，马云龙看了一下店簿：“从最南头开始。”

李二毛见有民兵来查房，立时就明白是咋回事了，对张森说：“额说的莫错，马支队长开始行动了。”果然，不一会儿工夫就听有人在敲门。张森一开门，杜国忠、巴雅尔就进了屋，后面跟着马云龙。杜国忠说明了来意，李二毛说：“额们是丰镇马记粮行的，上云岭贸易货栈谈粮食生意。”

杜国忠问：“那啥，咋证明你们是做生意的呢？”张森一手端着麻油灯，一手从褡裢里把意向合同取出来。马云龙也装作凑上前来就着灯光看合同，暗中把一个小纸团塞在李二毛的手中。

杜国忠倒拿着合同非常认真地翻过来调过去地看了又看：“像，我看像真的。夜来个儿苏区长还说了个重要的事儿，让保护小商贩，咱们去下一个屋吧。”

当他们敲了第二间屋门时，屋里的人很不情愿地问了声：“谁呀？我们都睡了。”

“我是下伙房村农会主席杜国忠，我奉上级命令清查国民党特务！”

“甭管肚国忠还是肠国忠，我们睡了，明儿早晨再查吧。”

杜国忠立时就火了：“我杜国忠自打当上村农会主席还没遇上这个茬儿，巴队长去把民兵都叫过来，把门给我砸开。我还真就不信了，他们有几个卵子敢跟我拉横车！我们营子李三秃子多豪横的大地主都让我整得服服帖帖的，我把他衣裳扒了他都不敢呲毛（热北方言：反抗反驳），我还怵你们几个毛贼不成?”

“行啦，行啦，你也别叫民兵砸门了，算你狠，我们怕你了还不成嘛。”就听屋里窸窸窣窣地一阵响动过后，屋门终于敞开了。屋门一开，一帮手持扎枪和短棍的民兵立即蜂拥而入。杜国忠背着手从人群后面走上前来，还有端着套筒步枪的巴雅尔。张老三等三人一见这阵势，便个个黑着脸，在炕沿儿边上站着，一声不吭，只等问话。

“咋地呀，你们咋就这么牛呀！你们是干啥的，有啥贵干哪?”杜国忠往前凑了凑。

“没啥事儿，就是哥儿几个想出来溜达溜达。”张老三的声音放软了。

“还溜达溜达，我看你们是屁股眼子拔罐子嘬得紧，就是国民党的狗特务！”杜国忠向后退了一步，双手攥成了两个拳头。这咋咋呼呼的话还真戳到了张老三的软肋上，三个人吓得脸都变了颜色。

马云龙一看杜国忠要把事整大发了，不利于他们下一步的行动，就在后面问了一句："你们和南屋那两个粮食贩子是什么关系？现在有一些货栈的老板会雇几个保镖保护一下自己的客户。你们要是这种情况就实话实说，我们也不难为你们。"

张老三灵机一动，装作嗫嚅道："我就实话实说了吧，我们是云岭贸易货栈的。南屋两个老西儿侉子跟我们刘老板订了小麦和高粱合同，订数还挺大的，怕出什么事儿，就让我们哥儿仨暗地里出来送一程。"

马云龙说："杜主席，把南屋那两个老客叫过来一对证不就知道了嘛。"

杜国忠说："对对对，巴队长你把南屋那两个老客叫过来，咱们跟他对证对证。"一眨眼的工夫，就听李二毛吵吵着："甚事呀，怎么还找到额们头上了？"然后很不耐烦地走进屋来，"找额们甚事，额们刚要眯着，明日早起还要赶路咧。"

"李老板、张老板，我们是云岭贸易货栈的。你们不是跟我们货栈订了小麦、高粱合同嘛，我们刘老板怕你们有个闪失差错啥的，就让我们哥儿几个暗地里送你们一程。"张老三抢先说话了。

李二毛说："刘老板好仁义好客气，你们回去替额谢谢他，他可答应额去丰镇的。"

这双方一搭话，紧张的气氛轻松下来，民兵们也将长枪和短棍戳在地上。杜国忠却有点儿扫兴，原想真抓住一两个国民党特务，亲自送区里交给苏区长，如今怕没希望了。于是，他没好气地一摆手："这还有啥瞅的，去下一个屋！"人们"呼啦"一下子从屋中退了出去。

这屋中，倒是只剩下几乎开了杀戒的两帮人了。

张老三没投奔刘达顺前也是道上的人，知道其中的规矩，忙双手一抱："两位老板，在下谢过了。"李二毛扔下一句话："行啦，都是买卖人，何苦还当贼似的看着。你回去告诉刘老板，要是这种样子，额们这买卖就不跟他做了。”然后和张森一甩袖子就走出了屋。张老三也自知理亏：“睡觉睡觉，明儿个早晨回西林，这事儿咱们整得不地道。”

原来，李二毛展开马云龙偷偷递给他的那个小纸团后就心领神会了，小纸条上写道：“明日照常前行，我们路上接头。如果隔壁的朋友需要帮忙，顺着他们说就是了。”

折腾了半宿，整个儿下伙房村连一个国民党特务也没抓到，民兵们解散回家，杜国忠被巴雅尔强拽到家里陪着马云龙等人吃了一顿饭。原来，巴雅尔的媳妇儿陶娅是西林城图娅的亲两姨姐，蒙古人爱认亲，于是和乌云丽也做上了干姐妹，自是一番欢笑不提。

第二天早晨，各走各的路，马云龙三人以继续追查国民党特务为名和巴雅尔一家告别，顺着官道去追赶李二毛、张森。而张老三三人带着些许的歉疚早早地与李二毛、张森告别回云岭客栈向青龙刘达顺复命去了。

第七章　战马嘶鸣渐露魔影

在云岭客栈的经理室里，刘达顺正在向白玉翠下达任务。

“你是说，那个叫布和的司务长真的对你动心啦?”

“奴家这脸盘这身材这皮肤，哪个男人见到奴家不动心思呢?”

“说正经的，他要有这个心思就立马把他拿下，接下来你这么办……”刘达顺摆摆手，让白玉翠把脑袋凑过来，悄悄地又跟她说了几句。

白玉翠把脑袋扭回来，满脸通红地瞪了刘达顺一眼：“你净整这些损招儿，那黑胖子笨手笨脚地干得了吗?”

刘达顺说：“干得了，干得了，你看他长得呆头呆脑的，装扮个啥事儿挺有两下子。再咋说他也是黑风太保，级别跟你是一样的。当然啦，他没法儿和你比，在我心目中，还是刘宝财你俩。”

白玉翠说：“那你今儿个就把他给我打发过去吧，我还不得费劲巴力（热北方言：费力）地把他调教调教？哼，他呆头呆脑的，咋当上太保的。咱们国民党这些年要想升官，不是靠姐姐妹子的，就是靠黄鱼。”

刘达顺说：“你闭嘴吧，这些话权当你在我跟前撒娇了。”

在西林城北五里地有一个叫老营盘的地方，八路军热北骑兵师三团的团部和一营一连驻在这里。这一连的司务长叫布和，是一个非常勤快厚道的人，就是有些腼腆，尤其是在女人面前一说话就脸红，经常让一些女人想入非非。

这一个连的吃喝拉撒睡，有时还得挂上团部的一些活儿，布和都能整得四水相合，井井有条，乌兰巴特尔团长说过几次要把他调到团部，只是赶上战时事多，还没调成。

这天正赶上团部和一连的马料没了，布和司务长就留在家里买马料。他来到西林城西的二道街，身不由己似的就来到了白玉翠的粮店。还没等他抬起头仔细瞧瞧门面，就觉得自己的脸上有一张热乎乎的白面饼贴了过来。

“哎哟喂，这不是布大司务长嘛！今儿个咋走错了门儿，走到小女子的店里来啦？快点儿，快进屋暖和暖和。”

“不，不了，我这忙着给连里买马料呢。”不知怎么的，布和一见白玉翠就发蒙。

“那不正找对了地方嘛，我这粮店里就有高粱。”说着话，白玉翠给后边的黑胖子使了个眼色，黑胖子就闪到一边去了。白玉翠连推带拽，布和半拒半从，跟头绊子地进了屋。

“你看这两边都是粮食，你知道的，咱家后边有云岭贸易货栈，买啥粮食买不到呀。”

“我知道，那我咋不知道，就是别出啥事儿，出点儿啥事儿挺不好的。”

“哎哟，那能出啥事儿，咱俩见面这些回了，你说出啥事儿啦，让你说出过啥事儿啦，哪回不都钉是钉铆是铆的？哥呀，你不是多想了吧？”

“没，没，哥我没多想，就是到你这儿，脑子里有些发晕，八成闻着你身上的味儿就这样。”

“哥呀，你进这屋闻闻就不晕了。”白玉翠拉着布和，用胳膊轻轻一带就进了她的卧室，并随手把屋门关上了。白玉翠的卧室温暖如春，全是浅粉的色调，壁炉里闪动着红色的火焰。布和情不自禁地往炕上瞅了瞅，那上面铺着厚厚的鹅黄色毛毯，葱绿色的鸭绒被掀在一边。布和在白玉翠身上闻到的那种香味不但没消失，反而更浓烈了，荷尔蒙冲撞着他的脑细胞，让他全身都有一种跃跃欲试的感觉。布和涨红着脸半推半就地坐在炕沿儿上，“啧啧”地咂着嘴巴。

刹那间，玉蓉太保白玉翠如同《聊斋志异》中的女妖精一般，顷刻间甩掉身上厚实的裘皮大衣，三下五除二就扯掉了布和身上的棉军装，扑倒在那宽厚的身躯上，嗲声嗲气地叫着：“哥呀，妹子想死你了。”此时的布和，头脑中没了任何防线，兽性的欲望占据了一切。

正当春情溢满屋中的时候，卧室门被“嚓”的一声推开了。黑胖子手提着根木棒子冲进来，上来就把布和的棉军装抢在手里，然后抡起木棒子，照着那赤裸的屁股“啪啪”地砸了下去。

“光天化日之下，你竟敢在我家强奸我的女人。这犯的可是强占民女民妻罪，你还有点儿王法没有！”黑胖子一副大义凛然怒不可遏的样子。

布和忙翻身喊道：“别打，别打，我是老布。”当他看清地上站着的人时，突然又有些侥幸，“你不是卖给我粮食的老黑王老板嘛。”白玉翠也爬起身来，披上衣服，怒斥道：“老黑，你卖你的粮食，我俩的事儿关你屁事儿？咱俩也就是那么回事儿，你是三媒六娶啦还是八抬大轿啦？”

布和一听白玉翠替他说话，转过点神来了，马上涎着脸伸出手：“老王，王掌柜的，把衣服给我吧，咱们哥儿俩也不是外人。”黑胖子“嘿嘿”一阵冷笑：“你们这对狗男女当没事儿人是了吧。常言说捉奸拿双，今儿个我就拿了个现行，我这就拿着布司务长的衣服上县政府治安科告你们去！送骑兵团也行。”说完拔腿就要走。

这一下，布和也顾不上羞耻了，光着腚跳下炕，“扑通”一下跪在地上。白玉翠也跟着下了炕：“黑哥，我俩这事儿你就别报官了。你说吧，要多少钱我掏，人是我勾引的，这钱我不能让布哥掏。”白玉翠一副大义凛然的样子。

如果说布和起先还警觉地认为是白玉翠和黑胖子合起伙来陷害他，现在满心里却是对白玉翠的感激和情意了。于是，他一拍胸脯：“王掌柜，你说个数吧！我是个男人，这钱我出！”

“哟嗬，你俩还真是有情有义的一对，那我也不是无情无义的钱虱子。我看这么着吧，钱多少我就不要了，我就跟你打个合同，往后你们人吃的马喂的粮食都必须用我的。我也不图多挣你们几个钱，我要个稳定的客户就行了。”

“那中，那中，一会儿签完合同咱哥儿俩就拜把子吧，我今儿个真是遇上贵人了。”诚实而愚蠢的布和啊，国民党特务把一个一个的陷阱都给你挖好了，你就接着往下跳吧。

白玉翠有现成的粮食供应合同，只加上两句：“如因天灾或人力无法解决的其他灾害，粮食价格发生变动，须双方协商加以解决；甲乙双方如有一方离开西林，此合同自然失效。”合同一式三份，白玉翠做中间人，也保留了一份。

布和穿好衣服揣上合同，临走时还深情地瞅了白玉翠一眼。白玉翠粉白的脸蛋泛着红晕，低低地说了声：“哥你可得常来呀，别让妹子天天想你等你。”布和连着说了两遍“一定来一定来”，然后才一步一回头，恋恋不舍地骑上马回老营盘驻地了。

布和司务长骑在马上，如同孙悟空刚刚逃出如来佛的手心一般，心中有一种前所未有的轻松与快乐。随着胯下马儿小跑的节奏，他哼起了儿时就唱的热北民歌：

草丛中的环颈鸡哟，屁股尖尖哟嗬。
心里头有了苦痛的人哪，脸色白如霜呀嗬。
黄蒿中的环颈鸡哟，尾巴尖尖哟嗬。
心里边有悲伤的人啊，脸色如蜡黄呀嗬。
……

三五里地的路，一会儿工夫就到了。布和在营门口跳下马，见营房门口有一个叫李二的人在等他。这李二光着头，长瓜脸小鼻子小眼的，上身一件家做的蒜木疙瘩纽扣的蓝棉袄，下身外套条灰色的单军裤，青腿带子扎着裤脚，穿双实纳帮子布鞋，地道的热北庄稼人模样。

李二的胳肢窝里夹着一个蓝布小包，正在门口转悠。他见布和回来了，快走几步迎上前去，虚头巴脑（热北方言：不诚恳的样子）地把小蓝布包递过来："这可是上了羊粪又用黄蒿子捂过的上好黄蛤蟆烟，你喜欢抽旱烟，我就给你留了一把。"

布和接过蓝布包，打开包，金黄色的烟叶就露了出来。他捧起来凑到鼻子下闻了闻："真是好蛤蟆烟呀，味儿好色也正。老李，明儿个送马料的来，你过来帮助卸卸车，不白用你。"李二满脸堆笑地"嗯"了一声，屁颠屁颠地走了。

在紧挨着老营盘的东侧有一个也叫老营盘的村子，有二三十户人家。李二家在村子的西南角，是最靠近军营的一户。每天早起，李二把他家的公鸡、母鸡和大猪、小猪都赶到军营里去觅食，天天还要算计查找有没有丢蛋的鸡。有时部队卸下点儿吃的用的，赶上战士们不在家，布和也会喊李二和村里人过来帮忙。当然啦，李二这个忙也不白帮，除了得几张边币毛票，还可以要点儿什么破衣烂裳的，他身上套的这条灰色单裤就是件八路军装。

李二这个人怎么说呢？他自己拍着胸脯说："我李二耿直一辈子了，为人在世冻死迎风站，饿死不出声，可是个响当当的热北汉子。”可老营盘村有点儿头脸的人却说：“李二那也叫个男人？雁过拔毛的手儿，干啥事儿无利不起早，连他爹都算计，为人处事不顶个好老娘们儿。”

李二就像是甩在身上的一摊鼻涕，算是把布和司务长给黏上了。

第二天上午，黑胖子将两辆马车的高粱准时运到军营。布和解开其中一袋，红红的高粱，颗颗籽粒饱满，再往深掏一把，都是一样的。

“还真是好高粱，做马料是一等一的。”

这黑胖子皮笑肉不笑地说：“咱哥儿俩这关系，我糊弄谁也不能糊弄你呀。哎，白老板让我捎信儿给你，明儿个去一趟。”布和向四处撒眸一眼，小声说：“那当然，咱哥儿俩谁跟谁呀。告诉白老板，我得着空儿就去。”

等到卸完车算完账，黑胖子坐在车上就跟车回去了，临走时撂下话，大声说道：“下次什么时候进粮食提前去告诉白玉翠粮店一声，今年歉收粮食缺，这回我为这两车高粱费老鼻子劲了，为你的事儿我就啥话也不说了。”布和司务长头也不敢抬，只是沁着头说：“我知道，知道。”

李二在往库房里搬高粱袋子时，从身后拿出一只搪瓷盆来，从高粱袋子里扒了满满一盆。他一边扒还一边涎着脸说：“我家头年分的大草驴今年揣上骡驹子了，这马料不错，也就捎带给我家大草驴加点儿料。”布和阴沉着脸：“你少扒点儿吧，这马料都是按马的头数订的。人家说，连兔子都不吃窝边的草，嗤，你这吃起来还没头儿了。”

李二擤了把鼻涕，用手在裤子上蹭了蹭，依然涎着脸：“操，哪儿有那么多讲究，哪儿草好就上哪儿吃呗。我就整这一盆，司务长，那黄蛤蟆烟要是好抽，你告诉我，我那儿还有呢。”说完，咧着嘴乐着端起一盆马料“噔噔噔”地跑了回去。

不承想，这下午就出事了，出大事了。

李二疯了似的捶胸顿足地哭喊着，不顾卫兵的阻拦直接冲进军营里："布和呀，你这回可要了我的命呀！我那饱揣驹的大草驴呀，吃了你给我的马料七窍流血绝地而亡啦！我那可是饱揣骡子驹的大草驴呀，你就是赔我一匹马也顶不了呀！"

布和司务长强压住一腔的怒气，把那个包着蛤蟆烟的蓝布包甩给李二："老李你这人办事儿怎么这么不地道，谁给你马料啦！你死皮赖脸地扒了一盆去，说不上啥原因死了驴，反倒赖上我了。哼，真是的，还好意思说是我给你的。"

李二理直气壮地说："我们家大草驴只喝了我们家井里的水，吃了我们家铡的谷草，别的就吃了你们两捧高粱马料，就七窍流血，你说不是你们马料给毒死的还能是啥？"

布和气得鼻子都歪了："李二你就是个无赖，春天你家老母猪下了一窝小尕尕。我眼瞅着你天天故意往这院赶，后来山里跑来狼叼去两只，你硬赖我们战士给你藏起来了。"

李二说："我们家老母猪一窝下几个小尕尕不都在我肚子里装着？这个账还没跟你们算呀，这回老账和新账我得一堆儿跟你们算，哎呀我饱揣驹的大草驴呀，这不是要了我的命嘛！"

这时，正在养伤的卢副连长从屋里走了出来，胳膊上还吊着绷带："布司务长，既然老李说他的草驴是吃了马料中毒而死，现在首长们都不在家，你和老李就去一趟县政府治安科，让政府给解决吧。离县政府也不远，你就步行和老李一起去吧。"

布和说："是，卢副连长，我这就跟他去。"

布和跟李二吵吵嚷嚷地来到西林县政府，在一楼走廊里碰见了公安队的马大山，马大山说："要找治安科乌力吉科长，你们跟我来。"等到了科长办公室门口，马大山说，"你俩等一等，我先进去跟科长说一声。"马大山进去一会儿才出来说："你们进去吧。"

乌力吉在看文件。

听完这两个人的讲述，乌力吉摇了摇头，把手一摆划："你们的事儿不大，涉及的名头可不小，骑兵师的事儿，我有几个脑袋敢去管哪！这事儿你们上省政府公安厅一支队找马云龙吧，他肯定能管得了。”

布和跟李二觉得乌力吉说的也有道理，就径直去了西林中学的军区省政府大院。这工夫，王东山副支队长带战士执行任务去了。马云龙三人和李二毛、张森接头刚回来，马鞍子都没顾得揭下来，连日的奔波让这三人都有些倦意。

正如马云龙所料，李二毛和张森见张老三等人确实回了西林，出了下伙房村不到十里路，也便在一个山洼处停下等待马云龙三人，五个人五双手紧紧地握在了一起。

李二毛先把青龙就是刘达顺，现在苦苦寻找日军军火库的情况详细地报告了一番，然后把刘宝财和白玉翠、黑胖子王掌柜是他手下的三大太保，敌特有半张标画日军军火库方位的地图现在金龙手中，青龙刘达顺和红枪会大首领黑龙邱处虎在争权夺位等情报都说了个仔细。

军情要紧，马云龙三人与李二毛两人就在路上相拥而别。

马云龙的屁股刚沾在凳子上，还没来得及向乌兰厅长汇报，布和跟李二就到了。马云龙本想先向乌兰厅长汇报完再听他俩的事情，可只听到李二“我那饱揣骡子驹的大草驴吃了他给的马料七窍流血”这半句话，就把他的神经给拽紧了。马云龙立刻倦意全消，剑眉斜立，双耳又不由自主地抖动了两下，他马上说：“乌云丽，你告诉厅长一声，我和张树林先去一趟骑兵师，等我回来再向厅长汇报。”

在布和跟李二去西林县政府的时候，云岭客栈的大门口，刘达顺倒背着手，正满脸得意地在跟刘宝财嘀咕着说话：“今儿个红枪会那边咋鸦默雀静儿的呢？有点儿尿都呲净了没啥能水了吧？”

“本来黑龙就是个江湖卖艺的，有啥能耐跟你比试。”

“嗯，张老三他们回来了，那两个老西儿侉子还真没事儿，还挺圆全事儿的，赶上清查的，替老三他们把事儿压下了。”

“我就说嘛，那两个老西儿侉子就是粮食贩子。”

“唉，小心驶得万年船哪。你那边找石窟的事儿，还没有进展？”

“有点儿进展了，我正要跟你汇告。”

突然，在官道上由远及近传来擂鼓般的响动，原来是乌兰巴特尔团长带领他的三团剿匪回来了。这次是一个叫桑杰的二百多人的匪帮到一个进行了牧改的地区烧杀抢掠，然后躲进一个叫杨树洼的地方。接到报告后，乌兰巴特尔团长率部队长途奔袭，全歼了桑杰匪帮，现在返回营地了。此时，马上的乌兰巴特尔团长刚毅的古铜色面庞上透着胜利者的微笑，他后边的骑兵战士个个雄赳赳气昂昂的。

刘达顺咧开嘴笑了，只跟刘宝财说了一句：“马上就要出大事儿了！这回咱在金龙那儿可有说的啦。”昨天夜间他就接到玉蓉太保白玉翠得手的消息，所以他一天几次跑到院门口守候着，盼望着乌兰巴特尔团长的骑兵三团快点儿回来。他实在是太憧憬能看到共产党骑兵师的战马七窍流血横陈于地的那一幕了。

马云龙只听李二说了半句话，就呼地站起身，招呼着张树林，对布和跟李二说了句：“你们慢慢走吧，我们头前去了。”二人心急火燎地奔老营盘急驰而去。这段时间，在同敌特的斗争中，马云龙对诸如“烧、杀、抢、毒”这些字眼儿非常敏感，简直到了一种神经质的地步。所以，他刚才一听到李二说他的大草驴吃了军马料就七窍流血的话，立刻就和敌特给战马投毒联系到了一起。要不怎么说无论做什么事，内行的和外行的不一样呢。

马云龙远远地看见骑兵们正一字长蛇般地冲进了老营盘，便抽了马屁股一鞭子，让马狂奔起来，大喊道：“先不要喂马料！先不要喂马料！”

乌兰巴特尔团长下了马，回头瞅了瞅：“他谁呀，管到我骑兵团喂马料来啦！问问他，娘们儿的事儿他管不管？别听他的，该干啥干啥！”这话引起周围骑兵战士们的一片哄笑。说时迟，那时快，马云龙已骑马奔到跟前，手勒马嚼子的同时人也一骗腿从马背上跳了下来。

“乌团长，马料可能被敌特下毒了，先不要喂马。”

“何以见得？战马可是跑了大半天没吃草料了，放到你身上试试看！”

“乌团长，我不是说瞎话，军营隔壁李二家的草驴吃了你们的马料七窍流血死了，你们的布和司务长和李二在后面一会儿就到。”

“噢，怪不得没见着布和呀，通讯员通知下去，先不要给马添料，等我通知。”

说话间，只见李二歇歇带喘（热北方言：上气不接下气）地跑了过来，棉袄上面的几个蒜木疙瘩纽扣被拽开了，露出黑红的胸脯，灰军裤越发不能承担棉裤裆之重而摇摇下坠。他蹲到地上喘了半天粗气，这才说道：“哎呀我的妈呀，我撒开腿跑，也撵不上你们。”

“怎么就你自己过来啦，布和司务长呢？”马云龙问李二。

“我俩跑到半道儿，布和说他去白玉翠粮店，把白老板和黑掌柜两个叫来一起查证。”李二缓过气来，站起身子：“我看就着乌团长最大的官在，咱们还是去看一看我那七窍流血的大草驴吧，要不待会儿你们不认账了咋办？”

乌兰巴特尔说：“我没工夫管你们这些狗扯羊皮的事儿，通讯员去告诉一连连长，让他派个人过去看看。”说完，他提着马鞭子就大步朝屋里走去，快到屋门口时又回过头来喊了一声，“通讯员，等布和回来，让他来见我，我找他有事儿。”

说话间，一连连长打发一位牛副连长叫来了骑兵连的兽医官，和马云龙去看李二家那头死去的大草驴了。马云龙跟张树林说：“你骑马快去白玉翠粮店把布和司务长接回来，这里的事情没他说不清楚。”张树林答应一声，骑上马接人去了。

李二领着马云龙等人出了军营，进了他家的院子，只见有一头豆青色的大草驴鼓着肚子，伸直了四条腿，正躺在驴圈旁边，从七窍淌出的黑色血液已经凝固了。兽医官凑上前，戴上手套，蹲下身子，用镊子夹起一点儿血块放在鼻子下闻了闻，又撬开驴嘴看了看：“明显的砒霜中毒。”兽医官站起身来对马云龙和牛副连长说，“应立刻封存所有马料，对马料进行化验分析。”

马云龙抬起头，瞅了瞅牛副连长：“我看这是必须走的一步。”牛副连长点点头，几个人离开李二家回到军营。李二见牛副连长找连长说封存马料的事去了，四处瞅瞅，伸出双手拢住口风，贴在马云龙的耳边小声说：“我那大草驴揣的是骡驹子没错，是我偷着找人用乌兰巴特尔的大紫儿马子给配的，我给了他两把黄蛤蟆烟呀，支队长你可得为我做主。”

马云龙一直皱着眉头想马料的事，本能地仄楞下脑袋以躲避从李二嘴中喷出的唾沫星子。李二又将身子往前贴了贴，赔着笑脸，嘴里小声说：“你抽烟不？我那儿还有……”

马云龙的嘴里像吃进了苍蝇，感觉一阵恶心，扭身朝营门口走去，只冷冷地回了李二一句：“你那儿还有好黄蛤蟆烟是吧，你把人民军队当成啥啦！人民军队要都像你这样还坐什么江山，整不好江山也会被你们掏空了，江山也会垮在你们这些人的手里！告诉你吧，我不是为你个人死了头揣驹的大草驴来解决问题的。”

李二那张小鼻子小眼的脸呆愣了一下，他听不懂马云龙说的话，小眼睛睁得大大的，怔怔地问道：“那你来断案，不是为我死的大草驴，那你为的啥？”

马云龙沉着脸说：“我是为骑兵师安全来的，我是怕敌特分子给战马投毒下药！”

这时，张树林打马跑了回来，从马背上跳下来的第一句话就是：“粮店的人说，布和没去粮店。”然后正要说在粮店看到的情况，却见乌兰巴特尔团长带着一连连长、牛副连长和兽医官沉着脸子走了出来。

乌兰巴特尔团长快走了几步，黑红的脸膛现出几分不自然，伸出双手握住马云龙的手连声说：“马支队长，我忙着上屋去打两个电话，慢待了，慢待了。”一连连长马上接过话来：“刚才兽医官化验，新进的马料都是拌了砒霜的。”

乌兰巴特尔团长将宽厚的大巴掌拍在马云龙的肩膀上，满脸惭愧地说：“兄弟，没有你们及时赶到，骑兵团可要出大事儿了，我差一点儿成了骑兵师的罪人。布和，布和呢？我得问问他这个司务长是怎么当的！”

马云龙瞅了一眼李二，李二嘟囔道：“瞅我干啥，我俩是一起从你们那儿出来的。可布和司务长说他得把白老板和黑掌柜都找来，一块儿看马料有毒还是没毒。他要上哪儿找谁，我能管得了吗？现在你们就说吧，我那吃了你们马料的饱揣骡子驹的大草驴被毒死了，这事儿该怎么办？”

乌兰巴特尔把脸一拉：“嗤，你先上一边去！你偷拿军营的马料我还没找你算账，看在你死了一头大草驴，保住了我二百多匹战马的分儿上，没准儿我给你匹骒马！你要再乱扯淡，我按偷盗罪把你抓起来！马支队长，咱们还是先说布和，说这马料投毒的案子吧。”

马云龙这才把脸转向张树林，问了一句：“你去了，什么情况？布和为什么没跟你一块儿回来？”

张树林说：“我去的时候，白玉翠粮店的门在里边关着。我敲了好半天门，才见白老板头发蓬乱地穿着睡衣打着哈欠来开门，说昨天一夜没睡今天歇业了，问我敲门干啥。我说布和来过没有，她问哪个布和，我说骑兵连司务长布和，她说她压根儿就没见布和司务长来过，还让我再上别的粮店看看。说完，她就把门关上了。”

乌兰巴特尔说：“他奶奶的，布和这小子是犯了桃花运啦？

他倒是还没说媳妇儿啊！我看军区医院有个小王护士就不错，正想找人给他说合。马支队长，现在得想法儿找到布和。”

马云龙想了一下，从兜里掏出笔和笔记本，把脸朝向一边的李二。李二刚才让乌兰巴特尔训得瘪茄子了，躲在一边，把两只手插在袄袖筒里缩着脖子，耷拉着脑袋，大气不敢出一声。他太知道了，这位黑煞神似的乌兰巴特尔团长说干啥就干啥，要是把他惹烦了，他都能掏出枪来崩人。

马云龙说：“老李，你过来，把送马料那个人的身材面目说一下。”

李二这才耷拉着脑袋说：“那人吧，中等个子，黑不出溜的，敦敦实实的，圆盘大脸，牛蛋子眼睛扫帚眉，悬胆鼻子大嘴巴厚嘴唇，耳朵倒不忒大。”马云龙听他说着，就把黑胖子的形象勾画出来了，给李二看。李二吃惊道：“你咋画得这么像，再让鼻子瘦溜点儿，耳朵再大一点儿就更像了，你还有这两下子哪。”

马云龙又修改了几笔，李二瞪大眼睛瞅了瞅笔记本上的画像又瞅了瞅马云龙：“这赶上从他脸上扒下来的。”张树林近前看了看，小声对马云龙说：“这人是云岭贸易货栈的，就是李二毛他们说的那个王老板，黑风太保。”

马云龙说：“巴特尔团长，我有几句话单独和你说。”乌兰巴特尔现在也觉察到了问题的严重性，便和马云龙向他的骑兵团部走去。当二人从屋子里走出来时，乌兰巴特尔团长满脸沉重，坚毅的目光中隐隐透着杀气。

乌兰巴特尔说：“牛副连长，一会儿马支队长回公安厅，你跟着一块儿去，涉及马料投毒案子的事情，你直接向我汇告。”牛副连长立正敬礼：“是，团长，保证完成任务！”

刚才，马云龙把敌特猖獗活动的情况向乌兰巴特尔做了简单的通报，让这位战场上叱咤风云的骑兵团长吃惊不小。马云龙又给乌兰厅长打电话说了这边案子的进展情况，乌兰厅长要他赶回厅里，对当前敌特的行动做个通盘分析再开始行动。所以，他待乌兰巴特尔安排妥当，立刻带着张树林和牛副连长赶回了公安厅。

乌兰厅长把手中的铅笔放在笔记本上，把垂在脑前的短发向后一甩，扫视了一下在座的人员，目光中先是闪现着一丝疼爱的神色。是啊，这些从炮火纷飞的战场上转移到公安战线的战士们，真可谓人民忠诚的卫士！在同敌特斗争时，简直都不给自己留一点儿喘息的时间。

于是她有些激动地说："同志们，通过刚才大家的报告分析，我们连续几个月的工作战斗卓有成效，而且接近了目标。现在敌特方面的银龙、青龙都已经被我们侦查到了，黑龙也隐约可见，十三太保也有多名暴露。我同意马支队长的意见，敌特这次给骑兵师的战马投毒，是敌人再一次歇斯底里的反扑，我们要给敌人坚决回击。但我们要把短促出击和放长线结合起来，云岭贸易货栈、客栈先要稳住，密切监视。我们给青龙来个装聋作哑就事论事，让他继续去找日军的军火库，他们找到也等于我们找到了。现在我命令，马云龙支队长立刻带领一支队出发，去把白玉翠粮店这个敌特的窝点先端掉！"

马云龙和王东山带领公安总队一支队迅速赶到白玉翠粮店，但粮店的窗子已上了窗板，大门紧闭。大门上，还挂着一个写着"旺业转兑"的牌子，在寒风中晃来晃去。王东山嘟囔道："我们晚了一步，敌人撤得好快。"

牛副连长说："我刚才给连里打电话，布和司务长还没回去，连里派人出来找也没找到。"

马云龙皱了皱眉头："把大门砸开，马上进院搜查！"

很快，公安战士们将大门锁砸开，冲进了院里。粮店内一切如旧，米面的袋子和柜子都整齐地摆放着，就连那间粉色格调的卧室里的被褥和日用品也摆放得井井有条，显出白玉翠在逃跑时走得很从容，好像是临时出门随时都会回来一样。王东山说道："这特务好贼呀，临逃跑时把现场收拾好才走的，这可不好搜查了。”

然而，任何蛛丝马迹都躲不过猎人的眼睛，白玉翠和黑胖子清理现场时没有发现的却被马云龙发现了。在靠近卧室门口，粉色壁纸上有三个比小米粒还小的暗红色污点。马云龙打开电灯，那双鹞眼像 X 光探测仪般扫视着屋中的一切。经过细细审视后，他直起身子对旁边的牛副连长说：“布和司务长可能被敌特杀害了。”

王东山弯下腰去，在马云龙看过的地方看了几遍也没找到那三个暗红色污点，只好说：“我这眼睛，生下来就不是干公安的料。你说吧，支队长，接下来干啥。”直到马云龙用手贴近墙指给他，他才看见污点。马云龙说：“立刻让战士们屋里屋外仔细地搜查，要特别注意有新动土的地方。”

王东山说：“大家仔细搜查吧，特别是新翻的土和一些东西的下边，都扒拉扒拉搬动搬动，好好看看！”又转回身对马云龙说，“你在屋里，我去外边。”说完便把枪往腰里一插，招呼着几名战士出了屋。

屋外，寒风刺骨，战士们把枪背在肩上，手插在袖筒中，双眼紧盯着旮旯角落可以藏人的地方。这屋外是一个不大的小院，院子南边有几个种花草的畦子，没有翻动的痕迹。北面靠东面的墙角是一个厕所，王东山进去看了看也未见异常。

王东山从厕所出来发现旁边有一堆杂乱堆放的松木劈柴，上前踹了一脚，见有些劈柴袢子滑了下来，就连踹了两脚，又有更多的劈柴袢子塌了下来。这一塌不要紧，一只穿着灰军装的胳膊露了出来。王东山尽管有思想准备，可还是惊得向后倒退了一大步，喊了一声：“尸体在这里，用劈柴袢子盖着！”听到王东山的喊声，马云龙等人赶紧从屋里走出来，上前查看。

这时，有几个战士已经上前将劈柴拽开，布和的尸体便全部露了出来。在布和的背上插着一把匕首，没戴帽子，光着头，头顶上的一处伤口已被凝固的血糊住了。马云龙蹲下身子看了看：

“凶恶的敌人是先在身后用钝器把他打晕，然后用匕首将他残忍地捅死。我们又一位同志倒在敌特的屠刀下了。”

马云龙站起身，摘下帽子，站在院子里的干部和战士也都默默地摘下帽子，低下了头。

此次搜查，除了发现布和的尸体，在白玉翠粮店没有找到任何有价值的线索，大概是敌人早就做好了随时撤退的准备。牛副连长回骑兵团报信去了，马云龙留下两名战士看守，也和王东山赶回总队，乌兰厅长还在等着他们搜查抓捕的结果。

乌兰厅长听完马云龙的汇报后，沉思片刻，心中很快确定了一个方案，然后抬起头果断地说：“立即将敌特投毒骑兵团战马案通报全省，以引起各部门和各旗县政府对当前敌特猖獗活动的注意；其次，对云岭客栈、贸易货栈加大侦查力度，实行二十四小时不间断监视！”

“是，我们立刻安排执行！”马云龙、王东山起立敬礼，离开厅长办公室。

夜，黑沉沉的。

西伯利亚寒流强劲地越过大兴安岭的层峦叠嶂，肆虐在热北大地。风刮得“呜呜”作响，一阵急一阵慢，像是个老女人在不停地抽噎着。

在西林城，有夜生活的基本就那么两家，还闪烁着光亮，再就是有一些机关单位的门灯在微弱地亮着，更多的房屋与建筑只是一个黑色的轮廓。天一黑，这街上便没了行人。人们都躲在屋子里守着火盆或火炉说着闲话，女人们可能凑在灯下做些针线活儿，男人们则多数在“嗞嗞”地抽着旱烟袋，盘算着明天的事。

整个西林城就像一只巨大的怪兽蹲踞在夜幕之下。

夜已经深了，从西林中学的院子里冲出了五匹战马，是马云龙和他的公安战友们。按照马云龙的说法：“越是这种恶劣天气，敌人的警惕性会越放松。”他们在街上未做停留，直接向城东跑去。

在离云岭贸易货栈还有一里多地的时候，跑在前面的停住了马。从马上下来的是马云龙，跟来的是张树山和公安一支队的三名战士。马云龙让这三名战士牵着五匹马去路旁的隐蔽处躲藏起来。他们都挎着冲锋枪，以备出现不测，好有个接应。

马云龙与张树林二人踮起脚尖，“嗖嗖”一阵小跑便来到云岭客栈的墙外，往院里张望，见有几挂马车停在院中。正如马云龙预判的那样，院子里大部分房屋里的灯都熄了，只有经理室里还亮着灯。

马云龙一摆手，二人便越墙而入，疾行至院中的马车旁。听听四周的动静，他俩猫下腰来行至经理室的屋门口，停下脚步，将身子紧贴在墙上。马云龙在支队里预判，因为客栈里有住店的客人，青龙刘达顺有什么行动也得等人们睡了再进行。他用指甲将门边耳窗子上的糊纸轻轻地划开个线头似的小缝儿，这对于马云龙来说已经足够了。屋中的一切尽收眼底，刘达顺、刘宝财、白玉翠、黑胖子都在这间屋子里。听了一会儿才知道，原来刘宝财、白玉翠、黑胖子三人也是刚到。

昨天下午，白玉翠、黑胖子给刘达顺打电话报信，投毒的事情败露，杀死了布和。刘达顺要他们立即撤退到刘宝财的贸易货栈，等他通知再见面。白玉翠、黑胖子在刘宝财贸易货栈的地窖里待了一夜一天。刘达顺见八路军并没有找到他这里，这才打电话让他们都过来。

“好好的一盘棋让你们下得稀巴烂!”刘达顺阴沉着脸，仍在气头上，“你们都是猪脑子啊，这事儿提前就不能多想想?”

“我们的副司令，我们的青龙爷，咋没想，谁知道半道钻出个偷马料给驴吃的李二，把事儿一下子给整砸了。又碰上个不压事儿一根筋的布和，上粮店去非得拽我跟老黑到骑兵团。我啥法儿都使了，好不容易把他拉到卧室，我寻思给他点儿钱让他把李二那头先压下。我把衣服都脱了，他这回是说啥也不干了，并说他和李二已经把官司打到马云龙那儿了，马云龙已经带人去了骑兵团。眼看真没辙了，老黑就在后边下手啦。老黑先打了他一闷棍，后来一不做二不休，又捅了他两刀。等都收拾利索了，我们才跑出来。”

“唉，啥也别说了，我也不是怨你们。这人点儿背的时候喝凉水都塞牙，这煮熟的鸭子说飞就飞了，咱们就等着挨处分吧。头晌银龙就发来电报，说金龙大为恼火，头一次骂人，大骂我们都是些猪脑子，怎么能斗得过马云龙。这马云龙三头六臂咋的？你们见过没？赶明儿个想法儿给我整来见见。”

青龙刘达顺发了一阵脾气，又叹了一口气：“唉，不说了，骂你们也没用。咱们还是说说找石窟里头日军军火库的事儿吧！要是咱们找到了，都还有救，要是找不到就都擎等着挨处理吧。不过，这回金龙开恩给了张路线图，宝财你可是大名鼎鼎的瀚海太保，如果有了路线图你再找不到，我就是想保你也保不住了。”

刘宝财竟声泪俱下地说：“副司令青龙爷，都是属下不争气！这回有了这份路线图，属下心里就有数了。我要找的那个人也跟青龙爷说过了，这要再找不到石窟中的日军军火库，属下就算浑身是嘴也脱不了罪责。”

刘达顺说：“现在是党国危难之时，用着谁，谁都责无旁贷。行啦，你们三位都是太保级的军统精英，我知道列位的忠心了。玉蓉太保和黑风太保这几天就躲一躲避避风头再安排工作。玉蓉太保留这边，黑风太保还回货栈吧。不管啥时候都要多加小心，就是一宿不睡觉，也一定要做好准备，防备共党公安队的人明天早上就查过来。”

然后，刘达顺又向刘宝财招了招手，咬了一气耳朵，刘宝财点了点头，露出吃惊的样子。

马云龙朝张树林摆了摆手，做出撤退的手势，两人便顺原路跃过院墙疾速返回到接应他们的藏身处。

又是一阵杂沓的马蹄声被“呜呜”的风声吞没，人和马消失在黑暗之中。

西林县政府二楼县长办公室，办公桌上放着省公安厅关于敌特对我骑兵团战马投毒的通报，通报简述了公安总队一支队侦破敌特投毒案的经过，同时提醒各级领导同志和各部门、单位不得麻痹大意，务必提高警惕，坚决粉碎国民党反动派的猖狂进攻。

朱彤县长皱着眉，背着手，在屋里踱着步子。昨天夜里，军区吕副司令员召开了紧急会议。会议上，吕副司令员先是将四道梁敌我双方对峙的战况做了一个概括的报告。

“现在打仗的三个重要因素国民党都不占。国民党 N 师百分之九十的士兵都是江南人，热一点儿没什么，冷一点儿就受不了。今年是个冷冬，这种酷寒的天气让北方人都有点儿招架不住，国民党这些南方的兵就更受不了啦。每天因为冻伤自然减员达到百分之三，这仗还有个打吗？是嘛，西林街上有人说笑话，说男人现在上外面尿尿得拿个棍子往下敲打尿液冻成的冰溜子。据说，N 师的师长苏文卿少将嫌水凉光水杯就摔好几个了，国民党 N 师的官兵怨声载道。

“我们的热北军分区黄勇司令员提前有准备，更何况我们的战士就是热北这圪垯冻出来的孩子。他们打仗为的是保卫解放区，保卫土地改革的胜利果实，保卫自己家中新分到的土地和牛羊。他们在为自己和平幸福的生活战斗，自然斗志昂扬。四道梁附近几个区的区政府都很给力，来到过年了，组织各村犒劳慰问咱们八路军。各村子的农会主席领着秧歌队，唱着‘猪啊，羊啊，送到哪里去，送给亲人八路军……’，抬着猪羊赶着牛送到四道梁前线。

“我们得天时有地利有人和，士气高涨，可以说与国民党这场仗不战已分胜负。但是我们不能掉以轻心，伴随着国民党中央军在正面战场上的大举进攻，国民党保密局的特务们活动非常猖狂。大家想想看，西林城造谣生事，闹得人心惶惶；农村和牧区反攻倒算，策动区小队哗变，牺牲了我们多少位区长区委书记、农会主席。同志们再想想，一个柴岗子血案，我们牺牲了那么多优秀的高中级干部和战士，给我们的热北解放带来多大的损失！就在前两天，咱们辽西省公安厅公安总队又破获了一起国民党特务投毒案，国民党特务的魔爪已经伸向咱们的骑兵师了，就连乌兰巴特尔团长的战马也险遭特务的毒手。

“现在快过年了，我希望大家格外提高警惕，严防国民党特务的破坏和捣乱。有关这次国民党特务投毒案和最近安全保卫工作还是让乌兰厅长说说吧。”

乌兰厅长的话不多，她把国民党特务白玉翠、黑胖子的整个作案过程说了一下。乌兰说的话让参加会议的乌兰巴特尔团长和朱彤县长有点儿坐立不安了。比如：骑兵师的麻痹大意，司务长买马料买到特务手里去了；国民党特务活动极其嚣张，竟敢把窝儿安在西林县政府的眼皮底下。投毒案明显已经暴露了，西林县政府还无动于衷。

会场上，别人都仰着脖子听得聚精会神，只有乌兰巴特尔和朱彤低着头。

此时的朱彤真有点儿无地自容的感觉，他的这位老同学真是一点儿面子也不给他留！他朱彤干这么多年革命工作，在大会上被不点名地批评还真就这么一回。朱彤觉得吕副司令员的这个紧急会议就是冲着他开的。

这天早晨一进办公室，见到办公桌上放着省公安厅关于特务投毒案的通报，朱彤立刻气堵到脖子上。张文儒副县长敲门进屋：“县长，您找我？”朱彤“嗯”了一声，却没有回到座位上，只是伸出一只手，指了指桌子上的文件：“你看看，看看，乌兰这不是又给咱们上眼药吗？这么大个案子，她竟然连个招呼都不跟咱们打，就在咱们眼皮子底下给办了。”

张文儒扶了扶眼镜说：“这事儿我刚才问过乌力吉科长了，他说当事人当时找过他。但他考虑是骑兵师的事儿，说您曾经说过，凡是军区和骑兵师的事情咱们一概不管，他就把当事人推到公安厅那边去了。”

朱彤摸了摸下巴上的胡茬子，疑惑地瞅了瞅张文儒："我说过这样的话?"张文儒笑了笑："县长您说过，当时我也在场。"

朱彤说："那我就修改一下啊，往后比较重要比较敏感的事儿，只要发生在西林，咱们都管。"

张文儒点点头："县长，那我知道了，今后各科的大事儿一定向您汇报，公安厅那边也要求他们有涉及西林地方的事儿要与咱们沟通。"

朱彤便把昨晚召开紧急会议的经过大致给张文儒说了说："唉，丢人哪！这么大的会议上，乌兰竟然不点名地把咱们给批评了。"张文儒先是吃惊地说了声："是吗？她不应该呀。"接着又笑笑说，"要我说，她也就事儿说事儿地说一说，国民党特务活动的地方在咱们县政府附近，也不是县政府批准的，跟咱们毛关系也没有，她还批评咱们了？那我们还说敌特的巢穴离军区和省政府也很近呢，他们又该负什么责?"

朱彤紧皱的眉头舒展开来，每逢他心中有解不开的疙瘩时，张文儒总能三言两语就给他化解开了，于是他脸上又露出了笑容。这时，朱彤突然又想起了一件事来："老张啊，你上次说收编红枪会成立县大队的事儿，我觉得很好，已经和军区吕副司令员说过了，他说得等军区李司令员回来商量。"

张文儒说："你不说我都忘了。有段时间我觉着军区、省政府在这儿，有部队保护着就太平无事了，可这哪里是长法。"朱彤点头同意道："唉，别说你，前段时间我也这么想过，军区、省政府能在这里待几天？战争年代自然是自己手中有支部队开展工作才方便嘛。这件事儿我抓紧催军区。"

见张文儒不住地点头，朱彤又"呵呵"地笑了笑说："哎，我说老张啊，你俩那事儿搞到啥程度啦?"

张文儒装聋作哑道："呵呵，我和谁有什么事儿呀?"

朱彤又"嘿嘿"一乐："你跟我揣着明白装糊涂，你和乌兰呗！你们这些知识分子出身的干部干啥都这么磨叽，这种事儿男的主动一点儿，咔咔，三下五除二就把她拿下。”

张文儒有点儿不好意思地说：“谢谢县长指教，正缓慢地进行着呢，那公安厅那边您和他们说说。”

朱彤一本正经地说：“好，公安厅那边工作上的事儿我和乌兰说，这个女人挺不好对付的。但别的事儿你必须亲自和她说，我可代替不了你啊。”说着，回到座位上，端起了茶杯。张文儒知道这是朱县长送客的习惯，也便告辞退了出去。

朱彤见张文儒走了，拿起了电话：“喂，是我，朱彤……”

乌兰厅长听完马云龙关于昨晚侦查的汇报后，思考了一会儿，心想无论李二毛他们侦查，还是马云龙他们密探，都说明云岭客栈、贸易货栈只是敌人的重要据点，金龙并不在那里。她越发坚定了心中的想法，就说：“那就敲山震虎去，他不是防备着咱们去查吗？那就带上那个黑胖子，哎，对了，现在有称呼了，黑风太保的画像去云岭贸易货栈要人。蛇不出洞，咱们就逼它出洞。”

乌兰厅长停顿一下，接着说：“王副支队长，这次你带人去。我给西林县政府也打个电话，让他们配合一下。我和马支队长有个会议要参加。”说完便抄起了电话，“老朱吗？你批评得对，我有时干起工作来不管不顾的，常常忘了协调。给骑兵师战马投毒这个案子涉及一个人，我们初步了解，此人是云岭贸易货栈的人。对，我们公安总队一支队的人马上就去。是，这案子归一支队管，对，就是马云龙那个支队。嗯，希望你们能配合一下。”

撂下电话，乌兰眼神中闪现着一种深思的目光。王东山带着一个分队的公安战士出发了。

当王东山带着公安总队一支队二分队策马来到云岭贸易货栈时，张文儒副县长、乌力吉科长已带人先一步到了，而且在货栈周围布好了岗。马大山和毛三檩也在其中，他俩站在路两边。见王东山走过来，马大山立正敬礼，小声说了句：“王副支队长好。”毛三檩除了立正敬礼还哈了哈腰，大声喊了句：“王队长好！”

张副县长见是王东山带队来的，也连忙上前敬礼握手："我们朱书记非常重视这次行动，原本他要亲自来的，后来军区吕副司令员找他有事儿，他就派我代替他过来了。乌兰厅长和马支队长没来？"

王东山爽朗地笑了一下："省里临时有个会议，他俩去参加了。那张副县长、乌科长，咱们也行动着？"张副县长一伸手："我们是配合行动，您指挥。"

王东山迈开大步走在前面，张文儒、乌力吉等人紧跟在后面。在货栈院中有几个伙计正在搬运物品，神色自如，一切都井井有条，并无慌乱迹象。刘宝财点头哈腰地迈着小步，热情地迎了出来，满脸都是谦恭的表情："在下刘宝财，在本货栈管事儿的。哎呀，有什么事儿只管吩咐一声，小的亲自去不就得了嘛，何劳各位长官大驾。"完全是一副奉公守法的商人模样。

张文儒抢先一步介绍道："这位是省公安厅公安总队的王队长，我是县政府的张文儒，今天王队长到咱们县检查工作，你们要好好配合。"

刘宝财哈腰点头："一定好好配合，一定好好配合。"

王东山说话办事喜欢直截了当，从衣服兜中掏出黑胖子的画像来："刘老板，我们这次来主要就一个事儿，我们这两天处理一个案子，有一个犯罪嫌疑人，被人举报说是你们贸易货栈的人。他现在在哪儿，我们要把他带走。"

刘宝财伸出来的手微微有些发颤，接过画像端详了半天才"噢"了一声："这是老黑呀，他犯事儿啦？"王东山把手摁在手枪把子上，只要刘宝财说出黑胖子在何处，他就手枪一挥叫公安战士抓人。

可刘宝财却慢慢地抬起头，赔着笑脸说："是，老黑原来是在我们这里干过，可后来被我们解聘了。"王东山扫了刘宝财一眼冷笑道："什么时间解聘，不是昨天解的聘吧？"刘宝财依然赔着笑脸道："那哪能啊，官长，我们云岭贸易货栈规模虽然不大，可也有百余家分店，一向奉公守法。尤其是在用人方面，从先祖开始便有‘四不用’之说，违法乱纪者不用，吃喝嫖赌误事儿者不用，贪占财物者不用，欺瞒诈骗者不用！这个老黑就是因为喝花酒喝醉误了一桩买卖被解聘的。”

张文儒见刘宝财振振有词，王东山有点儿无话可讲，就在一边帮衬道：“刘老板，听你这话说得头头是道，不会是你们昨天听到了什么消息就编出了这么一套来骗我们吧?”

王东山说：“对呀，你说你们过去的事儿，说什么我们也没见到。你们的店员总得有个花名簿吧，我们要一个一个地对照检查。”

刘宝财仍旧赔着笑脸说：“好好，官长要怎样检查，你说就是了。”然后歪过身子喊了声，“张老三，你把伙计们都叫过来，省里和县里的官长要查对人员。”接着，他又扭身进屋，从柜子里拿出货栈的花名簿，双手递给了王东山。

王东山把花名簿递给张文儒：“张副县长你念人名，我核对人。”张文儒欣然从命，等人到齐后便一个一个地叫起名字来，王东山逐一核对。念完了，核对完了，全部都有着落。实际上，王东山使用了一个最愚蠢最笨拙的检查方法，被检查人只要知道有检查，哪一个检查结果会是真的？都会千方百计地演戏给你看。你要检查的内容，他能想到且有应付之策，甚至连你没想到的，他都会想到，保证让你查不出任何疑点来。

张文儒见状，抬起手扶了扶眼镜，瞅了瞅王东山，又问道：“你们货栈在职的有花名簿，那辞退的有无记载?”对此，王东山在心中暗暗佩服，这知识分子干部就是不一般，做起事来的道道儿就是多。于是，他马上说：“对，辞退的也要查!”

听了张文儒和王东山的话，刘宝财又不慌不忙地从柜子里抽出一个簿子，打开一看，里面全是一些辞职解聘的文书，其中一份就是老黑的解聘书。

王东山的脸都气青了，心里暗暗骂道：“你个狗特务，你是瀚海太保，看你装得挺像。”他恨不得上前一脚把刘宝财踹倒，但这次却没给他这个任务，他也必须得装下去。

刘宝财却在那儿苦着脸有些自责地说：“官长，你们看，我这能查的就这么点儿玩意儿了，看看官长们还有什么要我做的?”又是一副可怜巴巴的样子。张文儒抬头瞅了瞅王东山：“我就问这些了，看看王队长还查什么?”

王东山强压住一肚子的怒气：“我也没什么查的了，那就到这儿吧。刘老板，如果这个老黑来你们这里，一定要向我们报告。”刘宝财说：“一定的，官长不说，我们也一定这样办。”

王东山狠狠地瞪了乌力吉一眼：“乌科长你也来啦?”不高兴的表情明显挂在脸上。他心中还有一句话：“你个龟儿子，今天之所以整成这个结果，没准儿就是你乌力吉和刘宝财事先串通好的。”乌力吉似乎也明白王东山说话的意思，龇龇牙，不咸不淡地回了一句：“嗯，有我们张副县长在，我就没必要多嘴了。”

临分别时，王东山的大手紧紧地和张文儒热乎乎的手握在了一起：“我愿意和张县长这样立场坚定又有政治头脑的知识分子干部在一起工作。”张文儒也用力地摇了摇握着的手：“王队长雷厉风行的工作作风永远是我学习的榜样啊!”

刘宝财站在货栈的大门口，一边用手帕擦着额头上的汗，一边自言自语道：“昨儿个这一宿真没白忙活。看来省里的王副支队长还好对付，这县里的张副县长真难招应。”他朝着消失在烟尘中的马队摇了摇头，向客栈走去，青龙刘达顺在等他的消息。

王东山带人回到公安总队，把在云岭贸易货栈要黑胖子的经过向乌兰厅长仔细汇报了一遍，最后说：“现在还真没理由说那个黑风太保是贸易货栈的人。这次表现最不好的就是那个乌力吉科长，整个过程都是消极的。”

乌兰厅长非常满意地说了句“很好”。王东山又是一头雾水，不知道他汇报的内容中，张副县长的表现好，还是乌力吉的消极表现好，抑或是贸易货栈没有黑胖子这个人好。最后乌兰厅长和他说：“我已和马支队长说过了，你们把最近的工作再重新合计一下吧。”

马云龙和王东山合计了一下，认为下步工作的重点还是东城，仍以对云岭贸易货栈、云岭客栈及其附近的红枪会总坛的敌特活动监视为重点，但要加强对大漠石窟中敌特寻找日军军火库活动的监视跟踪。

王东山副支队长负责在这几个主要的节点上布控，马云龙和乌云丽带着张树林分队去小孟和家，打算找些牛倌羊倌问问相关线索。为防止敌特对我方的反侦察行动，尽量减小自己的目标，一支队指战员全部换上便装行动，在城内不骑马。

刮了几天的大风也终有停下来的时候，但寒冷依旧。严寒中的太阳好像被冻小了许多，苍白的颜色，就连太阳的光芒也被西伯利亚寒流消融得不那么刺眼了。天空却像刚刚洗过的碧玉，蔚蓝的颜色透着冷峻。

这可是热北在腊月里难得的好天气。

有一群穿着各色服装的男女骑着马从西林城中冲了出来，直接奔向大漠。跑在最前面的是一匹大白马，骑在马上的正是戴着黄狗皮帽子穿绵羊皮大氅的马云龙，后面是乌云丽、张树林和一分队的公安战士们。他们在策马奔驰，奔向大漠牵驼人小孟和的家。

进了大漠，马云龙便带队抛开大道去了小孟和家那个沙漠中的甸子。马云龙在马上有一种不祥的预感，因为他看到在去小孟和家的沙间小路上有着杂沓的马蹄印。他拔出枪，回头说了声：“小孟和家可能有情况，做好战斗准备!”战士们立刻拔出枪或把枪顺到鞍前。

果然不出马云龙所料，小孟和家真的出事了。只见小孟和的媳妇儿其其格领着两个孩子站在蒙古包前哭泣，他家的那两条牧羊犬横卧在沙地上，身旁是一摊已经凝固的殷红的血迹。

马云龙知道其其格一句汉话也不会说，就对乌云丽说：“你快让其其格嫂子带孩子进包里去，这大冷的天别冻坏孩子。然后你问一问这里发生了什么事情。”过了一会儿，乌云丽和其其格从蒙古包里走出来，乌云丽对马云龙说：“其其格嫂子说是这么一回事儿……”

今天一大早，太阳刚冒红的时候，小孟和一家人还没起来，就听外面的狗不是好声地叫着。接着是两声枪响，狗就没声了，然后便传来了蒙古话：“小孟和！小孟和！”

小孟和从被窝里翻身起来说：“其其格快起来，来坏人了。你看好孩子，我出去看看。”他快速地穿上皮袍，扎上腰，穿上靴子，戴上皮帽子，把刀子揣进怀里，打开蒙古包的门走了出去。其其格在包里紧紧地搂住两个孩子，听见小孟和在蒙古包外与人吵了起来。

“你们是什么人哪，打狗还得看主人，你们凭什么把我的狗给打死啦！”

“我们是青龙的人，这也是没办法的事儿。你的狗太凶了，总是往身上扑，你又不出来。”

“青龙的人，我听我阿爸说过，我阿爸走时跟我说，要是有人来找麻烦，就把他的扳指拿出来给他们看，这就是我阿爸的扳指。”

“蓝水晶的，太保级，啊，是东瀛太保啊！那更没啥说的了，你跟我们走一趟吧。”

“我凭啥听你的，我今天要去偏坡营子给人家驮荞面。”

“说啥都不行，这是青龙的命令，父债子还，东瀛太保不在，他儿子必须顶上去。明跟你说了吧，我们这次要找的地方是大漠石窟。我们打听到了，这地方除了日本人，就只有你爸和你去过。今天你去也得去，不去也得去！你以为这就是青龙的令啊，青龙后边可还有银龙和金龙呀。”

蒙古人诚实厚道，和谁都不会撒谎。青龙的人说小孟和去过石窟，他也就承认了。

小孟和说："去是去过，可那是头些年的事儿了。"

"你说去过就好，今天死活得跟我们走一趟!"

"那我得进包里跟我媳妇儿说一下，带点儿东西。"

小孟和回到蒙古包里，把蓝水晶扳指递给了媳妇儿其其格："记住，我今天要是回不来，你带着孩子牵上骆驼去找图娅妹子，让她带你们去找乌云丽和马队长，把今天发生的事儿告诉他们，就说青龙的人在找大漠石窟。"

说完，他亲了亲孩子，揣上酒壶和肉干便从蒙古包里出去了。等其其格给孩子穿好了衣服走出蒙古包时，只见躺在地上的死狗，人已不见了踪影。

马云龙瞅了瞅非常无助的其其格和两个孩子，想了想，对乌云丽说："你带其其格嫂子和孩子去图娅家吧，我再派两名战士护送你们。你把这里的情况立即向厅长汇报，我的意见是马上派人来看守小孟和家，防止敌人再次过来。我和张树林带一分队跟踪追过去，我倒要看看青龙的人去哪里找大漠石窟。"

乌云丽把马云龙的安排说给其其格，其其格点头说"好好"，便去收拾要带的衣物了，给骆驼搭上褟子，把两个孩子先放在骆驼身上，再锁好蒙古包的门，掉着泪把死狗拖到蒙古包的后边，这才用袍袖擦了擦眼泪和乌云丽及两名战士上路了。

马云龙把乌云丽、其其格等人打发走以后，对张树林说："咱们码着那些人的踪追下去!"说完，纫镫上马，领头追了下去。

刚才，带人来找小孟和的正是瀚海太保刘宝财。他终于得知大漠老牵驼人东瀛太保老孟和是军统赤岭站派进日本西林特高课的人，当时只有他这个中国人可以进出大漠石窟，因为日本驻屯军在大漠石窟军火库里的军火多半是由他的驼队运输。老孟和只有一个儿子小孟和，小孟和成人后便接了老孟和大漠牵驼人的班，他也去过大漠石窟。

现在，刘宝财怀揣着青龙刘达顺给他的大漠石窟路线图，带着李四等几个特务，押着小孟和，翻过几座沙梁就掏出路线图看看，又拿指南针对一对，调整一下方位，继续走下去。这份路线图的地理位置标注得非常详细，有方位线路还有经纬度，再加上有一个对大漠了如指掌的小孟和，因此不存在迷山走岔路的事。跟着刘宝财来的还有李四，就是那个被张老三称为粘糕狗皮膏药的特务，曾经跟踪李二毛和张森去过怡春院。他记性最好，什么道路只要走过一遍就忘不了。

刘宝财打的如意算盘是虽然没有军火库的全部路线图纸，但有去过石窟的小孟和，找到大漠石窟就是轻而易举的事。再有李四这个活录像机，再来的时候就用不着费劲地找路了。但他怎么也不会想到，金龙手中的半张图并不完整。马云龙得到的那半张图，除了石窟军火库的位置还有和金龙那半张图相衔接的部分。地图上的毫厘之间，便是几里甚至十几里，难怪刘宝财一次又一次地白跑。

当刘宝财等人押着小孟和来到半张路线图标注的终点时，只见起起伏伏的大漠，一个一个白亮亮的沙包，一道一道浅黄色的沙梁，既像是波翻浪涌的大海，又像是一群褪了毛又吹足了气的肥猪，横的竖的都有。别说找一个具体的位置，如果没有太阳定位，连东西南北都很难分辨出来。

在刘宝财一帮人的挟持下，小孟和登上一个大沙梁又转了好几圈，连连摇着头说："看不好，记不得啦，记不得啦。"

刘宝财将双眼一瞪："小孟和你别敬酒不吃吃罚酒，你也别倚仗你阿爸是东瀛太保，你今天必须把石窟给我找出来！"小孟和也提高了嗓门儿："刘老板，我不是知道不说，你也是热北的人，这大漠是什么脾气你不是不知道，一场大风一个样。沙坨子是会走的，我都多少年没来过了，我能找到吗？"

小孟和说的也是实情，热北人都知道，沙坨子是会走的，会变的。

虽然小孟和完全可以把自己印象中的位置指给刘宝财，但他觉得那样做对不住马云龙和乌云丽，这青龙的人肯定是马云龙的敌人。另外，他也可以指定个范围让刘宝财他们扒沙去，但那样做不成了撒谎吗？谎话不说，实话不全说，是小孟和为人处世的原则。

刘宝财不是不知道小孟和说的有道理，但是在没有另外那半张图纸的情况下，让他所知道的唯一一个到过石窟的人找出石窟的具体位置也是他唯一的办法。他实在是有点儿黔驴技穷了，便恶狠狠地蹿上前伸出一只手揪住小孟和的皮袄领子，另一只手举着手枪对准小孟和的脑袋，凶狠地说："今天你要是不把石窟在哪儿给我说出来，你就别想离开这个沙梁！"

"咱们蒙古人不会撒谎，找不到就是找不到。我不能随便说一个沙梁就是石窟，那样说对我对你们都不好。"

"真他妈的不识好歹，不来点儿真格的他就不说，来人，先把他捆起来！"刘宝财暴跳如雷，李四和一个小特务立刻上来用皮条将小孟和捆了个结实。

刘宝财举起手枪，刚凶狠地喊了一声："你说还是不说！"突然听到"嘡！嘡！"两声枪响，子弹从刘宝财的头顶"啾啾"地飞过，枪声在空旷的大漠间回响着，惊人动魄。

"哎呀，妈呀，那是八路的人吧？"随着小特务李四的一声惊叫，刘宝财抬头一看，可不得了啦！只见不远处呼呼啦啦（热北方言：形容人很多一大片）有二十多人，虽然穿的是老百姓的服装，可是正一边朝沙梁上开枪，一边分两翼展开。这还用问吗？不是自己的人就是八路军的人呗。刘宝财慌忙撒开抓着小孟和衣领的手，朝着来人就回了两枪。

马云龙码踪的本领就不用细说了，又赶上没风的天气。所以，他们行进的速度要比边走边矫正方向的刘宝财等人快得多。当马云龙远远地看见刘宝财正在一个大沙梁上逼问小孟和时，便一边命令张树林带人包抄刘宝财等人所在的大沙梁，一边告诉战士们开枪时小心点儿，别伤着小孟和，而他自己则向刘宝财先开了两枪，以示警告。

刘宝财一边卧倒，滚到沙梁的另一侧继续开枪，一边朝着跟他来的那几个特务喊着："快朝包抄过来的八路军开枪，快把马拉过来，还想在这沙梁上等死啊!"

正在这时，马云龙等人的后边突然响起了枪声，而且这枪打得很有准头儿，有一个公安战士中弹跌下马来。马云龙心里一惊，心中的第一个念头就是，敌人还有埋伏，公安队要被敌人两面夹击了！他一面喊着"快救护伤员"，一面勒转马头，喊了一声："后面有敌人，张分队长你继续带人进攻沙梁上的敌人，我带几个人对付后面的。"然后立即带着三个公安战士迅速跑到一个小沙丘的后面朝敌人还击。

从敌人的枪声和大约在一里地远的一个沙坨顶上露出的三颗脑袋分析，后面的敌人并不多，但威胁较大，等于敌人在我后方安排了三个狙击手。

马云龙毫不迟疑地说："先用火力压住他们，消灭掉这几个不知死活的家伙!"三个公安战士立刻跳下马，从马背上摘下冲锋枪，在沙丘的掩护下朝着敌人一齐开了火，把远处的那个沙坨子顶打冒了烟。马云龙趁机抽出三八式马枪瞄准一个正在开枪的脑袋扣动了扳机，沙坨顶上的那三个脑袋立时都不见了。

当刘宝财听到又响起的枪声，尤其是见到一个公安战士被打下马时，立刻兴奋起来，以为天降救兵了。他往两边瞅了瞅，朝着身边的那几个人大喊道："还不快开枪，咱们的救兵来啦!"特务们顿时来了劲儿，李四竟然边开枪边说："长官，咱们也冲下去打八路军的夹击，让他们首尾不能相顾。"

刘宝财说："再打一会儿看看，兴许是八路军做的套儿呀。"

马云龙剑眉一皱，鹞眼眨了眨，心中便有了主意，必须迅速解决掉后边的敌人，才能解救小孟和！他毫不犹豫地一纵身跳上马背，向着前面的公安战士命令道："冲过去!"说完，将手中的缰绳一抖，双腿一夹，大白马抢先狂奔起来。

马云龙终于带着三个公安战士冲上了那个沙坨子顶上，却只看到一具敌人的尸体被扔在沙坡上，另外两个敌人正打马拼命奔跑。马云龙抄起三八式马枪就是一枪，又有一个敌人趴在马背上，然后掉在奔跑的马下。那马见主人被打死了，奔跑的速度也就慢了下来。

这时，另一个敌人的马也被从后面赶过来的一个公安战士打中了，只见那马踉跄着又冲了几步，栽倒在沙丘的脚下。正当马云龙以为三个偷袭他们的敌人全被解决时，却猛然看到有一个敌人竟然奇迹般地从那死马旁边的一丛灰柳上腾空而起，脚尖一点那冰冻的沙土地，又连续腾飞了几步就追上了还在朝前奔跑的那匹马，并且一个腾越飞身马上。

马云龙见此，心中不禁“咯噔”一下，那上身前倾的架式，两条长腿甩开在空中划动的姿态，这是多么熟悉的步法啊！马云龙从没有注意过自己在空中跃起的姿势，但对这个人的身形可是铭刻于心啊。

赫彪，难道是他？是他，就是他！

马云龙呆望一眼那人的背影，耳边突然响起赫彪奶声奶气的叫声：“师哥，师哥！”此时此刻，他的脑海里全是在清泉寺学艺时的一幕幕场景。

那时候，穷人家的孩子很难活。寺庙附近的人家有个讲究，就是把孩子从小舍到庙里，等孩子大了再领回来，也有直接出家当了和尚的。马云龙比赫彪小两岁，但舍进寺的时间却比赫彪早一年，都拜了智真和尚为师。马云龙记得，当村有一个叫贺老六的人，人称六爷。马云龙听叔和婶说，从两三岁起，小赫彪就被寄养在贺老六家。过了几年，小赫彪的爸妈没了消息，贺老六就把小赫彪舍到寺里来了。

在功课方面，小马云龙并没有落下小赫彪多少。而在少林武功方面，马云龙的拳脚功夫要扎实一些。尤其是马云龙能将智真和尚教的那套少林拳打得出神入化，在同辈小和尚中无人能敌。

可赫彪天生两条长腿，再加上刻苦练习，日久天长，轻功略胜马云龙。

在马云龙的脑子里，又闪过他和赫彪拖着状似磨盘的大石头上山下山练轻功的情景，闪现出在一根横架在空中的树杆上练拳脚打斗的情景，闪现出当赫彪违规罚跪时他去找师父求情的情景，闪过他背着他在山林中撒欢的情景，闪现出他俩背对背挽着胳膊翻跟头的情景……更闪现出前些日子回清泉寺时，智真师父暗示要他放师弟一马的情景。

想到这些，马云龙的心中有了一种苦痛的感觉。他皱着眉头暗暗地叹息了一声，朝着三个公安战士做出停止射击的手势。而他自己却又端起了枪，但扣动扳机的手指微微抖了一下，这可是从来没有过的情况啊。

随着一声枪响，马云龙紧紧地闭上了双眼。

“打中了，打在那个家伙的头上了!”

马云龙紧闭着的双眼里淌出泪来。

“支队长，把那个家伙的帽子打掉了，这家伙的命真大!”

马云龙猛地睁开双眼，看到赫彪正光着头，纵马拐入一座沙丘的后面，然后便消失在大漠中了。马云龙抹了一把额头上因紧张而沁出的汗水，站起身，恢复了平静，说了声：“走，去那边!”

在马云龙带领三个公安战士消灭赫彪一伙敌特的时候，瀚海太保刘宝财明白，他的援兵根本解救不了他。他低声向几个手下喊道：“快撤吧，再不撤就让八路包饺子啦。”手下的特务指了指小孟和说：“那他怎么办?”刘宝财说：“青龙也没说要咋着他，先留着吧，往后兴许有用。”说完把枪往怀里一抱就领头滚下沙梁，跳上马打马就跑。

张树林带着一分队的公安战士冲上沙梁，已不见了刘宝财一伙敌特的踪影，只有小孟和蜷缩在沙梁顶上。张树林赶忙上前和战士们给小孟和解捆绳，扶他坐起来。这时，马云龙也带着公安战士上了沙梁。

“孟和大哥，受伤没有啊?”马云龙急切地问道。

小孟和坐在地上晃了几下脑袋：“没有，没有。他们说啦，他们，青龙的人。让我给他们找石窟，我说不知道。真是的，头几年我来过，这大漠里一场大风一个样，我不撒谎，石窟好像是在这南边。你，好哥儿们，我这样说。”马云龙点着头，用手焐着小孟和冻僵的手：“孟和大哥，你不出啥事儿就啥都有了。”

这常年在大漠中的人经受得了酷日严寒，风吹日晒雪打已将他们粗糙的皮肤锻炼出一种坚韧的耐力。小孟和的手脚很快就恢复到正常状态，他站起身子四处瞅了瞅，向着东南方向指了指：“那边，嗯，那边，还得十里八里的呀，有条河跟前，夏天轰隆轰隆地响，嗯，这工夫怎么的，净是沙包啦?”

小孟和的汉话虽然说得笨，但马云龙听得明白，更何况他是见过日军军火库那半张图纸的人。那半张图纸除了石窟军火库的具体位置，还有一小段路线图。日本人绘图精细，全部按段标出带有经纬度的地理坐标。现在经过小孟和这一指点，马云龙的脑子里就有了一张完整的军火库路线位置图。

马云龙站在沙梁上向前方望去，心中也是一阵狂喜。根据他对那半张图纸的了解和小孟和刚才的指点，基本确定了石窟军火库的位置，只是那里展现在视野里的还是几个巨大的沙山，石窟被黄沙掩盖着。马云龙又向四处瞭望了一阵子，记下了几个较大沙丘的位置，以便将来做参照物，这才下达了返回的命令。

此时，那位肩部受伤的公安战士已经做了包扎处理。战友们将他扶到马背上就可以跟着队伍行动了。马云龙又让战士们就地将那两名敌特的尸体用黄沙掩埋了，还从附近找来两截朽木插在坟头上面，作为记号。

马云龙估计乌兰厅长已经派人去了小孟和家守护，说不定其其格也跟着回去了，就坚持一直把小孟和送回家里。正如马云龙所料，乌兰厅长听了乌云丽的报告后，立即命令王东山带一个分队的公安战士，作为守护和后援力量，赶到小孟和家。其其格说："人家八路军去咱们家，主人都不回去，还像话吗？"于是把两个孩子放在图娅家，和图娅找上乌云丽也急忙回了自己的家。

马云龙带队来到小孟和家时，只见蒙古包外拢着一大堆干柴，正冒着火苗。王东山和战士们围着火堆喝着奶茶，嚼着肉干，有说有笑。女人们则提着茶壶给战士们倒水，忙得不亦乐乎。望着眼前的这一切，马云龙的剑眉舒展，嘴角微微上扬，笑了。他知道，这是战友们难得的一段轻松又快乐的时光。

王东山见马云龙等人和小孟和回来了，连忙招呼着战友们站起身来，还带头鼓起掌。有两个公安战士又去抱来一些干柴，扔进火堆里，让火烧得更旺，火光照亮了每一个战士欢悦的脸庞。

马云龙让张树林和小孟和把伤员扶进蒙古包里休息，然后和王东山握了握手，相互说了一下各自的情况，交换了一下意见。他俩认为，挟持小孟和的这股敌特和后边偷袭的三个敌人并不是有意配合的同一伙敌人，而是一种偶然的相遇，至于背后的敌人有什么安排尚不得而知。但他们都有一个共同的目的，那就是寻找大漠石窟中的日军军火库。可敌特一旦找到了日军军火库，金龙会怎么办？那么多的军火交给谁？是交给那些土匪吗？

马云龙没有看错，那个有一双长腿又会轻功的人正是他师弟赫彪。他是夜间接到金龙的口谕："飞行太保，你拿上我给你画的路线图带上两个人去一趟大漠，把情况给我搞清楚。唉，找不到大漠石窟中的军火库，'秋山计划'就要白费，这让我寝食难安啊！"

"先生，寻找大漠石窟这件事儿不是青龙他们正在做吗？我再去找会不会发生冲突？"

"青龙那些人成事不足败事有余，找了半年也没找到。前些天又闹了件军马投毒，险些全军覆没！要不是看在党国用人之际，我真想把他们那支人马给废了。"

“先生高人雅量，一切都从大局出发，属下佩服。”

“唉，我身边就你一位太保了，我又轻易行动不得，只想要个实际情况，你去我放心。”

“好的，先生，我带人去。”

当赫彪带着两个人按照路线图找到大沙梁前时，马云龙带着张树林分队先他一步到了，并且和刘宝财交上了火。赫彪对两个随从说：“梁下穿便装的是八路军，梁顶上是我们的人。我们的人遇到危险了，不能见死不救。另外，咱们的地势好，要撤也好撤。”两位随从立即说：“长官，你说怎么打就怎么打。”

很快，赫彪发现骑白马的正是师哥马云龙。他举起枪瞄了几次都瞄不准，刚把准星对上，马云龙又换了地方，鬼使神差般地玩起了小时候他们玩过的老鹰抓小鸡的游戏。刹那间，他的脑海里也浮现出他背着师哥，但更多的是师哥背着他的身影。人们说，孩提时候的感情最真，当时情景是会记一辈子的，这话不假。

赫彪更加没料到的是马云龙反应这么快，刚一开火，就报销了他的一个弟兄，而且让冲锋枪压得他们好半天连头都没抬起来。等他和另一个手下撤下身子准备逃跑时，马云龙的枪声也跟了过来。最后，赫彪使出了浑身解数拿出看家的轻功方才逃过一劫。其实，他心里清楚，马云龙那一枪就是打他的帽子，马云龙没忘他们是师兄弟。

直到深夜了，赫彪才敢回到他住的地方。他关上房门正要开灯，突然有一个低沉的声音飘过来：“别开灯了，回来啦？”赫彪心里一紧，立时把伸出的手又缩了回来。

“先生，我失手了。”

“怎么，还遇到共军啦？”

“嗯，是马云龙带着公安总队的人把青龙的人给咬住了。”

“噢，是这样，你看清楚了，真是马云龙带人去的？那马云龙怎么发现了你们呢？”

“先生，真的是马云龙。我不能见死不救，就在共军后面开火了。谁知他们火力更强，我反倒搭上了两位弟兄。”

“马云龙去就太好了！赫彪，我还真就喜欢你这一点，我们党国的人士缺乏这种仁爱忠勇和牺牲精神哪。”

“嗯，是这样。可是，先生，再怎么说我也没完成任务，还损失了两位弟兄，我甘心受罚。”

“不不不，我得奖励你！你此行的任务是把实际情况搞清楚，你已经搞清楚了。呵呵，我说的话你是不是觉得前后不一样甚至矛盾？矛盾就矛盾吧。现在只要我清楚国共双方都在找大漠石窟，而且已经成功地把共军引到石窟附近，这就行了。接下来，我就等共军打开石窟大门了。”

“先生计谋高深莫测，属下实在无知，怎敢乱想。”

“不知就不知吧，到‘秋山计划’实行之时，我再告诉你也不迟。另外，我还告诉你，在你的援救下，青龙的人就是瀚海太保六人安全撤出，只是还躲在外面不敢面见青龙，我还得想点儿办法。”

“先生教育的是，属下记住了。”

“好啦，你也劳累一天了，休息吧。”

黑暗中，金龙春水先生转身消失了。赫彪仍站在原地垂手而立，又过了一会儿才走进自己的卧室。不一会儿，他听到隔壁房间传出“嘀——嘀嘀——”的电报声。

赤岭城，国民党保密局赤岭站站长银龙吴东朔的桌子上放着一份刚接收到的电报：“经查，瀚海太保刘宝财乃党国之忠勇果敢之士，特将军阶晋升为中校。”吴东朔心中暗道：“特派员金龙春水先生啊，你让我管下面的龙和太保，可我怎么去管？我这奖不知情罚不知理的，赤岭站的银龙站长不成虚名了吗？罢，罢，虚就虚吧，更何况奖的是青龙刘达顺的人，眼下整个党国不都在虚假之中嘛。”

吴东朔本就和青龙刘达顺有同事之谊，且有八拜之交，关系一直不错。先前因为给骑兵师战马投毒的冒失，他很替刘达顺提溜着心。当时金龙的电报露出杀机，吴东朔唯恐青龙和他的人马不保。现在见到这封电报，他立刻眉开眼笑，连夜把电报转发给刘达顺。

此时的刘达顺正在云岭客栈的经理室里审问李四，看了电报先是目瞪口呆，接着便喜笑颜开，连忙吩咐张老三："三儿，快把四儿放了，这电报来得真是时候啊。晚来一个时辰，这四儿就皮开肉绽了。"

青龙刘达顺虽然不知道金龙这葫芦里卖的是什么药，但终归对他不算件坏事。令他纳闷的是，他没找到大漠石窟的日军军火库，去救援的人还受到了损失，但在这种情况下，他和他的部下不但没受处罚反倒立功了，刘达顺一脸蒙圈。

原来，瀚海太保刘宝财等人逃出大沙梁后，怕回去没法儿和青龙刘达顺交代，那可是立了军令状的。于是，刘宝财领着五个手下的特务跑进大漠寻了一家放羊的牧场，把羊倌一家看起来，打算将就几天看看势头再说。他还先把李四派回去，想探探刘达顺的口风。

但身为瀚海太保的刘宝财却不知道，这李四还有另一重身份。金龙为了牢固地控制国民党保密局热北地区的特务系统，除了龙与太保的级别，还有一个连站长银龙吴东朔都不知道的级别叫"监视"。这些"监视"们有点儿像德国希特勒的盖世太保，但比盖世太保更加隐蔽。"监视"们分布在银龙、黑龙、青龙的身旁，不显山不露水地随时把各位龙老大和太保的举动报告给金龙。

李四这个小特务可是不小，他就是金龙安插在青龙刘达顺身旁的"监视"。所以，刘宝财派李四回来探口风，但最先知道刘宝财下落的却不是青龙刘达顺，而是金龙春水先生。甚至刘宝财带着人刚一出发，走的什么路，金龙都知道。连飞行太保带人去大漠，都跟李四的报告有关。

在云岭客栈里愁眉苦脸的刘达顺，瞬间便笑容满面："四儿起来吧，我刘达顺对手下的人从来没小肚鸡肠过，有时说两句狠话，但哪一回对弟兄们不都是网开一面。一会儿跟三儿去安排着好好歇歇，明儿个起早去把刘经理他们接回来吧。"李四忙起身打躬作揖，然后和张老三走了。

瀚海太保刘宝财听李四把家里的情况一说，二话不说，跑到院子里朝着西林城方向双腿一跪，两手抱拳叩头，高声喊道："明主啊，真是明主啊！"

当天夜里，刘宝财带着他的五个手下回到了云岭贸易货栈。青龙刘达顺这回不同往日，亲自带着玉蓉、黑风两位太保到大门口把刘宝财接进了屋里。待众人落座，刘达顺说："此番瀚海太保虽然没有推开石窟的大门，但肯定离石窟不远了，'秋山计划'有望实现了！否则金龙爷也不会表奖咱们的人。不管怎么说，也算是出了咱们一口憋屈气。"

刘宝财虽然对他的表奖糊涂着，但也得顺着刘达顺的杆儿往上爬。此时，他的脸上红光焕发，说起话来底气倍儿足："这次共军把好事儿给搅了，要不然当时也就把石窟的门给打开啦。说实在的，那道也真是不好走，得亏我能掐准方向，再加上李四兄弟记性好，大漠中咱迷不了山。我看共军上来了，就马上命令弟兄们抢占大沙梁制高点开枪阻击。这次共军也是够呛，起码我看到有一个被打下马，就是不死也指定是重伤。"从表面看，刘宝财是个本本分分的人，没想到吹起牛来也是一套一套的。

跟刘宝财去的五个小特务都知道当时啥情况，可谁都不愿意把这层牛皮戳穿了。有了这张牛皮把天遮住，大家都能沾点儿荣光。于是，这五个人，包括李四在内，都是点头跟着乐呵，捧着刘宝财说，跟着刘宝财吹。

在辽西省公安厅，乌兰厅长的办公桌对面坐着马云龙和王东山。这三个人连汇报带讨论的，却没有一丝乐模样。刚才，马云龙把这次大漠中解救小孟和的战斗经过详细地做了汇报。他感到最大的收获是找到了地图的另一半，现在可以毫不费力地抵达石窟的所在地了。

他说："只是石窟现在被黄沙盖住了，具体的位置没错。"

让他感到不解的是，为什么半路会杀出赫彪三人，是有意为之，还是偶尔相遇？他现在觉得他的这位长着两条长腿的师弟有点儿神秘。他记得在柴岗子血案中，贾三的供述里也提到过一个细高个儿且有两条长腿的人。这次赫彪又出现了！马云龙的心中有些不安。

按照寺里的规矩，赫彪是马云龙的师弟。但他属虎，马云龙属龙，马云龙私下得管他叫一声"哥"。他在大漠中那一枪，是打偏了吗？厅长怎么看，战友们又怎么看呢？这时，乌兰厅长抬头瞅了瞅有点儿失神的马云龙，觉得总在寻找日军军火库这件事上绕圈子，不如换个角度，换个思路讨论问题。

于是她双眉舒展面色平和地问了一句："你们说这两帮敌特都是金龙派出去找石窟中日军军火库的吗？"

"我看又是又不是，无论是我们侦查听到的还是李二毛他们监听到的，青龙刘达顺一伙敌特的重要任务就是寻找大漠石窟中的日军军火库。这次挟持小孟和去也是找大漠石窟，但是飞行太保赫彪也是去找大漠石窟吗？寻找大漠石窟的命令应该是金龙下达的，难道还有两个金龙不成？不过有一点可以肯定，我们救小孟和的地方离大漠石窟已经不远了。小孟和指了方向，就在附近。如果带着那半张地图，当时就可以确定军火库的具体位置。"马云龙现在也是一肚子的疑问。

王东山说："两个金龙倒不可能，一个金龙要几样花招倒可能。"

"有没有这种可能，金龙在半路上修改了他的'秋山计划'？赫彪几人真实目的并不在大漠石窟上，那他们又去干什么呢？"马云龙的双眼中闪耀着智慧的光芒。

"这种可能也不是没有。军区吕副司令员说，四道梁前线的国民党N师因天气奇寒，士兵冻伤，部队减员，停止了进攻。如果‘秋山计划’直接联系着前线的国民党中央军的进攻，有些问题就解释开了。”乌兰厅长点着头说。

王东山说：“那怎么着，我们还是守株待兔？”

乌兰厅长坚定地说：“那我们就积极寻找战机，然后待机而动。现在有一点可以明确了，我们在制订‘西林1号’侦破方案时，是把娘娘庙‘小神仙’案、西林城老百姓出逃案与‘秋山计划’、日军军火库案并案侦破的，现在看来这些案子就是一个大案，是以金龙为首的国民党特务对我们新生政权的破坏案，我们要积极行动，彻底粉碎国民党反动派明和暗两条战线的进攻！找到大漠石窟的位置和道路的事，要严格保密，待请示军区和省政府后再行安排。”

接下来，乌兰厅长又将军区和省里有关过年的工作安排说了，要求一支队按要求做好安排。马云龙诙谐地说了一句：“厅长要不说，我都把过年这事儿忘了。”

这天夜里，吴东朔给金龙发的电报是：“先生，根据保密局要求和下面各站点的请示意见，过年期间在敌占区是否给共党闹出点儿动静来？”这份电报发出去不久，金龙的回电就来了：“来电收悉，通知各站点，少安毋躁，蓄势待发，另有安排。保密局毛局长处，已另行报告。又及，正月某日你我会面，时间、地点另行通知。你先与许登谋会见，了解N师明春之作战意图。”

吴东朔抬起头眯眯眼朝向天花板，收起电报叹口气：“唉，安分得住吗？兄弟们也得有钱过年哪。”

很快，中共冀燕赤军区、辽西省政府亦就大漠石窟日军军火库位置的确定，做出专项指示，要求辽西省公安厅公安总队派出专门小组，严密监视大漠石窟，待年后打开石窟取出窟中军火。

第八章　龙虎厮杀突发枪声

1947 年的年节，在共产党八路军和老百姓这边，注定是喜庆繁荣快乐而又紧张的。

前方在打仗，国民党大军压境；后方国民党特务无孔不入地搞破坏，还有土匪四处流窜抢劫……从冀燕赤分局、军区到辽西省委、省政府，再到各部门和各旗县，每个人的心里都随时绷着打仗和防备敌特、土匪破坏这根弦。

这从冀燕赤军区的兵力安排上也能看得出，四道梁前线安排了热北军分区和热北骑兵师一团，西林城附近则安排了热北骑兵师二团、三团，还有新调防过来的赤岭县支队。有这些部队驻着，即使是大股土匪也不敢轻易倾巢行动。

这一年，从省公安厅、公安总队到旗县治安科、公安队，形成了强有力的社会治理安全系统，乱世中那些杀人、放火、抢劫、偷盗的社会乱象少多了，小股土匪已经不敢明抢明夺。公安队已经成为热北社会稳定的压舱石，正式出现在政治舞台上。

就连那两帮最大的土匪也改变了战术。

腊月二十五了，趁人们放松了警惕，白辉匪帮派些土匪下山跑到离山寨近一点儿的草原上抢了些牛羊就赶紧跑上山去了。再也不敢像以前那样，在一个地方烧杀抢掠胡作乱闹好几天。临近年根儿那几天，老柳树筒林子中的老二嫂匪帮则化装成八路军，天一大亮就到林子附近的一些村子说："过年了，打仗哪，部队顾不上，你们各家各户把年糕、豆包、猪肉、粉条子一家凑全点儿，老百姓过年，部队也得过年啊。"老百姓心善，同时也没法儿甄别他们的真假，家家拿点儿，一个村子就是几口袋，驮在马背上就进了老柳树筒林子。有的村农会主席精明，偷偷派人跟在后面看个清楚，跑回来跟大家伙一说，这才知道上当了。

土匪嘛，到了穷途末路的时候就啥招都想了。

这些情况，自然是村里反映给区里，区里反映给旗县里，旗县再反映给省里。大年三十了，乌兰厅长还接到土匪到各村行骗的报告。

热北地区的人口有百分之九十以上在农村和牧区。共产党领导的土改和牧改，让广大劳苦的贫下中农、贫下中牧头一年实现了"耕者有其田，牧者有其畜"。广大人民群众的生产积极性有了，生产力得到了解放，自然使社会经济繁荣，西林城呈现出一派物阜民丰的大好景象。

那时的西林城还是平房的世界，或是青砖灰瓦的建筑，或是土坯穿靴戴帽的结构，楼房只有那么两三幢。按现在讲，只能算一个农村的集市。从腊月二十三小年开始，这里便年味儿十足了。只见家家户户大烟小气的，水蒸气遇到寒冷的空气凝成细小的水滴变作白乎乎的雾气从房门口喷涌而出。

"蒸豆包，撒年糕，老婆孩子闹吵吵"，孩子们跟在娘的屁股后面眼巴巴地望着锅里，等着那锅盖上熟了的黄灿灿的年糕和豆包。此起彼伏的是猪的哀鸣声，是人们在杀年猪。无论是大人还是孩子，都在用贪婪的眼神望着锅里"咕嘟咕嘟"煮得冒泡的猪肉、猪血肠、杀猪菜。大人孩子都在使劲地抽动着鼻子，闻着那随着热气飘出的特有肉香。

年啊年，热北人企盼过年，好像一年三百六十五天的劳累，三百六十五天的节衣缩食省吃俭用都在为了过这个年。

按照热北的习俗，正月初五前是亲戚朋友间拜年的时间，晚辈要给长辈磕头作揖说上拜年祝福的话。长辈们也不能白受这个拜年礼，得掏掏腰包，大小给个红包。孩子们都愿意跑出去拜年，到外边拜一圈儿回来时，总能满载而归。每个人的衣服挎兜都是鼓鼓囊囊的，大多是些糖果、落花生之类的吃食。

过了初五，也叫破五，大街上渐渐热闹起来了。老爷庙前的杂耍，吸引了不少女人和孩子们前来围观。城隍庙前的红枪会武功表演，也招引着一群人围观喝彩。尤其是红枪会大首领邱处虎，能将朱砂写在黄表纸上的符咒烧成纸灰吞下肚中再张口喷出火来，引起人们的惊呼。红枪会的会众们亮出刀枪棍棒和七节钢鞭，或对打或独斗，都想借机展示一下自己，也乘机发了不少消灾攘祸的符咒，吸收些新的会众。

西林城最热闹的还得说是正月十五娘娘庙前的秧歌会。不知从什么时候开始，在娘娘庙前的广场和大街上举办正月十五秧歌会，会动员起全城的男男女女老老少少前来看热闹。今年不同往年，县政府老早就下了通知，要办历年来最热闹最喜庆的秧歌会。

正月十五这天，乌兰厅长和马云龙、王东山也算是忙里偷闲地穿着便装来到娘娘庙前。但他们都带着枪，可以随时投入战斗，各支队都分了警戒任务。

西林县政府朱彤县长、张文儒副县长、乌力吉科长都是一身灰布军装来到娘娘庙前的小广场上与民同乐。马大山背着枪跟在后面警卫，毛三檩则肩上背着个钱褡子紧跟在首长和领导们的身后。这种叫“钱褡子”的布袋，是一种长条状的口袋，用结实的白色帆布做成，袋口在中间，装上东西后可搭在肩上或牲畜背上，使用起来很方便。

西林城的秧歌会受东北大秧歌的影响，多由地面上的那些有影响的热心人出面牵头儿组织，参加表演的多是年轻人。在每支秧歌队前面都有一个能说会道又会唱的人当领队，称作“伞头”，秧歌队的后面是打鼓打钹敲锣吹唢呐的。在扭秧歌时，人们腰扎彩带，手执带端，随着鼓乐的节奏迈着舞步，扭动身体，彩绸飞舞，花团锦簇，引来围观群众的阵阵掌声和叫好声。

这时，朱彤等人也站在人堆里看热闹，毛三檩走过去把一个伞头拉到一边说了几句悄悄话。那伞头立时笑着点点头回到队伍中，举着手中的黄油布伞唱道：“今年过年不一般哪，二郎神刚牵走了哮天犬，家家肥猪就趴满圈哪。”

他每唱一句，后边的鼓乐队就“锵布隆咚锵”地敲打一阵：“这都是共产党领导得好哇，共产党的朱县长就在咱们身边哪！”“锵布隆咚锵……”锣鼓声刚过，那伞头又一个转身一抱拳面向朱彤方向唱道：“都是共产党领导过上好日子哇，我们秧歌队给县长拜个年哪！”

经伞头这么一唱，人们瞅向了朱彤等人这边。朱彤县长笑得合不拢嘴，抬起右手向大家招手示意，双手抱拳：“给父老乡亲们拜个晚年！”立时在人群里掌声响起。“县长拜年不晚，还没出正月呀！”人们笑着，喊着。

这时，又过来一帮踩高跷的人。肥大的彩色裤筒盖住了踩在脚下的木腿，伴随着锣鼓点扭着腰身，有节奏地前行。从踩高跷穿的戏装看，有扮演《白蛇传》中的青蛇、白蛇、许仙的，有扮演《西游记》《水浒传》戏中的主要人物的。紧跟在高跷队后边的还有划旱船、跑小车子的。那旱船和小车都是用细木料制成架子，上设彩篷，下罩白布围子，画上波浪或车轮。表演者用布带子挎着这种船架子或小车架子，舞动起来如行云流水。

在小车、旱船队伍里还穿行跑动着一种叫“小跑驴”的行当。“小跑驴”的做法与旱船和小车子的做法差不多，用竹子扎成的“驴”背上有一开口，表演者站在开口里，用带子将“驴”挎起来进行表演。表演者扮成年轻小媳妇儿，怀中抱一“娃娃”，形似骑在驴背上。另有一男青年扮成“傻柱子”，执鞭赶“驴”，表演“傻柱子接媳妇儿的故事”。在锣鼓声中，两个表演者要合作做出“过河”“上坡”“陷泥”等情节。“小跑驴”诙谐幽默极富民间情趣，尤其是“傻柱子”憨态可掬，引来围观者阵阵欢笑声。

此时的朱彤县长已完全沉浸在与民同乐的欢笑中。他大声地喊着：“小毛，小毛，给各表演队发慰问品！”毛三檩忙不迭地跑进场地里，每一个表演队都给了一小沓边币，还有一挂鞭炮和一条炮台烟，这些物品还是年前让云岭贸易货栈从天津搞过来的。各表演队收到慰问品，备受鼓舞，更是撒欢似的扭起来。在演出达到高潮时，又是那位伞头高声喊道：“朱县长给我们讲几句话吧！”

朱彤咧着嘴笑着，沉浸在兴奋之中，回头问张文儒：“老张，你说两句吧！我净说些大实话，没你们文化人说得中听。”朱彤在小时候给地主放过牛，扛过活儿，就是没念过书，直到参加了八路军才识了几个眼目前的字，念抗大时又突击学了点儿文化，所以他并不是谦虚，说的也是实话。张副县长一只手扶了扶眼镜，另一只手赶紧摇晃：“那可绝对不行，还是县长的话更贴近老百姓。”

朱彤县长摸了摸下巴，不再推辞：“那我就说两句……”这时，站在后面的马大山机警地向周围的人群瞅了瞅，毛三檩则跑到场子里喊道：“大家停一停，朱县长要讲话啦！”

朱彤咳嗽了两声，清了清嗓子：“各位父老乡亲，大过年的，得说点儿吉利话、过年的话，前方打打杀杀的事儿我就不说了。今年是猪年，就先祝今年家家肥猪拱门吧。”人群里爆发出一阵热烈的掌声，还伴着叫好声，朱彤县长更加兴奋，“今年咱们把生产搞上去，让家家户户的小日子过得更好。于民副省长有个提议，要发展畜牧业，我那天看见街上有人牵的山东大叫驴挺好的，所以我也有个提议，我们要发展大叫……”这时就听“噔”的一声枪响，朱彤县长头上戴的那顶狗皮帽子被打飞了。

说时迟，那时快，张文儒副县长大喊一声：“快保护县长!”猛地扑了过去，推倒朱彤，毛三檩也冲上来将身体挡在前面。

“噔”，紧接着又是一枪，打中了冲上前来的马大山的左臂，马大山“哎呀”一声摔倒在地。

乌力吉科长一边瞪大眼睛向四周寻找打黑枪的人，一边高声喊道：“都别乱跑，快趴下!”

立时，秧歌队四散躲避，有两个踩高跷的摔倒在地，拖着木腿往前爬。一些远远看热闹的人只知道出事了却不知道出的什么事，都在愣愣地瞅着娘娘庙前的小广场。

乌兰厅长和马云龙一行人刚好路过，听到了枪声，也看到了娘娘庙前的混乱，还是马云龙在第一时间做出了反应：“不好，秧歌会那儿出事儿了，王支队长保护好厅长，张树林你们跟我来!”王东山立刻让几名公安战士站在乌兰厅长的周围，马云龙则带着张树林跑向了娘娘庙前的小广场。

小广场上一片狼藉，五颜六色的戏装、旱船、小车子、跑驴、高跷腿、鼓钹等道具和乐器扔得满地都是。张文儒和毛三檩还傻傻地趴在朱彤的身上，马大山仄歪在旁边，还用一只手握着枪。乌力吉一边警惕地举着枪四处张望，一边倒退着往几人跟前靠近。

马云龙跑到朱彤和马大山跟前，弯下腰大喊着：“快检查，看伤在哪里了，准备急救!”这时，那些伞头们也都缓过神了，跑了过来。马云龙先扶起了张文儒，毛三檩也自己爬了起来。

朱彤是上过战场的，还曾负过伤。他不待人去扶自己就摸着脑袋站了起来，满不在乎地说道：“不就是国民党特务打了黑枪嘛，多大个事儿，看看谁受伤啦，我这儿没事儿，也就是让子弹烫了一下，觉着热乎燎的（热北方言：热乎乎的）。”

张文儒也恢复了正常，双手正了正眼镜，称赞道："县长真是泰山崩于前而色不变，大将风度啊!"

马云龙说："朱县长也挺危险的，要不是张副县长把你扑倒，马大山中的这一枪就打在你身上了。"朱彤"哈哈"一笑："怎么还有这事儿?"他回头瞅了瞅张树林正在给马大山包扎，还开起了玩笑，"怎么，人家特务打我的枪，子弹咋跑到你身上啦?哈哈哈……"

"你还有心开玩笑呀，要不是张副县长扑倒你，你都可能光荣了。"乌兰厅长也到了，顺便调侃了一下。见到乌兰，张文儒大概想到写的那两封信，显得有些局促不安。

乌兰把头发向后掠一下，问了一句："发现打黑枪的特务没有?"马云龙说："还没有，从射击的角度和弹道看，特务应该是在马路对面房顶上打的枪，而且打完两枪就跑了。"他说着又竖起拇指单眼吊线和对面比量一下。乌兰见马大山负伤了，关切地问："小马伤得怎么样?"马大山忍着疼痛说："伤着胳膊了，没大事儿。"乌兰说："受伤了，怎么叫没啥大事儿呢?马上送军区医院!"张文儒在身后喊了声："小毛，按厅长指示，快叫几个咱们的人把马大山同志送军区医院。"

朱彤朝着那几个围拢过来的伞头说："刚才这秧歌扭得不错，招呼大家接着扭。"几个伞头连忙跑着去招呼人了。马云龙朝王东山使了个眼色，两个人走到一边，低声商量了几句，然后又向乌兰厅长做了汇报。

乌兰扭头对朱彤说："老朱呀，马支队长他们想去对面的房子看看，你看你们谁参加。"朱彤大大咧咧地说："谁参加?乌力吉科长呗，你这个治安科长可得干点儿啥了。"乌力吉瞅了张副县长一眼，张文儒点了点头，这才有点儿不情愿地走向马云龙，嘴里还嘟囔着："县长交给我的任务，我就执行呗。"

娘娘庙前的小广场上就剩下乌兰、朱彤、张文儒和王东山了。朱彤这才气呼呼地说了句："他奶奶的狗特务，竟敢打我黑枪，也不挑个时间，把挺好的一场秧歌会给搅了。”

乌兰对此又是气又是乐：“朱大县长，那你提前给特务们发个通知呀，就说正月十五秧歌会，我朱某人参加并讲话，特务就不来打冷枪了。”

张文儒“呵呵”笑着说：“有道理，有道理。”朱彤白了一眼：“张文儒同志，现在就胳膊肘往外拧，还早点儿吧？看在你刚才又舍命救我一次的分儿上，我就不多说啥了。呃，还有毛三檩同志紧紧地趴在我身上，又救了我一次。”

乌兰立刻严肃起来：“老朱，说点儿正事儿，现在各旗县比较一下，还真就你们西林县的县大队和公安队力量薄弱些。分局、军区，省委、省政府终有一天要撤走的，你们不加强地方武装建设怎么能行啊？”

“是啊，是啊，这件事儿张副县长也跟我说几次了，我也向军区吕副司令员报告两次了，都因为头齐脚不齐的，没整成呀。这不前方一打仗，就又搁下了。”朱彤叹气说着。

乌兰说：“这次特务打黑枪，上次给骑兵师战马投毒，都说明西林城敌特的活动是很猖獗的，我们都不能掉以轻心啊。好啦，我们回去了。”

王东山在一旁说：“支队长他们上房了，可能发现了什么。”马云龙带人走后，王东山的眼睛像是用线给拽过去了，一直盯着对面房顶上的一举一动。乌兰等人一听这话，也都转身抬头望去，见马云龙和张树林正蹲在房脊上比画着什么。

马云龙根据他比量的方位带人走进了马路对面的一座院子，主人是个老头儿，姓郭。乌力吉拿出了证件，把马云龙也介绍给了老郭。

马云龙问道：“郭大叔，你听着房顶上有啥响动没有啊？”

老郭说：“没有啊，这些天人们净放爆竹，也分不出啥是啥来。”

马云龙又问道：“郭大叔，我们上你家房顶看看行吗？”

老郭说："行是行，就是大过年的，没处给你借梯子去。"

马云龙扭头问："乌力吉科长，你上去不?"乌力吉忙摆手："我可没那本事。"马云龙说："那我和张树林上去，你在下面看看有什么踪迹没有。"乌力吉说："那行，我在下边看看。"说完还真就满地撒眸起来。

马云龙朝张树林一摆手，二人"噌噌"地先跃上靠房子东山花的院墙头，接着又是一个鱼跃"噌噌"地上了房顶。这一连串的动作惊得老郭大声道："哎呀，我的娘呀，这蹿房越脊的，不都赶上说书唱戏中的飞贼了嘛，共产党八路军里头也有这能人啊!"

在一般人的眼里，那房顶上的瓦让风吹得光溜溜的，分不出哪片瓦有什么特殊。但马云龙从屋脊的东边走过去，在离西山花不到十步远的地方停下来，用手指了指："就在这里，人趴在前坡，枪架在脊瓦上，露半个脑袋，打了两枪，又从西山花跳到两家的伙墙上，然后走了。"马云龙说这话的时候，似乎有一个人就在他的眼前趴下开枪，起身，猫腰逃走了。

"走吧，我们下房看看他留在两家伙墙头上的痕迹吧。"两人从房顶上跳下，果然发现墙头上有一处轻微的擦痕。看着擦痕，马云龙失神了一会儿，自言自语道："难道又是他?这一阵子他是怎么啦，为什么总是出现呢?是因为他武功好，还是什么别的原因?"

马云龙和张树林从墙上下来又回到房前，乌力吉科长还在满地撒眸。他的脚尖好像碰到了什么东西，而那东西又在不经意间恰好被踢到了马云龙的脚前。马云龙何等敏感，低头正好看见，剑眉微微跳动两下，弯腰将东西拾起来装在衣兜里。对面的乌力吉还是一副难为情的样子："马支队长，我在下边好个找，就是啥也没找到，啥也没看着啊。"

马云龙也似乎有意无意地说："没找到没看着就算了，我们在房顶上看到一些迹象，好像是特务开枪时留下的。但是也拿不太准，你回去把这些情况跟县长说一下吧，我们也就回去了。”

马云龙这样说有他的目的，今天这桩枪击案，究竟是偶然发生还是敌特有欲谋的行动？如果是后者，那肯定和西林县政府内部潜伏的敌特有关。尤其是刚才乌力吉的表现，更加重了他的疑虑，乌力吉究竟是什么人？他为什么把敌特枪击的证据踢给自己？他难道有什么难言之隐不成？马云龙越发觉得，敌特真不是他开始想象的那样，抓住个“小神仙”就能把敌特连根拔起。

临走时，乌力吉抬手往西边一指，说了一句：“马支队长，不上我们县政府待一会儿去？这儿离县政府不忒远。有什么事儿通知我们，往后我们西林县的武装力量会加强的，县领导们正商量要收编红枪会啊。”马云龙忙摆手：“这次就不去了，以后再去吧，能加强力量好啊，敌特就不敢这么嚣张了。”

马云龙看着乌力吉消失的背影，剑眉微蹙，露出疑惑的眼神说：“我们也回公安总队吧。”

马云龙回到公安总队，乌兰厅长还在办公室里等他们，就和王东山一起去了。

“什么情况？”乌兰厅长从办公桌后面抬起头，伸了伸手，示意他俩坐下。

“就是在那座房子房顶靠西头的地方开的枪。特务打了两枪后顺着两家伙墙和邻居家房后走的。”说着话，马云龙从上衣兜里掏出一枚子弹壳放在桌上，“特务用的是三八式狙击步枪，打完第一枪退的子弹壳落到房子前的院子里了。从卧倒和下房跳上伙墙的痕迹看，开枪的特务轻功很厉害，应该在我之上。”

乌兰厅长瞅着马云龙一脸不高兴的样子，心中已猜了个八九不离十，便问道：“又是你那位师弟赫彪干的？”

马云龙点了点头，心事重重地说：“从我掌握的情况看，热北还没有第二个像他这样的轻功。据那家房主人老郭讲，他在房顶上打枪，他们在屋里一点儿感觉都没有。他从房顶跳到伙墙的墙头只是用脚尖儿轻轻地点了一下，就加力过去了，这‘蜻蜓点水'的功夫只有他能行。"

王东山说:"那个乌力吉怎么回事?他啥也干不了,这回的事儿没有他?"

马云龙的剑眉微展,目光柔和,郑重说道:"厅长,东山支队长,咱们三人既然是'西林1号'专案组的核心人员,那么有件事儿我就得说了。我觉得对乌力吉这个人,我们得重新认识。我发现他有些事不是不干,而是另有隐情。我现在觉得战马投毒案,他是认为他去办有不利之处,故意把官司推到我这里的。刚才我让他在房下寻找踪迹,这枚子弹壳就是他发现后踢到我面前的。他踢的时候,我发现他脚上的功夫是很厉害的。"

乌兰厅长聚精会神地听着马云龙说的每一句话,弯眉下的那双蛇眼目光灼灼。她的耳边又响起吕副司令员的那句话:"为配合'西林1号'案件的侦破工作,及早搞清楚敌特的'秋山计划',分局社会部已启动'兴安3号'配合你们的行动了。另外,我们的'兴安2号'特工在一次执行任务中神秘失踪,希望你们在工作中给予关注。"

马云龙说完,乌兰厅长也正过神儿来了,极其严肃地说:"这件事儿就说到这里打住,今后我们谁也不许再提起,我会做必要安排的。你们今后在工作中对这位同志要注意分寸!马支队长对这件事儿处理得很好,我们工作的隐秘性和保密性既是工作的特色又是工作的原则,希望你们工作中都要引起注意。"

王东山点点头,目光中多是不解与困惑。

马云龙则迟疑了一下,有点儿难为情地说:"厅长,东山,我师弟赫彪……我是不是……"

乌兰微微一笑:"我知道你的意思,因为有赫彪你还停止工作啦?别胡思乱想了,我们的敌人巴不得你收手退出'西林1号'的侦破工作啊。你放心吧,组织上相信你!我原来倒是担心你让赫彪牵扯住,忽视了'西林1号'的侦破工作。"

王东山说:"就是,支队长你不用多想,我们都相信你。"

乌兰说："过年这些天还是很太平的，只出了今天打朱县长黑枪这一件事儿。但敌特在西林城为什么没有太大的行动？你们二位还得多想多注意点儿。'秋山计划'不会自消自灭，也许敌人正在进行着其中的某一个步骤。今天打黑枪的事儿，我跟朱县长沟通一下，看他有什么反应。"

热北这地方，过了正月十五只算是过了大半个年，剩下的还有正月二十五龙凤日，也称作填仓节，是人们企盼五谷丰登的日子。接下来还有一个比较重要的日子，就是二月初二，"二月二龙抬头"。过年前杀了年猪的人家，猪肉吃光了，但猪头和猪蹄子必须得留到二月初二这天啃。在许多人的心中，只有过了二月初二，这个年才算过完。

这些天，乌兰厅长对各支队的工作盯得很紧，表面上看，是因为逢年过节容易懈怠。实际上，这是乌兰厅长将自己的想法说给于副省长后，二人都在思想上绷紧了一根弦，敌特可能要有什么大的举动，公安厅公安总队这边应有备无患。

马云龙和王东山相继去了几次西林县政府的治安科，但打朱县长黑枪的案子在侦破上并没有什么进展，赫彪这个人也再没露面。张文儒副县长听说马云龙来了，专门接见，并安排会议让乌力吉科长做工作汇报。马云龙说，乌兰厅长非常重视这个案子，责成他专门负责，希望西林县政府有什么线索及时和他沟通。

张副县长用手扶了扶眼镜说，对于西林县政府治安工作而言，再没有比自己县长遭袭击的案子更大的了。为此，西林县政府已经成立了一个由他任组长，乌力吉为副组长，毛三檩、马大山等同志为成员的专案小组。现在又有马云龙支队长的指导，相信此案指日可破。张副县长语调平缓，富有磁性，容易让人接受。

乌力吉科长则一再表示，他一定不辜负上级首长的工作安排。马大山同志的伤还没痊愈，已经派毛三檩带人做过几次调查。但是这个飞贼有影无踪，现在还只处于调查阶段。下一步准备增加调查人员，扩大调查范围，在张副县长的正确领导下，一定尽快将案子侦破。

马云龙见西林县政府从副县长到治安科长都在办打朱县长黑枪的案子，只是眼下暂无结果，也不能说什么。

然而，多事之秋常常是摁下了葫芦又起来了瓢，甚至是葫芦还没摁下，那边又拱起来个瓢。这边还没等马云龙把打朱彤县长黑枪的刺客找到，他自己却惹上了官司，有一桩破事又给他粘上了。

这天中午，在西林绸缎庄西边的悦来酒馆，坐着两个穿灰布军装的八路军。这两个人已经喝了一瓶六十度的“烧刀子”白酒了，又要了一瓶。进酒馆时，他俩自报家门说，他们一个是赤岭县支队的三连长，一个是四连副连长。

赤岭县支队驻在西林城西二十里路的松树山村。

在抗战时期，我党派共产党员鲁大海在赤岭郊区成立了一支抗日游击队。苏联红军进入赤岭，伪满政府分崩离析，这支抗日游击队趁势壮大，由原来只有二百多人两个连的规模扩编成有五百余人的大队伍。

这支队伍的原有人员依旧编成老一连、老二连，新扩编的人员编成新三连、新四连和一个骑兵连。新扩编的这三个连主要是收编了一些伪警察、伪国兵，甚至有些日伪时期搞过点儿抗日活动的小土匪绺子，存在着人员复杂、成分严重不纯的现象。

当八路军冀燕赤军区发现这个问题后，下决心要对这支队伍进行整编，还派去了陈刚政委。但整编刚开始，国民党A军团N师便大举进攻热北地区了。冀燕赤军区为防意外发生，就将赤岭县支队从赤岭郊区移防到离西林城较近的松树山村，继续对部队进行整编。

酒馆中的这两个人把第二瓶烧刀子酒喝下去的时候就有点儿没人样儿了，对端菜倒酒的王花花动手动脚。他俩乜斜着眼，满嘴喷着酒气，一人拉住王花花的一条胳膊：“不，不用管他叫，叫连长，叫他李大牙就中。”“妞，妞啊，甭，甭叫他副，副连长，叫，叫他王三秃子。”

说着，李大牙和王三秃子的臭嘴就往王花花的脸上乱拱，惹得王花花大声哭叫起来。悦来酒馆的王老板在后厨听到女儿的喊叫声，热北人的那股子血性顿时就上来了，抄起菜刀就跑了出来：“操你个妈的，酒喝人肚子还是喝狗肚子去啦！”抡起菜刀直扑李大牙和王三秃子。

李大牙、王三秃子的酒劲立时吓醒了一半，拔出手枪，举起来就“啪啪”打了两枪，子弹从王老板的头顶上飞过，射进了身后的泥墙里。正巧，乌力吉科长带着公安队的几个人正在街上巡逻，走到悦来酒馆门前，突然听到了枪声和叫骂声，便喊了声：“有情况！”带人就冲了进去。

王老板见来了公安队，把菜刀一丢，跪在乌力吉科长面前：“乌科长啊，可得给小民做主啊！这俩人光天化日之下，调戏我闺妞儿，还向我开枪。你们晚来一步，我的小命儿就没了！”乌力吉当即下令：“把他俩的枪下了，人带回县政府去！”

李大牙走进县政府的一楼走廊还在大声嚷嚷：“赶紧把我放了，我是赤岭县支队的三连长！”这喊声惊动了毛三檩。

毛三檩是个会来事儿又会整事儿的人，见乌力吉科长从外面带回了人，眼睛眨了眨，连忙跑到跟前悄声问：“李大牙呀，你这是咋整的，咋还整到这份儿上了呀！你不是马云龙的亲戚嘛，他现在可当上公安厅的支队长了，还有那个马大山在我们这儿，正月十五那天受伤住院去了。”

李大牙一听这话，忙给毛三檩作揖道：“毛兄弟，我那两个小舅子跟我不是一个心情，还得你救我呀！咱们可都是一个村的，这个情我李大牙记下了。”毛三檩二话不说，拍了拍胸脯，小声说：“我去说说看。”说着，他便三步并作两步跑去二楼了。

不一会儿，乌力吉科长被张文儒副县长叫上了二楼。这两个人嘀咕了一阵子，又一同去了朱彤县长的屋里说了拘留李大牙和王三秃子的经过。张文儒副县长说这事儿他感到有些为难："县长你看，刚和公安厅、公安总队把工作通顺了，又出了这事儿。咱们虽然讲究原则公事公办，可马云龙支队长那里终是不好交代。马云龙也会认为，打你黑枪的人找不到，我们在小题大作。所以，我认为，这事儿还是大事儿化小，小事儿化了更好。可不管怎么着，这事儿还是县长拿个意见吧。"

朱彤说："没伤着人是吧？喝酒的人要要酒疯，多大个屁事儿。把马云龙叫过来问一问，要真是他姐夫，就放了吧。赤岭县支队正在搞整顿，咱们就别火上添油了。"

张文儒说："那我就告诉马支队长一声，咱们也算是主动地展示一些诚意嘛。"

朱彤说："行，这事儿你们就看着办吧。"

不到一个时辰，马云龙得信儿就骑马过来了。乌力吉给他打电话时说，朱县长找他有事儿商量。马云龙还以为是打黑枪的案子有了着落，可等他来到西林县政府，乌力吉科长却陪他去见了张文儒副县长。

张副县长很热情，先是说了些调查打黑枪的事儿，最后小心地问道："你和赤岭县支队的李连长绰号李大牙是亲戚？"马云龙不知怎么回事儿，便回答道："是，他是我的一个叔伯姐夫，怎么还扯出他来了？打黑枪有他？"张文儒忙摇头："不，不，你想多了。他们两个人中午在悦来酒馆喝酒喝多了，现在处理完了。他说他是你姐夫，这么说他还真没撒谎，那你就把他们领回去算了。"

马云龙说："我这个姐夫伪满时在警察署做事儿，酗酒是家常便饭。怎么？这回喝醉酒没闹事儿吧？"

张副县长说："没什么事儿，那乌力吉科长你就带马支队长把李连长他们俩领出去算了。"

乌力吉瞅了瞅马云龙，见他迟疑了一下，便说："马支队长如果有话要说，那我就先下去了。"

马云龙眼珠一转，立刻说："行吧，我没别的事儿，和你一块儿下楼。"

到了一楼，乌力吉"哼"了一声，小声说了句："你这位姐夫也挺不让人省心的，出去后你得好好说说他。"马云龙突然间想到正月十五勘查打黑枪现场时，乌力吉用脚踢子弹壳的事儿，心中便有了想法。

到了拘留室，乌力吉科长就要开门放人，马云龙伸手制止道："慢，我问问他再说。"

李大牙一见到马云龙，非常欣喜："救星来了。"马云龙笑道："我听说你又惹祸啦？"李大牙满不在乎地说："也不算惹啥祸，喝高了，我俩拽拽小闺妞儿的手，见她爹拿菜刀上来了，就掏出枪打了两枪，我都没往他身上打。要是早几年我在警察署那工夫，早把他们收拾了。"

马云龙立刻剑眉紧蹙把脸一沉："江山易改，禀性难移。我看多关你两天对你没啥坏处。"说完，扭头就走。李大牙在拘留室里用手拍着铁栏杆大声骂道："马云龙你个王八蛋，你是想让我死了，给你那叔伯姐姐再找个主儿哇，你他妈的想得美！"不管李大牙怎么喊叫，马云龙头也不回地出了县政府的大门。

然而，只这一个下午和一个晚上的时间，西林县城就满大街地传开了李大牙、王三秃子的事儿。人们议论纷纷，说他俩在悦来酒馆喝酒喝醉了，要强奸王花花。老王头儿拎着菜刀出去拼命，让李大牙开枪打伤了。县政府把李大牙和王三秃子给抓起来了，正要枪崩，省公安总队支队长马云龙是他俩的亲戚，去找了县长，就把李大牙和王三秃子给放了。

西林城不大，省政府公安厅马云龙徇私舞弊放李大牙、王三秃子的事很快就传遍了。有一些人就说了，甭听共产党说这好那好，到啥时候也是朝中有人好做官，厨中有人好吃饭。说是王子犯法与民同罪，同了吗？自古到今也就出一个包拯包大人。

悦来酒馆的王老板一听这些传言，火冒三丈，拽上王花花找到公安厅，大声地吵嚷着：“我倒要看看这马云龙是有三头六臂咋的，要是这么整还不如‘满洲国’那工夫说理呀！”

此时，乌兰厅长正手中拿着份文件看着，听到外面的吵嚷声，便摇摇头朝门口喊了一声：“让他们进来吧！”

王老板拉着王花花进屋就给乌兰跪下了：“乌厅长，你可得给俺们家闺妞儿做主哇，这天底下还有王法吗？”乌兰厅长撂下手中的文件，站起身，绕过桌子把这爷儿俩从地上拉起来：“这位大哥，我们不兴这样，你有啥事儿说啥事儿。”

王老板就把赤岭县支队李大牙和王三秃子的事儿说了一遍：“我原以为县公安队把这两个狗日的抓去，得让他俩蹲大狱。我家花花可还是个黄花大闺妞儿，不能就让他们白拉了白拽了。不承想，这李大牙是你们马云龙的姐夫。他听说了，就去把人放了，敢情你们也是官官相护啊。冤有头债有主，我就找你们来了，你们要是管不了，我就找毛主席去！”

乌兰厅长微微一笑：“大哥，你这事儿我管，不用这儿找那儿找的。来人，把马云龙给我找来！”

很快，马云龙就到了。他看见乌兰厅长面前站着的爷儿俩，便问了一句：“厅长找我？”乌兰厅长回身坐到自己的座位上，非常严肃地问道：“你有个姐夫叫李大牙？”马云龙瞅了瞅身边的爷儿俩：“是我的一个叔伯姐夫，一个村子住着。”

乌兰厅长说：“你昨天下午去县政府啦？”

马云龙说：“我去了，正有件事儿，我还没向厅长汇报。”

乌兰厅长把脸一沉，喊了声：“来人！”王东山和张树林应声跑了进来。

乌兰厅长说：“把马云龙的枪下了，送禁闭室检查交代问题！”

王东山上前抽出马云龙腰间的手枪，然后和张树林一人把着马云龙的一条胳膊就走了。

乌兰厅长温和地对王老板说：“王大哥，我们的队伍中决不允许有贪赃枉法的人，我先把马云龙抓起来让他交代问题，再进行调查处理。”王老板作揖道：“乌厅长可真是青天哪！”乌兰厅长说：“那王大哥就回去等消息吧，过两天我们可能会派人去你们酒馆实地调查。”王老板说：“反正就这点儿事儿，还调查啥，我信你了。”

王老板拉着女儿王花花满意地出了西林中学的大门，乌兰厅长朝门外说了声：“王支队长，让马云龙过来吧。”

原来，马云龙昨天下午从西林县政府回来后，总觉得这事有些蹊跷，就把经过原原本本地向乌兰厅长做了汇报。乌兰厅长听完后，说：“李大牙、王三秃子上酒馆喝酒闹事，不一定是有人有意为之。可出了事牵扯上你，让你陷入民事纷争中不得脱身，这可能就是有人做的套。老百姓好认个死理儿，你一时半会儿和他理不清，我看这事儿咱们这么办……”

乌兰厅长和马云龙、王东山把事情的经过又捋了一遍，觉得赤岭县支队像李大牙、王三秃子这样的兵痞还真不少，正在进行整顿，所以涉及赤岭县支队的人要慎重。乌兰微微一笑对马云龙、王东山说：“咱们给他来个四两拨千斤，解铃还须系铃人，你们该干啥还干啥，我这就给朱彤县长打电话。”

马云龙、王东山走后，乌兰厅长给朱彤打了电话，极不客气地批评了西林县，事儿小影响极坏，给公安厅抹黑了。朱彤县长接了电话，也觉得小瞧了马云龙，把事儿整得太庸俗了，便亲自出面找了悦来酒馆的王老板，将事情的来龙去脉解释清楚，并下狠话，要王老板把这事儿和街坊邻居说清楚，不然酒馆就别开了。

王老板清楚了事情的来龙去脉竟十分过意不去，便安排了一桌酒菜要亲自给马云龙赔礼道歉，请了省公安厅和西林县政府的人。马云龙带张树林和乌云丽参加，西林县政府打发乌力吉科长带毛三檩和马大山出席。吃饭过程中，虽然马大山沁着头一副熊样，却和马云龙定下了在悦来酒馆接头的时间。

刚刚给马云龙找了件麻烦事很快就又风平浪静了，可这样一来，让有些人坐不住了。

这天夜半时分，那个细高个大长腿的人进了松树山村赤岭县支队骑兵连连长张同轩住的房间。张同轩五大三粗，一张布满横肉的大脸盘子，一双扫帚眉，一副凶巴巴的样子。他在睡梦中突然感觉有人来到身边，连忙口里喊着“谁”，随即伸出一只拳头抡了过去，另一只手从枕头底下掏出了一把手枪。然后，他身子一蜷，正要挺起身子来，就觉得一阵冷气袭来，自己的两条胳膊一麻，手枪掉在了炕上。

黑暗中，有一个声音低低地嘲笑说：“别整把破枪乱比画，我要取你性命，你脑袋早就搬家了。”张同轩全身颤抖着问：“请问你是何人？”来人说：“我是特派员金龙的信使飞行太保，专程将特派员命令送你，你好自为之吧。”说完，把一张纸扣在张同轩的头上，人却一阵风似的闪出屋去。

张同轩呆愣了好一会儿，这才惊魂稍定，忙喊了一声：“白副连长！”副连长白川答应一声跑进屋来。

张同轩说：“白副连长，你刚才见有人进屋了没有？”

白川说：“没有啊，也没听见门响。”

张同轩小声说：“特派员派人来了，高人哪！我二人丢了性命都不知脑袋让谁割去的。特派员来命令了，看看吧。”接着又把飞行太保来的过程给白川细说了一遍，真让二人不寒而栗。

白川点亮了麻油灯，张同轩拿起那张纸往灯前凑了凑，只见纸上的字迹不甚工整：“管好你的人，警告李、王二人，切莫因小失大。保存实力待变，近期有贵人去你处相助，电台亦将送达你处，大事即将告成。”当张同轩看到这张纸条的落款是“金龙”时，满脸的横肉便绷紧了。

张同轩对白川说：“去把李大牙和王三秃子叫来，还胡作哪！特派员都知道他们的事儿啦！这回只是警告，再有下回命就不保啦。”

没多大一会儿，李大牙和王三秃子便跟在白川身后呼哧呼哧地跑来了。张同轩那满脸的横肉仍然紧绷着，先把特派员的手令拿给李大牙、王三秃子看了看，接着扫帚眉一皱，三角眼一立，骂道："你们他妈的就给我作死吧，眼瞅着就要起事了，就这么几天都憋不住啦？再他妈的出去惹事儿，不用飞行太保来，我先把你们俩的老二割了！金龙爷信使飞行太保那功夫，哼，下我的枪都不当吃根小辣葱，割你俩脑袋还不像切西瓜似的呀！"

李大牙、王三秃子听了张同轩的话也立刻脸上变颜变色，抻着脖子摇着脑袋，口中紧忙地说："属下不敢了，下次再也不敢了。"

现在看来，敌特金龙想的是万事波澜不惊，只待"秋山计划"实行。有目的地整几件小麻烦，也无非是要分散乌兰、马云龙的注意力罢了。至此，敌特的"秋山计划"已见端倪，只是吕副司令员、于副省长、乌兰厅长和马云龙支队长尚浑然不知。

马云龙被泼了一头脏水，刚刚抖落得差不多。让他万万没想到的是，他的师弟飞行太保赫彪在二月初二这天夜间竟又主动打上门来了。

二月初二这天下午，随着"咣啷咣啷"的驼铃声，大漠小牵驼人小孟和牵着一链子骆驼走在西林城的大街上，骆驼背上插的小旗是"隆盛号"。人们都知道，这是承德一家专门做农具生意的厂家。过了年，该是庄稼人收拾农具的时候了，这些买卖人做生意会抓时间。

大街两旁店铺里的人们看着小孟和牵着那头棕色的大公驼，挺着腰杆儿，雄赳赳地走过，立刻就有了说料："甭说谁家离了谁活了活不了的，这老孟和有能耐，可他不在了，这小孟和日子不也过得挺好的。""谁说老孟和不在了，听说他藏到大漠中了，他早先没少给日本人干活儿，这日本人一败，他就躲起来了。""听说小孟和现在的生意比老孟和那工夫还强，整天吃香的喝辣的。""摊上好时候了呗，咱这后大荒只要粮食多了，牛羊多了，啥生意都好起来，用到小孟和的骆驼也就多了呗。"

在小孟和骆驼队的后面跟着隆盛号的老板和几个伙计，他们骑着高头大马。明白人都知道，他们这些人都暗藏着家什，甭说小偷小摸了，就是一般土匪小绺子都不敢靠近他们。今天骑在马上的这几位，我们差不多都见过。

前五天夜里，国民党保密局赤岭站站长银龙吴东朔接到金龙春水先生的电报："小孟和驼队已去赤岭，赤岭隆盛分号农具备齐，汝可按此安排来西林云岭贸易货栈。时间定为二月初二夜，召开龙会，汝速知晓N师下步计划，致电青龙、黑龙参会，并将工作情况告之于我。"

第二天早晨，吴东朔即到国民党A军团N师师部找了许登谋参谋长。许登谋将眼镜片后面的那双金鱼眼眨了几眨才说，现在虽然被保密局免去了热北特派专员的职务，但还是保密局的人。毛局长电令他积极协助赤岭站的工作，他须臾不敢忘记，他的工作必须让春水先生知晓。于是，许登谋便将N师下一步的作战计划的大致情况说给了吴东朔。

吴东朔又去了承德隆盛号赤岭分号，见均已安排妥当，且小孟和驼队已到达。隆盛号赤岭分号的掌柜跟他说，他只要把人安排好就行了，保证二月初二下午顺顺当当地到达西林城云岭贸易货栈。吴东朔更加叹服金龙春水先生的实力。

吴东朔转了一圈，又回到赤岭站找来了胡彪。谭楚山死后，胡彪自然由"反共救国军"的副司令晋升为正司令，死心塌地跟随着吴东朔和许登谋干。如今，胡彪春风得意，满面红光。他接收了谭楚山的一切，包括他那个假妹子，而且，他那个假妹子说话比真妹子还好使，能让胡彪言听计从。如此看来，吴东朔的手段也真有一套，这个什么"假妹子"原来就是吴东朔手下控制人的女特工，大名鼎鼎的榴莲太保"黑寡妇"。

吴东朔无须多言，只跟胡彪说了一句："你跟我去趟西林，再选四位身手好的弟兄。"胡彪乐不得能有这么一份外差，有外差就有外捞儿。这一阵子，"热北反共救国军"新招募了一千多人，他们都在N师的眼皮子底下，什么油水都捞不到，被看得死死的。苏文卿师长竟然把 N 师的一位作训处长派给胡彪当了副司令，天天正儿八经（热北方言：正经）地抓训练，把“反共救国军”都快整成正规军了。这哪是他这个看家护院出身的人能干得了的事啊，于是胡彪一推六二五，部队训练的事全交给了副司令，他反倒落个逍遥自在又快活。

胡彪听完吴东朔的吩咐回到军营，找来了自己的四位老铁，把他们带到赤岭站让吴东朔过目。吴东朔见这四人个个都膀大腰圆，很满意，便嘱咐些该注意的话，又统一到隆盛号赤岭分号换了服装，安排妥了马匹和武器等事项。当隆盛号分号的掌柜亲自把西林县政府的通行证交到吴东朔手里时，吴东朔这才给金龙春水先生回电：“诸事均已妥当。”

二月初二这天，中午便起风了。

这风虽然不大，但车马一过，大街上还是腾起烟尘。人们看到小孟和的驼队从大街上走过，骆驼背上的两只驼峰之间驮着大包小篓的农具，便会想到春天又来了。开了春儿，又得准备种地。老百姓只想着过丰衣足食的安稳日子，谁愿意去想那些包藏祸心钩心斗角的事情啊。

小孟和送完货，一切照旧，点完钱，把钱往怀里一揣，喊一声“走啦”，便上了他的那峰棕色大公驼，领着一链子的七峰骆驼，伴着“咣啷咣啷”的驼铃声走了。人们用小孟和的驼队驮东西，还有一个原因就是相中了他的嘴严实，他从不和别人说货主的事儿。

天黑了下来，云岭客栈的一间地下室成了一处洞天福地。这间地下室与刘达顺的经理室相比，说它豪华亦不为过。乳白色的天棚上垂着一盏金色的枝形灯，浅棕色的正面墙壁上有一大幅蒋介石的戎装画像，对面墙壁上则是一幅大尺寸的意大利文艺复兴时期画家列奥纳多·达·芬奇的油画《蒙娜丽莎》。地面上铺的是猩红色的地毯，有一组红木沙发、茶几与橱柜，茶具也都是景德镇的细瓷。

吴东朔仰着脸眯眯着眼走进这间地下室时，四下里撒眸撒眸，不觉吃了一惊，随口便对跟随的刘达顺说了一句：“真是‘商女不知亡国恨，隔江犹唱后庭花’呀。”刘达顺急忙摇头说：“哪里，仁兄千万别误会，我来这里一年半的时间了，也就是今儿个上午才启封打开这间地下室的门。除了这间，还有一间现在还不能打开，就是这间也是我今儿早晨接到飞行太保送来的密令才敢打开的哟。”

对此，吴东朔没有再说什么，而是问了一句：“警卫工作怎么安排的?”

刘达顺忙把脑袋探过来说：“这是金龙另一道密令上安排的，室内服务是‘玉蓉太保’，地下室出口保卫是‘地虎太保’，房门口保卫是‘瀚海太保’，院门口警卫是‘黑风太保’，李四带人在一里路外警戒。”

吴东朔眯眯着眼叹口气道：“金龙春水先生对下边的情况真是了如指掌啊。贤弟，今天的龙会上，定有大事要议，你切勿多言多语，春水先生不喜欢有主见的人啊。”

刘达顺忙点头：“嗯，谢谢仁兄抬爱。”然后伸出手，将一张纸塞进吴东朔的手里，把嘴巴贴在吴东朔耳边小声道，“这是一万大洋的汇票，仁兄自己买点儿啥吧，眼下这个局势说不上咋样啊。”

吴东朔说：“咳，咳，你看你，咱们哥儿俩还用这个。这局势嘛，是让人难说，你我心里有个数还是对的。”说着话，也就把汇票接过来，掖进衣襟的兜里。

二人正说话间，胡彪在门口报告：“黑龙邱处虎先生驾到。”随着这喊声，红枪会大首领邱处虎威风凛凛地抱着拳走下台阶：“站长大人一向可好，属下这厢有礼啦!”又紧走两步下了台阶，单腿一跪又是一躬。这邱处虎今天头戴黑色混元巾，身穿灰色棉道袍，脚上是双锃亮的黑牛皮靴。

吴东朔眯眯着眼仰着头，故意迟疑了一下，这才伸出双手扶起邱处虎连连说道："兄弟之间何必用此大礼。"

刘达顺忙请二位入座，转身拍了两下巴掌，穿着一身国军少校军服的白玉翠端着茶盘，从屏风后面走了出来。她轻轻放下茶盘后，还郑重其事地给面前的这三个男人行了个军礼。吴东朔半仰着脸眯眯着眼，笑呵呵地端详着白玉翠，称赞道："党国人才济济啊。"然后瞅了瞅刘达顺和邱处虎说道，"我们先随便唠几句闲嗑儿吧，特派员金龙春水先生要夜间一点才能光临这里。"

夜深人静，从街巷中响起了两声木梆子的敲击声，然后就是打更人那苍老低沉的叫更声："半夜子时，防火防盗！"

中共冀燕赤分局和军区在西林中学院内西边的两栋平房里办公，东边的两栋平房是辽西省委、省政府。在院子的大门口和每栋房子前面都有卫兵在站岗，每隔半个小时，还会有一队巡逻兵走过。

从过年开始，马云龙和王东山就决定，他们两个再加上四个分队长执行昼夜轮流值班制度。二月初二这天夜晚，正好是马云龙接替王东山值后半夜的班。那时候，共产党八路军的干部都是讲究"干部，干部，先干一步"，苦点儿、累点儿、难点儿的工作先由干部去干。

马云龙到岗后，先按照惯例在走廊里走上一遍，挨个房间都听一听有没有什么动静。这时，巡逻队刚刚走了过去。在黑夜中，突然有一个高挑的身影从院外跃过后院墙直奔东边第二栋平房最西边一间的后窗户，只几下就把那窗子打开了，探身进到了屋里。

这间屋正是乌兰厅长的办公室。

那来人进到屋后，打亮了一支微型手电筒，满屋扫了一下，然后又蹑手蹑脚地来到卷宗橱的跟前，轻轻地打开橱门，翻找起来，最后从里面抽出两页带文字的纸，揣进了怀里。他还来到办公桌前，一只手举着那个微型手电筒，另一只手拉开抽屉，伸手将一个信封拿起来瞅了瞅，也装进了怀里。正当他准备拉开另一只抽屉时，只听屋外有人断喝一声："谁？什么人！"

屋外的这个人正是马云龙，是微型手电筒微小的光柱泄露了这屋内的秘密。他只从门缝儿中捕捉到了稍纵即逝的一点儿亮光，立时双耳跳动剑眉斜立鹞眼圆睁，断定厅长办公室里进人了。

马云龙连枪也没抽，马上推门闪身进屋，随手把门关上，他要来个瓮中捉鳖。见那来人正站在厅长的办公桌后，马云龙便抢先一步站到卷宗橱的一侧，截断了来人的退路。马云龙心想，这要是小偷小摸也就罢了，要是敌特必须捉个活的。那来人见马云龙进来是要关门打狗，不敢怠慢，一个旱地拔葱跳到了办公桌上。然后，他使出一招"饿虎扑食"向着马云龙打来。马云龙见这个人的个子虽然高大，但行动敏捷，招式凶狠，是一招"黑虎掏心"，便也不敢怠慢，赶忙伸手接招，使出乾坤大挪移的功夫，化解了来人的拳法。

这来人大吃一惊，连忙闪身收回拳头，又一个"蜻蜓点水"飞起身子，将一只脚蹬在墙上，另一只手掌则"呼呼"带风地向马云龙劈来。马云龙见势，不敢有丝毫怠慢，使出一招"骑马蹲裆"缩下身子，又使出"泰山石敢当"将那击来的铁掌推了出去。

武术打斗，高人与高人过手是一种享受。这二人也不吱声，一来一往打了三四个回合，便彼此心中明镜一般，知道自己在和谁过招了。马云龙一闪身，来人一拳打在卷宗橱上，竟将松木门打碎了。

马云龙趁势低声喝问道："来人可是赫彪师弟？"

来人收拳道："那你就是马云龙师兄啦！"

马云龙问道："赫彪师弟，这些年不见，你这是在替谁干活儿呢？"

赫彪说："这你还用问吗，我在给和你们打仗的国民党干活儿。”

马云龙问道：“师弟呀，我不知你是咋想的，你怎么走到了这一步啊？”

赫彪说：“报仇，给我爹妈报仇。共产党杀了我爹我妈，这个仇我非报回来不可！”

马云龙问道：“师弟，你可能误会了。你爹妈是怎么回事儿？”

赫彪说：“不可能是误会，我看到了我爹妈留给我的……”

这时，屋外响起了警报声。

“什么声音？那是哪个屋？”

“乌兰厅长办公室，乌兰厅长办公室进去人啦！”

原来，屋内的响声惊动了卫兵和巡逻队，喊声和脚步声立刻响了起来。赫彪不再说话，又是一个“蜻蜓点水”跳到了马云龙的身后，飞身从后窗跃出。马云龙转身跟到窗前时，赫彪已跃过院墙消失在黑夜中了。

马云龙知道追出去也无济于事，叹了口气。很快，整个大院里的人都知道刚才有人潜入了公安厅乌兰厅长的办公室，并和马云龙支队长打斗了一场。

乌兰厅长倒背着双手，阴沉着脸，瞅着窗外漆黑的夜空，好半天才回过头来，对站在办公桌前的马云龙、王东山说：“敌人竟然打上门来了，马支队长你肯定来人就是赫彪吗？”

马云龙低着头，十分肯定地说道：“五台山十二棍僧的看家拳，师父只教了我俩。”说着，他回身指了指破损的卷宗橱门说，“打碎这种红松木板，没有千斤的拳力是不可能的。在寺里时，我轻功不如他，他拳脚不如我，现在看这两样他都超过我了。”马云龙说到这里，抬起头红着脸说，“厅长，来人的确是赫彪，我们俩已经过话了，他说他这一切都是为了报仇。”

乌兰问道：“报仇？他报的什么仇？你不是说他是爹妈把他寄养在亲戚家的吗？”

马云龙说：“他说是共产党杀害了他的爹妈，还有证据。但还没等他说出是什么证据，外面警卫发现了我们，他就跑了。”

王东山摸了摸脑袋，咧了咧嘴：“也就是支队长在这儿，要是我遇上他，就我这两下子，还真不好说呀。”

乌兰厅长说：“这事儿越整越复杂了，那么赫彪来我办公室究竟是为了什么？难道我的办公室里有他爹妈的什么材料？不是，极大可能还是‘秋山计划’和石窟军火库的材料。可这样的文件我能放在办公室里吗？我一会儿清点一下，看看少了什么文件没有。”

最近发生的这几件事情说大不大说小不小，真是让人闷在葫芦里了。那么敌特到底是要干什么呢？怎么事事都与马云龙相关联呢？是巧合还是有意为之？乌兰厅长的头脑中此时还真就找不出确切的答案，感觉眼前的这场敌我斗争越来越扑朔迷离了。

在云岭客栈的地下室里，提前到的这三个人等得有点儿不耐烦了，黑龙邱处虎甚至打了个哈欠，伸了个懒腰。银龙吴东朔抬起手腕，眯眯着眼瞅着手表说：“按说特派员金龙春水先生应该到啦，这马上就一点了……”他眼瞅着手表上的时针指在表盘的“1”上了，秒针、分针也都指在了“12”上。

吴东朔正要张口说什么，突然听到一声铃响，对面墙上那幅《蒙娜丽莎》油画像连同那面墙壁随即向一边移去，令在座的三个人顿时目瞪口呆。随着这面墙壁的移开，一个坐着轮椅的人出现在房间的正中央。只见他一身的国民党少将呢质军装，右手的大拇指上套着一枚金光闪闪的扳指。令人大惑不解的是，这个人的头上居然戴着面具，面具是一副敦厚和善慈祥的长者模样。他说话的声调与他的面具是一样的，低沉而柔和还带有磁性：“让各位久等了。”

吴东朔先是一愣神，紧接着就有了一种不寒而栗的感觉。他马上带头起立，立正敬礼。官大一级压死人，唯恐刚才说了僭越的话，这可是隔墙有耳啊。白玉翠也连忙跑过去，敬了一个军礼，然后从屏风后推上一张茶几，毕恭毕敬地摆放在面具人面前。

这个人正是国民党保密局热北特派员金龙王春水，春水先生！他抬手扬了扬，把假面具扶了扶：“都坐下说话吧。”见三人落座，这才又说道，“召开一次龙会，把今年要干的事儿商量一下。先由吴站长把国军那边的大致情况说一下吧。”

银龙吴东朔连忙站起身来，朝着金龙春水先生鞠了一躬，这才仰着脸，眯眯着眼，将国民党 A 军团 N 师已进攻到四道梁，但因天气奇寒，部队的南方兵自然减员严重，不得不停止进攻的情况说了一遍。然后，他又把从许登谋参谋长那里得到的 N 师下一步作战意图做了介绍，重点提到 N 师要在五月一日前后向共党热北军分区发起大规模进攻，以达到全部消灭中共冀燕赤分局和军区之目标。为此，N 师师长苏文卿将军已向华北“剿总”报告，届时会以空军火力支援。此外，鉴于 N 师非战斗减员过多，军政部已同意 N 师可就地募兵，批准“热北反共救国军”扩大到三千人，等等。

金龙春水先生将脸转向黑龙邱处虎：“邱兄弟那里呢？将来你和刘兄可都是‘反共救国军’的副司令啊！‘秋山计划’实施，红枪会举义是大头儿，你那里可是关键的环节，我想听听你那里现在有多少会众，都在练些什么。”

黑龙邱处虎一听让他也说说，而且是在吴东朔之后，既兴奋又紧张，汗水从头顶上淌了下来。但多年闯荡江湖的经历让他马上明白了金龙想要听什么，自己该说什么。于是，邱处虎站起来一抱拳：“无量天尊，要说这红枪会会众嘛，眼下热北地区除了西林总坛，还有十一个分坛和三十二个小舵，召集三万两万的没问题。就拿西林城来说吧，你张口一招呼马上就能来三千两千的，下面村子里西辽河沿上的偏坡营子就有会众千人。”

黑龙一边汇报着，一边偷偷拿眼往前面看着，那张假面具在微笑着，越加和蔼可亲。他又斜眼往旁边瞅了瞅，银龙吴东朔、青龙刘达顺似乎也都在聚精会神地听着，于是说话的兴致顿时大增。

黑龙邱处虎以为大家都欣赏他说的话，于是讲起来更加无遮拦：“至于练的功嘛，刀叉剑戟棍棒钢鞭，五花八门。偏坡营子村守着西辽河，他们的分会首领黑三兄弟还带领会众在河上练起‘水上漂’功夫。”

听到这儿，“扑哧”一声，青龙刘达顺终于憋不住笑出声来，银龙吴东朔也咧了咧嘴。

“行啦，练的什么功就不用细说了，我主要想听一听人数和组织机构。很不错嘛，短短一年多的时间就有几千几万的会众，真的很不错。”金龙说着，又把脸转向青龙刘达顺，“你那块儿的情况我都知道了，就不用说了，很不错。接下来我就打算从你这块儿说起。”

青龙刘达顺此时的心里别提有多紧张了，那张大圆脸绷得紧紧的。他这里净干些砸锅的事，找了一年的大漠石窟也没找到，正准备硬着头皮挨训。金龙不让他说就等于放他一马，心中刚宽松一下，又听金龙说从他这块儿说起，心一下子又吊到了嗓子眼儿。

金龙抬手扶了扶假面具，假面具上依然是一副笑容可掬的样子，但说话的声音显然提高了许多：“这个大漠石窟我们找了一年多也没找到，那现在咱们就不找了，因为共军也在找。原来在共军不知情的情况下，我们找到军火库就是我们的。但现在就算我们找到了，一个旅团的武器弹药啊，我们能看得住吗？所以莫如引共军去找，他们找到后运回西林时我们再取一部分也就够用啦。我们坐享其成，又何乐而不为？所以我们就创造机会引导共军去发现大漠石窟的日军军火库，瀚海太保刘宝财立了一功。”

那柔和的带有磁性的声音顿了顿又非常自信地说：“即使是共产党找到石窟，要打开固若金汤的军火库也不是易事，密钥丢失了，燕山太保并没有说马云龙拿到密钥。想打开军火库的大门也是件难事，得炸掉半拉石山，才能进入军火库。可军火库是那么好炸的？引爆了一颗炮弹，就是天摇地动的事。哈哈，这些就都留给共产党去做吧。”

如此一说，坐在沙发上的那三位皆似如梦初醒，互相看了看，恍然大悟。

“我再说第二个问题，就是‘秋山计划’！具体计划我还是不能讲。总之是一个比柴岗子那事儿大得多得多的大计划。现在热北共产党已经建立了政权，那些小打小杀如同隔靴搔痒已无济于事了。要干就干一场足以掀动共党政权的大事情，从根本上解决问题。”

金龙春水先生说到这里，稍稍停了一下，从怀里掏出一瓶水，喝了一口，这才又接着往下说：“原来准备了一套方案，但上至毛局长下到 N 师都等不及了，因为要用到第一套方案中关键的人员，第一套方案只好放弃。

“我们现在正在实行的是第二套方案，这是一个连环的多支武装互相支持的大规模的军事行动。这个你们也没必要多想，你们只要做好我让做的事情就行了。中国的事情得有想的有做的还有半想半做的才行，都去想不行，都去做也不行，那样会一事无成。今后，各位做事情，别问为什么，只要执行就行了。”

坐在沙发上的三个人支棱着耳朵听着金龙的高论，听得如醉如痴，尤其是黑龙邱处虎，把眼睛都听直了。而金龙头上戴的那副假面具依然温柔敦厚，仍然是忠厚长者的形象。

“说到不让你们小打小杀，我那边却也安排了两次，而且是派出顶级高手飞行太保赫彪。其实是让马云龙逼的，这个马云龙对我们的威胁太大了。不给他找点儿事干，他就会找我们‘秋山计划’的麻烦。何为彪？小老虎也。让他们师兄弟来一场龙虎相斗，把马云龙绑在赫彪的身上，让他没工夫去想‘秋山计划’的事儿岂不更好。你们可能会说，共产党会听我的指挥？那没办法，当今热北能对付了赫彪的人，仅马云龙一人。我原本想得此二人，然无刘玄德获龙凤之福分，仅得一人，如今亦派上用场。

现在我等在这里太太平平地开会，正因为那边龙虎相斗正酣呀，一切都在我掌握之中啊。哈哈……”金龙春水先生说到这里，大笑起来，震得头上的面具乱颤。

“特派员高明，先生运筹帷幄决胜千里之外!”

“特派员就是当今之诸葛孔明也!”

“金龙爷比刘玄德有过之而无不及呀!”

三人一同起立，说着恭维的话。金龙春水先生抬起双手向下压了压，示意先坐下：“为了‘秋山计划’的成功，诸君当不遗余力努力为之奋斗!”这一句话，金龙是喊出来的。

散会后，特派员金龙春水先生又与银龙吴东朔单独密谈了一会儿。

当夜，吴东朔带上胡彪等五人，快马加鞭地回了赤岭城。二月初五，国民党保密局赤岭站下达了人员调动命令，瀚海太保刘宝财兼任大漠石窟监视组组长，榴莲太保“黑寡妇”做好准备，将赴他地另有重用。玉蓉太保白玉翠调赤岭站重新安排岗位，黑风太保老王调赤岭做“反共救国军”司令地虎太保胡彪的副手。这些迹象表明，随着春天到来，天气变暖，国民党N师的大举进攻即将开始，国民党保密局赤岭站的“秋山计划”也紧锣密鼓地开始实行了。

第九章　风暴突袭惊现石窟

乌兰厅长自己动手把屋里的东西清点了一下，发现卷宗橱里的文件少了两份各旗县报上来的公安队花名表，办公桌的抽屉里少了一封张副县长写给她的信，这并非什么重要文件。看来赫彪此番行动一是为“秋山计划”和日军军火库图纸；二是顺便找找和他爹妈有关的材料。这两种材料都没有，就随便抽了两样，以显示在戒备森严的公安厅，他“到此一游”。

那么赫彪的爹妈是谁？叫什么名字？共产党为什么要杀他们？从找寻日军军火库他在后边打狙击，到正月十五秧歌会他打朱县长黑枪，再到这次他夜入公安厅厅长办公室，看来赫彪这个谜也需要破解了。

然而，还没等乌兰厅长把赫彪和赫彪爹妈的事情搞清楚，又一件天大的事情发生了，从西林到热北百年不遇的大风暴突然来袭。

这样大的风暴前次还在清康熙年间，据西林县志记载：“清康熙三十八年正月，天大风。昼夜不停，西林全县不见日月，昏天黑地三日。大漠中多有牛羊为沙暴吞噬，某处竟有三户人家为沙暴吞没，故此地得名‘沙嘴’。”

如今这一场大风暴，发生在农历二月十八，刚过完二月初二，沙龙似乎就真的翻身又抬头了。这一天，天空中先是昏黄一片，接着便是大风骤起。屋外呜呜的，不是好响，屋里在白天就黢黑黢黑的了，不点上灯，啥都看不着。

但这场大风暴只刮了一天半就停了。

辽西省政府于民副省长带人下去视察灾情了，西林县政府也只留下张文儒副县长值班，朱彤县长带人到各区、村查看灾情，安排救灾工作。大漠中的牛倌、马倌、羊倌们更是四处跑着去寻找被大风刮丢的牛、马、羊，小孟和的骆驼也让大风暴刮跑了。他顺着风向到大漠深处去找寻，一直追到响水河那个叫石门的地方才把骆驼找到。

响水河是西辽河的支流，发源于西林县北边兴安山脉的厄鲁山。这条河有一段在草原上，有一段在大漠里。在茫茫的大漠瀚海中，到处是黄沙梁，唯独石门这里的响水河两岸突兀着两座坚实的石壁，石壁两旁的沙丘里还隐约可见石山的背脊。

这石门山自古就是一个有故事的地方，最早是一个和柳毅传书相仿的传说。传说在石门的河水下居住着一户得道成仙的水族，女儿嫁给了蓝河小龙为妻，受尽折磨虐待。这个水族女儿不堪忍受，托赴京赶考的于某捎回一封家书给石门水底的叔父。叔父见信后勃然大怒，亲率水兵三千去灭了蓝河小龙，救回了侄女。

为感谢于某传信救命之恩，石门山下的水族发了一场大水，将响水河两岸的百万亩大漠淤成良田赠予于某。于某一时暴富，成了远近闻名的于百万。后来，这于百万做事不慎，在十冬腊月时请石门下水族饮酒，竟将人家灌得酩酊大醉，现了原形。这水族本就没个人性，更无礼义可讲，迁怒于于某，又发了一场更大的洪水，将河两岸那百万亩良田又淤成了大漠。从此，这个传说给热北人留下的一句民谣就是“十冬腊月发大水，冲得满地高粱头”。

后来，有一些文人雅士听说石门山有故事，纷纷到此一游，甚至赋诗作词留作纪念，留下了“畜牲本无常，何须与交友”的诗句。

大风暴起来后，小孟和的骆驼群在深棕色公驼的带领下，顺着西北风一直跑到石门山这里才站住了脚。小孟和像是有人指点似的一路追来，一直追到石门山下，看见骆驼群没有受到损伤，一峰不少，这才放下心来。当他把骆驼赶上沙梁向北方望去时，隐约能看到刘宝财绑架他的那座大沙梁的影子。让小孟和惊奇的是，这场大风暴竟然将石门山北侧的沙丘给掀走了，露出了石门山岩石山体和巨大的石窟洞口。到这时小孟和才明白，怪不得人们找不见那石窟，原来是日本人在溃败时差不多用一座沙坨子把石窟给隐藏了起来。小孟和好奇地跑到石窟洞口前观看，那里有平整的水泥路面，两扇厚厚的大铁门关得严丝合缝。他拍了拍那大铁门，纹丝不动，与石窟浑然天成。

小孟和摇了摇头，知道自己无力打开石窟，只好赶着骆驼回家去了。他心里想，早就想给马云龙点儿礼物，但他啥也不会要。如今把大漠石窟这事告诉他，他一定会很高兴啊。

小孟和急急忙忙来到西林城，找到马云龙，刚要把发现大漠石窟的经过说一说，却见马云龙满脸的严肃，使劲儿地朝他使眼色，还用力地拽了一下他的衣襟，意思是不让他再多说一个字。直到小孟和跟着马云龙来到乌兰厅长的办公室里，马云龙这才高兴地握住了小孟和的手用力地摇了摇：“我的好大哥啊，你这件事儿做得太对了！”

当乌兰厅长听完小孟和发现大漠石窟的经过后，二话没说，连忙拿起了电话。她告诉吕副司令员，有紧急情况要立刻汇报。然后，乌兰厅长这才抬起头，非常严肃地说：“孟和，你做得很对，我要表扬你。但今天这件事儿对外一定要保密，谁都不能说。你知道，国民党那边也在找大漠石窟，如果让他们知道了，你会有生命危险的。马支队长，你过一会儿把孟和送回去，一定要做得隐蔽，保证你孟和大哥的安全！我现在得马上去军区吕副司令员那儿汇报。”说完，她把短发向后一拢，戴上帽子，匆匆走出了办公室。

当吕副司令员听取了乌兰厅长关于暴风将大漠石窟掀出的汇报后，马上作出决定，打开石窟取出军火工作提前，由乌兰厅长带队，从骑兵三团调一个连，会同辽西省公安厅公安总队一支队，立即赶往响水河的石门山。

当乌兰厅长带着部队来到石门山后，先是被这里的景色给迷住了。刚刚发生的那一场大风暴虽然席卷了整个热北，却奈何不得大漠中的响水河。这位身材瘦削的女人站在石门山上，贪婪地吸了一口大漠中独有的已经有些温热的空气，尽情地向四处望去。

眼前的响水河如同一条晶莹的碧玉带蜿蜒在沙梁起伏的大漠中。现在是立春刚过，寒意尚未退去，还是枯水期，石门山下却仍有飞流直下的壮观，跌下山崖的河水泛起雪白的浪花。在浪花上面有几只鸥鸟在上下翻飞，传来“喳喳”的鸣叫声。

“大漠中还有这么漂亮的地方！”乌兰厅长在慨叹声中来到石窟的洞口。王东山上前伸出双手用力地推了推铁门，又在门上摸了一气，无可奈何地叹了口气道：“这钢铁大门严丝合缝的，咋也得有个开关吧。”接下来，又上来好几个魁梧的战士，用力地推，变着法子变换着角度寻找石窟门的开关，然而都以失败告终。

马云龙剑眉紧皱，仔细琢磨着，肯定得有一个开关控制这两扇大铁门，日本人把这个开关藏在什么地方了呢？他在门的上下左右一点儿一点儿地排查着。然而，大铁门左右两侧和上下的石壁都用水泥抹得溜光，看不出有任何特别不同的地方。

马云龙那双鹞眼的目光就像是一台X光扫描仪，在大铁门的旁边扫来扫去。终于，他发现在大铁门的右侧离地面五尺多高的地方有一块水泥的颜色与周围相比要浅一些，而且是方方正正的，有一平方尺那么大。

他走上前，用手指敲了敲，果然发出了空洞的响声。马云龙拔出匕首，沿着正方形水泥的边缘用力划下去，有一处气窗似的东西露了出来。马云龙长出了一口气，回头对乌兰厅长说："水泥抹得薄厚不一样，干了后颜色会有区别。"

顿时，周围一阵惊呼，有的战士甚至高兴得雀跃起来。乌兰厅长瞅着眼前这个聪明又细心的大男孩儿，高兴得直拍巴掌。乌云丽更是兴奋，连忙从背包里抽出自己的毛巾递给马云龙："哎呀，你这满脸满身都是水泥末子，快擦一擦吧。"

马云龙和战友们没有高兴多久，新的问题又来了。在那个气窗似的方框内还有一个带有阿拉伯数字的金属圆盘，这是一个密码开关。人们脸上刚刚泛起的喜悦之色立时消失了，有的战士甚至开始骂小日本把事做得太绝了。乌兰厅长把马云龙、王东山和骑兵连的牛连长叫到一起商量办法。

王东山说："要我说，门前垒上炸药炸开算了，省得和它较这个劲！"牛连长也表示同意。

马云龙说："用炸药炸是一个方法，但是下策，最好还是想出它的密码来。因为如果我们用炸药炸很有可能会毁坏里面的一些设备，或者是我们需要的东西。"

乌兰厅长说："我同意马支队长的意见，大家想一想日军会用什么数字做密码吧。"

立时，大家七嘴八舌地猜起密码数字来。不一会儿的工夫，大家就想了一堆数字。乌兰厅长从中先选了"日本明治维新""九一八事变""日军进驻西林城"这三个特殊意义的年月日组合成的三组数字。

她对大家说："先选这三组吧，如果不对，咱们再换个角度选。我之所以选这三组号码，是因为我觉得确定这个号码的人应该是日本侵略军西林驻屯军司令荒木大佐。荒木是日本关东军的少壮派，极端民族主义是他的心理特点。而这三个时间会是荒木印象中最深的，所以我们先用这三组号码试一试。”

马云龙说：“我还有一个想法，日军之所以把开关设置得这么复杂，不是给他自己设计的。他们是从坏处着想给他们的敌人，或者说就是给我们设计的，我们必须有所防备。我的意见是一会儿我去开密码，其他人全都撤退到对面的沙梁后面，防止鬼子设置爆炸或射击装置。”乌兰厅长赞许地点点头：“就这么办吧，牛连长你带你的骑兵连，王副支队长你组织公安的人，马上撤到沙梁后面。牛连长负责派人警戒！”

石窟前，现在就剩下马云龙一个人了。但他并不感到孤单，他的后面有他的首长和他的战友，大家都用一双双期待的眼睛在看着他。他把石窟前各个位置、角度都仔细地看了一遍，待心中有了谱儿才来到密码盘前。

他先是按照“日本明治维新”的年月日“186813”顺序拨动了密码圆盘，马上就有警报声“呜呜”大响起来。马云龙将身子迅速向后一仰，用一只脚蹬在号码盘下的石壁上，飞身闪在石窟门左侧的门与石壁的夹角处。说时迟，那时快，在他藏身的上方有一大块水泥墙皮猛然剥落，露出数个射击孔，接着便是“哒哒哒……”轻机枪的射击声，将号码盘下的石壁与水泥地打得火星乱迸。

“哎呀妈呀，好险！”不知谁喊了一声，沙梁上的战友们吃惊地站起身子。“好险，他晚跳出一秒钟，就会被打成筛子。”乌兰厅长吃惊地说道。这时，吕副司令员和于副省长也赶到了，听说了刚才的情况又是一阵唏嘘和赞叹。

马云龙等射击停下来，又来到密码盘前。这次他心中有了底，在密码盘上迅速地拨了“1931918”后，随即又是身子向后一仰，脚一蹬石壁，飞身躲在石窟门左侧夹角处。但这次却没有听到警报声，而是从铁门里发出一阵“嚓嚓”的声响。

马云龙顺着声音抬头一看，在铁门上方五尺多高的地方又出现了一个方格式的东西。他心中一沉，难道还有一个密码盘？他心中忐忑着，但还是小心翼翼地走过去仔细观察了一番。

这回出现的不是密码盘，而是一个窗口，窗口里面是一个锁孔。马云龙见锁孔很大，拔出匕首来比量一下，比匕首还要宽。他用手指比量一下，足足有他手指的三指多宽。此时，马云龙突然觉得他很熟悉这个宽度，但又想不起是在哪里遇到过这样的孔洞，急得用拳头砸了几下脑袋。站在沙梁上的人们瞅着捶胸顿足着急忙慌的马云龙，跟他一样着急。

乌兰厅长说：“不行派两个人下去跟他商量商量。”

吕副司令员说：“再等等，这时去人打断他的思路并不好。”

这时，突然听到马云龙高喊一声：“张树林，把马给我牵来！”

于副省长不解地说：“怎么，他要骑马进石窟？”

张树林听到马云龙的喊声，飞快地跑下沙梁，牵过大白马，正要跃上马背，乌云丽却跑到跟前，伸手将马缰绳抢过来，说了声：“我去吧。”她飞身上马，朝着马云龙跑去。

沙梁上，吕副司令员见状“呵呵”一笑说：“乌兰厅长，你的宝贝女儿是不是喜欢上马云龙啦？”乌兰厅长红了一下脸说：“这孩子从小在姥姥家长大，惯得像个野小子似的。”于副省长也“呵呵”笑着说：“要真是这样，大媒我来当。”

乌云丽策马来到马云龙的跟前，跳下马说：“刚才我吓得心都快跳出来了，我妈说要晚一秒你都让机枪打成筛子了。”马云龙淡淡一笑说：“我一点儿都不害怕。”他说着话，从马鞍子旁的皮袋子里掏出了那柄小佩剑，也就是在元宝地那辆炸毁的吉普车旁发现的那柄小佩剑。

如今，马云龙看了看这小佩剑，举起来，对着乌云丽说：“你牵着马快走吧，我要用它开一开门。”乌云丽却噘着嘴说：“不，我在旁边看着你开。”马云龙立时沉下了脸：“胡闹，如果打不开，可能又是什么暗器打来，你快走吧。”

乌云丽说：“我不走，你不怕我也不怕！”

马云龙火了，剑眉斜立，怒视着她：“乌云丽同志，我命令你立刻牵马离开，否则我执行纪律！”乌云丽见马云龙真的急眼了，只好噘着嘴，牵着白马走了。但走到沙梁时，她还是停了下来，转过身望着马云龙。

马云龙见乌云丽离开了危险区，从剑鞘里抽出小佩剑，坚定地向石窟门走去。他此时只有一个念头，打开石窟门，如果这柄佩剑不是打开石窟门的钥匙，那么他可能就葬身在石窟门前了，不过为公安总队做出了有价值的一次试探。

想到这里，马云龙回头望了一眼沙梁上的首长和战友们，也看见了心急如焚的乌云丽和他心爱的大白马，从心中涌到嘴边一句话：“亲爱的战友们，王东山、张树林，还有马大山，亲爱的首长，还有乌云丽，也许我们就要永别了！”然后坚定地将那小佩剑插入孔洞之中。

刚刚好，有着两刃和齿牙的小佩剑插进去严丝合缝。他握住剑柄转了一下，便双脚用力弹跳到密码盘跟前。马云龙在开锁之前就想好了，如果钥匙不对，敌人的暗器一定会集中打向石窟门前，最安全的地方应该是密码盘下面。

但是，马云龙并没有听到枪声或爆炸声，听到的却是悲凉的歌声，是日本的国歌《君之代》。随着这首歌的响起，大铁门里隆隆地响动起来。很快，那两扇看似天衣无缝的不锈钢大铁门终于缓缓地打开了。石门山石窟如同一只被惊醒了的怪兽，张开了大口，露出了黑洞洞的洞窟和深不可测的一条水泥甬道。

马云龙高兴地跳到石窟前将双手拢在嘴边，向沙梁上高声喊道：“石窟的门打开啦！”

一时间，“石窟的门打开啦”的喊声在空旷的大漠中回响着。大沙梁上下一片欢腾，乌云丽更是兴奋得绯红了脸颊，不听话的泪水流过俏丽的嘴角，闪着晶莹的光。乌兰厅长命令王东山和牛连长马上整理队伍，大家跑下沙梁，齐刷刷地站在石窟门前，等待任务。她陪同吕副司令员和于副省长走下沙梁。

马云龙跑步上前立正敬礼：“报告首长同志，公安总队一支队队长马云龙奉命打开石窟门，现已圆满完成任务，特此报告！”几位首长都郑重回礼。吕副司令员伸出双手握着马云龙的双手用力地摇了摇说：“马云龙同志，你为党为革命立下大功，我代表分局和军区感谢你！”于副省长、乌兰厅长也与马云龙热情地握手，表示祝贺。

在王东山和牛连长的带领下，战友们热烈地鼓起掌来，乌云丽再一次欢喜得掉下泪来。和于副省长一同来的宣传干事小周还架起照相机，将这动人的场景“咔嚓咔嚓”地照了下来。

接下来，乌兰厅长提出，先由公安总队一支队派出一个分队，带着手电筒进入洞窟内部仔细检查一遍。如果没有什么特殊情况，再请吕副司令员和于副省长进内视察。

马云龙和王东山商量后，派张树林的一分队在王东山副支队长带领下，做先遣队进入石窟内检查。刚进入洞内，张树林便跑来报告：“进入石窟不远处，发现一个死者，请首长指示。”

吕副司令员说：“我们都去看看吧。”

在手电筒强光的照射下，有一具死尸斜倚在石壁上。死者为男性，五十岁左右，满脸胡须，穿一件深蓝色的蒙古袍，黄色的裤子，扎一条紫色的腰带，头上戴一顶宽沿灰色的薄毡帽，脚上穿着一双布靴子。卫生员走过来，认真检查后肯定地说：“明显是砒霜中毒！他的尸体之所以保存得这么好，一是和窟内空气干燥有关，再就是服用了砒霜。他那满脸的胡须是死后长出来的，这些特定的条件使死者成为一具木乃伊。”

那么，这个死者是谁？在这样一个非常机密的日军军火库里，为什么会有一个被毒死的蒙古人呢？乌兰厅长轻轻地拉了一下吕副司令员的衣角，用手指了指死者的双手。死者的左手攥成拳头，右手的中指与无名指挺直，其余三根手指则握于掌心。吕副司令员“哦”了一声：“你是说他是……”乌兰点点头，伸出了两根手指。吕副司令员沉痛地说：“原来失踪的‘兴安2号’，我们的优秀特工‘孤狼’，在这里遇难了！”

当卫生员和战士们将死者尸体抬向石窟门口时，站在死者旁边的马云龙在手电筒光束的一晃之间，突然发现死者的身下有一行字。马云龙快步来到乌兰厅长跟前，小声报告了这个情况。

马云龙又起身到死者尸体前细看一下，发现死者伸直的干枯的无名指指尖有破损的痕迹。这更加证明了他在心中的判断，那一行字是死者在生命的最后时刻，用自己的鲜血留下的遗言。

手电光下，字迹呈黑红的颜色。吕副司令员和于副省长蹲下身子仔细辨认着地上的字迹，但都摇摇头，表示不认识是什么字。乌兰厅长从自己的挎包中掏出笔记本和自来水笔，将地上的字照葫芦画瓢地抄下来。

乌兰厅长小声向吕副司令员和于副省长说：“我小时候读书学的是蒙文，蒙文是一种拼音文字。但蒙文不讲声母和韵母，只讲元音和辅音，有29个字母，包括5个元音、24个辅音。那么这一行字，只是元音字母，也就是说他每个字只写了元音字母。我怀疑这是‘兴安2号’临牺牲前给我们留下的最后一份情报。但是什么内容，我得看着蒙文字典才能写出来，我小时候学的蒙文现在快忘光了。”

乌兰厅长抄写完地上的血书后，三个人站起身子。于副省长说：“我去叫宣传干事小周来把字迹照下来。”乌兰厅长问马云龙：“马支队长，你能用相机不？”马云龙有把握地说：“在骑兵侦察连的时候，那是我们必须具备的技术。”乌兰厅长这才向于副省长开口：“于副省长，这件事儿暂时得需要保密。我的意见是把相机拿过来让马支队长拍照吧。”吕副司令员点了点头：“需要这样，唉，多有意义多有价值的一处遗迹呀，可惜现在不能保留。”随着马云龙的手指按动相机快门，这行用鲜血留下的情报被保留在胶片上了。这时，王东山赶来报告说，石窟内检查完毕，除了武器弹药未见有其他设施。乌兰厅长对王东山说：“立刻找两名政治上非常可靠的战士，将那行血字彻底清除掉！”王东山说：“是，我这就安排！”

吕副司令员抬起头，满脸肃穆，声音放得很低：“‘兴安2号’的遗体，暂时对外保密。在石窟中找一个僻静的地方先存放起来。我们要在恰当的时候为他举行一个隆重的葬礼，下一步对他的家人要做好保卫工作。”

“是，司令员，我们马上按你的要求做出安排。”乌兰厅长严肃地回答道。

马云龙陪着三位首长向石窟深处走去，每经过一段路，都有一个公安战士举着手电筒照明。这个石窟整体呈瓮形，经过前面一段瓶颈后，里面更加宽敞。地面铺的都是钢筋和混凝土，非常结实又平滑。两侧的石壁经过简单处理，没有特别突出的石块。石壁上和石窟顶上安着电灯，有一处凹进去的地方就势扩大成发电机房、工作间和生活间。最里面像是一个巨大的会议厅，当中还有专门的通道。石窟内空气干燥，也不像外面那么寒冷。吕副司令员叹了口气说：“这小日本还真会找地方，这里还真是储存武器极好的场所，环境条件和隐蔽条件都是一流的。”

在进入正式的军火库前还有一道铁门，但没有锁具，似是为武器出入设计的一道关卡。走过这道铁门，才算是进入了军火库。摆在军火库外面的八门山炮用炮衣遮住，上面连个土星儿都没有，一字排开，看样子是准备用时拉起就能走。接下来是二十四门六〇迫击炮，圆圆的炮筒闪着幽幽的光亮，静静地蹲在炮架子上。再下来是十二挺重机枪和三十六挺轻机枪，都是一字排开，连枪油都好像是新涂上去似的。给人的感觉，好像大战在即，有一支部队成建制地开进石窟，只要按兵种取走各自的武器就可以马上进入阵地进行战斗。再往里则是像小山似的摞在一起的成箱的步枪、冲锋枪、各种型号的手枪，还有各种子弹和炮弹。

在通道的尽头是一个巨大的木箱，掀开木箱盖，里面有几只黑色的画着白色骷髅头和枯骨的箱子，下面是一串带惊叹号的外文。于副省长读道：“二氯二乙硫醚，这不是芥子气嘛，日本关东军 731 部队研制的！”

吕副司令员说：“这和我原来的一些想法是吻合的，我看过一些资料，日本关东军中的极右翼将佐们不甘心诺门罕的失败，妄想通过突袭的方式开辟一个新的对苏联发起进攻的战区，在热北地区建一座新的海拉尔要塞。日本侵略军最后选择了西林，并在西林的西北侧修筑了斯维利波要塞。那个要塞我去过，在通往苏联山地间的交通要道上，地势非常险要，进可以攻，退可以守，由上中下三层碉堡构成。

“日本关东军在西林放一个旅团，旅团长荒木大佐就是这里的驻屯军司令。他把一个旅团的武器弹药和毒气弹隐藏在大漠石窟里，不为别的，就是为了与苏联的战争一旦打响，他可以迅速投入一个旅团的兵力，因此这个军火库是荒木等侵略分子妄图进攻苏联阴谋的一部分。

“日本战败了，荒木图谋进攻苏联的阴谋破产了。但他又不甘心自己苦心经营的大漠石窟军火库就这样白白地落入我们的手中，所以把军火库地图的一半留给他在西林的代理人，而把最重要的另一半拿给土肥原，他当然还是企盼有东山再起的一天。小孟和的猜测是对的，日本人溃败时移来一座沙山掩埋了石窟。他做梦也不会想到他留下的最重要的一半图纸和苦心经营的军火库会落到我们手里。

“当苏联红军击溃了日本关东军，土肥原贤二成为盟军的阶下囚，土肥原掌管的一些秘密档案落入国民党手中。荒木在西林的代理人也摇身一变又成为国民党保密局的要员，于是继承了荒木衣钵的他搞了个‘秋山计划’，只是矛头所向不是苏联而是共产党在热北建立的新生红色政权，这也便涉及大漠石窟中的这批军火。

“现在我们虽然不知道‘秋山计划’的具体内容是什么，但这个计划的策划者肯定是国民党保密局热北最高首脑金龙王春水，是国民党保密局赤岭站在搞这件事儿。当这件事儿和大批军火连在一起时，‘秋山计划’的轮廓和性质就有个大概眉目了。从这个军火库的规模我们就可以想得到，‘秋山计划’可一定不是件小打小闹的事儿，敌人要搞的这个行动规模很大啊。

“我刚才说的这些话，实际上是把辽西省公安厅成立一年多时间最大的工作成绩展示出来了。这一点乌兰厅长你们可能觉察不到，但于副省长我俩看得很清楚，没有你们的工作就不会有解放区的安定，也不会有对暗藏敌人破坏活动的有力打击。至于金龙春水先生其人是谁，是男是女，身在赤岭还是西林或是什么别的地方，我想随着案情真相的逐渐显露，他会很快现形的。”

乌兰厅长满脸欣慰地说：“我原来真没想到公安厅的工作会遇到这么大的事情，现在看‘西林1号’案件的侦破，就作战规模而言都好像是一个战役的规模了。”于副省长点着头说：“是个小的战役，但也算是战略家和战略家过招啦，你们的工作真是很了不起。你们自己是‘不识庐山真面目，只缘身在此山中’啊。”

这时，王东山跑来报告：“首长们，石窟的西侧有一个躺着的石碑，现在战士们把它立起来了。”于副省长立刻来了兴趣：“走，咱们看看去，看写的是什么内容，是古人还是今人写的。”

那石碑有一米多宽，两米多高，看样子应该还有个碑座，是从别的地方搬到窟里来的，现在被战士们依靠在石壁上了。王东山让战士们端来一盆水把石碑冲洗了，字迹就基本清晰了。

吕副司令员笑着说：“于副省长一见到碑帖什么的，就好像嘴馋的人见到了荤腥一样。”于副省长手摸着下巴不好意思地说：“爱好，就是个爱好罢了。”说着，他站在碑前，字迹斑驳处又泼了水，仔仔细细地看了两遍，方才读出声来，“嘉庆六年仲夏，应西林县知县吴公之邀，余与同窗于生及族人秋白侄同游热北。至响水河，遂逐流而下至响水飞瀑，方知大漠之中亦有此胜境。

见飞流直下，直击崖下巨石，涌起堆堆雪花，且水声如狮吼雷鸣，蔚为壮观。环顾四野，方知帝之所言：‘崇椒列巘点丹枫，树色烟容绿间红。’‘沈沈碧潭毛发寒，琮琤不断仙佩珊。’不余欺也。遥想千年，耶律挥戈，热北腹地，莽莽兴安。刀光剑影，盟誓澶渊，四季捺钵，春水秋山。春捕天鹅秋射虎，大漠长河与川甸。牛羊群群骏马肥，草木森森漫荒原。物阜民丰多胜景，吴公伟绩天下传。”

由于石碑的左下角破损，只剩下“嘉庆四年举人赵”这几个字。这让于副省长有些扫兴，但他还是说：“过几天我再来一趟，把碑文拓回去，挺好的柳体字。”

乌兰厅长用手指沾水在碑文“春水秋山”上画了一下，说道：“出处原来在这里，或许特派员金龙春水先生是看到了这个石碑，才定下了计划的名称吧！看来金龙还是一个辽史专家哪。我为了弄明白‘秋山’的含义才翻了《辽史·营卫志》：辽国尽有大漠，浸包长城之境，因宜为治。秋冬违寒，春夏避暑，随水草就畋渔，岁以为常。四时各有行在之所，谓之‘捺钵’，所谓‘春水秋山’，冬夏捺钵，合称‘四时捺钵’。如此看来，春水先生的‘春水’与秋山计划的‘秋山’，恐怕都源于此，并且特派员金龙的‘秋山计划’还会是一场‘围猎’式的军事行动呢。”

于副省长说：“嚯，金龙是不是史学专家不好说，至少也得是通晓辽史的吧。不过，我看乌兰厅长为了破案可快成辽史专家了。”

乌兰厅长说：“哪里，我也是在桦树沟村‘西林 1 号’专案组会上，受马云龙、王东山他们发言启发才想到的。”

吕副司令员说：“嗯，乌兰你的思考和判断很重要。回去后，我让分局社会部的厉主任找你，你把今天这里的情况都和他说一说。尤其是‘兴安 2 号’留下的血书，回去抓紧研究出个结果来，兴许能把金龙的范围再缩小一些。联系到这个军火库，我们对‘秋山计划’也会有个新的认识。还有‘兴安 2 号’是谁也要搞清楚，我们对组织对家属都能有个交代了。”

走出石窟后，吕副司令员当即作出决定：“骑兵三团来的连队继续留下来，承担对石窟中军火库的保卫任务；军区后勤部立刻在西林城附近安排地方，将石窟中的军火分批运送出去；大漠石窟日军军火库的暴露一定会引起敌特的注意和行动，但这可能也是‘西林1号’案件侦破的最好时机。辽西省公安厅要积极应对，做好保卫和侦破工作。”于副省长微笑着说：“我这次来才知道，大漠之中还有这样的风景区，一定要做好保护工作，好好留给我们的后人，作为观赏景区和教育基地。”

乌兰厅长立即表态：“两位首长，我立刻召开‘西林1号’专案组会议，研究新变化和新出现的问题，进一步调整我们的工作方案和工作力量，尽快摸清敌特的‘秋山计划’，给敌特强有力的打击。”

当天夜里，青龙刘达顺接到保密局赤岭站站长银龙吴东朔的电报：“速转大漠石窟监视组组长瀚海太保刘宝财，据可靠消息，共军已打开大漠石窟日军军火库，令你组日夜监视共军动向，不得有误！”刘达顺看完电报后，打个哈欠，伸了个懒腰，微笑道：“刘宝财啊刘宝财，你以为这个组长是白给你的？”然后他才拿起电话，“宝财组长吗？快过来一趟，有你的电报。”

农历二月十八这场大风暴改变了大漠，虽然让黄沙掩盖了一些不该掩盖的牛羊、草木和漫甸，但大风暴也重新揭开了大漠掩藏起来的秘密。没有不透风的墙，在大漠石窟中发现日军军火库的消息不胫而走。西林城的人们众说纷纭，军火库被越传越离奇，除了当时人们不太知道的原子弹，据说石窟中连飞机、大炮都有。西林县境内出了这么大的事情，朱彤县长在乡下指导救灾时竟然一无所知，还是张文儒派毛三檩骑快马到乡下找到他，他才风风火火地赶了回来。

朱彤县长向张文儒问了一下情况，便去军区找吕副司令员，提出打算装备县大队。但吕副司令员遗憾地告诉他，军区李司令员现在热西军分区，已经联系过了，李司令员明确表示，从日军军火库运回来的武器弹药一律封存，他另有安排。

朱彤县长气得当着吕副司令员的面就甩了袖子："发现了大漠石窟日军军火库不告诉我也就罢了，我那里要成立县大队，放着现成的武器也不给我用，让我使烧火棍子打敌人？我们西林县是前窝后继俩娘养的咋地！"

"朱彤同志，你冷静一点儿！你这个火爆脾气啊，怎么有药就放？司令员只是说暂时封存，也没说不装备西林县大队呀！这样的事情军区总得有个计划安排吧？你这火儿发得有价值吗？朱彤同志，我还得说你一句，自从你当上县长后，同志们反映你工作亲力亲为的少了，脾气却越来越大了，这是很危险的。"

"我冷静不了，都是一样的革命工作，对我们西林县政府别忒凑合了。"朱彤说完便气呼呼地走了，走到房门口时正好碰到来汇报工作的乌兰厅长。乌兰厅长一看这头势，知道朱彤刚跟吕副司令员发了脾气，便笑着说："谁又气着我们的朱大县长啦，这可是革命的原则、政策问题哟。"朱彤的脚也没停，依旧气呼呼地说："哼，他还管原则、政策？我现在是姥姥不亲舅舅不爱，我那儿的事儿没人管！说我脾气大，能不大吗?"说完，头也没回地走了。

乌兰厅长来找吕副司令员是为了汇报"兴安 2 号"血书的事。她见吕副司令员也是一脸不高兴，就说："老朱就是这个驴脾气，过不了两天他就会来找你认错的。"

吕副司令员说："我不生他的气，他也是老同志了！我们的事儿哪能说办就办得了的？这样的做法虽然教条点儿、办事效率低一点儿，但失误也少一点儿啊。他当书记县长的，应该知道哇。"

乌兰说："大概又有人给他拱火装药了呗，我这位老同学有时耳根子软点儿。他要是相信一个人，那都是相信得坚定不移的。"

吕副司令员说：“说我们的正事儿吧。”

乌兰汇报说，她已经把有关大漠石窟的情况和社会部的厉主任讲了，并就有关内容进行了讨论。厉主任说，这些内容对确定金龙的身份很重要。现在吴文玉比较配合工作，可以和他的供词放在一起分析。厉主任还跟她说，鉴于热北地区成为两党两军争夺的焦点，以及国民党保密局特务活动比较猖獗的情况，从苏联伏龙芝军事学院密电码专业学习研究回来的钟克威同志绕道从蒙古直接进入热北，现在已到西林，并已就密电码使用情况提审了吴文玉。

乌兰说：“我首先说说‘兴安 2 号’，根据多方面资料分析和比对，证明他就是东瀛太保。抗日战争时期他成功潜入了日伪特高课和国民党军统系统，为我党提供了大量有价值的情报。提供的情报使我党领导的兴安游击队多次成功地袭击了日军斯维利波要塞，直接破坏了日军对苏军发动进攻的计划。因有详细报告，我不多说了。下面我重点说说‘兴安 2 号’血书的事儿吧。我通过和蒙古文字的比对，血书的内容应该是这些内容：‘被灭口未暴露日高参国民党非共党要解决贺遗孤马家地贺老六’。”说着，乌兰厅长拿起铅笔，将这段汉字三个字三个字地断开，“这段文字很有意思，‘兴安 2 号’不愧是号称‘孤狼’的我党优秀老特工。我译出汉字后，经过多次琢磨，才发现其中规律。每三个字断开，都会表达一个相对独立的意思。前面两组每组三个字，是‘兴安 2 号’临牺牲前说了他的死因，日本人杀他是为了灭口，而不是他暴露了，那么他以下的情报都是真实的。这使我想到一件事儿，刮大风的时候为什么小孟和的骆驼要跑去石窟那里避风，因为它们太熟悉那里了。日军军火库中的武器弹药，大部分是大漠牵驼人国民党的‘东瀛太保’也就是我们的‘兴安 2 号’孟和同志运送的。他也博得了日本人的信任。‘兴安 2 号’能把工作做到这个份儿上，得需要克服多少艰难困苦，得有多么高超的工作艺术啊。后面四组的前两组每组三个字，是告诉组织，那个日本高参的真实身份是国民党的人。四组中的后两组是告诉组织，此人已有了共产党的身份，要组织除掉他。我和厉主任分析，也许我们的‘兴安2号’是十三太保中唯一见过金龙的人，这也是将其置于死地的另一个原因。按照日本人的说法，他知道得太多了，他必须得死。金龙也不想让他活，‘兴安2号’应该是荒木大佐和金龙共同毒害的。我和厉主任分析时还认为，这个情报与吴文玉的交代相符，‘兴安2号’要我们除掉的人就是这个国民党保密局热北特派员金龙春水先生。‘兴安2号’进一步证实了金龙已打入我党内部。厉主任已将此情况上报中央社会部。最后三组每组三个字，是说我们有一位姓贺的同志遗留在这里一个孩子，后面两组就是遗孤落脚的地名和人家。这个地名听起来很耳熟，后来我想到马云龙说他家就是马家地铺的，只差一个铺字，至于贺老六是谁就不知道了，也可能马云龙会知道。”

吕副司令员听完乌兰厅长的汇报后，沉吟了一下说：“金龙的事儿就先等一等中央社会部那边的回复，我倒觉得现在把遗孤的事儿搞清楚很重要，这一是对我们的同志有个交代，这二是我感到‘兴安2号’留下这个情报还有别的意思。”

乌兰厅长说：“那就让马云龙带人去查吧。”

吕副司令员带点儿诡谲的神色说：“让他带上电台，及时与你联系。他们此行是军区派出检查石窟军火库保卫工作的，现在敌特对马云龙的关注比对你我都要强，有些事情不得不防啊。”

乌兰厅长说：“副司令员这是又安排一出声东击西的戏啊，我马上找马云龙安排。”很快，就有一小队身着灰色军装的公安战士骑马驰骋在大漠中了。

根据乌兰厅长的安排，马云龙带着张树林的一分队先去大漠石窟与负责那里安全保卫的牛连长见个面，然后再进行下一步的工作。

这时的大漠石窟已经成为军事禁区，还以山顶和石窟前的大沙梁为直径划定了警戒圈，围上铁丝网，插上“军事重地，外人不得入内”的牌子。牛连长告诉马云龙，这些天总有自称牛倌、羊倌的人到附近转悠，多数人和警卫的战士说上几句话就走，但也有个别人要进入窟内看看，都遭到警卫战士的严词拒绝。马云龙在牛连长的陪同下，大模大样地从石窟的山顶走到大沙梁的梁顶。他果然发现远处有人探头探脑地往这边张望，甚至看到了望远镜的反光。这正是马云龙想要的效果，便让乌云丽给乌兰厅长发报：“我防守严密，敌侦察活动频繁。”

太阳沉下瀚海，夜幕徐徐拉开。

第十章　天网恢恢密码破译

马云龙的小分队在夜色的掩护下离开大漠石窟，沿着响水河向上一阵急驰进入去偏坡营子村的沙间路。当天夜里，“马云龙带人去了大漠石窟”的电报便发给了银龙，银龙自然又转发给了金龙。

马云龙小分队整整跑了一夜，天明时分到达了马家地铺村。昨天上午，当乌兰厅长将任务交给他时，他很激动，很兴奋。他已经很多年没回过家了，家中只剩下叔叔和婶婶，尽管叔叔和婶婶曾经把还是小孩子的他舍到庙里八年，但没有叔叔和婶婶的养育就没有他马云龙的今天。穷人的孩子早当家，这个家让他早成人，练就了一身本领。

当乌兰厅长说到贺老六的名字时，马云龙却有些反感。这位叫六爷的人，是一个佝偻着腰、獐头鼠目的小老头儿。贺老六本是师弟赫彪的本家爷爷，但马云龙却记得贺老六对小赫彪并不好，小赫彪没少挨贺老六的打和踢。小赫彪和村里小孩儿打架，孩子们骂他“没爹没妈的野种”。小赫彪哭着找他六爷，贺老六不但不管，反倒又把他骂了一顿。所以，在马云龙幼小的心灵中对贺老六就没好印象。只是，他到现在也不明白，为什么贺老六姓“贺”，可赫彪姓“赫”呢？

但马云龙听完乌兰厅长的介绍后，还是十分认真地说：“马家地就是我们村子马家地铺，这遗孤八成就是我师弟赫彪。但他的父母是谁，我们村里的人也不知道，贺老六一家是从山东过来的。后来他们家有了个小孩儿，就是我师弟赫彪。贺老六跟村里人说是他本家侄子逃荒放到他们家的。”

乌兰厅长说：“我还真希望这个遗孤就是你师弟赫彪！但如果真是，你们可要注意了，防备敌特有什么行动，所以出发时打检查大漠石窟的警戒工作的旗号。”乌兰厅长沉思了一会儿，又说，“赫彪是不是那个遗孤，不但要注意听贺家人怎么说，还要搜寻有关证据。另外，你也好长时间没回家了吧？这次就工作之便也回家看看。虽然我们提倡‘三过家门而不入’的忘我精神，但并不等于不要亲情！共产党人也是父母生的爹娘养的，不是石头缝儿里蹦出来的。”

马云龙很感激厅长的关心，高兴地说：“谢谢厅长，我有这方面的准备。”

马云龙带着一分队公安战士进了马家地铺村时，是一种既兴奋又紧张的心情。上一次来清泉寺时，他在心里就有回家看看的渴望。但思考再三，他还是打消了想法。这一次回来可以见到想念的叔叔和婶婶，见到村里的叔叔、大爷们。他十分留恋少年时的生活，满满的一肚子话想说给自己的亲人和那时的小伙伴们，可以说一说过去上山打猎的事，说说骑生个子马挨摔的事……但在他的脑子里很快又闪出一个声音：“你马云龙是带领一队人执行任务来的，首长给你假是顺便的事儿，啥是正事儿，你可要把握住哟！”

马云龙想到这里，感到全身激灵了一下，带着一分队战士直接去了马家地铺村农会。村农会主席马老栓是马云龙的一位叔叔。他见是马云龙带部队回来，那高兴劲儿就甭提了。他逢人就说：“咱们云龙回来了，是带着部队回来的。”又是招呼杀鸡又是招呼宰鹅的。尤其是见到马家的人，更笑呵呵地说：“咱们家云龙带部队回来了，都在村子里呼嚷呼嚷。”

马云龙把马老栓叫到一边，悄悄地说：“老叔（发 shou 音），不兴这样！我们是共产党的公安队不是土匪，你们吃啥就给我们做点儿啥，我们这次来是执行任务的。”然后就把要来做什么事跟马老栓说了。

马老栓有点儿为难地说：“他哥，你咋这样呀！我要是安排得忒低了，你没面子不说，咱们老马家这脸往哪儿搁呀？头些日子人家毛三檩回来，那家伙，有区里人陪着，还杀了一头猪啊，整得好震。”马云龙一本正经地说：“老叔，那不是咱共产党的做派，咱共产党八路军是穷人的党穷人的部队，不兴这个。叔，你是说毛三檩也去了贺老六家?”

“嗯，这小赫彪又戳啥毛蛋了吧！你们咋都来调查他呢？正月二十几吧，毛三檩回来的。他去了贺老六家，还去了清泉寺。他也说是来查赫彪的，现在这小子跟人说话横鼻子溜眼的（热北方言：态度骄横）。他对你可不忒好，村里人问你咋样，你猜他咋说？他说，这话当村的人不该说，凡是能干的，干得好的，还不都留在前线啦！从前线回来的，不是没能耐，就是犯了啥错误的。把你叔你婶急得呀，就说要去把你找回来种地。我们大家伙儿解劝着才没去。要不我想着你回来，咱们老马家也闹腾闹腾。”

马云龙微微一笑不置可否，只说了句：“等打败了国民党反动派，我回来，咱们全村人再庆贺庆贺。”然后又说，“老叔，我也挺想我叔我婶的，但任务挺急的，我先办完了事儿再去看他们二老吧。”

此时的马云龙很着急，他不清楚毛三檩真正的意图是什么。正月十五枪击事件和赫彪夜闯乌兰厅长办公室这两个案子均未公开案犯的姓名，毛三檩怎么就来查赫彪了呢？是公安总队内部透了风，还是有别的原因？或者是西林县公安队查出案犯名字未向总队通报？只能说哪种可能都有。直到这时，马云龙才彻底明白乌兰厅长让他们这次出来要打着检查大漠石窟警戒工作旗号的意思。

马云龙想到这里，更加心急火燎。他一边让张树林安排好部队，一边和马老栓说："老叔，你带我们去贺老六家吧。"马云龙觉得赫彪出身的事，只有贺老六清楚，先听听贺老六怎么说，才能再去清泉寺了解情况。

但马老栓却说："你现在去也够呛，贺老六这两天病得厉害了，早晨后（发 hong 音）晌儿（热北方言：夜晚）的事儿了。"

马云龙说："正好让卫生员给他看看。赫彪我俩是从小一起玩大的，又是师兄弟，他六爷就是我六爷。即使没这个事儿，赶上了，我也是该去看看的。"于是，叫上乌云丽和卫生员一起去了贺老六家。

贺老六家是村西头的一处马架子房，即使没有马老栓带路，马云龙也能找得到。贺老六这老头儿是属于那种性格非常孤僻的人，老两口儿没儿没女，来到马家地铺村已经三十来年了，但仍没有融入当地的人情世故中。没有亲戚没有朋友，年轻点儿的时候就没有人上他家来，这一闹病就更没人来了。

马老栓都领着马云龙等人进屋了，贺老六的老太婆才挪蹭着从炕上下来，说话有点儿跑风："今儿个日头爷打西边出来的？还有人上俺们家来呀。"马老栓说："六叔的病咋样啦？马云龙带部队过来，听说他六爷正闹病，就带着军队的大夫来给看看。"这是在路上和马云龙商量好的话。

贺老六佝偻着身子正躺在炕上，盖着一床灰不溜秋（热北方言：暗灰色，含有令人不喜欢的意思）的棉被，屋里有一种臭烘烘的气味。

贺老六看到家里来人了，嘴里发出"呃呃"的声音，看样子是想挣扎着坐起来。尽管在马云龙幼小的心灵里就埋下了对贺老六不好的印象，但现在见这状况，却有一种怜悯之情。他忙上前双手按住贺老六的身子："六爷，我是马云龙，听说你病了，让我们医生给你看看。"

贺老六点着头"呃呃"着，带着一种可怜的向人求助的眼神。卫生员给贺老六把把脉，又拿听诊器听了听胸部和背部："心和肺都不太好，用点儿药吧。"说着打开随身带的药箱，先将两样片剂给贺老六服上，又给他注射了一支盘尼西林。

那时农村的人有个大病小灾的，都是上山采点儿中草药自己治治。现在冷不丁地用上了西药，真有立竿见影的效果。没用多大工夫，贺老六居然坐了起来。

"打，打小就是，是个好孩子，仁义呀。"贺老六竟然老泪纵横，费劲地说了这样一句话。乌云丽上前说："老爷子，我们支队长跟医生说了，一定要用最好的药治好你的病。"那老太婆也凑到跟前瞅了瞅，没牙大口地说道："今儿个早晨喜鹊就在房顶上叫，没承想真来贵人了。马云龙，见着你，我就想起我们家赫彪了，不知道你见过他没有？唉，都是一样出去的人。这孩子我知道，蔫坏蔫坏的，偷着往他爷抽的旱烟里掺鸡粪，让他爷把他好个踢。"马云龙忙弯下腰："六奶奶，见是没见着他，听说他挺好的。"

老太婆说："唉，好啥呀，头些日子毛三檩来跟我们要赫彪的啥证据，说是小福子公母俩留下的。我一看他那横样儿，就说没有！有也不给他那个坏种。你六爷躺在炕上干哼哼，就是不跟他说实话。"

贺老六弯着腰又用力地挣扎了一下，朝着自己的老太婆没大气力地说了句："你胡啰啰个啥，出去抱点儿柴火烧烧炕。"老太婆磨叽着："一来人就撵我出去。"很不情愿地走出了屋子。

贺老六朝马云龙抬了抬手，马云龙知道他有话要说，便把身子探了过去。贺老六小声说："小福子公母俩走时，留下一个蓝布包和两块银大洋。我后来琢磨这里头有事儿，我能保管住吗？就连孩子带布包、银大洋都给你们师父了。毛三標来，我没告诉他，当营子住着，谁啥样还不知道嘛。老婆子嘴忒碎，连她也不知道。”马云龙待人实心实意，不凭印象论事的做法感动了贺老六，让他连不跟自己老婆子说的话都告诉他了。

马云龙又问：“六爷，你说的小福子就是赫彪他爹吧？他大名叫什么？”贺老六喘息着说：“唉，叫小名叫惯了，大名叫贺立福。”马云龙一听这话，连忙扶着不断捯气儿的贺老六躺在炕上：“六爷，你躺下歇着，我们得马上去清泉寺。等回来时我再让我们医生过来看你，给你留些药。”

马云龙又回头对马老栓说：“老叔，六爷说的贺立福可能是我们的人，而且是我们的先辈我们的领导！我这次来主要是为这件事儿来的，你们农会应该对六爷六奶多照顾点儿。这件事儿闹准了，我回去还得向上级首长反映。”马老栓一听马上就说：“大侄子你放心，我这一会儿回去就赶紧安排。唉，这天底下的事儿真是你敬人一尺，人敬你一丈。大侄子你从小就实诚善良待别人好，这谁都知道。你看贺老六都不跟我们说的事儿，跟他老娘儿们也不说，他能跟你说，这天下的事儿真是人心换人心啊。”

马云龙说：“老叔，麻烦你上我叔我婶那儿去一趟，告诉他们，我可能得到晚上回来时去看他们。”

马老栓说：“大侄子你这话说的，自己家里的事儿啥麻烦不麻烦的。”

贺老六眼角淌着泪，嘴里念叨着：“这孩子，回来家都没回就先跑我这来了，连我们家的水都没喝一口哇。”

马云龙心中急啊！战争年代时间就是时机，胜负往往就在弹指之间，一分钟一秒钟都可能决定战事的成败。马云龙决定立即出发，一马当先带着公安战士们朝清泉寺的方向跑去。

他骑在马上奔跑着，脑子里闪现着各种各样的可能。直觉让他想到毛三標先他一步到马家地铺村和清泉寺调查赫彪的身世不会是什么好事情。往好了想，西林县公安队调查枪击案是为了与省公安总队争功。往坏处想，毛三檩如果是敌特那边的人，那么敌特会不会对师父下毒手？如果毛三檩真是那边的人，那他应该和赫彪是一伙的，那么他为什么还在找赫彪所谓的身世证据？

“不可能，毛三檩有些事儿是做得过分，但他应该还是我们的人。上次去西林县政府时，乌力吉科长不就说派毛三檩对飞贼做调查嘛。如果是这样，西林县治安科发现了什么线索，为什么要瞒着省公安厅？毛三檩回家这件事儿，马大山会不会知道?”马云龙边催马急行，边想着毛三檩的事，心中充满犹豫和不安，眼前仍是迷雾一团！

马云龙带着他的小分队急驰在山路上，已经远远地望见清泉寺的庙宇了。突然，从路旁的大石头后面跳出一个人来。马云龙睁大眼睛一看，立刻勒住了马，翻身跳下。

来者不是别人，正是慧明小和尚。

慧明小和尚见到马云龙，咧了咧嘴，终于“呜——”地哭出声来。马云龙心知不妙，耳朵也不由自主地跳动两下。他急忙问道：“师父怎么啦?”慧明这才一边抽噎着，一边讲了事情的经过：“刮大风的前两天，寺里突然来了三个游方和尚，为首的长得又黑又胖。他们跟师父说，要在寺里暂住些天。师父虽然见他们不是善良之辈，但势单力孤，恐这几个人当时就翻脸，于是只好让他们住在偏殿旁边的屋子里。夜里，师父叫我偷着过去看了看，他们正在喝酒吃肉，这哪里是什么和尚。待了两天，他们过来和师父说话，说二师兄有什么东西放在师父这里，有人要花大价钱买。师父立刻回绝了他们，并且好言跟他们讲，他们已经待两天了，该走了。那几个人凶相毕露，掏出枪来对着师父的脑袋，说不给就开枪。师父还是一句话，出家之人不理俗家之事。

“后来那个黑胖的和尚说，你不把东西交给我们，我们就天天跟你来要，你也别想这么舒坦地躺在这里。黑胖和尚就招呼跟他来的那两个和尚用绳子把师父捆上吊到梁柁上。白天吊上，晚上放下来。这都三天了，这样下去，师父怎么受得了？

“我要和他们拼，师父不让，说他们手里有枪，说我武功现在还不行，等等吧。今天早晨，师父跟我说，他感觉到大师哥你今天带人过来，要我把这里的情况告诉你。我就借着没柴烧了，得上山打柴的由头出来。黑胖和尚横眉竖眼地说我要是过午不回来，他们就把咱们师父枪崩了！现在也不知道师父让他们给咋着了。”

马云龙听慧明这么一说，心中就有数了。他从马背上挎包里拿出笔记本，把夹在里面的一张纸摊开：“慧明师弟你别着急，一时半会儿他们还不敢把师父咋样。你看看图上的这个人是不是你说的那个黑胖和尚？”慧明小和尚连忙擦了两把脸上的泪水，凑前一看：“是，就是他！只是图上这个有头发。”

“黑风太保黑胖子王老板，西林城找不到他，原来他跑到这里来了。”马云龙下达了准备作战的命令。为了行动起来更加便利，他还问了一下慧明，庙院墙有豁口没有？慧明告诉他，没有豁口，只有一个西小便门。马云龙要张树林带领一个班埋伏在西小便门，乌云丽带一个班守住正门，而他自己则带着其他的战士，在小慧明的引领下直奔偏殿智真和尚的住处。“能抓活的尽量抓活的，抓不住活的就击毙，不能让敌特跑回去报信儿！”马云龙命令道。

到了寺门前，马云龙和战友们下了马，分头行动。

此时，黑风太保黑胖子王老板刚把智真和尚从梁柁上卸下来放到炕上。智真和尚始终闭着双眼，口中念着经。不管那三个人是打还是揪着搡着，他就像是个半死之人，黑风太保拿他没有半点儿办法。

当这三个人把自己都折腾累了的时候，才想起小和尚慧明。“这打柴打到现在还没打回来呢?”黑胖子问道。那两个随从忙说：“我们去看看，这小东西也欠收拾了。”他俩说完，走到屋外互相瞅了瞅。“咱们就这么干熬着也不是法子啊。”“咱俩出去寻摸寻摸，没准儿能碰上个来烧香还愿的。”

黑胖子的两个随从刚走到正殿前面，就赶上马云龙带着战士们跑了过来。这两个家伙一见有人朝他们冲了过来，“妈呀”一声扭头就跑。不承想马云龙早就预料到了，早有十几名战士分组把后路给他们堵死了，只在正门和西小便门的方向敞着口子。狗急了跳墙，也不容那两个家伙多想了，其中一个道：“快跑出去告诉吴站长!”两个家伙拔出手枪，“噔噔”打了两枪，一南一西撒腿就跑，立刻有战士跟着追了过去。马云龙则提枪跟着小慧明急奔师父住的屋子。

这时，黑胖子王老板见两个手下走出去，刚闭上眼睛想躺在炕上休息一会儿，猛然听到枪响就心知不妙。他拔出手枪，跳到地上想先出去看个究竟。万万没想到，刚一出门就见马云龙领着人奔他来了。黑胖子心里说了声，完了，马云龙咋来了。他扭身就往屋里跑。

黑胖子王老板进到屋里，两手一摁炕沿，肥胖笨拙的身子就滚到了炕上。他用一只手摁住智真和尚的脑袋，另一只手把手枪顶在智真的太阳穴上，听到马云龙已经到了屋门口就喊道：“马云龙你别进屋，我现在枪口对着你师父的脑袋！你要是进屋，我就开枪，最多就是个鱼死网破!”

马云龙冷笑道：“黑风太保，你还有这个胆量？我一路追过来，你从白玉翠粮店逃到云岭贸易货栈，逃到赤岭，又躲藏到这里。你总想给金龙、银龙立上一功，你立得成吗？现在你两个手下已被我消灭了，你还能脱逃吗？我这就进屋，看你能怎么着。”听到脚步声，黑胖子王老板又把手枪指向屋门口，声嘶力竭地喊着：“马云龙你别胡来啊，你进屋我就开枪啦!”

马云龙大声地说道：“我这就进屋!”

“啪啪——”黑胖子王老板扣动了扳机，子弹打在地砖上迸射着火星子。

正在这时，马云龙听到屋中传出“啊”的一声惨叫，有什么东西“嗵”的一声重重地摔在了地上。他心知屋内有变，一个箭步跨进屋中，只见黑胖子王老板四仰八叉地躺在地上已气绝身亡了。

马云龙见状，马上就明白是怎么回事了，忙喊了一声：“师父!”他跳到炕上智真和尚的身边。此时的智真和尚口吐鲜血，整个人像泄了气的皮球一样，脸色蜡黄，急促地在炕上捯着气息。

原来，智真和尚掐算到马云龙会在今天来庙里找他，便打定了主意。黑胖子跑进屋来用枪逼上他时，他已开始暗中运气了。当黑胖子把枪口从他的太阳穴移向屋门口并开枪时，智真和尚将双掌竖起，猛地推向黑胖子黑风太保。这一掌推出去乃是雷霆万钧之力，这一掌也将这十几天来对黑胖子一伙人的蔑视推了出去，这一掌更将这几天来积压的仇恨推了出去。智真和尚的气功源自少林寺，伴着他一身的正气，竭尽他修炼一生的真功夫，把胖墩墩的黑风太保打到空中，震得五脏俱裂，成为一具行尸走肉栽在地上。

马云龙知道师父气功之深，也知道师父推出这一掌意味着什么。他跪在师父身旁，发自肺腑地大声呼喊着：“师父，师父!徒儿马云龙来晚了。”

智真和尚听到马云龙的喊声，微微地睁开眼睛，脸上浮现出一丝惨淡的笑容，口中迟缓而低沉地又念了一声：“阿弥陀佛……”小和尚慧明见状更是放声痛哭。智真和尚费力地抬了抬手，指了指炕里的墙角处。小慧明跪行到墙角，运力抠开半块砖，露出一个方洞来。他伸手拽出了一个小蓝布包，又跪行到师父身边，把蓝布包放在师父干枯的手掌之上。

智真和尚的眼神转向马云龙，马云龙立刻低下头将耳朵贴近师父的嘴边。只听师父的嗓子眼儿里发出微小的声音：“救救你赫彪师弟吧，佛在心中……”马云龙哭着说：“师父你老人家放心，我一定救回我师弟!”智真和尚托着小蓝布包的手落在了马云龙伸出的手掌之上，马云龙忙双手将师父的手捧住。

智真和尚又将一对慈目转向小和尚慧明，他唯一的关门弟子。他张了张嘴，似是有话要说，但终未能将嘴张开。马云龙立刻明白了师父的意思，大声说："师父你放心，我会把慧明师弟安顿好的。"智真和尚的面容安详，头一仄楞，闭上了双眼。顿时，屋中弥漫起一股淡淡的香气，热北地区的一代佛教大师圆寂了。

这时，张树林和乌云丽也都带人赶了过来。两个特务拒捕，均被击毙在寺外。这其实也是马云龙原先的想法，佛门重地不宜杀戮，特务们投降最好，不投降就从庙内驱赶出去，击毙在寺外。

在屋里和屋外的战士们都脱帽向这位一心向佛一心向善且一心向着共产党的大师默哀。尤其是乌云丽更是挤进屋里，在大师的头前双膝"扑通"一下跪在地上，虔诚地磕了三个头，然后双手合十，嘴唇不断地翕动着，口中不知在叨念着什么。

马云龙让张树林骑马回马家地铺村报信，并请农会主席马老栓带人过来料理后事。他和战士们先将黑风太保的尸体抬到屋外，放在偏殿南侧，再将智真和尚的遗体从炕上请到外屋的地上。慧明小和尚一直在啼哭，马云龙也是一脸悲戚。

只一顿饭的工夫，张树林便带着马家地的人赶来了。马老栓是个明白人，上前对马云龙说："大侄子，你这军务繁忙，这里的事情你就不用管了。我这就打发人，一是去区里报告一声，区里得来人把这寺院安排了；二是去西山龙泉寺请和尚来做场法事，再把你师父发送了，顺便把那三个人也埋了吧，人死为大嘛。你就带人回村里吧，你叔要来，我没让他来。我让他在家安排咱们部队的人，捎带说这趟再忙你也得回家看看吧。"

马云龙一听马老栓安排得头头是道，心中感到慰藉，便把目光移向师弟慧明。慧明这孩子很懂事，擦着眼泪说："大师兄你不用管我，师父先前就把给龙泉寺智通师叔的信写好交给我了，让我去龙泉寺找智通师叔。"马老栓说："那正好，就让慧明小师父带上我们村农会的人去一趟龙泉寺吧。”

马云龙说：“慧明小师弟，你去见了智通师叔还得回来，我会派人来接你。等咱们救出你二师兄，再去龙泉寺也不迟。”慧明小和尚揉着眼睛说：“大师兄，我知道了。”

马云龙见所有的事情都有了着落，在智真和尚的遗体前跪下道：“师父，徒儿公务在身，恕不能在此送行，徒儿只能再找时间回来拜祭您老人家了。”说完，他站起身对乌云丽说，“给厅长发报，物证取到，师父圆寂，黑风太保三人毙命，明日按原路返回，马云龙。”

乌云丽发报完毕，马云龙瞅了瞅身边的张树林说：“集合队伍，返回马家地铺。”临走时，马云龙又把马老栓叫在一边低声嘱咐了一番，马老栓不住地点头：“放心吧，大侄子，这事儿叔能整圆全了。你这也对，咱们爷儿们害人之心不可有，但防人之心不可无啊！大侄子你就放心去吧，这事儿我就照你说的安排，让他们得不着个准话。”

马云龙最后决定，还是将毛三檩的行动往坏处想，防备一旦真的有事，也好有个进退的余地。

马云龙带着公安一分队到达马家地铺村时，有一些人家已大烟小气的了，正在给公安队安排着做饭、熬菜。马云龙的叔叔和婶婶更是早早地来到村农会，站在院门口眼巴眼望地等着侄儿。见马云龙带人回来了，这老两口儿马上上前迎接。有一些村民也等在院子里，把派饭到自家的公安战士接走。

马云龙打老远便见到村农会院里的人群，心里一热，连忙跳下马来，牵着马迎了过来。

“这孩子咋这工夫才回来啊。”婶子眼泪扑簌地说道，马云龙的心中也酸酸的。他瞅了瞅渐渐向山后西沉的太阳，对战士们下令道：“大家抓紧吃饭休息，把马也抓紧喂一喂，别揭马鞍子，掌灯时候咱们就出发。”马云龙的叔叔、婶婶吃惊道：“这孩子，好不容易回来一趟，不在家多待两天啊！”马云龙苦笑道：“不行啊，叔婶，现在情况紧急，我们得抓紧赶回去。”然后，他笑着说，“叔婶，咱们回家吧。”正说着，乌云丽也牵着马走上前：“我也去。”

马云龙一愣：“你不用去，和战士们去吧。”乌云丽一本正经地说：“报告支队长，乌兰厅长命令我一定要保护好你。”马云龙“哈哈”一笑：“我还用你保护？说我保护着你点儿还差不多。”

乌云丽还是一脸严肃：“不管咋说，厅长的命令我必须得执行，四只眼睛咋也比两只眼睛强。”张树林也在一边打趣说：“支队长，是这样的，厅长下命令时我也听到了。”马云龙瞪了他一眼，说了声：“多嘴!”

马云龙的婶子见状，用手轻轻杵了杵自己的老头子，小声说：“他大，你快跟大侄子说说，这闺妞儿八成跟咱们云龙对上了，你快说说让她也上咱们家呀。”马云龙的叔叔立刻上前笑呵呵地说：“闺妞儿，村农会安排，一家接应咱部队的人不能少于两位。你这就上我们家去，我们乐不得的啊。”

此时的马云龙一脸的无可奈何，只好由着乌云丽。乌云丽满脸灿烂，一手牵着马，一手扶着马云龙的婶子，婶子长婶子短亲热地叫着，说着话。

进了院子，早有人在等着把马接过去，马云龙从马背上解下一个包袱双手递给了婶子。众人进屋，做饭和熬菜的热气扑面而来，满屋里弥漫着炖鸡的香味。刚刚过上好日子的马家，能够做上一顿小米干饭、干豆角丝炖小鸡，就是最好的饭菜了。

乌云丽瞅了瞅马云龙，弯眉下蛇眼间全是胜利者的微笑。她拉着马云龙婶子的手说：“婶儿，我帮你干活儿去，这是我们八路军的规定。”她后半句还加重了语气，特意瞅了马云龙一眼。这把马云龙的婶子乐的，嘴就一直闭不上了。这两个一老一小的女人拉着手来到屋外，乌云丽从马鞍子上的挎包中拿出一个绿色的布包，大大方方地递到婶子的手中：“婶儿，这是两块缎子面料，你和叔一人做一件衣服吧。”

马云龙的婶子被感动得一时不知说啥好了，连忙从手腕上抹下一副银镯子来："好闺妞儿，这是云龙他奶奶留给他妈的。他爹他妈闹瘟疫那年，马云龙才三岁。他妈留下的，我给你，你就知道咋回事儿了。"乌云丽也没多言，只是脸蛋儿稍稍红了一下，大大方方地接过来，小心翼翼地放进兜里。

刚吃完饭，马云龙的叔和大爷来了好几位。马大山的爹也来了，想打听打听马大山的情况，还有一个让马云龙叫他二大爷的人。这个二大爷的女婿就是李大牙，还是他在伪满县警察局当警长时娶了马家的闺女，这次也来向马云龙打听消息。

分别的时候到了，马云龙和乌云丽告别了擦眼抹泪的叔和婶，牵着马来到村农会。等了一会儿，为贺老六看病的卫生员也回来了。见人都到齐了，马云龙说了一声："出发!"战士们迅速上马，如同一支射向黑暗中的利箭，消失在夜幕中。

天亮前，马云龙的小分队沿着原路急驰到石门山石窟，见到了牛连长。牛连长告诉马云龙，这两夜一天那边监视的人一直在盯着这边。

当火红的太阳从起伏的沙丘那边升起的时候，马云龙和牛连长又登上大沙梁朝四处看了看。马云龙看到远处的一座沙丘上闪动的望远镜镜片的光亮，不禁露出了轻蔑的笑容。他手指着大漠感慨地对牛连长说："新的一年又开始了，你看大漠的沙坑里颜色都发青了，沙梁坡上的柳条子都有绿颜色了。"

牛连长说："可不是嘛，今年春短，俗话说'三月清明不见青，二月清明满地青'。这都清明过后十好几天了，大漠也该见绿啦。"

马云龙说："是啊，你刚才说的是阴历，要是阳历，现在是四月中旬了吧。这天一暖和，国民党的进攻又该加紧了。"

牛连长说："团里已经通知我们，做好回撤的准备。这里的守卫，据说也要交给你们公安总队了。"

马云龙说："我也听说了，可能是我们公安总队的二支队要过来。”

在马云龙返回西林城的小分队中间，有几匹马驮着用黑布蒙着的木箱子。这是走时就和乌兰厅长商量好的，给监视的敌人造成一种押运特殊军火的假象。果然，这天夜里，国民党保密局赤岭站站长银龙吴东朔收到电报：“马云龙一队人在大漠石窟停留两天两夜，于今日上午押送四驮子黑色箱子返回西林。”银龙吴东朔看完，立刻转发给了金龙春水先生。春水先生回电报：“知道了，马云龙大漠石窟之行的任务是运回军火库中最重要的战略武器芥子气，国军又丢掉了一个极好的机会。命令，榴莲太保马上进入岗位。”

下午两点多钟，马云龙小分队回到西林的公安总队。这一路上，有了以前两次遭遇敌人袭击的经验，这支队伍始终呈战斗队形前进。

当马云龙在乌兰厅长的办公室里将这一路的情况逐一汇报，特别是将他对毛三檩的怀疑说出来后，乌兰厅长陷入了深思。这怎么又冒出个毛三檩来？说实在的，她对这个毛三檩没有什么好感。但公安工作是不能凭感觉下结论的，要讲究证据，这也是她多次向下属强调的一项工作原则。更何况，通过几次接触，她发现朱彤县长很看重毛三檩这个人。难道西林县政府在调查正月十五枪击案时，向公安厅隐瞒了调查线索？还有，为什么毛三檩去后不久，黑风太保一伙就住进了清泉寺？毛三檩和黑风太保有没有必然的联系？他们为什么都在寻找赫彪的身世证据？按道理说赫彪现在为敌特服务，敌特下这么大力气寻找他的身世证据不是多此一举吗？这不符合逻辑！更何况毛三檩还是西林县公安队枪击案调查组的主要成员。

乌兰厅长认为，马云龙有这样的思考与疑问是对的，多问几个为什么，是公安工作必需的工作意识和工作思维，但不能杯弓蛇影草木皆兵。

“这个蓝色布包里包的是什么东西？”乌兰抬头问道。马云龙严肃地回答道："厅长，这不是我该看的，我还没打开过。"乌兰厅长微微一笑："马支队长你也是一级的领导干部，又是'西林 1 号'专案组的核心成员。你可以打开，这便于工作的开展。"

马云龙说："嗯，我知道了。"

乌兰厅长用手指弹了弹布包上的尘土，轻轻解开，只见内里有一本书和两块大洋。那书是一本俄文版的，书页都发黄了。只是在俄文书名下边用毛笔写了"共产党宣言"五个字。在书的扉页上还有用毛笔写的"贺立夫"三个字。

"贺立夫？他可是共产党早期的共产党员啊！"乌兰厅长惊诧地小声喊了一句。她轻轻地掀开其中一页，见空白处写着密密麻麻的小字，便小声地读了出来。

赫彪吾儿：吾乃汝父母也。吾之所以为汝取如此之名字，因汝父贺立夫，汝母何木兰，皆为共产党员，亦称为赤党，故而双赤为赫。汝乃寅年所生，降生之时吾人皆称汝小虎，小虎乃为彪，故吾为汝取名字赫彪也。

吾儿，为父为母乃为守常先生遣之，今来塞外热北之地，欲与巴力王爷共谋反抗北洋军阀之事。然未料巴力王爷非但不与吾辈联合，却向汝父母下达追杀令。幸遇一大漠牵驼人庇护方能于王爷府脱身。然为父为母已无计携汝返京，巴力王爷于追杀之令中明文道"一对年轻夫妇携一未满两岁之男孩"，吾无奈权且寄养汝于马家地铺村之汝叔公之家。

吾儿，非为父为母心狠弃儿于不顾，实为形势所迫不得不为也。人皆血肉之躯，何人心中无骨肉，此时为父为母心中如刀割火燎般痛楚。若吾躲过巴力王爷追杀，有幸脱于北洋军阀缉捕，数年后当来马家地铺村寻汝。若汝成人之时，仍未见为父为母之音讯，汝可持此书寻吾。吾坚信守常先生之语，“试看将来的环球，必是赤旗的世界”。

吾儿，为父为母企盼吾儿平安，成人之后勿忘汝父汝母之言！

父贺立夫　母何木兰泣书

民国十三年

乌兰厅长读完这些用鲜血与忠诚写出来的文字，抬起头，已是泪水盈眶。她用坚毅的目光直视着马云龙：“我们要想尽一切办法救出陷入虎窝狼穴中的赫彪！我先与吕副司令员说一下，看能否通过组织的方式找一找贺立夫和何木兰两位前辈。”

从清泉寺回来，最轻松愉快的一个人就是乌云丽。她走起路来都感觉自己轻飘飘的，低声哼着小曲，心里别提多美了。她和妈妈住在同一间宿舍，权且就是她们的家了。她把马云龙的婶子给她的那副银镯子戴在手腕上，甚至故意碰出点儿响声来。

乌兰厅长瞅了她一眼，心想闺女大了，开始想事了。她这次去马家地铺村一定是去了马云龙家，但这银镯子是否是马云龙家里给的呢？乌兰厅长抿着嘴偷偷笑了一下，却仍装作没看见。乌云丽在妈妈跟前甩着手晃动了好几趟，见妈妈依然无动于衷，于是急了，气得眼里含着晶莹的泪水，喊了一声：“妈，你也太不关心你的女儿了，你是不是我的亲妈呀。”

乌兰厅长“扑哧”一下笑了：“我早就看见了，马云龙家的？”乌云丽轻轻地“嗯”了一声，破涕为笑，双手晃动着妈妈的肩膀：“妈妈坏，非得逼着让我说。”接着，她就把她去马家的经过说了一遍，只是省略了说厅长让她保护马云龙的话。

乌兰厅长这才说了句夸赞的话：“我闺女好眼力，马云龙可是百里挑一的好小伙子。妈妈支持你，但要求你和他不能影响革命工作。”乌云丽从乌兰的背后探过脑袋来，在妈妈的脸上轻轻地亲了一口："我的好妈妈呀，不会影响，不会影响的。"

此时，这娘儿俩还不知道，乌云丽上马云龙家的事很快在马家地铺村传开了。马云龙的婶子也是逢人就显摆说："我们马云龙这回还带回来个黄花大闺妞儿呢。"

这个消息竟也传到了金龙的耳朵里，金龙却只说了一句话："那就更好了，我们可以一箭双雕啦。"

吕副司令员同意乌兰厅长的意见，将协查贺立夫与何木兰二位同志的请求，以冀热赤分局的名义上报给中共中央组织部。只半个月，中央组织部便转来了南满省委的报告。

这份报告中说，贺立夫同志原名贺立福，其与何木兰夫妇二人均为我党早期党员，对党忠诚。1936 年来南满工作，分别任南满省委副书记和工运部长。1937 年，北平有一个名叫王春水的我党人员叛变。此人原为贺立夫同志下线，日本特高课因此逮捕了贺立夫、何木兰二位同志。贺立夫、何木兰二位同志面对敌人的严刑拷打，宁死不屈，最后壮烈牺牲。已知贺立夫、何木兰二位同志父母皆亡，遗有一子取名赫彪，流落于热北地区。

吕副司令员读完报告，一种悲痛的心情油然而生，长叹一声："我们的同志为革命做出了巨大牺牲，如果连他们的后人我们都不能保护，那我们革的什么命，我们还配做他们的同志吗？"他沉思了一会儿，拿起电话，"乌兰同志，你过来一下。"

在吕副司令员的办公室里，坐着于副省长和乌兰厅长。

吕副司令员说："看了南满省委关于贺立夫、何木兰二位同志牺牲情况的报告，我突然想到一个问题，那就是敌特为什么不遗余力地寻找赫彪的身世证据，我想我们现在应该明白了。敌特和我们的出发点是不一样的，我们是为了证明赫彪的身世，而敌特的目的是找到并销毁证据。因为敌特那里肯定会有赫彪身世之说，销毁了真实证据，就可以凭着伪证继续欺骗赫彪去死心塌地地为他们卖命。"

乌兰厅长说："赫彪说，是共产党杀了他的父母。"

吕副司令员瞅了瞅于副省长和乌兰厅长："你们说我们下步该怎么办?"

乌兰厅长坚定地说："动员我们各种关系，下力气尽快找到赫彪，并实施抓捕。"

于副省长点了点头："我同意乌兰厅长的意见，但要把'抓'字换成'密'字。我觉得我们抓捕赫彪的目的是抢救他，让他幡然悔悟回到革命阵营里，而不是当作敌人来消灭。"吕副司令员说："我还得强调一点，尽全力拯救赫彪。但目前赫彪尚在敌特阵营，还是我们一个相当可怕的敌人。所以密捕他的方案一定要慎之又慎细之又细，不可疏忽大意。"

乌兰厅长心悦诚服地点了点头："是，我们一定要按副司令员和副省长的指示，对赫彪进行秘密抓捕。"

乌兰厅长回到公安厅的办公室，刚把帽子摘下放好坐在椅子上，门卫就给她送来了一个密封着的资料袋。在这个资料袋的外面写有"省公安厅乌兰厅长亲启"的字样。门卫还特地告诉乌兰厅长："是先前在咱们这儿，后来犯错误的那个马大山送来的。他说让我务必亲自交到厅长手里。"

乌兰厅长听门卫这么一说，急忙将资料袋的封口撕开，里面的材料是一份西林县政府治安科 1947 年的工作计划。乌兰抖了抖这份工作计划，将各页又翻看一遍，没有发现什么异常。"不对啊，马大山这个时候送来的材料绝非一般!"

乌兰厅长的眼前仿佛出现马大山匆忙的身影，还有在正月十五枪击案中受伤后的坚强表情，又仿佛看见"小神仙"案发后，在公安总队禁闭室昏暗的灯光下，马大山立正敬礼时坚定的神色："请厅长放心，我马大山决不是孬种，我一定完成厅长交给我的任务。"

乌兰厅长绷紧神经，瞪大眼睛，把材料又翻看了一遍，仍然没有发现什么异常。她叹了一口气，拿起材料打算放回到资料袋里。刹那间，她突然眼前一亮，在资料袋的下边用铅笔打了一个钩。于是，她小心翼翼地将资料袋拆开，只见资料袋里面底部隐蔽地用铅笔写着："敌巢西林绸缎庄赫彪亦在速严密监视　兴安3号。"

乌兰的眼睛湿润了："这情报太重要了，第一它说了敌巢的下落；第二说明马大山与兴安3号联系上了；第三赫彪有了着落。"

乌兰如释重负地坐在椅子上，心中有一种从未有过的舒畅。她刚想喊马云龙和王东山到她屋里开会，突然门卫的报告声又传来。门卫送来张文儒副县长的第三封来信。信还是先前那样的信封、信纸，那种淡淡的香味。

乌兰厅长急忙将信打开，她想仔细阅读信中的内容。

亲爱的：

请允许我这样称呼您。我天天都想见到您，但又很害怕见到您。我今天一早起来就听见楼顶上有喜鹊"喳喳"的叫声，朱县长说这是好的兆头，没准儿会见到自己所思所爱的人。

亲爱的，长时间见不到您的回信更见不到您，让文儒寝食难安。

亲爱的，年三十晚上，我想你和丽丽一夜无眠。正月十五秧歌会，面对敌人的枪声，我做了自己该做的事，得到你很高的评价，我知道这里包含着你对我的情意。我感觉到，您工作上支持我联系我，人离我越来越近了。

亲爱的，我在初恋时曾如醉如痴地吟诵司马相如写给卓文君的《凤求凰》，尤其是对其中的"有一美人兮，见之不忘""一日不见兮，思之如狂""无奈佳人兮，不在东墙""愿言配德兮，携手相将""何缘交颈为鸳鸯，胡颉颃兮共翱翔"诗句，爱之若狂。今天只要想到我亲爱的你，这些诗句就会从口中奔涌而出。

亲爱的，我思念你，都快想疯了！您如果还不答应我，我会控制不住自己，没准儿哪一会儿真的跑去您那里。

一直想念您的文儒

民国三十六年

乌兰将信收起来，通知马云龙、王东山到她的办公室开会。

马云龙已发现乌兰厅长严肃表情中所透露出的欣喜，便用拳头轻轻地杵了一下王东山的后背。两人相视一笑，厅长一定是有重要事情要告诉他们。

果然，乌兰厅长开口就将南满省委的报告说了，接着宣布了吕副司令员和于副省长关于密捕赫彪的指示。她特别将“密捕”二字分开加以解释，捕的目的是拯救烈士遗孤，采取的方式是秘密抓捕。最后，她才说了“兴安3号”确定敌巢和赫彪的情报，还加了一句：“这情报是马大山冒着危险亲自送来的，小伙子不错，看来他已经和‘兴安3号’接上头了。”

马云龙觉得血往上涌，眼睛都湿润了。想当初，监视娘娘庙的“小神仙”、放长线钓大鱼的策略被破坏后，乌兰厅长和马云龙支队长细思马大山暴露的经过便认为，西林县政府内部隐藏着敌特分子。要在“兴安3号”的身份尚不明朗的情况下，派一名同志过去，尽快摸清暗藏的敌特。如果能在行动中设法联系上“兴安3号”，那就再好不过了。

当时，马云龙向乌兰厅长推荐的就是马大山。对此，乌兰厅长先是有些犹豫：“这任务太重了，我怕他完成不了，那样的话对革命对他自己都不好。”

马云龙说：“厅长，你别看他熊个呆的（热北方言：软弱无能的样子），可做起事儿来有个老主意啊。更重要的是他对共产党对革命事业忠贞不贰，你给他安排件事儿，他拼着命去完成。

现在人们又都知道他犯了错误，受处分去了西林县是顺理成章的事儿。”

马云龙最后这一席话说动了乌兰厅长。于是，马大山去了西林县公安队，成了乌力吉手下的一名公安战士。但乌兰厅长特意给朱彤县长打了电话，说马大山在执行任务时违反保密纪律，下放到县公安队，但他人品不错，家庭出身又好，要求西林县政府给以关照。

马大山临走时对马云龙说：“哥你放心，我记住你的话，不怕牺牲，不怕憋屈，多动脑筋，完成任务。”

现在，终于听到马大山的工作有了进展，马云龙别提多高兴了。

乌兰厅长咳了一声，继续说：“吕副司令员和于副省长非常重视密捕赫彪的事情，认为这是打开眼下我们和敌特僵持局面的突破口，另外这也是挽救烈士遗孤的一件大事儿。”

王东山说：“那还有啥监视的，既然‘兴安 3 号’都确定了敌特的巢穴，我们给它个冷不防，冲进去抓人就是了。”

马云龙说：“不可以的，吕副司令员说得对，赫彪现在仍是敌特阵营中一个可怕的敌人。如果冲进去，他要反抗起来，不但挽救他成为泡影，通过他侦破敌人的设想也会落空，这就不是密捕了。我的想法是这样……”

乌兰厅长听完马云龙的计划后，心想这小伙子真是越来越成熟了。共产党的事业之所以能成功，不是智真和尚靠感应，更不是算命先生靠蒙骗，而是靠缜密的思维与科学的分析及推理。“凡事预则立，不预则废”，马云龙的想法正是建立在对方方面面的情况分析和预测的基础上。她最后说了一句：“密捕计划报我批准再实行。”

会后乌兰厅长留下马云龙说道：“既然马大山和兴安 3 号联系上了，一定还会有更多的情报。到接头的时间了吗？你可以去和马大山见一见了。”马云龙说：“好的，明天晚上就是接头的时间。”

乌兰厅长决定，由马云龙和王东山挑选出政治可靠又精明能干的战士组成监视小组，对西林绸缎庄进行昼夜监视。马云龙亲自蹲监视点，王东山留在队里做策应。经过侦查，他们决定将秘密监视点设在西林绸缎庄前边路对面的一间杂货铺里，这间铺子的老板是在西林解放后秘密发展的共产党员，而且，这个老板将临街的门面房改成了卖货的铺面，隔壁是仓库。在仓库里有一个用来透气的小窗户，正好可以用作监视孔。除了在仓库内架起一架望远镜，又让杂货铺老板出面拉上了电话线，装上了一部电话。

果然不出马云龙所料，当天夜里就见赫彪出来了。但他不是从绸缎庄直接出来的，而是从绸缎庄西边的一处院子里牵着马走了出来。马云龙唯恐接下来会有什么变故，派张树林带上一名身手好的战士跟了过去。快亮天的时候，张树林带着战士回来了。两个人走得通身是汗，衣服都湿透了。张树林说，赫彪出城后骑上马去了西北方向。他们一直跟到山前，见他进了山，他们就返回来了。

马云龙眯着眼想着，嘴里不住地叨念着：“西北方向，山里，西北方向，山里……”他突然抬起头肯定地说了一句，“他这是去白辉匪帮那里了。”

马云龙拿起电话，打给乌兰厅长，将发现赫彪和自己的判断一一做了汇报。

乌兰厅长说：“你的分析是正确的，先不急，摸透他的行动意图。我估摸敌特又要有大的行动，开始调兵遣将了。敌特已经把白辉匪帮和老二嫂匪帮紧紧地捆在他们的战车上，凡有大的行动，这两股土匪必定先动，这已是他们规律性的动作。如果这个判断成立，那么赫彪去完白辉那儿，还会去老二嫂的老柳树筒林子，你按照安排好的计划做准备吧。”

乌兰厅长的话让马云龙有点儿结巴：“厅长，我，这我还真没想到。那我和王支队长商量个万全之策，然后向你汇报。”

第二天夜里，赫彪骑马回到了西林绸缎庄的西院。当天夜里，有两个黑影一前一后从西林县政府出来，前者顺着墙根进了西林绸缎庄，而后者则是飞身跃上了西林绸缎庄的房顶，伏在房脊上。后半夜，赫彪又骑马出城，奔向城南，朝着大漠方向，走的是从西林到偏坡营子村的那条路。

马云龙果断地拿起电话：“王支队长，执行我们商量好的第一方案，孩子已经出发上路了。你们一定要做好充分准备，他现在还是一个可怕的敌人。”王东山说：“支队长放心吧，到地方后我会按我们商量的，做好一切可能的准备。”

这天夜里，马云龙按原先的约定，化装后在悦来酒馆的单间内和穿老百姓服装的马大山见面。马大山告诉他，兴安 3 号怀疑张文儒副县长就是国民党保密局热北特派员金龙。现在唯一难解的是每当黑衣人从县政府去了绸缎庄，却还见张副县长坐在办公室里。这几天黑衣人外出频繁，恐敌特又有大的行动，兴安 3 号决定这几天设法揭开黑衣人和办公室张副县长真伪之谜。

马云龙连夜回到公安厅将与马大山见面的情况向乌兰厅长做了汇报。乌兰厅长弯眉紧蹙，轻轻地说了一句：“就是他了。”她命令，公安厅公安总队全体人员立即进入临战状态！

有智者云，中国人下围棋讲求的是围堵吃的智慧，高手和高手过招既有各自的谋略还要看清对方的招数。一般的棋手只能是看一步走一步，优秀的棋手则能提前看出三步四步来。于是便有了“棋逢对手”“举棋不定”“一招不慎满盘皆输”这些话。而西林城现在暗战正酣的敌我双方，恰似正在博弈的两位棋手。

同时，就在这天夜里，国民党保密局赤岭站也在紧锣密鼓地忙着。银龙吴东朔站长先是给特派员金龙春水先生发去电报：“先生，黑风太保失去联系，证据没有着落。”很快，他便收到金龙发来的电报。

吴东朔读完这份电报后，眯眯着双眼朝向天花板，眉头不禁皱起个大疙瘩，因为那电报上清清楚楚地写着："回天太保探明，黑风太保三人与智真和尚同归于尽，寻找证据行动暂停。立即开始'榴莲行动'，马上实施'猎女行动'。"

暗战之中多的是诡谲，充满了真真假假虚虚实实，回天太保的情报就是马云龙从清泉寺出来时嘱咐马老栓安排的。吴东朔看完电报后，并没有把黑风太保的死活放在心上，只是上命难违。至于"榴莲行动"嘛，行动就行动吧，女人如同墙上的泥，掉了旧的，还可以换新的，难办的是"猎女行动"。二月初二那天，金龙与他商量时，他就觉得这是个打不着狐狸还会惹一身臊的活儿，但他更知道特派员金龙那说一不二的性格。

现在，吴东朔手下的这些人，黑龙邱处虎那里怕提前暴露，不准许参与组织的任何活动；青龙刘达顺那里，人手已经抽空，但"猎女"这个活儿只能让他们去干了。银龙吴东朔仰起脸苦笑了一下："达顺兄，只好给你找麻烦了。"

吴东朔拿起电话打给了"热北反共救国军"司令胡彪："胡司令吗？榴莲太保在你那里吗？"电话中传出胡彪哝哝唧唧的声音："她在，但已经搂着孩子睡了。"吴东朔没好气地说："睡了也不行，你马上通知她到我这儿来，有紧急任务。"俗话说，胳膊拧不过大腿，胡彪只好放人。

在松树山村的赤岭县支队大门口，有一个抱着孩子的女人被卫兵挡住了："里面正在开会，外人不许进入!"那女人一边"噢——噢——"地哄着怀中啼哭的孩子，一边一把鼻涕一把泪地央求着："快放俺进院吧，俺要找俺男人，那个没心肝的张同轩。他抛下俺们娘儿俩两年多也不回家呀！这让我们娘儿俩的日子可怎么过啊。"

在大门口，聚了好些村民，都跟着愤愤不平："这当了官就不管老婆孩子了，那不成了陈世美了嘛。""哼，连陈世美都不如。""你别说，这小娘儿们长得挺俊呀，就是脸蛋儿上脏兮兮的。"看来，这抱孩子的女人有两下子，感动了周围许多人。

赤岭县支队政委陈刚出来解手时，听到吵嚷声，便走过来问卫兵："谁呀，吵嚷什么?"卫兵说："骑兵连张连长的媳妇儿抱着孩子找张连长来了。"陈刚政委不高兴地说："那怎么不让人家进院，天还挺凉的，又是女人，还抱着孩子。"

卫兵说："我们排长告诉我，政委说的，里面在开会，外人一律不许进入。"

陈刚政委眉头一皱气愤地说："乱弹琴，太死板教条了，就是我说的也得分分情况啊！你让她们娘儿俩进来吧，我让张连长出来一下。"

陈刚政委进去不多时，张同轩就虎着脸晃悠晃悠地走了出来，大声嚷道："你这老娘儿们，你说你，我不让你来，你咋还来了啊!"那女人哭哭咧咧地说："孩子他大，我有一分路也不来找你。咱家地没人种不说，村里的泼皮侯二三天两头地去闹，我在家实在没法儿过了哇。"

张同轩将满脸横肉一绷，扫帚眉一拧，虎着脸问："那村农会的就没人去管管?"

女人眼泪扑簌地说："村农会说咱们家是地主，你早先又是伪满警察，侯二家可是三辈子赤贫，村农会不能管。"

张同轩大声嚷道："他奶奶的，我这里整天脑袋掖在腰里准备着流血牺牲，他们后边还这么整我家属，这八路军我没法儿当了！走，我跟你回家去。"大门口看热闹的人也吵吵嚷嚷："他们那地方的村农会这么整是不咋合适……"

这时，陈刚政委、鲁大海支队长等人走出来，张同轩大声吼叫的声音让屋里的会议无法进行下去了。陈刚走上前说："张连长，咱们有问题解决问题，别说气话。支队长，我看这样，让司务长找间民房，先让张连长把老婆孩子安顿下，其他问题咱们找他县政府解决。"然后转身问，"张连长你看这样安排咋样?"

张同轩的脸这才放了下来："政委这话说得在理儿，是人情好话，让我心里好受点儿，我听政委的。"

鲁大海支队长说："张连长，你们一家跟我来吧。"

陈刚和鲁大海万没想到，他们留下的这个女人正是国民党保密局赤岭站大名鼎鼎的女特务"黑寡妇"榴莲太保。陈刚政委当时并非对张同轩没有想法，他这样做只想安抚住张同轩，但是丢给恶狼一块肉就能改变狼要吃人的本性吗？

黑沉沉的夜，繁星闪闪。

松树山，这个只有几十户人家的小村子沉浸在夜幕里，村后是黝黑的山的轮廓。远处，不时传来几声狼的嚎叫声。忽然，随着一阵"汪汪"的狗吠声，从村头匆匆地闪过来两个人影。当这两个人走到一座院子的大门口时，有一个哨兵端枪上前喊道："什么人？口令！"那两个人中个子稍矮一点儿的上前说："保卫，是我。"哨兵收起枪说："西林，噢，是白副连长。"说完退后几步，敞开了院门。

这两个人径直走进院里的三间房里，只听黑暗中有一位操着公鸭嗓的人迎了出来，压低声音说："是刘特派员吗？可把你给盼来啦。"被称作刘特派员的人上前握住对方的手说："我是刘宝财，张连长，啊，不，现在应改口叫张旅长，你们辛苦了。同轩兄，我先恭喜你啦！春水先生和吴站长可都说了，这回所有的军官都连升三级，白川兄弟也一下子从尉官提到校官，都追上我啦。"

张同轩忙俯下身子，双手扶着刘宝财坐在炕上，依然压着嗓子说："同轩何德何能让春水先生和吴站长如此抬爱。"然后更加小声地说，"特派员对不起，灯不能点，话不能高声说，这几天我们那个姓陈的政委跟鲁支队长查得好紧哟。白副连长，你上门口看着点儿。"白川转身走出屋去。

这时，里间屋的门帘一挑，一个女人端着麻油灯走出来："没个亮儿怎么说话，也别太畏首畏尾了。哟，原来是瀚海太保驾到了。"刘宝财全身一激灵，忙从炕沿上跳下来："啊，是榴莲太保在这儿呀。"刘宝财虽然和"黑寡妇"在组织内是一个级别，军衔都是中校。但他知道，这女人是银龙吴东朔身边的红人，在赤岭站名气很大，说话要比他管用多了。

刘宝财说："我说哪，青龙让我带电台来。我问交给谁，青龙说这你别管，到那儿有人接收就是了，原来是交给你。"刘宝财一边说着话，一边从随身带来的褡裢里掏出一只小黑皮箱，双手捧着给"黑寡妇"递了过去。

"黑寡妇"榴莲太保说："我来时银龙吴站长说，你只管抱着孩子去就行，电台会有人给你送去，没想到劳您大驾。"

张同轩说："哎呀，刘特派员真是有劳你啦，兄弟我日后自当厚报。看看特派员还有何指示？"

刘宝财说："哎哎，我是什么特派员，就是青龙派我专程来送电台的。青龙还让我顺便了解一些你这里部队的情况。其实，特派员的真神是这位榴莲太保，就连我们都得听她的指挥呢。"

张同轩一脸横肉绷紧，瞪大眼睛，嘴巴大张，半天没有说出话来，有些不好意思地说道："榴莲太保特派员，你怎么没早说。唉，属下可是多有得罪啦。"那"黑寡妇"嘿嘿一笑，向他飞了个媚眼："行啦，你听瀚海太保捧着说呢！有什么得罪的，挺好的呀。再说啦，都是为党国做事嘛。先不说别的，你就先把这里队伍的情况说说吧，我也顺便听听。"

张同轩直了直腰板说道："赤岭县支队现在总共六百来人，一连、二连是共产党的老连队。我这一个骑兵连，还有两个步兵连。三连长李大牙先前'满洲国'时在我手下当个警长，四连长是冀东军区派来的老红军，可副连长是我一个哥们儿王三秃子，早先在侦缉队干。县支队还有个骑兵警卫排，虽说归政委和支队长管，但有好几个人是我安排进去的。现在马上动起来还行，八路那边也总是掺沙子。这几天开会说了，部队现在主要是学习整顿，听说下一步连长往上都要换成他们的人了。"

刘宝财说："有了这些情况，我就可以回去向青龙复命了。"

"黑寡妇"说："回去时跟青龙说，这里一切顺利。现在有了电台，你们那边就不要再来人了。银龙吴站长令，按金龙春水先生要求，赤岭县支队这里在起事前一定要保持平静。至于部队番号和诸位军阶的命令，将由华北‘剿总’统一发布。”

张同轩双手抱拳：“多谢银龙吴长官、青龙刘长官与各位的厚爱。不知刘兄这次在这里盘桓几天?”刘宝财摇了摇头：“我的人在村外等着我呢，一切还是小心为上，该办的都办了，该听的也都听了，我得连夜赶回西林向青龙刘长官汇报。”

张同轩说：“刘兄真是来也匆匆，去也匆匆啊。”

刘宝财说：“一切为了党国，张兄你让白川白副连长把我送出村，顺便把吴站长让青龙长官给你和弟兄们的五百块现大洋带回来。”张同轩有些受宠若惊地说：“无功怎好受？谢谢吴站长，谢谢青龙长官。”然后，张同轩把白副连长叫进屋中，又把嘴巴贴在他耳边低声说，“务必给他留下……”白川点点头，带着刘宝财匆匆消失在暗夜里，村子里又响起一阵狗吠声。

又过了一天一夜，赫彪骑着马奔驰在大漠中。乌兰厅长估计得没错，连续几天，他奉国民党保密局热北特派员金龙之命，分别去了白辉匪帮在大山深处的山神庙营地和西辽河边上老柳树筒林子的老二嫂匪帮营地。

金龙命令白辉和老二嫂，五月三日后分别在西林的西北部和东南部可着劲儿地去抢去烧去杀，闹得动静越大越好。前一阵子，白辉、老二嫂接到金龙的命令是养精蓄锐，不要有任何行动，等待时机干一大票。现在，这两个匪首听到开禁的命令，那个高兴劲儿就别提了，用热北的话就是骑毛驴逮豆包都乐颠馅儿了（热北方言：极其高兴）。

这两个土匪头子都知道赫彪的金龙信使身份，是十三太保中唯一一个在金龙身边的人，赫彪说的话就是金龙的旨意。土匪们在高兴之余，自然对赫彪好个招待。老二嫂亲自下厨给赫彪做飞龙肉丸子吃，白辉甚至要把自己的女儿嫁给赫彪。

土匪们兴高采烈摩拳擦掌，只等着五月三日的到来。

赫彪的任务完成了，浑身轻松，他对现在的生活感到很满意。他是个孤儿，自小缺少父爱和母爱，而六爷的古怪和六奶的刻薄又让他对寄养的家庭没什么好感。在庙中的清贫与师父的严厉，虽然让他学得一身武艺，但也忍受了常人所没忍受过的艰辛。当一个父亲般的人物出现在他面前时，对他关照，给他优越的生活，给他在组织里出人头地的地位，让他感激涕零。尤其是当他看到他父母因为替国民党做事而被共产党的锄奸团杀害时留下的遗书，他对共产党充满了仇恨，发誓要为父母报仇。

大漠中万籁俱寂，偶尔在黑黢黢的沙包上闪动着一双绿莹莹的光点，还有两声拉长调的嗷嗷声。赫彪艺高人胆大，骑在马上仰头望了一眼星空。望着那些稀疏的星星，他举起了马鞭子，轻轻地敲了一下胯下的黄骟马。黄骟马便狂奔起来，天亮前他必须赶到家。

当赫彪走到离出大漠还有四五里路的地方，也就是马云龙等人来西林时被红枪会和胡彪堵截的那个地方，发现那场大风暴只是让沙丘往前移了移，却也更高了些。此时此刻，他不会想到，王东山已带着公安战士们在这里“恭候”多时了。从公安总队出发前，王东山就想在这个地方设下埋伏，征求了一下马云龙的意见，二人不谋而合。

根据密捕第一方案，王东山让战士们六人一组，分为四组。每个小组都有具体的任务，具体地点则选在马大山骑马没有跨越过的那道柳条捆子之处，两侧各有一个大沙丘，中间是个大风口。王东山还料定赫彪会在夜间赶回，便在白天让除了放哨的战士外，其他人都在沙坑里休息。到了夜间，各小组各就各位，只等赫彪撞进这天罗地网之中。

赫彪的黄骟马也可以称得上是宝马良驹了，毛皮如水滑如黄缎子一般，腿长且前裆宽，鼻子上面有一条白毛。热北的蒙古人将骑马分为奔马和走马两种，赫彪的黄骟马属于奔马。

黄骟马在飞奔着，赫彪的耳边是呼呼的风声。他的心中只有一个念头，那就是快点儿赶回家。出发时，特派员金龙曾叮嘱他："抓紧时间早点儿回来，还有一个更重要的事情需要你来办。"他知道，金龙说的重要任务就是要他在"猎女行动"时去监视青龙刘达顺的人。如果一切顺利，他连面也不会露。如果刘达顺的人失手，则要他立即出手，帮助刘达顺的人成功完成任务。至于为什么这样去做，赫彪问也没问，因为金龙安排给他的任务，他只管去干，从不问为什么去干。

快了，快要出大漠了，看来天亮前赶到家是没有什么问题的。突然，黄骟马像打前失似的趔趄了一下。赫彪下意识地提起缰绳，黄骟马的两条前腿腾空而起，整个身子几乎立了起来，然后落地向前冲了一下。

在王东山事先安排的四个组中，有两个组的任务就是拽拦马索。他们找来了两条捆大车的四丈长的皮绳，一个小组负责拉一根，来了个双保险。为了更加保险，王东山还牵着马试了一遍，如果第一小组不成功，那第二小组的拦马索便至关重要。具体位置考虑再三又试验了几次才确定下来。这次，他动了脑筋，做了极周密的安排。

在黄骟马驮着主人腾空而起又落下来向前冲的节骨眼上，第二道拦马索起了决定性的作用，让它头朝下栽了过去，赫彪再怎么用力提缰绳也无济于事。随着黄骟马向前栽倒的冲力，他从马鞍子上掀了下来。但赫彪就是赫彪，没有被甩在地上，而是脚尖儿一点马脑袋腾空而起并随手从腰间抽出手枪来。

在漆黑的夜色里，他发觉对面有几个人影在晃动，抬手就是一枪，只听"啊"的一声。赫彪跳起来，打算冲上左边的大沙包。可是，当他跳跃到离沙包不到十步远的地方时，有一张大网从天而降。另两个小组开始行动了，一下子就将他罩住。赫彪挣扎着，但无济于事。

这时，赫彪觉得脑后有一股风吹过来，不好，有人偷袭。他本能地向一边一跳，但结实的大网妨碍了他的动作，后脑勺挨了重重的一木棒，他一个跟头栽倒在地。立刻有四五个如狼似虎的公安战士冲上来，他们把赫彪结结实实地摁在了沙土上。赫彪愤怒地喊着："放开我，放开我，我是飞行太保赫彪！"他以为遇到了打劫的土匪。

"抓的就是你！先捆起来，结结实实地捆。赫彪你他娘的真不知好歹，要不是厅长和支队长一再嘱咐不许伤着你，我早把你打成筛子眼了。"王东山一边气呼呼地叫骂着，一边回头问道，"谁受伤啦？伤得怎么样？"

"报告副支队长，王二虎受伤了，子弹打在右侧肋骨上了。子弹没出来，卫生员说得送军区医院手术。"

王东山威严地喊了一声："收队，去老营盘的骑兵团。不走城里，从城西头绕过去，伤员也从城西门送军区医院。"

"哼，你们原来是八路的人，你们竟然玩阴的！"

"哧，你真是狗咬吕洞宾，不识好人心。我们这是救你，你知道吗？"

"别说没用的，让你们马云龙来见我。"

"哧，还用马云龙，我王东山带几个人就把你抓了。兄弟，先委屈点儿吧，现在还不能让你自己骑马，胳膊腿儿都得捆上。你要是再飞了，我王东山的脸皮再厚也没法儿活在世上了。放心吧，到了地方，你大师兄一定会去看你。"

王东山连嘲带讽地说了几句，赫彪认栽了，不吭声了。王东山让战士们把赫彪横放在他的马背上，他要眼盯着把赫彪押回去。

东方露出熹微的颜色，大漠现出了苍莽壮美的容貌。在路两边，现出了嫩绿的草芽，桦树、山杏树、红柳也都伸出了绿色的枝叶和鹅黄色的芽苞。大漠到了春风似剪万绦垂下的季节了。

王东山和公安战士们带着胜利者的微笑，疾行在大漠里，扬起一路的沙尘。这时，谁都没想到，国民党保密局热北特派员金龙春水先生的"猎女行动"也开始了。

这几天，马云龙和王东山或者整个公安一支队都在为监视西林绸缎庄和密捕赫彪而忙碌着。因为监视和密捕这样的工作都用不着乌云丽，所以她只好留在家里。她的好朋友图娅来了，说是多日不见挺想她的，还有一个喜讯要告诉她。最近，图娅找了一位大夫一把脉，说是喜脉。公婆家人乐得不行，又杀鸡又宰羊的，为她庆贺。

乌云丽也不瞒图娅，就把她去马云龙家的事情也说了。图娅笑眯眯地瞅着乌云丽，以干姐姐和有经验过来人的身份说："傻妹子，女人这一辈子最大的事儿就是选一个如意郎君。马云龙那样儿的天下能有几个，要人有人要模样有模样，你可是好福气呀。按我们热北蒙古人的规程，你得给他绣烟荷包了。我那儿布料、彩绸、丝线、扎花筝子都是现成的，过两天我给你拿过来。绣烟荷包可有不少说道呀，怎么打褶，闺女做几根飘带，媳妇儿做几根飘带，扎的什么花，都是有讲究的。"

图娅一口气说出一堆道道儿来，把乌云丽听得头都大了："图娅姐，我真没想到有这么多讲究，赶明儿个我上你家去，姐你得好好教教我。"

早晨吃完饭，乌云丽待在屋里。她好几天没见到马云龙了，张树林也不在，王东山副支队长昨天带着大队人马又走了。乌云丽有一种寂寞和无聊的感觉，她突然灵机一动，何不趁此机会去图娅家，把做烟荷包的东西拿过来，她甚至为自己的这个想法而得意地一笑。

乌云丽敲了敲妈妈办公室的门，没人应声。卫兵告诉她，厅长刚才去军区了。她低着头想了想，到图娅家用不了二十分钟，说话拿东西二十分钟，回来再有二十分钟，前后也就是一个小时。可妈妈要是研究起事情来，没两个小时回不来。对，马上去马上回。

乌云丽换上便装，走出西林中学的大门，街上的行人不多。西林城的人口本来就不多，这年节一过，城外面村子里的人又该忙农活儿，没人上街，街上就更少见人了。乌云丽在心里想着要快去快回，眼中只盯着前面的路。她根本没有注意到身后正有一辆带篷的胶皮轱辘骡子车在不紧不慢地跟着自己。再过一条街就到图娅家了，乌云丽的心中满是怎么和图娅学扎花做烟荷包的事。

突然，她一抬头，看见对面有两个五大三粗的男人朝她走了过来。乌云丽心想，不好，别是遇上歹人了，不如等马云龙回来后让他和自己再去图娅家吧。想到这，她扭过头去，想回去。万万没想到，从带篷的骡子车上也跳下来两个人。

乌云丽正想掏枪拼死一搏，然而身后的那两个男人却像老鹰抓小鸡似的扑上来，掐住了她的胳膊和脖颈，并迅速将一块湿毛巾捂在她的嘴上。另外那两个人也迅速冲上来，将迷得一团泥似的乌云丽抬起来放进了骡子车里。这四个人往四处瞅瞅，没有发现什么人，便赶起了骡子车向城东飞奔而去。

乌兰厅长这次去军区，是吕副司令员来电话让她去的。她在吕副司令员的办公室里看到，除了朱力参谋长、于民副省长、社会部的厉主任，还有一位看上去文质彬彬的中年男子。吕副司令员介绍道：“这位就是从苏联伏龙芝军事学院回来的钟克威同志，这位是辽西省公安厅厅长乌兰同志。”乌兰忙上前握手，微笑着说：“大专家，我们现在就等你破开敌特的密电码啦。”

吕副司令员说：“那就请钟克威同志说一下敌特密电码的破译情况吧。”

钟克威谦虚地点点头说：“敌特这次使用的是五单位码，由0至9共十个数字的电码组合，具有两个传号和两个空号的特点。这次，敌特又利用五单位密码的使用规则将程序颠倒过来，同时把单数和双数分别组合形成新的程序密码。但不管敌人采取多么复杂的设计，有一点是改变不了的，就是密码最本质的特征，即使用的规律性。所谓破译就是找到使用这十个数字重新组合的规律，现在我高兴地告诉大家，敌特密电码的使用规律我们找到了。

“我先说一下最近两次电报的内容吧。先说第二次电报时间，是昨天夜里 11 点 30 分，来电内容：春水先生，N 师许登谋参谋长说，5 月 3 日华北剿总派三架轰炸机从北平南苑机场飞抵赤岭机场。回电内容：知道了，马上问清楚 N 师发起进攻的时间，以便确定‘秋山计划’实施时间。

“再说第一次电报时间，是前天夜里 11 点 30 分，来电内容：春水先生，榴莲开始行动，诸项安排到位。回电内容：‘榴莲行动’按既定计划进行，马上实施‘猎女行动’。黑风太保事已转给回天太保。

“在座的各位领导，现在就破译了这两份电报，前面还有几份电报，容后继续破译。”

吕副司令员站起身，伸出手：“克威同志，我代表分局和军区感谢你，破译了敌特的密电码就等于扼住了敌特的喉咙，敌特的呼吸就被我们控制了。”

钟克威也站起身：“这是我的本职工作，副司令员，那我去工作了。”

钟克威走后，吕副司令员又回到自己的座位上，扫视着几位部下：“大家说说吧，对电报的内容怎么看。”

朱力参谋长说：“大战在即啊，这下天上飞机炸，地下重炮轰，够黄勇喝一壶的了。”

于民副省长说：“看来敌特的‘秋山计划’与 N 师的进攻是紧密相关的。怎么又冒出来个回天太保？‘榴莲行动’是什么行动？‘猎女行动’莫不是烈女行动？打算找个女特务和我们同归于尽，哈哈哈……”

乌兰厅长说：“‘榴莲’是个太保的名号，国民党特工中俗称‘黑寡妇’，常以色相取人。热北军分区梁科长就是她拉下水的，不知她这次又瞄准了谁。回天太保这个名字挺陌生的，原来没听过。至于‘猎女行动’嘛，他们要猎的是哪个女人？哪个女人值得他们行动，是我吗？”乌兰说到后来，微笑一下，有调侃的意思。

在座的人你一言我一语地说着电报透露出来的信息，吕副司令员听得很专注，并不时用铅笔在笔记本上记着。听着大家谈得差不多了，他撂下铅笔说："朱参谋长给热北军分区黄勇司令员发报：热北军分区黄勇，国民党华北'剿总'三架轰炸机将于5月3日飞临赤岭。大战在即，要求你们将分区和各团营连的指挥所再做一次检查，战士们的单人掩体也要检查指导，防敌重型炸弹轰炸，一定要做到确保无虞。军区拟派骑兵师协助你部打好此次反击战。"

然后，吕副司令员又对于副省长和乌兰厅长说道："我看不管是'榴莲行动'还是'猎女行动'，敌特都是针对我们的。大战在即，后方各部门的安保工作都是非常重要的，你们要立即采取防范行动。乌兰厅长，你也要注意保护好你自己。但无论是下通知还是组织会议，都要注意一点，丝毫不要让敌特觉察到我们已经破译了他们的密电码。"

散了会，乌兰留下来，把密捕赫彪的安排，以及对敌"秋山计划"特别是对敌特派员金龙侦破的进展情况和兴安3号的情报向吕副司令员、于副省长做了汇报。她特别向两位首长讲了对敌特两个带有规律性动作的判定与相应的工作安排。

于民副省长说："我同意你的安排，有备无患嘛。"吕副司令员脸色十分凝重地说："分局社会部向中央社会部的报告发出有段时间了，再慎重一点儿。嗯，看来热北这明的暗的大决战都要开始了！"

乌兰厅长从军区回到她的办公室，整个公安总队的各个房间都显得很安静。二支队去了大漠石窟接替骑兵连守卫军火库了，三支队负责内部安保，四支队配合西林县公安队在城里巡逻，一支队去密捕赫彪，所以没了往日进进出出的嘈杂声。

电话铃响了。

她拿起电话，是王东山从老营盘骑兵团打来的。他在电话中有点儿兴奋地报告了密捕赫彪的经过，还说：“只是赫彪现在不吃不喝，红着眼睛嚷嚷，要马云龙去见他。”

乌兰厅长欣喜地说：“好啊，你们的任务完成得很好。那好吧，我叫马云龙过来，我们一会儿就过去。”她突然想到，乌云丽还在家，便大声喊道，“云丽，乌云丽，这孩子又上哪儿疯去了。”没有人答应。乌兰厅长对此并没有太在意，女儿平时就是这样，这会儿工夫不知又到哪里干什么去了。

她给马云龙的监视点打了电话：“云龙，我找你有事儿商量，你马上回来。”马云龙很快就回来了。乌兰厅长就把王东山带人成功密捕赫彪的消息告诉给他：“咱们得商量商量，他也是不太好对付的。”两个人商量了一气，觉得第一步应是用我们的真凭实据帮他搞清楚他父母的事。

乌兰厅长和马云龙骑马直奔老营盘的骑兵团。

乌云丽用力把眼睛睁开，上眼皮和下眼皮像是用胶水粘在了一起。头昏昏沉沉的，身子也像灌了铅一样，使她无法行动。又过了一会儿，她似乎恢复了知觉，眼睛也看清了周围的一切。她发现，她躺在一张紫红色的地毯上。

乌云丽挣扎着坐了起来，发现面前是带有紫檀木扶手的土黄色牛皮沙发，紫檀色的茶儿。她翻过身，又看到对面的墙上是一张很大尺寸的《蒙娜丽莎》油画。

“这是什么鬼地方，我怎么从来没有见过也没有来过这地方?”她渐渐想起来了，是去图娅家的路上，被几个男人劫持了。她还记着有一辆带篷的骡子车，对，是四个凶狠的男人劫持的她。她站起身子警觉地看了看，看见了水泥台阶，于是毫不犹豫地走上去。

但门被关得严严实实的，乌云丽用力拍打着棕色的门板：“放我出去，放我出去!”

“唰”地一下，门上的一扇小窗开了，露出一张凶巴巴的大脸盘子：“你喊叫什么，你这就不错了，我们都没资格住在这里边啊。”

“三儿，别跟她废话，关她几天，她就不闹腾了。可千万别动她，这回是金龙亲自下的令。谁要是动她一手指头，可要拿命去说，连我都囫囵不了。三儿，你们这回干得不错，我已经上报了，得给你们嘉奖。”是青龙刘达顺的声音。

看守的人，自然就是张老三了。

前天夜里，都是后半夜了，青龙刘达顺接到银龙的来电，来电内容是：“接金龙春水先生电令，命你组织人员实施‘猎女行动’，限三天之内抓获公安厅厅长乌兰之女乌云丽。春水先生又令，抓获后严加看护，不得有任何不轨行为。”

青龙刘达顺看完电报火了：“这缺德冒烟儿的事儿让我干，这不是眼睁睁地把我往火坑里推嘛。”他立即回电：“我处已无合适人员，望兄台高抬贵手，调他人去办。”但他很快又接到银龙吴东朔电：“金龙春水先生电令，此行动必须由你来完成，否则军法从事。”青龙刘达顺长叹一声：“唉，此举不做不行，做了就是引火烧身哪。”无奈，他只好把张老三找来，给他看了电报，许了些愿，两人商量了半天，这才想出这么个行动方案。

还好，抓人很顺利，张老三带人在西林中学附近蹲了一天多，终于等到乌云丽自己出来了。张老三对青龙刘达顺说，他特意跟弟兄们赶到没人看见的地方抓的人。青龙刘达顺长出了一口气：“三儿呀，我没白疼你，你总算干了一件让我放心的事儿。”但人是抓来了，下一步该怎么办？为什么抓来？这总不能抓个姑奶奶来，整天好吃好喝地侍候着吧。

青龙刘达顺只好又给银龙吴东朔发去了电报，请示如何处理抓到的乌云丽。银龙吴东朔回电：“‘猎女行动’乃‘秋山计划’之始，以此扰乱西林共党首脑之思维。兄能将其看护好，便是大功一件。兄所云表奖有功人员之事，我亦有此意，待‘秋山计划’大功告成一并奖励之。另，飞行太保未按时归队，金龙将派人做防范安排。”

在老营盘骑兵团这边，乌兰厅长事先已派人安排了一个特殊的房间。这个房间的门窗都用粗钢筋加固，床铺及生活用品也都齐全。为了防止赫彪在没转化之前逃遁，还是给他上了脚镣和手铐，门口设了双岗。

马云龙让警卫打开门，走了进去，说了声："师弟来啦?"赫彪呼呼地喘着粗气，不吱一声，只把身子扭了过去，背对着马云龙。

马云龙长长地叹息了一声："师弟，师父他老人家圆寂了。"赫彪的身子微微颤抖了一下，但并没有转过身来，只低低地问了一句："什么时间殁的？是什么病?"马云龙说："昨天烧的头七，不是病死的。"

赫彪有点儿不耐烦了："不是病死的是咋死的？哼，我知道了，你们共产党不信佛，是你带人把师父给杀了，你们共产党没有好下场!"

马云龙说："师弟，恰恰相反，杀师父的人是黑风太保。他带人去向师父要你身世的证据。"

赫彪说："我不信，你们共产党就会造谣，你也是。"

马云龙说："师弟，我什么时候骗过你？你不信我说的，我给你叫个人来。"转过头喊了声，"慧明小师弟，你进来吧。"慧明小和尚也是早晨刚刚接来的。

慧明小和尚进屋就跑过去，扑倒在赫彪的怀中："呜呜，二师兄你咋就不回去看看师父啊，师父最惦念的人就是你啊。师父圆寂的头天晚上还念叨你呀，呜呜——"慧明进寺的时候，赫彪还没走，又过了一年多的时间才走。赫彪还真是把慧明当作自己亲兄弟般对待，两个人的感情非同一般。

赫彪被慧明说的话和哭泣声打动了："小师弟，你别哭了，我挺难受的！你把师父是咋圆寂的细细给我说一遍。"慧明小和尚挨着二师兄坐在床上，抹了一把眼泪："那是二十天前吧……"接下来，慧明小和尚就把黑风太保怎样假扮游方和尚赖在清泉寺不走，怎样逼迫师父折磨师父让他交出二师兄父母留下来的东西，最后师父与他以死相搏，还有师父临走之前嘱咐大师兄要他救二师兄都细细地说了一遍。

慧明小和尚连哭带说的一番言语，让赫彪潸然泪下，坐在一边的马云龙也落下泪来。

赫彪紧咬钢牙，好像从牙缝儿里一个字一个字地往外挤似的："他妈的，黑风是青龙、银龙的人，又是他们背着金龙在整我，有机会我非宰了他俩不可！"

马云龙觉得今天说多了，赫彪会接受不了，就说："师弟，今天咱们哥儿仨就说到这儿吧，你再想想吧，事情八成没那么简单。"说完便和慧明小和尚走出屋去。

马云龙出来后，便把赫彪的表现和乌兰厅长、王东山说了一遍。

乌兰厅长说："赫彪头脑中有些东西已经固化了，哪能那么容易转变。再观察观察他，看情况再向他公开他爸爸妈妈留给他的信和南满省委的报告。对西林绸缎庄的监视丝毫不能放松，我们抓了赫彪，估计敌特要到着忙的时候了。"

乌兰厅长依旧让王东山留下来看守赫彪，她和马云龙骑上马回公安厅，马云龙打算把乌兰厅长送回厅里再去监视点。

回到公安厅里的办公室，乌兰厅长先是感觉有什么地方不对劲。当她看见马云龙站在那儿时，才突然想到她的宝贝女儿没有像往日那样接应她。她想，是时候该把女儿和马云龙的事说开了，总不能"剃头挑子一头热"吧。女儿热追，马云龙不温不火，这年轻人也太有抻劲儿了吧。乌兰厅长想到这里，朝着宿舍喊了一声："乌云丽，乌云丽你来一下。"

马云龙说："厅长你忙吧，我去监视点了。"

乌兰厅长说："云龙你先等等，我还有点儿事儿想跟你俩唠唠！"她说着，见乌云丽没有应声，便走出办公室到外边又喊了两声，仍然没有乌云丽的动静。这时，卫兵告诉乌兰厅长，她去军区那边开会时，乌云丽便出了院子，一直没见回来。

"'猎女行动'，猎的是她！"乌兰厅长的头"嗡"一下大了，扭身回到办公室。她见马云龙还站在那儿，就急忙说："云龙，乌云丽失踪了。"

马云龙说："不能吧，她也许去了图娅家，我马上去找一找。"乌兰厅长焦急的眼神缓和了一点儿，瞅着马云龙走出去的背影，充满了期待。

过了一个小时，马云龙回来了，满头的汗，满脸的歉疚与焦急。他向乌兰厅长报告说，他去了图娅家，问乌云丽来过没有，图娅说没有。但图娅又说，过了晌时，前趟街她二姨婆婆上房前抱柴火，见胡同里有几个男人抓了一个闺妞儿，塞到带篷的骡子车里就跑了。

马云龙马上带着图娅去了她二姨婆婆家。

图娅的二姨婆婆是个爱絮叨的小脚老太太，指着前边马路附近的胡同说，她就是在那儿看见几个男人抓一个闺妞儿的，一定是黑道上的人又在绑票。马云龙在现场看了看，的确是一个很僻静的地方，但时间久了，踪迹全无。

"'猎女行动'，这就是'猎女行动'，是我蠢了！我把别人都想到了，连我自己都想到了，怎么就没想到乌云丽，我真是昏头了。"乌兰，这个刚强执着不服输而有智慧的女人头一次在马云龙面前失态，脸色灰白地说了这样一句自责的话。

她沉默了一会儿，待恢复了平静，拿起了电话。

吕副司令员非常重视乌云丽被绑架事件，立即通知于民副省长、乌兰厅长去他那里商量解决的办法。同时，他还告诉乌兰厅长，让马云龙也参加会议。参加会议的还有朱力参谋长和分局社会部的厉主任。这些人谋略过人，无疑都是我方党政军中的精英。大家听说乌云丽遭到绑架，都很焦急和气愤。

吕副司令员用手指敲了一下桌子："毫无疑问，这就是金龙电报中的那个'猎女行动'。看来敌人绑架乌云丽是早有预谋的，那么敌特绑架乌云丽目的何在？金龙搞的这个什么‘榴莲行动’和‘猎女行动’以及那个‘秋山计划’到底有什么关系？为的是什么？”

吕副司令员在开会议事时有一个很好的习惯，是老一辈共产党党政军领导干部都有的工作作风，就是提出问题让大家各抒己见，从不独断专行搞一言堂。待大家畅所欲言后，他再说出自己的意见。所以大家参加他的会议都很紧张，但开完会又都感到心情舒畅。

讨论很热烈，都在把自己的看法说出来。

社会部的厉主任说：“从截获金龙发给银龙的电报看，敌特也很着急，在问‘猎女行动’为什么尚未行动，飞行太保未按预定时间归队，要银龙派专人去老二嫂处查询，并说‘秋山计划’行动在即，万不可疏忽大意。也就是说，敌特的这个行动，那个行动，无非都是在为‘秋山计划’做准备。”

于民副省长说：“金龙这招儿还挺毒的，看似绑架的是个小人物，但影响的可是大人物，恐怕都不止影响一个人。根据乌兰同志对特情的判断分析，敌特近期要有大的行动。极有可能是敌特‘秋山计划’的庐山真面目就要现形了，在实施之前想把我们的注意力吸引到绑架案上。”

……

“同志们啊！”吕副司令员站起身，满脸冷峻：“大家讨论得很好，我们同什么金龙、银龙斗争有一段时间了，我看他们的‘秋山计划’实行之时，就是他们的灭亡之日。这个什么金龙春水先生，我看是个刚愎自用的人，再加上他们那个专制的工作体系，有多少个龙多少个太保也不管用，最后不都成了蒋家王朝的殉葬品。现在我说几个工作，厉主任你和钟克威同志说一下，就得辛苦他啦，截获电报立刻抓紧破译，并立即将内容报给我。另外，我们关心的那位朋友，有了消息第一时间报给我。

“朱参谋长，大漠石窟中的日军军火一定要赶在5月3日之前运送完毕，通知各部队配合公安总队严防各路口，防止敌特将乌云丽运出西林城。

“乌兰厅长，我觉得敌人的目标不是乌云丽，暂时她还没有生命危险！你们一是加大巡防力度，不要让敌特有任何可乘之机；二是全力以赴破除赫彪阴暗的思想认识，我们坚决把这个烈士的遗孤挽救过来。这个工作，也请厉主任多加协助。这个赫彪如果转变过来，可能会起到我们意想不到的作用。金龙不是想给我们制造思想混乱，他好去实行他的‘秋山计划’吗？我们偏就按部就班，按我们早就制订的‘西林 1 号’案件的侦破方案，将什么金龙、银龙、青龙、黑龙，还有什么十三太保打个落花流水，悉数予以歼灭！”

散会后，乌兰厅长和马云龙回到了公安厅。

乌兰厅长说：“明天就是 5 月 3 日了，按银龙吴东朔给特派员金龙的电报内容，明天国民党三架轰炸机将飞抵赤岭机场。这一天不知道敌特还要整出些什么事情来。我们就按副司令员的指示抓紧工作吧。”

马云龙见乌兰厅长的脸色虽有好转，但仍是闷闷不乐的样子，就说：“厅长，我看副司令员分析得很对，敌特抓云丽的目的是干扰我们的思维，所以她的生命暂时不会有危险。图娅的二姨婆婆说，敌特抓图娅的带篷骡子车往东去了，那这事儿没准儿就是贸易货栈那些特务干的。等赫彪的事儿有个结果，我带人去一趟。”

乌兰厅长点点头，用信任的目光瞅了马云龙一眼：“好吧，就按你说的办吧。”马云龙用直线电话给张树林打了个电话，说他暂时过不去，要张树林严加监视，尤其是进出绸缎庄的人员变化。然后，马云龙向乌兰厅长请示道：“厅长，我去骑兵团吧！让王副支队长回来，你也该休息休息了。”

乌兰厅长说：“嗯，你去吧！不用担心，我没事儿，你也抽空儿睡一会儿吧。”乌兰厅长嘴上说没事儿，但乌云丽被绑架这事的确对她打击不小，她觉得自己好像一下子变老了。

马云龙回到老营盘的骑兵团，问了问情况。

王东山说："他现在倒不吵也不嚷了，可是一句话也不说，到现在还是不吃不喝的。我让人上东院李二那儿买只鸡杀了给他炖上，他都不吃。尤其是见了我，那仇恨的样子，好像杀了我都不解气。"

马云龙说："别急，他会有感谢你的时候。"接着便把乌云丽被绑架和吕副司令员开会的内容说了说，"厅长的压力挺大的，你回去后向厅长请示一下，咱们就多想点儿多干点儿吧。"

傍黑天的时候，马云龙领着慧明小和尚又走进了关押着赫彪的房间。赫彪还是不吱声，又把身子背了过去。慧明小和尚端着个餐盘，盘子中有三碗小米饭和三碗鸡肉，还有一碟卤笋片。

慧明说："二师兄你快吃点儿吧，我上厨房热的。这是咱们师兄弟三人头一回在一起吃饭，就是咱俩也多少年没在一起吃饭了。"赫彪瞅了慧明一眼，长叹了一口气，还掉下几滴眼泪来，仍是不瞅马云龙，却把饭碗端了起来。

吃完饭，马云龙叫战士把盘子和碗端下去，就说："师弟，你能看看你父母给你留下的字迹不？"

赫彪说："我爹妈写给我的信我看过了，我才不看你们那些假东西。"

慧明说："二师兄，不是的。这是一个蓝布包里的，六爷怕放在他家不保险，就送到师父那儿去了。师父把它放在墙旮旯的砖洞里，是我掏出来交给师父，师父又交给大师兄的。"

沉默了半天，赫彪这才生硬地冒了一句："我看看可以，但不代表我就相信你们。"

马云龙把蓝布包让慧明小和尚捧到赫彪的面前打开，一本俄文版的书上写着汉字，还有两块大洋。赫彪见了先是一愣，脱口说了一句："还真是有两块大洋呀。"马云龙知道，他这么说，其中必定有什么蹊跷，但现在不便问他。

马云龙不知道的是，贺老六在把小赫彪往庙里送的时候曾说过这样一句话：“你爹你娘留给你两块银大洋，我也给和尚了。我养不了你，你就在庙里待一辈子吧，谁让你托生到这个人家了啊！”这句话像钉子似的楔在了小赫彪的心里。

赫彪托起那本书，对上面的遗言看得很仔细。有的地方可能字迹不甚清楚，他便双手举起来，放在灯光下看，看了一遍又看一遍。马云龙知道赫彪仍处于一种质疑的状态。当一个人的思维处于一种定式的时候，要打破这种思维定式，一是需要翔实的证据材料，二是需要时间。

赫彪用戴着手铐的颤抖的双手将书合上，慧明连忙上前帮忙，又包在蓝布包里。赫彪阴沉着脸，仍是低着头，却说了一句话：“你们还有什么证据一块儿拿给我看。”

马云龙又从挎包里拿出分局、军区向中共中央请求协查贺立夫、何木兰二位同志的报告，南满省委关于贺立夫、何木兰二位同志牺牲的报告，“兴安 2 号”的血书照片及乌兰厅长破译的书面材料。马云龙轻声说：“师弟你都看看吧，还有一份材料据社会部的人说已在路上了，不日就会到达。”

赫彪冷笑着说：“为了我，你们真是煞费苦心哪。”

马云龙说：“是为了你，但重要的是为了我们的党！吕副司令员说，如果我们连我们自己烈士的儿女都挽救不了，我们还革什么命啊。”

赫彪又不吱声了，但他这次是埋下头，继续认真地看着手中的那几份材料。他看完一遍又看了一遍，然后把材料放在一边，仰起脸，用力地闭上了眼睛。俗话说，砍的不如旋的圆，赫彪是明白人，真的假的放在一起一眼就能看出来。过去，他看到的只有那份春水先生给他的他爹妈留给他的“遗书”。现在，当真正的遗书放在他面前时，那份由春水先生伪造的假遗书就像是一堵被水浸泡的土墙，很快便完全坍塌了。

马云龙见状，轻轻地说了声：“师弟，你躺下睡一会儿吧。”

然后收了材料，拉着慧明的手走出了房间。

半夜时分，突然有战士来敲马云龙的房门："支队长不好啦，赫彪自杀啦！"这样的呼喊惊得马云龙一身冷汗。他急忙从屋里跑了出来，对那个战士喊了一声："快去叫卫生员来抢救。"他自己忙不迭地跑到关押赫彪的屋里，却见赫彪满头满脸的鲜血，他已经昏死过去了。有好几个战士闻讯围拢过来不知所措，值班的卫兵说，他们听声音不对，打开屋门一看，他正用手铐砸脑袋。

这时，卫生员提着药箱跑来了，拿出听诊器听了听又摸了摸脉搏，还扒开眼皮看了看瞳孔："生命没大事儿，流了不少血，给他清洗一下，敷上药包扎上就行了。"卫生员小心翼翼地给赫彪清洗着伤口，然后轻轻地用纱布包扎着，生怕他起来抓个垫背的，传说中的赫彪可是个杀人不眨眼的魔王啊。

慧明小和尚也跟头绊块地跑了来，见赫彪的样子，急得嗷嗷哭了起来："二师兄你咋这浑哪！大师兄他们为了救你，几宿几夜捞不着睡个囫囵觉儿。师父圆寂时最后一句话还是让大师兄救你，大师兄没过门儿的媳妇儿都让你们的人给抓去了，呜呜，这可咋整啊！"

马云龙生气了："慧明，你跟你二师兄乱说些什么。"

慧明说："呜呜，你还不让说，满营房的人都这么说。"

赫彪微微睁开眼睛瞅了瞅，打了个"唉"声："我该死，我该死啊！一个认贼作父的人今后还能活吗？我是个不忠不孝的人啊！"说完，又死死地闭上了眼睛，眼角滚下几滴大大的泪珠。马云龙连忙招呼战士们把赫彪抬回到床上。他还让战士再抬进两张床来，他和慧明小和尚索性住进了这屋里。

马云龙知道赫彪打小因为爹妈不在身边就有一种自卑心理，所以说话非常谨慎，凡是会刺激到他自尊心的话一律不说。但他却说了吕副司令员非常重视赫彪的事，亲自下达了有关行动的指令，亲自找分局社会部和辽西省政府有关领导研究赫彪父母和赫彪的事。这些话让赫彪听到了，心里非常感动。尤其是当他听到“兴安2号”用血书写下的遗言中还把自己的事告诉给组织时，更感到有一种说不出的惊诧与发自肺腑的激动。

这让他对共产党八路军有了一种颠覆性的认识，根深蒂固的“仁义”二字又一次在赫彪身上发挥了作用，他终于醒悟了。

但赫彪还是不满意：“哎，你怎么不问我点儿什么，比如我这几次都上哪儿去了，干什么去了这样的话。”马云龙“呵呵”一笑：“这还用问吗？这几天你往西北进山是去了白辉的营地，往西南是去了老柳树筒林子老二嫂的营地。”

“那你知道我干啥去了吗？”

“那也不用问，你们又有大的行动了呗。”

“我们内部一定有你们的人，把我这次的任务告诉给了你们。”

“你们内部没人告诉我们，是你们金龙的打法忒老套了。你想想，你们哪次大的行动前，不都是让这两帮土匪跑出来吸引我们的注意力呀。我们厅长早就把金龙的这根脉把住了。”

赫彪低下头，喃喃地说：“你们共产党的能人太多了，这么说他们明天下山也是白搭了。你们的人早就预备在那儿了，还说6日打到西林城，这不是痴人说梦嘛。”马云龙心中一惊，却不动声色。过了一会儿，他留下慧明小和尚和赫彪唠嗑，回到自己值班的房间给乌兰厅长打了电话。

乌兰厅长接到马云龙的电话后，立刻把两股土匪明天，也就是5月3日要下山出林子，5月6日要打到西林城的情报打电话报告给了吕副司令员。

冀燕赤军区司令部里，魁伟健硕的吕副司令员在硕大的军用地图前踱着步子：“这个5月3日真是个热闹日子。赤岭那边国民党的轰炸机要飞来，西林这边两帮土匪要出动。看来敌特的‘秋山计划’真如先前所料，是与国民党N师的正面进攻绑在一起的。这样的话，我们的兵力是有点儿紧张了。骑兵师的一团现在在前线，二团、三团也得考虑支援四道梁的热北军分区和保卫西林这里。从这两帮土匪在5月6日要打到西林的情报来看，还得有支部队去打他们啊！可派哪支部队去呢?”

吕副司令员紧皱着眉头，双手抱肩，苦苦地思考着。

赤岭机场，塔台前面停着几辆在阳光下闪着熠熠光亮的劳斯莱斯小汽车，还有几辆军用吉普。N师师长苏文卿少将、参谋长许登谋上校等一群将校级军官和一些乡绅们，在等候从北平南苑机场飞来的轰炸机。

许登谋朝苏文卿讪笑着说：“没想到咱们这场仗还上升成陆空联合作战了。”

苏文卿抬手摘下太阳镜揉了揉眼睛又戴上，微微一笑：“应该得升一升啦。一是热北之战乃东北开局之战，事关全国之战。二是陆空之联合作战，不是所有的将军都能指挥的。”

许登谋忙点头道：“那是，那是，您可以，您是出了名的‘小巴顿’将军呀。”

这时，天上传来了嗡嗡的轰鸣声，声音越来越大，有一些人开始用手指比画着：“飞来了，哎呀，好大的家伙。”三架轰炸机俯冲下来，平稳地降落在停机坪上。飞行员们和机组人员列队朝苏文卿走来，立正，举手敬礼：“报告苏将军，国民革命军空八师三大队大队长王猛率队向您报到。”

苏文卿抬手扶了一下墨镜，举手还礼：“好啊，王猛上校，国军的王牌飞行员，天兵天将自然是威猛之师，王猛大队长之名恰如其分啊。”

“哈哈……”

那些将校与乡绅们又是一阵赞许的笑声，现在的赤岭只要有苏文卿师长在，到哪儿都能听到赞扬之声。吴东朔一些宵小之徒将溜须拍马发挥到极致，苏文卿即使是放个屁，也会被赞美为有幽兰之香。

苏文卿举了举戴着雪白手套的右手：“诸位仁人志士和各位将士们，今天的国军可称得上虎狼之师。天上地上海上皆为国军所控制。去冬之战，我军之所以停滞不前，皆因虑及天寒地冻，不想让黎民百姓饱受战火之苦。今天气变暖，华北‘剿总’又派天兵天将助我。再打起仗来，我方天上飞机炸，地上重炮轰，共军阵地片刻间会成为一片焦土。这使我不由得又想到热北乃契丹大辽国的腹地，想到大辽国皇帝的四季捺钵春水秋山，耶律皇帝手挽雕弓肩架海东青围猎猛虎天鹅的动人景象。在今日国军之围猎中，鄙人真诚希望共军之黄勇将军识大体顾大局率部来降，不要再让生灵涂炭了。然而战争是残酷的，炸弹是没有感情的，我倒又希望热北之战明天一天就能结束。我当早日与诸君痛饮黄龙府，再筑神州风雨楼。”

在一片掌声中，成串的小汽车卷起一溜烟尘，奔向赤岭城。

第二天上午，西林城的冀燕赤军区作战室，在一张硕大的热北军事地形图前，吕副司令员和朱力参谋长正在看着地图说事。朱力参谋长手里拿着钟克威刚刚截获并破译的金、银龙间的电报。

银龙吴东朔发电报：“先生，许登谋参谋长告之，国军于后天即5月5日8时，发起对四道梁共军阵地的进攻。派人去老二嫂处，称飞行太保赫彪只停一天，夜里即回。”

金龙春水先生回电报：“收到了，立即通知青龙、黑龙、榴莲太保，‘秋山计划’于5月6日8时实施。‘猎女行动’成效甚佳，当予嘉奖。你处继续派人寻找赫彪，万不可使之落入共党之手。”

吕副司令员说：“按刚才李司令员的意见给热北军分区黄勇回电，国民党N师将于5月5日8时从地面和空中同时向四道梁我方阵地发起进攻。军区同意你部钳形作战方案，增派的骑兵部队明日即达你部。需强调的是，各级指挥所及工事中的战士掩体必须符合军区制定的抗击重弹轰炸标准，万不可疏忽大意。”

朱力参谋长说：“电报马上发出，那两股土匪怎么办？朱彤县长刚才来找了，你正在和李司令员谈工作就没让他见。他说他西林县已被土匪南北夹击，已经有两个区政府被土匪血洗了。”

吕副司令员说：“土匪5月3日准时下山，倒是挺听金龙命令的。我想了又想，没别的办法，给松树山驻防的赤岭县支队鲁大海支队长去电，让他们出两个连分头去打这两帮土匪吧，这虽然有点儿危险，但以大局为重，只能走一步说一步了。”

松树山村，有几家院墙上贴着大字标语：“积极行动起来，坚决打退国民党反动派的军事进攻！”“誓死保卫解放区，誓死保卫西林！”“减租减息，一切权力归农会！”在村中的路上，有几个农民赶着耕牛或牵着毛驴走过，也有穿着灰色八路军装的战士在路上溜达，还有几个敞着怀，歪戴着军帽，嘴上叼着洋烟卷。

在赤岭县支队的院子里有十几个八路军战士，支队长鲁大海、政委陈刚、参谋长尹达站在前面。张同轩、白川、李大牙、王三秃子和一些连长、排长坐在长凳上。张同轩眯着眼，两条胳膊抱在一起，不时地打哈欠。李大牙用手指戳了戳王三秃子又指了指张同轩，小声说：“这些天小嫂子一来，张连长闲不着，缺觉缺得很啊。”然后二人猥琐地相视一笑。

鲁大海一只手扶着腰间的皮腰带，一只手指着东南方向说：“同志们，天一暖和国民党反动派的进攻就要开始了，形势很严峻哪！国民党这回是拼了老本也想打下西林，妄想消灭我冀燕赤分局、军区和辽西省委、省政府，敌人这是白日做梦。我们要时刻做好投入战斗的准备！”

陈刚政委也是满脸严肃：“同志们，今天是5月3日，再有七天，我们政治学习和思想整顿就要结束了。在此期间，我要强调的仍然是‘三大纪律八项注意’。我在会上说过几次了，仍不能引起一些干部和战士的注意，一个个吊儿郎当的，没个八路军战士的样子，很不像话。昨儿个黑夜，骑兵连就有一个战士跳到老百姓家院子里去偷鸡，让老百姓抓住给送到支队来了，丢人哪！我跟大家说，今后对违反纪律的人和事儿，我会严惩不贷，不管他是普通战士还是连长排长，我都会严肃处理。另外，从明天开始，各连队都要出早操，上午、下午操练中要有一个小时的政治学习时间，支队政治部要统一做出安排。”

张同轩一脸横肉，微微睁开双眼，见白川和李大牙、王三秃子等人蠢蠢欲动地张口要说什么，脸上的扫帚眉紧皱两下，偷偷地摇了摇手，这几个人便把头一低，闭上嘴不吱声了。

散了会，走出了支队的院子，张同轩朝打着哈欠的李大牙和王三秃子招招手说：“一会儿上我那儿推两局，再让你嫂子给你们包顿饺子吃。让周大脑袋也去，我有事儿找他。”掌灯的时候，李大牙、王三秃子，还有本村的富农周富贵外号周大脑袋，做贼似的溜进了张同轩住的院子。

第二天早晨，刚吃完早饭，松树山村的上空便响起急促的集合号声。待部队集合后，鲁大海支队长宣布：“刚接到军区命令，土匪白辉部、老二嫂部分别从南、北两个方向向西林县发起进攻，命令赤岭县支队派两个连剿匪。经研究，决定由我带一连，尹参谋长带二连立即出发剿匪，骑兵连和三连、四连继续留在驻地，由陈政委安排政治学习和思想整顿。”

陈刚政委说：“骑兵连、三连、四连听我命令，各连带回驻地，由指导员组织学习，待会儿我要下去检查。”立刻，各连分头行动了。

鲁大海支队长带一连奔向西北草原，尹达参谋长带二连奔向大漠，剩下的三个连队则在连长的带领下回到各自的驻地。榴莲太保朝着张同轩阴险地一笑：“真他娘的天赐良机，起事的机会到了，特派员神机妙算！咱们开始行动吧。”

榴莲太保住的屋子里响起嘀嘀嗒嗒的电报声，骑兵连的白川副连长亲自带人守住大门。李大牙和王三秃子等几个人匆匆赶来又匆匆离去。

立时谣言就像满天飞舞的蝗虫，在骑兵连、三连、四连，甚至全村的老百姓中传播开来。

“国军又开打了，这回飞机大炮都有，人家国军的炸弹比套缸都粗，一炸一个小山就没了。哪儿有八路军就炸哪儿，这松树山村算跑不掉了。”

“老二连哪是剿匪去了，该是躲出去了吧，下一步该到收拾咱们的时候啦。”

“咱们也是后娘养的，好事儿咱们摊不着。听说班长、排长、连长都得换了。”

“下一步要查给日本人、给‘满洲国’做过事儿的人了，还要枪崩几个。”

……

这三个连的人，尤其是那些当过伪警察、伪国兵的人马上慌了神，而一些打过人骂过人的人更是惶惶不可终日。

陈刚政委带着支队政治部的几个人满村转了一圈，看到一些人的眼神有点儿不对劲。尤其是李大牙、王三秃子问起事情来怪怪的：“政委，什么时候把我们拉到前线去呀?”“政委，这学习完了，整顿完了，该把我们这号人撸杆子了吧。”气得陈刚政委一甩袖子：“谁再乱说，我要执行纪律了！”气呼呼地回了支队。

在整个松树山村，人们有打听消息的，有惊恐不安的，有惊慌失措的，还有人趁着乱劲儿行些苟且之事……突然，村里响起男人的叫骂声和女人的号哭声。

“大白天的你竟敢背着我去偷野汉子，让我戴绿帽子，我非整死你不可。”

“那可真不怪我呀，我们也没干啥呀。”

“你他妈的还嘴硬，我让你嘴硬！我让你嘴硬！”

“呜呜——你打吧，你打吧，打死我算了，反正我也没法儿活啦，呜呜——”

顺着这一片叫骂与哭声望去，只见那个外号周大脑袋的富农周富贵正骂骂咧咧地拖着披头散发的小媳妇儿“大辣椒”向赤岭县支队的院子走来。有一些村民，不管老的少的还是男的女的都跟在后面看。有一些本来在院外打听事的人也凑到跟前，还有些人听着声音现从家里跑出来看发生什么事。有人说：“‘大辣椒’

那也不是一天两天了，在赤岭唱小戏的时候就是个万人骑的破货。”有人说：“周大脑袋还把他这个媳妇儿当贞节烈女咋的。”

陈刚政委听到屋外的叫骂和哭声，从打开的半扇窗子向外瞅了瞅。有一大群老百姓围在周大脑袋和“大辣椒”身前身后吵吵嚷嚷地已走进了支队的院子。

“该来的终于来了！”陈刚政委转回身把一封信交给警卫员小宋，“小宋，你去趟西林吧。我看形势有点儿不对啊，我刚才给军区吕副司令员写了封信，你马上骑马送去，你要亲自把信交到吕副司令员手中。”小宋答应一声，出门骑上马出了院子，朝着西林城的方向跑去。

此时的西林城是一派大战在即的景象。

大街上，热北骑兵师第二骑兵团、第三骑兵团从城西门入城，再从东门出城，拐向南门进入去大漠和去四道梁的道路。于民副省长昨天打电话给朱彤县长说，骑兵师二团和三团开赴前线，之所以路过城里的马路，就是给老百姓看一看我骑兵部队的威武神勇，镇一镇恐敌情绪，县政府要组织市民并带头观看。于是，朱彤县长和张文儒副县长、乌力吉科长都出现在路旁观看的群众中。

骑兵二团走在前面，团长苏赫接到的命令是，团长在前压住队伍，走出我骑兵部队的威势，起到震慑敌人稳定民心的作用，出城后可放马急行军赶赴四道梁前线。骑兵三团走在后边，最前边的猎猎军旗上是几个遒劲的大字“八路军热北骑兵师第三团”。

在这面军旗的后面，正是端坐在紫红色儿马子背上的身材魁伟的蒙古汉子骑兵团长乌兰巴特尔。他左手扯着马缰绳，右手挺着雪亮的带有一点儿弧形的马刀，活脱脱的一尊黑煞神。

在乌兰巴特尔团长的身后，是四个纵队的紫色战马，再后面相继是白色、青色、黄色的战马方队。马上的战士们好像是一个模子刻出来似的，灰布军装，黝黑的面庞，雪亮的闪着寒光的马刀。随着嗒嗒嗒有节奏的马蹄声和扬起的烟尘，不时地喊着地动山摇般的口号。

“冲锋陷阵，有我骑兵！”

“挥刀跃马，杀敌立功！”

骑兵队伍齐整威严，口号铿锵有力。

在马路边上观看的人们不断地拍手叫好，骑兵团的邻居李二牵着一匹大了肚子的黄骒马也站在路边。他今天仍是光着个头穿件灰不溜秋的大夹袄，下身还是那条灰布军裤。李二美滋滋的脸上漾着一种自豪的神情，好像这些骑兵战士有他的兄弟子侄。有人在一边讥笑他：“李二，这就是你讹骑兵团的那匹骒马呀。”

李二一翻白眼：“说啥话呀，奖给的！乌兰巴特尔团长说我侦破特务投毒案有功，奖给的。”那人又说：“还奖给你的，还你侦破的，你咋不嫌磕碜，你那点儿黄蛤蟆烟都死皮赖脸地送出去了吧。”李二伸出一只手举起拳头，急头白脸（热北方言：发急的样子）地说：“你他妈的会说话不，打人不打脸说话不揭短，你再胡扯，甭说我跟你急了。”那人哈哈笑着跑了。

这时，后边有人喊一声：“马云龙带着几个公安过来了。”李二全身激灵一下：“谁，马，马云龙？”便不再搭话，绷着脸，低着头牵着黄骒马走了。身后是一阵哄笑，刚才说“马云龙来了”的人又补了一句：“咱们李二哥现在最害怕的人就是马云龙，见着马云龙可是望眼儿害怕（热北方言：极其害怕）的，就像是耗子见了猫似的，哈哈。”众人又是一片哄笑。

朱彤看着马路上行进的骑兵团，扭过脸对张文儒副县长说：“骑兵师二团、三团再上前线，西林可就得唱‘空城计’喽，谁当诸葛亮，反正不是我。”

张副县长说：“人无远虑必有近忧啊！要是照您和军区请示的，把县大队建起来，不就唱不了‘空城计’啦。”

朱彤说：“唉，他们哪，就喜欢一言堂，听不得别人意见。”

张副县长说：“您能否现在再给吕副司令员打个电话，请示请示，无论如何，咱们的县大队该成立了，是拿主意的时候了。”

朱彤说：“好，咱们现在就回去，我先打个电话试试。如果不行，我再亲自去军区一趟，这次必须得把这件事儿定下来。”

在冀燕赤军区作战室里，电话铃声不断，作战参谋们在忙着接电话或打电话，还有的拿着材料夹进进出出。身材魁伟健硕的吕副司令员和朱力参谋长站在挂在墙壁上的那张硕大军事地图前指划着，讨论着。

朱力说：“敌人陆空第一个波次的进攻算是打退了。黄勇司令员感谢你，你坚持让分区司令部从九神庙撤出来是正确的，他说那里现在已夷为平地了。各团修筑的阻击工事也炸毁了不少，幸亏单兵隐蔽工事修得好，否则可就吃大亏了。部队状态很好，一团有位新提的营长王大彪子竟然残胳膊残腿地打退敌人三次冲锋，还又给敌人来了个反冲锋。”

吕副司令员说：“部队伤亡情况如何？”

朱力说：“战斗极其惨烈，但人员伤亡并不大。黄勇司令员说就是他们的二团三营，在修个人掩体时打了点儿折扣，敌机轰炸时损失了一个排的人。他当即将二团长和三营长给撤了，那个三营长姓郭，处理得重一点儿，不但撤了职务，还要清出部队。这个郭营长和那个梁科长犯的是一样的错误，只是刚中招，就让他们政治部给发觉了，并及时做了处理。”

吕副司令员说：“处理狠点儿也对，战争的模式变了，我们的一些指战员还是停留在旧式打法上怎么行。”然后微微一笑，“这敌特的模式也没变，用的还是美人计啊。”

朱力说：“敌特也是黔驴计穷了。我一会儿再发一个电报，让他们把部队减员情况报上来。”

吕副司令员问：“于民副省长来了吗？”

朱力说：“参会的人基本都来了，乌兰厅长有一个特殊情况晚到一会儿。”

就在刚才马大山满身是汗地跑进了乌兰厅长的办公室，将一张纸条交给了乌兰厅长，然后说了一句："厅长，兴安 3 号让我抓紧送来，闹了半天是公安队的一个人体格身板儿都像张文儒又戴上张文儒的面具坐在办公室扮的他，现在就是还没闹清他是谁。不行，我得赶紧回去，就五分钟的工夫。"说完，便一扭身朝外跑去。

乌兰厅长打开纸条一看，神情立刻紧张起来，只见纸条上写道："'秋山计划'开始实施，确认张文儒副县长就是敌特派员金龙，榴莲太保在赤岭县支队，红枪会飞鸽传书。兴安 3 号。"

马云龙还在老营盘骑兵团那边，乌兰厅长叫上王东山，两人立即去了军区。正好，会议刚开始，分局社会部厉主任正汇报工作。

厉主任说："我要汇报的内容，一个是中央社会部关于张文儒真实情况的甄别意见，一个是今天凌晨国民党保密局热北特派员金龙发给保密局长毛人凤的电报，再一个就是金龙下达给银龙指令的电报。我就一个一个念吧。"

大家听厉主任说有关于张文儒的甄别意见时，非常震惊，都抬起头绷着脸认真听着。

厉主任说："中央社会部关于张文儒真实情况的甄别意见，冀燕赤分局社会部，接到你们要求甄别张文儒的请示意见后，中央社会部非常重视，并派出专门人员赴北平、保定、承德、南满等地区调查相关人员的相关材料。历经数月，专案组本着为本人负责为革命事业负责的原则，调查了数十人，查阅了几百份相关资料，包括上百份敌伪档案，现作出以下甄别意见：

"一、张文儒同志 1937 年 7 月 1 日因叛徒王春水出卖，已于老虎桥监狱壮烈牺牲。同年，我党优秀的高级领导干部贺立夫、何木兰两位同志亦于南满因叛徒王春水出卖牺牲。

"二、今之张文儒实为叛徒王春水。其时，贺立夫同志任中共北平市委副书记，为时任平北区委书记的王春水上线领导人。张文儒同志时任平北区委交通员，为王春水下线。

“三、王春水于 1937 年 3 月在北平期间，经不住日本特务机关威逼利诱，叛变投敌。三年后，其又在国民党军统局策反下秘密加入军统北平站，并渐为军统北平站骨干。

“四、由于贺立夫同志调往南满，也由于我党组织管理上出现漏洞，王春水叛变经过一直被其掩盖，并相继以王春水、张文儒两个身份存在于组织中。

“五、1940 年日军调荒木任西林驻屯军司令，荒木与王春水密谋后，处死假王春水，留有张文儒之名，作为日本西林驻屯军高参来到热北地区。王春水逐渐取得我冀燕赤组织信任，被任命为西林县副县长，其实为国民党保密局热北特派员。

“以上甄别意见证明材料均保留于中央社会部。”

读完中央社会部的甄别意见后，厉主任抬起头，见大家都沉浸在对叛徒、敌特王春水的愤恨情绪中，便说：“有一点我要说明的是，乌兰厅长警觉性非常高。她早在去年冬天柴岗子血案后，就向我提出她对这个假张文儒的怀疑，建议分局社会部对这个人查一查。分局社会部正是根据乌兰同志的建议向中央社会部提出对张文儒的质疑。

“下面我把这位热北特派员金龙王春水给保密局毛人凤局长发去的关于实施‘秋山计划’的电文读一读。

“局座，‘秋山计划’亦可称为我党国志士仁人与国军大举进攻相配合，趁西林共军守备空虚之机，在热北举行的大暴动计划，计划定于 5 月 6 日 8 时正式在西林实施。具体计划实施如下：

“第一，5 月 3 日，我‘反共救国军’白辉部、老二嫂部分别由北向南和由南向北夹击西林县、区政府，用以吸引共军，并一直向西林进发，争取 5 月 6 日会师西林。

“第二，5 月 5 日夜，原共军之赤岭县支队，将在我赤岭站特工榴莲中校领导下举行起义。届时，‘秋山计划’副总指挥赤岭站吴东朔站长与‘热北反共救国军’胡彪司令亲临现场宣布授衔令。起义部队连夜直取中共冀燕赤分局与军区，并与 5 月 6

日同暴动部队会师。

“第三，5 月 6 日 8 时，以成立西林县大队为名举行万名红枪会员大暴动，并与白辉部、老二嫂部、起义的赤岭县支队部合兵一处消灭共党之冀燕赤分局、军区，辽西省委、省政府。彼时，‘秋山计划’大功告成，热北尽归国府国军矣。

“第四，‘秋山计划’大暴动所需军火皆按计划取自日本关东军之西林驻屯军军火库。

“‘春水秋山’本大辽皇帝四季捺钵之重要围猎行动，余当携一切忠于党国的志士仁人古为今用，与 N 师共同完成围猎残存于热北共党之壮举。”

厉主任又拿出最后两份电报：“一份是银龙吴东朔发给金龙王春水的：‘春水先生，天助吾辈，榴莲来电，一切顺遂，将于 5 月 5 日夜起事。’金龙王春水回电：‘甚好，东朔兄功不可没，汝等到达赤岭县支队驻地后，汝立即以“秋山计划”副总指挥名义率领起义部队进攻西林城，余于 6 日 8 时宣布起事后亦率万余众攻入冀燕赤分局、军区，我二人将于彼处会师，再南下。’”

厉主任读完，抬头面向吕副司令员和于民副省长淡淡一笑并说道：“真是痴人说梦！在西林在热北兴风作浪的原来是我们的张副县长。”在座的除了王东山，大家都是一脸的愤恨，并无惊诧的表情。张文儒在王东山心目中一直是一个足智多谋、有文化有能力的领导干部形象，因此他受触动不小，咧咧嘴后，便把头深深低下，埋于手掌之中。

吕副司令员抬头瞅了瞅乌兰：“乌兰厅长也是有情报的吧。”

乌兰厅长说：“是的，副司令员，是兴安 3 号的，大部分内容都在厉主任刚才读的电报里了。兴安 3 号根据长时间侦查取证，确认张文儒就是国民党保密局热北特派员金龙，他的巢穴在西林绸缎庄，张文儒在县政府有个替身。还有一个细节就是红枪会暴动的联络方式是飞鸽传书。对这些情况公安厅公安总队已做出临战安排。”

吕副司令员说："嗯，有道是天网恢恢疏而不漏嘛，再狡猾再阴险的敌人也逃不脱我们的手掌心。嚯，这'秋山计划'也是个空中、地上，国民党这回的进攻别管明的暗的都是蛮现代的嘛。可是再现代，你只要与人民为敌，也是注定要失败的。"

厉主任说："擒贼先擒王，现在就把金龙抓了，让他们群龙无首，'秋山计划'也就自消自灭了。这个狡猾而凶残的家伙，血债累累罪不容诛，该是人民跟他算账的时候了。"

吕副司令员沉着地说："不忙，他现在已在我们控制之中了，那就让他再表演表演吧！热北这个脓包，干脆让它长成了，留下一滴脓水就是对人民的犯罪。我们必须将它连根彻底清除掉。朱参谋长，骑兵团那边具体安排了吗？"

朱参谋长说："安排了，时间、地点、具体作战方案都做了安排。"

"好，那我们行动吧！人家大名鼎鼎的银龙吴东朔站长、胡彪司令光临，我们总得好好欢迎一下。四季捺钵春水秋山，我倒要看看，谁把谁给围猎了。"吕副司令员轻蔑地一笑，"乌兰厅长，你再留一下。"

乌兰厅长和王东山从军区吕副司令员那里出来后，立刻回到总队，带上公安总队三个支队的公安战士出发了，他们要去老营盘骑兵团那里执行两项既简单又重要的任务。吕副司令员说，这两项任务只有交给公安总队他才放心。

朱彤和张文儒回到县政府，还没等他拿起电话来，电话铃声就响了。原来是吕副司令员的电话，电话中，吕副司令员要他来一趟军区，商量成立西林县大队的事。吕副司令员说，他与军区李司令员商量过了，同意他们建立县大队，但具体事宜仍须具体商量，比如县大队人员编制、武器配备等。

这个消息把朱彤高兴坏了，扭脸朝张文儒咧了咧嘴："我看他们这是屎堵到腚门子上了，不拉他们也受不了啦。"张文儒副县长一听到这个消息，强压住心中的狂喜，只是淡淡地说："这可能和四道梁前线的战斗有关吧。我看红枪会改编县大队明天8点就办，我也找人查过了，这些天中明天可是个好日子啊。”

朱彤说：“我看行，军区吕副司令员他们现在比咱们还着急。我看趁这个机会，咱们就把它成立了。”

张文儒说：“西林县大队有保卫西林城的任务，跟吕副司令员说，咱们由原来提交的五百人编制扩大为一千人。为了不误县大队成立的时辰，拨给咱们的武器明天早晨7点前就送到县政府吧。”

“好，就这么办。”朱彤满脸是笑，“我这就去，你在家等着听好消息吧。”朱彤好像来西林后头一次这么兴高采烈，乐颠颠地走了。张副县长也激动得双手一拍，脸上露出诡异的笑容，眼镜片后的双眼一闪透出一种凶狠的带有杀气的目光。这个消息的确让他激动和兴奋，他原想如果军区仍迟迟不予批准，他强行成立县大队就要费一番周折，这下省了许多事，太好了！

在吕副司令员办公桌前，站着赤岭县支队陈刚政委的警卫员小宋，吕副司令员满脸悲愤之情。陈刚政委在信中写道：

> 接到朱参谋长电话中要赤岭县支队出发围剿土匪的命令后，鲁大海支队长、尹参谋长我们三人开会商量，知道四道梁前线战事紧张，土匪又不能不剿，孰大孰小孰轻孰重，我们很清楚。
>
> 我还记得在冀东时你说过的一句话，每一个共产党员每一支共产党的部队都必须牺牲小我服从大局。赤岭县支队派哪两个连？骑兵连与三连、四连多是收编的伪警察、伪满国兵。若派他们去，一旦在战场上倒戈，后果不堪设想。所以只好让老一连和老二连去，但这两个连的骨干有些被抽到了支队和三个收编连队，连排级干部也有削弱。我们三人必须有两人率队剿匪，有一人留下来掌控收编的三个连。

大家都知道留下来的人危险最大，都要求留下掌控收编的三个连队。最后我行使党组织决定，让他二人各带一个连队去剿匪，我在家组织三个连队政治学习和思想整顿。方才我和政治部几位同志到各连队看了一下，发现三个连队从干部到战士情绪很坏，谣言满天飞，军心极不稳定，像是随时都可能爆炸的火药桶。

老首长，我知道我现在的处境，更记得我参军入党时的誓言。我要在赤岭县支队坚持到最后一分钟，决不允许任何人玷污我们的党和我们的军队。为保我们党我们军队的纯洁与伟大，我随时可以献出我的生命。

我的警卫员小宋是个好孩子，信送到后暂时先别让他回来了。

吕副司令员放下信的时候，眼圈已经红了。在冀东的时候，陈刚曾经给他当过三年警卫员。在一次战斗中他负了伤，就是陈刚把他背出来的。如今陈刚给自己的警卫员找了一条生路，而他手握千军万马却救不了他的警卫员，他的一只拳头重重地砸在桌子上。

朱力参谋长进屋说朱彤县长来了，吕副司令员低声说了一句："你让他进来吧，另外你把这位小宋同志送到警卫连去，以后让他给我当警卫员吧。"

小宋说："首长，信送到了，我得马上回去，政委身边没人。"朱力参谋长大概也看出信的端倪来了，便拍了小宋肩膀一下："你傻呀，给司令员当警卫你都不干，这是你们政委跟司令员商量好的。"小宋满脸狐疑地跟着朱参谋长走了。

当朱彤兴冲冲地站在吕副司令员面前时，吕副司令员却严肃得脸上像挂了一层霜："朱彤同志，在商量西林县大队之前，有些话我必须先要告诉你。"在吕副司令员低沉的讲述声中，朱彤先是惊得睁大了眼睛，接着就一屁股坐在了地上。过了好半天，他才缓过劲来，站起身恼怒地说了一句："他奶奶的，打了一辈子鹰，到了还让鹰把眼给啄了。"

吕副司令员说："我们还有打鹰的机会，'西林1号'已经给国民党热北特派员金龙王春水布下了天罗地网。朱彤同志，组织上相信你，你应该成为'西林1号'大案结案时的收网人。你回去后要跟王春水说，不，现在还得称张文儒副县长，你找我费了很大劲儿，一千人的西林县大队才批准了，但步枪只给了五百支，明早七点前军区派车送到县政府。另外那五百支枪待县大队成立后，军区验收合格再发给。"

朱彤县长的脸色又多了些勇武英雄之气，他立正向吕副司令员敬了标准的军礼："副司令员同志请放心，战士朱彤保证完成任务！"吕副司令员郑重其事地还礼，然后两个男人的大手紧紧地握在了一起。

陈刚政委估计警卫员小宋已经出了村子，从屋里出来走到人群前。周大脑袋撒开"大辣椒"，一把抓住陈刚的衣服袖子说："陈政委你可得给我做主哇！你们的人可是大白天，光天化日地就把我媳妇儿给祸害了呀……他们要吃小鸡，我把家里一只打鸣的大公鸡给他们杀了炖了，吃完了小鸡，嗐，嗐，我就出去尿泡尿的工夫，他们就在屋里把我媳妇儿给那啥了。"

"大辣椒"就势一屁股坐在地上，双手拍着大腿，使劲地号哭着。他们身后的人群里有人嚷道："你们八路军跟先前'满洲国'的警察、土匪也没啥区别呀……"

陈刚政委的脸子立时就沉了下来，强压住火，低声说："周富贵，你先别生气，慢慢说，是谁上你们家去了，这事儿我会严肃处理的！"周大脑袋摇了摇头说："不行，我不告了！你们的人教训教训，三天两早晨地就放了。这两个人听说在赤岭朝人开枪都没咋着，人家后边有人护着，人家有人！这再出来还有我好瓜打嘛，我不告了。"

陈刚政委铁青着脸，一只手压在周大脑袋的肩膀上，一只手摁在腰间的手枪上，气愤地说："你给我说，到底谁去了你们家，不说，我连你也捆起来！"周大脑袋立马被吓哆嗦了，吭哧了半天才说："是李连长和王副连长他俩，李连长就在我们院子住着。"

陈刚政委把压着枪的手抽回来说："我估摸着就是他俩！"然后回过头喊了一声，"孙排长！"警卫排孙排长喊了一声："到！"陈刚政委咬牙切齿地说："你带人去把李大牙和王三秃子给我捆来！"孙排长带着四个全副武装的战士跑了出去。

陈刚政委见人群中有村农会主席郑老实就说："郑主席，你让乡亲们都回去吧！支队会给乡亲们一个交代的。"郑老实就招呼道："各位老少爷们儿都回去吧，陈政委会秉公处理好这件事儿的！"然后，他又扭身说了句，"周富贵，你也领着你媳妇儿回家去，有事儿农会再找你。不许再打骂你媳妇儿了，你媳妇儿就是再破，也不兴打，现在是新社会了！"

郑老实抬头瞅了瞅陈刚政委，又回头对周富贵说："再说啦，你说你媳妇儿让人家李连长啥了，真假还说不上呀。就是真啥了，你看你吵吵嚷嚷的，你不害臊，我都嫌你丢人！这些破事儿该压着点儿就压着得了，家丑不可外扬嘛。周富贵啊，我再给你说一句，人在做天在看，到任何时候缺德冒烟儿的事儿可不能做呀！"

周大脑袋向旁边斜眼瞅了瞅，用脚踢了踢地上的"大辣椒"说："走，跟我回去！我回家等着，看他们八路军咋处理！""大辣椒"爬起身子，擤了把鼻涕跟在周大脑袋的后边回家去了。

郑老实这才瞅着陈刚说："周富贵他媳妇儿'大辣椒'也不是啥好东西，早先在赤岭街耳朵上拴俩红辣椒唱小戏时就是个烂货，后来让周大脑袋整来了。周富贵忒不压事儿了，他说李连长把他媳妇儿啥了就啥了，又没抓住现行，人家李连长提溜起裤子就是好人。这事儿我们村农会也得管管他，净让他胡说也不行。"

陈刚政委依旧阴着脸说："嗯，郑主席，你先回去吧。告诉乡亲们，八路军有严格的军纪，不允许任何人损害老百姓！上老百姓家要吃要喝睡女人是土匪干的事情。”

终于，赤岭县支队大门口的人们四下散开了。

过了一个小时，警卫排的两个战士才押着李大牙和王三秃子走进了赤岭县支队的队部。陈刚政委沉着脸问：“孙排长呢?”押解的战士说：“孙排长领着他们两个在门口安排警戒的事儿。”还没等陈刚开口问话，张同轩和白副连长就跟进来了，还领着一群人。陈刚政委有点儿生气地问：“张连长，你们有事儿吗?”张同轩一脸横肉绷得紧紧的，操着公鸭嗓冷笑着说：“有事儿，我们弟兄们想问陈政委，你打算怎么处置李连长和王连长?”

陈刚冷冷地说：“如果情况属实，军法从事!”张同轩扫帚眉一挑，用嘲弄的口吻说：“据我所知，周大脑袋说的都是实情，眼下陈政委当何处置?”陈刚瞪圆双眼，用手使劲一拍桌子高声说道：“那就立即召开群众大会，执行军法!”

张同轩立时凶相毕露，一脸狰狞。陈刚政委向后退了两步，右手要去腰里掏枪。他没想到的是，押解李大牙和王三秃子的两个警卫排的人将绑绳一抽，同时竟然把子弹早已上膛的驳壳枪递到了李大牙和王三秃子的手中。这两个人握枪在手，狞笑着说：“你先别开大会了，我们先把你法了吧。”说完“啪啪”地朝着陈刚政委就开了枪。陈刚政委的胸前刹那间被鲜血染红，抽出来的手枪落在了地上，睁大愤怒的眼睛斜倚在身后的墙壁上。白副连长跟在后面又举起枪，朝着陈刚政委的身体打了两枪。

张同轩走过去瞅了瞅陈刚政委的尸体，用脚踢了踢，沙哑着嗓子说：“你的纪律和军法呢?”然后抬起头对众人说道，“你们几个回连队把队伍带来，告诉弟兄们，不想死的就跟我张同轩干！保他们天天吃香的喝辣的，要女人有女人，要票子有票子。今儿个夜里，赤岭的吴站长、‘反共救国军’的胡司令要亲自来松树山村给咱们授军衔。”

李大牙带头举着双手喊：“好哇！好哇!”王三秃子喊完“好”问了一句：“旅长，那些共产党怎么办?”张同轩用手掌砍了一下，不屑一顾地说："这你还用问!"

傍晚，残阳如血。松树山村响起了一阵口号声和零乱的枪声，还有女人与孩子的号哭声。接着，黑夜像一只巨大的怪兽吞噬了这个小山村，四周的路口也三步一岗五步一哨的，叛乱分子把松树山村围得铁桶一般。

夜幕下，有一小队人骑着马来到村口。

"口令!"

"秋山。"

"是吴站长、胡司令吗?"有几个人影马上迎上前去。那一小队的人也都从马上跳下来："是张同轩旅长吗?"

黑夜里，这一群人向村里走去。

原赤岭县支队的队部院子里灯火通明，有一大堆油松柈子在剧烈地燃烧着。各屋都用一只大碗盛满了麻油，碗沿儿上点燃着几根大灯捻子。张同轩陪着吴东朔、胡彪一行人走进屋里，榴莲太保早已收拾得面目一新光彩照人，迎上前来，扭着水蛇腰敬了个礼，嗲声嗲气地说了句："哟哟，都来了呀。"她身后是抱着孩子的周大脑袋媳妇儿"大辣椒"。

胡彪一脸憨笑着后退了一步，吴东朔嘻嘻地笑着，眯眯着眼走上前去："榴莲太保辛苦啦。"榴莲太保撒娇道："知道人家辛苦，不早过来。"吴东朔说："你这次功劳大大的，得好好奖励奖励。"榴莲太保说："玉蓉太保白玉翠妹妹呢，怎么没来?"吴东朔神秘地说了句："别问啦，特派员让她潜入四道梁，接你原来那个角色去啦。她真是个厉害的角儿，前两天有联络，她一去就跟一个姓郭的营长搭上了。行啦，咱们有说话的时间，给金龙特派员春水先生发捷报吧。"

夜空中，有一束电波像幽灵般飞了出去，又有一束电波飞了进来。

"特派员，5月5日下午5时，赤岭县支队起义成功，所有障碍均已扫清。晚10点吴站长、胡司令一行安全到达，榴莲。"

“可喜可贺，此乃尔等之大功，通知银龙，明晨 8 点准时向西林发起进攻，吾与汝两军将于 9 时在冀燕赤军区司令部所在地会师，金龙。”

此时，把“利令智昏”这句成语用给金龙、银龙是再贴切不过的了。他们还不知道，吕副司令员、于副省长、乌兰厅长已在他们头上祭起了天罗地网，而他们却还在做着“秋山计划”大功告成的黄粱美梦。

在吴东朔一队人马走出大漠时，路旁沙丘上匍匐着几个骑兵团的战士。他们见吴东朔带队出了沙漠去了松树山村的方向，立刻上马跑向大漠牵驼人小孟和的蒙古包，乌兰巴特尔团长带着他的骑兵三团正等在这里。

原来，骑兵三团进入大漠后并没有和二团一起奔向四道梁前线，而是根据军区的命令，一营一连急驰到一个叫呼日塔拉甸子的地方与赤岭县支队鲁大海支队长率领的一连围歼白辉匪帮，团主力则埋伏在小孟和这里。听到侦察员的报告后，乌兰巴特尔团长撂下奶茶碗，轻松地说了声：“我们出发吧。”那表情并不像是去参加一次战斗，倒是像极了让这位壮汉去参加一次酒会。

自从钟克威破译了特派员金龙的密电码，就等于剥光了国民党保密局赤岭站的所有伪装。在西林城里，敌我双方原来是我在明敌在暗，现在倒是敌在暗也是明，但我在明也是暗了。只是敌特金龙、银龙、青龙、黑龙以及那些太保们、特务们还都蒙在鼓里罢了。

现在，满天的繁星稀疏了许多，黑黝黝的夜空稍有些亮色。吴东朔、胡彪、榴莲太保都换上国民党的将校服，后面是一小队头戴钢盔、身着国民党军装、胸前端着卡宾枪的“反共救国军”。在赤岭县支队的院子里，站着二三百名还没来得及换装的所谓投诚的人员。吴东朔头一歪，低声对胡彪说：“记住了，你宣读完了，拉起队伍就走。”

吴东朔站在用两张桌子临时搭成的台子上，仰着脸眯眯着眼，清了清嗓子宣布道："下面有请国军少将'热北反共救国军'胡司令，宣读华北'剿总'关于'热北反共救国军'第五旅旅长、副旅长、参谋长人员名单。"胡彪迈着鸭子步走到台子上，一双豹子眼满场撒眸撒眸，煞有介事地从衣服兜中掏出一张纸来端在手上。这时，人群里的李大牙禁不住"扑哧"一声乐了，用拳头杵了王三秃子一把，小声说："这位不是财主王三豁子家那个看家炮手胡三炮嘛。"

王三秃子说："可不是嘛，我三叔家的炮手，扒了皮我也认得他骨头。他啥时候识了字，竟然还成了少将司令。这天底下上哪儿说理去。"身材高大的张同轩站在前面小声呵斥道："闭嘴吧，别吱声啦，他眼睛正瞅你们呢。"

胡彪大声宣布道："华北'剿总'任命令，部队番号，'热北反共救国军'第五旅，旅长张同……"刚刚念了个开头儿，突然有人喊："哎呀妈呀，不好啦，八路军的骑兵杀进村啦!"顿时，赤岭县支队的院子里乱成了一锅粥。张同轩拔出手枪一个箭步冲到台子上，一把将胡彪手中的那张任命状抢在手中，朝空中"啪啪"打了两枪，大声喊："别听他胡说八道，共军的骑兵都上四道梁前线了，这里哪有什么八路军的骑兵。有八路军也是区小队什么的，都抄枪给我打!"

"可不是啊，张连长!"随着声音，周大脑袋连滚带爬地跑进了院里，带着哭声喊，"张连长没错呀，是八路军的骑兵，眼瞅着就要杀到这院子啦。这可咋整呀，这下子把'大辣椒'我们俩可是给坑苦啦!"

张同轩的眼睛都红了，朝着周大脑袋"啪啪"就是两枪："再有扰乱军心者杀无赦！李大团长、王三团长招呼人，都给我抄家伙上墙，死守着等待援兵!"然后他挥着手枪从台子上跳了下去。

吴东朔仰着脸眯眯着眼惊慌失措地喊着："张旅长，张旅长你可要顶住啊！我这就给金龙发报，让他安排人救援。榴莲太保，给金龙发报，电文是，特派员金龙春水先生，我们突遭共军不明骑兵袭击，现已被包围在松树山村，先生速派援兵救我。”吴东朔眯眯眼里闪露着惊恐的光，然后他疯了似的一把扯住胡彪的衣襟喊道，“胡司令，地虎太保，快组织你的人保护我和榴莲太保突围！”

松树山村更加激烈的枪声响起……

第十一章　秋山计划南柯一梦

西林绸缎庄，外边是经营绸缎的店铺，里边是书房兼客厅，再里边是寝室。寝室里还有一个门通向另外一个院子，就是赫彪进出的那个院子。王春水极少会一夜都住在这里，只有今夜是个特例。他的手掌轻轻地在身边女人柔滑的身上抚动着，明天就是5月6日了。这一夜，两人由于过度兴奋与期待，一整夜都没有入睡。

王春水身边的女人叫荒木枝子，就是那位姓黄满口京腔京韵风姿绰约的老板娘。她的真实身份是日伪期间日本西林驻屯军司令荒木大佐的亲妹妹。她在燕京大学历史系读书时，与王春水是同班同学。当然她还有另外一重身份，她那个在北平特高课当课长的哥哥荒木给她在特高课安排了一个少尉警务的位子。这样，在日本青年人进入全民皆兵的年代，她可以因为这层关系避免进入其他军人系统。

但她的哥哥荒木课长绝不是那种只想让妹妹“吃空饷”的

人，对帝国对天皇陛下的忠诚仍是第一位的。他让他的枝子妹妹必须寻找到她的师长或同学中有共产党嫌疑的人。北平燕京大学一直是中国革命的火药桶，而历史系又恰是最容易点燃的药捻。这里不乏血气方刚又聪明睿智的青年人，河北保定来的王春水就是这些青年学生中的佼佼者。

王春水的家族在保定可谓豪门大户。启蒙时，家塾的先生最崇敬范文正公亦最喜《岳阳楼记》，于是给他取名王春景，“春”字乃王氏家族辈分的字，“景”字为日光之意，合在一起则是文中“春和景明”之句，企盼其一生如春日之阳光熠熠生辉。王春景进京读大学也酷爱史学，且尤以辽史为甚。他被大辽皇帝的文治武功所深深吸引，于是将名字的“景”字改作“春水秋山”中的“水”字，既应了家族谱序，又表喜爱之情。而后来的“秋山计划”，则是取“春水秋山”围猎于大辽腹地之意。

那时的王春水，英姿勃发，乌黑的头发分向两边，白皙而又方正的面庞，一对睿智的眼睛上戴着一副度数并不太高的近视镜。他身穿灰布长衫，棕色围巾，手中常握着一本卷起来的《向导》。每次游行集会，王春水都要冲在前面振臂高呼“打倒北洋军阀”的口号。他激情满怀，演讲时喊出的每一句话都是那么慷慨激昂。然而，回到个人世界时，他又静若处子，冷静异常。

那时的大学生们开放的思想与日本特高课赋予荒木枝子的特殊使命成为王春水、荒木枝子这对年轻人相恋的催化剂，他们很快进入了热恋的状态。渐渐地，荒木枝子便了解了王春水的一切，但在爱情上她热烈地抱紧王春水，极其专一。荒木课长也下决心不做赔了夫人又折兵的孙权，同时他也发现王春水的才智非一般支那人可比。

于是，荒木课长设计了一条缓慢的却能让王春水在不自觉中步步迈进泥潭的降服策略。他在不惊动王春水的情况下，利用王春水的踪迹密捕了一些共产党人。待王春水觉察时，他的手上已沾满了共产党人的鲜血，王春水只好就范。

表面上，中共北平党组织和地下党员的损失与王春水毫无关系，王春水还顺利当上了北平地下党平北区委书记。但是天下没有不透风的墙，中共北平市委副书记贺立夫发现了王春水的一些可疑之处，并秘密找到平北区委交通员张文儒进行核实。

在贺立夫找张文儒核实的过程中，他不幸又被王春水发现了，但贺立夫、何木兰二位同志却在这时被调到南满省委工作。王春水找到荒木商量了一个李代桃僵的办法，即用假牺牲的王春水取代了真牺牲的张文儒。

王春水在他肮脏卑鄙的生涯中，一直把这场李代桃僵行为视为他的最得意之作。他默默地坐在茶馆里，眼睁睁地看着由他约来的地下交通员张文儒被日本特务们带走，接下来又眼睁睁地看着特务们秘密处死了张文儒。然后，他便以张文儒的身份活动于北平地下党组织之中。

王春水还同荒木一起设计了一桩国民党上海军统站某位副站长出卖平北区委书记王春水的供词，又制造了北平日本特高课抓捕王春水，王春水拒捕被击毙的假现场和假新闻，并大肆报道。他成功地制造了一位抗日烈士王春水的假象，人为地让王春水在世界上消失了。他还成功地制造了平北区地下交通员张文儒在北平身份暴露后逃至热北的假象，并借助日本特高课提供的线索和机会与中共冀燕赤地下组织取得了联系。就这样，王春水堂而皇之地成为张文儒，活跃在热北中共地下组织之中。

在北平期间，王春水又加入了国民党军统局北平站，在荒木课长的操纵下为军统屡立奇功。没多久，日本老牌特务荒木因其鹰派背景被调往西林任驻屯军司令。

荒木大佐从北平来西林，一个日本幕僚都没带，只带了一个高参，就是他认为最聪明最足智多谋的王春水。来到西林后，王春水接通了国民党军统局的关系，又以张文儒的身份联系上了赤岭地区中共党组织。王春水成了一个三面间谍，要风有风要雨有雨，还把吴文玉打扮成有国民党军统特务背景的左翼青年。

王春水很快发现，热北地区因地处塞外，人们的封建意识和帮派意识较浓。于是，他大力扶持红枪会，创建了“四龙十三太保”的组织体系。当然，这一切在日本人那边得到了荒木大佐的认可，国民党那边得到了毛人凤的大力支持，他被委以国民党保密局热北地区特派员的重任。

但王春水来到西林后，遇到中共北方局著名特工“孤狼”，也就是“兴安 2 号”，而且“兴安 2 号”不仅骗过了王春水，连荒木也骗过了。

从表面上看，“兴安 2 号”只是一个憨厚的牵驼人，有着走南闯北的阅历以及在当地蒙汉人中的威望与人脉。这些都让荒木和王春水信服，正所谓强龙不压地头蛇。直到最后，日本侵略军败局已定，荒木要杀“兴安 2 号”也不是因为识破他的真实身份，而是因为他对大漠石窟的日军军火库知道得太多，而且他还是唯一见过高参王春水的人。

荒木不相信所有的中国人，即使对死心塌地忠于他的王春水也不完全放心。所以荒木逃走时，他只将大漠石窟的日军军火库一半的地图留给了王春水，而且是去石窟的路线图。

但荒木临走时说的话却让王春水至今言犹在耳：“好好看着大漠石窟的军火库，大日本皇军有一天还会回来的。到时候，我希望你和荒木枝子欢迎大日本帝国荒木将军的到来。”然而，荒木却连移沙掩盖石窟的消息也没告诉他。而王春水又能说什么呢？在荒木大佐面前，他只能唯命是从罢了。

王春水用手拍了拍同样兴奋的荒木枝子：“枝子，我们这一天终于要盼来啦。胜利后你是回东京还是去南京？”此时的枝子一身香汗，把身子翻动一下，紧紧地抱住王春水：“春水君，我们日本女人上忠于父母兄长，下忠于自己的夫君。我还是那句话，我的春水君走到哪里，我就跟到哪里。还有呀，我原来期待荒木哥哥将东宁要塞在西林复制成功，苍天不允。我就期待春水夫君的‘秋山计划’，终于盼来了这一天哪!”荒木枝子小鸟依人似的又伏在王春水身上，毕竟很长一段时间没有这样纵情的亲昵行为了。

突然，电报房的警铃响了。这是一个特殊的装置，在非接发报时间，如有加急电报来到，这个警铃就会响起来。平时，这个装置是由荒木枝子掌管的。王春水说了句“我去看看吧”，忙起身摸起眼镜戴上，看看手表刚五点钟，天还黑着呢，他顿时有了一种不祥的感觉。此时来电报的只有松树山村的榴莲或吴东朔，难道出现了变故？

王春水怀着一种忐忑的心情来到电报房，很快译出了吴东朔发给他的电报，惊出一身冷汗，呆若木鸡地坐了一会儿。但王春水毕竟是特派员金龙王春水，稍稍愣怔一会儿便作出了决定。他首先给吴东朔回电，要求吴东朔无论如何要坚持住，他将立即派人救援。拍完这封电报后，他苦笑了一下，摇摇头，又拍了另一封电报，这才开门去了西院。

王春水先到西院瞅了瞅，见赫彪还没回来。在头天夜间，他见赫彪未在预定的时间回来，已经做了些必要安排，包括绸缎庄的紧急情况撤离、云岭客栈地下室密码和“猎女行动”猎到的乌云丽等都有了一些应急的方案。现在吴东朔电报的内容却是他极不希望见到的，他必须进行一些新的安排，尽管他对赫彪还抱有一丝希望。

在绸缎庄西院，赫彪待的那个院子里，还有一个在白天从不露面的警卫排。这个警卫排平时都由赫彪管理，个个身手好，都是王春水或赫彪亲自挑选，再由赫彪亲自教练出来的。

这些警卫们都配有长短两件武器，白天待在院里或屋中，只在夜里行动或去郊外训练，可谓深藏不露。只有在紧急情况下，赫彪或王春水亲自命令时，他们才能行动。上次，赫彪带的两个人，在救援刘宝财时，被马云龙打死的就是这里的人。

王春水压低声音命令道：“带好一切该带的东西，留下七个人跟我走，其他人跟着王排长马上保护夫人和小姐去云岭客栈。”

被叫作王排长的人马上将身手最好的七个人派给了王春水。王春水又特别嘱咐王排长道："你们到了云岭客栈后执行紧急状况下的第二套方案，在那里一刻都不要停留，绕过各处关卡，走大漠的路，直达老二嫂营地。我已通知了'秋山太保'。另外，你通知青龙刘达顺等我命令。"

安排完这一切，王春水回到寝室平静地对荒木枝子说："我亲爱的枝子，我不得不告诉你，赤岭县支队策反起义的事儿可能失败了，我们中了共军的计。共军的骑兵并没有全部去国共两军交火的前线，他们杀了个回马枪。我估计再有一个小时就会打到这里。你快给孩子穿上衣服，带上该带的东西跟着王排长去云岭客栈再去大漠老柳树筒林子，我们有可能又得分别一段时间了。"

荒木枝子愣了一下神："春水君，怎么会这样，你不是说一切都万无一失嘛！"

王春水说："本来是万无一失的，谁知哪里出了漏洞，是吴东朔还是榴莲或者是赫彪，总之这一切都不重要了，就看八点钟红枪会的暴动如何吧。我们还有希望，另外，乌兰的女儿在我们手里，你去后和青龙刘达顺说，一切都按王排长说的办，王排长说的意见就是我的意见。我已通知了'秋山太保'，他会照顾你的，你去后立即与他取得联系。如果我这边红枪会暴动成功，你在那边就代表我督查老二嫂的部队，这个土匪婆子没按我的命令行事。"

荒木枝子的脸色煞白又冷峻得可怕："春水君，我知道该怎么办。对于女儿和美你不用担心，我不会像贺立夫、何木兰那样把自己的儿子丢给他们的敌人。我到了那里也会为你祈祷，我的春水君不会失败的。"

王春水苦笑了一下，有些踉跄地走到熟睡着的女儿和美床前，摘下眼镜，弯下身子，用脸用嘴唇轻轻地贴了贴和美的脸和嘴。然后，他抬起头，戴上眼镜又用手扶了扶，拥抱了一下枝子，脚步有些沉重地走出了屋门。

此时，王春水已经与平时判若两人了。他气势汹汹地带上七名护卫匆匆向西林县政府走去，眼镜后那双鹰眼露着凶狠的光。他更多地想到，西林县政府那里等待他的是一场激烈的厮杀，那个他赔了两年笑脸奉迎的朱彤正端枪等着他。因此，快到西林县政府时，他回头瞅了瞅身后的七名护卫，气势汹汹地说："做好战斗准备，听我命令，冲进去后最重要的是把那个姓朱的架走。"

但是，西林县政府内却平静得让王春水大感意外，朱彤仍然像往常一样，肩上搭条毛巾在洗漱，乌力吉蹲在门口抽旱烟，马大山在院子里见到他还和往常一样，打了个立正说了声："副县长早上好。"一切都让金龙王春水觉得他方才只是做了一个噩梦。

朱彤见王春水来了，脸上并没有什么变化，只问了句："这一大早晨的，出去干啥了?"

这让王春水有点儿措手不及，结巴了一下："去，去，呃，新招了几名公安队的，带着他们出去，看了看体质。"朱彤仍是大咧咧的样子："嗯，我还以为你找乌兰去了，没听说你们发展得这么快呀。哎，刚才军区来电话了，五百支步枪装在三辆车上运过来了，大概就快运到了吧。"

王春水此时的心情像极了刚被赦免的死刑犯，有了一种一生中少有的激动。他嘴上说着："好啊，好啊，老朱你真能开玩笑，乌兰我俩八字还没一撇呢。啊哈，真是好啊，枪就要送到啦?那就让毛三檩他们接过来直接送东郊的红枪会吧！咱们县大队成立大会在那儿举行，街里没有那么宽绰的地方，得有好几千人啊。"

可他的心里却在说着另外的话："这个银龙吴东朔一惊一乍的，真没个大将风度。他那双眼睛满天撒眸却看不清地上的事儿，他真是不行，袭击他们的人肯定是哪个区小队的。要不，这么大个事儿这里能没点儿反应?杯弓蛇影啦。"他甚至禁不住"扑哧"一声乐了。

院子里，毛三檩喊了声："朱县长、张副县长，军区送枪的车到啦。"

朱彤眉头皱了皱，撂下手中的牙缸说了声：“走，咱们看看去。”

在西林县政府的院子里停着三挂大胶皮轱辘车，摆满了装步枪的长条箱子，那些箱子上都写着日文。朱彤上前一步，喊了声：“毛三檩把枪箱子撬开，让我看看。”毛三檩屁颠屁颠地找来一根铁棍子，把其中的一个箱子盖撬开。只见那箱子里面全是原装的三八式步枪，上面还盖着油纸。朱彤猫下腰，从箱子里抓起一支，举在手中看了看，“哗啦哗啦”地拉动枪栓，嘴里叨念着：“这枪油上得也忒多了，日本鬼子侵略咱们的时候就是疯子，可做起什么事儿像咱们大闺妞儿扎花描云子似的，还是蛮认真细心的。”他推上枪栓，平端起来扣动扳机，听到清脆的一声“咔”，连声赞道，“好枪，好枪，张副县长，你去打一枪吧。”

王春水双手扶了扶眼镜，连连摆摆手说道：“不行，不行，我一辈子都不摸枪。行啦，已经看过了，毛三檩你带人把枪抓紧时间送到城东红枪会邱坛主那儿，跟他把枪发下去，这五百支步枪要先发给那些忠诚可靠的人。”

毛三檩说：“好嘞，那我们就先去啦。”

待毛三檩带人押着拉枪的车走后，王春水满面红光地说：“县长啊，咱们收拾收拾吃点儿东西也该出发了。县大队成立大会上，第一个讲话的就是你。讲话稿我都给你写好了，待会儿到地方我再给你。”朱彤点了点头，仍像往常那样说着：“这些事儿你安排，你安排。”但眉宇间却闪现出一种坚定的视死如归的悲情，转瞬即逝。

朱彤和王春水二人并辔而行，跟平时一样。王春水还是心急了一点儿：“县长啊，没听说四道梁前线战事如何。”

朱彤问：“听说打得惨烈啊！国民党空中飞机轮番轰炸，地上重炮连续炮击，热北军分区伤亡很大，现在热北骑兵师三个团都上去了，战况稍微好转点儿。”

王春水问：“我听说我们在松树山村还驻着一支赤岭县支队，军区怎么不调过来用一用？”

朱彤“呵呵”一声冷笑：“我昨天去时，吕副司令员正为这个事儿犯愁啊。说当时只顾壮大队伍了，把些伪警察和伪国兵都收编到这个支队中，现在是双手捧刺猬。”

王春水问：“此话怎讲?”

朱彤说：“吕副司令员说，扔，扔不得！可撂，又撂不得啊。”

“哈哈……”王春水一阵狂笑，“以后咱们的县大队要是整好了，你可以和吕副司令员说，咱们可以把赤岭县支队收过来。”

朱彤说：“看看势头再说吧！吕副司令员说，支队战斗力最强的两个连出去剿匪了，现在还不知道赤岭县支队怎么样了。”

王春水“嘿嘿”一笑，没再说什么。

朱彤却哑然失笑了。

他笑的是，多少先辈多少同志慷慨就义时，是戴着手铐、脚镣或者是五花大绑地走向刑场的。可自己这算什么？骑着大马，谈笑风生，这是视死如归？老子就是有点儿瞎眼了，没长着孙悟空的火眼金睛，才落得这步田地。

“他娘的，老子就是让鬼给迷了心窍。四区小队叛变，他怎么就会那么巧赶到？正月十五秧歌会，他和打黑枪的就是一个配合，现在想起来都是多假的事，我却都信以为真了，我是真浑哪！老子这回如果死不了，往后就干一件事儿，把识人的眼睛练好!”此时的他，心中已拿定了主意，做一个大义凛然坚强果敢的共产党县委书记、县长，做一名英勇无畏的“西林1号”大案的收网人!

此时的松树山村，经过一场战斗的洗礼，虽然还有些硝烟的味道，但是从骑兵战士到村中老百姓的脸上都呈现出一副泰然安宁的神态。乌兰巴特尔团长威风凛凛地站在赤岭县支队的院子正中间，给各营、连下达着一道又一道的战斗命令。

当骑兵三团包围了松树山村，清除掉了村口的叛军岗哨后，乌兰巴特尔团长双腿一夹紫红色儿马子的肚子，屁股在马上一欠，一声“冲啊”，挥舞着马刀第一个冲进村子，冲向吴东朔为张同轩等人授衔的会场。赤岭县支队被调走了一连、二连后，本来就没什么战斗力了，再遇上如虎似狼般的乌兰巴特尔骑兵团，真是不堪一击。不要说那些当过土匪的，就是那些收编过来的伪警察、伪国兵，原本当兵就是为了混口饭吃。陈刚政委管教他们紧点儿，他们反对，可要让他们端起枪去打八路军，他们也不愿意干，所以许多人一枪不放就跪在地上举起了双手。在院子里顽抗的也就李大牙、王三秃子等几十个死心塌地的顽固分子，开火不久就让骑兵团的机枪都“点了名”。

吴东朔、胡彪带来的那一小队人马还算有些战斗力，裹挟着吴东朔、“黑寡妇”、“大辣椒”往外冲没冲出去，只好坚守待援。他们相信吴东朔会来援兵的鬼话，仗着手中的自动武器好，撤进屋里后顺着窗户和屋门向外开枪扫射。

乌兰巴特尔团长也不喊什么劝降的话：“他奶奶的，还跟我比火力！参谋长，把机枪都给我调过来，我看他们还张狂不。”十几挺机枪吐着火舌，织成一片火网，立时就把房子的门和窗打着了火，浓烟也从窗口和门口涌出来。很快，从屋里传出狼嚎鬼叫般的哭喊声：“哎呀，妈呀，这房子都打着火了呀。这救兵还能来吗?”还有胡彪的喊声：“八路长官，别打啦，我是热北反共救国军少将司令胡彪，我想跟你们谈判呀。咱们都别开枪了，伤着谁的人都不好。”

乌兰巴特尔团长的回答却像放炮似的：“他奶奶的，你那个少将算个球。你有啥资格跟我谈条件，我现在消灭的就是你们这群国民党反动派。我数三个数，不出来投降我就开枪啦。”

乌兰巴特尔刚喊完“一”，胡彪就喊了一声：“那我……”

屋内“啪啪”一阵枪响。

从房门口滚出几个人来：“快别打了，屋子里没活人啦!”当那几个从屋里滚出来的人被骑兵团的战士押到乌兰巴特尔团长跟前时，哭丧着脸报告说：“报告长官，胡司令先前喊话时就想投降了。是银龙吴站长不让，说是金龙特派员肯定能派人来解救我们，让胡司令喊话谈判拖时间。银龙吴站长站在胡司令身边说一句，让胡司令喊一句。后来他见胡司令真要投降了，就开枪把他打死了，然后又朝那两个女的，就是榴莲太保她俩也开了枪，最后朝他自己脑袋开的枪。”

乌兰巴特尔团长听着各营、连报告的清剿情况，知道除了张同轩刚开火打起来时就带着十来个人骑马朝大漠的方向逃去，李大牙、王三秃子等三十几人被击毙，二百多人被俘虏，还有几十个土匪出身的又溜出村子，钻进了山沟。

乌兰巴特尔团长命令各营、连抓紧时间休息，埋锅做饭，饮马喂马，等待新的作战命令。

在这场发生在松树山村的赤岭县支队收编人员哗变的过程中，陈刚政委和十多名共产党指战员不幸牺牲了。但正是他们的牺牲为乌兰、马云龙他们彻底粉碎国民党保密局赤岭站策划的“秋山计划”赢得了时间和空间，他们为热北反击国民党反动派的军事进攻作出了不可磨灭的贡献。

与此同时，乌兰厅长带着公安总队的全部人马来到老营盘骑兵团驻地。他们有一个重要的任务，就是将军区给西林县那五百条步枪的撞针卸掉。

这种老式步枪有一个极关键的零件就是枪栓，枪栓上有一个关键的部位是撞针。如果步枪没了撞针，那这条枪就是条打不出子弹的废枪。开完会后，吕副司令员留下乌兰厅长，跟她交代的任务之一就是带着公安总队的人连夜将五百支步枪的撞针卸掉。这件事看似简单，但一是数量大，还要保持原样；二是要严格保密，不得透露出半点风声；三是得懂些枪械知识，得需要一大批政治可靠又熟知枪支的人。吕副司令员说：“我和朱参谋长商量，这个任务非公安总队莫属。”

对于这个机密的安排，吕副司令员也告诉给了朱彤县长，让他上演了早晨在西林县政府的那一幕，即朱彤亲自验枪，拉动枪栓，扣动扳机，让王春水以为这枪是好枪。吕副司令员还跟他说，他和于民副省长对这个方案仔细进行了推敲，根据近两天金龙王春水收发的电文看，他还没发现他已经暴露，那就是说他还要继续装下去，也包括他仍然对朱彤县长毕恭毕敬的样子。

吕副司令员仍然惦记着对赫彪的拯救工作，他要乌兰厅长将中央社会部对王春水的甄别意见抄写一份，给赫彪看一看。当赫彪看完甄别意见，又听说了吕副司令员关照他的事情，不禁痛哭流涕，后悔不迭："没想到这么多年我竟死心塌地为杀我爹娘的仇人办事儿，将来我怎么去见我爹娘啊。"

他抹了把泪水，恳切地对乌兰厅长说："乌长官，我本是戴罪之人，堂堂的军区司令这么关心我的事情，我只有将功折罪去报答了。我要为我爹娘报仇，做我爹娘的儿子！"

赫彪告诉乌兰厅长，他估计金龙王春水是派青龙刘达顺绑架的乌云丽，那么乌云丽极可能被关押在云岭客栈的地下室里。这个地下室外面有一个出口是密码锁，他知道密码，可以从这扇门进地下室，把乌云丽救出来。

马云龙见乌兰厅长犹豫的样子，便有些焦急，插话道："如果怕赫彪师弟去有什么不妥当的地方，我和他一起去。"

乌兰厅长说："我倒是不担心赫彪会出什么事儿，我只是觉得乌云丽是我的女儿，不出什么事儿救出乌云丽还好，一旦出了什么事儿，我觉得和组织没法儿交代。"

马云龙显得有点儿着急上火，一双剑眉拧在一起，鹞眼中透出不满的情绪，反驳道："交代，交代，那有什么没法儿交代的？乌云丽是亲人，更是公安总队一支队的公安战士。你对别的战士怎么样对乌云丽也怎么样，就算对组织负责了。乌云丽已经被敌特绑架四天时间了，随时都有生命危险，厅长却还在这儿考虑没法儿交代啊！"

乌兰厅长的心里一热，正要说什么，电话铃响了。她拿起听筒，原来是吕副司令员打来的电话。乌兰厅长将战士们拆撞针的情况做了汇报，说战士们拆得很细心，拆卸人、枪号以及撞针都做了详细登记，明天凌晨 3 点完成任务，再按原样封好送到军区。

吕副司令员又问："赫彪现在想通了没有啊?"

乌兰厅长瞅了瞅旁边的马云龙，马云龙拉着赫彪走了出去。乌兰厅长这才回答道："赫彪想通了，甚至感动得落了泪。他说他要戴罪立功，他估计乌云丽被关在云岭客栈的地下室里，外边有个门是密码锁，他知道密码。可是这件事儿我觉得这么办不合适吧。"

只听听筒中传出吕副司令员"呵呵"的笑声："乌兰哪，这是我给你打电话的重要原因。你这个同志呀，不怕流血不怕牺牲，就是有时对自己的要求太严格，对自己的亲人太苛刻了，这就没必要了。心底无私天地宽嘛，我们共产党人要解放全人类，其中也包括我们自己。赫彪有这个要求很好嘛，你应该大力支持才对，这件事儿你就交给马云龙去办吧。"乌兰厅长的心中像敞开了两扇门："感谢领导关心，我这就去安排。"

乌兰厅长是位极其谨慎又细心的人，尽管有吕副司令员的命令，但她还是把马云龙和王东山找来开会商量并最后定下来，王东山负责检查卸撞针的事情，并安排人把卸了撞针的五百支步枪送到军区。马云龙带领张树林分队换上老百姓的衣服，跟着赫彪去救乌云丽。

这时，一直等在门外的慧明小和尚也要跟着大师兄、二师兄去救人，乌兰厅长也批准了。

乌兰厅长还是不放心马云龙带人去救乌云丽，又商量了一下，认为现在天已大亮了，青龙刘达顺一定会派重兵看守云岭客栈地下室。过了上午八点，敌特的注意力全都放在西林县大队成立大会上，云岭客栈的看守会松弛，这是救人最好的时机，此时赫彪再行动会保无虞。

此时，马云龙心急如火，别看平时对乌云丽表现出一副不冷不热的样子，其实喜欢乌云丽的情感早已成为心中包裹着的一块燃烧的炭火。他处处想着乌云丽，事事觉得身边没有乌云丽不行。他现在恨不得马上把乌云丽一把拽在怀里抱住，再也不让别人伤害到她。

当马云龙带着一小队人马风风火火地赶到云岭客栈附近时，正看见有一些人缕缕行行地从云岭客栈、云岭贸易货栈朝着红枪会总坛奔去。马云龙从望远镜中看到这些人中有朱彤、王春水和乌力吉，他们似乎走在一群人的中间。

马云龙回头瞅了瞅赫彪："我们行动吧。"按照先前商量好的方案，张树林带队负责接应，马云龙与赫彪、慧明三人用最快的速度飞奔到云岭客栈后面的一棵老杨树下，那里有一座热北地区常见的土地庙。小庙的庙门轻轻一推就开了，迎面就是土地爷的泥塑像。从泥像的左侧进入便是一扇钢门，门上有把密码锁。

赫彪说："师哥、师弟，为防止意外，你们后退两步，我拨号了。"马云龙拍了一下慧明的肩膀说："后退什么，生死我们三人在一起！"慧明说："我看也是！"赫彪伸手就去拨弄号码盘。然而，没等他把六个数字拨完，就听警铃大作，客栈院里有人惊呼："土地庙进人啦！"

"什么人？不吱声，我们就开枪啦！"院墙内有人继续喊着，并伴有"稀里哗啦"拉动枪栓的声音。

土地庙的门从里面敞开了，赫彪敞着怀，大模大样地走了出来。

"是我，我是飞行太保赫彪！"

"你真是飞行太保赫彪？"

"天下还有哪个飞行太保？就我一个，如假包换。"

"那你怎么才回来？"

"可别说了，要多背有多背，在大漠中让一群共军给盯上了。我一直跑了好几天绕到围场才把共军甩掉。我回到绸缎庄见人都撤了，知道金龙特派员会到这里来，就想从外面直接进地下室。

没想到拨号时警铃响了，惊动了你们。”

“你不知道吗？咱们的规矩，到约定的时间不回来，就要抹掉他所有的记忆。你夜里没回来，金龙特派员就派人来把密码换了。”

“你是哪位？组织里的事儿你怎么知道得这么多？”

“我是李四呀，你不知道我，我可知道你。”

“噢，是李监视呀，上次你们和瀚海太保刘宝财找大漠石窟让共军盯上了，就是我解救的你们，你不记得啦？”

“那我怎么能不记得。”

“你知道我就好，能不能从前门放我进地下室？”

“认识也不行，金龙特派员有令，如果你回来，必须由他亲自审查。捎带说啦，现在地下室里一个人都没有啦，你还进去干啥？噢，你也是惦记着那个漂亮妞儿吧？她也不在了，今儿早上还黑格隆（热北方言：天将要放亮）的时候，就让王排长带走啦。”

马云龙在土地庙里，小声说了一句：“这样僵持着也不是个法儿，进客栈里把他们收拾了，顺便把乌云丽问清楚。”

赫彪朝客栈院子喊道：“李监视，我看那样吧，我这几天跑得太累了，你在客栈给我开间房，我睡一觉再去找金龙，你看如何？”

李四沉吟了一会儿说：“你过来吧，我就是不让你过来，也挡不住你。可说好了，你睡一觉就赶紧去见金龙，不然的话，我担不起这个责任。”

马云龙小声说：“师弟你去吧，利索了，给我们发个信号，我叫接应的人一块儿过去。”

赫彪说了一声“我去了”，便直接奔了客栈后墙，飞身跃过墙去。没一个时辰，赫彪就从客栈里喊出话来：“大师兄、师弟，你们过来吧。”马云龙就让慧明跑去把张树林的一分队接过来，一起进了客栈的院子。

根据李四的交代，天要亮的时候，王排长带着十几个人找到青龙刘达顺，二人先叽咕了一阵子，就让人把乌云丽从地下室里带出来。那个乌云丽脾气真烈，跳着脚地叫骂，还说马云龙会把他们都杀掉，只好把她打晕。和王排长他们一同来的还有特派员金龙王春水的夫人和女儿，王春水夫人对乌云丽还算客气，把一件皮大衣披在乌云丽身上，她和青龙说了几句话就把乌云丽抬到马上，骑上马奔大漠的方向走了。

马云龙抬眼瞅了瞅张树林，立即用青龙刘达顺客栈的电话把情况向乌兰厅长做了汇报。乌兰厅长对他说，乌兰巴特尔团长的骑兵三团已经结束了松树山村的战斗，现正回兵西林。公安总队正准备向城东红枪会总坛进发，要马云龙做好策应朱彤等人的准备。

马云龙手中的电话还没撂下，张树林着急忙慌地跑进屋来说："支队长，赫彪和慧明小和尚骑上他们的马朝着大漠的方向跑了。"张树林还说，"是我没挡住他俩，慧明说，他们一定要把乌云丽姐姐找回来，不能让大师兄没了媳妇儿。这事儿要处分就处分我！"马云龙放下手中的电话，瞅了瞅张树林说："别张口闭口就是处分，出了事儿我担着。没事儿的，我的兄弟我信得过，敌人现在就是用八条大犍牛也拉不走我赫彪师弟了！"

张树林点了点头，心中一热，支队长啊支队长，为人为友干啥都有个担当，这才是个爷们儿，这才会让兄弟们跟着你舍生忘死地去干。

这时，突然传来枪声，马云龙和张树林跑到院子里。放哨的战士说："是红枪会总坛那儿响枪。"马云龙剑眉一挑，鹞眼圆睁，一摆手，喊道："留两名战士看守这里，其余人跟我来！"

西林县红枪会总坛原本是伪满洲国时日本人的一个协和会分支会所。日本人投降后，王春水便实际控制了这些场所。他又翻了几下手，在这里成立了邱处虎的红枪会总坛。在总坛前面有一个大土台子，大土台子前面原是日本人的一处跑马场。

从昨天到今天早晨，从附近到邻近各县红枪会的会众，真的有几千人，缕缕行行地来到总坛，其中就有黑三他们。黑三未卜先知，在路上就一再嘱咐手下说："到那儿一切都听我的，谁也不许乱说乱动。到时候我师父肯定出面，咱们跟他走没错。"

八点钟了，土台子上站着一帮人，朱彤县长被夹在中间。王春水从衣兜中掏出几页纸对朱彤说："老朱你就照这个念吧！"然后他抬手扶了扶眼镜，鹰眼中透露出不容置疑的目光。他转身面向土台下几千红枪会的会众大声喊道："各位红枪会会众们，我是张文儒副县长，也是今天成立的西林县大队的大队长。从今天开始，西林红枪会就改名为西林县大队啦！今天还将有几支队伍过来加入咱们大队，今后咱们这支队伍将是热北一支拥有万人的队伍，我们为这支队伍的成立欢呼吧！"

顿时，有些人拍起巴掌来。看来王春水这个偷梁换柱的做法还真是管用了，又是一个李代桃僵。

王春水咳嗽了两声又高声说道："现在请西林县委书记、西林县县长、西林县大队政委朱彤讲话。"

此时的朱彤望了望台下黑压压的人群，古铜色的面容绷得紧紧的，浓黑的眉毛下有一双冷峻又充满愤怒的眼睛。他的耳边又响起吕副司令员的声音："朱彤同志，你就做'西林1号'的收网人！"他很快冷静下来，抬手抹了一把鼻子和嘴巴，站直了身子伸开手，王春水赶忙把讲话稿放在他手里。

朱彤这才一只手抓着讲话稿，另一只手举着广播筒，向前走了几步，走到了土台子的前面。他停下脚步，抬头望了一眼台下黑压压的人群，心里一阵酸楚。由于自己工作麻痹大意，给人民群众带来的是灾难！

他清了清有些沙哑的嗓子，大声地问道："各位农民兄弟们，我是中国共产党西林县委书记、县长朱彤，你们现在分到了土地分到了牛羊，你们的日子过得好吗？"台下有一些人喊道："好啊，好啊，过年还杀猪了呀。"

朱彤又高声问道："那你们知道这是谁给你们带来的好日子吗？"下面的人又喊道："这还用问，是共产党八路军呗！"

王春水皱了皱眉头，赶忙向前走了一步，声音不大，语气却很生硬："老朱，你就照讲话稿念吧！"

朱彤用更高的调门，急促地呼喊着："农民兄弟们，你们受蒙蔽，受骗上当啦！你们红枪会首领邱处虎是国民党特务黑龙，云岭客栈经理刘达顺是国民党特务青龙，这个张副县长本名王春水，就是国民党大特务特派员金龙！他们是借县大队的名行成立反共产党队伍之实！他们……"台上的人一下子都愣住了，反应最快的是黑龙邱处虎，扬手就打出一支飞镖，正中朱彤的后心。接着，刘达顺、刘宝财也扑上去，堵住了还在喊话的朱彤的嘴巴，并将他摁倒在地上。

与此同时，站在台下的乌力吉、马大山朝着黑龙邱处虎开枪了。台上负责护卫王春水的七个人都迅速拔出手枪，朝着乌力吉、马大山和几个公安队的人开枪，并将王春水护住，从土台子上迅速跑下去。

立时，会场上枪声四起，台上和台下都有开枪的。一时间，红枪会的会众也作鸟兽散，有抱头鼠窜的，有趴在地上抱头撅腚的，还有胆大的趁机把别人丢下的红缨扎枪和跑掉的帽子、鞋捡起来抱在自己怀里的……唯有黑三心中有数，把发给他的一支步枪往地上一撂，喝了一声："都快蹲下，别乱动！"偏坡营子分坛来的百十号人都齐刷刷地蹲了下去。

邱处虎的一条胳膊中了枪，用另一只手捂着受伤处，还龇牙咧嘴地招呼着："各分坛首领赶快把发了枪的会众领过来！"青龙刘达顺握着手枪，立着三角眼，一脸杀气，让瀚海太保刘宝财招呼张老三那些在客栈和贸易货栈的特务们，围在了金龙王春水的周围。

这时，有一匹马驮着一个人飞奔过来，到了土台子跟前从马上滚了下来，不住声地喊着："完了，完了，金龙特派员在不？

我是赤岭县支队张同轩旅长手下的副连长白川!”众特务们赶忙闪开，白川跌跌撞撞地跑到王春水跟前，匍匐在地，“金龙爷特派员哪，可不是咱们原先说的那么回事儿呀！乌兰巴特尔骑兵团压根儿就没去四道梁，返回来把我们和吴站长、胡司令全收拾了，张旅长带着我们几个硬从村子后边闯了出来。他让我给金龙爷报信，他带剩下的弟兄奔老柳树筒林子老二嫂那儿去了，共军的骑兵团已经奔这边来啦!”

王春水一屁股蹲坐在地上，长叹一声：“唉，筹划得也没错呀，怎么会是这样?”

枪声又响了起来，刘宝财惊呼：“马云龙，是马云龙带人往这边打过来了!”

王春水静了静神说道：“黑龙邱司令，你马上带人阻击，算上新给你的五百条三八枪，你大概得有七百条枪了吧。你把马云龙给我灭了，然后带部队去四道梁与我会合。我宣布，我们的‘秋山计划’大功告成。早晨，N师苏师长来电，国军已经拿下四道梁，我带人先走一步去与国军会合。”

这又是王春水糊弄人的鬼话。邱处虎立刻用那只没伤的手攥着拳头在胸前比画了一下，说道：“无量天尊，谨遵金龙特派员将令，我不管他是马云龙还是牛云龙，有邱处虎在此，定叫他有来无回!”说完便带着一应会众去了。

王春水见邱处虎带人走了，马上起身，看了看左右说道：“今天举事非吾筹划之错，实乃天意也。若论‘秋山计划’，我们已经成功，七百条枪数千人的红枪会已是我的部队。只是天不照应，让共产党的骑兵三团又折返回来，使我等没了用武之地。也罢，来日方长，我等暂留青山，再谋良机。走，咱们也去大漠吧！白川连长带人头前带路，青龙刘达顺司令带人殿后，立即出发!”众人立刻簇拥着他上了马，然后也不分前锋、后卫，一窝蜂地朝着大漠逃去。

马云龙在云岭客栈听到的枪声，正是乌力吉、马大山几个人开枪后，金龙、黑龙、青龙的手下在开枪还击。马云龙心急如焚，然而又不敢贸然冲过去，于是带着小队的人马边开枪边向红枪会总坛运动。

黑龙邱处虎扬风扎冒儿（热北方言：近于张狂，不自量力的样子）地招呼着他的人，阻击马云龙小分队的攻击。他用绷带挎着一只胳膊，一只手里提着支二十响，靠着大土台子做掩护，一边开枪一边朝着那些端着枪的会众喊着："你们手里的是崭新的快枪，不是扎枪，见着八路的人影儿就开枪，别等他们冲到跟前再打。"

但马云龙的小分队还在向前运动着，离大土台子越来越近了。这时的黑龙邱处虎才觉着不对劲，几百条枪，怎么枪声稀稀落落的。他凶神恶煞般跑到几个举着三八枪的会众跟前，踹了两脚，骂道："你妈的，你手里的是烧火棍子呀！"被踢的会众哆哆嗦嗦地说："首、首领，大，师父，这、这枪扣了扳机也不响啊。"

"他妈的，你们就是群废物。把枪给我，我给你们打一枪看看，这也得我把着手教。"邱处虎让一个会众"稀里哗啦"拉开枪栓，推上子弹，瞄准了一个露出半身的公安战士扣动了扳机，只听到一声清脆的"咔"，接下来却没了动静。

邱处虎一下子愣住了，连连说道："这些快枪都是新枪呀，日本人难道造了一批哑巴枪专门预备给中国人？"

他向两边一瞅，见许多人都端着条三八枪直着脖子，便气咻咻地嚷道："这还打他妈的什么仗，红枪会的人，洋枪不好使就把咱们的红缨枪、朴刀、钢鞭抄起来。他们八路军的枪再好，打得再远，也得到咱们跟前。那时咱们的真功夫，咱们的刀枪、钢鞭就用上啦！"邱处虎还在胡说八道，红枪会的人又乱起来。他们不像是来作战的，倒像是一群来看戏的观众。

"来啦！来啦！"

"骑兵来啦！"

这些红枪会的会众哪见过这阵势，扔下刀枪扭头乱跑。

“冲啊！杀啊！”的喊杀声席卷而来，“嗒嗒嗒……”杂沓的马蹄声惊天动地！乌兰巴特尔团长挥动着马刀，冲在军团的前面，高声喊道：“放下武器，缴枪不杀！”这喊声立刻变成骑兵战士们整体的喊声：“放下武器，缴枪不杀！”有如山呼海啸一般。

乌兰厅长率领着公安总队也在这冲杀的阵营之中。

在发起冲锋之前，她便派人去通知马云龙，要竭尽全力保护朱彤等领导，然后在平息红枪会暴乱的地方见面。马云龙和张树林小队毕竟离得近，见骑兵团发起冲锋，红枪会的那些死硬分子都张皇失措之际，马云龙喊了一声：“上马，冲过去！”他们先在大土台子的东侧将邱处虎安排的防线冲破，击毙了几个手拿短枪的暴乱骨干分子。在“放下武器，缴枪不杀”的喊杀声中，参加暴乱的几百人中多数都把枪和扎枪、朴刀往地上一扔，双手抱着脑袋跪在了地上。

马云龙带人直奔大土台子前，那里躺着乌力吉科长。马云龙弯下身子，只见乌力吉的胸部中弹，满嘴淌着血沫子。他右手握枪，左手伸出拇指、食指、中指三根手指。马云龙听乌兰厅长说过，这是“兴安 3 号”的标记。乌力吉含混不清地说道：“瓦大罕希好同士。”马云龙明白他在说什么，大声回应道：“马大山是好同志！”乌力吉点点头，闭上了双眼。

马大山的尸体压在乌力吉科长的腰上，那一双愤怒的眼睛睁得很大，只是没有了光泽，前胸一片殷红，双手还紧紧地握着一支七九步枪。看得出，关键时刻，是他冲在乌力吉的前面，挡住了敌人的子弹。在乌力吉和马大山的旁边，还有三具县公安队战士的尸体。

马云龙大喊一声：“张树林，赶快安排人送乌力吉科长去军区医院。他是‘兴安 3 号’，他还活着！”然后，他一个旱地拔葱跃上大土台子，来到倒在地上的朱彤县长身前，跪下身子，“朱县长，朱县长，你醒醒，我是马云龙，我们胜利啦！”

朱彤的身下是殷红的鲜血，他勉强把双眼睁开一条缝儿，没有血色的脸上露出一丝微笑，嗓子里发出轻微的声音："胜利啦，好——让乌兰转告组织，我错……"话还没说完，脑袋一仄楞，双手从身上滑了下去。尽管马云龙大声地呼喊，但朱彤再无回应了。马云龙伸出手摸了一下他脖子上的主动脉，然后伸出右手轻轻地将他微微张着的眼皮合上。

马云龙又纵身跳下大土台子。

黑三带着他的那百十个人见马云龙带队杀来了，赶忙起身相迎。马云龙告诉他们蹲在地上别动，等他见过厅长和骑兵团长后再过来安排他们，并留下了两名公安战士为他们护卫，防止不知情况的部队把他们当成暴乱人员。

乌兰巴特尔团长稳坐在马背上，望着这场小儿科似的战斗场面，觉得这仗打得很没劲。他一眼看见了马云龙，便抬手招了招。马云龙也同样招了招手，但他得立刻去见乌兰厅长，看厅长下一步的安排。

黑龙邱处虎似乎还无法从自己做的茧中解脱出来，腾挪着步子，歇斯底里地喊着"刀枪不入"，一只手把钢鞭抡起，直向乌兰巴特尔团长扑来。乌兰巴特尔团长挥了挥马刀，喊了声："跟这个疯子还有什么客气的！"立刻有几条火蛇射向邱处虎，邱处虎一个跟头重重地摔在地上，旋起的钢鞭就着惯性倒缠在他自己身上。

乌兰巴特尔团长跃马横刀，大声命令道："清理战场！"

乌兰厅长带来了最新消息和最新命令，据吕副司令员电话通报，在四道梁前线，热北骑兵师二团到达后，立即与骑兵一团从左右两翼对国民党 N 师阵地发起进攻，热北军分区四个团从正面全面出击，把 N 师打了个措手不及。N 师损失惨重，关键时刻"小巴顿"苏文卿师长和许登谋参谋长竟无法协调指挥轰炸机和榴弹炮的作战行动，三架轰炸机抖抖翅膀飞回北平了，N 师不得不撤回赤岭。现在我热北军分区四个团和热北骑兵师两个团已压过桦树沟村，向着赤岭城挺进。

通报还说，由鲁大海支队长带领的赤岭县支队一连和后来赶去的骑兵三团一营一连合围了呼日塔拉甸子的白辉匪帮，全歼了这股土匪。匪首白辉系十三太保中的镇西太保，被骑兵连的战士刀劈于马上。

由尹达参谋长率领的赤岭县支队二连，在大漠中与老二嫂匪帮遭遇。匪首老二嫂极其狡猾，失掉一个小队后，将主力缩回了老柳树筒林子。现在，尹达参谋长带二连在那片老林子外进行监视。

5月6日8时，国民党保密局热北特派员金龙王春水策划的以热北红枪会、哗变的赤岭县支队、热北土匪联合大暴动的“秋山计划”被彻底粉碎！

马云龙见到乌兰厅长后，便把赫彪和慧明小和尚去救乌云丽，朱彤、马大山以及三名公安战士牺牲，乌力吉科长受重伤送军区医院，黑三带领的一帮红枪会的会众要求参加八路军等几件事都做了细致汇报。乌兰厅长听完汇报后，沉吟了一下，问：“赫彪他俩不会有啥事儿吧？”

马云龙脸上闪过一丝不快：“我看出不了啥问题，一旦出什么问题，这个责任我负。”乌兰厅长不高兴地瞅了他一眼：“嗯，那倒不用，我是担心他俩的安全。黑三的事儿你以前就跟我说过，这次又表现得很好。我听于民副省长说要成立西林县大队，我和于副省长介绍一下。”

然后，她沉痛地说：“我们虽然粉碎了敌特的‘秋山计划’，但我们付出了很大的代价、很大的牺牲。朱彤是位好干部好同志，生命的最后时刻还在自责。马大山是位好同志好战士，他的任务完成得很好，最后为保卫‘兴安3号’不惜牺牲自己。还有松树山村赤岭县支队陈刚政委和一些连长、排长为了彻底粉碎敌人的‘秋山计划’，为了击退国民党反动派的进攻，也壮烈牺牲了。等我们剿灭老二嫂匪帮后，再祭奠他们吧。只要有战斗，就会有牺牲，也许……”

第十二章　匪穴鸿门敌特内讧

5 月 8 日，稍事休整的辽西省公安厅公安总队又开始了新的战斗，乘胜追击残余匪特。

根据冀燕赤军区和辽西省政府的命令和“除恶务尽，干净彻底清剿热北国民党的残余势力和土匪”的指示，乌兰厅长受命带领省公安总队、新整编的赤岭县支队进入老柳树筒林子执行清剿任务，黑三等五十多人被批准参加新编赤岭县支队并参加剿匪行动。乌兰巴特尔团长受命带领骑兵三团负责在外围将这一大片原始老林子紧紧包围，以便全歼匪特。

老柳树筒林子在西辽河北岸边，小腾格里沙漠中段的位置，是六七十里地长、二三十里地宽的一片原始森林。这片林子不知始于何年何月，腐烂的枯枝败叶形成松软的土壤给草木提供着充足的营养，西辽河滔滔的流水滋润着岸边的沙漠绿洲。因此，林中的柳树蓊郁苍翠，遮天蔽日。

这种柳树长到一定的年份，树干便会开裂，树心开始腐烂，形成树树有树洞，洞洞皆相异，形状千奇百怪的奇观。小的树洞里可容一两个人，大的树洞中竟可容四五个，甚至七八个人。树冠七杈八杈，树枝七扭八歪，在空中纵横交错，分不清谁是谁的梢头。

五月时节，老柳树那如条条臂膀般的枝干又抽出黄绿色的枝条，枝条上绽出了嫩绿的叶片。这个时节，老柳树筒林子成了鸟兽们的乐园。在这片林子里，柳梢头上的鸟儿们呼朋引伴，多的是搭窝、育雏、觅食的嘈杂。林子中的树洞旁多是母兔、獾、鼬在对幼崽的呼唤，多的是狐、狼、猞猁们在追逐求偶的鸣叫。

然而，早先的老柳树筒林子却是人间地狱鬼门关。那些行人和商贾为避开大漠的艰难，在老柳树筒林子中辟出了一条通道。于是，有一些生活无着的热北男人便走上在林子中杀人越货这条路。他们躲藏在树洞里，冷不防地跳出来砸杠子、打闷棍，截道抢劫。十冬腊月，行人被打了闷棍扒了白条，冻死者不计其数。

老二嫂的男人老二哥就是出了名的劫匪，民国初年因为截西林县长的道，被县长护卫打死。老二嫂接了男人的号接了男人的人，打着“除暴安良”的旗号，干着拦路抢劫的勾当，倒也把绺子整大了，她则成了热北数一数二的大当家的。老二嫂在女人中算是高个子，灰白的头发上拢了个纂，插着根红珊瑚金钗。那长瓜脸上的五官也算端正，一双蛇眼闪动着鹰隼的光。她无冬历夏都是一身黑色衣服，肩上斜挎着双盒子炮，外披一件红披风。四五十岁的人了，还能在老柳树上跳上跳下的。

老二嫂匪帮的大营在老柳树筒林子西侧的密林深处，周围用粗大的枯树围成二三里方圆的大栅栏圈子。圈子的南北各依着两棵老柳树装上松木大门，有土匪日夜看守着。圈子中，有几十个多半修在地下，三分之一留在地上的地窨子房。老二嫂的地窨子里还挂了个“聚义厅”的牌子，足有二百平方米那么大，卧室、盥洗室、会议室、餐室、侍卫室齐全。

老二嫂的手下有“四大金刚”，分别带一个大队。

前几天，老二嫂接到飞行太保赫彪送来的金龙特派员书面命令后，先是非常兴奋。她倒不觉得当什么旅长有多大的香赢（热北方言：便宜，好处），重要的是打下热北后，在地盘和人钱物上，她可以分到一杯羹。然而，当她在大漠中与尹达参谋长率领的二连打了一场遭遇战后，立刻改变了主意。

老二嫂想，这时候共产党八路军仍然派出能征善战的老二连主动寻她作战，说明共产党绝不是把兵力都用到了四道梁前线。共产党从来不打无把握的仗，还有足够的兵力应付突发事件。所以，老二嫂忍着疼，丢下一个小队，主力则迅速地缩回了老柳树筒林子。

张同轩拼死拼活地冲出松树山村，只剩下十几个人落荒而逃。逃进大漠后，他觉得哪里都不好去，只有老柳树筒林子的老二嫂那里还可以藏身。昨天夜里，张同轩投奔过来后，老二嫂更加坚信自己判断得正确。她对张同轩一伙人好吃好喝好招待，一口一个给张旅长接风，就是不提如何安置。这把张同轩憋得抓耳挠腮，只好低垂扫帚眉，屈尊一跪，双手抱拳道："司令，同轩乃一丧家之犬，哪里还有什么旅长之说，只求在司令屋檐下有口饭吃罢了。"

老二嫂忙将他扶起道："这如何承受得起，再咋说你也是位国军封的旅长，本该和我平起平坐的。但是一山不容二虎，一个槽拴不了俩叫驴，我不能留你在我的绺子里。可我又不能撵你出林子，那样的话，道儿上的人该说我不仁不义了。这样吧，我这北边五里地有个窨子屋，住个二三十人没啥问题，还有能吃一个月的柴米油盐。"

这话说得在情在理，张同轩只有起身打躬作揖的分儿了，说着"谢谢司令""谢谢大当家的"的话，领着人去了。待张同轩一伙人隐没在林子里，老二嫂手下的四大金刚都伸出大拇指："哈哈，高，大当家的这招实在是高。这样既不得罪朋友，又给咱加了个把门的。"

原来，那个地窨子屋是老二嫂匪帮的一个哨卡，离那条林中路不足百米，住着老二嫂的一个小队。头两个小时，老二嫂把那个小队给撤了回来，让张同轩当了看家狗。

老二嫂打发走张同轩，坐在披着虎皮的太师椅上，心里发嘹，眼睛发呆。四大金刚的吹捧并没有使她兴奋，反倒是有一种兔死狐悲的感觉袭上心头。金龙搞的红枪会大暴动不知咋样了？“秋山计划”到底成不成？金龙要是败了，会不会也跑到她这里来？那又该怎么算，让他个光杆司令来指使自己？派出去的细作回来说，白辉在呼日塔拉甸子折了，那下一个是不是该轮到她了？

这时，有巡逻队来报：“抓到一高一矮两个人，高的自称是飞行太保赫彪，矮的是个小和尚，要见司令。”老二嫂沉吟着：“这飞行太保刚走不几天咋又来了，莫不是我没按金龙特派员的指令出兵，金龙又派他兴师问罪来啦？他是金龙特派员的信使，得罪他跟得罪金龙是一样的。”

想到这里，老二嫂瞅着四大金刚说：“你们哥儿几个出去接一接，这个主儿不能得罪了。”四大金刚喊了声“遵令”，依次走出地窨子。没多一会儿，他们便簇拥着赫彪和慧明小和尚又下到地窨子中。

赫彪、慧明二人从西林的云岭客栈出发得比王排长他们晚小半天的时间，何以还先到了呢？原因是王排长一帮人虽然都骑马，但走得不快。荒木枝子带着女儿和美骑在一匹老马上，本就不善骑马，又是长途奔波，始终不敢放开马快跑。乌云丽能骑马，平时还喜欢骑上马飞跑，但这姑娘性子烈，先是盼望马云龙来救她，待马队进了大漠觉得无望，她又一心想死，曾经几次从马上栽下来，脸都被摔破了。王排长气得没法儿，杀不得，打不得，只好将乌云丽连胳膊带腿地绑在马鞍子上，两边再派人骑马夹住，慢跑着。这样大大减慢了行进的速度，反倒比赫彪他们还晚到小半天的时间。

赫彪要的就是抢先一步到达老二嫂的营地，再想法儿搭救乌云丽。他心里清楚，根据这些年他对金龙行事的了解，无论从哪方面考虑，金龙都要把枝子娘儿俩和乌云丽送到老二嫂那里。红枪会暴动如果胜利了，他可以把人接回来。暴动失败了，他可以轻手利脚地带着残兵败将跑来与她们会合。而到那时，乌云丽就成了他向共产党和乌兰厅长、马云龙讨价还价的资本。

慧明小和尚问："二师兄，我可听说那个老二嫂是杀人不眨眼的魔王，奸猾狠毒，一般男人都不是她的个儿，你可得小心点儿啊。"

赫彪说："小师弟，我想过了，老二嫂还不算是最可怕的，最可怕的是金龙特派员家的枝子，天天跟个笑面虎似的，可心比蛇蝎还毒。我看，红枪会暴动肯定得失败，金龙他们肯定也得往这边跑，咱们得跟老二嫂先这样去说……"赫彪便把他想好的一番话说给慧明，慧明小和尚点头答应着。

"剩下的，你就跟着我的话去说吧。"

"错不了，二师兄你就放心吧。我知道，不该我说的，我指定不说。"

当赫彪和慧明走进老二嫂的"聚义厅"时，老二嫂一撩红披风满脸堆笑地从座位上走下来："哎哟，飞行太保早先一年不来我们这儿一趟，这是咋的啦，几天的工夫又来了，这回金龙特派员又有什么圣旨?"

赫彪忙抱拳道："皇帝都没了，哪儿还有圣旨。前几天从你这里走后，路上听说我师父圆寂了，就去了清泉寺。见师父已让人发送了，就又做了些祭奠的事儿。见我小师弟挺可怜的，就带上他准备回西林。可路上又听人说，金龙特派员出事儿了。他本想让你和白旅长发兵把共军的注意力吸引过来，不承想白旅长刚出山就让共军包了饺子。你这里没打过去，回了老柳树筒林子。金龙特派员安排的红枪会暴动，也让骑兵师三团给收拾了。我一想，这我要是回西林不就瞪着眼把自己交给共军吗? 先前我听金龙说过，暴动成功就不说了，一旦失败就把他的司令部挪到大当家的这里来。我想，我干脆来个便捷的，直接领着我师弟上大当家的这里来等不就得了嘛，我们哥儿俩就来了。”

老二嫂的屁股在椅子上欠了欠，有些吃惊地问：“你说乌兰巴特尔的骑兵三团真的留在了西林？”

“千真万确，打白旅长的就有骑兵三团的部队。”

“这么说，金龙特派员那什么山的计划泡汤啦？”

“嗯，是啊，‘秋山计划’失败了。金龙特派员原计划让你跟白旅长两路，赤岭县支队反水一路，红枪会暴动一路，共四路兵马，定能把热北掀翻了天。只可惜啊，信了计划的三家都完啦，完啦！”

“这么说，飞行太保你是没亲眼见到金龙失败呀？”

“大当家的，跟见到的也差不多吧。大漠中我们遇到大漠牵驼人小孟和，他说他亲眼看见一帮人护着两个女人一个孩子往这边来，还向他打听有没有上老柳树筒林子的近路。我就向他问男人、女人的长相、穿着。听他一说，我就知道那男的是我的警卫排长，女的有一位是金龙特派员的夫人，孩子是金龙特派员家的小姐。我一想，金龙家的都过来了，司令部肯定跟在后边，我们先追夫人、小姐去吧。追到这里，才知道我们跑到他们前边来了。”

老二嫂阴沉着脸说：“往后谁也不许叫我什么旅长，我这里林子小容不下堂堂国军的司令部。我就是个土匪，天王老子的话，我想听就听，想不听就不听！把飞行太保带下去休息。俗话说，耳听为虚，眼见为实，我倒要看看夫人、小姐长的啥模样。”

赫彪心中暗喜，他刚才说的一切都是靠着先入为主的优势，增强了老二嫂闹独立的自信。而“金龙要把司令部搬来”的话立刻在老二嫂心里发酵，自己的目的达到了。下一步就是等荒木枝子、金龙王春水都来了，在老二嫂面前也会有应对的台阶和说辞了。

太阳偏西的时候，老柳树筒林子里的光线暗了下来，鸟雀们嘈杂得越加厉害。

这时，营地北大门的守卫到“聚义厅”报告：“张旅长领来了一帮人，还有俩女的和一个小孩儿。”老二嫂的身子动也不动，抹搭一下大眼皮，说了声：“让他们进来吧，看来飞行太保说的都是实话，那就把飞行太保也叫来吧。”

王排长带人护送着荒木枝子、乌云丽，拖拖拉拉地顺着道进了林子。他们刚走到张同轩住的地窨子附近，便被岗哨发现。那岗哨报给了张同轩，张同轩如同嫁出去的闺女见到了娘家人，欣喜异常，金龙特派员可是能压住老二嫂的人。于是，他表现得格外殷勤，亲自带路把荒木枝子送到老二嫂这里来。

赫彪听说老二嫂叫他去，心知荒木枝子到了，叫上慧明一起来见老二嫂。

老二嫂沉脸不放地说：“飞行太保呀，你家主母到了，你先到的，去接应接应吧！干啥事儿都得有个礼数规矩不是？”赫彪显得很兴奋：“都到啦，我正惦记着哪！王排长他们是我训练出来的，他们那十几个人的实力我太知道了。这一路上，他们别说遇上骑兵师的人，就是碰上个区小队也难招架啊。唉，夫人一定遭了不少罪，大当家的，那我出门迎一迎。”

老二嫂皮笑肉不笑地说：“迎去吧，金龙特派员选你当信使，没白疼你。飞行太保真是个有情有义的人哪。”

赫彪和慧明出了地窨子，见张同轩带人已经来了。看到赫彪从地窨子里钻出来，张同轩、荒木枝子都是一愣怔。赫彪亲亲热热地说了声：“夫人到了，我刚知道。”荒木枝子皱了皱眉，上上下下地打量了一番赫彪：“你怎么在这里？你没回去？先生见你未归，都要急死了。”

张同轩在一旁不阴不阳地说：“飞行太保原来在这里，我还以为你让共军抓去了。”

赫彪“呵呵”一笑：“谁能抓得了我，你以为我是你们支队的那帮人哪。走吧，老二嫂旅长在里边等我们哪。夫人，我的情况过后再跟你说。”他把“旅长”二字说得很突出。

荒木枝子一路鞍马劳顿，显得疲惫不堪，便只说了句：“都是自己人，有什么好说的。有啥事儿，先生来的时候跟先生说吧。”说话的工夫，又与赫彪对视了一下。

这一群人由赫彪在头前带路，呼呼啦啦地下了地窨子进了“聚义厅”。老二嫂欠了欠身子，不咸不淡地说了句：“都来啦?”往下便没了多余的话。荒木枝子强装笑脸上前一步弯腰施礼，说道：“老二嫂旅长好，我们进了林子便遇到了张旅长，便过来了。”

说话的工夫，老二嫂已把来人过了一遍眼，便说：“这金龙特派员也真是的，人家说金屋藏娇，就是三国演义里还整个铜鸟台子放美人。这特派员把老的少的两个大美人送到我这地羊（热北方言：鼹鼠）窝里来了。你们这是过路呀还是常住呀?”

这话引起了四大金刚的“哈哈”大笑：“地羊窝里藏娇娘，说书唱戏里都没有啊。哈哈……”

荒木枝子刚来就遇到这种尴尬的场面，肺管子都要气爆了。她尽量憋住气，仍赔着笑脸道：“旅长误解啦，我是特派员的夫人，这位是捕获的共产党辽西省政府公安厅长乌兰的女儿乌云丽，孩子是我的，其他人都是特派员警卫排的人。”

赫彪心中暗喜，荒木枝子的话正是他希望听到的。果然就见老二嫂右手一拍太师椅的扶手，变颜变色道：“金龙这事儿忒不地道了，是临死还要拽个垫背的咋的，抓了共产党大官儿的人质往我这里送，这不是把祸水给我引来了嘛。老大，你马上带人顺他们走过的地方查一遍，别让八路军码着苗子（热北方言：码着踪迹）追下来。”

大金刚喊了一声“遵令”，匆匆跑了出去。

老二嫂又把一双眼睛盯在张同轩那张满是横肉的脸上：“张旅长，这就是你的不对了。我老二嫂在道儿上摸爬滚打这些年，为人只讲个义字。你说你来投奔我，我哪点对你无情无义啦，你怎么还反过手来领人害我?”

三个金刚立刻附和道：“他妈的这小子也忒不仗义了，连救命恩人都想害，挑了他！”

张同轩吓得忙单腿一跪，磕头作揖道：“司令大当家的呀，我谢你还谢不过来呀，哪里还有害你的坏心思呀？求司令大当家的开恩哪！”

赫彪一看到火候了，上前一步抱拳道：“大当家的，有我们夫人在，本没有我说话的分儿，可现在大家都在火头儿上，我啊，多上这里来两趟，熟悉大当家的为人，面冷心慈。大当家的要是容我说两句，我就替我们夫人说两句。”

老二嫂脸上的褶子松弛下来：“说，我压根儿（热北方言：从来，本来）就没不让你说话。”

赫彪说：“要我说呀，大当家的话是个理儿。古人说，人不为己天诛地灭，谁不为自己着想哪。可眼下正是大敌当前的时候，咱们是一根绳上拴的蚂蚱。我琢磨着，最晚明儿个过晌，特派员他们也该到了。特派员他们一到，共军随后就到。这个时候多个人多杆枪都是力量，还望大当家的从长计议。”

赫彪的这席话说得老二嫂不住地点头，张同轩跪在地上也长出了一口气，只有荒木枝子眯着双眼一副不置可否的样子。

“行啦，行啦！张旅长你也起来吧，我老二嫂就愿意跟这透落（热北方言：明白，有条理）人打交道。”老二嫂说完转头吩咐道，“天也要到黑的时候了，老四，南门外不是还有你们大队的两个地窨子嘛，你把你的人都撤回来吧，倒出来给特派员用，当个司令部啥的。”

赫彪心想，老二嫂这样安排有她的目的，让他们给她看大门，还避免两伙人抱在一起与她作对，这也有利于大师兄他们各个击破。于是，他不再说什么，只是向老二嫂双手一抱拳道：“大当家的，多谢关照，那我们两个就跟我家夫人去了。”

老二嫂一拍太师椅的扶手：“慢着，那可不行。你是金龙的信使，如今有个啥事儿还不得我这边担着重，你就留在这边，来回传个信儿啥的方便。嗯，这事儿我得跟夫人说，夫人你看我说的是个理儿不?”

荒木枝子瞅了一眼赫彪，冷着脸说：“我累了，只想休息，旅长怎么安排怎么是，我只把话传给先生就是了。这天下还说不上咋着啊，国民党中央军那些飞机大炮难道连个打狗棍也不如?旅长对我们的深情厚谊我先领了，只待来日报答吧。”说完转身向外走去。

赫彪跟着出了地窨子，见乌云丽被反绑着双手，精神似有些恍惚，便小声对王排长说：“我猜先生抓她做人质的目的是到紧要关头与共军讨价还价，你还得把她照看好了啊。往后咱们的命都得用她去换，保住她，也就保住我们了。”

乌云丽没见过赫彪，但军区、省政府以及公安厅首长们一心想拯救赫彪的情况，她是知道的。赫彪和王排长就在她身后，离她最近，只言片语的能听到点儿。但她现在还不能判断这二人安的什么心。她对马云龙救她的希望感到有些渺茫了，但暴烈的性格使她心中只牢牢地存有一个念头，若遭到强暴，她就在这些老树上撞死。

王排长点了点头：“长官说得极是，到了住的地方，我亲自做好安排。”然后用更低的声音说了一句，“这两个祖宗，哪个也慢待不得。”

荒木枝子回头瞥了一眼赫彪：“你倒挺会说话的，你这些天干什么去啦?先生我俩都挺惦记你的。”赫彪忙走两步，又把跟老二嫂说的那些话重复了一遍。荒木枝子边听边点头，脸上还笑了一下，又看了赫彪一眼，像是相信他说话的样子。

赫彪和慧明一直把荒木枝子一行送到营地的南大门。

荒木枝子扭头说道：“赫彪你留步吧，否则那老土匪婆发了威，怪罪起来我可担当不起。先生到了之后，你务必告诉他，让他快些见我，我有要事要和他说。”赫彪忙弯腰道：“请夫人放心，我会设法保护好先生的，先生到后我会让他尽快来见你。”荒木枝子又愤愤地说了一句：“这个土匪婆，我让她不得好死!”

赫彪一边答应着，一边在心里划魂儿（热北方言：捉摸不定）。他知道这位夫人还是金龙王春水的军师，王春水的许多阴谋诡计都出自她的口中。那么，她急着要见金龙王春水要干什么？自己该怎样应付即将到达的特派员金龙王春水？又怎样救出乌云丽？还会出现那些自己根本想不到的事情？世事可料又难料哇！

一夜无事，一夜无眠，赫彪在苦苦地思索着。他曾想匹马单枪闯进王排长他们住的地窨子中，开枪杀死荒木枝子。但接下来呢？他带着乌云丽能跑出老林子的土匪窝吗？要是他自己好办，他甚至死在林子中也无所谓，但要把乌云丽搭上，自己到这儿来干什么呢？这绝不是他的用心。他的任何做法都应有个前提，确保能安全救出乌云丽。要达到这个目的，必须等大师兄他们来到。

天亮了，地窨子的门缝儿里透过一丝灰色的光。

“又来了一帮，说是最大的官到了，都在南门候着。”

“大当家的还没起来。”

“先报告给四爷吧，是四爷当值，南门又是四爷管。”

听到屋外的对话，赫彪的内心一阵冲动，马上去接应金龙王春水，可以有先入为主的效果。不行，这样也可能适得其反，还可能激怒老二嫂。他在心中又作出了否定。

想到这里，他招手让慧明来到跟前，将嘴巴贴在他的耳边小声说了些话。慧明点了点头，也小声说：“嗯，我知道了。二师兄，那你可危险了。”赫彪叹口气：“为人得知恩图报，我爹娘的死因是大师兄他们给我费劲儿闹明白的，让我做了回明白人。我算是重生了一回，是乌兰厅长和军区的长官给我的，我如果不去报答，那还是个人吗？行啦，就按我说的办吧。”

又过了一会儿，四金刚扒着地窨子门喊了声：“飞行太保，金龙特派员到了，大当家的让你过去。”赫彪答应着：“好啦，四爷，我这就过去。”他接着小声对慧明说，“就按我说的，一会儿你就溜出去。”

赫彪从地窨子里走出来，看见老二嫂的地窨子前又多了些端着枪的匪兵，戒备森严如临大敌的样子，立刻就心里发虚了。特派员金龙王春水一旦知道自己投共了怎么办？事已至此，就硬着头皮顶下去吧。赫彪心一横，赫彪啊赫彪，金龙王春水他是你杀父杀母的仇人！豁出去吧，跟他拼个你死我活！

进了地窨子，警卫还把他通身搜了个遍，这更加引起了他的警觉。

聚义厅中，气氛很紧张。老二嫂、金龙王春水、荒木枝子三人坐在前面，四大金刚和张同轩、刘达顺坐在下边，刘宝财等一些人站在旁边。晦暗的光线里人人都像铁青着脸，都摆出一副不认识赫彪的样子。

当一个人将生死置之度外的时候，也就没什么好怕的了。赫彪迈步走进地窨子的时候，心中反倒冷静下来。他撒眸了一眼，露出惊喜的样子：“先生到啦?”金龙王春水把脸一沉，喝道：“把他给我拿下!”王排长和几个警卫战战兢兢地走过来。

赫彪一抬手，说了声：“慢！怎么回事儿啊，先生?”

金龙王春水咬牙切齿地说：“赫彪，我待你不薄，你何以背叛于我?”

赫彪依然不动声色：“先生这是说的哪里话，不是听了哪位高参和小人的闲话吧？先生兵败，心情不好，但也不能把气出在我身上呀。”

荒木枝子一声冷笑：“赫彪，我在路上便收到了回天太保的电报，说你已经投共。”赫彪的心中闪过一个人影儿，但自从自己被王东山俘虏，一直到云岭客栈，并未见到他的踪影。赫彪便摇头说：“夫人差矣，电报这张纸拿过来写什么是什么，我不敢说夫人手中搞了份假电报，但夫人昨天的火气也别撒在卑职身上啊。”

“胡说，电报还能有假的?”

“那就回天太保说的话是假的!”

“电报中说监视李四亲眼见到你和马云龙在一起。”

“这更离谱了，回天太保与我有隙，他给八路军当民兵队长时打过我六爷。我跟先生说过，此人无德，不可重用。我这话说没说过，先生可以证明。现在，他见我未归，就编造谎言害我也未可知。我想问夫人，眼下这种情况，李四能在什么地方见到我，又能在什么地方见到回天太保?”

金龙王春水一直阴沉着脸，大拇指上的金扳指也暗淡无光。只过了两三天的时间，他好像消瘦了许多，面色苍白，眼镜后那双鹰眼似乎又大了一圈。他生气地把眼镜摘下又戴上，一扫昔日张文儒副县长温文尔雅的面容，变得凶狠而狰狞。

王春水知道赫彪说的话有道理，但这么说下去成官司了，哪里还有这个时间? 马云龙他们就在后面追着。于是，他一摆手道：“非常时期，宁可错杀一千，也别漏掉一个。赫彪你没机会证明自己了，要怪就怪你师兄马云龙在后面跟得忒紧了，拉出去吧。”

“慢! 我这个土匪婆子还有说道呢!”老二嫂说话了，“这是在我的地盘儿上，我可不愿意有个屈死鬼，一份狗逼电报就定条人命，我老二嫂一辈子没干过也没见过。看人是忠还是奸是一时一事的事情吗? 试金总要三日满，飞行太保这么些年了，你就没看明白? 你要就这么崩了他，你们就都给我出林子，大漠里宽绰，哪儿还没个地方。要不想出去，就把人交给我，我替你们把他关起来。”

荒木枝子杏眼一瞪：“‘柳林太保’! 三旅长你太过分啦!”

老二嫂把脸一横：“啥狗逼‘柳林太保’三旅长，我想认就认，不想认就不认，别把我逼急了! 你夜来个（热北话：昨天）来到，我是没给你个好脸，可那不关飞行太保的事儿。飞行太保一直恭迎着你，敬重着你哪! 人到啥地步也甭狼心狗肺了，我今儿个就替飞行太保打抱这个不平啦。”四大金刚也发出了“噢噢——”的怪叫声。

荒木枝子还想说什么，金龙王春水摘下眼镜擦了擦又戴上，晃晃脑袋说："就依老二嫂旅长的吧。"

老二嫂站起身说："老二，告诉警卫室把飞行太保关起来，没我的命令，谁也不许动他。"二金刚一声"遵令"，叫警卫室来人把赫彪带走了。

金龙王春水强装笑脸："老二嫂旅长，咱们还是商量商量抵挡共军的事儿吧。"

老二嫂上下嘴唇一撇："你是金龙特派员，是司令是老大，你说了算。"

金龙王春水说："要我说，咱们撤出老柳树筒林子，穿过西辽河，奔柴岗子川，绕道去赤岭。"

老二嫂将脸转向四大金刚："你们四个说说，金龙让咱们离开林子去赤岭啊。"

"这是啥狗屁主意，咱们离开林子还能活吗?"

"这些年咱们不就是守着林子活着嘛，离开林子可不行。"

"要我说，谁愿意上赤岭谁去，反正我不去。"

"要我说啊，有人把自己的人整没了，现在又惦记咱们林子里这些人啦。"

这四大金刚吵嚷起来，越说越离谱。老二嫂却用一种欣赏的目光瞅着他们，抿着嘴笑。金龙王春水和荒木枝子的脸色越来越青，张同轩、刘达顺一些人也低下了脑袋。作为国民党保密局王牌特工，王春水很快恢复了平静，脸上露出一种甘拜下风的谄笑："还是老二嫂司令拿个主意吧，我对林子里的情况不熟悉，队伍的情况也不了解，瞎指挥怎么行。"这话听起来倒也合情合理。

老二嫂也不客气："既然金龙特派员下令了，那我可就当大了。张旅长，我封你做斥候长，带上你的人侦察林子外面共军的动向，给咱们长点儿耳目同时也预备条退路。瀚海太保刘大经理，我封你为事务长，这几天把营中的食物归拢一堆儿，打起仗来好有个统一安排。”

张同轩、刘宝财斜眼瞅了瞅，见王春水点了点头，便起身抱拳学着四大金刚的样子说了声：“遵令！”老二嫂很满意，心中想，我让你打仗摸不着兵，我看你当什么金龙老大。

此时，金龙王春水已想好了一个计谋，便一本正经地说道：“你们二位有没有什么事儿，都要常来向司令报告，什么事儿就不要和我说啦。”张同轩、刘宝财知道金龙话中有话，齐声道：“特派员说得有道理，我们一定照办。”

老二嫂“哈哈”一笑：“差点儿把事儿忘了，特派员的话提醒了我！老大你把腰牌给特派员、斥候长、事务长各发一块，省得进营还得报告。”大金刚一抱拳：“遵令，大当家的，腰牌就剩两块了。”金龙王春水立刻说：“我那块先不用，没大事儿我就不过来了。”

老二嫂又是“哈哈”一笑：“就听金龙特派员的。痛快，痛快，老四你今晚安排一桌酒宴，给特派员接风，我要亲手给你们做飞龙肉丸子汤吃。”四金刚一抱拳：“遵令！”

金龙王春水“呵呵”一笑：“大司令，这是鸿门宴吗？飞龙丸子可是大辽皇帝才享用的佳肴啊。”老二嫂又是“哈哈”一笑：“我一个土匪婆子只知道酒宴、肉宴，喜宴、丧宴，哪里还分什么红门的宴、绿门的宴。”金龙王春水却是一副成竹在胸的神情：“好，好，对酒当歌人生几何，我们就尽情地喝酒吃肉吧，今晚我们来个一醉方休。”

此时的王春水还不知道，冀燕赤军区早已破译了他的密电码，一张大网正在铺开，就等收网了。乌兰巴特尔的骑兵三团用最快的速度急驰过来，已抢先将老柳树筒林子外的路口全部封住了。乌兰厅长带领辽西省公安总队四个支队与鲁大海新整编的赤岭县支队，也日夜兼程地赶了过来，冀燕赤军区要对这群残余匪特进行“瓮中捉鳖”。

太阳压山的时候，林子里到处传来鸟们“哇哇”“嘎嘎”

“喳喳”的叫声，老柳树筒林子已完全笼罩在黑暗之中了。这时的老二嫂营地如同一片坟地，闪动着无数的鬼火。尤其是老二嫂住的那座地窨子的里里外外都点起了黑瞎子油灯，照得通明。老二嫂每年都让手下打几只黑瞎子来，不为吃肉，只为熬成油点灯照亮。

特派员金龙王春水等人进屋时也都被搜了身，但他们个个都脸上挂着笑容，并无丝毫的反感，大家都有说有笑地围坐在一张用粗大的柳树筒做成的餐桌两侧。他们望着端上来的大盆热气腾腾的炖鹿肉、猪肉炖粉条子、山鸡炖蘑菇、整条的红烧西辽河大鲤鱼，还有老二嫂亲手汆的老柳树筒林子特有佳肴飞龙肉丸子汤，都已馋涎欲滴了。四大金刚亲手把酒给大家倒在白瓷碗中，老二嫂把酒碗举过头顶：“欢迎金龙特派员光临!”四大金刚异口同声道：“欢迎金龙特派员大驾光临!”土匪嘛，历来是大秤分金银大碗量酒肉，要的就是个豪横劲儿。

此时乌兰厅长、马云龙则带领着公安总队已经进入林子，开始了清剿行动。

鲁大海支队长、尹达参谋长率领的新编赤岭县支队，仍以老一连、老二连为主，还有以黑三他们为主的新兵连和哗变后重新投诚挑选的人员组成的三连，也是一支近五百人的队伍了。

现在，他们也正以急行军的速度赶往老柳树筒林子参加清剿行动。黑三无比兴奋，在马云龙的推荐下，他还破例当上了新兵连的副连长，是个入伍就挎手枪的小干部。

行走在大漠里，这支新兵连的小青年们也都会唱热北民歌《好儿郎》了，歌声响彻天际：

好呀么好儿郎好儿郎，
好儿郎就该端起枪，
好儿郎就该打豺狼。
为了咱们的土地为了咱们的牛羊，

好儿郎背起钢枪上战场。

好呀么好儿郎好儿郎，
好儿郎爱把那钢枪扛，
好儿郎爱穿八路的装。
为了咱们的土地为了咱们的牛羊，
好儿郎手握钢枪上战场。

好呀么好儿郎好儿郎，
好儿郎就该参加八路军，
好儿郎就要跟着共产党。
为了咱们的土地为了咱们的牛羊，
好儿郎端起钢枪上战场，
上呀么上战场！
……

歌声嘹亮，歌声在大漠中震响，歌声就是这些热北青年的心声，他们唱着歌走上了战场。

在老二嫂的地窨子里，每个人都是喜笑颜开，连荒木枝子也满脸是笑地和女儿和美吃着菜，说着话。老二嫂看到自己下厨氽的飞龙丸子汤很快就被喝光了，出于女人的本能，美滋滋地笑了。作为土匪大当家的，她开始盘算着这场酒宴过后的一些事了，最好能将王春水的人全都拆散到她的四个大队去，那她就可以挟金龙号令热北了。

待几碗酒下肚，金龙特派员王春水站起身来。现在的他已恢复了原有的神色，头发也让荒木枝子整了整，胡子刮了刮，又是一副温文尔雅的样子。他扶了扶眼镜，端着酒碗来到老二嫂的旁边，皮笑肉不笑地说："老二嫂啊，我的柳林太保，热北反共救国军第三旅旅长，我待你不薄呀！但你这匪性可不行，说不听我的就不听我的啦！那我这仗还怎么和共军打呀，我去赤岭也得带点儿人去吧。要不，在N师苏文卿、许登谋那儿我多没面子呀。你放心，你们几位我会留全尸的。”

老二嫂起先还是满面堆笑，听到后来，勃然大怒：“他妈的，你说的啥话！”说着，她刚把手伸向腰间去抽枪，谁知一用力，突然感觉这身子像面条似的瘫软。老二嫂心知大事不好，朝着四大金刚咆哮道：“你们是些死种啊，咋还不动手！”然而，只见大金刚、二金刚、三金刚的身子也都软塌塌地瘫向了桌子底下。只有四金刚笑眯眯地来到老二嫂的身边，伸手便把她腰间的枪和刀都收了。

四金刚用手掂着老二嫂的枪和刀，龇着牙，笑笑说：“对不住了啊，大当家的，你连老二哥早些年给过往老客用的软筋散都没喝出来？我这回给你和三个哥哥用上了。别怪我，我原本是金龙特派员的手下，‘秋山太保’就是我。你要是听话，特派员也不这么对你。可你太不把特派员的话当个事儿了，特派员不得不对你们下此狠手。”

王春水抬起手扶了扶眼镜，镜片后的那双鹰眼闪现着狡黠和凶狠。他用胜利者的口吻对老二嫂说：“就是这么回事儿，其实我要对付你可以说不费吹灰之力。”他把手抬起来，伸出无名指，灯光下金龙扳指闪闪发光。

“连这么根小手指都不用。现在外面，你四个大队的人已全被‘秋山太保’的人控制了。你看看，我就是这么轻而易举地拿下了你和你的人马，你也别不服气。”王春水一副胜利者的嘴脸。

老二嫂气得鼻子都歪了：“他妈的，打一辈子鹰，到了让鹰把眼啄了。来，再给我一碗酒，姑奶奶我死也不当饿死鬼。”

王春水朝四金刚努了努嘴，四金刚便倒了一碗酒，双手端到老二嫂的嘴边。老二嫂张开嘴，“咕咚咕咚”地将酒一口气喝干。然后，她用嘴叼住酒碗，猛一扭头，那酒碗从王春水的眼前“嗖”地一下，极速飞过。吓得王春水急忙一闪身，酒碗“啪”

的一声砸碎在墙上。他满脸恼怒正要发作，却见老二嫂的卧室里闪出一个人来！这个人手持双枪，“啪、啪”两枪，四金刚应声而倒，手里还死死地握着老二嫂的枪和刀。

从老二嫂卧室出来的人正是赫彪！他在里面对外面发生的事情看得清清楚楚，知道有武器的只有四金刚，所以出屋就先将他干掉了。

原来，在酒宴开始前，老二嫂让二金刚偷偷地将赫彪带到她的卧室。老二嫂对他说：“我不管特派员的电报是真是假，反正你这孩子我不想杀你想放你。但你今儿个晚上得给我做件事儿。过了这事儿，你就走你的吧。”然后，她就把她对金龙的表现有所怀疑的事说了，要赫彪藏在她的卧室里，以摔酒碗为号救场。然而，智者千虑总有一失，老二嫂千算万算也没想到王春水会用酒中下药这个法儿，而且用的人还是她原来的心腹之一四金刚。

赫彪打倒四金刚秋山太保后，旋即抬手将两支枪对准了金龙王春水等人：“对不住了先生，大当家的给我留一条命，我得报答人家。你们谁也别动，我的枪法和功夫你们也都知道。”金龙王春水的脸又气得煞白，刚才的喜悦与自信荡然无存。刘达顺、张同轩、刘宝财等人均大惊失色，坐在那里一动不动呆若木鸡，荒木枝子赶忙将和美搂在怀中。

老二嫂刚才甩头甩得过猛，身子便像一摊泥似的堆在座位上，但脸上却露出了笑容，有些费力地骂着：“妈那个逼的，我老二嫂要是那么好欺负，能让这么多男人服服帖帖地跟我干？能在好几百人的绺子里当大当家的？飞行太保你还等啥，把他们都给我杀了！”

这时，外面传来了爆豆子似的枪声，还有“嗒嗒嗒”的机枪声和“轰轰”的爆炸声。有一个土匪跟头流星地跑进来，声嘶力竭地喊道：“大，大当家的，可，可不好啦，公安队从北门进攻啦！”他定下神一瞅屋里的势头，又“哎呀妈呀”转身跑了出去。

顿时，金龙王春水的手下全都吓尿了，除了荒木枝子板着脸不作声，其他人都露出了可怜相，只差下跪求饶了，却又都将认㞞的目光投向了王春水。

“特派员，咱们就认回㞞吧，留得青山在不怕没柴烧。”

“大丈夫能伸也能屈嘛。”

“把老二嫂收拾了，咱们的目的达到了，快点儿带上她的人走呗。”

“咱们跑出去，总比落在共军手里强。”

王春水的脸色由黄变白，由白又变得铁青，长长地叹息了一声，扭头朝向门口拍了两下巴掌，王排长推着乌云丽和慧明小和尚进了屋。

王春水问：“警卫排的人都过来了吗?”

王排长说：“我让他们都候在门外。”

王春水问：“把炸药带来了吗?”

王排长说：“带来了。”

王春水说：“把时间定在五分钟，放到桌子上。”

这是王春水最后的“撒手锏”，乌云丽、慧明小和尚以及炸药原本是为与乌兰厅长、马云龙谈判时准备的，没想到半路杀出个“程咬金”赫彪来，只好走一步说一步了。他有点儿讪讽地问赫彪：“就是为了报答救命之恩？说吧，把你想提的要求都说出来。”

赫彪显得有些措手不及，吃惊地问慧明：“师弟，你不是走了吗?”慧明小和尚低着头嗫嚅道：“二师兄，我刚出南大门就让他们抓住了。”赫彪叹了口气：“唉，真是人算不如天算，你咋赶得那么巧，就让他们抓了啊。”王春水冷笑一声：“哪里是天算，我到这儿之后就让秋山太保的人把你们俩盯上了。说吧，你想干啥，我答应你。”

赫彪掂了掂手里的两支枪，黑洞洞的枪口一直不离王春水等人：“我想让你把他俩放了。”

王春水说：“可以，我知道，小和尚是你师弟，乌云丽是你师兄马云龙的未婚妻，你的要求情有可原。可我也得有个要求，不能剃头挑子一头热。”

赫彪说：“你说。”

王春水说：“炸药还有三分钟爆炸，你放我们马上走，这些年不管怎么说我待你不薄！”

赫彪心中一软说：“小师弟你拉着乌云丽先过来！”

慧明小和尚听话地拉着乌云丽紧走了几步，来到赫彪身边。赫彪看清他俩身上没绑爆炸物，这才将手枪一摆，示意王春水的人马上走。张同轩、刘达顺、刘宝财立刻起身猫着腰向外跑去，王春水和荒木枝子也赶紧拽着和美向外跑去。

赫彪对慧明说：“快扶着乌云丽跟我走，炸药马上要爆炸了！”

老二嫂警卫室的人早就让四金刚秋山太保换成了他的人，现在跟着特派员金龙王春水全都一起跑了。赫彪双手持枪，带着乌云丽和慧明并没有走前门，而是又冲进了老二嫂的卧室里。

随着一声沉闷的“轰隆”声，老二嫂的匪窟在烟尘和火光中塌陷了下去。只听黑暗中有人说：“咱们快跑吧，赫彪他们三个也没出来。到地方咱们就跟特派员说飞行太保他们没出来，炸死到屋里了。”几个黑影也很快消失在黑暗中。原来，心狠手辣的金龙王春水在撤走时还留下几个人，只要赫彪三人从地窨子门口一露头就会被射杀，而如果赫彪三人不出来就会被炸死在地窨子中。

接下来，一场激烈的战斗在老二嫂匪帮的营地里展开了。爆炸的火光照亮了老柳树筒林子的半边天，公安战士们端着枪，搜查着每一棵老柳树的树洞，也以老柳树洞为掩护向顽抗的土匪开枪。

大多数土匪并没有跟着王春水逃跑，仍然在抵抗。那些土匪有钻树洞的，有爬到树上的。但此时柳树的枝叶还没有全长开，藏不住人，火光下又非常容易暴露。所以，对树洞里、树头上的土匪进行清剿的难度并不是太大。很快，各个地窨子的门口就都有公安战士在喊话了："先把枪交出来，双手抱头从里头一个一个地走出来！"

天快亮了，这场剿匪战斗已经接近尾声。

在一群公安战士的中间，有一个女人向押过来的一个土匪问道："这个爆炸了的地窨子就是老二嫂的吗？你是亲眼看见他们押着一个女八路进去的吗？"那个土匪点头哈腰地答道："是，是的，押着的还有一个小和尚，就从我跟前过去的。后来出来一些人，但是还有些人没出来，被炸死在里头了。"

女人悲戚地说："那他们生还的可能性不大了。"

身后，是一个男人坚定的声音："厅长，我们再找一找，到现在还没有我师弟赫彪的消息。只要他在，云丽就不会轻易被敌人杀害。"

到这时，躲在树洞里的人才完全相信，是乌兰厅长和马云龙来了。只听"哇——"的一声，乌云丽哭出声来："妈，马云龙，我在这里！"这一声哭喊，似乎要把这几天的屈辱全都倾吐出来；这一声哭喊，仿佛释放了这几天经受的所有折磨和苦痛。乌云丽张开手臂向乌兰扑来。乌兰厅长大喊一声："丽丽，我的丽丽！"母女俩紧紧地拥抱在一起。

马云龙赶忙上前，也和跟在乌云丽后边的赫彪、慧明两个师弟搂在了一起。

原来，赫彪领着乌云丽和慧明钻进老二嫂的卧室后，只说了声"快跟我顺这里走"，便搬开室内的一扇屏风，钻进了一个暗门。傍晚的时候，二金刚领着赫彪就是从这个密道进来的，这密道算是救了三个人的命。

他们三个人飞快地从暗道跑到了地窨子外，又猫腰钻进了就近的一棵老柳树洞里。还没等他们站稳，就听"轰隆"一声，老二嫂的地窨子房盖就冲起一道烟柱，接着又塌成一个大坑。慧明小和尚摸了摸自己的光脑壳，打趣说："好险，差点儿跟老二嫂做了伴儿。"

现在好了，乌云丽终于得救了，平安无事了。

过了一会儿，乌云丽松开抱着妈妈的手，瞅了瞅站在旁边还是一副讪讪样子的马云龙，眼露娇嗔，攥起小拳头就朝着他的胸前打去，口中还气呼呼地嚷着："你为什么不来救我，你为什么不来救我！"

乌兰厅长喝止道："丽丽别胡闹，云龙因为救你的事儿都对我有意见了，和我发急了。"乌云丽又砸了马云龙两拳头，将头埋在马云龙的怀中"呜呜"地又哭起来了，哽咽着说："敌人绑我这些天，我天天盼你来救我，就是不见你来，呜呜——"

这时的马云龙剑眉横卧，双眼微张，情不自禁地伸出双臂紧紧地箍住了乌云丽，再也不分开了。乌兰厅长在一旁如释重负，满脸的慈祥，抿嘴笑着转过身去，慧明小和尚也笑着用手捂住了自己的眼睛。

第十三章　为破敌巧布迷魂阵

老二嫂匪帮的覆灭，标志着热北地区大规模的匪患给新生人民政权造成的威胁已全部解除了。但特派员金龙王春水、青龙刘达顺一伙尚不知去向。根据乌兰巴特尔骑兵团的战地通报，夜间曾有一伙人骑马想从林子中部西侧的那条南北通道上冲出去，结果让骑兵团三营截住，密集的火力很快又把这伙人打回到了原始老林子里。敌人不但没跑出去，反而丢下了两具尸体。马云龙让王东山和张树林去看了，认出一具是瀚海太保刘宝财的，另一具像是云岭贸易货栈的一位伙计。

乌兰厅长披着件灰色的军大衣，坐在一个树墩子上。她把帽子摘下来，向后拢了拢齐耳短发，又把帽子戴上。此时的乌兰厅长神态平静，弯眉舒展，目光沉稳，充满着坚定与自信。初战告捷与女儿乌云丽回到身边使她精神振奋，心情舒畅。

在老二嫂的营地里，乌兰厅长召集了战地指挥部会议，参加会议的人员坐在她面前老柳树隆起的树根上。开会前，她将剿灭老二嫂匪帮的经过细细地回想了一下，感觉还是对敌人估计不足，让金龙一伙轻易逃脱了。如果没有赫彪的支援，女儿乌云丽很危险。在乌兰厅长的头脑里又浮现出临出发前，吕副司令员、于民副省长两位首长的叮嘱和告诫。

吕副司令员说："乌兰同志，老二嫂匪帮多年来烧杀抢掠给热北人民带来巨大的苦难。这次国民党保密局热北特派员金龙王春水又逃窜到那里，两股反动势力沆瀣一气，你们一定要除恶务尽，干净彻底地将这两股敌人消灭掉，给'西林1号'案件画上一个圆满的句号！"

于民副省长说："乌兰同志，我们同以金龙为首的这伙敌特斗争有一年多的时间了。这个金龙狡猾阴险，你们清剿时决不可掉以轻心。金龙性格上的多疑嗜赌，你们如果把握得住，可以成为他的软肋，成为你们最后战胜敌特的武器。"

吕副司令员说："钟克威同志把金龙的另一套密码也破解了。那个'回天太保'暂时别动，这个口儿先给你们留着，反正他在我们掌控之中。这次让钟克威同志的助手小苏跟你一起去，可以随时破译敌特联系的电报，会有助于你们作战行动的。"

乌兰厅长想着两位首长的话，抬头看了看大家，温和地说："根据骑兵团的敌情通报，金龙这伙敌特武装就在林子中。但这么大个林子，藏一个师的人都不容易发现。我们好像是皮袄里头抓虱子，大家有什么好的抓法就说说吧。"

鲁大海支队长主张，在骑兵团外围严密包围的情势下，要依靠我们人多的优势，重新从老柳树筒林子的一头展开地毯式的清剿，就像用篦子梳头发，把头发中的虱子梳出来那样，把金龙一伙敌特消灭掉。

马云龙说，根据赫彪原先掌握的情况，林子的西南方向有一个猎人屋，金龙王春水有可能隐藏在那里，只是准确的位置他也不知道。马云龙还认为，刚才那一小伙敌人的突围就是试探，看我们的防卫情况有无空隙可钻，另外也吸引我们的注意力。因此，马云龙的意见是，公安总队立刻突袭猎人屋。

乌云丽走过来递给乌兰厅长一份电报，乌兰看后微微一笑：“吕副司令员的电报，‘兴安 3 号’抢救过来了。辽西省委省政府给西林县委县政府派去了新的县委书记、县长，今天县政府要派人来慰问我们。嚯，带队的还是我们的一位熟人。”

乌兰厅长放下电报，用一种不可置疑的口气说道：“现在彻底清剿热北地区残余匪特的战斗开始了，也是‘西林 1 号’大案收网的最后时刻，我们决不让一个匪特漏网。我们就采取地毯式清剿和重点目标突袭相结合的战术。鲁支队长，你们由这里向东清剿。马支队长，你带领公安总队一支队突袭猎人屋。公安总队二支队、三支队、四支队由我亲自指挥由这里向西清剿。三支队伍要加强情报联系，争取明天下午五点前完成清剿任务！散会后，立即开始行动!”

鲁大海支队长和尹达参谋长带领新编赤岭县支队由老二嫂营地向东全面清剿，战士们一字排开向前搜索推进，并且很快传来捷报，相继围歼了“老二好”和“高特劳”两个小绺子土匪。

这边，乌兰厅长又留住了马云龙和王东山，把一些情况告诉他俩。

乌兰厅长说，军区先前就破译了金龙和“回天太保”的电报内容，“回天太保”就是毛三標。现在查明，那个夜间在西林县政府张副县长办公室里，戴着张文儒面具，穿着张副县长衣服假扮他的人就是毛三標。兴安 3 号多次被他骗过，以致迟迟不能确定黑衣人就是假张文儒。最后是在马大山协助下，分别跟踪才搞明白。毛三標拿着朱彤生前给他的西林县公安队队长的任命书找到新去的县长，新县长在不了解的情况下，让他重新组建了县公安队。但这次西林县政府来慰问剿匪部队，却是于民副省长找新县长谈完话后才进行的。此番西林县政府慰问队带队的队长就是毛三標，其实是给毛三標这条小蛇来引金龙这条毒蛇出洞的机会，这就是吕副司令员在乌兰出发前说的留给他们的口子。

马云龙有些惊诧，但又好像在意料之中："毛三檩是'回天太保'？这就解开了一个谜！赫彪说咱们内部还有金龙的人，李四指认赫彪投降了咱们，敌特怎么知道得这么清楚？原来鬼在他这里。那他回马家地铺，上清泉寺的目的也就都清楚了。"

王东山说："这个坏蛋，这个龟儿子，我原来以为他当过民兵队长，又来当公安，是挺好个苗子呢。"

马云龙说："在家里时他就没少干坏事，在村里是出了名的坏种，马大山的未婚妻就是他硬霸过去的。这个人干正事儿没能耐，溜须拍马看风使舵拉关系有一套。俗话说，鱼找鱼，虾找虾，兔子偏爱大王八，金龙相中这么个坏种就不足为怪了。"

乌兰厅长说："天下坏人的基因是与生俱来的，这种坏人基因赶上适应的环境就会表现出来。比如能有谄谀之人必是因为他的上级喜虚伪喜阿谀；能有横行霸道者，必是社会约束力软弱。上有所好下必甚焉，坏人的基因与环境是相辅相成的。嗯，不说这些了，咱们还是想一想，'回天太保'毛三檩会怎样协助金龙脱逃吧，这可是我们破'西林 1 号'大案的最后关头了。"

马云龙说："我看咱们先接他的招儿，再给他设个局，金龙不是个摆局的老手嘛，这回咱们也给他摆个局，你们看可不可以这样……"接着说了自己的一些具体想法，最后说了一句，"这得辛苦东山支队长了。"王东山满不在乎地说："累点儿，辛苦点儿没啥，只要能把金龙这些狗特务一网打尽，彻底破了'西林 1 号'大案，再苦再累也心甘。我这回倒要看看毛三檩这个龟儿子跟我要什么花招。"

乌兰厅长满意地点点头："那我们就行动吧，东山支队长，大胆地去干吧！敌人再狡猾也是黔驴技穷了，今天的我们已不是公安总队刚一成立时的我们了。我们无论人力物力，还有这里，脑袋里的智力，所有可用资源，金龙之流是无法和我们较量的了。我还要告诉大家一个消息，电报中还说到国民党华北'剿总'鉴于 A 军团 N 师屡次失利，已电令苏文卿，N 师立即撤离赤岭回到北平，赤岭很快又要回到我们手中了。”

马云龙和王东山高兴得拍了一下手：“这可太好了，大家就盼这一天啊！”

乌兰厅长又对马云龙说：“云龙，一支队的行动要与王副支队长这边的安排紧密联系在一起，这次一定要做到一网打尽。”

马云龙起身立正敬礼：“一支队保证完成任务！”

望着马云龙离去的背影，乌兰厅长对王东山说：“东山，你要有个心理准备，接云龙的位置吧。”王东山立刻急了：“那不行，我们支队长走哪儿我就跟到哪儿，他这个伙我还没搭够哪。厅长想让我们支队长上哪儿？”

乌兰笑了笑：“不是我想让他上哪儿，吕副司令员和于民副省长的意见，还是公安这一行，把我的工作分给他一块儿，征求一下你们的意见。”王东山拍了一下巴掌：“好呀，我知道了，支队长这是要去当总队长啦！我呀，我举双手赞成！”

乌兰厅长看了看表：“王副支队长出发吧，要热情一点儿，自然一些。”王东山立正敬礼道：“请厅长放心，保证让毛三檩同志感到满意。”说完，自己都憋不住笑了。

在老柳树筒林子东侧的大路上，行进着一支由三辆大马车和十几个骑马背枪的人组成的队伍。毛三檩骑在马上，俨然是一位部队的领导干部。他一身整齐的灰布军装，肩上斜挎着一支驳壳枪，人模狗样地跟人说笑着。

当他看到路前头站着的是王东山等人时，连忙跳下马来，先敬礼，后握手：“王支队长，你们辛苦啦！西林县政府派我来慰问参战部队。”

王东山微笑着说：“感谢西林县政府，毛队长和同志们也辛苦啦。”

毛三檩故意装出什么情况都不知道的样子：“现在参战部队都到了吗？没交火吧？”

王东山爽朗地笑了：“主要战斗已经结束了，老二嫂匪帮全被消灭，就差金龙一伙啦。”

毛三檩问：“哎，我那位老乡马云龙支队长呢？怎么他没来？”

王东山说：“在林子里清剿呀，军区让两天剿完。你想见他吗？我去叫人给你招呼过来。”

毛三檩连忙双手摆划道：“不，不用，我也就是随便问一问。”

王东山说：“毛队长，你看咱们慰问都到哪儿去？乌兰厅长是总指挥，她让我陪你慰问。”

毛三檩说：“这三辆大马车拉的都是猪和羊，公安总队、骑兵团、县支队一家一车。”说完，他又往前凑了两步，伸出只巴掌遮着嘴小声说，“公安总队这块儿我多装了一头猪和两只羊。”

王东山早已料到毛三檩会出这一招，就说：“公安总队负责林子的东片，你就把公安总队的留这儿吧，骑兵团和县支队的你还得跟我走段路。”

毛三檩高兴地说：“有王支队长陪伴着，介绍着，我这省老鼻子（热北方言：很多很多）事儿了。”

王东山说：“咋说咱们也都是公安上的人嘛。不是你当队长我说这话，我早就看你这小伙子不同凡响。赶明儿个我跟我们厅长说说，把你要到总队来，先当分队长，再当支队长。”毛三檩在马上斜眼瞟了王东山一眼，见他一脸的憨厚，觉得他不像在撒谎。

第二站去了林子的中间，县支队鲁大海支队长正在等他们。王东山做了介绍，毛三檩说了些慰问的话，又留下一辆车的猪和羊。王东山问毛三檩：“骑兵团乌兰巴特尔团长他们在林子南面的西侧，你看你晚上是住这里，还是住林子南骑兵团那里？要是去骑兵团那边，可能得贪点儿晚，也怕不安全。”

毛三檩态度很坚决地说：“贪点儿晚也住骑兵团去。”他拍了拍枪，“有什么不安全的，咱们有这个还怕他几个土匪不成？”

王东山说：“那行，你这人革命觉悟真是眼珠子扎刺没挑儿的。”

掌灯一会儿后，王东山陪着毛三櫄的慰问团到了乌兰巴特尔的团部所在地。乌兰巴特尔团长非常高兴，蒲扇似的大手握着毛三櫄的手时，把毛三櫄疼得直咧嘴。他罕见地亲自接待了慰问团，并亲自安排食宿。

毛三櫄和王东山被安排在几个团部作战参谋住的军帐中住宿，那几个参谋很狼狈地抱着些衣物走了。军帐里还散乱地扔着些纸页，在昏暗的马灯灯光下，模糊地显现着一些用红蓝铅笔勾画的痕迹。

王东山显得很疲惫，找个干净点儿的床铺，说了声“我累了，我先睡了”，倒头便睡，没一会儿就发出有节奏的鼾声。毛三櫄皱了皱眉头，把铺上的纸页向一边推了推，也准备躺下身子。但就在这一瞬间，有一页纸吸引了他的目光。他粗略地看了看，瞅了一眼酣然入睡的王东山，便将这页纸迅速地揣进怀里。在剩下的那几页纸中，他把其中一页也揣进怀里，那是一页战地指挥部的通知。通知中说，清剿老柳树筒林子匪特将于明晚六点前完成，明天中午十二点将对猎人屋等五处重点地块进行清剿。

王东山睡觉时的毛病还真不少，除了打鼾，咬牙放屁吧嗒嘴一样都不少。毛三櫄躺在铺上翻过来掉过去，烙饼似的折着个儿，还一次又一次地掏出怀表看时间。终于，他坐起了身子，走到王东山床铺前，来回走了几步，见王东山仍在打呼噜，便扭身朝军帐外走去。

在骑兵团团部宿营地离林子也就半里地远的地方，从一棵老柳树洞里闪出一个骑兵团的哨兵，哨兵喝问道：“谁？口令!”毛三櫄是有准备的，在军帐中就注意听外面哨兵问的口令了，所以立即回答：“柳林!”听到对方说了声“剿匪”，他才大模大样地走了过去。

毛三櫄大概又往里走了半里路，停在一棵老柳树旁边。他将双手拢在自己嘴巴上学着猫头鹰的叫声“咕咕——咕咕——”，他听到身子左边不远处也响起了“咕咕——咕咕——”的叫声，便走了过去。只听对面有人问："是回天太保吗？"

"我是，你是哪位？"

"我是张同轩，特派员让我来和你接头。"

"噢，是张旅长呀。"

毛三檩紧走两步，和张同轩手拉手地坐在一棵老柳树隆起的树根上，在张同轩的后面还站着几个人。

毛三檩说："打你们的一共有三支部队，林子东边是乌兰的公安总队，西边是鲁大海的半拉县支队，林子外边是乌兰巴特尔的骑兵三团。"

张同轩用巴掌拍了一下屁股下的老柳树根，高兴地说："好，马云龙他们没在这边我就放心了。"

毛三檩又从怀中掏出两页纸递给张同轩："一页是林子外边骑兵团的布防图，我看有不少空子可钻；瀚海太保刘宝财小队试探的地方正是骑兵团最强的三营，那还有个好吗？这回有这张布防图就可以选他们的空子向外冲了。另一页是共军清剿的时间表，你们从林子冲出的时间应定在上午十一点。我和我的几个弟兄在外面朝骑兵团的团长一开枪，你们趁乱就冲出来了。"

"真不愧是'回天太保'，党国有你这样的人才回天有望了。"张同轩欣喜地说，"这时间跟特派员预计的一样，听见林子边上枪响，你那边动手就行。"

毛三檩说："那好吧，我也得回去了，要不那头死猪睡醒发现我不在，会起疑心的。"说完便猫着腰，用手拨开垂在前面的柳枝条走了。

张同轩也说了声："咱们也回猎人屋吧。"几个人便消失在黑暗中，只听一个男人说："旅，旅长，我总觉着后，后边有人跟，跟着我们呀。"

张同轩说："快走吧，操，别你妈的瞎扯淡，你那是有'怕后'的毛病，小时候准吃过猪尾巴。"

其实，在黑暗里还真有三个人紧紧地跟在他们后边。只不过是这三个人走起路来轻如猿猴，一点儿动静也没有，后边的小个子还边走边做着记号。这三个人不是别人，正是马云龙、赫彪、慧明三个师兄弟。他们根据钟克威的助手小苏破译金龙王春水和回天太保毛三檩的往来电报，得知今夜十二点，毛三檩进林子接头的地点，便赶来埋伏跟踪。

所说的“猎人屋”，其实就是一座简易的马架子房，连屋门和屋窗口都是就着老柳树的空心树干做成的。猎人屋就是给进林子的猎人挡风遮雨用的，进林子打猎时可以到屋里歇歇脚，吃点儿干粮。相传还在清朝时，有一个猎人在猎人屋前打了一口井，后来有人拿来水壶、水碗和一些生活用具，再后来有人还放点儿炒米、肉干什么的，一直这么持续下来。清朝末年有一对青年男女因为殉情跑到猎人屋来苟且几天，又双双吊死在猎人屋里，使猎人屋名声大振。

伪满时期，猎人屋既是抗联游击队的联络点，也是日本侵略军的一处坐标。日本人搞地质勘查，准备在西林建军事要塞，在调查确定水井时，便将老柳树筒林子猎人屋登记在册，并有了准确的地理经纬标记。当然，记载的文件属机密，普通人看不着，但金龙王春水是能见到的。

猎人屋在西林地面上，成了老柳树筒原始森林中一处最神秘的地方。

马云龙三人的目的，就是跟随来接头的张同轩找到王春水等敌特隐匿的猎人屋。习武之人的目光非常人可比，感光能力要超过常人的几倍，所以在漆黑的林子里跟踪张同轩是轻而易举的事。

张同轩带着几个手下虽然走的还是来时的路，但哪里还能再分辨出路来，不是这个撞树上了，就是那个让树根绊个跟头。这样大概磕磕绊绊地走了一个多小时，张同轩他们才来到一个老柳树相对稀疏的地方。张同轩轻声喊了暗号：“春水！”黑暗中有人答道：“秋山！”张同轩带着几个手下就走了过去。

马云龙三人不敢跟过去，便小声合计道："咱们留下一个人监视着他们，两个人回去带队伍。"赫彪说："我留下吧，大师兄和小师弟你俩回去领队伍。"马云龙想了想说："好吧，我们争取三个小时后返到这里。"说完，他拉起慧明的手，二人消失在黑暗中。

张同轩平安地回到猎人屋，令热锅上蚂蚁似的特派员金龙王春水大喜过望。张同轩把见到毛三檩的情况一一做了汇报。金龙王春水背着双手，手中捏着毛三檩给张同轩那两页纸，两眼斜睨着张同轩："一切都很顺利？看不出什么破绽吧？毛三檩的话音没啥不正常的？那不错，不错。"

他见张同轩不住地点头，这才点头道："此人胆大心细智力超常，他马上就看出刘宝财失败的原因，并有相应对策，不负我之所望。张旅长，你回去准备准备，咱们十点行动，就赌他一把。乌兰、马云龙他们不在这边就更好了。我们冲出林子后，就以你为先锋给队伍打头阵。等到了赤岭后，你就把热北反共救国军接过来吧。时至今日，我才发现你这样一位帅才。"低矮的猎人屋中，张同轩猫着腰，仰着头，满脸横肉满脸谄笑地说："多谢特派员抬举，多谢金龙特派员栽培。"他倒退着身子出去了。

马云龙和慧明小和尚顺着来时做的记号，用最快的速度回到公安一支队。马云龙一面派人去向乌兰厅长报告找到金龙王春水的藏身地——猎人屋了，一面派人把张同轩与毛三檩密谋的情况通知给王东山。乌兰厅长听完汇报后，马上命令公安总队第二支队、第三支队、第四支队快速向前推进，决不让一个敌特分子逃掉。

马云龙正整队准备出发，不经意间看见乌云丽把头发卷起来装在帽子中，也站在队伍里。他走到她跟前压低声音问道："你怎么来啦？不是说好不让你来的嘛！"乌云丽一个立正："报告支队长，我是公安总队一支队的战士，总队长让我归队。"

马云龙气呼呼地说了一句："胡闹。"然后，无可奈何地跟慧明耳语了几句话，走到队伍前头，带上队伍出发了。

老柳树筒林子里渐渐有了些朦胧的颜色。

马云龙看了看老柳树上用匕首刻画的标记，知道离猎人屋已经不远了。他让队伍停下来，把各分队长叫到一起，下达了清剿敌特的作战命令。慧明小和尚领着赫彪来了，赫彪说猎人屋那边没什么大动静，刚换完岗。马云龙命令四个分队从四面包围敌人，一个小时后，即十点前，以他枪响为令，发起进攻。他之所以定这个时间，是因为夜间毛三檩与张同轩密谋冲出林子的时间是十一点，十点定是敌特从猎人屋出发之际。

“射人先射马，擒贼先擒王，把敌人的马先干掉!”马云龙补充道。他把战斗力最强的张树林一分队和自己留在了东面，他认为东面应是敌特最可能要突围的方向。

马云龙和张树林带领一分队的战士们猫着腰从低垂的柳树梢下快速前进。他先让赫彪带人摸掉敌特的岗哨，到了离猎人屋还有二百多米的地方让战士们匍匐在地，观察着猎人屋屋里和屋外的动静。

马云龙判断得不错，九点半刚过，荒木枝子领着女儿和美从屋里走了出来。荒木枝子还蹲下身子，帮助和美系上外衣的纽扣。接着，王春水、刘达顺也走了出来，并且向一边招手说着什么，很快有人牵着马朝他们走了过来。

马云龙看了一眼怀表，低声命令：“准备战斗!”然后又小声对张树林说，“告诉战士们，别伤了孩子。”

张同轩有句口头禅：“那就赌一把呗!”他这一辈子就这么赌着过来的。现在，他又把自己赌给了特派员金龙王春水，打头阵冲出去。他以为到了赤岭城就可以一步登天，当上“热北反共救国军”的司令了。但他不知道，金龙把这个司令给了多少个人。

张同轩挥了一下手喊了声：“上马!”便双手扶鞍，左脚纫镫。与此同时，马云龙大喊一声：“打，开火!”

猎人屋的四周立刻响起了枪声，张同轩的右腿刚抬起来，正要跨上马背的时候，一颗子弹击中了他的腰部。他身子一歪从马上摔了下来，左脚却套进了马镫里。马听到枪声一惊，拖着张同轩便疯跑起来。猎人屋的前后立刻乱了套，乱跑的马和乱跑的人，受伤的呼爹喊娘，有拿枪还击的，有忙着钻树洞的，还有往老柳树上爬的。

猎人屋的四周出现了激烈的战斗场面。

这百十来个敌人，有一部分是西林过来的特务，有一部分是秋山太保发展起来的土匪骨干，人数不多但死硬顽抗的不少。敌特们都把老柳树当作掩体，向外开枪射击，而且彼此有个照应。金龙王春水和青龙刘达顺见四处都响起了公安队的枪声，知道短时间内已无法脱身了，扭头又钻回猎人屋里。刘达顺握着手枪站在窗口说道："顶多就是个鱼死网破吧！"王春水弯着腰从门口向外大声喊道："枝子快领和美回来！"没有回声，只有子弹打在猎人屋和老柳树上的"啪啪"声。

当荒木枝子给和美穿好衣服后，她还想借临出发前的时间去好好看看这些奇形怪状的老柳树，突然纷飞起来的子弹吓得她拽着和美钻进了猎人屋前面一棵老柳树的树洞里。这一幕已被乌云丽看在眼里，荒木枝子娘儿俩从猎人屋里一出来，她就紧紧地盯上了。乌云丽可是对荒木枝子下狠手要整死赫彪的事儿记得死死的，因此在战斗前她就有了决不放过荒木枝子的念头，还把这话说给了一直跟在身边的慧明小和尚。

又一阵激烈的枪声过后，猎人屋周围已经躺下很多死伤的马匹和敌特人员了。

马云龙用一棵老柳树做掩护高声地喊道："我是公安总队一支队队长马云龙，我要求躲藏在老柳树中的敌特人员马上缴枪投降，这是你们的唯一出路！"话音刚落，从两棵老柳树洞里战战兢兢地钻出来两个人，双手举着枪喊："别开枪，我投降！"还没等马云龙答话，就听"叭叭"两声枪响，那两个要投降的人应声倒地，猎人屋周围刹那间一片死寂。

马云龙下令：“收缩包围圈，一棵树一棵树地搜索前进!”公安战士们跳跃着搜索前进，并不时地射击。赫彪一直跟在马云龙身边，防止有人从猎人屋向马云龙开枪。他们向前搜了一个又一个树洞。赫彪的目光一闪，突然发现有一个黑洞洞的枪口正瞄向马云龙，抬手朝那个树洞开了一枪，只听“啊”的一声，顺着树洞掉出一支勃朗宁手枪来。有战士冲上去，拽出一个人来，是张同轩的副连长白川。赫彪刚才的一枪，打中了白川举枪的那条胳膊。

这时，赫彪听见了乌云丽的声音：“荒木枝子，你不投降，我就开枪啦!”他发现在相隔十几步远的一棵老柳树树洞口两边，站着的是乌云丽和慧明小和尚。同时，他也看到猎人屋的窗口正探出一条胳膊，握着一把手枪，朝向了乌云丽。

赫彪大声喊着“不好”，双脚用力一蹬身边的老柳树，身体一斜，箭一般地朝乌云丽飞了过去，手中的枪也“叭”的一声打响了。从猎人屋的窗口里垂下一颗圆盘大脸的脑袋，胳膊无力地耷拉下来，冒着烟儿的手枪落在了窗外草地上。

赫彪飞过去的身子沉重地砸在了乌云丽的身上，两个人同时重重地摔倒在地上。乌云丽握着枪，一滚身从地上爬起来。这突然的撞击让她非常恼怒。但当她看到口角流血躺在地上的人是赫彪时，便一边惊慌地跪下身子，一边喊了声：“赫大哥!”双手托住了赫彪的头。

“二师兄!”慧明小和尚也喊了一声，跪在了赫彪的身边。那子弹从赫彪的后背射入，从前胸口射出，鲜血已经浸湿了他的衣服。马云龙听到喊声，急忙来到乌云丽的跟前，慌得失声喊道：“卫生员，快过来，快来止血，快点儿来止血!”卫生员背着药箱跑了过来。

马云龙抬头看了一眼，子弹是从猎人屋射过来的!

突然，他的耳朵又不由自主地跳动了一下，猎人屋怎么出来的是几个公安队的战士？他立刻剑眉斜立，鹞眼圆睁，大声朝后边喊道："张树林，喊那几个人站住！"张树林也觉得蹊跷，手一挥，一边带人追上去，一边高声喊道："你们几个人站住！"并朝空中打了三枪。那几个人不但没有停住脚步，反而跑得更快了。"嗒嗒嗒"，张树林和战士们手中的枪一起开火了。听到枪声，从对面包抄过来的四分队也向这几个人开枪了。

那几个人正是金龙王春水和他的贴身护卫。

王春水早就有了被困的准备，但听到马云龙喊话时，还是吃惊地说了句："这不是马云龙的声音吗？他也没在林子东边啊，又上当了。"凶多吉少，王春水再无任何侥幸心理，只有拼死一搏了。他知道马云龙不打无把握的仗，一定是包围后才喊的话。于是，王春水让护卫们都换上灰色的八路军军装，只等往外闯的机会。他见刘达顺朝屋外开枪了，便挥了一下手："我们走，尽可能不要开枪。"他觉得乘着乱劲儿再赌一把，大摇大摆地走出去更容易脱逃。

可是他哪里想到刚从猎人屋一出来就让马云龙发现了。对方已经开枪了，还装什么啊，王春水无可奈何地说了声："打吧！"他抢先倚在一棵老柳树后掏出枪向追来的张树林分队开枪。他那几个护卫的身手也算了得，枪法和功夫都算一流，张树林小分队有人挂花了。

马云龙料定这几个人中肯定有王春水，一面叫人冲进猎人屋去搜查，一面通知其他几个分队尽快向猎人屋靠拢。正在这时，乌兰厅长带领着第二支队、第三支队、第四支队亦已到达，投入战斗中。在激战的空当儿中，马云龙将战斗过程简要地向乌兰厅长做了汇报。

乌云丽和慧明小和尚正在帮卫生员给赫彪包扎止血，赫彪面色苍白大口地喘着气。乌兰厅长和马云龙走过来蹲下身子，乌兰厅长轻声问："怎么样？"卫生员摇了摇头："大概伤着肺了，血止不住。"

赫彪费力地睁开眼，微弱地说了一句："别救了，没用了。"他用眼瞅了瞅马云龙，又侧脸瞅了瞅乌云丽，脸上浮现出笑容。马云龙这个刚强的热北汉子，眼里噙着泪水悲戚地说道："赫彪师弟，我知道，为了乌云丽，为了我们，为了师父说的大义，你不惜牺牲自己的一切。"赫彪瞅着马云龙，笑笑，又艰难地说了一句："师哥，这回我能见我的爹娘了吧？"马云龙眼含热泪，使劲儿地点了点头，带着哭腔大声说："能，肯定能！"

赫彪闭上眼停了一会儿，又睁开了双眼，朝向乌兰厅长。乌兰厅长知道他有话要说，就把头又低了低，只听他说："我想参加你们的公安队。"乌兰厅长大声地说："赫彪同志，你已经是我们公安总队的战士了！"马云龙从头上摘下自己的军帽，双手戴在赫彪的头上。赫彪的脸上刹那间闪现出满足的笑容，然后身子抽搐了一下，永远地闭上了双眼。

乌兰厅长拉了一下乌云丽，起身，摘帽，向赫彪行鞠躬礼。马云龙跪在赫彪的遗体旁，和慧明一起，抓住赫彪已经慢慢失去温度的双手，再也忍不住，号啕大哭起来。

乌兰厅长抬手招呼过来几个战士："你们看看树洞里还有人没有？"

战士们朝着树洞喊了几声，没有动静，便将步枪伸进那树洞里去搅了两下，"扑通"一下掉出一大一小两个人来。大人是荒木枝子，右手握着手枪，太阳穴处还在淌血，而她的左手死死地掐住了女儿和美的脖颈。荒木枝子带着女儿和美躲进树洞后，听到周围密集的枪声和马云龙的喊话声，感觉冲出林子无望了。当她又听到乌云丽要她投降的喊声时，彻底绝望了。在荒木枝子举枪打向自己太阳穴前，她毫不犹豫地伸手掐住了女儿和美的脖颈，正如她在绸缎庄那晚向王春水所言。

一位战士喊了一声："这孩子还有气儿！"

乌兰厅长马上说："快喊卫生员对孩子进行抢救！"

林子中的枪声停止了，林子边上却又响起了一阵激烈的枪声。

吃过早饭，王东山就对毛三檩说："毛队长，支队来人通知，说是清剿最后一天，要我赶回去，我就不能陪你了。"毛三檩正乐得让王东山离开，连忙说："我们慰问任务已经完成了，你快忙你的去吧。我待会儿找乌兰巴特尔团长有点儿事儿，说完也就回去了。我代表新来的县委书记、县长感谢王支队长！"

王东山带上跟他来的几名战士骑上马消失在老柳树筒林子里。但他们并没有往林子的深处去，而是到达林子的边缘处就下了马，埋伏在树下。快到十一点了，王东山微笑着说："浪费点儿子弹吧。"几个人就枪口朝天地开起枪来。"叭叭""嗒嗒嗒"的枪声响起来，惊得林中的鸟们惊叫着，乱飞着。这枪声也让一些不知情的正在放哨的骑兵团战士们紧张起来，倚着老柳树，端起了枪。

听到枪声响起来了，毛三檩狞笑着，把手枪的狗头掰开又插进腰里，低声命令道："进了他的军帐，不管他是什么人，开枪就打！打完了，出来骑上马跟我向南跑。"然后，他带着五个手下来到乌兰巴特尔团长的大军帐前和卫兵打了个招呼，卫兵还向他们敬了个礼。毛三檩一手掀开帐篷帘子，见军帐里有几个人正背对着他，于是举枪就打。跟在后边的那几个手下也都不甘落后地挤进军帐中，朝着对面开枪就打。

"叭叭……"

随着枪响，那几个背对着毛三檩的人应声倒地。直到这时，毛三檩等人才发现，那被他们打倒的哪里是什么人呀，只是几段被披上灰军装顶着灰军帽的木头桩子。毛三檩惊恐地喊了一声："快跑，我们上当啦！"但军帐外已传来了乌兰巴特尔团长的骂声："他奶奶的，你们几个兔崽子还想算计我，狠狠地打，剿了这些天的匪，没剿着几个，倒是打着几个送上门来的！"

"哒哒哒……"激烈的枪声响起……

在老柳树筒林子里，硝烟在慢慢消散，公安战士们开始打扫战场了，有的押着举着双手的敌特人员走过，张树林带着十来名战士也押着王春水走了过来。这时的王春水早已不是那个温文尔雅的张文儒副县长了，左耳朵被打掉了，右胳膊也在他想举枪自杀时被张树林一枪打断了。现在，他的头缠着绷带，右胳膊吊在胸前，拖着一条瘸腿，十分狼狈。

马云龙红着眼圈噙着泪水从赫彪的尸体旁站起身子，脸色非常难看。他的脑子里闪动着朱彤、石头、马大山、赫彪的身影，更有柴岗子村那冬日飘飞白色雪花下李言、胡光等一片烈士遗体的身影，他两只拳头攥得“咯咯”作响。此时他的两只拳头就是一对运力千钧的铁锤，迎着王春水就奔了过去。他的心中只有一个念头，让这个魔头给我的同志、我的弟兄偿命！

张树林见状冲上前死死地抱住他：“支队长，咱们现在犯不着跟他来这个。”

突然，从马云龙的身后蹿出两个人来，边跑边喊：“马云龙这个错误我替他犯！”“我替我二师哥报仇！”二人扑上前去挥着巴掌和拳头朝王春水打去。王春水趴在地上，猪一样地嚎叫着。

这两个人不是别人，正是乌云丽和慧明小和尚！他俩早就把金龙王春水恨得牙咬得咯咯作响。

“住手！”乌兰厅长见状大喝一声，连忙命令几名公安战士上前将乌云丽和慧明拉开。张树林这才让战士们把王春水提起来，押到乌兰厅长面前。

乌兰厅长向王春水点了点头，指着前面隆起的一段老柳树根说：“负伤啦，坐下说吧。你的‘秋山计划’到今天是不是就可以说完完全全地失败啦？”王春水一屁股坐在地上，颓废地说：“其实四天前赤岭县支队哗变失败就全完啦。”

乌兰厅长说：“我给你念一遍你的‘四龙十三太保’吧，看看有没有落下的。金龙就是你吧，银龙吴东朔、青龙刘达顺、黑龙邱处虎。十三太保有神仙太保、东瀛太保、瀚海太保、潜邸太保、燕山太保、镇西太保、柳林太保、飞行太保、黑风太保、榴莲太保、玉蓉太保、地虎太保、秋山太保。”

最初，王春水还眯着眼睛听着，听到最后就踉跄着站起身来，眼镜后的那一对鹰眼由凶狠变成了绝望。最后，他像泄了气的皮球，一屁股又坐了回去。他凄惨地笑了笑：“你们从什么时候怀疑上我的？”

乌兰厅长说：“从‘小神仙’和胖尼姑被杀，马云龙从脚印分析出身高和体重，我就开始怀疑你了。后来柴岗子血案发生后，我向组织提出对你的质疑。你们给骑兵团战马投毒失败后，你最担心贸易货栈暴露，我敲山震虎你现形了。我们分局社会部根据我的要求把你报给中央社会部，你隐藏得很深，中央社会部用了半年的时间才把你的问题搞清楚。”

王春水说：“你们是动用了组织的力量，我无话可说。那你们又用啥法儿把赫彪争取过去的？”

乌兰厅长说：“你说得不错，我们还是凭借组织的力量，还原了历史真相，你伪造的那些东西在真实的历史面前不堪一击。是的，在你们看来，历史是可以凭人去捏造，一切反历史反人类的人都在这样想这样做。但真实与虚假毕竟有区别，造假人竭力掩盖的，正是作伪的破绽之处。你伪造了贺立夫、何木兰的遗书，但赫彪是个聪明人，两相对比，孰真孰假，立辨真伪。而且他立刻确定你不但不是他的恩人，反倒是他的杀父仇人。聪明反被聪明误，到头来反误了卿卿性命。你说吧，你是不是还在等待什么好消息？”

王春水抹搭一下眼皮，镜片后的鹰眼里闪过一丝亮光，仰了仰头问：“现在几点啦？”

乌兰厅长“呵呵”一笑：“你心中还存着一个幻想，做着回天梦吧！你是否还在等待十一点的枪声？我刚才点你十三太保的名，故意没说到你最后的希望‘回天太保’毛三樏。”

乌兰厅长稍稍提高了调门，话音也变得有些急促：“毛三樏也无法回天，只能为你们不可能实现的热北大暴动‘秋山计划’

殉葬了。就在刚刚，他和他的人被骑兵团乌兰巴特尔团长带人击毙了，击毙在乌兰巴特尔的军帐中。你还有个玉蓉太保白玉翠，给骑兵团战马投毒败露后好像没了踪影儿。我告诉你，前天她在四道梁也落网啦！现在我们解放区治安系统已经完备，各县都有专门的反特机构和人员，你们已经无处藏身了！你看看你的四龙十三太保还少哪位。五天前，我们的钟克威同志就破译了你们的密电码，你和你的保密局赤岭站对我们已经无秘密可言了。”

王春水先是身子像被马蜂蜇了似的抽搐了一下，接着脸上呈现出死灰般的颜色。他像一个浑身被剥得精光的赌徒，挣扎着站了起来，失望与恼怒使他的面庞扭歪着。他将左手抬起来，颤抖地指着乌兰厅长：“你，你们，简直——无耻!”

乌兰厅长霍地站起了身子，王春水的话激起了她满腔的愤怒。她的脑海中立刻闪现出赫彪和他的父母贺立夫、何木兰，闪现出老孟和、李言、胡光、陈刚、马大山的名字和身影。她的脸色也因为愤怒而变得有些苍白。她眉梢上挑，双眼似在冒火，大声地怒斥道：“无耻？你哪有资格说出这两个字！十三年前你丧失了党性，无耻地背弃了你的初心，在北平投降了日本特高课，你的手上沾满了共产党人的鲜血！你丧失了起码的人性，无耻地向日本侵略者出卖了你的上级贺立夫、何木兰，你与日本特高课李代桃僵无耻地杀害了你的下线张文儒。十年前你还无耻地投靠了国民党军统局戴笠、毛人凤，给我北平地下党组织造成了巨大损失。半年前你策划了柴岗子血案，残忍地杀害了我五十余名指战员和高级将领，你无耻的罪行罄竹难书！你的无耻还表现在给我写的三封信上，你无非是关键时刻像大漠中的狼一样伪装自己干扰我的思维，呵呵，一点儿作用都没有。你不觉得你不但无耻，更是愚蠢至极吗？我作为省公安厅的厅长，如果那么容易让两句花言巧语就欺骗了，那我就是个白痴，配当什么共产党的公安厅厅长！你还配说无耻两个字？你的一生于党于国于人，无不透着卑鄙无耻，你哪还有脸面在我跟前奢谈‘无耻’两个字!”

此时的王春水面无血色，目光有些呆滞地瞅着天空。是啊，这都是自己做过的事，他们对自己的历史怎么整得这么清楚？他自己一路走来一路费尽心机地掩盖着，但结果如何呢？掩人耳目也好，李代桃僵也罢，都终未能逃脱“若想人不知，除非己莫为”的铁律，看来这个规律谁也无法逃避，大人物小人物概莫能外！

乌兰厅长把声音放得低缓一些：“我还要告诉你一个不幸的消息，你夫人荒木枝子，在不久前，就在那个树洞里，开枪自杀了，她的遗体就在那棵老柳树下。临自杀前，她想勒死你们的女儿，但你女儿让我们抢救过来了。”

王春水疯了似的一瘸一点地扑过去：“枝子，我亲爱的枝子！和美，和美，我的女儿啊！”

正午，是老柳树筒林子里光线最好的时候。只有这时，太阳的万道金光才会从老柳树枝枝叶叶的细小缝隙中透射下来，形成碎金遍地的美丽景色。在“万条垂下绿丝绦”的老柳树筒林子中，这金灿灿的光辉沐浴着新中国的第一代公安战士们，公安战士们一片欢腾。

乌兰厅长大声说：“同志们，今天我们辽西省公安厅公安总队最终圆满完成了‘西林1号’案子的侦破任务。我们在激烈复杂的斗争中，在分局、军区、省委、省政府的正确领导下，战胜了暗藏的以金龙为首的国民党特务和土匪，彻底粉碎了敌特的‘秋山计划’，我们胜利啦！”

“我们胜利啦！”

“我们胜利啦！”

“我们胜利啦！”

……

欢呼声在这片古老的原始森林中一遍又一遍地震响着。

后 记

还是在 2019 年，以当代公安民警缉毒为题材的长篇小说《猎鸮行动》（2020 年 1 月群众出版社出版，作者宁志凡）创作完成时，我们便被人民公安这个职业深深感动着。人民公安从建立之初到今天，70 余年间，虽然看不到战火硝烟，听不见隆隆炮声，但公安战线却时刻闪动着刀光剑影。为了社会的安定和人民的安宁，公安民警前仆后继，不怕流血，不怕牺牲，英勇无畏地战斗着。他们是值得歌颂的！这是我们热爱公安文学、创作公安题材文学作品的根本原因。

《猎鸮行动》付梓后，群众出版社张晔老师提示我们："现在开展'不忘初心、牢记使命'主题教育，不妨写写人民公安成立初期剿匪与敌特斗争的作品。"

我们正有此意。

《暗战西林》是以 1946 年至 1947 年国民党大举进攻我冀热辽解放区为背景，以热北地区出现的红枪会、黑龙会预谋暴动为原型，以赤峰地区当时发生的大大小小的敌我斗争事件为素材，创作的一部人民公安创立初期与敌特、土匪进行复杂而激烈斗争的长篇小说。

抗战胜利后，国共两党两军在东北展开了激烈的争夺战。赤峰地处热河省北部，正处于东北、华北、西北、内蒙古的交会处，是战略制高点，自然也就成为国共双方争夺的焦点，社会矛盾斗争异常激烈。

赤峰地区的大漠、长河、森林、草原、丘陵，是滋生土匪的地方。抗日时有些土匪绺子也曾投入抗日斗争中。抗日胜利后，当国民党中央军大举进攻我解放区时，一些土匪又立即反水，伙同还乡团等地主武装进行反攻倒算。这段时间，是赤峰地区新生红色政权最艰难的时刻。

我们试图用文学的手法，通过《暗战西林》回答国民党为什么会败，共产党为什么会胜，红色政权中的人民公安从哪里来又向哪里去的问题。当你今天说“不忘初心”的时候，不能不了解和理解第一代共产党的人民公安们想的是什么，做的是什么。

宁波是赤峰《红山晚报》的记者，他曾在十几年的时间里主笔《红山晚报》一个叫“赤峰记忆”的栏目。这个栏目的内容就是整理发掘本地区的历史事件，并将其告知今天的人们。这其中，当然有大量赤峰解放前后敌我双方激烈而复杂的明争暗斗的内容。我们将“赤峰记忆”中的一些内容有选择地剪接起来，用小说的写法进行艺术加工，便创作完成了这部公安题材长篇小说《暗战西林》。

赤峰地区在解放初期，便在共产党的领导下，建立起村农会、区政府、县政府这样一个比较完备的政权体系。人民政权是要用武装来保卫的，枪杆子里面出政权，所以除了正规军八路军，村里有民兵队，区里有区小队，县里有县大队。区长、县长都佩带武器，亲自带领区小队和县大队等武装力量，开展人民政权的创建工作。

随着红色政权机构的不断完善，一个以武装力量形式出现的社会安全保障体系人民公安出现了。我们查阅了一些有关资料，当时的热河省各县级政府均于1946年春建立治安科和公安队。据一些老同志回忆，他们说治安科和公安队原是设置在部队里的。县政府建立后，治安科便作为一种政府职能出现在红色政权中。治安科和公安队的职能就是维护社会安全，剿灭土匪，根除杀人、投毒、放火、盗窃等社会不稳定因素。而治安科和公安队的组成人员大多是从部队和县大队抽调的，老百姓也认为上公安队是去当公安兵了。据老公安们介绍，那时治安科和公安队的服装和八路军是一样的，区别只在一个臂章上。

我们将这些情况作为一种社会背景反映到小说中。

赤峰地区有着八千年悠久的人类文明，红山文化是与浙江良渚文化同一历史时期的远古文明。而一千多年前的大辽契丹，则是与唐宋共同谱写了中华民族历史的少数民族政权。元、明、清三朝，赤峰地区更是烽火狼烟，征战不断。然而，不管政权怎样更迭，这里始终唱响着中华民族文化的主旋律，展现出多民族和谐共融的文脉。

《暗战西林》中一些典型的地理环境也并非空穴来风。赤峰境内的科尔沁沙地足可以展示文中小腾格里沙漠的风采。解放前，我们的老家白音套海苏木的汉名就叫树筒，是因为老哈河岸边长满了奇形怪状的空心老柳树而得名。在西辽河穿越科尔沁沙地的两大支流老哈河与西拉木伦河之上，更有多处叫响水或石门的地方，有一处甚至是乾隆皇帝北巡的驻跸之地，还曾留诗于崖壁之上。

我们认为，是一个地区的历史文化凝炼了一个地区的灵魂。小说中的主人公马云龙，他的人格和他的智慧，他对共产党和公安工作的执着与忠诚，他的善良与热爱，都是根植于中华民族文化之上的。我们塑造的文学典型应该体现这一地区民族文化的特点与传承，这是我们写作的责任。现实主义与浪漫主义结合，颂扬真善美、歌颂正义与先进，揭露假恶丑、鞭挞反动与落后，这是我们创作的指导思想。

终于完成了《暗战西林》的写作，但我们的手指却停留在键盘上久久无法离开，言犹未尽！我们真诚地希望读者和史学专家老师们对于《暗战西林》予以批评指正。

这部小说在写作之初，便得到群众出版社编审张晔老师和其他老师的指教，我们深表感谢！

赤峰市公安局已退休的原副局长徐宝芳同志、原宣传科长王博同志听说我们在创作一部反映人民公安建立初期公安战士与敌特、土匪斗争的长篇小说时，非常高兴，并积极予以指导，给予大力支持，对此我们深表感谢！

在写作中，更得到家人的理解和支持，我们深表感谢！

宁志凡　宁　波
2023 年 3 月 1 日